dtv

Ein kleiner Junge wählt den Notruf der Polizei. Er steht unter Schock, spricht in Rätseln, offenbar schwebt er in höchster Gefahr. Doch die Polizeibeamten kommen zu spät – der Junge und seine Familie wurden kaltblütig ermordet.
Acht Monate später. Thorsten Mohr, ein geschätzter Kollege der Abteilung für Kapitaldelikte der Zentralen Kriminaldirektion Frankfurt am Main, wird bei einer Razzia getötet. Mysteriös: Kurz vor seinem Tod hat Mohr die vorgeschriebene Schutzweste abgelegt. Aber warum? Die Kollegen sind ratlos, und bald deutet alles auf eine undichte Stelle in den eigenen Reihen hin ... Zur selben Zeit tauchen neue Beweise im Fall der ermordeten Familie auf, die Untersuchungen werden wieder aufgenommen.
Zwei erschütternde Fälle für die beiden erfolgreichen jungen Kommissarinnen Emilia Capelli und Mai Zhou. Diesmal müssen sie bis an ihre Grenzen gehen – und weit darüber hinaus.

Judith Winter, 1969 in Frankfurt am Main geboren, studierte Germanistik und Psychologie in Berlin und Wien und arbeitete viele Jahre in einem renommierten wissenschaftlichen Institut, bevor sie sich selbstständig machte. Nach Aufenthalten in Mailand und Paris lebt sie heute mit ihrer Familie in Konstanz.

Judith Winter

Sterbegeld

Kriminalroman

dtv

Ausführliche Informationen über unsere Autoren und Bücher
www.dtv.de

Von Judith Winter
sind bei dtv außerdem erschienen:
Siebenschön (21489)
Lotusblut (21569)

MIX
Papier aus verantwortungsvollen Quellen
FSC® C019821

Originalausgabe 2015

Umschlaggestaltung: Wildes Blut, Atelier für Gestaltung,
Stephanie Weischer unter Verwendung eines Fotos von
Arcangel Images/Dave Wall
Die Gedichtzeilen auf S. 219 f. stammen aus der Gedichtsammlung
›Advent‹ (1897). In: Rainer Maria Rilke – Die Gedichte, Insel Verlag,
Frankfurt a. M. und Leipzig 1992.
Satz: Greiner & Reichel, Köln
Gesetzt aus der Stempel Garamond 9,5/12,4
Druck und Bindung: Druckerei C.H.Beck, Nördlingen
Gedruckt auf säurefreiem, chlorfrei gebleichtem Papier
Printed in Germany · ISBN 978-3-423-21616-6

Dies ist ein Roman, auch wenn einige der in diesem Buch beschriebenen Orte tatsächlich existieren. Einige Schauplätze habe ich der Geschichte, die ich erzählen wollte, angepasst. Andere sind frei erfunden – genau wie die Personen und Ereignisse, von denen dieses Buch handelt.

Prolog

Die schönste List des Teufels ist es,
uns davon zu überzeugen,
dass es ihn nicht gibt …

Charles Baudelaire

Sein Atem …

Sie hört ihn, dicht an ihrem Ohr.

Nichts anderes. Nur das. Ein ruhiges, gleichmäßiges Geräusch. Dennoch dringt es bis tief ins Mark ihrer Knochen. Wie eine Punktionsnadel, die von einem unsichtbaren Chirurgen mit gnadenloser Präzision geführt wird. Ein und aus. Ein stetes An- und Abschwellen von Schmerz und Entsetzen.

»Mach die Augen auf!«

Nein, denkt sie. Ich will nicht!

Ich KANN nicht!

Der harte, kalte Lauf der Waffe in ihrem Rücken belehrt sie eines Besseren. Sie ist nicht in der Position, sich zu widersetzen. Und noch darf sie sich nicht aufgeben. Noch ist nicht alles verloren. Noch gibt es den Hauch einer Chance. Für ihren Sohn. Für sie selbst. Vielleicht kann sie ihn irgendwie aufhalten. Oder aber er geht einfach wieder, wenn das hier erledigt ist.

Das hier …

Wenn das hier erledigt ist …

Eine Welle von Eis überschwemmt ihren Körper. *Was immer er vorhat.*

Noch vorhat, korrigiert ihr Verstand, und sie hat alle Mühe, nicht ohnmächtig zu werden bei dem Gedanken an das, was hier, ein paar Meter von ihr entfernt, geschehen ist. So nah, dass sie fast glaubt, die Wärme spüren zu können, die noch immer von dort ausgeht. Erlöschendes Leben. Blut. Tod.

Der Gedanke an ihre kleine Tochter legt sich um ihre Kehle wie ein Eisenring. Aber sie hat auch noch etwas anderes gesehen. Etwas, das ihr einen Schimmer von Hoffnung gibt. Etwas, das seinem wachen Blick entgangen ist. Für das es sich zu kämpfen lohnt …

»Augen auf!«

Seine Stimme ist leise, fast zärtlich.

Aber das kann sie nicht täuschen. Er meint sehr ernst, was er sagt. Und wenn sie seinem Willen nicht entspricht, wird er keine Sekunde zögern, ihr das Genick zu brechen.

Ihre Augen brauchen einen Moment, um sich wieder an das Licht zu gewöhnen. Und noch immer spürt sie den Lauf der Waffe zwischen ihren Schulterblättern.

Wenn zufällig jemand da draußen im Garten stünde, denkt sie, während sich ihr Blick in die spiegelnde Scheibe der Terrassentür krallt. Dahinter klebt Novemberdüsternis. Wenn einer der Nachbarn vielleicht noch einmal vor die Tür gegangen ist, um zu rauchen oder verstreutes Spielzeug einzusammeln. Oder die Katze hereinzulassen. Sie klammert sich an den Gedanken wie ein Ertrinkender an einen Strohhalm.

Wenn irgendwer durch Zufall zu ihnen hereinsähe …

Zur Arbeitstheke. Zu dem, was er dort angerichtet hat.

Ein leises Schluchzen dringt aus ihrem Mund, es klingt so fremd, so weit entfernt, dass sie kaum realisiert, dass der Laut von ihr ausgegangen ist. Und doch bohrt sich die Waffe augenblicklich wieder fester in ihren Rücken. Wenn da jemand wäre, betet sie sich in wachsender Verzweiflung vor, wieder und wieder. Wenn nur einer unserer Nachbarn zur rechten Zeit durch die Fenster zu uns hereinschauen würde …

Mach dir nichts vor. Eure Nachbarn sind genauso berechenbar wie ihr selbst.

Milla und Andre, das nette Pärchen zur Linken, sitzen um diese Uhrzeit längst mit Chips und Bionade im Wohnzimmer, und das geht zur anderen Seite hinaus. Und Jason, ihr Sohn, ist zwar einer von den ganz Aufgeweckten, aber selbst wenn er tatsächlich noch wach sein sollte, hockt er vermutlich auf seinem Bett, das wie ein Rennwagen aussieht, und spielt auf seinem Tablet herum. So wie immer. Dafür steht Bernburgs auf der rechten Seite die Garage im Weg. Genauer gesagt sogar zwei Garagen, die haben sie absichtlich direkt nebeneinandergebaut, weil sie auf diese Weise alle ein bisschen mehr Abstand gewinnen. In dieser Gegend, wo die Parzellen klein sind und man für jeden Quadratmeter Boden ein kleines Vermögen auf den Tisch legen muss, ist das gar nicht unüblich.

Kaum zu glauben, denkt sie schaudernd, aber bei der Planung dieses Hauses haben wir Abstand und Sichtschutz noch für eine gute Idee gehalten.

Wer hätte aber auch ahnen können, dass …

Weiter kommt sie nicht, denn seine Hand, die andere, die keine Waffe hält, taucht mit einem rot-weißen Küchenhandtuch neben ihrem Kopf auf.

»Und jetzt lächle!«

Sie schüttelt verständnislos den Kopf und versucht, ihn anzusehen, doch die Hand in ihrem Nacken duldet nicht, dass sie den Kopf wendet. Sein erschreckend ruhiger Atem an ihrem Ohr ist alles, was sie von ihm mitbekommt.

»Hast du nicht gehört?«

Sie schluckt. In ihren Ohren pocht das Blut wie ein

Presslufthammer. »Ich fürchte, ich verstehe nicht ganz, was …«

Seine Hand biegt ihren Kopf zurück, und zum ersten Mal an diesem Abend kann sie ihm direkt in die Augen sehen. »Und jetzt«, flüstert er, nachdem sein Blick ihr klargemacht hat, was Sache ist, »halt endlich die Klappe und lächle!«

EINS

Es ist gefährlich, anderen etwas vorzumachen,
denn es endet damit, dass man sich selbst
etwas vormacht.

Eleonora Duse

I

Polizeieinsatzzentrale Frankfurt, 10. November 2014, 19.46 Uhr

FRAP2 Polizeinotruf.
ANRUFER Hallo?
FRAP2 Ja, ich höre Sie … Was ist Ihr Problem?
ANRUFER Meine Mama … Sie blutet.
FRAP2 Es tut mir leid, aber ich kann dich kaum verstehen. Du musst lauter sprechen.
ANRUFER Das geht nicht.
FRAP2 Wieso nicht?
ANRUFER Sie können mich hören.
FRAP2 Wer?
ANRUFER Sie sind unten. Sie müssen herkommen … BITTE!
FRAP2 Keine Sorge. Es wird alles wieder gut. Ich schicke sofort jemanden los, der euch hilft. Aber du musst jetzt ganz ruhig bleiben, okay? … Sag mir, wie du heißt!
ANRUFER Leon.
FRAP2 Wie alt bist du, Leon?
ANRUFER Sechs.
FRAP2 Du machst das ganz toll, Leon. Und jetzt verrätst du mir auch noch deinen Nachnamen, ja?
ANRUFER Svensson. Leon Svensson. Aber … Sie müssen herkommen … Schnell! Es geht ihr schlecht!

FRAP2	Du meinst deine Mama?
ANRUFER	Ja.
FRAP2	Okay, Leon, wo seid ihr, du und deine Mama?
ANRUFER	Zu Hause.
FRAP2	Ist sonst noch jemand bei euch?
ANRUFER	Papa. Und Pippa. Aber sie antwortet nicht.
FRAP2	Wer ist Pippa?
ANRUFER	Meine Schwester.
FRAP2	Wie alt ist sie?
ANRUFER	…
FRAP2	Leon? Hörst du mich? … Rede mit mir!
ANRUFER	Drei … Pippa ist drei, aber … Sie bewegt sich nicht. Und … Mama weint.
FRAP2	Keine Angst, Leon. Meine Kollegen sind schon unterwegs. Sie sind gleich bei euch. Weißt du, wie die Straße heißt, in der ihr wohnt?
ANRUFER	Spenderstraße.
FRAP2	Prima. Und weißt du auch die Hausnummer?
ANRUFER	Sechzehn.
FRAP2	Okay, super. Du machst das richtig gut … Ist das ein Haus oder eine Wohnung?
ANRUFER	Ein Haus.
FRAP2	Wo bist du gerade?
ANRUFER	In meinem Zimmer.
FRAP2	Ist das im ersten Stock?
ANRUFER	Ja.
FRAP2	Und deine Mama ist unten?
ANRUFER	Ja. Sie weint.
FRAP2	Hör mir jetzt gut zu, Leon. Du rührst dich nicht von der Stelle, bis die Polizisten bei euch sind, hast du mich verstanden? Geh

auf gar keinen Fall nach unten, ganz egal, was passiert! Hörst du?

ANRUFER …

FRAP2 Leon?

ANRUFER Mama!

FRAP2 Keine Sorge, die Kollegen sind gleich bei euch. Und dann helfen sie deiner Mama, versprochen. Aber du musst jetzt unbedingt weiter mit mir reden, verstehst du? So kannst du deiner Mama am besten helfen und …

ANRUFER *(flüsternd)* Ich glaube, er kommt hier rauf …

FRAP2 Wer? Dein Vater?

ANRUFER *(flüsternd)* Er ist auf der Treppe.

FRAP2 Weißt du, wie man eine Tür abschließt?

ANRUFER *(flüsternd)* Ja. Aber … Da ist kein Schlüssel drin.

FRAP2 Okay, Leon, hör mir zu: Du nimmst jetzt das Telefon und versteckst dich! Hast du verstanden? Such dir irgendeinen Platz, wo er dich nicht sehen kann. Unter dem Bett, zum Beispiel.

ANRUFER Aber …

FRAP2 Tu, was ich dir sage! Schnell!

ANRUFER …

FRAP2 Leon?

ANRUFER …

FRAP2 Leon, hörst du mich?

ANRUFER …

FRAP2 Leon!

2

Frankfurt-Eschborn, Spenderstraße,
10. November 2014, 19.58 Uhr

Von außen wirkte das Haus völlig normal. Hinter den hohen Fenstern brannte Licht, vor der Garage parkte ein silberner Audi, und neben der Haustür hing ein auf alt getrimmtes Holzschild mit der Aufschrift WILLKOMMEN. Daneben stand ein Weidenkorb mit Zierkürbissen.

Nichts wies auch nur im Geringsten darauf hin, dass hier erst vor wenigen Minuten etwas Schlimmes geschehen sein sollte. Und doch empfand Polizeihauptmeister Nico Kröger eine diffuse Bedrohung, als er gemeinsam mit seiner Kollegin Tonja Frentsch auf die erleuchtete Haustür zuging. Kröger war Mitte dreißig und wahrhaftig nicht gerade das, was man zart besaitet nannte. Umso mehr erstaunte ihn die Gänsehaut, die sich beim Anblick des Hauses auf seinem ganzen Körper breitmachte, obwohl es für Mitte November außergewöhnlich mild war.

»Kannst du irgendwas hören?«, fragte Tonja, und ihm fiel auf, dass sie ungewohnt leise sprach.

Vielleicht spürte sie das Gleiche wie er …

Er schüttelte den Kopf und machte ihr ein Zeichen zu klingeln.

Sie trat einen Schritt zurück, während der angenehm warme Dreiklang in der Stille des Hauses verhallte.

Eine gehobene Gegend. Neue Häuser mit neuen Carports und teuer angelegten Gärten, in denen Markenspielgeräte und TÜV-geprüfte Hüpfburgen um die Aufmerksamkeit des verwöhnten Nachwuchses buhlten. Kurzum: eine Gegend für junge Familien, in deren Leben Geld bestenfalls eine untergeordnete Rolle spielte.

»Soll ich noch mal?«, fragte Tonja, und Kröger registrierte die Anspannung in ihrer Stimme, auch wenn sie sich alle Mühe gab, cool zu klingen.

Er nickte und sah an der Fassade von Nummer Sechzehn hinauf. In den Katalogen des Bauträgers lief dieses quadratische graue Etwas bestimmt unter der Rubrik »moderne Stadtvilla«, doch Kröger empfand die puristische Schlichtheit als seelenlos. Was wird der Kasten gekostet haben?, überlegte er, während auch das neuerliche Klingeln seiner Kollegin nicht die leiseste Reaktion im Inneren des Gebäudes hervorrief. Dreihundertfünfzig- oder vierhunderttausend? Ohne Grundstück, verstand sich. Denn dafür legte man in dieser Gegend locker noch mal hundertachtzigtausend auf den Tisch.

Vielleicht doch ein Einbruch, dachte Kröger, und überrascht stellte er fest, dass er diese Vorstellung entschieden beruhigender fand als … Ja, als was eigentlich? Er fühlte, wie seine Kiefermuskulatur verkrampfte.

»Es könnte auch ein Fall von häuslicher Gewalt vorliegen«, hatten die Kollegen in der Einsatzzentrale angemerkt. »Zumindest befindet sich offenbar auch der Familienvater im Haus.«

Warum ist es dann so still?, dachte Kröger mit wachsender Beunruhigung, während sein Blick an einem schmalen Fenster im Obergeschoss hängen blieb. Diese Stille war geradezu gespenstisch. Als ob eine finstere Macht einen Bann über diesen Ort gesprochen hätte. Zugleich hatte er das Gefühl, beobachtet zu werden, ohne dass sein Verstand auch nur das geringste Indiz gefunden hätte, das diese Annahme unterstützte.

»Seltsam, findest du nicht?«, bemerkte Tonja in diesem Augenblick, und Kröger registrierte, dass sie kurz über ihre Schulter blickte. Zur Straße, wo ihr Wagen stand.

»Was meinst du?«

Sie schüttelte den Kopf. »Keine Ahnung. Es ist nur … Ich hab irgendwie kein besonders gutes Gefühl bei der Sache.«

Ich auch nicht, dachte er. Doch das behielt er lieber für sich. »Sehen wir uns mal dahinten um!«, entschied er stattdessen.

»Okay.«

An der Schmalseite des Hauses führte ein gepflasterter Weg in den rückwärtigen Garten. Kröger ging voran, und instinktiv tastete seine rechte Hand nach dem Verschluss seines Holsters.

Die Sträucher, die das große, leicht abschüssige Grundstück begrenzten, würden noch ein paar Jahre brauchen, bis sie einen echten Sichtschutz boten. Und auch der Rollrasen war offenkundig erst im letzten Sommer verlegt worden. Mit seinen noch immer klar erkennbaren Bahnen wirkte er entschieden provisorisch. Fast so, als ob man ihn jederzeit wieder einrollen und mitnehmen könnte, wenn man zum Beispiel fliehen musste.

Kröger runzelte die Stirn. Er neigte nicht zu drastischen Assoziationen. Aber irgendetwas an diesem Haus machte ihm Angst. So viel stand fest …

Automatisch suchte sein Blick die Nachbargrundstücke ab. Denn das hier war mitnichten eine Alleinlage. Im Gegenteil: In einer Gegend wie dieser war man von allen Seiten umgeben von Menschen, und genau das spürte man auch. Oder? Er lauschte. Doch bis auf ein entferntes Motorengeräusch war nichts zu hören.

Zögernd ging er weiter.

Die Außenbeleuchtung wurde über Bewegungsmelder gesteuert, der hintere Teil des Gartens zusätzlich von einer Reihe futuristisch anmutender Laternen erhellt. Und auch das Haus selbst schien vom Erdgeschoss bis unters Dach hell erleuchtet zu sein. Ein Umstand, der sich für Kröger nur sehr schwer mit den Informationen in Einklang bringen ließ, die sie erhalten hatten.

Im Laufe der Jahre war er zu unzähligen Fällen von häuslicher Gewalt gerufen worden, und seine Erfahrung hatte ihn gelehrt, dass nach dem Sturm in der Regel eine ganz spezielle Form von Ruhe einkehrte. Oft nutzten die Täter die Minuten, die nach einem Notruf zwangsläufig vergingen, um Ordnung zu schaffen. Um Blut fortzuwischen und das zerbrochene Geschirr zusammenzufegen. Und nicht zuletzt auch dazu, ihre Ehefrauen auf eine gemeinsame Version der Geschehnisse einzuschwören.

Aber traf das auch in diesem Fall zu?

War es im Haus mit der Nummer Sechzehn deshalb so still?

Hier ist viel zu viel Licht, dachte Kröger unbehaglich. Irgendetwas stimmt da nicht! Und auch mit Ruhe nach dem Sturm hatte das hier nur bedingt zu tun. Die Ruhe, die er meinte, war geprägt von schlechtem Gewissen, einer unterschwelligen Hektik und dem Bestreben, beim Eintreffen der Polizei eine möglichst glaubhafte Vorstellung abgeben zu können. Doch über diesem Haus hier … Über diesem Haus lag etwas Lauerndes.

Die Formulierung, die sein Verstand gewählt hatte, ließ Kröger leise erschauern.

Etwas Lauerndes, Böses …

Irgendeine dunkle Macht, die hinter diesen kahlen grauen Mauern gewütet hatte und deren Schatten noch immer da war, spürbar, mitten in diesem Meer von Licht.

An der Hausecke blieb Kröger stehen. Aus den Augenwinkeln sah er, dass seine Kollegin ihre Waffe gezogen und entsichert hatte. Nach allem, was die Leitstelle ihnen mitgeteilt hatte, war der Notruf durch einen Jungen erfolgt. Durch ein Kind. Der Gedanke verstärkte das Brennen, mit dem sein Magen üblicherweise auf erhöhten Stress reagierte, doch Kröger schob ihn beiseite. Genau wie das Bild seines kleinen Sohnes, das für einen Augenblick vor ihm aufblitzte. Er musste sich auf die Fakten konzentrieren. Alles andere war nicht nur sinnlos, sondern im Zweifelsfall sogar gefährlich.

Der Junge, der in diesem Haus lebte, hatte die 110 gewählt und gesagt, seine Mutter sei verletzt. Er sprach von Blut und von einer Schwester, die sich nicht bewegte. Die Kollegen in der Einsatzzentrale hatten die Sache sehr ernst genommen. Und die wussten in aller Regel sehr gut einzuschätzen, wann es tatsächlich brannte – und wann sich jemand lediglich einen Scherz erlaubte.

Kröger spähte um die Ecke. Eine Terrasse aus Teakholz. Und bodentiefe Fenster.

Sie sind unten …

Hinter sich hörte er die angespannten Atemzüge seiner Kollegin. Er bedeutete ihr, ihm zu folgen, und ging auf die erste der beiden Terrassentüren zu. Dahinter erkannte er eine elegante graue Couchgarnitur und an der Wand gegenüber einen riesigen Flatscreen-Fernseher.

Gardinen? Fehlanzeige.

Ein Leben auf dem Präsentierteller …

Der Junge, der den Notruf gewählt hatte, war in großer Angst gewesen. Obwohl die Kollegin in der Zentrale alles getan hatte, um ihn zu beruhigen, war es ihr nicht gelungen. Wieder und wieder hatte der Sechsjährige beteuert, dass in seinem Elternhaus Schlimmes geschehe. Und irgendwann hatte er nicht mehr geantwortet …

Vielleicht ist er den Anweisungen der Kollegin gefolgt und hat sich versteckt, überlegte Kröger. Doch wenn er ehrlich war, glaubte er nicht daran. Laut Protokoll hatte die Telefonverbindung noch exakt 105 Sekunden bestanden, nachdem Leon Svensson der Beamtin zum letzten Mal geantwortet hatte. Erst dann war sie aus bislang ungeklärtem Grund unterbrochen worden.

105 Sekunden, echote es hinter Krögers Stirn.

Und: *Sie sind unten …*

Er trat noch dichter an die Tür und spähte durch die blank geputzte Scheibe. Aber auch hier war auf den ersten Blick nichts Auffälliges zu entdecken. Alles schien teuer, sauber und aufgeräumt.

»Vielleicht war es doch falscher Alarm.« Die Hoffnung in der Stimme seiner Kollegin klang brüchig.

Kröger sparte sich eine Erwiderung und klopfte laut und vernehmlich gegen das Glas. »Hallo? Jemand zu Hause?«

Wie erwartet rührte sich nichts.

»Polizei«, rief Kröger, noch lauter als zuvor. »Bitte öffnen Sie!«

»Versuchen wir's dahinten«, schlug Tonja vor und wies mit dem Kinn auf die zweite Terrassentür.

Er nickte, auch wenn ihnen beiden klar war, dass man seine Rufe überall im Haus gehört hatte.

Genau wie zuvor die Klingel …

Kröger sah auf die Uhr. Seit Eingang des Notrufs waren exakt siebzehn Minuten vergangen. Nicht wirklich viel Zeit. Aber er wusste nur zu gut, was in siebzehn Minuten alles geschehen konnte.

Eine Veränderung in Tonjas Haltung ließ ihn aufmerken. »Was ist?«

Seine Kollegin hatte sich an ihm vorbeigeschoben und blickte durch die Glastür in eine riesige offene Küche. »Da drüben!« Ihre Stimme wollte ihr nicht länger gehorchen. »Bei der Theke!«

Vor einer Kochtheke, die ein Vermögen gekostet haben musste, standen mehrere Barhocker mit bunten Ledersitzen. Unter einem von ihnen lag eine reglose Gestalt. Das Kind trug einen bunten Teddy-Schlafanzug und wirkte geradezu winzig im Schatten der monströsen Arbeitstheke. Wie eine Puppe, die irgendwer achtlos in eine Ecke geschleudert hatte.

Kröger zögerte keine Sekunde. Er riss eine der Steinplatten an sich, die die Kräuterspirale im hinteren Teil der Terrasse begrenzten, und schleuderte sie mit voller Wucht gegen die Scheibe. Die Fenster waren dreifach verglast, und er brauchte mehrere Versuche. Dann endlich zerbarst die Scheibe in tausend Scherben.

»Oh, mein Gott!«, rief Tonja und stürzte zu dem leblosen kleinen Körper.

Doch für das Mädchen im Teddy-Schlafanzug kam jede Hilfe zu spät. Und auch der Mann, der auf der Rückseite der Theke in seinem Blut lag, war bereits seit mindestens einer halben Stunde tot.

Kröger hob seine Waffe und richtete sie auf die einzige Tür, die sich etwa auf Höhe des Essbereichs befand. Vermutlich führte sie in die Diele des Hauses. »Ruf Verstärkung!«

Seine Kollegin nickte und tastete mit zitternder Hand nach ihrem Funkgerät, doch was sie sagte, nahm Kröger nur noch am Rande wahr. Zu sehr war er bereits mit der Frage beschäftigt, die aus der Spurenlage hier unten zwangsläufig folgte: Wenn der Mann dort hinter der Theke der Vater war, vor wem, um Gottes willen, hatte sich Leon Svensson dann derart gefürchtet?

Er ist auf der Treppe …

Kröger hielt den Atem an und öffnete die Schiebetür, die wie erwartet in die Diele führte. In seinen Adern pulste das Adrenalin. Die Kollegin in der Zentrale hatte gesagt, dass der Junge zuletzt im ersten Stock gewesen sei. In seinem Zimmer.

Krögers Finger schlossen sich fester um den Griff seiner Waffe.

Die breite Treppe, die ins Obergeschoss hinaufführte, war genauso schnörkellos wie der Rest des Hauses. Aber … Er stutzte. War das nicht Blut, dort auf der dritten Stufe?

Das Hämmern in seinem Brustkorb wurde stärker. Es schienen nur ein paar Tropfen zu sein, doch weiter oben entdeckte er noch eine Stelle, die verdächtig aussah. So, als ob sich eine verletzte Person in einem unbeobachteten Moment die Treppe hinaufgeflüchtet hätte, nicht ahnend, dass die Blutstropfen auf den Stufen ihre Anwesenheit verrieten.

Was hat dieser elende Bastard hier bloß angestellt?, durchfuhr es Kröger, als seine Augen unvermittelt an der Haustür hängen blieben.

»Was ist da?«, flüsterte Tonja, die in diesem Moment aus dem Wohnzimmer trat, die Waffe im Anschlag und das Funkgerät noch am Ohr.

Anstelle einer Antwort zeigte Kröger auf das milchige Glas, auf dessen Rückseite man vage die Umrisse des Weidenkorbs erahnen konnte. »Die Tür ist auf.«

Tonja verstand die Bedeutung seiner Worte sofort, und er konnte die Schockwelle ihrer Erschütterung beinahe körperlich spüren.

»Ja«, nickte Kröger. »Wer immer das getan hat: Er war noch hier, als wir ankamen …«

3

Frankfurt-Eschborn, Spenderstraße, 10. November 2014, 21.51 Uhr

»Sind Sie okay?«

Nico Kröger nickte.

Doch sie wussten beide, dass sie sich etwas vormachten.

Kriminalhauptkommissar Hartmut Rosenthal setzte sich neben seinen jungen Kollegen auf den Rand der Kräuterspirale vor der Haustür. Wir halten es beide nicht aus, in diesem Haus zu bleiben, dachte er. Nicht nach allem, was diese Bestie da drin angerichtet hat. Vier Tote.

Erik Svensson (37), Investmentberater.

Seine Frau Sonja (34), eine studierte Kunsthistorikerin.

Und die gemeinsamen Kinder Pippa (3) und Leon (6).

Rosenthal wusste, er würde die Bilder der leblosen Körper nie wieder loswerden. Dabei war er sonst durchaus nicht zimperlich. Oder leicht zu erschrecken. Aber da war dieser Ausdruck im Gesicht der ermordeten Frau. Der unauslöschliche Ausdruck von blankem Entsetzen in den erstarrten Pupillen.

Dabei hatte der Täter Sonja Svensson aller Wahrscheinlichkeit nach weder gefoltert noch vergewaltigt, das hatte der Notarzt ihnen – natürlich mit der üblichen Vorsicht – bereits bestätigt. Rein körperlich war die junge Mutter bis auf die Würgemale, die ihr Mörder ihr zugefügt hatte, unversehrt. Und doch musste sie in ihrem Zuhause, das eigentlich ein sicherer Ort sein sollte, höllische Qualen ausgestanden haben.

Rosenthal zog eine Schachtel Zigaretten aus der Manteltasche und hielt Kröger die Packung unter die Nase.

Doch der schüttelte nur den Kopf.

Hinter ihnen, im Haus, arbeiteten die Kollegen von der Spurensicherung auf Hochtouren. Der tote Familienvater und seine kleine Tochter lagen im Erdgeschoss. Rosenthal fröstelte, als das Bild des blutüberströmten Mädchens vor ihm aufblitzte. Die Leiche der Frau hatten sie im ehelichen Schlafzimmer im ersten Stock gefunden. Im Zimmer daneben ihren Sohn. Leon. Seit bei seiner Mutter im Zuge ihrer zweiten Schwangerschaft Diabetes diagnostiziert worden war, hatte er gewusst, wie man den Notruf wählt. Rosenthal hatte sich die Aufzeichnung bereits angehört. Ein tapferer kleiner Junge. Im nächsten Sommer wäre er in die Schule gekommen …

Hör auf!, schalt er sich, während er dem Rauch seiner Zigarette nachblickte. Diesen Job kann man nur bewältigen, wenn man es schafft, Distanz zu halten. Distanz zu all dem Grauen. Und zu den Bildern, die dazu neigen, sich irgendwo tief im Kopf festzusetzen …

Der junge Kollege von der Streife rieb sich die Stirn. »Ihr Körper war …«

Rosenthal hob den Kopf. »Was?«

»Der Körper der Frau«, wiederholte Kröger, kaum hörbar. »Er war noch warm, als der Notarzt ihn …«

»Ich weiß«, nickte Rosenthal.

»Wenn wir gleich bei unserer Ankunft diese verdammte Haustür aufgebrochen hätten …« Er brach ab und hustete trocken. »Wenn wir sofort hineingegangen wären, anstatt uns mit der Terrasse aufzuhalten …«

Rosenthal zog an seiner Zigarette, während er seinen Blick über die Lampen im hinteren Teil des Gartens gleiten ließ. Ein hartes, kaltes Licht. »Das hätte nichts genützt. Sie war bereits tot.«

»Und wenn nicht?« In Krögers Augen lag pure Verzweiflung. Und die stumme Bitte: *Erlös mich. Sag mir etwas, das mir hilft!*

»Fahren Sie nach Hause.«

Der junge Kollege rührte sich nicht von der Stelle.

Hat das wirklich noch sein müssen?, durchfuhr es Rosenthal, während er sich im selben Atemzug für den Gedanken schämte. So kurz vor der Pensionierung? Auf der Zielgeraden meiner Karriere? Ein solcher Fall?

Eine komplette Familie ausgelöscht.

Vier Menschen, die sich niemals etwas hatten zuschulden kommen lassen.

Zumindest sah es auf den ersten Blick so aus. Rosenthal verzog das Gesicht. In seiner langen Karriere war er ausgesprochen vorsichtig geworden, was diese Dinge anging. Auch wenn die ersten Aussagen von Nachbarn und Bekannten eine ziemlich eindeutige Sprache sprachen: Nett seien sie gewesen, die Svenssons. Hilfsbereit und aufgeschlossen. Gute Eltern obendrein. Stets bemüht, alles richtig zu machen.

Rosenthal seufzte und schielte wieder zu Nico Kröger hinüber. Der Junge würde zusammenbrechen, kein Zweifel. Die Frage war nur, wann …

»Fahren Sie jetzt heim«, wiederholte er mit Nachdruck. Und nach kurzem Zögern fügte er hinzu: »Sie brauchen sich keine Vorwürfe zu machen. Sie haben getan, was Sie konnten.«

Aus Krögers Kehle stieg ein heiseres Lachen auf, und trotz der ungemütlichen Temperaturen stand ein feiner Schweißfilm auf seiner Stirn.

Rosenthal stand auf und trat seine Zigarette aus. »Ich muss wieder rein«, erklärte er. »Bleiben Sie, wo Sie sind, ich schicke Ihnen einen Arzt …«

Nun sah Kröger doch hoch. »Ich brauche keinen Arzt.«

»Doch«, entgegnete Rosenthal, ohne sich noch einmal zu dem jungen Kollegen umzudrehen. »Glauben Sie mir …«

Acht Monate später …

4

Frankfurt Hauptfriedhof, Trauerhalle,
7. Juli 2015, 16.46 Uhr

Die Trauerhalle des Frankfurter Hauptfriedhofs verfügte über einhundertfünfzig Sitzplätze, und an diesem heißen Nachmittag im Juli blieb kein einziger von ihnen frei. In jeder Nische und sogar in den Ein- und Durchgängen drängten sich Menschen: Freunde. Kollegen. Nachbarn. Sie alle waren gekommen, um Thorsten Mohr die letzte Ehre zu erweisen.

Der junge Beamte der Sonderermittlungsgruppe »Calibri« war am vergangenen Donnerstag im Zuge einer missglückten Razzia erschossen worden. Während seine Kollegen die Lagerräume eines Kaufhauses nach illegalen Waffen durchsucht hatten, war Mohr einem Verdächtigen auf das Dach des Gebäudes gefolgt und dort in einen Hinterhalt geraten. Und wie immer, wenn ein Polizist in Ausübung seines Dienstes den Tod gefunden hatte, schlugen die Emotionen hohe Wellen: Seit Tagen standen die Telefone nicht still. Hinweise gingen ein, und wildfremde Menschen bekundeten ihre Anteilnahme und ihr Entsetzen. Doch nicht einmal die Organisatoren des Gedenkgottesdienstes hatten offenbar mit einer derart großen Anzahl Trauergäste gerechnet.

Kriminalhauptkommissarin Emilia Capelli, genannt Em, schielte nach links, wo einer der Ordner mit angespannter Miene in sein Headset sprach. Während er auf Antwort wartete, wanderten seine Blicke aufmerksam von Tür zu

Tür, was sie in dem beunruhigenden Gefühl bestärkte, dass irgendetwas nicht stimmte. Schon bei ihrer Ankunft hatte sie den Eindruck gehabt, dass jenseits der allgemeinen Trauer und Betroffenheit noch etwas anderes lauerte. Etwas, das sich einfach nicht greifen ließ. Doch bislang war es ihr nicht gelungen, der Ursache ihrer Empfindungen auf die Spur zu kommen.

Sie atmete tief durch und sah hinauf zu der über dreißig Meter hohen Kuppel des Gebäudes, die entfernt an das römische Pantheon erinnerte. Durch die runden Fenster fiel strahlendes Sonnenlicht herein und tauchte die dunklen Rücken der Trauernden in lichte Streifenmuster.

Ein paar Reihen vor ihr saß Zhou neben Alexander Decker und dessen Partner Carsten Pell. Beide gehörten derselben Ermittlungsgruppe an wie der Verstorbene, und ihre Gesichter verrieten, dass ihnen durchaus bewusst war, wie knapp sie selbst erst vor wenigen Tagen dem Tod entronnen waren.

Ems Blick glitt weiter, den Gang entlang. Direkt vor dem Altar war der Sarg aufgebahrt, ein schlichtes Modell aus hellem Holz, das inmitten der zahllosen Kränze und Gestecke fast ein wenig verloren wirkte. Am Mikrofon gaben sich unterdessen die Redner die Klinke in die Hand. Der Bürgermeister hatte bereits gesprochen. Und der Polizeipräsident. Dazu Vertreter des Landtags und der Polizeigewerkschaft. Augenblicklich war Norman Kusch an der Reihe, Mohrs Vorgesetzter. Er lobte den jungen Beamten als ehrgeizigen Ermittler und beliebten Kollegen und pries auch Mohrs soziales Engagement, insbesondere für schwerkranke Kinder und deren Familien.

»Als unmittelbar Betroffener«, sagte Kusch, den der unaufgeregt-sachliche Tonfall seiner Ansprache spürbar Mühe kostete, »setzte Thorsten Mohr sich besonders für die Belange von Eltern ein, die durch die lebensbedrohliche

Erkrankung eines ihrer Kinder täglich vor neuen, schwierigen Herausforderungen stehen.«

Sein Blick suchte die Witwe, die sich für Ems Empfinden bemerkenswert tapfer hielt. Martina Mohr trug ein schlichtes schwarzes Etuikleid und war entgegen aller Erwartungen tatsächlich in Begleitung ihrer Kinder gekommen. Dass sie den beiden die schmerzvolle Prozedur des öffentlichen Abschiednehmens nicht ersparte, würde garantiert nicht nur auf Beifall stoßen, doch Em konnte nicht umhin, Martina Mohrs Mut zu bewundern. Neben ihr presste die sechsjährige Ann-Christin mit steinerner Miene einen bunten Stoffhasen an sich, während die Finger ihres dreijährigen Bruders immer wieder an den Gurten seiner Atemmaske zupften. Em wusste, dass der Junge an Mukoviszidose litt, jener tückischen Stoffwechselerkrankung, die in Deutschland Jahr für Jahr bei rund 200 Neugeborenen diagnostiziert wurde und gegen die es – zumindest bislang – noch kein Heilmittel gab.

Von Zeit zu Zeit griff Martina Mohr nach den Händen ihres Sohnes und legte sie sanft auf die Lehnen seines Rollstuhls zurück. Es waren die ruhigen, liebevollen Gesten einer Frau, die an Ausnahmesituationen gewöhnt und sich ihrer Verantwortung bewusst war.

Wie viele Schicksalsschläge verkraftet ein Mensch?, überlegte Em, während sich nun auch Norman Kusch vom Rednerpult verabschiedete. An seiner Stelle trat wieder der Pastor ans Mikrofon. Die Anwesenden erhoben sich zu seinem kurzen Gebet. Dann schulterten die acht Sargträger – allesamt uniformierte Polizisten – die sterblichen Überreste Thorsten Mohrs und trugen den Sarg zu dem vor der Halle wartenden Leichenwagen. Die Trauergemeinde folgte in gebührendem Abstand. Martina Mohr schob den Rollstuhl ihres Sohnes vor sich her, während sich eine ältere Dame, vermutlich eine der Großmütter, um ihre kleine Tochter kümmerte.

In einem Pulk junger Männer entdeckte Em ihren alten Freund Tom Ahrens, mit dem sie in der Zeit ihrer Ausbildung manch lustigen Abend verbracht hatte. Er schien frisch vom Friseur zu kommen und blinzelte angestrengt in das helle Sommerlicht vor der Halle. Und so tragisch der Anlass, so profan war der Gedanke, der Em bei seinem Anblick durch den Kopf ging: Um ein Haar hätte Tom Zhous Platz eingenommen …

Dann wären wir Kollegen gewesen.

Mehr noch: Partner.

Doch Makarov hatte Mai Zhou den Vorzug gegeben, und Tom hatte sich notgedrungen anderen Aufgaben zugewandt. In der Abteilung für Rauschgiftdelikte war Thorsten Mohr einer seiner engsten Kollegen gewesen, und auch für Tom galt, dass er an diesem Tag nicht nur einen Freund zu Grabe trug, sondern zugleich sein eigenes Überleben feierte. Eine Erkenntnis, die Em einen leisen Schauer über den Rücken jagte.

»Frierst du?«, hörte sie eine Stimme hinter sich fragen.

Decker …

»Nein«, entgegnete sie hastig.

»Du siehst aber so aus.«

»Mir ist nicht kalt, okay?« Ihr Ton war schroff, aber sie riss sich zusammen, als sie in das ungewohnt fahle Gesicht ihres Kollegen blickte. »Alles klar bei dir?«

»Sicher. Ich muss nur endlich raus hier. Diese verbrauchte Luft schlägt einem total auf den Kreislauf …«

Em nickte zustimmend, auch wenn sie beide wussten, dass die verbrauchte Luft nicht sein Problem war. »Ein bisschen Sonne wird uns guttun.«

Decker nickte. Irgendwann murmelte er: »Wir haben zusammen gegessen, an dem Mittag. Thorsten hatte 'ne Pizza mit doppelt Käse und meinte noch, das gibt Kraft.« Sein Lachen klang verloren. »Und ein paar Stunden später sind wir zusammen da rein, verstehst du?«

Em hatte nicht die leiseste Ahnung, was sie sagen sollte. Also schwieg sie. Ganz abgesehen davon, dass es manchmal tatsächlich besser war, wenn man einfach die Klappe hielt.

»Gottverdammte Scheiße, so was«, knurrte Decker, als sie das Kondolenzbuch passierten, das neben dem Eingang auslag.

»Ja«, sagte Em und betrachtete das Porträtfoto Thorsten Mohrs, das hinter dem aufgeklappten Buch stand. »So kann man das ausdrücken.«

In der Traueranzeige war das Spendenkonto der Deutschen Gesellschaft zu Bekämpfung von Mukoviszidose vermerkt worden. Doch Em wusste, dass es auch noch eine interne Sammlung zugunsten der Hinterbliebenen gegeben hatte. Nach allem, was sie gehört hatte, würde Norman Kusch der Witwe im Anschluss an die Trauerfeier einen Scheck überreichen. Geld, das Martina Mohr unter Garantie gut gebrauchen konnte. Klinikaufenthalte und diverse Spezialtherapien verschlangen dem Vernehmen nach Unsummen.

»Thorsten hätte an dem Tag eigentlich frei gehabt«, bemerkte Decker, der Ems Gedanken zu erraten schien. »Aber er war immer froh, wenn er bezahlte Überstunden machen konnte.«

»Was man so Überstunden nennt«, versetzte ein großgewachsener Kahlkopf, der neben ihnen ging und die letzte Bemerkung aufgeschnappt hatte.

Decker war augenblicklich auf hundertachtzig. »Was willst du damit andeuten?«, schnappte er, indem er sich drohend vor dem Glatzkopf aufbaute.

Doch der schien nicht so leicht zu beeindrucken zu sein und reckte angriffslustig das Kinn vor. »Komm wieder runter, ja? Ist doch schließlich nichts Neues, was ich sage.«

Bevor Em reagieren konnte, hatte ihr Kollege den Mann bereits am Revers gepackt. »Hast du irgendein Problem, Freundchen? Oder bist du bloß eins von diesen perversen Arschlöchern, denen es Laune macht, einen Kollegen zu diffamieren, der sich nicht mehr verteidigen kann?«

Der Angegriffene schlug Deckers Hände weg. Sein Gesicht war knallrot. »Wag es noch ein einziges Mal, mich anzufassen!«

»Und ob ich das wage!« Ihr Kollege sah aus, als wollte er auf den Mann losgehen, doch Em bekam ihn an der Schulter zu fassen.

»Alex!«, mahnte sie sanft, aber eindringlich. »Das bringt doch nichts.«

»Dieser Bastard beleidigt einen Mann, der mein Freund gewesen ist«, echauffierte sich Decker, während die Menschentraube in ihrem Rücken immer größer wurde. Das hier roch nach Ärger, und den ließen die Leute sich auch bei einer solchen Gelegenheit nur ungern entgehen. »Thorsten ist noch nicht mal unter der Erde, und diese Scheißkerle fangen schon an, mit Dreck zu werfen.«

»Genau das ist der Punkt«, hörte Em in diesem Moment die ruhige, angenehm tiefe Stimme ihrer Partnerin hinter sich. »Es ist Dreck, Alex, nichts weiter. Und es ist deines verstorbenen Freundes nicht würdig, dass du auf so was überhaupt reagierst.«

Em, die das aufbrausende Temperament ihres Kollegen kannte, erwartete Widerspruch. Doch zu ihrer Überraschung beruhigte sich Decker. Er schaute an ihrer Schulter vorbei, und sie konnte förmlich zusehen, wie sich seine markanten Züge entspannten.

»Du hast recht«, erwiderte er. »Der Mist, den dieser Scheißkerl verzapft, ist nicht der Rede wert.« Dann warf er dem Pöbler einen letzten, verächtlichen Blick zu, zupfte sein Jackett zurecht und wandte sich ab.

Carsten Pell trat neben ihn und legte ihm beruhigend die Hand auf den Arm. »Hey, Mann. Idioten gibt es überall. Und schließlich wissen wir beide, wie die Wahrheit aussieht.« Er wandte sich Em zu. »Wir treffen uns später übrigens noch im Penny Lane, um auf Thorsten anzustoßen. Bist du dabei?«

»Na, klar.« Sie lächelte ihm zu. »Ist doch Ehrensache.«

Decker sah hoch. »Kommst du auch?«

Die Frage richtete sich an Zhou, doch die schüttelte den Kopf. War ja klar, dachte Em mit einem Anflug von Ärger. Wann immer es auch nur entfernt auf Zwischenmenschliches hinausläuft, kneift sie!

»Ich habe Nachtdienst.«

»Schade«, sagte Decker.

»Ja«, nickte Zhou. »Das finde ich auch.«

Em glaubte ihr kein einziges Wort.

5

JVA Frankfurt I, Besucherraum, 7. Juli 2015, 16.59 Uhr

Das Gespräch begann wie aus dem Lehrbuch.

Karel Schubert erledigte die Formalitäten, passierte ohne Probleme die Sicherheitskontrollen und wurde von einem Vollzugsbeamten in einen schmucklosen Besucherraum der JVA Frankfurt I geführt, wo der Untersuchungshäftling mit der Haftnummer G1–104 bereits auf ihn wartete.

Karel nahm auf dem grauen Plastikstuhl Platz, stellte seine Aktentasche neben sich auf den Boden und entnahm ihr eine Mappe mit Dokumenten, die er vor sich auf den Tisch legte. »Guten Tag, Herr Bormann.«

»Tag.«

»Mein Name ist Karel Schubert.«

Der Mann im grauen Sweatshirt verzog keine Miene. Sein Blick war klar und konzentriert, dabei jedoch zu keiner Zeit unangenehm oder aufdringlich. Im Gegenteil: Armin Bormann wirkte wie der nette Nachbar von nebenan. Distanziert und zugleich seltsam vertraut. Jemand, den man schon sein halbes Leben kennt, ohne ihm je wirklich nahegekommen zu sein, den man flüchtig grüßt, wenn man ihm auf der Straße begegnet, und der spontan und unkompliziert mitanpackt, wenn man eine Waschmaschine geliefert bekommt und keine Ahnung hat, wie man das sperrige Monster in seinen Keller bugsieren soll. Einer wie du und ich, dachte Karel mit einem Anflug von Irritation, und ihm fiel ein, dass er in der Akte gelesen hatte, Bormann habe noch am Tag seiner Festnahme die Schaukel der Nachbarskinder repariert.

Zwei Kinder …

Ein Garten mit Spielgeräten …

Eine Schaukel und ein Trampolin …

Karel zuckte innerlich zusammen, als unvermittelt wieder Fragmente der Tatortfotos vor seinem inneren Auge aufblitzten: Die riesige Blutlache in der Küche. Daneben ein vergessenes Spielzeugauto, ein gelber Truck. Der leblose kleine Körper in einem Schlafanzug mit Teddybären. Und die schreckensstarren Augen Sonja Svenssons, deren Entsetzen die Kamera der KTU-Techniker auf höchst eindrückliche Weise festgehalten hatte.

Wie passt das zusammen?, überlegte er, während sein Blick zu dem glatt rasierten, durchaus nicht unattraktiven Gesicht auf der anderen Seite des Tisches zurückkehrte.

Passte es überhaupt? Oder war Armin Bormann ebenfalls ein Opfer? War er einfach nur jemand, den man über die Planke zu schicken versuchte, weil er in der ersten Vernehmung durch die Behörden gelogen hatte und die Staatsanwaltschaft einen Sündenbock brauchte?

»Woll'n Sie was trinken?«, fragte eine Stimme in seinem Rücken mehr aus Routine denn aus Höflichkeit.

Karel drehte sich um. »Nein, danke.«

Der Beamte nickte und zog sich wieder zurück. Bormann wurde erst gar nicht gefragt, und Karel glaubte einen Hauch Amüsement in den graublauen Augen zu erkennen.

»Sie wissen, weshalb ich hier bin?«

»Ja, ich habe das Schreiben gelesen.«

Gelesen vielleicht, dachte Karel, allerdings hast du mit keiner Silbe darauf reagiert. »Dann wissen Sie ja auch, dass ich vom Landgericht Frankfurt mit Ihrer Vertretung beauftragt wurde«, stellte er sachlich fest, und dieses Mal war dem Mann auf der anderen Seite des Tisches sogar noch das Nicken zu viel.

Er lächelte nur. Ein kühles, unbeteiligtes Lächeln, das irgendwo in den Tiefen seiner Augen verglomm.

Karel musterte den Programmierer aufmerksam. Er hatte nicht viel Zeit gehabt, sich auf dieses Treffen vorzubereiten, und die Akte zu dem Fall umfasste bereits jetzt mehr als ein halbes Dutzend Ordner. Doch Karel hatte schon als Student die Kunst des raschen und doch gründlichen Querlesens beherrscht. Dergestalt hatte er Polizeiberichte, Zeitungsartikel und Vernehmungsprotokolle überflogen und war zu dem Schluss gekommen, dass trotz des umfangreichen Materials, das die Ermittlungsbehörden zusammengetragen hatten, bislang allenfalls ein Bruchteil dieser mysteriösen Geschichte erzählt war. Ein Umstand, der jeden anderen unter Garantie eher abgeschreckt hätte. Doch Karel fühlte sich herausgefordert.

»Es tut mir leid, aber ich muss vorab ein paar Dinge klären«, schickte er voraus. »Sonst macht dieses Gespräch nicht den geringsten Sinn.«

Bormann blickte ihn unverwandt an. Er war gut aussehend, aber deutlich kleiner, als Karel erwartet hatte, und wirkte sehnig und trainiert. »Tun Sie sich keinen Zwang an.«

»Zunächst muss ich Sie fragen, ob Sie damit einverstanden sind, dass ich Ihre Vertretung übernehme.«

»Hab ich eine Wahl?«

Karel rang sich ein Lächeln ab. »Sicher.«

»Die da wäre?«

»Es steht Ihnen frei, jederzeit einen anderen Strafverteidiger zu benennen, der Sie vor Gericht vertritt.«

Bormann lehnte sich zurück und verschränkte die Arme vor der Brust. »Ich bin kein großer Freund von Anwälten«, entgegnete er lakonisch.

Ja, dachte Karel, das ist kaum zu übersehen!

»Wie Sie bereits wissen, werden Sie leider nicht um eine Vertretung herumkommen«, stellte er mit einer gewissen Genugtuung fest. »Da Sie sich einer Mordanklage ausgesetzt sehen und es in diesem Land Gesetz ist, dass der Beschuldigte bei einem derart schwerwiegenden Verbrechen nicht ohne juristischen Beistand …«

»Sage ich ja«, fiel Bormann ihm ins Wort, und Karel setzte in Gedanken ein dickes Ausrufezeichen hinter die Punkte *Selbstbewusstsein* und *Intelligenz*.

Er war ein Mann, der sich sogar im Rahmen des Denkens um Neutralität bemühte. Doch in diesem Fall, das musste er zugeben, fiel ihm die Unvoreingenommenheit, die er von sich selbst erwartete, ganz und gar nicht leicht. Immerhin wurde Armin Bormann eines der abscheulichsten Verbrechen bezichtigt, die in den letzten Jahren in diesem Land verübt worden waren, und er tat wenig bis nichts dazu, den Verdacht, der gegen ihn bestand, zu entkräften.

Seit Anfang Dezember des vergangenen Jahres saß er nun in Untersuchungshaft. Während dieser Zeit hatte er bereits zwei Pflichtverteidiger verschlissen. Der zweite, Karels unmittelbarerer Vorgänger, hatte sofort nach Verlesen der Anklageschrift durch die Staatsanwaltschaft einen Befangenheitsantrag gegen einen der drei Richter gestellt und damit immerhin eine kurze Prozesspause erreicht. Doch die geschenkte Zeit wäre ungenutzt verstrichen, gäbe es da nicht diese rührige Nachbarin, die sich aus Gründen, die Karel bislang noch nicht überblickte, Bormanns Rettung auf die Fahnen geschrieben hatte. Er kannte Cassandra Neubert bislang nur vom Telefon, doch er hatte bereits eine ziemlich genaue Vorstellung von der Witwe, der er jetzt zumindest so etwas wie einen leisen Hoffnungsschimmer verdankte. Eine Perspektive. Etwas, auf dem sich aufbauen ließ. Vorausgesetzt, der Mann, um den es ging, war auch bereit, sich helfen zu lassen …

Karel versuchte, Bormanns Blick einzufangen. »Sie müssen keineswegs mit mir vorliebnehmen«, wiederholte er mit Nachdruck, denn das Letzte, wonach ihm der Sinn stand, war die Aussicht, den allerersten Strafprozess seiner Karriere zu verlieren, nur weil sein Mandant keinen Bock auf Hilfe hatte. »Das Einzige, womit Sie sich abfinden müssen, ist die Tatsache, dass Sie einen Verteidiger brauchen.«

»Was soll's?«, gab Bormann mit erstaunlich unbewegter Miene zurück. »Einer von eurer Zunft ist so gut wie der andere.«

Letzteres sah Karel definitiv anderes, doch er verkniff sich auch dieses Mal eine entsprechende Erwiderung.

Stattdessen schob er die Hand in die Brusttasche seines Jacketts und förderte den billigen roten Kugelschreiber zutage, mit dem er bereits während des Studiums Seminare und Vorlesungen protokolliert hatte. Nach dem Abschluss hatten ihn mehrere namhafte Kanzleien aus ganz Europa umworben, doch Karel hatte beschlossen, dass er noch nicht über die Erfahrung verfügte, die sein Anspruch an sich selbst und sein juristischer Ehrgeiz ihm auferlegten. Deshalb war er fürs Erste in Frankfurt, dem Ort seiner Ausbildung, geblieben. Seit ein paar Monaten arbeitete er für die mittelständische, aber angesehene Sozietät Meerwald und Schaller, deren Büros nur einen Steinwurf von der Fressgasse entfernt lagen. Und wenn er ehrlich war, fühlte er sich dort ausgesprochen wohl. Die beiden Seniorpartner erteilten ihm klare Anweisungen und ließen ihm dennoch genügend Freiheiten, um eigene Erfahrungen zu sammeln. Im Augenblick war Karel allerdings nicht mehr so sicher, ob die Sache mit der Freiheit ihm nicht doch ein wenig zu weit ging. Immerhin saß er hier mit einem Mann, der laut Anklageschrift eine vierköpfige Familie ermordet hatte …

Er atmete tief durch und zog ein zweiseitiges Schriftstück aus seiner Aktentasche. »Um Sie vertreten zu können, muss ich Sie bitten, mir diese Vollmacht hier zu unterschreiben.«

Bormann griff nach dem Kugelschreiber und kritzelte seinen Namen unter das Dokument, ohne auch nur hinzusehen. Dann schob er beides über den Tisch zurück.

»Es ist Ihnen bekannt, dass sich Ende letzter Woche noch eine weitere Zeugin gemeldet hat?«

Bormann nickte.

»Und kennen Sie auch den Inhalt ihrer Aussage?«

»Ja.«

»Haben Sie etwas dazu zu sagen?«

»Nein.«

Karel versuchte, sich von der Einsilbigkeit seines Gesprächspartners nicht beeindrucken zu lassen. Doch es wollte ihm nicht gelingen.

Eigentlich müsste der Kerl aus Freude über diese Entwicklung Luftsprünge machen, dachte er, während er für sich noch einmal die Fakten resümierte: Laut Ermittlungen von Polizei und Staatsanwaltschaft hatte sich Bormann am Abend des 10. November vergangenen Jahres auf bislang noch unbekannte Weise Zugang zum Haus der Familie Svensson in Eschborn verschafft. In der Wohnküche, wo die Familie gerade mit den Vorbereitungen für das Abendessen beschäftigt gewesen war, hatte er ohne Zögern das Feuer eröffnet.

Erik Svensson, der 37-jährige Familienvater, und seine dreijährige Tochter Pippa waren auf der Stelle tot gewesen. Der sechsjährige Leon hingegen hielt zum Zeitpunkt der Tat ein Tablet unter seinem Pullover versteckt, das die beiden Schüsse, die Bormann auf ihn abgab, abgefangen hatte. Die Wucht der Schüsse warf den Jungen zu Boden, wobei er sich eine leicht blutende Wunde am Hinterkopf zugezogen hatte. Doch die hatte er im Zustand des Schocks vermutlich genauso wenig gespürt wie die Prellungen am Brustkorb.

Was danach geschehen war, lag auch mehr als acht Monate nach der grausigen Tat noch immer weitgehend im Dunkeln. Fest stand nur, dass es Leon Svensson irgendwie gelungen war, sich in sein Kinderzimmer im ersten Stock zu schleichen. Um exakt 19 Uhr 46 hatte er den Notruf gewählt.

Karels Blick blieb an der schnörkellosen Unterschrift seines unfreiwilligen Mandanten hängen.

Aus dem Protokoll des knapp vierminütigen Gesprächs mit der Notrufzentrale ging hervor, dass Sonja Svensson zu diesem Zeitpunkt ebenfalls noch am Leben gewesen sein musste. Doch als die Polizei siebzehn Minuten später das Haus durchsuchte, waren beide, Mutter und Sohn, tot gewesen. Leon war durch einen Kopfschuss gestorben. Seine Mutter war erwürgt worden.

Karel biss sich auf die Lippen.

»Und Sie bleiben dabei, dass Sie am Tatabend *nicht* im Haus der Svenssons gewesen sind?«, wandte er sich wieder an Bormann.

»Ja.«

»Auch nicht früher an diesem Tag?«

»Nein, auch nicht früher.«

Karel warf einen flüchtigen Blick in die Notizen, die er sich gemacht hatte. »Aber vorher sind Sie sehr wohl mal dort gewesen, nicht wahr?«

»Ja.«

»Wie oft?«

Achselzucken, eher gelangweilt als ratlos. »Zwei- oder dreimal.«

»Warum haben Sie bei der ersten Befragung behauptet, das Haus in der Spenderstraße nie betreten zu haben?«

»Ich war nervös.«

»Sie haben gelogen«, korrigierte Karel unsentimental.

»Na und?« Bormanns milchig trübe Augen schweiften ab. »Ich wusste, was passiert ist. Und ich … Na ja, ich habe sofort begriffen, dass ich mich in Schwierigkeiten bringe, wenn ich zugebe, dass ich hin und wieder da gewesen bin.«

»Wieso?«, gab Karel zurück. »Wenn Sie mit der Familie befreundet waren …«

»War ich aber nicht.«

»Richtig.« Seine Finger strichen über die Ecke des Aktendeckels. »Waren Sie nicht. Und genau hier liegt unser Problem.«

Bormann reagierte nicht.

Karel fixierte einen Punkt zwischen seinen Brauen. »Sie haben Ihre Beziehung zu Sonja Svensson explizit als flüchtig bezeichnet.«

»Und?«

»Was hatten Sie dann in ihrem Haus zu schaffen?«

Bormann gab ein Stöhnen von sich, das deutlich machte, dass er sich seiner Meinung nach bereits zur Genüge zu diesem Sachverhalt geäußert hatte. »Sie hat mich ein- oder zweimal um Rat gefragt. Wegen ihrer Fische.«

Vor Karels innerem Auge tauchten die Bilder aus dem Schlafzimmer des ermordeten Ehepaars auf. Riesige Schrankfronten in hellem Holz, ein Boxspringbett, ein gemauerter Durchgang zum Badezimmer und davor, auf einem kleinen Podest, ein imposantes Aquarium. »Sie züchten Fische, nicht wahr?«, fragte er mit einem kurzen Blick in seine Notizen.

»Das ist nur ein Hobby«, winkte Bormann ab.

Karel ignorierte die Einschränkung. »Wie lange machen Sie das schon?«

»Keine Ahnung. Ein paar Jahre.«

»Verkaufen Sie die Tiere auch privat?«

»Nein, nur an Händler.«

»Haben Sie Sonja Svensson mal einen Fisch verkauft?«

»Nein.«

»Haben Sie ihr einen geschenkt?«

»Nein.« Jetzt klang er entnervt. »Ich habe ihr, soweit ich mich erinnere, nur mal irgendein Medikament empfohlen. Das war alles.«

Soweit ich mich erinnere …

Karel atmete tief durch. »War Frau Svenssons Mann da zufällig dabei?«

Bormann verdrehte die Augen. »Nein.«

»Wieso nicht?« Karel hob betont unschuldig den Blick. »Immerhin war es doch auch sein Aquarium, oder nicht?«

»Ich glaube, eigentlich gehörte es dem Jungen.«

»Sie meinen Leon?« Er wollte sehen, wie sein Gegenüber auf den Namen reagierte. Doch Bormann zuckte nicht mal mit der Wimper.

»Ja, genau.«

»Aber Erik Svensson war bei der genannten Gelegenheit nicht dabei?«, insistierte Karel.

»Er konnte nicht. Er ist beruflich viel unterwegs.«

War, korrigierte ihn Karel in Gedanken. Erik Svensson ist tot.

»Sind Sie Sonja bei Ihren Besuchen in der Spenderstraße irgendwie …«, er suchte eine Weile nach einem passenden Wort, »… nähergekommen?«, entschied er sich schließlich für eine möglichst unverfängliche Formulierung.

Bormann lachte. »Sie wollen wissen, ob ich mit ihr geschlafen habe?«

Seine Direktheit ließ Karel zusammenzucken, aber er nickte. »Es wäre durchaus hilfreich, die Wahrheit zu kennen.«

»Nein, ich habe nicht mit ihr geschlafen.«

»Waren Sie in sie verliebt?

Wieder Lachen. »Nein. Ganz und gar nicht.«

»Aber sie war sehr hübsch.«

»Sind *Sie* verliebt in jede Frau, die gut aussieht?«

Treffer, dachte Karel.

Bormann taxierte ihn einen Moment lang, bevor er hinzufügte: »Sie war ganz einfach eine nette Frau, mit der man sich gut unterhalten konnte. Nicht mehr und nicht weniger.«

»Worüber haben Sie sich unterhalten?«

»Über Fische, zum Beispiel.«

Karel legte seinen Stift zur Seite, stand auf und sah seinem unfreiwilligen Mandanten direkt in die Augen. »Wollen Sie hier raus?«

Der abrupte Themenwechsel brachte Bormann spürbar aus dem Gleichgewicht. »Wie bitte?«

»Ich hätte gern gewusst, ob Sie für den Rest Ihres Lebens in einer Achtquadratmeterzelle mit Aluklo hocken und geschmuggelte Pornoheftchen konsumieren möchten«, wiederholte Karel, ohne eine Miene zu verziehen. »Oh, verstehen Sie mich bitte nicht falsch: Falls ja, wäre das absolut okay für mich. Ich meine, so was muss jeder für sich selbst entscheiden, nicht wahr? Und Lebensqualität ist letztendlich immer eine Frage der persönlichen Auslegung. Aber falls Sie das nicht wollen …« Er lehnte sich quer über den Tisch, bis sein Gesicht unmittelbar vor Bormanns schwebte. »Falls Sie das nicht wollen, sollten Sie langsam mal aufhören, mich zu verarschen, Freundchen. Und zwar ein für alle Mal, haben wir uns verstanden?«

6

Frankfurt Hauptfriedhof, 7. Juli 2015, 17.54 Uhr

»Capelli!«

Makarov bemühte sich, zu ihr aufzuschließen, was im dichten Gedränge auf den Wegen rund um Thorsten Mohrs Grab gar nicht so einfach war. Die Zeremonie war beendet, die meisten Trauergäste strebten mehr oder weniger erleichtert dem Ausgang entgegen. Andere standen noch in kleineren Grüppchen zusammen und sprachen ein paar Worte, und hier und da wagte sogar schon wieder jemand ein Lachen.

»He, Capelli! Augenblick bitte!«

»Was gibt's?«

»Kann ich Sie kurz sprechen?«

Em zog verwundert die Stirn in Falten. »Sicher«, sagte sie. Und ein wenig ungläubig fügte sie hinzu: »Jetzt?«

Ihr Boss hob beinahe entschuldigend die Hände. Eine Geste, die alles andere als typisch für ihn war. »Es dauert nicht lange.«

»Okay …«

»Wie wär's, wenn ich Sie mitnehme, und wir reden unterwegs?« Er zeigte zu einem der Seitenwege, und überrascht stellte Em fest, dass dort ein Auto parkte.

Ein dunkler Ford.

Augenblicklich kam das Gefühl zurück, das sie seit Beginn dieser Trauerfeier verfolgt hatte. Ein diffuser Eindruck von Anspannung und Doppelbödigkeit. Als sie den Kopf wandte, blickte sie ihrem Vorgesetzten direkt in die Augen.

»Ich lese Sie in fünf Minuten vorn am Seitenausgang auf«, verkündete er in einem Tonfall, der keinen Widerspruch duldete.

»Ist gut.«

Er nickte. »Und bringen Sie Ihre Partnerin mit.«

Em öffnete den Mund, um etwas zu sagen, doch ihr Boss hatte sich bereits umgedreht und steuerte mit entschlossenen Schritten auf den Ford zu.

Kopfschüttelnd blickte sie ihm nach. Dann sah sie sich nach Zhou um.

Sie stand ein paar Meter entfernt und unterhielt sich angeregt mit Sebastian Koss, dem Psychologen des Präsidiums. Er ließ sich in letzter Zeit auffallend oft in der Abteilung für Kapitaldelikte blicken, was in Em insgeheim den Verdacht nährte, dass er an Zhou interessiert war.

»Tut mir leid, aber ich muss sie Ihnen kurz entführen«, erklärte sie ohne jeden Anflug von Bedauern, während sie ihre Partnerin kurzerhand am Arm fasste und mit sich fortzog. »Ist was Privates.«

»Sehen wir uns gleich noch?«, rief Koss ihnen nach.

Doch bevor Zhou reagieren konnte, hatte Em bereits den Kopf geschüttelt. »Sie hat Nachtdienst.«

»Oh.« Koss schaffte es irgendwie, nicht allzu enttäuscht zu wirken. »Tja dann …«

»Warum habe ich das Gefühl, dass Sie schadenfroh aussehen?«, fragte Zhou, als sie außer Hörweite waren.

Doch Em dachte gar nicht daran, ihr zu antworten. »Der arme Junge mag Sie«, stellte sie stattdessen in völlig wertfreiem Ton fest.

Zhou verzog keine Miene. »Das beruht auf Gegenseitigkeit.«

Ems Grinsen hätte nicht breiter sein können. »Soooo?«

»Erzählen Sie mir nicht, dass Sie einen hochinteressanten fachlichen Austausch über die Auswirkungen präfrontaler Läsionen unterbrochen haben, um mir zu sagen, dass mein Gesprächspartner mich mag.«

»Warum nicht? Ist doch 'ne schöne Erkenntnis.«

Zhou blieb stehen. »Spaß beiseite«, sagte sie, und Em glaubte tatsächlich, in ihrer warmen Stimme einen Hauch von Ungeduld auszumachen. »Worum geht's?«

»Makarov will uns sprechen.«

Über die ebenmäßigen Züge ihrer Partnerin breitete sich ein Ausdruck von Erstaunen. »Jetzt?«

»Genau dasselbe habe ich ihn auch gefragt«, lachte Em.

»Und?«

»Wir treffen ihn in fünf Minuten am Ausgang.«

Ihre Partnerin schüttelte verständnislos den Kopf. Doch sie folgte ihr klaglos zum Ausgang neben dem Grünflächenamt.

Der Ford wartete bereits, als sie dort ankamen.

Em sah, dass Makarov im Fond saß, und überließ Zhou den Beifahrersitz. »Na schön, da wären wir.« Seufzend ließ sie sich neben ihren Boss auf die Rückbank fallen. »Also, was gibt's?«

Makarov gab dem Fahrer ein Zeichen und kam ohne Umschweife zur Sache, während sich der klimatisierte Wagen beinahe lautlos in Bewegung setzte. »Haben Sie von den Gerüchten gehört, die seit Kurzem im Umlauf sind?« Er kniff die Augen zusammen und musterte Ems Gesicht. »Oh ja, das haben Sie«, konstatierte er in der ihm eigenen trockenen Art.

»Was heißt hier Gerüchte?« Em konnte es auf den Tod nicht ausstehen, wenn sich ihre Gesprächspartner einbildeten, ihre Mimik deuten zu können. »Auf den ersten Blick gibt es keine plausible Erklärung für Mohrs Tod«, fuhr sie fort. »Die Aktion, die ihn das Leben gekostet hat, war gut geplant und das Risiko von den Verantwortlichen als entsprechend überschaubar eingestuft. Trotzdem ist der Mann tot, und natürlich will niemand an irgendetwas schuld sein.« Sie funkelte ihn an. »Ist doch klar, dass da ein paar Idioten hingehen und sich was zusammenspinnen ...«

»Ganz so einfach gestaltet sich die Sachlage leider nicht«, gab Makarov zurück, während Zhou sich beinahe den Hals verrenkte, um alles mitzubekommen.

»Sondern?«, hakte Em nach.

»Wie Sie wissen, war Thorsten Mohr finanziell oft ein wenig klamm ...«

»Sein Sohn ist krank.«

»Richtig.« Makarovs Finger strichen über die Naht des Ledersitzes. »Und die Therapien verschlingen Jahr für Jahr Unmengen an Geld. Außerdem kann Mohrs Frau seit der Geburt nicht mehr arbeiten gehen, weil sie sich rund um die Uhr um ihren Sohn kümmern muss.« Er hielt inne und blickte mit unbewegter Miene zum Seitenfenster hinaus. »Das ist die eine Seite der Geschichte.«

»Und was ist die andere?«

Makarov ließ sich auffallend viel Zeit, bevor er sich dazu durchrang, ihr zu antworten: »Die andere Seite der Geschichte ist, dass sich bei den Kollegen von der Ermittlungsgruppe Calibri in der letzten Zeit die Pannen häufen …«

»Scheiße«, entfuhr es Em. »Wollen Sie damit sagen, dass Thorsten Mohr ein doppeltes Spiel gespielt hat?«

Ihre Empörung hätte Glas zum Schmelzen gebracht. Und auch Zhou machte ein Gesicht, als hätte ihr gerade jemand mit voller Wucht in die Magengrube geschlagen.

»Intern gibt es bereits seit Längerem Hinweise auf eine undichte Stelle.« Makarov blickte noch immer aus dem Fenster, doch es machte nicht den Eindruck, als würde er wahrnehmen, was er dort sah. »Allerdings ist es den Kollegen von der Dienstaufsicht bislang leider nicht gelungen, den Maulwurf zu identifizieren.«

Zhous sorgfältig gezupfte Augenbrauen schnellten in die Höhe. »Die Innenrevision ist mit dem Fall befasst?«

Er nickte. »Zwei Kollegen vom Dezernat für Interne Ermittlungen waren schon Anfang letzter Woche bei mir im Büro, um mich über den Sachverhalt zu informieren.«

Em atmete tief durch. Die unerwartete Eröffnung ihres Vorgesetzten zog ihr buchstäblich den Boden unter den Füßen weg. Sie konnte einfach nicht glauben, was er ihnen da erzählte. Die Sonderermittlungsgruppe »Calibri« bestand seit drei Monaten, und das erklärte Ziel der abteilungsübergreifenden Spezialeinheit war die Überwachung und Zerschlagung einer kriminellen Organisation, die dem Vernehmen nach von dem kroatisch-deutschen Waffenschieber Dragan Petrovic geleitet wurde. Der beschaffte nicht nur alles, was das Herz von Terroristen höherschlagen ließ, sondern kontrollierte darüber hinaus stetig wachsende Abschnitte des Frankfurter Straßenstrichs. Aus ihrer, sprich: Makarovs, Abteilung gehörten nur zwei Beamte zum Team der SEG Calibri. Und wenn sich die Innenrevision bereits vor einer Woche an ihren Vorgesetzten gewandt hatte, konnte das eigentlich nur eines bedeuten …

»Die Interne verdächtigt Decker oder Pell?« Em hörte ihr eigenes Lachen, das sich irgendwo zwischen den teuren Ledersitzen verfing. »Das ist hoffentlich nicht Ihr Ernst, oder?«

»Bislang wird niemand verdächtigt«, berichtigte Makarov sie ruhig, aber bestimmt. »Aber natürlich bekommen in einem solchen Zusammenhang auch scheinbar harmlose Vorfälle einen ganz bestimmten Beigeschmack.«

»Zum Beispiel?«

Auf dem Gesicht ihres Vorgesetzten erschien ein neuer Ausdruck. »Zum Beispiel, wenn im Umfeld eines der Beteiligten plötzlich eine größere Summe Bargeld auftaucht …«

Em beugte sich vor. »Wollen Sie uns nicht endlich ins Bild setzen, worauf das hier hinausläuft?«

»Das«, antwortete Makarov, »würde ich gern jemand anderem überlassen, wenn es Ihnen nichts ausmacht.«

Er zeigte nach rechts, wo eine breite Toreinfahrt auf ein dicht begrüntes Privatgrundstück führte. Eine hellgelb gestrichene Jugendstilvilla stand ein wenig versteckt hinter einer Gruppe von Linden.

Der Wagen hielt direkt vor der Haustür, wo bereits ein dunkelblauer BMW parkte.

»Wo sind wir?«, fragte Zhou.

»An einem Ort, wo man ungestört reden kann.« Makarov schenkte ihr ein reichlich gequältes Lächeln. Dann löste er seinen Gurt und hievte seine Massen aus dem Auto. »Also dann, meine Damen, wenn Sie mir bitte folgen wollen.«

7

Sachsenhausen, Wendelsweg, 7. Juli 2015,
18.16 Uhr

»Möchten Sie einen Kaffee?«

Karel Schubert bejahte. Abgesehen davon, dass er tatsächlich einen brauchen konnte, blieb ihm angesichts des reich gedeckten Tisches kaum eine andere Wahl. Cassandra Neubert schien trotz der Hitze alles aufgefahren zu haben, was Kühlschrank und Speisekammer zu bieten hatten. Neben einer Etagere voller selbst gebackener Muffins stand eine Platte mit Schnittchen. Außerdem gab es eine Schale Obst, ein Tablett mit verschiedenen Erfrischungsgetränken und – Karel hätte am liebsten laut losgelacht – einen mit Erdbeeren und Trauben gespickten Käse-Igel.

Mord als Event, dachte er und rührte mit einem sarkastischen Lächeln einen Schuss Milch in seinen Kaffee.

»Bitte, greifen Sie zu!«, forderte ihn seine Gastgeberin auf. »Sie haben doch unter Garantie noch nicht zu Abend gegessen, oder?«

Karel sparte sich den Hinweis, dass er sich an normalen Wochentagen für gewöhnlich frühestens um zehn eine Pizza oder eine Portion Fritten reinzog, und lud pflichtschuldig ein Stück Ciabatta mit Parmaschinken auf den Teller, der neben seiner Kaffeetasse stand.

»Und?«, erkundigte sich Cassandra Neubert, nachdem sie sich ebenfalls Kaffee eingeschenkt und auf dem Stuhl ihm gegenüber Platz genommen hatte. »Wie schätzen Sie die Sache ein? Haben wir eine Chance, dass Armin freikommt?«

Nicht, wenn er sich weiter so kooperativ zeigt, dachte Karel. Doch das würde er erst einmal für sich behalten.

»Es wird nicht einfach werden«, wählte er eine deutlich bekömmlichere Formulierung. »Aber ich sehe da durchaus gewisse Möglichkeiten ...«

Das war offenbar genau das, was sie hören wollte, denn sie stieß einen erleichterten Seufzer aus und lehnte sich zurück. »Gott, bin ich froh, dass Sie das sagen«, bekannte sie. »Ich finde keine Ruhe, seit dieser abscheuliche Verdacht aufgekommen ist. Und es wird wirklich Zeit, dass diese Farce ein Ende hat.«

Karel nickte nur. Er wusste, wie absolut zwecklos es war, Frauen wie Cassandra Neubert irgendetwas erklären zu wollen, das ihnen nicht in den Kram passte. Auf der anderen Seite war ihm natürlich auch bewusst, wie viel sein Mandant – und damit letztendlich auch er selbst – der Hartnäckigkeit dieser Frau zu verdanken hatte. Da war es das Mindeste, dass er ihr einen kurzen Besuch abstattete. Außerdem wollte er sich unbedingt ein eigenes Bild von ihr machen, bevor sie einander vor Gericht begegneten. Denn der eigene Eindruck war durch nichts auf der Welt zu ersetzen.

Er nippte an seinem Kaffee und beobachtete, wie seine Gastgeberin eine Rispe Trauben und ein paar Wassermelonenstückchen auf ihren Teller lud.

Ihr Mann war Abteilungsleiter bei einem großen, internationalen Süßwarenkonzern gewesen, und irgendwie war es Cassandra Neubert gelungen, seine Alkoholexzesse bis zu seinem Tod zumindest so weit unter dem Deckel zu halten, dass er seinen Job nicht verloren hatte. Nebenbei hatte sie zwei Töchter und drei Pflegekinder großgezogen und in der Vergangenheit hin und wieder für Armin Bormanns Mutter genäht. Nachdem sie gestorben war, hatte sie den Bormanns sporadisch im Haushalt geholfen, doch mehr als eine lose Freundschaft war daraus offenbar nicht entstanden. Trotzdem hatte Cassandra Neubert vom ersten Augenblick an wie eine Löwin für Bormann gekämpft. Sie hatte Anwälte konsultiert, eigene Nachforschungen angestellt und schließlich sogar einen Privatdetektiv beauftragt, die Hintergründe der Bluttat noch einmal genauestens zu recherchieren. Und der hatte nicht nur einen Nachbarn aufgetan, der zur Tatzeit einen silbernen Audi in der Nähe des Svensson-Hauses beobachtet hatte (Bormann hingegen fuhr einen schwarzen Toyota), sondern auch eine alte Klassenkameradin von Sonja Svensson, die ihm einen höchst bemerkenswerten E-Mail-Wechsel vorgelegt hatte.

Darin sagte Sonja ihre Teilnahme an der 15-Jahrfeier ihres Abiturs in Delmenhorst ab, obwohl sie zu ähnlichen Anlässen immer gern in ihre alte Heimat gereist war. Doch dieses Mal, wenige Wochen vor ihrem gewaltsamen Tod, hatte sie erklärt, leider nicht dabei sein zu können.

Petra Heyen, die Organisatorin, hatte ihrer alten Schulfreundin daraufhin eine enttäuschte Mail zurückgeschrieben, in der sie noch einmal nachhakte, ob Sonja es nicht vielleicht doch irgendwie einrichten könne. Es sei immer so lustig gewesen, wenn sie einander in den vergangenen Jahren gesehen hätten, und in Hessen seien doch schließlich auch noch Herbstferien.

Sonja war bei ihrer Absage geblieben, woraufhin Petra Heyen gemailt hatte: *Ich hoffe, deine Gründe sind es wert …*

Und genau an dieser Stelle begann er, der kurze, aber vielsagende Mail-Wechsel, den Karel inzwischen auswendig kannte:

pjheyen	*Ich hoffe, deine Gründe sind es wert!*
Sonja995fft	*Sei nicht sauer. BITTE! Wäre echt supergern gekommen, aber bei mir ist grad einiges los … Ich hab da jemanden kennen-*

	gelernt und ausgerechnet an dem WoEnde wollen wir was zusammen machen.
pjheyen	*jemanden kennengelernt??? bist du mit Erik auseinander?*
Sonja995fft	*Nein. Ist bloß alles ein bisschen kompliziert grade. Aber aufgeschoben ist ja nicht!!! ;-(*
pjheyen	*Uiiii ---- dann halt die Ohren steif! Ich grüß den Rest von dir!*

Hinter dem letzten Ausrufezeichen prangte ein weinender Smiley.

Tja, dachte Karel, offenbar hat sie tatsächlich bedauert, nicht hinfahren zu können. Aber wen, um Himmels willen, meinte sie mit »wir«?

Ausgerechnet an dem WoEnde wollen wir was zusammen machen …

Wer war Sonja Svensson so wichtig gewesen, dass sie das fünfzehnte Treffen ihres Abschlussjahrgangs für ihn sausenließ? Ein heimlicher Liebhaber?

Die Formulierung, die die ermordete Zweifach-Mama gewählt hatte, ließ kaum eine andere Lesart zu. Und doch hatte Sonja Petra Heyens Nachfrage, ob sie mit ihrem Mann auseinander sei, ausdrücklich verneint. Nachbarn und Freunde der Svenssons hatten in den Monaten vor der Bluttat nicht das leiseste Anzeichen einer Krise wahrgenommen. Aber … Was hieß das schon? Vielleicht waren Erik und Sonja einfach gute Schauspieler gewesen. Vielleicht hatten sie eine Art Abkommen gehabt, das jedem der beiden gewisse Freiheiten zugestand. Vielleicht waren das Haus, der Garten, die ganze heile Welt nur eine Fassade gewesen, hinter der sich etwas vollkommen anderes verbarg …

»Ich kann Ihnen auch gern welche mit Käse machen«, riss ihn Cassandra Neuberts Stimme aus seinen Überlegungen, und er brauchte einen Augenblick, um zu verstehen, dass sie von dem Schnittchen auf seinem Teller sprach.

»Oh, nein«, stammelte er. »Nicht nötig.«

»Sind Sie Vegetarier?«

Um Himmels willen!

Karel schüttelte heftig den Kopf und biss mit einem entwaffnenden Lächeln in sein Schnittchen. »Dieser Schinken ist wirklich ausgesprochen lecker.«

Cassandra Neubert bedachte ihn mit einem zweifelnden Blick, und unwillkürlich fiel Karel der Titel eines Films ein, den er vor Jahren mal irgendwo aufgeschnappt hatte und der aus unerfindlichen Gründen in seinem Gedächtnis haften geblieben war: *Maria, ihm schmeckt's nicht!*

»Und?« Cassandra Neubert pickte ein Käsespießchen aus ihrem Igel und sah ihn an. »Wie wollen wir jetzt weiter vorgehen?«

»Nachdem die Richterin heute Mittag entschieden hat, erneut in die Beweisaufnahme einzutreten …«

»Ist das wahr?«, fiel sie ihm ins Wort. »Sie hat es tatsächlich zugelassen?« Die Freude über diese unerwartete Neuigkeit goss eine zarte Röte über ihre Wangen. »Und das sagen Sie mir erst jetzt?«

»Wir müssen erst einmal in Ruhe abwarten, was Frau Heyen bei der Anhörung morgen denn nun wirklich zu sagen hat«, bemühte Karel sich, ihren Enthusiasmus zumindest ein wenig im Zaum zu halten.

Doch seine Gastgeberin war nicht zu stoppen. »Aber Sie haben diese Mails doch selbst gelesen!«, rief sie. »Und nach der Lektüre steht ja wohl außer Frage, dass Sonja Svensson eben *nicht* die perfekte Ehefrau und Mutter war, als die sie seit Beginn des Verfahrens dargestellt wurde.«

»Das würde ich so nicht unbedingt sagen«, wandte Karel mit der Vorsicht des gewissenhaften Juristen ein.

»Aber ich.« Ihre sorgfältig manikürten Finger rupften entschlossen die grüne Traube von ihrem Spieß. »Und die Richterin wäre schön blöd, wenn sie das nicht entsprechend berücksichtigen würde.«

Schön blöd …

Karel schüttelte resigniert den Kopf. Blieb nur zu hoffen, dass Cassandra Neubert niemals in den Zeugenstand gerufen wurde!

Doch der fromme Wunsch würde kaum in Erfüllung gehen, nach allem, was Armin Bormanns Nachbarin an Eigeninitiative in diesen Fall eingebracht hatte!

Karel seufzte. Mittlerweile war Cassandra Neubert zur Expertin für alles avanciert, das auch nur entfernt mit Bormann zu tun hatte, und dazu brachte sie auch noch all das mit, was seinem Mandanten an Entschlossenheit und innerer Beteiligung fehlte. Zusammen wären sie ein echt gutes Team, dachte Karel mit einem Anflug von Bitterkeit, während er sich gleichzeitig fragte, ob es Bormann überhaupt recht war, dass Cassandra Neubert sich so vehement für seine Entlastung einsetzte.

Aber warum eigentlich nicht?

Immerhin sah er im Falle einer Verurteilung einer lebenslangen Haftstrafe entgegen.

Und diese Aussicht konnte ihm ja wohl kaum gefallen …

»Sonja Svensson hatte jemanden kennengelernt«, wiederholte Cassandra Neubert derweil mit Nachdruck. »Das hat sie selbst geschrieben.«

»Aber rein theoretisch könnte sie auch Armin Bormann gemeint haben«, wandte Karel ein. Und in Gedanken fügte er hinzu: Dann hätten wir ein weit größeres Problem, als wir es ohnehin schon haben.

»Das ist doch Blödsinn!« Sie sprang empört von ihrem Stuhl auf. »Armin ist keiner von denen.«

»Was genau meinen Sie damit?«

Sie warf ihm einen finsteren Blick zu. »Er ist keiner von diesen Kerlen, die sich in fremde Ehen drängen und ganze Familien zerstören.«

Oje! Sprechen wir da etwa aus Erfahrung?!

»Sind Sie sicher?«

»Natürlich. Ich kenne Armin, seit er ein kleiner Junge war.«

Karel nickte. Mag sein, aber das bedeutet nicht zwangsläufig, dass du etwas über ihn weißt, widersprach er ihr stumm.

Cassandra Neubert schien instinktiv zu spüren, was er dachte, und schob trotzig die Unterlippe vor. »Armin ist ein grundanständiger Mensch«, wiederholte sie fest. »Seine Vorgesetzten haben immer nur in den höchsten Tönen von ihm gesprochen.«

Karel versuchte, diese Beschreibung mit dem mürrischen Mann aus der JVA in Verbindung zu bringen, doch es wollte ihm nicht gelingen. Es war beinahe, als ob sie über zwei verschiedene Personen sprachen.

»Was ist mit Frauenbekanntschaften?«, fragte er. »Hatte Armin eine Beziehung?«

Cassandra Neubert hob den Kopf. »Sie meinen damals?«

»Ich meine zum Zeitpunkt der Tat, ja.«

»Nein, ich glaube nicht.«

Karel versuchte, ihren Blick festzuhalten. »Aber er ist auch nicht schwul, oder?«

Sie starrte ihn einen Augenblick lang fassungslos an. Dann brach sie in schallendes Gelächter aus. »Um Himmels willen, nein.«

Es kam selten vor, dass ihn ein Gesprächspartner derart aggressiv machte. Aber bei ihr hatte Karel tatsächlich Mühe, an sich zu halten. »Wieso um Himmels willen? Das wäre doch nicht schlimm, oder sehen Sie das anders?«

Ihre feinen Sensoren registrierten sofort, dass sie sich

jetzt besser in Acht nahm. »Natürlich nicht«, entgegnete sie würdevoll. »Aber Armin hatte immer nur weibliche … Ich meine … Er hatte immer Freund*innen*.«

»Und war auch mal was Festes dabei?«

Sie nickte. »Melissa. … Ja, das mit ihr ging eine ganze Weile.« Ihre Lippen bewegten sich stumm, während sie in Gedanken nachrechnete. »Anderthalb, zwei Jahre werden es wohl gewesen sein. Aber ich glaube, diese Sache mit ihr hat ihn auch ziemlich abgeschreckt. Was ich verstehen kann …«

Karel hasste Leute, die immer so redeten, als ob ihre Gesprächspartner im Bilde wären. »Was hat ihn wovon abgeschreckt?«, versuchte er, der Frau mit Systematik beizukommen.

»Die beiden waren verlobt«, ließ Cassandra Neubert sich zu erklären herab. »Und eigentlich waren sie ein wirklich schönes Paar.«

Eigentlich …

»Sie kannten sich schon, als sie noch Kinder waren.« Ihre Mitteilungsfreude war nun voll entbrannt. »Melissa ist ja nur ein paar hundert Meter von hier aufgewachsen, wissen Sie? Und später haben sie sich dann an der Uni wiedergetroffen.«

»Interessant«, sagte Karel, und das meinte er auch genau so.

»Ja, nicht wahr?« Sie schnappte eifrig nach Luft. »Und auch wenn sie's natürlich nie zugegeben hätte, war Helga in Gedanken schon dabei, die Hochzeit zu planen.«

»Helga?«

»Armins Mutter. Sie war schon über vierzig, als sie ihn bekam, und entsprechend eilig hatte sie's natürlich mit den Enkelkindern.«

Na toll, dachte Karel. Solche Mütter sind ein echter Traum!

»Helga war direkt ein bisschen verliebt in Melissa.« Während sie ihren eigenen Worten nachlauschte, legte sich ein flüchtiger Schatten über Cassandra Neuberts noch immer rosiges Gesicht. »Und sie war ja auch ein wirklich zauberhaftes Mädchen ...«

Das unausgesprochene »Aber« war beinahe mit Händen zu greifen.

»Nur leider wurde nichts draus?«, griff Karel ihr unter die Arme.

»Wahrscheinlich lag es daran, dass sie noch so jung gewesen sind«, erklärte sie dankbar. »Für Armin war es ... Nun, ihm war es einfach nicht so ernst mit ihr, wie es hätte sein müssen, um in so jungen Jahren schon an eine Familie zu denken. Immerhin waren sie erst Anfang zwanzig, wenn überhaupt ...«

»Aber diese Melissa wollte ihn heiraten?«, fragte Karel, weil er es tatsächlich spannend fand, etwas Privates über seinen Mandanten zu erfahren. Auch wenn ihn das in der Sache vermutlich nicht viel weiterbrachte.

Cassandra Neubert hob vielsagend die Achseln. »Die Mädchen sind bei so was doch immer früher dran, nicht wahr? Ist wohl der Nestbau-Instinkt.«

Unwillkürlich ließ Karel seine Blicke wieder über die reich gedeckte Tafel wandern. »Aber aus der geplanten Hochzeit wurde nichts?«

Sie schüttelte den Kopf. »Leider nein.«

»Was ist passiert?«

»Nichts Schlimmes eigentlich«, winkte sie ab. »Im Grunde war es wahrscheinlich auch nur so eine Art Befreiungsschlag.«

Die Formulierung machte ihn hellhörig. »Was genau verstehen Sie in diesem Zusammenhang unter einem Befreiungsschlag?«

Das Thema war ihr sichtlich unangenehm. »Er ist

ihr fremdgegangen«, erklärte sie schließlich mit spürbarem Widerwillen. »Melissa fand's raus. Und das war's dann!«

Karel blickte nachdenklich auf sein halb gegessenes Schnittchen hinunter. Armin Bormann war in einer festen Beziehung gewesen und hatte sich trotzdem auf eine Affäre eingelassen.

War das die Parallele zu Sonja Svensson? Oder war das alles viel zu lange her, um einen Vergleichspunkt zu bieten?

Immerhin waren sie erst Anfang zwanzig, wenn überhaupt …

»Armin verhielt sich damals überaus anständig.« Angesichts seiner zurückhaltenden Reaktion hielt es Cassandra Neubert offenbar für nötig, abermals für ihren Schützling in die Bresche zu springen. »Er löste die Verlobung. Und er ging auch zu ihrer Mutter und erklärte ihr, dass alles allein seine Schuld sei.« Sie beugte sich vor. »Diese Frau war anscheinend ein bisschen seltsam, was solche Dinge anging. Sie gehörte irgendeiner komischen Freikirche an, und da wurden diese Dinge wohl ziemlich eng gesehen.«

»Melissa bekam also Ärger«, schloss Karel unsentimental.

Doch Cassandra Neubert schüttelte heftig den Kopf. »Es war Melissa selbst, die mit der Sache nicht klarkam«, erklärte sie. »Sie war völlig am Boden zerstört und soll sogar versucht haben, sich umzubringen.« Um ihre Lippen spielte ein nachsichtiges Lächeln. »Von diesem Moment an hat Armin jeder Frau, die er kennenlernte, gleich als Erstes erklärt, dass er sich nicht fest binden will.«

Das hat seine Chancen beim anderen Geschlecht bestimmt enorm erhöht, dachte Karel mit einem Anflug von Mitleid. Andererseits war ein Mann mit einer solchen Einstellung nicht die schlechteste Wahl für eine Frau, die einfach mal aus ihrer Ehe oder Mutterrolle ausbrechen wollte. Ohne Verpflichtungen. Und ohne große Gefühle.

»Hat diese Melissa auch einen Nachnamen?«

Cassandra Neubert holte Luft, doch dann stutzte sie plötzlich. »Was sollen denn diese alten Geschichten mit unserer Sache zu tun haben?«

»Wahrscheinlich gar nichts«, beeilte sich Karel zu versichern. »Aber um einen Mandanten bestmöglich vertreten zu können, muss ich mir auch ein Bild von seiner Persönlichkeit machen.«

Ihr Blick kühlte spürbar ab. »Ich glaube nicht, dass diese Sache dazu angetan ist, etwas über Armins Wesen herauszufinden. Immerhin waren die beiden ja fast noch Kinder, damals.«

»Trotzdem«, beharrte Karel, obwohl ihr Blick ihn mühelos an die gegenüberliegende Wand hätte nageln können.

»Damals hieß sie Posner«, entgegnete sie spitz. »Aber ich habe keine Ahnung, ob sie immer noch so heißt. Oder wo sie sich heute aufhält.«

Das, dachte Karel, lässt sich ja problemlos herausfinden …

8

Westend, 7. Juli 2015, 18.22 Uhr

Seite an Seite folgten sie ihrem Vorgesetzten in ein weitläufiges Wohnzimmer. Die hellblauen Vorhänge waren halb zugezogen, und der Raum wirkte angenehm kühl und still. Nur an der Wand neben der Tür tickte eine Standuhr.

An einem ausladenden Esstisch saßen zwei Männer. Sie erhoben sich, als Makarov mit seinen beiden Ermittlerinnen eintrat.

»Danke, dass Sie es so schnell einrichten konnten.« Der Ältere von beiden mochte irgendwo zwischen Ende vierzig und Mitte fünfzig sein. Ein schmaler Rotblonder mit tiefen Schatten unter graublauen Augen, aus denen Ehrgeiz und ein wacher, unbestechlicher Intellekt sprachen.

Makarov bedachte ihn mit einem Blick, der deutlich machte, was er von dieser Eröffnung hielt. *Sie wollten meine Beamtinnen sprechen? Okay, hier sind sie. Aber hören Sie gefälligst auf, so zu tun, als wäre irgendeiner von uns aus purem Goodwill hier …*

Der Rote verstand die unausgesprochene Botschaft sofort und verzog die Lippen zu einem säuerlichen Lächeln.

Ein paar Meter hinter ihm stand eine Frau an einem der Fenster. Doch erst, als sie ihnen den Kopf zuwandte, erkannte Zhou, dass es Martina Mohr war.

»Emilia Capelli und Mai Zhou von der Abteilung für Kapitaldelikte«, übernahm Makarov die Vorstellung. Dabei machte er keinen Hehl daraus, wie sehr ihm die Sache gegen den Strich ging.

»Freut mich.« Martina Mohr reichte Zhou eine schmale und angesichts der Hitze erschreckend kalte Hand. Sie wirkte erstaunlich ruhig und gefasst. Lediglich die leichte Blässe um ihre Lippen verriet, dass sie erst vor einer knappen Stunde ihren Mann zu Grabe getragen hatte.

Wahrscheinlich bricht sie zusammen, wenn alles vorbei ist, dachte Zhou. Aber vorher nimmt sie sich in die Pflicht. Und das hier, sie sah sich unauffällig um, das hier schien irgendwie dazuzugehören …

Aber was hatte das alles zu bedeuten? Weshalb brachte man sie hier zusammen, noch dazu so kurz nach dem Begräbnis? Wozu diese Eile?

»Tut mir sehr leid, was passiert ist«, sagte Capelli, indem sie der Witwe ebenfalls die Hand schüttelte.

»Sie werden sich nicht mehr daran erinnern.« Martina Mohrs Stimme klang belegt. »Aber wir sind uns schon einmal begegnet. Auf einer Party.«

»Das war bei Marco Schneiders Dreißigstem, nicht wahr?« Capelli lächelte. »Wir hatten Scotch zu unseren Fritten, und das Geburtstagskind kam eine halbe Stunde zu spät, weil er erst noch den Liebhaber seiner damaligen Freundin vermöbeln musste, bevor er Zeit für seine Party hatte. Dafür trug der Vorgesetzte Ihres Mannes eine Art Hirschgeweih auf dem Kopf, wenn ich mich recht erinnere …«

In den grünen Augen erschien ein Leuchten. Wie ein Sonnenstrahl, der plötzlich durch einen bedeckten Himmel bricht. »Ich glaube, er hatte irgendeine Wette verloren.«

»Anders ließ sich dieser Aufzug auch nicht erklären«, pflichtete Capelli ihr bei, und Zhou bewunderte einmal mehr das Talent ihrer Partnerin, Menschen selbst noch in den düstersten Lebenssituationen ein Lachen zu entlocken. »Aber wussten Sie auch, dass er am Morgen danach kalte Füße gekriegt und sämtliche Beweisfotos einkassiert hat?«

Martina Mohr schüttelte lächelnd den Kopf. »Nein, davon habe ich nichts mitbekommen.«

»Er tobte und war total außer sich«, nickte Em. »Aber Sie wissen ja, welche Eigendynamik so etwas entwickeln kann.« Ihr Blick streifte den Rotblonden, der das Geplänkel mit zunehmend entnervtem Blick verfolgte. »Ich könnte Ihnen auf Anhieb mindestens drei Spinde nennen, in denen noch heute einer von diesen Schnappschüssen rumhängt.«

Makarov stieß ein triumphierendes Lachen aus.

Doch der Rotblonde hatte offenbar genug von Small Talk. »Peter Küng von der Abteilung für Interne Ermittlungen«, stellte er sich vor. »Mein Kollege, Max Findloh.«

Dieses Mal verzichteten sie aufs Händeschütteln.

»Ich nehme an, Sie wissen bereits, warum Sie hier sind?«

»Nein.« In Makarovs Blick stahl sich ein Hauch von Schadenfreude. »Ich wollte es Ihnen überlassen, die Sachlage zu erläutern.«

Küng verzog keine Miene. »Selbstverständlich«, sagte er. »In diesem Fall schlage ich vor, dass wir uns setzen.«

Nachdem alle an dem großen Esstisch in der Mitte des Raumes Platz genommen hatten, berichtete Küng in knappen Worten, was Makarov bislang nur angedeutet hatte: Dass es im Zuge der Ermittlungen gegen Dragan Petrovic und seine Hintermänner wiederholt zu Pannen gekommen war. Dass sich Tipps von Informanten als falsch erwiesen hatten und lange geplante Übergaben im letzten Augenblick geplatzt waren. Schließlich war in der Woche vor Thorsten Mohrs Tod auch noch eine wichtige Zeugin, eine bulgarische Exprostituierte, spurlos verschwunden.

»Und all diese Vorfälle«, schloss Küng, »haben uns in ihrer Summe zu der Überzeugung gebracht, dass Petrovic über einen oder mehrere Informanten verfügt, die ihn regelmäßig mit ermittlungstaktischen Interna versorgen.«

Zhou tauschte einen Blick mit ihrer Partnerin, die den Ausführungen mit feindseliger Miene gelauscht hatte.

»Und da die einschlägigen Informationen nur einem sehr überschaubaren Kreis von Beamten bekannt sind, müssen wir leider davon ausgehen, dass mindestens einer von ihnen ein doppeltes Spiel spielt«, setzte Findloh hinzu.

»Natürlich haben wir alle Hebel in Bewegung gesetzt, um herauszufinden, wer das ist.« Küng sah an ihnen vorbei aus dem Fenster. »Aber leider ist der Betreffende äußerst vorsichtig, sodass es uns bislang nicht gelungen ist, die undichte Stelle ausfindig zu machen.«

»Vielleicht hat er gemerkt, dass Sie Verdacht geschöpft haben«, schlug Zhou vor.

Doch er schüttelte sofort vehement den Kopf. »Nein, hat er nicht.«

»Wie können Sie da so sicher sein?«

»Weil Frau Mohr gestern bei der Bank war, um das Schließfach ihres verstorbenen Mannes zu sichten. Und dabei hat sie das hier entdeckt.« Er griff in seine Jackentasche und zog einen Stapel Fotos heraus. Sie zeigten einen dieser typischen Schließfach-Einschübe aus Stahlblech.

»Ach, du Scheiße!« Capelli schnappte sich die Aufnahmen, drehte die Fotos aber so, dass auch Zhou sie betrachten konnte. »Das ist verdammt viel Geld …«

»Einhundertsiebzehntausend Euro, wenn Sie's ganz genau wissen wollen«, pflichtete Findloh ihr bei.

»Ich hatte nicht die geringste Ahnung, wo mein Mann das herhaben konnte.« Martina Mohrs Stimme bebte vor unterdrückten Emotionen. »Ich meine, Thorsten und ich … Wir hatten keine Geheimnisse voreinander.« Sie verschränkte die Arme vor der Brust, als könnte sie ihr entschiedenes, fast trotziges Statement auf diese Weise davor bewahren, hinterfragt zu werden. »Nie.«

Mit *nie* wäre ich sehr vorsichtig, dachte Zhou, auch wenn sie in diesem speziellen Fall geneigt war, Martina Mohrs Einschätzung zu glauben. Trotzdem, man konnte nie wissen. Manche Ehemänner hatten Geliebte. Oder geheime Süchte. Oder andere kostspielige Hobbys, von denen niemand wissen durfte. Und manche hatten vielleicht auch einfach nur einen Job, bei dem man um ein gewisses Maß an Geheimniskrämerei nicht herumkam.

»Gottlob war Frau Mohr so umsichtig, sich sofort an den Vorgesetzten ihres Mannes zu wenden«, griff Peter Küng der sichtlich verstörten Witwe unter die Arme. »Und der zögerte nicht, uns zu informieren.«

Vor Zhous innerem Auge blitzte Norman Kuschs markantes Gesicht auf. Aber zählte er denn nicht auch zu den Verdächtigen?

Gottlob war Frau Mohr so umsichtig, sich sofort an den Vorgesetzten ihres Mannes zu wenden …

»Und im Hinblick auf einen möglichen Korruptionsverdacht konnten wir zum Glück auch sofort Entwarnung geben«, setzte Küng mit einem beruhigenden Lächeln in Martina Mohrs Richtung hinzu.

Zhou hob den Kopf. Die Frage war jetzt vielleicht ein bisschen taktlos, aber … »Warum?«

Augenblicklich spürte sie den aufmerksamen Blick der graublauen Augen auf sich. »Weil Thorsten Mohr mit uns zusammengearbeitet hat.«

»Er war Ihr Spitzel?«, entfuhr es Capelli.

Küng nickte nur.

»Darf ich fragen, wie es zu dieser Zusammenarbeit gekommen ist?« Zhou spielte nachdenklich mit einem der Fotos. »Immerhin ist es für die übergeordnete Behörde in Fällen wie diesem ein ziemliches Wagnis, einem unmittelbar Beteiligten Vertrauen zu schenken, oder nicht?«

Ihre Hartnäckigkeit trug ihr ein verächtliches Schnauben ihrer Partnerin und einen anerkennenden Blick ihres Vorgesetzten ein.

»Richtig«, antwortete Küng. »Und selbstverständlich war Thorsten Mohr einer der Ersten, die wir unter die Lupe genommen haben …«

»Wieso?«, fuhr Capelli auf. »Weil er einen kranken Sohn hat?«

Seine Augen verengten sich zu schmalen Schlitzen. »Weil Thorsten Mohrs besondere Lebenssituation ihn zu einem aussichtsreichen Kandidaten für einen Bestechungsversuch machte. Allerdings waren wir schnell sicher, dass er sich diesbezüglich nichts hat zuschulden kommen lassen.«

Zhou schlug die Beine übereinander. Die Haut unter ihren schwarzen Nylons war verschwitzt, und sie sehnte sich nach einer Dusche. Doch darauf würde sie wohl oder übel noch eine Weile warten müssen. »Lassen Sie mich noch einmal kurz zusammenfassen«, sagte sie. »Eine mysteriöse Pannenserie bringt Sie auf die Idee, dass ein Mitglied der SEG als Informant für Dragan Petrovic arbeitet. Daraufhin überprüfen Sie alle beteiligten Beamten, wobei Sie mit denjenigen anfangen, die Ihrer Meinung nach am ehesten Geld brauchen.«

»Das ist das übliche Vorgehen«, warf Findloh ein.

»Wie auch immer«, sie lächelte ihm zu, »Sie kommen zu dem Schluss, dass Mohr sauber ist. Und deshalb wenden Sie sich an ihn, um …« Sie fixierte einen Punkt zwischen Küngs kaum vorhandenen Brauen. »Um was?«

Er verzog keine Miene. »Leider beschränken sich die Möglichkeiten unserer Abteilung in erster Linie auf die Überprüfung von Kontobewegungen, Telekommunikationsdaten und dergleichen.«

»Und da gab es keine Auffälligkeiten?«

»Nein. Nichts.«

»Keiner der Jungs hat also mehr Geld auf der Bank, als er haben dürfte«, schloss Capelli mit einem sarkastischen Lächeln.

»Mit Ausnahme von Thorsten Mohr«, widersprach Zhou mit einer entschuldigenden Geste in Richtung der Witwe.

»Wir reden hier selbstverständlich nur über die offiziellen Kontobewegungen«, stellte Küng klar.

Capelli lachte. »Das können Sie Ihrer Großmutter erzählen!«

Er ließ die Bemerkung an sich abtropfen. »Geldflüsse und Kommunikationsmuster mögen ein Anfang sein, ein erstes Indiz für eine mögliche Unregelmäßigkeit.

Aber spätestens, wenn da nichts zu holen ist, sind auch wir auf die Eindrücke und Beobachtungen eines Kollegen angewiesen, der direkt in die Geschehnisse involviert ist.«

»Und Mohr hat sich dazu bereit erklärt, als Ihre Augen und Ohren zu fungieren?«, fragte Zhou zweifelnd. »Einfach so?«

Findloh goss sich ein Glas Wasser ein und kippte es in einem Zug herunter. »Vergessen Sie nicht, dass es dabei auch um seine eigene Sicherheit ging.«

»Seine Sicherheit ist gut!«, schnaubte Capelli. »Er ist tot, oder?«

Zhou blickte flüchtig zu Martina Mohr hinüber, doch die Witwe zeigte keine sichtbare Reaktion. »Könnte es nicht doch sein, dass der wahre Maulwurf von Ihrer Zusammenarbeit mit Thorsten Mohr wusste?«

»Nein.« Küng schüttelte entschieden den Kopf. »Das können wir ausschließen.«

»Warum?«

»Überlegen Sie doch mal!« Er tippte auf die Fotos, die noch immer vor ihnen auf dem Tisch lagen. »Das hier ist ganz eindeutig der Versuch, Mohr posthum als korrupt zu brandmarken. Und das wiederum heißt, dass wer immer auf die Idee gekommen ist nicht die geringste Ahnung hatte, dass wir Mohr längst überprüft und als sauber abgehakt hatten.«

Das, dachte Zhou, klingt tatsächlich einleuchtend. »Aber der Betreffende sucht offenbar nach einem Sündenbock«, wandte sie ein. »Sonst hätte er kaum eine so große Summe geopfert, um Mohr am Zeug zu flicken.«

»In der Tat, das ist einer der Faktoren, die uns beunruhigen«, bekannte Küng freimütig. »Aber es ist vielleicht auch eine Chance.«

»Eine Chance worauf?«

Wieder warf der Rote seinem Kollegen einen raschen Blick zu. »Um ehrlich zu sein, würden wir den Betreffenden gern bis auf Weiteres in dem Glauben lassen, sein Plan wäre aufgegangen.«

Capelli sprang auf. »Sie wollen Thorsten Mohr öffentlich an den Pranger stellen?«, rief sie fassungslos. »Für etwas, von dem Sie ganz genau wissen, dass er es nicht getan hat?«

»Es ist die einzige Möglichkeit, den wahren Schuldigen in Sicherheit zu wiegen.« Küngs Züge zeigten keine Regung. »Sonst wird er sich kaum dazu hinreißen lassen, den einen großen Fehler zu begehen, der uns hilft, ihn zu enttarnen.«

»Bei allem Respekt«, sagte Zhou, bevor ihre Partnerin reagieren konnte. »Aber was hat das alles mit uns zu tun?«

»Wir brauchen jemanden, den wir so dicht wie möglich an die Beteiligten heranbringen können, ohne dass es auffällt.«

Capelli lachte freudlos auf. »Wie wär's mit 'ner Drohne?«

»Es geht uns schon längst nicht mehr um das bloße Sammeln von Fakten«, fiel Findloh ihr ins Wort.

»Sondern?«

»Wir brauchen jemanden mit Instinkten, der die Augen offenhält und dabei auch mal bereit ist, einem Gefühl nachzugehen …«

»Oho, einem Gefühl nachgehen!« Ems Augen blitzten höhnisch auf. »In welchem Lehrbuch steht das denn?«

Makarov senkte den Blick, aber Zhou sah, dass er lächelte.

»Kommen Sie, Capelli«, Küngs Ton war jetzt deutlich unfreundlicher. »Wir alle wollen doch einfach nur unsere Arbeit tun, ohne fürchten zu müssen, wegen eines einzigen schwarzen Schafes in Gefahr zu geraten.«

Ihre Partnerin wollte eben zu einer gepfefferten Entgegnung ansetzen, als sich völlig überraschend Martina Mohr von ihrem Stuhl erhob.

»Mein Mann ist heute Nachmittag beerdigt worden«, sagte sie mit fester Stimme. »Es ist noch keine zwei Stunden her, dass ich eine Rose auf seinen Sarg geworfen und meiner Tochter die Tränen getrocknet habe. Und, glauben Sie mir, ich habe nicht die geringste Ahnung, wie ich ihr erklären soll, warum bald alle Welt schlecht über ihren Vater redet.« Mit jedem ihrer Worte schien sich das Grün ihrer Augen zu intensivieren. »Aber wenn ich in den letzten Jahren eines mitbekommen habe, dann ist es, dass man sich in diesem Job zu zweihundert Prozent auf seine Kollegen verlassen können muss.« Sie machte eine lange Pause, bevor sie voller Bitterkeit hinzufügte: »Mein Mann konnte das offenbar nicht ...«

Zhou spürte, wie sich ihr Puls beschleunigte, während Capelli neben ihr resigniert den Blick senkte.

»Bitte, bringen Sie zu Ende, was mein Mann begonnen hat.« Ihre Stimme war jetzt kaum mehr als ein Flüstern. »Es war ihm wichtig genug, sein Leben dafür aufs Spiel zu setzen. Und ich finde, er hat teuer genug bezahlt ...«

9

Sachsenhausen, Wendelsweg, 7. Juli 2015,
18.16 Uhr

Cassandra Neubert fluchte leise vor sich hin.

Karel betrachtete ihren Rücken, der ihr unter Garantie Probleme bereitete, und stellte sich vor, wie sie früher mit ihrer Nähmaschine oder einer anderen Handarbeit am Küchentisch gesessen hatte, während ihr Mann ein Zimmer weiter seinen Rausch ausschlief und im Hintergrund ein riesiger Topf Marmelade kochte. Eine Frau, die ihr Heil darin suchte, sich um andere zu kümmern, vielleicht, weil sie mit sich allein nichts anzufangen wusste.

»Hier!«, rief sie und kehrte mit einem dicken roten Ordner an den Tisch zurück. »Das ist alles Material, was wir bislang zusammengetragen haben. Eine Liste mit Adressen finden Sie im Anhang. Und Kopien der Aussagen haben Sie ja vermutlich selbst?«

Er nickte. »Das ist sehr interessant, vielen Dank.«

»Den Ordner können Sie behalten.« Sie zwinkerte ihm zu. »Ich bin sicher, Sie finden darin das eine oder andere, das Sie noch nicht gewusst haben.«

Ja, vermutlich ...

Die Frage war, ob es auch der Wahrheit entsprach. Oder zumindest so glaubhaft war, dass er die Richterin überzeugen konnte. Er nahm die Akte quer über den gedeckten Tisch entgegen und leerte dann entschlossen seine Tasse. »Vielen Dank, dass Sie mir Ihre Zeit geopfert haben.«

»Aber das ist doch selbstverständlich.« Sie betrachtete unschlüssig das viele Essen auf dem Tisch, und für den Bruchteil einer Sekunde fürchtete Karel, dass sie vorschlagen würde, ihm etwas einzupacken. Doch das ging offenbar selbst ihr zu weit. Stattdessen sagte sie: »Wie lange, denken Sie, wird sich die Sache noch hinziehen?«

»Schwer zu sagen.«

Die Antwort gefiel ihr nicht, und sie hatte nicht das geringste Problem, ihn das spüren zu lassen. »Aber Armin sitzt nun schon fast ein Jahr in Haft.« Ihre Augen hatten eine seltsame Farbe. Irgendwie verwaschen. »Und zwar zu Unrecht.«

Vorsicht!

Karel biss sich auf die Lippen. »Wir müssen Geduld haben.«

»Was ist mit einer Entschädigung?«

»Dazu müssten wir erst mal erreichen, dass die Anklage fallen gelassen wird.«

Dann tun Sie Ihren Job, las er in ihrem Blick, der plötzlich etwas Herausforderndes bekam.

»Und wenn der Prozess doch stattfindet?«

»Werden wir ihn wohl oder übel gewinnen müssen.«

Ihre Stirn umwölkte sich. »Ich mache mir Sorgen.«

»Um Bormann?«

Sie nickte. »Wissen Sie, bei meinem letzten Besuch war er so ... still.«

Kein Wunder, dachte Karel. Immerhin redest du ohne Unterlass ...

»Still und ... Ja, irgendwie auch niedergeschlagen«, nahm seine Gastgeberin unverdrossen einen neuen Anlauf. »Das passt gar nicht zu ihm, wissen Sie? Er ist immer so fröhlich gewesen. Schon als Kind. Ein richtiger Sonnenschein.«

Einmal mehr hatte Karel das Gefühl, dass sie über zwei völlig verschiedene Menschen sprachen. Wenn er ehrlich war, hielt er selbst Bormann für extrem schwer zu fassen. Verschlossen und vorsichtig. Vielleicht auch gefährlich. Aber fröhlich?

»Haben Sie eigentlich einen Schlüssel zu seinem Haus?«

Cassandra Neubert nickte. »Nach seiner Festnahme hat er mir gesagt, wo der Ersatzschlüssel hängt.« Es klang stolz, wie sie das sagte. »Aber ich war nur ein- oder zweimal drüben und habe ein paar Anziehsachen für ihn geholt.«

»Wäre es eventuell möglich, dass ich mich dort mal umsehe?«

Ihre Miene verfinsterte sich. »Haben Sie das mit ihm besprochen?«

Ihm lag eine Lüge auf der Zunge, weil er wirklich neugierig war. Aber das würde ihn in Teufels Küche bringen. Also sagte er: »Nein, noch nicht.«

»In diesem Fall wäre es mir lieber, Sie fragen ihn zuerst.«

»Natürlich. Kein Problem.«

War einen Versuch wert …

Sie war sichtlich erleichtert, dass er die Abfuhr so locker nahm. »Und falls Sie noch Fragen haben, zögern Sie bitte nicht, mich …«

»Seien Sie ganz unbesorgt«, unterbrach er sie, vermutlich einen Hauch zu unwirsch. Aber dieses Gespräch ging ihm mit jeder Minute, die verstrich, mehr auf die Nerven. »Ich mache meine Hausaufgaben. Und zwar genau so, wie ich es für richtig halte.« Ihm war klar, dass sie ihm diese letzte Bemerkung übel nehmen würde. Aber bei Frauen wie ihr musste man klare Duftmarken setzen. Sonst bekam man nie wieder auch nur ein Bein auf die Erde. Dann stand er auf. »Ich melde mich, sobald ich Neuigkeiten habe«, sagte er, während er ihr bewusst förmlich die Hand hinstreckte.

Offenbar verstand sie ihn sehr genau. »Ja, bitte tun Sie das«, entgegnete sie säuerlich.

Ihr Händedruck war warm und kräftig. Zweifellos war Cassandra Neubert eine Frau, die zupacken konnte. Aber wer oder was war sie sonst noch? Er warf einen letzten Blick in ihr etwas zu rundes Gesicht, das trotz der Schicksalsschläge, die das Leben ihr auferlegt hatte, einen frischen Eindruck machte. »Und vielen Dank für den freundlichen Empfang.«

Sie schien die leise Ironie hinter seinen Worten zu spüren und sparte sich eine Entgegnung.

Karel nahm sich vor, ein paar Erkundigungen über sie einzuholen. Nicht, weil er ihr tatsächlich misstraute. Vermutlich war sie genau das, was sie zu sein vorgab. Aber er ging gern auf Nummer sicher. Und ganz besonders in einem Fall, der eine derartige Brisanz hatte wie der Mord an einer unbescholtenen Familie …

Sie blieb in der Haustür stehen, während er zum Auto ging.

Karel konnte ihre Blicke in seinem Rücken spüren, und er überlegte, was sie wohl tun würde, wenn er weg war. Vermutlich würde sie erst einmal all dieses Essen verstauen. Im Geiste sah er sie mit Dutzenden von kleinen Plastikschälchen hantieren, und irgendwie tat sie ihm auf einmal leid. Da war etwas Verlorenes an ihr.

Automatisch wanderten seine Gedanken wieder zu Bormann. Eine Frau wie Cassandra Neubert mit ihrer unerschütterlichen Hartnäckigkeit war vermutlich das Beste, was einem Mann in seiner Lage passieren konnte. Doch was würde sein, wenn sie erfolgreich waren? Wenn er Bormann aufgrund der Indizien, die Cassandra Neubert zusammengetragen hatte, tatsächlich frei bekam? Würde sie dann nicht so etwas wie eine Gegenleistung erwarten? Und worin würde diese Gegenleistung bestehen?

Von diesem Moment an hat Armin jeder Frau, die er kennenlernte, gleich als Erstes erklärt, dass er sich nicht fest binden will …

Ich bin gespannt, dachte Karel, indem er sich nun doch noch einmal zu ihr umdrehte, was du tust, wenn du mitkriegst, dass du dich verrechnet hast. Oder irrte er sich? War Cassandra Neubert der Typ, der sich nach getaner Arbeit postwendend nach dem nächsten potenziellen Opfer umsah? Dem Nächsten, dem sie helfen konnte?

Es gab durchaus Menschen, die nur glücklich waren, wenn sie kämpfen konnten. Wenn sie gebraucht wurden. Je aussichtsloser, desto besser. Sobald eine Sache lief, hakten sie sie ab. Das Pflegekind genauso wie den netten Nachbarn, der eines bestialischen Verbrechens angeklagt war …

Als hätte Cassandra Neubert seine Gedanken erraten, drehte sie sich abrupt um und verschwand im Haus. Sie hob nicht die Hand, um ihn noch einmal zu grüßen. Sie lächelte nicht. Sie drehte sich einfach um und ging.

Karel schüttelte den Kopf und warf den Ordner, den sie ihm mitgegeben hatte, auf den Beifahrersitz. Die Uhr neben dem Tacho zeigte kurz vor sieben, was bedeutete, dass er mehr als genug Zeit hatte, noch einmal in der Kanzlei vorbeizufahren und ein paar Telefonate zu führen, bevor er sich in seine Hausaufgaben vertiefte.

10

Westend, 7. Juli 2015, 20.01 Uhr

»Was für ein brillanter Schachzug!«, schimpfte Em, als der Fahrer Zhou und sie wenig später zurück zum Friedhof fuhr, wo ihre Autos standen. Makarov hatte es vorgezogen, ein Taxi zu nehmen. »Die wussten ganz genau, dass sie uns mit Sachargumenten allein nicht kriegen. Also ködern sie uns mit der Witwe.«

Zhou antwortete nicht. Sie hatte den Blick stur geradeaus gerichtet und starrte auf die dreckige Kopfstütze des Beifahrersitzes.

»Wenn ich bloß dran denke, dass wir ab sofort Kollegen bespitzeln sollen, könnte ich kotzen!«

»Ich weiß.« Nun sah sie doch herüber. »Aber es geht auch darum, die Unschuldigen zu beschützen. So wie die Dinge liegen, scheint es nur eine Frage der Zeit zu sein, bis noch jemand zu Tode kommt.«

»Die haben Sie längst eingewickelt, oder?«

»Was heißt eingewickelt?« In den Tiefen ihrer Kohleaugen regte sich Empörung. »Ich finde, ein Schließfach voller Bargeld und ein toter Kollege sind ein ziemlich überzeugender Beweis für eine reale Bedrohung.«

Im Grunde wusste Em, dass sie recht hatte.

»Wir sprechen hier nicht von irgendwelchen Streifenpolizisten, bei denen es am Ende des Monats vorne und hinten nicht reicht«, hatte Küng betont, kurz bevor sie sich verabschiedet hatten. »Sondern von Angehörigen einer abteilungsübergreifenden Spezialeinheit. Das heißt, dass die beteiligten Beamten bereits jetzt den höchstmöglichen Besoldungsgruppen angehören und dass sie sich bislang ausnahmslos mit reinweißer Weste präsentiert haben. Und wenn sie sich nicht vollkommen blöd anstellen, steht jedem Einzelnen von ihnen eine glänzende Karriere bevor.«

Zhou hatte ihn auf ihre unnachahmlich nüchterne Art angesehen. »Sie meinen, es muss einen wichtigen Grund geben, das alles aufs Spiel zu setzen?«

»Natürlich.«

»Und was könnte ein solcher Grund sein, abgesehen von einem finanziellen Motiv?«

»Wir gehen nicht davon aus, dass einer der Beteiligten das System hasst«, hatte Küng nach langem Zögern geantwortet. »Und wir haben es aller Wahrscheinlichkeit nach auch nicht mit einem Fall von persönlichem Rachefeldzug zu tun. Gleichwohl könnte einer der Beteiligten sich aus irgendeinem Grund radikalisiert haben.«

»Radikalisiert?« Em hatte verständnislos den Kopf geschüttelt. »Was genau meinen Sie mit radikalisiert?«

»Uns liegen Hinweise vor, dass Dragan Petrovic auch Geschäftsbeziehungen zum syrischen und irakischen Untergrund unterhält.«

An dieser Stelle war ihr endgültig der Kragen geplatzt.

»Sie denken allen Ernstes, einer unserer Kollegen ist ein Terrorist?«

»So weit würde ich nicht gehen«, hatte Küng entgegnet, was im Klartext hieß, dass er dergleichen sehr wohl für möglich hielt.

Em blickte aus dem Seitenfenster, wo hinter der nächsten Kreuzung endlich der Friedhof auftauchte. Sie konnte es kaum erwarten, in ihr eigenes Auto zu steigen und allein zu sein. Die vergangenen Stunden kamen ihr wie ein böser Traum vor. Brutal. Anstrengend. Und irgendwie irreal.

Sie zog die Liste heraus, die Findloh ihnen mitgegeben hatte und die seither wie ein Fremdkörper in ihrer Hosentasche steckte. Eine Liste mit sieben Namen, von denen zwei bereits durchgestrichen waren. Neben den Namen waren ein paar Stichpunkte zu persönlicher Lebenssituation und finanziellem Hintergrund vermerkt.

~~Norman Kusch~~
Alexander Decker
Carsten Pell
Tom Ahrens
~~Thorsten Mohr~~
Luca Niemeyer
Hamid Candoglu

Mit Hamid Candoglu hatte sie bislang noch nicht viel zu tun gehabt, aber sie wusste, dass er als integer und fleißig galt. Alex Decker und Tom Ahrens hingegen kannte sie bereits ihr halbes Leben. Zumindest kam es ihr so vor. Carsten Pell war zwar erst seit ein paar Monaten dabei, doch schon diese vergleichsweise kurze Zeit hatte sie hinreichend davon überzeugt, einen klugen und umsichtigen jungen Kollegen vor sich zu haben, der sich für keinen

Botendienst zu fein war und der trotzdem ein gehöriges Maß an Eigeninitiative und Ehrgeiz mitbrachte. Mit Luca Niemeyer schließlich war sie irgendwann mal im Rahmen einer Fortbildung aneinandergeraten, daran erinnerte sie sich, auch wenn ihr der Anlass für die Auseinandersetzung längst entfallen war.

»Und wie machen wir jetzt weiter?«, fragte sie, um sich abzulenken. »Kommen Sie unter den gegebenen Umständen doch mit ins Penny Lane?«

Zhou schüttelte den Kopf. »Besser nicht«, sagte sie. »Ich fürchte, das würde viel zu sehr auffallen.«

Stimmt leider, dachte Em. Immerhin hast du ja laut genug herumposaunt, dass du noch arbeiten musst! Resigniert griff sie nach ihrer Handtasche. Sie hatte nicht die geringste Lust, den Kollegen allein zu begegnen. Nicht mit dem Wissen, das Küng und Findloh ihr gegen ihren Willen aufgeladen hatten. Aber was sie wollte oder nicht schien in diesem Fall nicht von Belang zu sein. »Dann bis morgen.«

Zhou kniff prüfend die Augen zusammen. »Sind Sie sauer?«

Ich? Neeeeiiiin!

»Wieso sollte ich?«

»Weil das eine Scheißsituation ist.«

Ihre Offenherzigkeit und der ungewohnt legere Tonfall entlockten Em trotz allem ein Schmunzeln. »Hey, da gibt's doch bestimmt auch irgendein Sprichwort für, oder nicht?«, fragte sie.

Seit einiger Zeit lernte sie mit Feuereifer chinesische Sprichwörter, oder noch viel lieber: chinesische Flüche. Nicht einmal Zhous ständige Mäkeleien an ihrer Aussprache hatten sie bislang davon abbringen können. Abgesehen davon, dass chinesische Flüche den Vorteil hatten, dass man sie nahezu immer und überall gefahrlos anwenden konnte, faszinierte es sie, dass die chinesische Kultur offenbar für alles und jedes einen mehr oder weniger kryptischen Spruch parat hielt.

»Ying dān fēi yáng qún jí«, sagte Zhou nach kurzem Überlegen.

»Soll heißen?«

»Man könnte es frei übersetzen mit: Adler fliegen frei, Schafe gehen in Herden.«

Em verzog das Gesicht. »Aha.«

Leider hatten chinesische Weisheiten den Nachteil, dass man oft eine ganze Weile brauchte, um irgendeinen Bezug zu einer aktuellen Situation herstellen zu können. Falls es einem überhaupt gelang …

»Also ich finde, das passt hier«, insistierte Zhou, die Ems Irritation bemerkt hatte.

»Gehe ich recht in der Annahme, dass ich der Adler bin?«

»Wir.«

Sie verdrehte die Augen. »Na schön. Also, wie war das? … Ying dan …«

»Dān«, korrigierte Zhou.

»Hab ich doch gesagt!«

Ihre Partnerin blickte taktvoll zu Boden, und unwillkürlich kam Em der Übungssatz in den Sinn, den Zhou ihr erst vor ein paar Wochen vorgesprochen hatte. Ihrem persönlichen Empfinden nach bestand er aus nichts anderem als der Silbe »Ma«, die man gefühlte fünfhundertmal wiederholte. Aber sofern man die Sache korrekt aussprach, konnte man – laut Zhou – auf diese Weise problemlos den Satz: »Die Mutter schimpft mit dem Pferd« artikulieren. In der Praxis bedeutete das leider nichts anderes, als dass Em stoisch ihr »ma-ma-ma« wiederholte, während sich Zhou vor Lachen bog.

»Yin dān fei…«, setzte sie aufs Neue an.

Doch ihre Partnerin fiel ihr abermals in die Rede: »Ying dān fēi …«

»… yáng kunn …«

»Qún.«

»Herrgott, noch mal!«, fuhr Em auf. »Das ist ja noch schlimmer als dieser verdammte Pferdesatz.«

»Als was?«

»Na, ma ma ma ma ma.«

Zhous Grinsen hätte breiter nicht sein können, während sie sich in scheinbarer Ratlosigkeit ans Ohr griff. »Wie meinen?«

»Sie haben mich schon verstanden!«

»Nein, tut mir leid.«

»Vergessen Sie's!« Em rupfte einen Zwanziger aus ihrem Portemonnaie, bezahlte das Taxi und stieg aus. »Seien Sie so gut und nehmen Sie das mit, ja?«, bat sie, indem sie ihrer Partnerin Küngs Liste zusammen mit der Taxiquittung in die Hand drückte. »Es macht mich irgendwie nervös, das hier dabeizuhaben, wenn ich den Kollegen begegne.«

Zhou schenkte ihr ein verständnisvolles Lächeln und steckte die Liste ein. »Dann sehen wir uns also morgen?«

»Ja.«

»Okay.«

Em sah sie an. »Zwei von den Kollegen auf dieser Liste sind meine Freunde.«

»Ich weiß.« In Zhous Augen lag Mitgefühl, als sie über Ems Schulter hinweg zur Trauerhalle hinübersah. »Tut mir leid.«

»Sie wollen das genauso wenig tun wie ich«, stellte Em sachlich fest. Dann wandte sie sich ab und ging davon.

Im Penny Lane herrschte ein Betrieb wie auf der Berliner Fanmeile. Entsprechend hoch war der Geräuschpegel. Arndt Henders, der Besitzer des Pubs, stand hinter der Bar und zapfte ein Bier nach dem anderen. Trotz der Affenhitze in seinem Laden sah er aus, als käme er frisch aus der Dusche.

Er winkte, als Em durch die Tür trat. »Was darf's sein?«

»Ein Alkoholfreies.« Sie stellte sich auf die Zehenspitzen und spähte über die Köpfe hinweg in den hinteren Teil der Gaststätte, der ganz im Stil der 50er-Jahre eingerichtet war – Eames Chairs und Musikbox inklusive.

Vor dem Durchgang zu den Toiletten entdeckte sie Decker und Pell, die offenbar beide einen Sitzplatz ergattert hatten. An diesem Abend durchaus keine Selbstverständlichkeit: Rings um die Tische und sogar auf der hölzernen Galerie, die den rückwärtigen Teil des Lokals umlief, drängten sich Polizisten in Zivil. Im Hintergrund lief Sinatra.

»Ganz sicher?«, fragte Henders.

Em wandte irritiert den Kopf. »Was?«

»Das mit dem alkoholfrei ...« Sein markantes Kinn wies auf die Feiernden in ihrem Rücken. »Deine Kollegen haben schon einen gewissen Vorsprung.«

»Ich nehme ein Alkoholfreies«, wiederholte sie.

Henders nickte und schnippte den Kronkorken von einer Flasche Clausthaler. »Glas dazu?«

»Ja, bitte.«

Normalerweise trank sie ihr Bier aus der Flasche. Aber es musste ja nicht jeder gleich sehen, dass sie an diesem Abend auf Alkohol verzichtete.

Ich fürchte, das würde viel zu sehr auffallen, hörte sie Zhou flüstern.

Leck mich, dachte Em und stieß sich vom Tresen ab.

Es war nicht leicht, sich bis zu ihren Kollegen durchzukämpfen. Aber trotz diverser Rempeleien gelang es ihr, zumindest einen Großteil des Getränks bis an Deckers Tisch zu retten.

»Scheiße, Em, wo warst du?«, fragte er, als sie ihr Glas neben seine Bierflasche auf das abgenutzte Holz knallte.

»Ich musste mal ’n Augenblick für mich sein, okay?« Sie bemühte sich um ihren üblichen Tonfall – ein bisschen zu schroff, gemischt mit einem Schuss Jovialität. Trotzdem hatte sie das Gefühl, dass ein Hauch von Misstrauen in seinen Augen lag. Er war nicht mehr nüchtern, aber auch noch nicht so hinüber, dass seine Instinkte nennenswert nachließen.

»So, so«, sagte er nur.

»Und hier?«

Er machte eine wegwerfende Geste. »Was soll schon sein? Ist ’n Scheißanlass. Und das bleibt’s auch. Ganz egal, wie viel von dem Zeug hier«, er wedelte mit seiner Flasche, »du in dich reinschüttest.«

Sie nickte und überlegte, was sie eigentlich über ihn wusste. Doch das war erschreckend wenig, wie sie mit einer gewissen Bestürzung feststellte. Genau genommen war Decker der typische Fall eines Menschen, der jedem bereits nach kürzester Zeit das Gefühl gab, ihn in- und auswendig zu kennen. Sobald man die Sache aber genauer betrachtete, erkannte man, dass man im Grunde nichts als Oberflächlichkeiten über ihn wusste: Dass er in der Vergangenheit eine Reihe von kurzlebigen Romanzen gehabt hatte, zum Beispiel. Oder dass er in seiner Freizeit Autorennen fuhr und eine kleine Wohnung in Laufweite des Präsidiums bezogen hatte.

Gedankenverloren nippte Em an ihrem Glas. Wir arbeiten jetzt schon einige Jahre zusammen, dachte sie, und wir unterhalten uns jeden Tag. Trotzdem hätte sie nicht sagen können, wie seine aktuelle Freundin hieß. Oder ob er überhaupt eine hatte …

»Geht’s dir gut?«

Erschreckt fuhr sie hoch und blickte geradewegs in Carsten Pells strahlend blaue Augen. »Sicher. Warum fragst du?«

»Du wirkst so nachdenklich«, stellte er fest.

»Kunststück, nach so 'nem Tag, oder?«

»Klar. Entschuldige.« Der sportliche Blondschopf gehörte der Abteilung für Kapitaldelikte erst seit ein paar Monaten an und verdankte es dem Vernehmen nach in erster Linie Deckers unermüdlicher Fürsprache, dass er trotz seiner mangelnden Erfahrung bereits einer abteilungsübergreifenden Sonderermittlungsgruppe angehörte. »Ich habe gar nicht gewusst, dass dir Thorsten so nahestand.«

»Das hat er nicht mal«, entschied Em sich vorsichtshalber für die Wahrheit, zumal sie sah, dass Decker das Geplänkel aufmerksam verfolgte.

Wir haben zusammen gegessen, an dem bewussten Mittag. Thorsten hatte 'ne Pizza mit doppelt Käse und meinte noch, das gibt Kraft. Und ein paar Stunden später sind wir zusammen da rein …

Ihre Augen kehrten zu Pell zurück. »Keine Ahnung, warum mir diese Sache so zu schaffen macht. Aber es ist so.« Sie machte eine Pause, bevor sie hinzusetzte: »Vielleicht bin ich auch einfach nur müde.«

Sofort sprang Pell von seinem Stuhl hoch. »Willst du dich setzen?«

»Vielleicht später«, entgegnete sie lachend. »Jetzt muss ich erst mal aufs Klo.«

»Ich pass unterdessen auf dein Bier auf!«, versprach er.

»Danke. Ich bin gleich zurück.«

»Klar, keine Eile.«

Sie winkte ihm zu und drängte sich dann an einer Gruppe von Männern vorbei, die den Weg zu den Toiletten versperrten.

An das allgemeine Rauchverbot hielt sich an diesem Abend niemand, zumindest nicht hier, im hinteren Teil des Pubs. Der Qualm zog in feinen blauweißen Fäden zur Decke hinauf, und Em wünschte sich auf einmal nichts sehnlicher, als einfach nach Hause gehen zu können. In ihre stille, geräumige Altbauwohnung, die selbst im Hochsommer angenehm kühl blieb. Ihr war klar, dass sie eine Weile brauchen würde, bis sie hinnehmen konnte, was sie an diesem Tag erfahren hatte. Und sie wusste auch, dass sie sich aus der unbequemen Aufgabe, die man ihnen übertragen hatte, nicht so einfach würde herauswinden können. Dafür stand viel zu viel auf dem Spiel. In einem Punkt hatten die Kollegen von der Inneren durchaus recht: Wenn sie einen Verräter in den eigenen Reihen hatten, dann ging sie das letztlich alle an.

Instinktiv berührten ihre Finger die sanfte Oberfläche des Steins, den sie vor ein paar Monaten geschenkt bekommen hatte und den sie seither an einer goldenen Kette um den Hals trug. Es war ein Dzi, ein tibetischer Glücksbringer, der angeblich vor bösen Mächten, dunkler Magie und Krankheit schützte.

»Wäre echt toll, wenn du auch mein Gewissen beruhigen könntest«, murrte sie. Doch über diese Fähigkeit verfügte das Schmuckstück ganz offenkundig nicht.

Bitte bringen Sie zu Ende, was mein Mann begonnen hat, flüsterte stattdessen Martina Mohr in ihrem Kopf. *Es war ihm wichtig genug, dass er sein Leben dafür riskiert hat …*

»Wie, zum Teufel, sollen wir das anstellen?«, fauchte Em und dachte wieder an die Liste, die sie Zhou übergeben hatte. Zwei der sieben Namen waren bereits gestrichen gewesen: der ermordete Thorsten Mohr und Norman Kusch, sein Vorgesetzter. Von den verbliebenen fünf Männern kannte sie drei mehr als flüchtig: Decker, über den sie, wie sie gerade festgestellt hatte, trotz langjähriger Zusammenarbeit erschreckend wenig wusste. Tom, mit dem sie eine Zeit lang fast alles in ihrem Leben geteilt hatte – von den Lösungsbögen der Jura-Tests bis hin zu Fahrrad, Dosensuppen und Liebeskummer. Und das Küken, Pell, der ihr respektvoll seinen Stuhl anbot, wenn sie vorgab, müde zu sein.

»Bleiben Luca Niemeyer und Hamid Candoglu«, murmelte Em ohne Überzeugung. »Oder aber das Ganze hat doch einen völlig anderen Hintergrund.«

Sie warf ihrem erschreckend matten Spiegelbild einen letzten, wenig freundlichen Blick zu und verließ die Toilette.

Der Stuhl neben Decker war frei.

»Wo ist Carsten?«

Decker wedelte unmotiviert mit seiner Bierflasche. »Nachschub holen.«

Sie nickte, und eine Weile versanken sie in mehr oder weniger stumpfsinniges Schweigen.

Em scannte die Gesichter ihrer Kollegen, manche davon verdächtig gerötet, andere einfach nur leer. Sie schnappte Gesprächsfetzen auf, roch Schweiß und verschiedene Aftershaves, beobachtete knappe Gesten, Blicke und Begegnungen, während im Hintergrund noch immer Frank Sinatra sang. Eine Stimme, die sie eigentlich irrsinnig gern mochte. Doch heute Abend wäre sie am liebsten geradewegs zur Anlage marschiert und hätte den Stecker gezogen.

»Seit wann trinkst du dein Bier aus einem Glas?«, fragte Decker mitten in das Schweigen, das sich zwischen ihnen breitgemacht hatte, und einmal mehr wurde Em bewusst, welch außergewöhnlich scharfe Beobachtungsgabe sich hinter der Maske des oberflächlichen Playboys verbarg.

»Hat sich so ergeben«, entgegnete sie ausweichend. Dann begann sie rasch ein Gespräch mit einem Kollegen vom Nachbartisch.

Doch obwohl sie ihm den Rücken zuwandte, wurde sie das Gefühl nicht los, dass Decker sie noch eine ganze Weile prüfend musterte.

11

Polizeipräsidium Frankfurt, Abteilung für Kapitaldelikte, 7. Juli 2015, 21.16 Uhr

»Frau Zhou?«

Sie wandte überrascht den Kopf. »Ja?«

Seit beinahe einer Stunde saß sie nun an ihrem Schreibtisch, tippte Berichte und dachte nebenher darüber nach, wie es wohl Capelli gerade ergehen mochte. Und dass jemand um diese Uhrzeit noch etwas von ihr wollte, war mehr als ungewöhnlich.

»Karel Schubert.« Er hatte ein blasses, fein geschnittenes Gesicht mit hohen Wangenknochen und unverkennbar intelligenten Augen. »Verzeihen Sie, dass ich Sie zu so später Stunde noch störe, aber es geht um einen Mandanten, den ich im Auftrag der Kanzlei Meerwald und Schaller in einer ihm zur Last gelegten Strafsache vertreten soll. Und um neues Beweismaterial in diesem Fall, das mir selbst erst seit Kurzem vorliegt.«

Zhou nahm eine Vollmacht und einen Ausweis entgegen und notierte in Gedanken, dass ihr Gegenüber offenbar einer von diesen Überkorrekten war, die grundsätzlich alles griffbereit hatten, zu Terminen eine Viertelstunde zu früh erschienen und die Nutzungsbedingungen des letzten Web-Dienstes von vorne bis hinten durchlasen, wenn's sein musste sogar auf Koreanisch.

Allerdings musste sie auch zugeben, dass ihr seine reservierte Höflichkeit gefiel. »Wie kann ich Ihnen behilflich sein?«, fragte sie einen Hauch zu aufgeräumt.

Seine Augen blieben an der Vollmacht hängen, die sie noch immer in der Hand hielt. »Ich nehme an, Sie haben gesehen, um wen es geht?«

Tatsächlich hatte sie dem Namen seines Mandanten bislang keine Aufmerksamkeit geschenkt und musste sich nun die Blöße geben, noch einmal hinzuschauen. Etwas, das ihr ganz und gar nicht schmeckte.

Schuberts Miene hingegen war völlig unbeteiligt.

»Armin Bormann«, las Zhou und nahm zur Kenntnis, dass die Unterschrift auf dem Dokument ebenso charaktervoll wie leserlich war.

»Sagt Ihnen das was?«

»Ich muss gestehen, nein.«

»Darf ich mich setzen?«

Sie hätte sich ohrfeigen können, dass sie nicht von selbst darauf gekommen war, ihm einen Stuhl anzubieten. »Natürlich, verzeihen Sie.«

»Kein Problem.« Er ging zu einem der verwaisten Nachbar-Schreibtische und kam mit einem Bürostuhl zurück. »Ich dachte nur, dass Ihnen der Name geläufig sein könnte, weil der Fall damals beträchtliches Aufsehen erregt hat.«

»Wann genau ist damals?«

»Anfang November letzten Jahres.«

Sie lächelte. »Ich fürchte, das habe ich knapp verpasst.«

Er sah sie fragend an.

»Ich bin erst letztes Jahr nach Frankfurt zurückgekommen, und zwar Ende November«, erklärte sie. »Vorher war ich einige Monate in den Staaten.«

Seine Augen musterten sie interessiert. »Dann darf ich Ihnen vielleicht zunächst kurz erklären, worum es geht?«

»Sicher. Schießen Sie los!«

»Mein Mandant, Armin Bormann, wird verdächtigt, im November letzten Jahres in einem Einfamilienhaus in Eschborn eine ganze Familie ermordet zu haben. Ein junges Ehepaar mit zwei Kindern. Ein sechsjähriger Junge und ein dreijähriges Mädchen.«

Zhou hörte aufmerksam zu, während Schubert in knappen Worten den Tathergang und die bisherigen Ermittlungsergebnisse skizzierte. »Und das Motiv?«, fragte sie, als er geendet hatte.

»Das ist einer der Knackpunkte«, nickte er. »Angeblich soll mein Mandant eine Affäre mit Sonja Svensson gehabt haben. Doch die konnte nie zweifelsfrei bewiesen werden.«

»Eine Beziehung?« Zhou stützte den Ellenbogen auf der Kante ihres Schreibtischs ab. »Woran haben die Kollegen das festgemacht?«

»Unter Sonja Svenssons Sachen waren ein paar Fotos, die sie mit Bormann zeigten«, erklärte Schubert. »Aber das waren wirklich ganz und gar harmlose Schnappschüsse.«

»Was bedeutet in diesem Zusammenhang harmlos?«

»Es handelt sich durchweg um ganz banale Alltagsszenen«, antwortete er. »Sie wissen schon: sie mit ihm und einem Glas Wein in der Hand am Küchentisch. Ein Foto von beiden, auf dem er den Arm um ihre Schultern legt. Und eins von diesen Selfies, wo beide die Zunge rausstrecken.«

»Trotzdem wurden diese Aufnahmen vom zuständigen Richter offenbar als Indiz für eine mögliche Affäre gewertet«, widersprach sie. »Sonst hätte es wohl kaum eine Anklage gegeben, nicht wahr?«

Schubert sah sie an, sagte aber nichts.

»Wieso nahm man diese Fotos so wichtig?«, beharrte Zhou.

»Weil mein Mandant bei seiner ersten Vernehmung so dumm war, zu behaupten, dass er Sonja Svensson nur vom Sehen kannte.« Er seufzte, bevor er mit spürbarem Widerwillen hinzufügte: »Und weil sie die Bilder versteckt hatte.«

Zhou starrte ihn an. »Was meinen Sie damit, sie hatte sie versteckt?«

»Sie steckten hinter einem Bild im Schlafzimmer«, antwortete er. »Sie wissen schon, unter einem von diesen Metallbügeln, mit denen man Wechselrahmen verschließt.«

»Haben Sie irgendeine Ahnung, warum Frau Svensson es für nötig hielt, die Aufnahmen zu verstecken?«

»Nein.«

Sie runzelte nachdenklich die Stirn. »Vielleicht war ihr Mann einer von diesen Übereifersüchtigen?«

»Möglich.«

»Man hat ihm nichts in dieser Richtung nachgesagt?«

»Zumindest geht nichts aus der Akte hervor«, entgegnete Schubert mit einem unbestimmten Achselzucken. »Und da ich den Fall erst vorgestern übernommen habe, bin ich leider auch noch nicht zu eigenen Recherchen gekommen.«

Zhou musterte ihr Gegenüber. Erwartete er allen Ernstes, dass sie von sich aus anbot, tätig zu werden?

»Leider ist der Fall mittlerweile ziemlich kalt.« Er zog einen prall gefüllten Aktenordner aus seiner Tasche, legte ihn, ohne um Erlaubnis zu fragen, auf ihren Schreibtisch und faltete dann mit entschiedenen Bewegungen seine Vollmacht zusammen. »Was nicht heißen muss, dass nicht noch etwas zu finden ist. Etwas, das vielleicht übersehen wurde.«

»Sie möchten erreichen, dass die Ermittlungen in diesem Fall wiederaufgenommen werden?«

Er nickte. »Das halte ich für unabdingbar, ja.«

»Aber ist das nicht Sache der Staatsanwaltschaft?«

»Das wäre es, rein theoretisch. Allerdings scheint man dort keinen großen Wert darauf zu legen, dass der Fall noch einmal neu aufgerollt wird.«

Ach nee!

»Das wird vermutlich gute Gründe haben«, wandte sie vorsichtig ein.

»Vermutlich.« Sein Lächeln konnte bei aller Jungenhaftigkeit eine gewisse Raffinesse nicht verbergen. »Nur sind es keine, die mit dem Fall zu tun haben.«

Zhou sah ihn an.

»Leider bin ich noch nicht allzu vertraut mit den personellen Strukturen in dieser Stadt«, ließ er sich herab zu erklären, »aber ich habe durchaus den Eindruck, dass es hier und da ein bisschen mehr um Verurteilungsquoten und persönlichen Ehrgeiz geht als um absolute Wahrheiten. Etwas, das ich persönlich zwar durchaus nachvollziehen, unter den gegebenen Umständen aber leider nicht durchgehen lassen kann.«

Die Kollegen von der Staatsanwaltschaft haben ihn also abblitzen lassen, schloss Zhou, während sie den Ordner aufschlug und auf dem Deckblatt nach der Zeile suchte, in der der zuständige Staatsanwalt vermerkt war.

Als sie den Namen las, schossen ihre Augenbrauen in die Höhe.

Eine Reaktion, die Schuberts wachem Blick natürlich nicht verborgen blieb. »Sie kennen Herrn von Treskow?«, erkundigte er sich in einem Ton, der so neutral war, als verlese er die Nachrichten.

»Nein«, entgegnete Zhou, auch wenn diese Antwort nicht der Wahrheit entsprach, denn sie war Benjamin von Treskow tatsächlich schon einmal begegnet. Damals hatte er in der Damentoilette ihrer Abteilung auf den Knien gelegen und ihre Partnerin unter Wut und Tränen angefleht, trotz seines Seitensprungs zu ihm zurückzukehren. Zhou war zufällig hinzugekommen, und die Situation war allen Beteiligten mehr als peinlich gewesen. So peinlich, dass sie danach nie wieder auch nur ein einziges Wort darüber verloren hatten. Weder Capelli noch sie selbst …

»Stimmt was nicht?«, fragte Schubert, der sie keine Sekunde aus den Augen gelassen hatte.

»Alles bestens«, entgegnete sie schnell. »Lassen Sie mir die Akte da, und ich kläre das gleich morgen früh mit meinem Vorgesetzten.«

12

Penny Lane, Irish Pub, 7. Juli 2015, 23.09 Uhr

Die Uhr über der Musikbox zeigte wenige Minuten nach elf, und Em hatte das Gefühl, dass dieser Abend niemals zu Ende gehen würde. Sie hatte sich vorgenommen, hier und jetzt tatsächlich nichts anderes zu tun, als um einen verstorbenen Kollegen zu trauern – Küngs Order, wachsam zu sein, hin oder her. Doch sie konnte nicht verhindern, dass sie entgegen ihrer Gewohnheit jede noch so harmlose Äußerung ihrer Kollegen insgeheim auf die Goldwaage legte.

Sie waren gerade von den üblichen Kollegengesprächen, wer mit Thorsten Mohr bei welcher Gelegenheit wie viel zu tun gehabt und was man dabei wie miteinander erlebt hatte, zu den nicht ganz jugendfreien Anekdoten übergegangen, als ein paar Tische weiter der Lärm plötzlich anschwoll.

Em schnappte die Worte »Wichser« und »Scheißdreck« auf.

Und auch Henders am Tresen spitzte augenblicklich die Ohren.

»Jetzt eskaliert es doch noch«, stellte Pell neben ihr mit fatalistischer Miene fest.

»Was meinst du?«

Er sah sie an. »Sag bloß, du hast es nicht gespürt?«

Doch, gab sie ihm im Stillen zur Antwort, das habe ich sehr wohl …

»Irgendwie lag das schon die ganze Zeit in der Luft.« Pell schob seine Flasche von sich, als könne er sich auf diese Weise von jedem unangenehmen Gefühl distanzieren. »Früher oder später musste es ja knallen.«

Interessante Einschätzung, dachte Em. »Woran, glaubst

du, liegt das?«, fragte sie so beiläufig wie möglich, während sie mit einem Ohr noch immer bei der Auseinandersetzung am anderen Ende des Raums war.

Der junge Kollege starrte auf die Tischkante. »Na, irgendwer muss ja schließlich schuld sein.«

Das gab ihr zu denken. »Schuld woran?«

Anstatt zu antworten schüttelte Pell nur den Kopf.

»Du meinst schuld an Thorstens Tod?«, hakte sie nach.

»Vielleicht nicht unbedingt so direkt«, wich er aus.

»Sondern?«

»Ach, keine Ahnung. Es ist viel schiefgelaufen in letzter Zeit.«

Womit wir wieder beim Thema wären, dachte Em wütend. Offenbar hatte irgendeine höhere Macht beschlossen, dass sie der Sache nicht ausweichen konnte. Schicksalsergeben wandte sie den Kopf und betrachtete den jungen Kollegen mit neuem Interesse.

Pell war gerade mal zweiundzwanzig, frisch aus dem Studium und wohnte dem Vernehmen nach noch bei seinen Eltern. Trotzdem traute er sich, etwas auszusprechen, um das alle anderen herumredeten. Eine Haltung, die ihn in ihrer Gunst augenblicklich ein Stück steigen ließ. Oder sprach diese Art Chuzpe vielleicht doch eher für seine jugendliche Unbekümmertheit?

Sie kam nicht dazu, den Gedanken zu Ende zu denken, denn in den Streit am anderen Ende des Raumes schien in diesem Moment erneut Bewegung zu kommen. Aus dem Gewirr aufbrausender Männerstimmen war zwar nicht wirklich etwas zu verstehen, doch der Geräuschpegel legte nahe, dass sich die Sache zuspitzte.

Em beobachtete, wie Henders das Geschirrtuch beiseitelegte. Im selben Augenblick hörte sie das typische Geräusch eines Faustschlags, gefolgt von einer Kaskade wütender Kommentare.

»Das reicht!« Henders pflügte mit der Ruhe und Effizienz eines Eisbrechers durch die dichten Reihen seiner Gäste. »In meinem Laden benimmt man sich zivilisiert, oder man fliegt raus! Verstanden?«

Diese Drohung brachte die Kollegen, die den Streithähnen am nächsten standen, offenbar dazu, sich einzumischen. Em registrierte eine Welle von Bewegung am anderen Ende des Raumes. Und auch den Lärm eines neuerlichen, kurzen Handgemenges.

»Was ist hier los?«, hörte sie Henders sonore Stimme fragen.

Irgendjemand sagte: »Nichts.«

»Nichts sieht anders aus«, stellte der Gastwirt trocken fest.

»Alles in Ordnung, Arndt«, beschwichtigte Romy Toller, eine der beiden Beamtinnen aus Kuschs Abteilung. »Die Sache hat sich schon geklärt.«

»Das will ich hoffen«, antwortete Henders. Als er sich abwandte, um an seinen Tresen zurückzukehren, erhaschte Em durch die Gasse, die er hinterließ, endlich einen Blick auf die Szene im hinteren Teil der Gaststätte: Der Glatzkopf, der Decker bereits auf dem Friedhof Ärger gemacht hatte, schien beteiligt zu sein. Außerdem presste ein junger Mann, den sie noch nie gesehen hatte, ein Taschentuch auf die Platzwunde unter seinem linken Auge. Norman Kusch war dabei, seinen derangierten Anzug in Ordnung zu bringen, und hinter ihm entdeckte Em mit Schrecken, dass auch ihr alter Freund Tom einiges abbekommen hatte.

»Entschuldigt mich kurz«, murmelte sie und kämpfte sich durch den längst wieder geschlossenen Vorhang von Gästen bis zu ihm durch. »Tom!«

Er sah hoch. Sein Blick war glasig, und er brauchte offenbar einen Moment, um zu verstehen, wen er da vor sich hatte. Dann allerdings zeichnete sich ein reichlich schiefes Lächeln auf seinem blutverschmierten Gesicht ab. »Em?«

Sie ging neben ihm in die Knie und begutachtete sein Gesicht. »Was ist passiert?«

Seine Augen suchten den ebenfalls ziemlich ramponierten Glatzkopf, doch Norman Kusch trat augenblicklich dazwischen. »Schluss jetzt, Ahrens!«

»Aber er …«

»Sie müssen sich nicht von jeder Scheiße provozieren lassen«, blaffte Kusch. »Und damit eins klar ist: Für Sie ist die Party jetzt zu Ende. Fahren Sie nach Hause, bringen Sie Ihr Gesicht in Ordnung und legen Sie sich schlafen.«

Em wollte ihm auf die Beine helfen, doch Tom fegte ihre Hand weg. »Ich bin nicht im Dienst«, sagte er mit einer Ruhe, die sie erschreckte. »Und das bedeutet, dass ich mir hier und jetzt rein gar nichts sagen lassen muss. Weder von Ihnen noch von irgendwem sonst.«

»Da täuschen Sie sich«, gab Kusch zurück, und Em registrierte das leise Beben in seiner Stimme. Er wusste, dass er drauf und dran war, seine Autorität einzubüßen. Und ihm war auch klar, dass er sich das nicht leisten konnte.

»Ach ja?«

»Ja. Als Bediensteter dieses Staates und Vertreter der öffentlichen Hand haben Sie sich zu benehmen. Und zwar ausdrücklich auch in Ihrer sogenannten Freizeit.«

Schneller, als sie es ihm zugetraut hätte, war Tom auf den Beinen und machte einen Schritt auf seinen Vorgesetzten zu. »Und was, wenn ich das nicht tue?«

»Ich gehe nicht davon aus, dass Sie hier noch weiter Ärger machen, mein Junge, denn dazu sind Sie viel zu vernünftig.« Seine Augen krallten sich in Toms Gesicht fest. »Sie werden es nicht zulassen, dass ein paar Idioten Ihre Karriere ruinieren. Und Sie werden auch nicht zulassen, dass die Trauerfeier für einen geschätzten Kollegen zu einer Farce entartet, habe ich recht?«

Tom sagte nichts, doch er sah aus, als erwäge er, seinem Vorgesetzten gleich an Ort und Stelle vor die Füße zu kotzen.

»He, Mann, lass gut sein!«, hörte Em eine Stimme hinter sich sagen.

Und ein anderer Kollege rief: »Das sind die doch alle gar nicht wert, Tom.«

Sie bekam seinen Arm zu fassen. »Deine Freunde haben recht«, flüsterte sie. »Lass uns einfach gehen, okay? Es war ein langer Tag.« Sein Körper versteifte sich unter ihrer Berührung, doch sie wagte nicht, ihn loszulassen. Irgendwie hatte sie das Gefühl, ihn beschützen zu müssen. »Bitte, Tom!«

Er ließ von seinem Vorgesetzten ab und sah sie mit einem sehr eigentümlichen Ausdruck an. »Ich muss mir nicht alles gefallen lassen«, sagte er leise, aber bestimmt.

»Nein«, entgegnete sie. »Das musst du nicht. Aber du darfst auch niemandem eine solche Macht über dich einräumen. Denk daran, wie viel es uns gekostet hat, dass wir überhaupt bis hierhin gekommen sind.«

Erst als der Satz heraus war, fiel ihr auf, wie sehr man ihn missverstehen konnte, und sie biss sich schuldbewusst auf die Lippen. Doch von den Umstehenden schien niemand daran Anstoß zu nehmen. Die meisten wussten, dass Tom und sie zusammen studiert hatten. Und auch, dass ihr alter Freund nicht gerade für sein überschäumendes Selbstbewusstsein bekannt war. Im Gegenteil: Er hatte immer zu denjenigen gehört, die sich zurückhielten und zu schlichten versuchten. Doch an diesem Abend hatte man ihn offenbar zu sehr gereizt.

»Komm schon«, startete Em einen neuen Versuch. »Ich fahr dich auch heim, einverstanden?«

Er richtete sich auf, und für einen flüchtigen Moment befürchtete sie, er werde laut loslachen. Doch ihr Freund fing sich wieder. »Ich bin weg«, murmelte er mit einer resignierten Geste und wandte sich ab.

»Gute Entscheidung«, lobte Kusch, der es noch immer nicht schaffte, den typischen Tonfall des Vorgesetzten abzulegen. »Und Ahrens …«

»Ja?«

»Keine Umwege, klar?«

Tom antwortete nicht, sondern ging einfach davon.

Aus den Augenwinkeln sah Em, wie der Glatzkopf, der den Wortwechsel aufmerksam verfolgt hatte, in Richtung Herrenklo verschwand. Für ihn war die Sache offenbar erledigt. Andererseits hatte er bereits zum zweiten Mal an diesem Tag ein Mitglied der SEG bis aufs Blut gereizt. Etwas, das ihr unter den gegebenen Umständen durchaus wichtig erschien.

»Wer ist der Kerl?«, wandte sie sich an Romy Toller, die ganz in der Nähe stand und den Abgang des Glatzkopfs ebenfalls verfolgt hatte.

Sie war ein paar Jahre älter als Em und gehörte zu Mohrs Abteilung, ohne jedoch in die SEG und deren Arbeit involviert zu sein. »Du meinst das Arschloch?«

Em nickte.

»Sein Name ist Mike.« Irgendwie gelang es ihr, eine schlichte Feststellung mit einer Welt von Ablehnung zu versehen. »Mike Weber.«

»Gehört er zu eurer Abteilung?«

»Tja, man sucht sich seine Kollegen nicht aus, was?«

»Wohl wahr«, lachte Em. Und sie entschied sich, gleich auch noch einen Schuss ins Blaue zu wagen: »Übrigens hat der Typ schon vorhin auf dem Friedhof Ärger gemacht.«

»Das passt.« Romy schüttelte missbilligend den Kopf. Der Lärmpegel hatte längst wieder das Niveau von vor der

Auseinandersetzung erreicht, und sie beugte sich etwas näher zu Em herüber. »Ich schätze, Mike kommt einfach nicht damit klar, dass sie ihn bei der Auswahl für die SEG nicht berücksichtigt haben.«

»Statt froh zu sein«, bemerkte Em nicht ohne Hintergedanken.

Und tatsächlich sprang Romy augenblicklich auf den Köder an. »Was meinst du mit froh?«

»Na, wie gefährlich der Job ist, hat man doch jetzt gesehen, oder?«

Romy zog die Stirn kraus und schnappte sich ihre Bierflasche vom Tisch. »Glaubst du im Ernst, dass Gefahr hier irgendwen beeindruckt?«

Die Antwort überraschte Em. Aber im Grunde hatte ihre Kollegin recht.

Wir sprechen hier von Angehörigen einer Spezialeinheit, meldete sich Küng in ihrem Kopf zurück. *Die beteiligten Beamten gehören bereits jetzt den höchstmöglichen Besoldungsgruppen an, was bedeutet, dass sie sich bislang allesamt mit reinweißer Weste präsentiert haben …*

»Nee, nee«, antwortete sich Romy unterdessen einfach selbst. »Gefahr ist nicht das Kriterium.«

»Sondern?«

»Prestige.« Sie nippte an ihrem Bier. »Das ist es, worum's geht.«

»Vielleicht hast du recht«, sagte Em nachdenklich.

»Ich würde mich, ehrlich gesagt, auch gebauchpinselt fühlen, wenn sie mich für so was auswählen würden.«

Ja, pflichtete Em ihr im Stillen bei. Ich mich auch.

Sie stieß sich von der Tischkante ab, an die sie sich gelehnt hatte. »Schätze, ich sehe jetzt lieber mal nach Tom.«

»Klar, mach das«, entgegnete Romy augenzwinkernd. »Wenn irgendjemand in einer solchen Situation an ihn rankommt, dann du.«

13

Punch and Dragon Kampfsportclub, 7. Juli 2015, 23.10 Uhr

Die Handkante ihrer Gegnerin vollführte eine pfeilschnelle Bewegung gegen ihren Kopf. Zhou, die mit einem Schlag gegen den Brustkorb gerechnet hatte, hob überrascht den Arm vors Gesicht. Im gleichen Moment traf sie ein Tritt in die ungeschützten Rippen.

Vom Rand der Matte her spürte sie Liu Yuns Blick auf sich gerichtet. »Du bist nicht bei der Sache«, konstatierte der Besitzer des Punch and Dragon Kampfsportclubs, in dem Zhou seit ihrer Rückkehr nach Frankfurt regelmäßig trainierte.

Ach was?

Danke für den Hinweis, das hatte ich gar nicht gemerkt!

Sie wischte sich verärgert den Schweiß von der Stirn und nahm wieder ihre Ausgangsposition ein. Ausgerechnet nach einem Tag wie diesem musste er mit der Idee kommen, sie ein kleines Sparring gegen seine Nichte absolvieren zu lassen!

»Tut mir leid.«

Liu Yun lächelte. »Für wen?«

»Für Xiaomeng.« Liu Yuns Nichte war ein filigranes Wesen, kaum eins sechzig groß, aber so entschlossen, dass Zhou sich hütete, ihr in die Augen zu sehen. Sonst hätte sie auch noch das letzte bisschen Mut verloren. »Es macht vermutlich wenig Spaß, mit jemandem zu trainieren, der nicht nur meilenweit unterlegen, sondern dabei auch noch derart unkonzentriert ist.«

In Xioamengs bronzefarbenem Gesicht regte sich nicht der winzigste Muskel.

Dafür wurde das Lächeln ihres Onkels noch breiter. »Was ist das Ziel eines Kampfes, Zhou nusheng?«

»Zu gewinnen.«

»Und Xiaomeng tut dir leid, weil sie gewinnt?«

»Das nicht.« Sie verdrehte entnervt die Augen. Warum war sie nicht einfach auf direktem Weg nach Hause gefahren? An Tagen wie diesem hatte es wenig Sinn, sich auf irgendetwas einzulassen, das ein so hohes Maß an Achtsamkeit voraussetzte wie Kung Fu. »Aber ich gehe davon aus, dass es ihr weit mehr Vergnügen bereitet, zu gewinnen, wenn ihre Gegnerin es ihr nicht ganz so leicht macht.«

Liu Yun sah seine Nichte an, woraufhin sich Xiaomeng mit einer knappen Verbeugung Richtung Dusche verabschiedete.

Und auch wenn Zhou keine Sekunde daran zweifelte, dass Liu Yun ihr eine entsprechende Anweisung gegeben hatte, konnte sie beim besten Willen nicht sagen, worin diese bestanden haben sollte.

»Tut mir wirklich leid«, wiederholte sie, als ihre Gegnerin außer Hörweite war. »Aber da ist so irrsinnig viel, das mir im Kopf herumgeht.«

»Ich habe gehört, dass du heute einen deiner Kollegen beerdigt hast«, bemerkte Liu Yun in absolut wertfreiem Ton.

»Er war aus einer anderen Abteilung.«

»Hat er deshalb weniger mit dir zu tun?«

»Es ist immer schwer zu akzeptieren, wenn man mit den Gefahren dieses Jobs konfrontiert wird«, antwortete Zhou ausweichend.

Er trat zu ihr auf die Matte, und einmal mehr fand sie, dass er wie eine etwas farblosere Ausgabe des Dalai Lama aussah. »Zumal die Gefahr leider manchmal aus einer Richtung droht, aus der wir sie nicht kommen sehen möchten.«

Was für eine seltsame Formulierung, dachte Zhou. Allerdings bezweifelte sie keine Sekunde, dass Liu Yun Bescheid wusste. Nicht nur über die merkwürdigen Umstände, die Thorsten Mohrs Tod begleiteten. Gerüchte besagten, dass Liu Yun früher Ausbilder beim britischen Geheimdienst gewesen war. Ob das stimmte oder nicht, hatte Zhou bislang noch nicht herausgefunden. Doch es stand ohne Zweifel fest, dass er – zumindest was Verbrechen, Korruption und die sogenannte Halbwelt anging – zu den bestinformierten Menschen der Stadt gehörte.

»Du weißt, welche Aufgabe uns übertragen wurde?«, entschied sie sich kurzerhand für die Wahrheit.

»Ein schwere Aufgabe«, entgegnete er. »Und, wie es scheint, überaus undankbar.«

Wie es scheint, ist gut, dachte Zhou. »Hast du einen Rat für mich?«

Die Falte, die zwischen seinen Brauen lag, vertiefte sich. »Das Wichtigste ist, dass du dich von deinen Erwartungen löst.«

»Aber ich habe gar keine Erwartungen«, widersprach Zhou.

Nachsicht färbte sein Lächeln. »Doch, hast du.«

»So? Welche denn?«

»Du erwartest zum Beispiel von dir, dass du vorurteilsfrei handelst«, antwortete er. »Auch nur in Erwägung zu ziehen, dass einer deiner Kollegen etwas Unrechtes getan hat, empfindest du als Verrat. Und damit bist du bereits zum Opfer deiner eigenen Erwartungen geworden.«

Sie schüttelte den Kopf. »Ich fürchte, das musst du mir erklären.«

»Solange du so empfindest, wirst du in erster Linie nach einer Möglichkeit suchen, die Unschuld deines Gegners zu beweisen. Und damit arbeitest du, ohne es zu wollen, für ihn. Denn nichts liegt mehr im Interesse des Schuldigen, als seine Unschuld zu beweisen.« Er trat noch einen Schritt näher. »Bislang ist dein Gegner erfolgreich, nicht wahr?«

»Ja«, antwortete Zhou zähneknirschend. »Leider.«

»Nun, das hat einen Grund.«

»Welchen?«

Liu Yun antwortete mit einer Gegenfrage: »Was ist sein größter Verbündeter?«

Sie überlegte. »Seine Entschlossenheit?«

»Nein, deine Erwartungen an dich selbst.«

»Wie das?«

»Dein Problem ist, dass dein Gegner dieses Mal höchstwahrscheinlich eine Person ist, die du kennst oder zumindest zu kennen glaubst. Die Folge ist, dass du dich augenblicklich schlecht fühlst, sobald du etwas hörst oder siehst, das einen Verdacht gegen diese Person nahelegen könnte. Ist es jemand, den du magst, wirst du instinktiv sofort versuchen, den Verdacht zu entkräften. Und wenn es sich um jemanden handelt, den du nicht magst, wird die ganze Sache noch komplizierter, weil du von dir selbst erwartest, fair zu sein.« Er nickte sinnend vor sich hin. »Wir sind oft viel schneller bereit, etwas zu übersehen, wenn wir insgeheim fürchten, dass wir den Verdacht gegen eine bestimmte Person nur allzu gern annehmen würden, weil dadurch jemand anderer, der uns vielleicht nähersteht, entlastet wird.«

Na, toll! Zhou biss sich auf die Lippen. Und was machte sie jetzt aus dieser Weisheit?

Bevor sie dazu kam, weitere Fragen zu stellen, erschien einer von Liu Yuns Angestellten mit einem Handy auf der Bildfläche. »Telefon für Sie.«

Der Besitzer des Punch and Dragon nickte. »Liang yáo ku kou lì yú bìng«, murmelte er, halb an Zhou, halb an sich selbst gerichtet. Dann verschwand er mit dem Handy am Ohr auf der Stahltreppe, die aus der Trainingshalle in den ersten Stock hinaufführte.

Während sie ihm nachblickte, fiel Zhou auf, dass sie Liu Yun zum ersten Mal, seit sie ihn kannte, Chinesisch hatte sprechen hören. Denn so merkwürdig das klang: Bislang hatten sie sich immer auf Deutsch unterhalten.

»Liang yáo ku kou lì yú bìng«, wiederholte sie nachdenklich. »Gute Medizin ist bitter, aber nützlich gegen Krankheiten …«

Ein vermeintlicher Allgemeinplatz. Doch Liu Yun hatte sie schon oft überrascht. Seine auf den ersten Blick wenig konkreten Bemerkungen konnten sich im Nachhinein als wertvolle Hinweise entpuppen.

Der größte Verbündete deines Gegners sind deine Erwartungen an dich selbst.

Bin ich tatsächlich voreingenommen?, überlegte Zhou, während sie unter der Dusche stand. Habe ich Angst, vorschnell zu urteilen? Und falls ja: Ist das nicht richtig so?

Sie trocknete sich ab, packte ihre verschwitzten Sachen zusammen und fuhr nach Hause. Als sie die Tür zu ihrer Wohnung aufschloss, verriet ihr das charakteristische Blinken des Anrufbeantworters, dass in der Zwischenzeit jemand versucht hatte, sie zu erreichen.

»Hallo«, drang Sebastian Koss' angenehme Stimme aus dem Gerät, kaum dass sie auf die rote Taste gedrückt hatte. »Ich weiß, dass du nicht zu Hause bist. Aber ich wollte mich doch wenigstens noch mal gemeldet haben, nachdem wir heute Nachmittag so abrupt unterbrochen wurden.«

»Das war ja wohl kaum deine Schuld!« Zhou schleuderte ihre Sneakers von den Füßen und öffnete den Kühlschrank.

»Wie wär's, wenn wir morgen oder übermorgen in der Mittagspause mal wieder zusammen Eis essen gehen?«, schlug seine Bandstimme unterdessen vor.

»Mal wieder ist gut!«, kommentierte Zhou, während sie eine Packung Fleischsalat aus dem obersten Fach ihres

Kühlschranks nahm. »Wir beide waren überhaupt erst ein einziges Mal zusammen Eis essen …«

»Es soll ja wohl noch ein paar Tage so heiß bleiben …«

»… und außerdem habe ich keine Zeit.« Sie knallte die Kühlschranktür zu, riss die Besteckschublade auf und nahm eine Kuchengabel heraus. »Wie's aussieht, muss ich ein paar bittere Pillen schlucken, und wenn ich Pech habe, haben wir auch noch einen Cold Case am Hals.« Sie schielte nach dem Ordner, den Karel Schubert ihr ausgehändigt hatte. »Also tu mir bitte den Gefallen und komm mir nicht ausgerechnet jetzt mit Eisessen!«

Doch ihre Argumentation schien Koss' Alter Ego nicht sonderlich zu beeindrucken. »Du kannst mich ja morgen im Laufe des Vormittags mal zurückrufen, damit wir uns abstimmen können …«

»Den Teufel werde ich!«

»Ich würde mich freuen«, versicherte die Bandstimme, ihrer Bemerkung zum Trotz. Dann knackte es in der Leitung, und die Aufzeichnung brach ab.

Zhou bedachte das Telefon mit einem bösen Blick, nahm Karel Schuberts Aktenordner von der Garderobe und trug ihn zusammen mit dem Fleischsalat und einer Flasche Apfelschorle auf ihren kleinen, aber feinen Balkon hinaus, von dem aus man einen atemberaubenden Blick über die Mole des Westhafens hatte.

Um diese Jahreszeit lagen dort so viele Boote vertäut, dass man sich fast wie in Venedig vorkam, und es duftete von allen Seiten nach frisch Gegrilltem, nach Knoblauch, zerlassener Butter und Fisch. Ein Hauch von Freiheit und Abenteuer inmitten dieses pulsierenden Molochs von einer Stadt, den sie viel zu selten genießen konnte.

Zhou setzte sich auf die noch immer sonnenwarmen Fliesen und schlug die Akte auf, doch schon nach dem ersten Durchblättern beschlichen sie ernste Zweifel, ob das

Material vollständig war. Vielmehr schien Karel Schubert eine Art morbides »Best of« zusammengestellt zu haben, ein Vorgehen, dessen Mangel an Objektivität sie augenblicklich wieder so richtig in Rage brachte.

»Was bildet sich dieser Kerl eigentlich ein?«, murrte sie, während sie noch einmal die Rekonstruktion des Tathergangs überflog und dann zügig zu den Fotos der KTU weiterblätterte. »Glaubt er allen Ernstes, uns und unser Urteil derart plump beeinflussen zu können?«

Anstelle einer Antwort drang hemmungsloses Gelächter an ihr Ohr. Eine Frau, die in der Hitze der Nacht offenbar richtig Spaß hatte.

Zhous Blick blieb an dem Porträt eines etwa sechsjährigen Jungen hängen. Es war eine dieser typischen Studioaufnahmen, bei denen der Fotograf seinem kleinen Modell mit allen Tricks ein möglichst unbefangenes Lachen zu entlocken versuchte und die trotzdem so verkrampft und unecht wirkten, dass Zhou beim besten Willen nicht verstehen konnte, warum überhaupt jemand den Wunsch hatte, sich ein derart gekünsteltes Bild auf den Schreibtisch oder auf die Kommode zu stellen. Sie wäre jede Wette eingegangen, dass es Hunderte von Schnappschüssen gab, die das Temperament, den Charakter und das Lachen dieses Jungen besser einfingen als diese seelenlose Hochglanzaufnahme. Und doch schienen derlei Fotos auf den Schreibtischen und Kommoden aller Eltern der Welt zu stehen, einschließlich ihrer eigenen.

Ihre Mutter, zum Beispiel, trug seit Jahren ein Bild in ihrem Portemonnaie spazieren, das sie ganz besonders liebte. Es war in der Zeit ihrer Einschulung entstanden und zeigte Zhou mit dünnen schwarzen Zöpfchen und einer kapitalen Zahnlücke mitten in ihrem schrecklich unsicheren Lächeln. Zhou hasste das Foto, und doch hatte sie ihre Mutter nie dazu bewegen können, es durch ein anderes zu ersetzen.

Eine Bemerkung Schuberts fiel ihr ein: *Die Fotos steckten hinter einem von diesen Metallbügeln, mit denen man Wechselrahmen verschließt …*

»Warum versteckt eine Frau Fotos, wenn sie keine Bedeutung haben?«, murmelte sie vor sich hin, während sie interessiert weiterblätterte.

Bei ihr zu Hause war ich nie, las sie in der Kopie des Protokolls einer späteren Befragung Armin Bormanns. Aber sie hat mich ein paarmal um Rat gefragt. Wegen ihrer Fische …

Fische? Unwillkürlich blickte Zhou wieder aufs Wasser hinunter. Was, um Himmels willen, hatten Fische mit all dem zu tun?

Ein paar Seiten weiter entdeckte sie ein Foto von Sonja Svensson, entstanden etwa ein halbes Jahr vor ihrer Ermordung, wie die ermittelnden Kollegen gewissenhaft unter der Aufnahme vermerkt hatten.

Eine hübsche Frau, konstatierte Zhou. Genauso hübsch wie ihr kleiner Sohn Leon …

Sie blätterte die nächste Seite auf und zog erschrocken die Hand zurück. Es handelte sich um dieselbe Frau. Doch auf diesem Foto war Sonja Svensson tot. Es war eine ungewöhnliche Tatortaufnahme. Die Frau sah aus, als wäre das Entsetzen im Moment des Todes auf ihrem Gesicht erstarrt. Zhou betrachtete sie eine Weile, und je länger sie hinsah, desto mehr hatte sie das Gefühl, dass das Bild lebte. Dass es ihr etwas sagen wollte. Dass es um Hilfe rief …

Warum hat der Täter Sonja am Leben gelassen, nachdem er alle anderen getötet hatte?, überlegte sie. Oder zumindest glaubte, sie getötet zu haben, korrigierte sie sich im Stillen. Was hatte er vor mit ihr?

Und: Ist ihm gelungen, was er sich vorgenommen hatte?

Zögernd blätterte sie weiter und betrachtete die anderen Aufnahmen vom Tatort. Die Leiche von Erik Svensson in einer gewaltigen Blutlache. *Bauchschuss mit schweren arteriellen Verletzungen*, stand im Gutachten des zuständigen Rechtsmediziners. Pippa Svensson in einem rührend bunten Kinderschlafanzug. Teddybären und Schnuller auf reinweißem Grund. Dazu der Tatort: eine Küche, modern und stylisch. Teure Einrichtung, teure Accessoires. Zhou beugte sich dichter über die Aufnahme. Das dahinten auf der Theke war ein nagelneuer Thermomix. Daneben stand eine KitchenAid in Granatrot. Und sogar der Mülleimer dürfte gut und gern hundertzwanzig Euro gekostet haben.

Sie nippte an ihrer Schorle.

Auf der Arbeitstheke über der ermordeten Pippa war hauptsächlich Gesundes verteilt: Paprika in Streifen. Salat. Ein Blumenkohl. Zhou blätterte weiter und sah Leons Leichnam neben einem Kinderschreibtisch aus unbehandeltem Massivholz liegen. Der Junge war noch nicht einmal in der Schule gewesen und hatte doch schon alles besessen, was man zum Lernen und Schreiben brauchte: Textmarker, Buntstifte, Malkreiden, Wasserfarben, Bastelscheren in allen Variationen, Farbkarton.

Dem Foto vom Kinderzimmer folgte eine Aufnahme des zerstörten Tablets, das Leon Svensson das Leben gerettet hatte. Nein, korrigierte sich Zhou. Nicht das Leben gerettet. Nur den Tod aufgeschoben. Sie suchte nach dem Protokoll des Notrufs, das sie bereits im Präsidium überflogen hatte, und las es noch einmal sehr sorgfältig durch.

Pippa ist drei, aber … Sie bewegt sich nicht mehr. Und Mama weint.

Sie runzelte die Stirn.

Er ist bei ihr!

»Ja, ich weiß«, flüsterte sie. »Aber was tut er mit ihr? Was, in drei Teufels Namen, hat dieser elende Mistkerl mit deiner Mutter angestellt, nachdem er glaubte, nicht mehr auf dich achten zu müssen?«

Er ist auf der Treppe …

Zhou riss den Blick von den noch immer beunruhigenden Zeilen los und sah wieder ins Hafenbecken hinunter. Auf den schwarzen Fluten tanzten Tausende von Lichtern. Wohnungen. Straßenlampen. Boote.

»Es muss einen plausiblen Grund dafür geben, dass der Täter Sonja zunächst am Leben gelassen hat«, murmelte Zhou. »Und dieser Grund muss etwas mit ihr zu tun haben. Mit ihr ganz persönlich.«

Der Täter eliminiert ihre Familie, um freie Bahn zu haben, fasste sie noch einmal zusammen. Aber wofür? Sonja Svensson war nicht vergewaltigt worden. Doch was war mit dem Entsetzen in ihren Augen? Was war geschehen in diesem Haus, das von außen einen so heilen, sorglosen Eindruck machte? *War* es überhaupt geschehen? Oder war es nur geplant gewesen? Hatte der aufgeweckte kleine Junge mit dem blonden Haar dem Täter einen Strich durch die Rechnung gemacht, indem er geflohen war und die Polizei gerufen hatte?

Der Täter war zweifellos noch vor Ort, als wir in der Spenderstraße ankamen, hatte einer der beiden Polizisten, die die Leichen entdeckt hatten, zu Protokoll gegeben. *Er muss durch die Vordertür entkommen sein, während wir uns über die Terrasse Zugang zur Küche verschafften …*

Erschüttert ließ Zhou die Akte sinken.

»Er war noch dort?«, flüsterte sie ungläubig, während tief unter ihr, auf dem Wasser, wieder Sonja Svenssons entsetztes Gesicht aufblitzte. Die Möglichkeit, dass die junge Mutter noch gelebt hatte, als die Streife in der Spenderstraße eingetroffen war, erfüllte sie mit einem Gefühl von Fassungslosigkeit, und sie fragte sich, wie die Kollegen, die den Einsatz übernommen hatten, wohl mit dieser Erkenntnis fertigwurden.

14

Parkplatz vor dem Penny Lane, 7. Juli 2015, 23.16 Uhr

Em fand ihren alten Studienfreund auf dem Fahrersitz seines Skodas. Er hatte sich mit einem Taschentuch das Blut aus dem Gesicht gewischt und hielt sein Smartphone in der Hand.

»Keine Sorge«, knurrte er, als sie sich durch das geöffnete Seitenfenster zu ihm ins Wageninnere beugte. »Ich bin okay, und ich mache auch keinen Blödsinn. Ich wollte mir gerade ein Taxi rufen.«

»Nicht nötig.« Ihre Hand berührte flüchtig seine Schulter. »Ist ja nicht das erste Mal, dass ich dich ins Bettchen bringe.«

Sein Lächeln blieb irgendwo auf halbem Weg zu seinen Augen stecken. »Ich wohne jetzt in Höchst, falls du das nicht mitbekommen hast.«

»Na und?«, entgegnete sie. »Wir müssen ja nicht zu Fuß gehen. Und übrigens: Ich habe es mitbekommen.«

»Wie du meinst.« Er steckte sein Handy weg und stieg aus dem Wagen. »Aber ich kann wirklich ein Taxi nehmen.«

»Seit wann hast du zu viel Kohle?«, konterte sie auf die unbefangen-joviale Art, die sie sich aus den Studentenzeiten bewahrt hatten. Doch kaum war die Frage heraus, hätte sie sich am liebsten die Zunge abgebissen.

Bislang wird niemand verdächtigt, flüsterte Makarov ihr aus dem Dunkel hinter den Mülltonnen zu, während vor ihrem inneren Auge wieder die Fotos aufblitzten, die Küng und Findloh ihnen gezeigt hatten. Einhundertsiebzehntausend Euro in kleinen Scheinen, deponiert im Bankschließfach eines Mannes, der schon seit Jahren jeden Pfennig für die Gesundheit seines todkranken Jungen ausgab.

Tom hingegen schien an ihrer Bemerkung nichts zu finden. »Einmal im Jahr ein Taxi kann ich mir gerade noch leisten«, verkündete er mit einem Augenzwinkern.

»So?«, entschloss sich Em, die Neckerei fortzuführen. »Seit wann denn das?«

»Ich bin eben sparsam.«

Anstelle einer Antwort lachte sie laut auf.

»Das stimmt!«, protestierte er. »Ich habe noch nie im Leben auch nur einen einzigen Cent verschwendet!«

»Sagt der Mann, der als Student ganze sechshundertsiebenundvierzig Euro für ein verdammtes Fußballticket auf den Tisch gelegt hat! Von der Reise, die da noch dranhing, gar nicht zu reden.«

»Das war das Championsleague-Finale!«

»Na und?« Sie zog ihren Autoschlüssel aus der Hosentasche und drückte auf den Knopf der Zentralverriegelung.

»Wir sprachen von Verschwendung. Aber die Bedeutung eines Championsleague-Finales ist natürlich für eine ganz und gar fussballignorante Frau ni…« Er stutzte, als ein paar Meter vor ihnen die Schlösser ihres Wagens aufschnappten. »He! Wo ist der Spider?«

Die Frage bezog sich auf ihren zitronengelben Fiat 124, mit dem Em viele Jahre unterwegs gewesen war, und den sie – zugegeben – über alle Maßen geliebt hatte. Doch als sich die Reparaturen gehäuft hatten, war sie vor ein paar Monaten schweren Herzens auf einen SUV umgestiegen. Einen Citroen C4.

»Verkauft.«

»Verkauft? Hast du sie noch alle?« Seine Miene spiegelte pure Fassungslosigkeit. »Das Baby war so was wie 'ne Reliquie!«

»Ja, klar«, gab sie unumwunden zu. »Aber in diese Sport-Cabrios geht nicht mal ein Einkaufskorb rein. Geschweige denn irgendwas von IKEA.«

Er kniff die Augen zusammen. »Wirst du alt?«

»Quatsch!« Sie versetzte ihm einen kräftigen Hieb gegen den Bizeps. »Ich wollte einfach nur in der Lage sein, hin und wieder auch mal was Großes zu transportieren. So wie dich, zum Beispiel.«

Er lachte, und sein Blick wurde zusehends klarer. Die frische Luft und die Unterhaltung taten ihm sichtlich gut. »Na, dann transportier mich mal …«

»Steig ein!«

Insgeheim hatte sie sich ein bisschen vor der Fahrt und den Gesprächsthemen gefürchtet, die vielleicht aufkamen. Doch ihre Unterhaltung drehte sich ausnahmslos um Banalitäten, um alte Erinnerungen und den aktuellen Beziehungsstatus gemeinsamer Bekannter.

»Und was ist mit dir?«, fragte Tom, als Em vor der Tür des Hauses hielt, in dem er seit geraumer Zeit zur Miete wohnte.

Sie zog den Zündschlüssel ab und sah ihn an. »Was meinst du?«

»Beziehungstechnisch …« Er erwiderte ihren Blick mit ruhiger Gelassenheit. Und obwohl ihr seine Augen mehr als vertraut waren, fühlte sie sich plötzlich unwohl. Nicht nur, dass sie nicht gern über sich sprach, über ihre Gefühle und dergleichen. Da war auch noch etwas anderes. Etwas, das ihre Gedanken durcheinanderwirbelte und ihr Herz schneller schlagen ließ. Um Zeit zu gewinnen, wandte sie den Kopf ab und betrachtete die ungepflegte kleine Grünanlage auf der anderen Straßenseite. Von dem Moment an, als er ihr gesagt hatte, sie müsse jetzt abbiegen, hatte sie genauer hingesehen. Und sie hatte sich allen Ernstes dabei ertappt, dass sie die Gegend taxierte. Dass sie heimlich überschlug, wie viel man hier, in dieser Straße, wohl für eine Zweizimmerwohnung ohne Balkon auf den Tisch legte.

Ich habe mich nie darum geschert, ob er teuer frisiert ist oder was für eine Art von Uhr er trägt, dachte sie mit einer Mischung aus Wut und Erschütterung. Bis heute Nachmittag war er einfach nur Tom. Aber eine einzige Stunde mit einem Mann wie Küng genügt, und ich sehe in allem, was er tut oder sagt, ein Indiz. Etwas, das ich hinterfragen muss.

»Alles klar?«

Sie zuckte zusammen.

»Du, ich …« Er schien verlegen. »Ich wollte dir mit der Frage nicht irgendwie zu nahetreten oder so …«

Reiß dich zusammen!

»Keine Sorge, hast du nicht«, versicherte sie schnell, und überrascht stellte sie fest, dass sie tatsächlich so empfand. »Ich habe nur nachgedacht.«

»Nachgedacht? Worüber denn?«

»Darüber, dass das hier ein absolut beschissener Tag war.«

»Das kannst du laut sagen.«

Er hob den Blick und sah ihr in die Augen, wie er es noch nie getan hatte. Durch die Frontscheibe fiel das Licht der Straßenlaternen zu ihnen herein, und erstaunt stellte Em fest, dass ein kleiner dunkelbrauner Ring um seine Pupillen lag, der ihr noch nie aufgefallen war. Sekunden später fühlte sie seine Lippen auf ihrem Mund. Warm und fest. Und irgendwie auch vertraut.

Sie war so überrumpelt, dass sie ihn gewähren ließ. Mehr noch: Es fühlte sich gut an, was er da tat. Ganz anders als die wilden Küsse ihres Exfreundes, dessen Leidenschaft sie eher abgeschreckt hatte

Verdammt, Em, er ist dein bester Freund!, mahnte ihr Verstand, während Toms Hand sanft an ihrem Oberschenkel hinaufglitt. Und seltsamerweise musste sie ausgerechnet jetzt an Zhou denken.

Sie schloss die Augen und versuchte verzweifelt, das schlechte Gewissen zu verdrängen, das sich wie eine riesige graue Welle vor ihr auftürmte, während Tom sie sanft, aber bestimmt in seine Arme zog. Er sagte kein einziges Wort. Aber das war auch nicht nötig. Was er tat, sprach für sich.

Doch sie konnte sich nicht entspannen. Dafür wusste sie viel zu genau, dass das, worauf sie sich hier gerade einließ, nicht dazu angetan war, die vor ihr liegende Aufgabe zu erleichtern. Und ganz abgesehen davon, hatte sie plötzlich auch das ungute Gefühl, etwas sehr lange Gewachsenes zu zerstören. Also griff sie nach seiner Hand und schob sie weg.

»Tut mir leid«, flüsterte sie, als er sie fragend anblickte. »Aber ich halte das für keine gute Idee.«

Er sagte nichts, doch an dem Ausdruck seiner Augen konnte sie sehen, wie sehr ihn ihre Zurückweisung schmerzte.

Und von einem Augenblick auf den anderen fühlte sie sich wie eine Schwerverbrecherin. Es war dasselbe Gefühl wie an dem Tag, an dem Tom gut gelaunt und voller Hoffnung in ihr Büro spaziert war, um mit Makarov über seine Versetzung zur Mordkommission zu sprechen. Damals hatte eine unbedachte Bemerkung von Decker dafür gesorgt, dass Tom auf unsanfte Weise erfahren hatte, was Sache war: dass die Abteilung einer Frau, noch dazu einer gänzlich unerfahrenen, den Vorzug gegeben hatte. Dass aus der Zusammenarbeit mit seiner alten Freundin trotz beiderseitigen Willensbekundungen nichts werden würde. Und am allerschlimmsten: dass Em bereits von Mai Zhous Einstellung gewusst und ihm nichts gesagt hatte …

Sie schluckte. Ihr Mund fühlte sich staubtrocken an.

»Du …«

»Em, bitte!« Er lehnte den Kopf gegen die Kopfstütze und schloss die Augen wie ein Kind, das auf diese Weise einer unangenehmen Situation zu entfliehen hoffte. »Lass einfach gut sein, okay?«

Sie strich über seine Hand. »Es tut mir leid«, wiederholte sie hilflos.

Doch jetzt hatte auch er sich wieder im Griff. »Das muss es nicht«, sagte er und zog mit einer entschlossenen, fast groben Bewegung die Hand weg. »Entschuldige, dass ich dich in so eine Situation gebracht habe.«

»Zu einem Kuss gehören immer zwei«, versuchte sie, ihm alles zumindest ein bisschen erträglicher zu machen, doch er sah sie nicht einmal an, als er die Tür aufstieß und hinaus auf die stille Straße stolperte.

»Danke fürs Heimfahren.«

Em blickte ihm nach, bis er in der düsteren Hofeinfahrt verschwunden war. Noch immer konnte sie sich nicht überwinden, loszufahren. Stattdessen wartete sie darauf, dass irgendwo hinter einem der Fenster ein Licht anging.

Doch hinter den düsteren Scheiben tat sich gar nichts.

Vielleicht geht seine Wohnung nach hinten raus, versuchte sie, sich selbst zu beruhigen. Doch es half nicht viel. Sie fühlte sich einfach furchtbar.

Erst viel später, nach einer Zeit, die ihr unendlich lang vorkam, brachte sie es über sich, den Wagen zu starten und nach Hause zu fahren.

ZWEI

Überzeugungen sind oft
die gefährlichsten Feinde der Wahrheit.

Friedrich Nietzsche

I

Polizeipräsidium Frankfurt, Abteilung für Kapitaldelikte, 8. Juli 2015, 10.01 Uhr

Makarov quittierte Zhous Klopfen mit einem unwilligen »Was gibt's?«.

Der Leiter der Abteilung für Kapitaldelikte war dafür bekannt, dass die Tür zu seinem Büro fast immer offen stand, was jedoch keineswegs bedeutete, dass man auch immer willkommen war. Und an diesem strahlend schönen Hochsommertag schien Makarov ganz besonders schlechter Laune zu sein.

»Guten Morgen.« Zhou versuchte, ihre Unsicherheit hinter einer dicken Schicht Freundlichkeit zu verbergen.

Doch ihr Boss hatte keine Lust auf Höflichkeiten. »Das würde ich nicht sagen«, blaffte er zurück. »Und weiter?«

»Gestern Abend hat mich ein junger Strafverteidiger aufgesucht«, entschloss sie sich, nicht noch mehr Zeit zu verschwenden. Weder seine noch ihre. »Er scheint der Ansicht zu sein, dass es im Fall seines Mandanten ein paar interessante neue Ermittlungsan…«

»Ich bin bereits im Bilde«, fiel Makarov ihr ins Wort, und seine Wieselaugen blitzten vor unterdrückter Wut. »Karl Schubert, nicht wahr?«

»Karel …«

»Ist mir egal, wie der Kerl heißt.« Seine Hände ruderten durch die stickige Luft. Das Außenthermometer zeigte bereits zu dieser frühen Stunde knapp dreißig Grad. »Auf alle Fälle ist er 'ne echte Nervensäge.« Makarov fischte einen Stapel Telefonnotizzettel aus der Box neben seiner Ablage. »Er hat mir gestern Abend eine E-Mail geschrieben. Und als ich nicht postwendend geantwortet habe, sofort noch eine genau wortgleiche hinterher. Außerdem hat er heute früh schon ein halbes Dutzend Mal hier angerufen. Und zwar um …« Mit einem wütenden Kopfschütteln zog er seine Zettel zu Rate. »Um sieben Uhr dreißig, um Punkt acht, um halb neun und … Ha!« Er warf die Zettel in die Luft wie Konfetti. »Um *fünf nach* halb neun.«

Zhou unterdrückte mit Mühe ein Lachen. »Dann wissen Sie ja Bescheid«, bemerkte sie trocken, wenn auch – angesichts seiner Laune – mit einer gewissen Zurückhaltung.

»Was bleibt mir übrig bei so viel Hartnäckigkeit?«, schimpfte ihr Vorgesetzter. »Der Kerl ist noch schlimmer als Sie.«

Das, dachte Zhou, nehme ich jetzt einfach mal als Kompliment …

Ihr Boss starrte mit leerem Blick an ihrer Schulter vorbei. »Aber an die Tat erinnere ich mich natürlich«, murmelte er, halb an sie gewandt, halb zu sich selbst. »War ja auch spektakulär genug.«

Zhou dachte an die Tatortfotos, die sie seit gestern Abend nicht mehr aus dem Kopf bekam, und nickte.

»Von unserer Seite waren damals Rosenthal und Hübner verantwortlich«, erklärte Makarov weiter, »und es wäre natürlich das Naheliegendste, ihnen den Fall einfach wieder zurückzugeben.«

Seine Formulierung ließ sie aufhorchen. »Aber?«

»Das geht nicht.«

»Nicht?«

»Nein.« Die Federn seines Sessels quietschten, als er sich aufrichtete. »Hübner ist zum Auswärtigen Amt gewechselt, und Rosenthal seit Januar im Ruhestand. Diese Bormann-Sache war sein letzter großer Fall. Zumindest sah es bis gestern so aus«, setzte er einschränkend hinzu.

Zhous Blick blieb an seiner Kaffeetasse hängen. Sie trug die vielsagende Aufschrift: *Wir sind hier nicht bei Wünsch-Dir-was, sondern bei So-isses!*

»Karel Schubert hat mir einen Teil des Aktenmaterials dagelassen.« Sie nahm den Ordner, den sie mitgebracht hatte, und legte ihn vor ihren Boss auf den Schreibtisch. »Leiten Sie das dann an die entsprechenden Kollegen weiter, oder soll ich das machen?«

Sein Kopf ruckte hoch. »Weiterleiten? Wozu?«

»Na, unter den gegenwärtigen Umständen können Capelli und ich diesen Fall ja wohl kaum übernehmen«, antwortete sie und verfluchte die Unsicherheit, die sein durchdringender Blick noch immer in ihr auslöste. »Und wenn wir nicht ...«

»Aber warum denn nicht?«, gab er mit gesenkter Stimme zurück. »Die Sache ist im Grunde doch das Beste, was uns in der augenblicklichen Lage passieren konnte.«

Uns?!

»Ich fürchte, ich verstehe nicht ganz, was Sie meinen.«

»Es ist doch ganz einfach ...« Makarov stand auf und schloss die Tür in ihrem Rücken. »Der Kerl, der's getan haben soll, sitzt bereits seit vergangenem November in Haft, oder nicht?«

»Ja, schon. Aber ...«

»Na, bitte! ... Vermutlich geht es bei der ganzen Aufregung, die dieser Schubert jetzt anzettelt, um nichts anderes, als die Befriedigung seines persönlichen Ehrgeizes. Aber eins steht fest ...« Er breitete in einer salbungsvollen Geste die Arme aus wie der Verkäufer eines Shopping-Kanals, der sich bemühte, seinen Zuschauern ein besonders hässliches Topfset unterzujubeln. »An der Geschichte ist rein gar nichts, was Ihnen anbrennen könnte. Also keine

Sonderschichten. Keine Umstände, die Flexibilität erfordern. Nichts Unvorhersehbares. Kein Ärger.« Neben ihrem Stuhl blieb er stehen. »Jetzt mal ehrlich«, schloss er mit einem strahlenden Lächeln, »können Sie sich was Besseres vorstellen?«

So also sieht er das, dachte Zhou mit einer Mischung aus Verwunderung und Unglauben. Wir übernehmen einen Fall, der in der Hauptsache aus Fleißarbeit besteht, und widmen uns unterdessen mit ganzer Kraft unserer eigentlichen Aufgabe: dem Ausspionieren unserer Kollegen.

»Machen Sie es sich einfach!« Makarov nahm Schuberts Ordner vom Schreibtisch und drückte ihn ihr kurzerhand in den Arm. »Verschaffen Sie sich einen Überblick, und die Drecksarbeit lassen Sie andere machen. Ich meine ... Dieser Schubert scheint den Ehrgeiz doch mit Suppenkellen gefressen zu haben, nicht wahr?«

Zhou konnte nicht umhin, ihm in diesem Punkt zuzustimmen.

»Na, also!«, rief er. »Machen Sie sich das zunutze! Lassen Sie den Jungen rennen und werten Sie aus, was er anschleppt.«

»Der Pflichtverteidiger eines Mordangeklagten ist wohl kaum ein besonders objektiver Laufbursche«, wagte Zhou einen vorsichtigen Einwand.

»Himmel, Mädchen, Ihre übertriebene Korrektheit wird Sie noch mal Kopf und Kragen kosten!«

»Ich sehe nicht, was es mit Übertreibung ...«

»Schon gut, schon gut«, fiel er ihr ins Wort. »Dann gehen Sie, in Gottes Namen, zu dieser Anhörung, und graben Sie sich durch die Akten, wenn's Ihnen Spaß macht. Ich glaube kaum, dass Sie dabei tatsächlich auf irgendwas stoßen, das eine angebliche Affäre Sonja Svenssons beweist.«

»Armin Bormann war auch eine angebliche Affäre«, bemerkte Zhou.

Makarov zuckte die Achseln. »Vielleicht war Sonja Svensson ein Flittchen.«

Sein lockerer Ton missfiel ihr. Auch wenn es durchaus möglich war, dass er recht hatte. Der äußere Schein konnte trügen. Und Nachbarn und Freunde waren oft weit schlechter über die Lebensumstände eines Mordopfers informiert, als sie glaubten. Vielleicht war die Ehe der Svenssons tatsächlich nicht so gut gewesen, wie es den Anschein hatte. Vielleicht hatten die zuständigen Kollegen damals einfach nicht tief genug gegraben …

»Diese Anhörung ist heute, oder?«, riss die Stimme ihres Vorgesetzten sie aus ihren Betrachtungen.

»Ja. Um zwei.«

»Na, das trifft sich doch hervorragend!«

»Wieso?«

Er lehnte sich so heftig zurück, dass sein Sessel ächzte. »Weil Sie um vier einen Termin haben.«

»Einen Termin?« Sie zog die Stirn kraus. »Mit wem?«

»Was glauben denn Sie?«, blaffte er, und von einer Sekunde zur anderen war er wieder so übellaunig wie zu Beginn ihres Gesprächs. »Hier ist die Adresse. Und kommen Sie bloß nicht auf die Idee, sich zu drücken.« Sein Blick bohrte sich in ihre Augen. »Keine von Ihnen beiden, haben wir uns verstanden?«

Das, dachte Zhou, liegt ja wohl kaum in meiner Verantwortung. Noch dazu, wo ich eine so irrsinnig teamfähige Partnerin habe, die nur darauf wartet, dass ich ihr die Richtung vorgebe.

Er schien ihre Gedanken zu erahnen. »Ich weiß, dass Capelli Ihnen diesbezüglich Ärger machen wird«, legte er nach. »Aber das kriegen Sie schon hin.«

Ja. Na klar doch!

»Wird sowieso Zeit, dass Sie anfangen, sich ein bisschen durchzusetzen.«

Sie war bereits auf halbem Weg zur Tür. Aber jetzt drehte sie sich doch noch einmal zu ihm um. »So sehen Sie das?«, fragte sie mit einer Ruhe, von der sie selbst überrascht war. »Dass ich mich innerhalb dieser Partnerschaft nicht durchsetze?«

Er war offenbar auf Krawall gebürstet und nickte. »Oder sehen Sie das anders?«

»Ja«, sagte sie. »Das tue ich.«

Dann drehte sie sich um und verließ das Büro.

2

Flughafen Frankfurt, 8. Juli 2015, 10.31 Uhr

Die Frau mit der abgenutzten grauen Sporttasche fiel nicht weiter auf. Ihr wirklicher Name war Iris, aber das wusste sie kaum mehr selbst. Zu oft hatte sie fremde Namen benutzt, sich an neue Identitäten und neue Gegebenheiten gewöhnt. Da blieb nicht viel Raum für Erinnerungen an ihr früheres Leben, und die wenigen, die sie besaß, hätte sie eher mit ins Grab genommen, als sie mit irgendwem zu teilen.

Im Gehen streifte ihr Blick eine Schaufensterscheibe, und sie fand, dass sie dünn aussah. Ein bisschen zu dünn für ihren Geschmack. Der Bund ihrer Jeans saß locker auf ihren Hüftknochen, und unter dem beigefarbenen T-Shirt zeichnete sich das Schlüsselbein ab. Doch für die Aufgabe, die vor ihr lag, war es durchaus von Vorteil, etwas angeschlagen auszusehen. Immerhin war die Frau, die sie zu sein vorgab, eine ehemalige Crack-Süchtige. Darüber hinaus liebte sie einen politischen Extremisten, für dessen

Seelenheil und Zufriedenheit sie klaglos auf sich nahm, beständig mit einem Bein im Knast und mit dem anderen im Grab zu stehen.

Sie sah auf die Uhr und machte sich auf den Weg zum Mietwagenverleih auf der anderen Seite des Gebäudes. Ihre Anreise war völlig problemlos verlaufen. Kein Wunder, denn der Ausweis in ihrer Brieftasche war echt. Auch wenn nicht der Name drinstand, den ihre Eltern ihr vor zweiunddreißig Jahren gegeben hatten. Iris lächelte in sich hinein. Wenn Mama und Papa wüssten, was ich tue, würde sie der Schlag treffen, dachte sie. Doch diese Gefahr bestand nicht. Offiziell war sie nach einem abgebrochenen Studium der Publizistik als arbeitssuchend gemeldet und bewohnte eine kleine Wohnung im Antwerpener Problemviertel Seefhoek. Dort zu leben war für ihre Zwecke durchaus nicht von Nachteil. In einer Gegend, in der Krawalle, harte Drogen und Gewalt an der Tagesordnung waren, fiel eine wie sie nicht weiter auf, zumal sie nicht zu den Frauen gehörte, über denen die Natur das Füllhorn ihrer Gaben in Form von überwältigender Schönheit ausgegossen hatte.

Nicht, dass sie hässlich wäre, aber wenn sie sich nicht schminkte, war sie jemand, den man leicht übersehen konnte. Etwas, das ihrer Tätigkeit ebenfalls zupasskam. Und Eitelkeit war zum Glück noch nie ihr Problem gewesen.

Als Kind hatte sie Schauspielerin werden wollen, und eigentlich war das, was sie nun schon fast acht Jahre tat, gar nicht so weit davon entfernt. Natürlich abgesehen davon, dass es weitaus gefährlicher war.

Leute, die ihr auf der Straße begegneten, sahen eine mittelgroße Frau mit aschblondem Pagenkopf. Besonders guten Beobachtern fiel vielleicht noch auf, dass Iris' Brauen nicht ganz symmetrisch verliefen. Als Kind war sie gegen einen Türrahmen geknallt und hatte sich eine Platzwunde über dem linken Auge zugezogen. Von der Narbe war nur diese kleine Unregelmäßigkeit im Schwung der Braue geblieben. Doch die ließ sich mit Make-up kaschieren. Wenn man das denn wollte …

Sie trat an den Schalter der Mietwagenfirma und lächelte die blondierte Schönheit hinter dem Tresen an. Nicht zu freundlich, aber auch nicht abweisend.

»Noelle Somers«, sagte sie mit dieser hell gefärbten Stimme, die sie immer dann hervorkramte, wenn sie mit einem ganz bestimmten Typ von Frau zu tun hatte. »Ich hatte reserviert.«

»Einen Augenblick bitte«, antwortete die Angestellte und öffnete die entsprechende Maske innerhalb ihres Programms.

Na los doch, Schätzchen, frag mich!, dachte Iris, während die sorgfältig manikürten Finger der Blonden über die Tastatur glitten. Frag mich, was alle fragen, wenn ich in diesem Land diesen Namen nenne.

Doch die Angestellte, die ein kleines gelbes Schild an der Brusttasche ihrer Bluse als Jessica Kockisch auswies, versuchte zunächst einmal selbst ihr Glück.

Nicht die Intelligenteste, urteilte Iris. Aber selbstbewusst. Das kam natürlich daher, dass sie gut aussah und entsprechende Erfolge beim anderen Geschlecht aufweisen konnte. Im Stillen tippte Iris darauf, dass die entzückende kleine Jessica einen dunkelhaarigen, mittelgroßen Freund hatte, der ihr zutiefst ergeben war. Außerdem tanzte sie nach Feierabend unter Garantie in einer Karnevalsgarde, wo es sie rasend machte, dass sie aufgrund ihrer Größe zu den Mädchen gehörte, die lediglich die Beinchen schwingen durften, während ihre kleineren und leichteren Kolleginnen von den wenigen verbliebenen Kerlen durch die Gegend gestemmt wurden. Und jede einzelne ihrer drei bis fünf besten Freundinnen würde ihr ohne zu zögern ein Messer in den wohlgeformten Rücken stoßen, dachte Iris, was durchaus zu verstehen war, denn die Beinchen schwingende Jessie war ein Lästermaul par excellence, das bestimmt keine Gelegenheit ausließ, die ihr anvertrauten Geheimnisse unter die Leute zu bringen.

Sie nickte zufrieden vor sich hin.

Sich ein rasches Bild von ihrem Gegenüber zu machen gehörte zu ihrem Job. Genau wie die Verkleidungen und die Wohnung in Seefhoek.

Nun frag mich endlich, Jessie-Baby!

Die geschickt mit Eyeliner in Szene gesetzten Augen richteten sich auf sie. »Sommers mit zwei m?«

Na, also! Geht doch!

»Nein, mit einem.«

Jessica Kockisch stutzte. »Aber schon mit o, oder?«

Mit was denn sonst, du blöde Kuh?!

»Ja, genau. S-o-m-e-r-s.«

»Aus Antwerpen?«

Steht doch wohl klar und deutlich da, oder?

»Richtig.«

Jessica Kockisch nickte und tippte weiter.

Iris sah ihr an, dass sie einen Moment darüber nachdachte, ob sie ihre nächste Frage stellen sollte. Doch vor dem Hintergrund des vorangegangenen Geplänkels schien sie zu dem Schluss zu kommen, dass ihre Kundin Deutsch verstand.

»Dann bräuchte ich kurz Ihren Ausweis, bitte. Und natürlich auch den Führerschein.«

»Sicher«, sagte Iris und legte beides vor sich auf den Tresen.

Die langen Finger mit den in leuchtendem Korallenrot lackierten Nägeln nahmen die Dokumente entgegen. »Für wie lange brauchen Sie den Wagen, Frau Somers?«

»Bis übermorgen, wenn das möglich ist.«

»Selbstverständlich, Frau Somers. Kein Problem.« Sie wandte sich wieder ihrem Programm zu, und gleich darauf begann irgendwo in ihrem Rücken ein Drucker zu rattern.

Iris lehnte sich gegen den Tresen und wartete.

Früher war sie noch zusammengezuckt, wenn ihr einer ihrer falschen Namen derart oft unter die Nase gerieben wurde. Aber dergleichen hatte sie sich schon vor langer Zeit abgewöhnt.

Ihre Augen folgten einer Fliege, die müde am Stamm eines künstlichen Gummibaums emporkroch, als ein abfallender Dreiklang den Eingang einer SMS verkündete.

Iris griff sich an den Hintern und zog ihr Handy aus der Tasche ihrer Bluejeans. Auf dem Display blinkte ein gelber Umschlag. Sie öffnete ihn und las stirnrunzelnd die Nachricht, die sie erhalten hatte.

Okay, dachte sie, dann eben so!

Das war zwar nicht das, was sie abgesprochen hatten, aber bitte.

»So, Frau Somers«, riss Jessicas Mädchenstimme sie aus ihren Gedanken. »Dann bräuchte ich nur noch eine Unterschrift, bitte.«

Iris versah das Dokument, das die Angestellte ihr hinschob, mit einem unleserlichen Kringel und nahm Ausweis, Führerschein sowie die Schlüssel eines Seat Leon entgegen.

Die Angestellte legte den Lageplan des Parkplatzes auf den Tresen und griff nach einem gelben Textmarker. »Ihr Wagen steht genau hier.«

»Danke sehr.«

»Keine Ursache. Ich wünsche Ihnen einen angenehmen Aufenthalt.«

Nun, dachte Iris, ob er angenehm wird, muss sich erst noch herausstellen …

3

Polizeipräsidium Frankfurt, Abteilung für Kapitaldelikte, 8. Juli 2015, 10.46 Uhr

»Auf gar keinen Fall!«, schnaubte Capelli, nachdem Zhou ihr die Akte auf den Schreibtisch gelegt und ihre Unterredung mit Makarov grob umrissen hatte. »Das muss irgendwer anders übernehmen.«

»Genau das habe ich ihm auch gesagt«, entgegnete Zhou mit einem freudlosen Lächeln.

»Prima. Und?«

»Sie kennen ihn doch …«

»Sie meinen, Sie haben sich mal wieder nicht durchsetzen können.«

Auch wenn das als Scherz gemeint war, fühlte Zhou eine leise Wut in sich aufsteigen. »Ich bin sehr wohl in der Lage, ihm Paroli zu bieten.«

Capelli zog nur die Brauen hoch.

»Aber er meint, der Fall sei eine gute Gelegenheit.«

»Wozu?«

Zhou vergewisserte sich mit einem raschen Blick, dass niemand in Hörweite war. Dann antwortete sie leise: »Um unauffällig beschäftigt zu wirken.«

»Um … Bitte was?«

»He, sehe ich etwa aus, als ob ich Chinesisch spreche?« Zhou brach in schallendes Gelächter aus, doch das blieb ihr buchstäblich in der Kehle stecken, als sie einmal mehr feststellen musste, dass ihre Art von Humor ihr anstelle eines Lachers nichts als bodenlose Verständnislosigkeit einbrachte. »Vergessen Sie's.«

Auf Capellis himmelblauem T-Shirt prangte quer über der Brust der Spruch: DIE BLÖDE SCHWERKRAFT KANN

MICH MAL! Und automatisch musste Zhou an ihre heißgeliebten Ballettstunden denken. Sie musste wirklich wieder mit dem Training beginnen. Vermutlich war sie komplett eingerostet.

»Kommen Sie mit, ich kläre das!«, riss die Stimme ihrer Partnerin sie aus ihren Überlegungen. Und wenn sie ehrlich war, interessierte es sie brennend, ob es Em gelingen würde, sich gegen den schlecht gelaunten Makarov zu behaupten.

»Wie Sie meinen.«

Sie waren bereits auf halbem Weg zu Makarovs Büro, als ihnen vom Flur her Karel Schubert entgegenkam.

Als der junge Anwalt Zhou entdeckte, hob er lächelnd die Hand. »Ich bin's schon wieder …«

Na, das passt ja super!

»Hallo!«

Capelli erwiderte den Gruß nicht, sondern bedachte den Besucher mit einem argwöhnischen Blick. »Wer ist das?«

»Armin Bormanns Verteidiger.«

»Wir sind nicht zuständig.«

Ihre Absage schien ihn zu verwirren. »Darf ich erfahren, was das bedeutet?«, wandte er sich Hilfe suchend an Zhou.

»Einen Augenblick«, blaffte Capelli, bevor Zhou auch nur Luft geholt hatte. »Ich bin gerade dabei, das zu klären! Also bitte entschuldigen Sie mich kurz.«

Schubert blickte ihr nach, bis sie in Makarovs Büro verschwunden war. »Ihre Partnerin, nehme ich an?«

»Ja.«

Er grinste. »Interessante Persönlichkeit.«

Ja, so kann man das ausdrücken!

»Kommen Sie klar miteinander?«

Sie konnte sich gerade noch zurückhalten, zu sagen, was ihr auf der Zunge lag. Dass es ihn einen feuchten Kehricht anging, wie sie klarkamen. Dass sie es satthatte, wie sich alle Welt anmaßte, ihr Verhältnis zu Capelli zu analysieren. Sie zu warnen, zu trösten, zu ermutigen oder sich sonst wie einzumischen. Doch sie wollte auch nicht, dass er sie für zickig hielt. Also sagte sie: »Ja, natürlich. Wir ergänzen uns prima.«

Falls er Zweifel hatte, hütete er sich, sie offen zu zeigen.

»Womit kann ich Ihnen dienen?«, fragte sie, als er schwieg.

»Ich wollte Ihnen nur rasch etwas zeigen.«

Zhou spähte an ihm vorbei zum Büro ihres Vorgesetzten.

»Es dauert nicht lange.«

»Na gut«, seufzte sie. »Aber fassen Sie sich kurz.«

Er nickte und griff in die Aktentasche, die er bei sich trug. »Ich habe inzwischen ein bisschen recherchiert …«

Dieser Schubert scheint den Ehrgeiz mit Suppenkellen gefressen zu haben, hallte Makarovs Stimme hinter ihrer Stirn. *Machen Sie sich das zunutze!*

»… und dabei bin ich auf etwas gestoßen, das vielleicht von Interesse sein könnte.« Er reichte ihr die Kopie eines Schriftstücks.

»Was ist das?«

»Eine Hotelrechnung.«

Sie nickte. »Das sehe ich, aber …«

»Haben Sie die E-Mails gelesen, die Sonja Svensson im Sommer vor ihrer Ermordung an ihre Schulfreundin in Norddeutschland geschrieben hat?«, fragte er anstelle einer Erklärung.

»Ja. Natürlich.« Wofür hielt sie dieser Kerl? Immerhin war er nicht der Einzige, der seine Hausaufgaben machte!

»Dann wissen Sie auch, dass Sonja ihre Absage damit begründete, dass sie an dem bewussten Wochenende schon etwas anderes vorhabe.« Sein Zeigefinger tippte auf den Ausdruck in ihrer Hand. »Und zwar das hier!«

Zhous Augen suchten das Logo des Hotels, das die Rechnung ausgestellt hatte. »Sie war demzufolge in Zürich?«

»Ja, aber nicht privat, sondern im Auftrag ihrer Galerie«, nickte Schubert. »Sonja sollte dort ein paar Bilder prüfen, die ihnen von einem privaten Sammler angeboten worden waren.« Er griff wieder in seine Aktentasche und förderte ein weiteres Schriftstück zutage. »Hier ist eine Kopie des Kaufvertrags über zwei Gemälde des zeitgenössischen Malers Nolan Chostodijew, ausgestellt auf Samstag, den 30. August 2014.«

Aufgrund des Mailwechsels wusste Zhou, dass die 15-Jahres-Feier von Sonja Svenssons Abitur am 29. August stattgefunden hatte. An einem Freitag …

»Aber warum hat sie ihrer Freundin nicht einfach geschrieben, dass sie beruflich unterwegs ist?«, wandte sie stirnrunzelnd ein.

»Gute Frage«, pflichtete Schubert ihr bei. »Die ich selbstverständlich nachher in der Anhörung zu klären versuche.«

Zhou schüttelte nachdenklich den Kopf. »Welche Frau gesteht mehr, als unbedingt nötig wäre?« Immerhin stand ihr mit dieser Dienstreise doch eine 1-a-Ausrede zur Verfügung, ergänzte sie im Stillen. Warum also hat sie Andeutungen gemacht, die ihrer Freundin suggerieren mussten, dass sie ihren Mann betrog?

Sonja995fft *Ich hab da jemanden kennengelernt und ausgerechnet an dem WoEnde wollen wir was zusammen machen.*

pjheyen *jemanden kennengelernt??? bist du mit erik auseinander?*

Sonja995fft *Nein. Ist bloß alles ein bisschen kompliziert grade.*

Vielleicht wollte sie darüber reden, überlegte Zhou, während ihr unvermittelt eine alte Bekannte aus Studientagen in den Sinn kam: Mary Jonas war seit ihrem neunzehnten Lebensjahr mit einem eifersüchtigen und äußerst besitzergreifenden Mann verheiratet gewesen. Doch nach außen hin hatten die beiden das perfekte Paar verkörpert. Eines Tages hatte allerdings auch Mary plötzlich und ohne nachvollziehbaren Grund damit begonnen, gewisse Andeutungen zu machen.

Zhou blickte an Schubert vorbei zum Fenster, wo sich seit Tagen zum ersten Mal Wolken vor die Sonne geschoben hatten.

Das Bemerkenswerte daran war gewesen, dass Mary sich nachweislich nicht das Geringste hatte zuschulden kommen lassen. Trotzdem hatte sie immer wieder Bemerkungen gemacht, die man als Eingeständnis ihrer Untreue werten musste. Es hatte Gerüchte gegeben, und irgendwann waren diese Gerüchte auch bei Marys Mann gelandet. Es war zu dem sprichwörtlichen großen Knall gekommen, aus dem Mary mit einem gebrochenen Jochbein und einer einstweiligen Verfügung gegen ihren Mann, aber auch als freie Frau hervorgegangen war …

»Ich glaube, ich habe die Sache auf die Spitze getrieben, weil ich den Druck gebraucht habe«, hatte sie geantwortet, als Zhou sie viele Monate später auf die Sache angesprochen hatte. »Es mag seltsam klingen, aber ohne diese Lügen und die Eskalation, die sie bewirkt haben, hätte ich niemals die Kraft gefunden, mich aus diesem Albtraum von einer Ehe zu befreien.«

»Warum nicht?«, hatte Zhou entgegen ihrer sonstigen Zurückhaltung gefragt, weil die Antwort auf diese Frage sie tatsächlich brennend interessiert hatte.

Und Mary hatte lange überlegt und schließlich geantwortet: »Weil alles so gottverdammt perfekt ausgesehen hat.«

Zhou hatte ihr eine Hand auf den Arm gelegt. »Aber das war es gar nicht?«

»Oh nein, das war es nicht.« Für einen flüchtigen Augenblick hatte Zhou den Schmerz gesehen, den ihre Freundin so lange und so gut vor ihr und allen anderen verborgen hatte. Schmerz und eine elementare Angst. »Weißt du, wenn ich gesagt hätte, dass ich mich vor Daniel fürchte, hätte mir niemand geglaubt«, hatte sie nach einem Moment des Schweigens hinzugefügt. »Es mag seltsam klingen, aber: Es war leichter, einfach zu lügen.«

Eine seltsame Art, sich zu befreien, dachte Zhou, während sie den Blick vom Fenster und dem zunehmend grauen Himmel losriss. Aber vielleicht kam dergleichen ja gar nicht so selten vor. Die Menschen taten die merkwürdigsten Dinge, um ein bestimmtes Ziel zu erreichen.

Es war leichter, einfach zu lügen …

»Ich habe übrigens auch schon mit Sonjas Chefin gesprochen«, holte Karel Schuberts Stimme sie unvermittelt ins Hier und Jetzt zurück. »Und sie hat mir bestätigt, dass es diese Reise nach Zürich tatsächlich gegeben hat. Sonja ist freitags hin- und samstags am späten Nachmittag wieder zurückgefahren. Hannelore Sievers, ihre Chefin, hat sie noch am selben Abend kurz getroffen, weil Sonja zwei so wertvolle Bilder nicht übers Wochenende bei sich zu Hause aufbewahren wollte.«

»Und Frau Sievers ist nichts Besonderes aufgefallen?«

»Sie meinen, ob Sonja sich irgendwie anders verhielt als sonst?«

Sie nickte. »Zum Beispiel.«

»Nein. Angeblich war sie genau wie immer.«

Zhou betrachtete die Unterschrift der ermordeten Zweifach-Mama auf dem Kaufvertrag. Doch anders als bei Armin Bormanns äußerst leserlicher Signatur, konnte man in diesem Fall den Namen bestenfalls erahnen. »War das eigentlich eine geplante oder eine kurzfristig anberaumte Reise?«, wandte sie sich wieder an Schubert.

Der lächelte. »Dieselbe Frage habe ich mir auch gestellt.«

»Und?«

»Laut Hannelore Sievers hat sich der Termin für den Ankauf rund zwei Wochen vor der Reise ergeben.«

Sie hob zweifelnd die Augenbrauen. »Und zu diesem Zeitpunkt soll Sonja noch nichts von dieser 15-Jahr-Feier gewusst haben?«

»Nein, hat sie nicht.« Sein Blick verriet, dass es ihm gefiel, wie zielgenau sie den Finger auf die wunden Punkte legte.

»Aber solche Feiern haben doch einen gewissen Vorlauf«, beharrte Zhou.

»Richtig. Nur leider hat Petra Heyen, die Freundin aus Delmenhorst, Sonja dieses Mal tatsächlich erst zehn Tage vorher Bescheid gegeben.« Er zückte sein Smartphone und blätterte einen Ordner mit Dokumenten auf. »Hi Sonja, tut mir echt leid, aber die Post ist zurückgekommen, und danach hab ich erst mal verschwitzt, dir zu mailen«, las er vor. Und erklärend fügte er hinzu: »Die Svenssons waren erst ein Jahr vorher in ihr neues Haus gezogen, und die schriftliche Einladung, die Frau Heyen erwähnt, ging noch an die alte Adresse.«

»Das heißt, dass Petra Heyen und Sonja Svensson nicht den regsten Kontakt hatten«, schloss Zhou.

Schubert bejahte. »Sie mailten sich alle Jubeljahre mal, was der Job macht oder wie es den Kindern geht, und das war's auch schon. Gesehen haben sie sich überhaupt nur zu Anlässen wie diesem.«

Umso seltsamer ist, was Sonja Svensson Petra Heyen in dieser Mail anvertraut hat, dachte Zhou.

»Es kommt noch besser.« Schubert steckte sein Smartphone wieder ein und sah sie an. »Frau Sievers sagt, dass

Sonja sich – entgegen ihrer Gewohnheit – explizit um diesen Auftrag und die Reise nach Zürich bemüht hat.« Er machte einen Schritt zur Seite, weil einer von Zhous Kollegen an ihm vorbeiwollte, und erst jetzt fiel ihr auf, dass sie es schon wieder versäumt hatte, ihm einen Stuhl anzubieten. »Dabei war Sonja normalerweise überhaupt nicht begeistert von Wochenendaufträgen.«

Klar, dachte Zhou, immerhin hatte sie Familie. Zwei kleine Kinder, einen Job, ein Haus, einen Garten und ein Aquarium. Warum sollte sie sich darum reißen, an den Wochenenden auch noch für die Firma unterwegs zu sein?

»Und warum machte sie an diesem besonderen Wochenende eine Ausnahme?«

»Ihrer Chefin hat sie erzählt, dass ihr Mann an dem besagten Wochenende mit ein paar Freunden beim Segeln wäre. Und ihre Schwiegermutter wollte die Kinder mit in den Europapark nehmen.«

»Sie hatte also freie Bahn ...«

Schubert nickte, als in seinem Rücken die Tür zu Makarovs Büro aufflog und Capelli herausstürmte.

Sie sieht ganz und gar nicht so aus, als ob sie Erfolg gehabt hätte, dachte Zhou.

»Chou wang ba dan!«, zischte ihre Partnerin im Vorbeigehen, ohne Karel Schubert auch nur des geringsten Blickes zu würdigen.

Dann verschwand sie mit wütenden Schritten Richtung Toilette.

Zhou zuckte entschuldigend die Achseln. »Ich bringe ihr hin und wieder ein bisschen was auf Chinesisch bei«, erklärte sie. »Und was sie da gerade gesagt hat, bedeutet so viel wie ...«

»Lausiger Bastard«, fiel Schubert ihr mit hochzufriedener Miene ins Wort. »Aber Sie sollten unbedingt noch ein bisschen mehr an ihrer Aussprache arbeiten.« Sein Grinsen reichte buchstäblich von Ohr zu Ohr. »Insbesondere der Bastard war mehr zu erraten als zu verstehen.«

Zhou riss verblüfft die Augen auf. »Sie sprechen Chinesisch?«

»Na ja, sprechen ist zu viel gesagt ...« Er hob abwehrend die Hände, doch sie wusste sofort, dass er nur tiefstapelte. Vermutlich war sein Chinesisch verhandlungsreif. »Aber ich hatte vor ein paar Jahren mal ein Stipendium an der CUPL. Da kriegt man natürlich das eine oder andere mit.«

»Ein Stipendium an der CUPL?« Sie warf ihm einen anerkennenden Blick zu. Immerhin galt die Chinese University of Political Science and Law nicht umsonst als beste juristische Fakultät des Landes, wenn nicht sogar in ganz Asien. »Dann müssen Sie wirklich richtig gut sein.«

»Ach wo.« Er grinste noch immer. »Ob Sie's glauben oder nicht: Sooo viele wollen da gar nicht hin.«

Ja, ja! Und die Erde ist eine Scheibe!

»Aber an der CUPL haben Sie doch nicht Strafrecht studiert, oder?«

»Nein, nein«, winkte er ab. »Damals wollte ich noch Justiziar eines weltweit operierenden Großkonzerns werden. Also fand ich internationales Wirtschaftsrecht angebracht.« Er hob entschuldigend die Achseln. »Ich war jung und hatte die Nase voll von Apartments mit Etagendusche.«

Zhou lachte. »Ich weiß gar nicht, was Sie wollen: Als Stipendiat an der CUPL hatten Sie doch Anspruch auf eins von diesen riesigen Acht-Quadratmeter-Doppelzimmern ...«

»... das ich mir mit einem äußerst umtriebigen Kanadier namens Ryan teilen musste«, fiel er ihr ins Wort. »Der hat täglich ein gefühltes Pfund Knoblauch gegessen und nebenbei Gesangsstunden genommen.«

»Mein Gott, Sie Ärmster!«

»Ja, das Leben ist hart.«

»Und was hat Sie dazu bewogen, sich von den globalen Wirtschaftsfragen ab- und dem gemeinen westeuropäischen Mörder zuzuwenden?«

Von einer Sekunde zur anderen war er wieder ernst, fast streng. »Ob Armin Bormann tatsächlich ein Mörder oder lediglich das Opfer eines skandalösen Behördenirrtums ist, wird sich zeigen.«

»Ich habe ganz allgemein gesprochen«, entgegnete Zhou ungerührt. »Aber so nett es auch ist, mit Ihnen zu plaudern ... Ich sollte jetzt mal nach meiner Kollegin sehen.«

»Ja, na klar, tun Sie das.« Er griff geschäftig in seine Tasche und drückte ihr ein paar locker geheftete DIN-A4-Seiten in die Hand. »Hier sind Kopien des Kaufvertrags und der Mietwagenrechnung in Zürich sowie Screenshots sämtlicher Mails, die Petra Heyen und Sonja Svensson einander in diesem Zusammenhang geschrieben haben.« Sein Lächeln erinnerte sie an einen kleinen Jungen, der völlig verdreckt und zerrissen nach Hause zurückkam, um stolz zu berichten, dass er gerade auf einen besonders hohen Baum geklettert war.

Und doch war ihr klar, dass er sie nur benutzte. Er wusste, dass sie als Polizistin viel schneller an die nötigen Informationen kam. Dass sie problemlos Hotels kontaktieren und Meldelisten anfordern konnte. Nachforschungen, die ihn selbst eine Menge Zeit und Aufwand kosten würden.

»Und wenn Sie sonst noch irgendwas brauchen ...«

»Ich weiß ja nicht mal, ob ich in dieser Angelegenheit überhaupt die richtige Ansprechpartnerin bin«, wagte sie einen schwachen Einwand.

Augenblicklich verwandelte sich der kleine Junge von eben wieder in den entschlossenen Karrieristen. »Sie machen das schon«, rief Schubert fröhlich und wandte sich ab, bevor sie reagieren konnte. »Wir sehen uns dann im Gericht.«

4

**Ehemaliges Truppenübungsgelände Mönchbruch,
8. Juli 2015, 11.07 Uhr**

Iris lenkte den Seat in einen Wirtschaftsweg und parkte im Schatten eines Nadelbaums, von dem sie nicht einmal sagen konnte, ob es eine Kiefer oder eine Tanne war. Bäume waren kein Thema, dem sie besonderes Interesse entgegenbrachte. Genauso wenig wie Mode oder Musik oder Quizshows.

Wozu auch?

Diese sogenannte Normalität, der alle so verbissen nachjagten, war sowieso nichts als eine billige Illusion. Der hilflos-naive Versuch, dem komplexen Chaos, das man Welt nannte, irgendwie Herr zu werden.

Sie stieg aus und sah sich um.

Auf den nahen Feldern herrschte eine gespenstische Stille. Kein Luftzug bewegte die hohen Ähren, und der schmutzig weiße Himmel schien nahtlos in das sandige Graubraun der Äcker überzugehen.

Unwillkürlich musste Iris an eine Theaterkulisse denken. An einen kunstvoll bemalten Prospekt, der an unsichtbaren Fäden heruntergelassen wurde, um Weite und Tiefe vorzugaukeln. Sie setzte sich auf den Stein, der die Zufahrt zu dem ehemaligen Militärgelände begrenzte, und zündete sich eine Zigarette an. Manchmal war ihr Job echt ätzend. Aber trotz allem war er genau das, was sie wollte.

Mit achtzehn, kurz vor dem Abitur, war sie nach Berlin gefahren und in die Akademie des Auswärtigen Amtes spaziert, um dort selbstbewusst zu verkünden, sie wolle Diplomatin werden. Doch der zuständige Sachbearbeiter hatte ihr eröffnet, dass sie ein abgeschlossenes Hochschulstudium benötige, um überhaupt für die Eignungstests zugelassen zu werden. Eine Einschränkung, die ihr entsetzlich verschult und obendrein völlig überflüssig vorgekommen war. Also hatte sie ihren handgeschriebenen Lebenslauf samt Zeugniskopien wieder eingepackt und ein Studium der Publizistik begonnen. Nebenbei hatte sie getan, was ihr gefiel. Und zwar in allen Bereichen. Sie zog an ihrer Zigarette und lächelte. Von dem einen oder anderen ihrer rasch wechselnden Partner hatte sie ein paar nützliche Dinge gelernt. Schießen, zum Beispiel. Oder wie man blaue Flecken vermied. Und irgendwann war sie von einem unscheinbaren jungen Mann angesprochen und zu einem Ausflug eingeladen worden. Er war zwar nicht vom Auswärtigen Amt gewesen, doch die Tätigkeit, die er ihr angeboten hatte, hatte sehr genau dem entsprochen, worauf sie von Anfang an hinausgewollt hatte.

Oh ja, dachte sie zufrieden, es gibt tatsächlich viele Wege nach Rom. Wenn man nur bereit ist, sie zu gehen ...

Ihr Status war bis heute undefiniert und bewegte sich irgendwo in der Grauzone zwischen V-Person und Sonderermittlerin. Aber das konnte ihr nur recht sein. Sie hasste feste Bindungen. Und noch mehr hasste sie diese bürokratischen Strukturen, an denen sich die offiziellen Behörden abarbeiteten und die einen zwangen, buchstäblich über jeden einzelnen Toilettengang Bericht zu erstatten. Sie begriff sich einfach als eine Art »freie Mitarbeiterin«, und als solche hatte sie weitgehend freie Hand, insbesondere was die Wahl ihrer Mittel anging. Etwas, das ihrem Temperament durchaus zupasskam.

Sie schnippte die Kippe zu Boden und trat sorgfältig die Glut aus. Dann sah sie wieder auf die Uhr.

Noch immer hatte sie keine Erklärung, warum die Frankfurter Kollegen es offenbar für nötig hielten, von ihrem ursprünglichen Plan abzuweichen. Aber wahrscheinlich hing das mit den Entwicklungen der letzten Wochen zusammen. Ihr Kontaktmann bei der belgischen Polizei hatte ihr erzählt, dass es in der Spezialeinheit einen Toten gegeben hatte. Und dass darüber hinaus eine Zeugin verschwunden war.

Zwar hatte all das nur äußerst bedingt mit der Aufgabe zu tun, derentwegen sie nach Frankfurt gekommen war. Aber es gab ihr natürlich zu denken …

Als sie ein gedämpftes Motorengeräusch vernahm, wandte sie den Kopf.

Endlich!

Sie legte den Kopf in den Nacken und blickte hinauf in die hohen Baumkronen. Der Wind war in den letzten Minuten spürbar aufgefrischt und hatte jetzt einen sehr speziellen Geruch. Eine klebrig dumpfe Mischung aus Moos und Pilzsporen, die einem das Gefühl gab, dringend eine Dusche zu benötigen.

Als sie den Kopf wieder senkte, war der Mann bereits ausgestiegen. »Hallo.«

Ihr wacher Blick scannte sein Gesicht. »Hi!«

»Guten Flug gehabt?«

»Sicher. Alles bestens.« Sie hatte keinen Bock auf Small Talk. Und sie hatte auch überhaupt kein Problem, ihn das spüren zu lassen.

Er verstand das offenbar sofort und nickte. Dann griff er in seine Jackentasche und hielt ihr seinen Ausweis unter die Nase.

Doch sie schenkte dem Dokument so gut wie keine Beachtung. Ausweise und Dienstgrade interessierten sie so wenig wie Botanik und Quizshows. »Können wir jetzt zum interessanten Teil übergehen?«

Dieses Mal quittierte er ihre Schroffheit mit einem anerkennenden Grinsen und wies auf eine Stelle in ihrem Rücken, wo ein schmaler Trampelpfad den nahen Abhang hinaufführte.

Iris hatte ihn natürlich bemerkt, aber angenommen, dass es sich um eine wilde Toilette handele.

»Was ist das für ein Gelände?«, fragte sie, während sie hinter ihm den Hang hinaufstieg.

»Ursprünglich war das ein Truppenübungsplatz der Amis«, erklärte er. »Aber die sind schon eine ganze Weile weg.«

Offensichtlich, versetzte Iris stumm, während der Grad der Verwilderung um sie herum stetig zunahm. Wenn das so weiterging, würden sie in Kürze eine Machete brauchen!

»Allerdings überlegt angeblich die Bundeswehr, ob sie hier einzieht.« Er sah sich wohl noch immer genötigt, Konversation zu machen. »Sie wissen schon: Frau von der Leyen und die neue Verteidigungsbereitschaft.«

»Es lebe der neue kalte Krieg, hm?«

»Tja ...« Er breitete die Arme aus. »Sicherheitslagen können sich ändern.«

Irgendetwas an dieser Bemerkung machte sie stutzig, doch darauf verschwendete sie keine Gedanken. »Aber diese Hotelgeschichte findet wie geplant statt, oder?«

»Natürlich. Übermorgen.«

»Und ich checke erst unmittelbar vorher ein?«

»Genau.«

Ihre Einsilbigkeit schien auf ihn abgefärbt zu haben. Doch das war ihr eigentlich ganz lieb. Im Weitergehen musterte sie seinen Hintern und stellte sich vor, wie er wohl in Sportklamotten aussah. »Wie viele Kollegen werden an der Sache beteiligt sein?«

»Sie meinen außer uns beiden?«

»Ja.«

»Vier. Plus ein mobiles Einsatzteam.«

»Ist das genug?«

»Das wird sich zeigen.«

Na toll!, dachte sie. Du bist ja auch nicht derjenige, der seinen Knackarsch für diese Sache riskieren muss!

»Die Operation ist gut vorbereitet.« Er drehte sich zu ihr um und zwinkerte ihr zu. Etwas, das sie wohl beruhigen sollte.

Aber sie konnte nicht anders. Sie musste ihn reizen. »Sie meinen, so gut vorbereitet wie diese Sache mit Ihrem Kollegen?«

Seine Pupillen verengten sich. Die einzige sichtbare Reaktion.

»Was genau ist in diesem Kaufhaus passiert?« Natürlich kannte sie die Antwort. Oder vielmehr: Sie kannte die offizielle Version der Ereignisse. Aber sie wollte hören, was er dazu sagte.

Doch zunächst sagte er gar nichts.

Iris fixierte seinen Blick. »Was ist an diesem Nachmittag schiefgelaufen?«, insistierte sie.

»Wir hatten einen Tipp bekommen.« Seine Stimme bebte vor Anspannung und unterdrücktem Widerwillen. »Demnach sollten mehrere Kisten Dragunow- und Zastava-Scharfschützengewehre samt Munition den Besitzer wechseln.«

Sie nickte. Das deckte sich mit den Informationen, die sie hatte.

»Ort der Übergabe war das Lager eines auf Karnevals- und Party-Produkte spezialisierten Kaufhauses«, berichtete er weiter. »Der Laden gehört zwei Brüdern aus der Schweiz. Aber die waren nicht mal in der Stadt, geschweige denn, dass sie wussten, wozu ihre Geschäftsräume missbraucht werden sollten.«

Sie sah an ihm vorbei. Im dichten Unterholz erkannte sie mehrere notdürftig mit Brettern verbarrikadierte Bunkereingänge. Vermutlich war das gesamte Gelände durchlöchert wie ein Schweizer Käse. Hoffentlich erwarten sie nicht von mir, dass ich die beiden Nächte bis zum Checkin hier draußen in irgendeiner beschissenen kleinen Baracke verbringe, dachte sie. Aber dann fiel ihr ein, dass irgendwo in der Stadt angeblich ein Pensionszimmer für sie reserviert war. Und auch, dass er sie nicht nach ihrem Gepäck gefragt hatte. Nach ihrer Reisetasche, die noch immer auf dem Beifahrersitz des Seat stand.

»Der Transporter kam zum erwarteten Zeitpunkt an«, fuhr der Mann, der sie führte, mit seiner Schilderung der Ereignisse fort. »Der Fahrer geht rein, wir hinterher, und auf einmal eröffnet einer von denen das Feuer.«

»Einfach so?«

Er zuckte die Achseln. »Shit happens … Und die Situation in diesem Lager war leider wirklich verdammt unübersichtlich. Jede Menge Nebenräume, Winkel, Plunder. Dazu die Schüsse …« Kopfschütteln. »Das blanke Chaos.«

Und weiter?, dachte Iris, und im selben Moment fuhr er tatsächlich fort.

»Plötzlich sehe ich, wie einer der Verdächtigen über das Treppenhaus flüchten will. Ich versuche, quer durch den Raum bis zur Tür zu kommen, aber Mohr ruft mir zu, er übernehme das … Der Rest ist Ihnen bekannt.«

»Warum hattet ihr bei dem Einsatz eigentlich keine Westen an?« Sie schlug nach einer Mücke, die in der schalen Waldluft um ihren Kopf tanzte.

»Hatten wir.«

Das war ihr neu. »Wirklich?«

»Klar.«

»Komisch.« Sie schüttelte den Kopf. »Mir wurde gesagt, dass Mohr durch einen Schuss in die Brust starb.«

»Das ist korrekt.«

»Aber …«

Er wartete nicht, bis sie zu Ende gesprochen hatte, sondern drehte sich um und stapfte so entschlossen weiter, dass sie in dem unwegsamen Gelände Mühe hatte, mit ihm Schritt zu halten.

»He, Augenblick!«, rief sie seinem Rücken zu. »Das verstehe ich nicht ganz!«

Er antwortete nicht, sondern ging einfach weiter.

Iris stieg über eine dicke Wurzel, die ihr in den Weg ragte, und beschleunigte ihre Schritte, bis sie fast auf seiner Höhe war. »Ihr hattet Schutzwesten an, aber der Kollege auf dem Dach wurde trotzdem tödlich in die Brust getroffen?«

Jetzt drehte er doch den Kopf. »Ja.«

»Was heißt das?«

Aus den Augenwinkeln bedachte er sie mit einem Blick, den sie nicht deuten konnte. »Das heißt, dass er seine Weste abgelegt hat.«

»Wann?«

»Keine Ahnung. Irgendwann da oben, auf dem Dach.« Er zog abermals das Tempo an. So sehr, dass sie fast den Eindruck hatte, als wolle er vor den Fakten davonlaufen. »Als wir ihn fanden, trug er jedenfalls keine.«

»Kein Polizist, der auch nur halbwegs bei Verstand ist, würde während eines laufenden Einsatzes seine Weste ablegen.«

»Richtig.«

Iris spürte ein leises Kribbeln, das ihren Nacken hinauflief. Buchstäblich von einer Sekunde auf die andere hatte sich der Ausdruck in seinen Augen verändert. Der Umschwung war so krass, dass sie das Gefühl hatte, einem völlig anderen Menschen gegenüberzustehen. Jemandem, dem sie noch nie begegnet war …

Instinktiv nahm sie die Hände aus den Taschen und machte einen Schritt rückwärts. Trotz der drückenden Schwüle hatte sie das Gefühl, als ob man ihr einen Kübel mit Eiswasser über den Kopf gekippt hätte.

Sicherheitslagen können sich ändern …

Wie weit sind wir gegangen?, hämmerte es hinter ihren Schläfen, während sie ihre Blicke unauffällig über das dichte Unterholz in seinem Rücken gleiten ließ. In welcher Richtung stehen die Autos?

Eine Waffe, so war es abgesprochen, hätte sie erst von den Kollegen vor Ort erhalten sollen. Alles andere hätte nur Probleme gemacht. Aber ihren Kollegen, den anderen, würde sie vermutlich gar nicht erst begegnen … Oder?

Sie erwarten dich, widersprach sie sich selbst, während das Unbehagen in ihrer Magengrube beständig größer wurde. Und auch wenn du offiziell vielleicht keine Kollegin bist, so hat es doch ein offizielles Ersuchen gegeben. Und das bedeutet, dass eine ganze Reihe Leute in dieser Stadt darüber informiert sind, dass du kommst.

In einer der Baumkronen über ihnen flatterte ein Vogel. Dumpfe, hektische Schläge, die klangen, als ob sich das Tier heillos in den dichten Ästen verfangen hatte.

Er kann dir nichts tun. Es gibt viel zu viele Menschen, die von dir wissen. Die beteiligt sind.

An den Vorbereitungen. An der Durchführung. An dem ganzen, aufwendigen Drum und Dran. Immerhin ist die Aktion, bei der du den Köder spielen sollst, seit Langem geplant …

Ihr Gedankenfluss geriet jäh ins Stocken, als er unvermittelt einen Schritt auf sie zumachte. Und voller Schrecken sah sie, dass er eine Waffe in der Hand hielt.

»Was soll das werden?« Der Versuch, ihre Stimme möglichst fest und angstfrei klingen zu lassen, ging gehörig in die Hose.

Er trat noch einen Schritt näher, und sie sah das kühle Glitzern seiner Augen.

Von einem Moment auf den anderen war sie ganz ruhig.

So wie immer, wenn es wirklich gefährlich wurde in ihrem Leben. »Wollen Sie mich umbringen?«

»Nein«, antwortete er leise, aber bestimmt. »Noch nicht.«

5

Polizeipräsidium Frankfurt, Abteilung für Kapitaldelikte, 8. Juli 2015, 11.14 Uhr

»Darf ich daraus schließen, dass Sie ihn nicht überzeugen konnten?«, erkundigte sich Zhou, nachdem sie die Tür der Damentoilette hinter sich geschlossen hatte.

Em bedachte die vier leeren Bounty-Verpackungen auf der Ablage des Waschtischs mit einem grimmigen Blick. Trotz des offensichtlichen Schoko-Overkills fühlte sie sich kein Stück besser. Dafür würde sie – welche Freude! – morgen früh unter Garantie mindestens ein Kilo mehr auf die Waage bringen. Wenn das keine erfolgreiche Frustbewältigung war!

»Das Problem ist, dass man einfach nicht mit ihm reden kann, wenn er so drauf ist.«

Ihre Partnerin zog die Stirn in Falten. »Wenn er wie drauf ist?«

»Frustriert. In seinen Kompetenzen beschnitten. Gezwungen, missliebige Dinge zu tun«, zählte Em auf. »Suchen Sie sich was aus!«

Zhou zog den Kopf ein. »Soll ich Sie lieber in Ruhe lassen?«

»Das hier ist nicht mein Privatzimmer, sondern eine öffentliche Toilette.«

»Heißt das Ja?«

»Nein.« Sie lehnte den Rücken gegen das Waschbecken. »Möchten Sie einen Schokoriegel?«

»Nein, danke.«

Klar, von irgendwoher musste dieser Astralkörper ja kommen! So was fiel schließlich nicht vom Himmel!

»Dann nicht.« Em stieß sich ab und stopfte die Reste der 7-er-Packung in den alten Spind, den sie vor ein paar Monaten im Vorraum der Damentoilette hatten aufstellen lassen.

»Ich hätte, ehrlich gesagt, eher Appetit auf was Herzhaftes«, bemerkte Zhou hinter ihr.

Em drehte sich um und bedachte die zierliche Taille ihrer Partnerin mit einem ironischen Lächeln. »Ach, wirklich?!«

Zhou schien irritiert zu sein. »Essen wir bei McDonald's, bevor wir zu unserem Termin gehen?«

»Ich schätze, ich habe gerade meinen Kalorienbedarf für die nächsten sechs Monate abgedeckt.« Em kehrte zum Waschbecken zurück, knüllte die Bounty-Papierchen zusammen und warf sie in den Mülleimer. »Aber ich kann Ihnen gern Gesellschaft leisten.«

»Nicht nötig.« Sie sah auf ihre Armbanduhr. Ein schnörkelloses, aber klobiges Modell im Herren-Style. »Ich hole mir was aus der Kantine. Dann verlieren wir keine Zeit und können uns vor der Anhörung noch kurz mit Hartmut Rosenthal treffen.«

»Mit wem?«

»Der Kollege, der den Fall Svensson bearbeitet hat.«

»Ach so.« Irgendwie war Em nicht so richtig bei der Sache. »Ist der nicht im Ruhestand?«

»Stimmt«, bestätigte Zhou. »Aber er meinte, dass er Zeit für einen Kaffee hat.«

»Von mir aus«, stöhnte Em. »Beschissener kann dieser Tag ja kaum werden.«

Zhou zog warnend die Brauen hoch. *Beschrei es nicht!*

Mit einem vernichtenden Blick wandte sich Em wieder dem Spiegel zu. Wegen der Hitze hatte sie am Morgen auf Make-up und Puder verzichtet und nur ein wenig Wimperntusche und einen Hauch Lippenstift aufgetragen. Doch davon war nach ihrem Schoko-Kokos-Exzess nicht mehr allzu viel übrig. »Sie haben nicht zufällig einen Lippenstift da, oder?«, fragte sie. Doch kaum dass die Frage heraus war, hätte sie am liebsten laut losgelacht. Eine Frau, die schon um sechs in der Frühe so perfekt gestylt war, dass sie locker für Victorias Secret laufen konnte, danach zu fragen, ob sie einen Lippenstift hatte, war ein echter Brüller! Genauso gut konnte man den Papst fragen, ob er katholisch war …

Zhou jedoch schien sich nichts bei der Frage zu denken und nickte. »Nicht hier, aber in meiner Handtasche. Soll ich ihn holen?«

Em kniff prüfend die Augen zusammen. »Ist das der, den Sie tragen?«

»Ich nehme meistens den mit, den ich morgens benutze.« Ihre Miene war todernst. »Ist irgendwie praktischer, finde ich.«

Em ließ die versteckte Ironie an sich abprallen und sah noch etwas genauer hin. »Ist das etwa Pink?«

»Fuchsia.«

Fuchsia?!!

Na, das passt doch super zu meinem warmen Farbtyp! »Ich glaube, dann nehme ich doch lieber den Schokobraunen mit der leichten Kokosnote.« Sie warf ihrem Spiegelbild eine Kusshand zu. »Der hat so eine angenehm klebrige Textur.«

Zhous Grinsen hätte breiter nicht sein können. »Wie Sie wollen. Treffen wir uns in einer halben Stunde am Aufzug?«

»Wenn's sein muss.«

Unter dem Türrahmen blieb sie noch einmal kurz stehen. »Ach so, ja. Wegen des Gerichtstermins ...«

»Was denn noch?«

»Haben Sie gesehen, wer der zuständige Staatsanwalt ist?«

»Ja, hab ich«, gab Em unwillig zurück. »Und weiter?«

»Nichts.« Zhous Alabasterteint nahm eine tiefrote Farbe an. »Ich ... Ich wollte nur nicht, dass Sie da unvorbereitet in irgendwas reinschlittern und ...« Sie unterbrach sich und hob hilflos die Hände. »Tut mir leid, ich wollte Ihnen nicht zu nahe treten.«

Dann drehte sie sich hastig um und ging zur Tür.

Doch Em hielt sie auf. »He!«

»Was?«

»Tut mir leid, dass ich schroff war. Aber das ist nicht gerade das angenehmste Thema für mich.«

»Ich weiß.« Zhous kohlschwarze Augen leuchteten auf. »Bis gleich.«

»Ja«, nickte Em. »Bis gleich. ... Und Mai?«

»Ja?«

»Danke.«

Zhou nickte und schloss dann leise die Tür hinter sich.

Em blickte ihr nach. Ihr war aufgefallen, dass ihre Partnerin – im Gegensatz zu fast allen anderen Menschen, die sie kannte – Türen niemals zufallen ließ oder einfach nur zuzog, sondern grundsätzlich immer die Klinke benutzte. Eine Eigenschaft, in der sich Zhous Korrektheit ebenso wiederfand wie ihre diskrete Höflichkeit.

Eigentlich mag ich sie, dachte Em mit einem Anflug von Verwunderung. Sie drehte den Hahn auf und ließ sich so lange kaltes Wasser über Stirn und Wangen rinnen, bis sie das Gefühl hatte, wieder frei atmen zu können. Anschließend riss sie ein paar Papiertücher aus dem Spender neben dem Becken und rubbelte ihr Gesicht, bis sie aussah, als ob sie frisch aus dem Urlaub käme. Erst danach sah sie wieder in den Spiegel.

Okay. Könnte schlimmer sein.

Aber ... He! War das etwa ein Schokokrümel auf ihrem T-Shirt? Sie bearbeitete die Stelle mit Daumen und Zeigefinger. *Na, toll! Verreib es noch schön, am besten quer über die ganze Breite!* Sie seufzte. Ein angemessenes Outfit für einen Gerichtstermin sah definitiv anders aus!

Sie wollte der Sache gerade mit Wasser und Seife zu Leibe rücken, als ihr Handy zu summen begann. Auf dem Display blinkte Toms Nummer.

Verdammt!

»Ja?«

»Hi! Ich hoffe, ich störe dich gerade bei was Wichtigem?«

Sein Lachen kam ihr ein wenig hölzern vor. Aber vielleicht war sie auch einfach zu hellhörig seit gestern. »Kein Problem. Was gibt's?«

»Na ja, ich wollte ...« Er brach ab und räusperte sich. »Ich wollte mich nur noch mal bei dir entschuldigen. Wegen heute Nacht.«

Em fühlte, wie ihr das Blut in den Kopf schoss. *Wegen heute Nacht*. Wie entsetzlich intim das klang! Als ob sie ein verkrachtes Liebespaar wären. »Unsinn«, entgegnete sie hastig. »So was passiert jedem mal, und es war ja auch eine echte Ausnahmesituation.«

So was ...

Sie hörte seinen Atem. Zugleich hatte sie das Gefühl, urplötzlich wieder seine Lippen zu spüren. Die Wärme seines Körpers. Lass den Blödsinn!, rief sie sich zur Ordnung. Mach es, um Himmels willen, nicht noch komplizierter, als es ohnehin schon ist!

Während sie darauf wartete, dass er etwas sagte, fiel ihr

auf, wie müde sie war. Alles in allem konnte sie höchstens zwei Stunden geschlafen haben. Den Rest der Zeit war sie rastlos in der Wohnung herumgelaufen, hatte Küchenutensilien und DVDs sortiert, Handtücher neu gefaltet und sogar versucht, ein Buch zu lesen.

Hör endlich auf damit! Du benimmst dich wie ein verknallter Teenager!

»Wie wär's, wenn wir das einfach abhaken?«, schlug sie vor, als sie spürte, dass er aus eigener Kraft nicht weiterkam.

»Okay. Klar.« Zu aufgeräumt. Zu überhastet. »Ich schätze, das sollten wir.«

Em schloss die Augen. Irgendwie hatte sie mehr denn je das Bedürfnis, ihn zu beschützen. Vor sich selbst. Vor seinen Gefühlen. Und vor allem davor, einen falschen Weg einzuschlagen. Einen, von dem aus es kein Zurück mehr geben würde. Schon jetzt konnten sie vermutlich nie wieder einfach unbeschwert miteinander umgehen. Herumalbern und lachen, so wie früher. Der Gedanke erfüllte sie mit Traurigkeit. Und das alles wegen einem einzigen unbedachten Kuss!

Seltsamerweise kam ihr ausgerechnet jetzt ihr Ex, Benjamin von Treskow, in den Sinn, und zum ersten Mal wurde ihr bewusst, wie grundverschieden er und Tom waren. Auf der einen Seite der verständnisvolle, stets aufmerksame und zuverlässige Studienkollege, der sie mit seinen verrückten Ideen selbst noch in den trübsten Stunden zum Lachen brachte. Und ihm gegenüber der eloquente, gebildete Ben, mit dem man in der Oper eine ebenso gute Figur machte wie bei einem Eishockeyspiel. Der nie die falschen Socken oder auch nur eine unpassende Armbanduhr trug, der sich die Geburtstage ihrer Eltern merkte und ihr Kleider und Schuhe kaufte, die sie ohne sein Zutun nicht mal anprobiert hätte. Was würde Ben wohl über Tom und gestern Nacht denken?, überlegte sie, während der Wasserhahn in ihrem Rücken nervtötend vor sich hin tropfte. Vermutlich würde er laut loslachen. Und vor allem würde er es keine Sekunde lang ernst nehmen!

Aber ich nehme es ernst, durchfuhr es sie. Ich empfinde etwas, das ich bislang nicht auf der Rechnung hatte. Allerdings bin ich mir nicht sicher, ob es mit dem übereinstimmt, was Tom sich erhofft. Oder war es am Ende gar nicht Tom, der sich irgendetwas erhoffte? War sie selbst diejenige, die es satthatte, allein zu sein?

Sie nahm das Handy vom Ohr und sah nach, ob die Verbindung noch bestand. Rein akustisch gab es keinen Hinweis darauf, dass ihr alter Freund noch in der Leitung war. »Tom?«

»Ja?«

Die bange Unsicherheit, die hinter den beiden Buchstaben flimmerte, schnitt ihr mitten ins Herz. »Kann ich irgendwas tun?«

Aus dem Lautsprecher an ihrem Ohr drang Knistern. Dann hörte sie ihn plötzlich lachen. Fern und irgendwie verloren. Und sie wusste: Es war nicht okay. Es würde nie wieder okay sein. Ihr Blick streifte die Zeiger ihrer Armbanduhr. Gerade mal vierzehn Stunden ist es her, dachte sie, und wir gehen miteinander um wie zwei Fremde. Befangen, verschämt und voller Angst, den Schaden noch zu vergrößern.

»Es klingt vielleicht blöd, aber mir …« Tom brach abermals ab, und wieder entstand dieses Vakuum, das ihr buchstäblich die Luft nahm. »Mir ist erst heute Nacht klar geworden, was ich wirklich für dich empfinde.«

Bitte!, dachte Em. Nicht! Lass uns wenigstens das bewahren, was noch da ist!

Und ihr stummes Flehen schien ihn tatsächlich zu erreichen, denn er hielt abermals inne. Als er weitersprach, war jedes Gefühl aus seiner Stimme gewichen: »Allerdings ist mir auch klar, dass du nicht dasselbe fühlst. Und deshalb verspreche ich dir, dass so etwas wie gestern Nacht nie wieder vorkommen wird. Hörst du? Nie wieder.«

Die Worte hallten in Ems Kopf nach wie das Echo eines mächtigen Gewitters, und von jetzt auf gleich war sie unfähig, auch nur einen einzigen klaren Gedanken zu fassen. Hilflos trat sie an die Wand und presste die Stirn gegen die kühlen Kacheln.

Sag was! Hilf ihm! Lass das nicht einfach so stehen!

»Tom, ich ...«, setzte sie an.

Doch die Verbindung war bereits unterbrochen.

Er war fort.

6

Ehemaliges Truppenübungsgelände Mönchbruch, 8. Juli 2015, 12.46 Uhr

Es schien eine Art Brunnenschacht zu sein. Ein finsteres Loch mit glitschigen Wänden, die keinen Halt boten. Aber dieses Loch befand sich definitiv nicht im Freien, wie man es erwartet hätte, sondern irgendwo innerhalb eines Gebäudes.

Da er sie auf ein Militärgelände geführt hatte, tippte Iris auf einen stillgelegten Bunker. Andererseits konnte es natürlich auch sein, dass er sie woandershin transportiert hatte. An einen Ort, weit weg von dem Platz, an dem sie einander begegnet waren. In diesem Fall kam auch eine Fabrik oder ein altes Wasserwerk infrage. Ein Gebäude, das über einen Schacht verfügte.

Auf dem Grund stand Wasser, und nachdem Iris wieder zu Bewusstsein gekommen war, hatte sie im ersten Moment an eine Mikwe gedacht. An ein jüdisches Tauchbad zur rituellen Reinigung von Körper und Seele, wie man sie noch heute in den Kellern mancher Wohn- oder Gemeinschaftshäuser finden konnte, tief unten, wo der Grundwasserspiegel hoch genug war, um das dichte Mauerwerk zu durchdringen. Zu Hause in Antwerpen hatte sie einmal ein Haus besichtigt, das einem orthodoxen jüdischen Fabrikanten gehört hatte. Es hatte über eine eigene Mikwe verfügt, und seltsamerweise hatte Iris noch heute den Geruch in der Nase, der ihr damals auf dem Weg in den Keller entgegengeschlagen war: der mineralische, auf eine sehr spezifische Weise frische Duft von nassem Stein.

In diesem Schacht allerdings roch es grundlegend anders. Und auch das Wasser war bei Weitem nicht tief genug, um darin unterzutauchen. Es reichte ihr gerade mal bis zur Kniekehle, ein Umstand, dem sie zweifellos ihr Leben verdankte, denn sie war ja bewusstlos gewesen, als er sie hergebracht hatte. Betäubt von einem Schlag oder einer Substanz, die er ihr verabreicht hatte. An den genauen Hergang erinnerte sie sich nicht. Nur, dass er sie gezwungen hatte, sich umzudrehen und ihm den Rücken zuzukehren.

Du hättest ein höheres Risiko eingehen sollen, meldete sich die unangenehme Stimme des Zweifels in ihrem Kopf. *Vielleicht hättest du ihn ja doch überwältigen können. Klar, er hatte eine Waffe. Die Frage ist, ob er tatsächlich Gebrauch von ihr gemacht hätte …*

Stimmt, dachte Iris. Denn irgendetwas hatte er vor mit ihr, so viel stand fest. Wenn er sie nicht mehr brauchen würde, wäre sie längst tot. Sie blinzelte angestrengt in die undurchdringliche Finsternis über ihrem Kopf, riss automatisch die Augen auf, als ihr jegliche Bilder versagt blieben. Keine Konturen, keine Orientierung. Kein Lichtstrahl drang an diesen Ort. Und übrigens auch keine Geräusche, wie sie überrascht feststellte. Kein entferntes Vogelgezwitscher. Kein Flugzeug. Kein Verkehrslärm. Nur das enervierende Plätschern des Wassers, das unablässig von den hohen Wänden tropfte.

Wie tief mochte dieser Schacht sein? Vier, fünf Meter vielleicht?

Oder doch eher zwanzig?

Was hat er vor?, hämmerte es hinter ihrer Stirn, während ihr die Nässe unaufhaltsam in jede Pore kroch. Und: Ist er überhaupt allein? Ein einsamer Wolf in einer Herde voller gutgläubiger Schafe? Oder sind es mehrere? Bist du mitten in eine riesige, abgekartete Verschwörung geraten?

Egal, dachte sie. Du hast eine Gnadenfrist. Zeit, die du für dich nutzen kannst!

Die Frage war, was sich ausrichten ließ, in einer Umgebung wie dieser. Sich bemerkbar zu machen hatte wenig Zweck. Zumindest, wenn sie noch immer auf dem Gelände war, auf das er sie geführt hatte. Sie rieb sich die Hände, die bereits jetzt halb erfroren waren. Der Mistkerl hatte ihr alles abgenommen, das irgendwie von Hilfe sein konnte: die Armbanduhr, den Schmuck und natürlich das Handy. Sogar die Jeans hatte er ihr ausgezogen, vermutlich, weil sie über einen Reißverschluss verfügte.

Keine scharfen Gegenstände.

Keine Metallteile.

Keine Schnürsenkel oder andere Bänder.

Und nun stand sie hier, in Schuhen, Slip und T-Shirt, und ihr kam der völlig idiotische Gedanke, dass sie sich erkälten würde, wenn sie noch länger hier unten blieb. Dabei musste irgendwo dort draußen noch immer Sommer sein. Oder?

Ihre klammen Finger glitten über den Bund ihres Slips, und erst jetzt kam ihr der Gedanke, dass er ihr wehgetan haben könnte.

Sie stand ganz still und horchte in sich hinein. Suchte nach Schmerz. Nach einer Verletzung. Und tatsächlich: Da waren ein paar Schürfwunden. An ihrem rechten Ellenbogen und auch an Knien und Schienbeinen.

Kein Wunder! Schließlich hat er dich in dieses Loch geworfen!

Ja, dachte sie, der Kerl ist unter Garantie nicht selbst hier runtergekraxelt, um mir den Aufprall zu ersparen.

Na? Guten Flug gehabt?

Elendes Arschloch! Systematisch untersuchte sie alle Stellen ihres Körpers, von denen auch nur der leiseste Schmerz ausging. Die Wunde am Ellenbogen war dick geschwollen und aufgeworfen, erschien ihr aber nicht bedrohlich.

Nicht aufgeben! Du hast schon weit Schlimmeres überstanden!

Sie war in ihrem Leben schon viel zu oft zur falschen Zeit am falschen Ort gewesen. Sie war zusammengeschlagen worden, hatte die falschen Männer mit nach Hause genommen und sogar ein Verhör durch den israelischen Geheimdienst überstanden. In Syrien wäre sie um ein Haar von einer Autobombe zerfetzt worden. Sie kannte sich aus mit Extremsituationen. Und bisher hatte sie noch immer einen Weg gefunden, halbwegs unbeschadet wieder aus der Nummer herauszukommen.

BISHER.

Das Wort blinkte rot in ihren Gedanken auf wie ein Alarmknopf, und mit der Kälte, die ihr bis in die Knochen kroch, kam neue Mutlosigkeit.

Dreh nicht durch!, rief sie sich selbst zur Ordnung. Bleib optimistisch! Deine Chancen stehen gar nicht so schlecht.

Ja, es ist kalt. Aber du bist am Leben. Du hast genügend Sauerstoff. Und Wasser. Es könnte weitaus schlimmer sein.

Und was mache ich, wenn ich pinkeln muss?, schoss es ihr durch den Kopf. Soll ich diese modrige Brühe, die ich trinken muss, auch noch selbst verunreinigen?

Kein Mensch stirbt, weil er seinen eigenen Urin trinkt, widersprach ihr Verstand. Manche Leute propagieren das sogar als Heilmittel. Also stell dich, um Himmels willen, nicht so an!

Entschlossen trat sie an die Wand und krallte die Finger in die nackte Mauer. Versuchte sich hochzuziehen. Nahm Schwung. Hüpfte. Sprang. Doch ihre Finger fanden an den glitschigen Steinen keinen Halt.

Frustriert gab sie auf und versuchte es an einer anderen Stelle. Auch dort kam sich nicht viel weiter. Sobald sie sich auch nur ein paar Zentimeter vom Boden hochgezogen hatte, rutschte sie wieder ab. Und der Durchmesser des Schachtes war zu groß, um sich zwischen den Wänden hocharbeiten zu können wie ein Kaminkletterer.

»Und wenn schon!«, flüsterte sie trotzig. »Er hat einen guten Grund, warum er dich am Leben lässt. Und das bedeutet, dass er zurückkommt.«

Du brauchst nur zu warten!

Sie legte den Kopf in den Nacken und starrte wieder in die totale Dunkelheit hinauf. Es konnten drei Meter sein. Oder dreißig.

Aber halt! Das war nicht logisch.

Warum sollte jemand ein dreißig Meter tiefes Loch in einen Bunker graben? Schächte hatten immer eine bestimmte Funktion. Und ein Brunnen war das hier wirklich nicht. Die Wände *konnten* also gar nicht so hoch sein! Der Gedanke gab ihr neue Kraft. Vielleicht war die rettende Kante nur gar nicht so weit entfernt. Wenn ich tiefer gefallen wäre, hätte ich mich viel schwerer verletzt, versuchte sie, ihre These mit Argumenten zu stützen. Es sei denn … Sie stutzte. Es sei denn, er hat mich doch an einem Seil hinabgelassen. Oder sonst wie hier unten abgelegt.

»Was würde ich tun, wenn ich du wäre?«, flüsterte sie in die Dunkelheit.

Das kommt auf die Örtlichkeit an, gab sie sich selbst zur Antwort. Darauf, ob ich sicher sein kann, dass mein Opfer bleibt, wo es ist. Oder ob ich es überwachen muss. Ihr Nacken schmerzte, als sie den Kopf noch weiter zurücklegte. Vielleicht hatte er eine Kamera mit Nachtsichtfunktion dort oben aufgestellt, die all ihre Bewegungen registrierte. Jeden Wimpernschlag. Jede Regung.

Die bloße Vorstellung jagte ihr eine Gänsehaut über den Körper. Oder war es doch nur die Kälte? Die tiefe, unbarmherzige Kälte, die dieses gottverdammte Drecksloch fest in ihren Krallen hielt?

Zitternd schlang sie sich die Arme um den Körper, doch auch das half nicht.

Du musst dich bewegen. Handlungsfähig bleiben.

Sonst holst du dir hier unten den Tod!

Sie seufzte.

Dann begann sie, vorsichtig durch das schwarze Wasser zu waten. Immer im Kreis, eine Hand an der Wand, die andere zur Faust geballt, damit die Angriffsfläche für die Kälte so gering wie möglich war.

So ging sie Runde um Runde, Fuß vor Fuß, Schritt für Schritt.

7

Zeil, 8. Juli 2015, 13.39 Uhr

Sie saßen in einem kleinen Straßencafé und tranken Cappuccino, während in ihrem Rücken Menschenmengen durch die Einkaufsmeile wogten.

Zhou hatte die Fahrt genutzt, um ihre Partnerin auf den neuesten Stand zu bringen, und Em konnte nicht umhin, festzustellen, dass der Fall auch sie gepackt hatte. Ein Vierfachmord ohne jegliches Motiv. Ein Angeklagter, der mit Nachdruck darauf bestand, unschuldig zu sein. Und ein kleiner Junge, der sich mit letzter Kraft in sein Zimmer schleppte und den Notruf wählte, während der Täter nur wenige Meter entfernt irgendetwas entsetzlich Grausiges mit seiner Mutter anstellte.

Sie legte das Zellophanpapier zur Seite, in das ihr Karamellkeks eingepackt gewesen war, und wandte ihre Aufmerksamkeit wieder Hartmut Rosenthal zu.

Die gesunde, ebenmäßig pigmentierte Haut des pensionierten Kollegen zeugte von langen Aufenthalten im Freien, auch wenn er sich eine Zigarette nach der anderen ansteckte, seit sie an dem kleinen Bistrotisch Platz genommen hatten. »Eine 700.000-Euro-Stadtvilla mit Planschbecken und Trampolin im Garten«, resümierte er. »Nette Nachbarn, nette Freunde, keine Sorgen. Sie waren die perfekte Familie.«

»Und warum wurden sie dann ermordet?«, fragte Em trocken.

»Das ist eine verdammt gute Frage.«

»Auf die Sie nie eine befriedigende Antwort gefunden haben?«

»Nein.« Eine plötzliche Windbö zerrte am Rand des Sonnenschirms über ihren Köpfen, und in weiter Ferne grummelten bereits die lange angekündigten Gewitter. »Nie.«

Zhou fischte eine winzige Fliege aus dem Milchschaum ihres Cappuccinos. »Aber in der Anklageschrift …«

»Zum Teufel mit der verdammten Anklageschrift!«, unterbrach Rosenthal wütend. »Wenn Sie meine Meinung hören wollen, war diese Anklage, wenn nicht total daneben, so wenigstens total verfrüht. Aber das war natürlich dem Druck geschuldet, unter dem wir alle standen.« Er lehnte sich zurück. »Die Presse spielte vollkommen verrückt damals. Zwei ermordete Kinder, noch dazu in einer gutbürgerlichen Gegend … Das ist zweifellos der Stoff, aus dem die Albträume sind.«

Em schob ihre leere Tasse zur Seite und bedeutete der Kellnerin, ihr noch eine weitere zu bringen. »Die Beweise gegen Armin Bormann waren also von Anfang an lückenhaft?«

»Was heißt lückenhaft?« Rosenthal nahm seine Sonnenbrille ab, und zum ersten Mal sah Em seine Augenfarbe. Ein seltsam verschwommenes Blau. »Es gab eine ganze Reihe von Indizien, die gegen ihn sprachen. Und er passte ins Bild.«

»In wessen Bild?«, fragte Zhou.

Der pensionierte Beamte verzog spöttisch den Mund. »Die Staatsanwaltschaft stand damals gehörig in der Kritik. Also suchten sie jemanden, den sie vor sich hertreiben konnten.«

Aus den Augenwinkeln registrierte Em, dass Zhou kurz zu ihr herübersah. »Und was hielten Sie selbst von der These, dass Bormann die Tat begangen hat?«, fragte sie dann, offenbar in dem Bestreben, das Gespräch von diesem heiklen Thema wegzulenken.

»Ich selbst habe den Mann insgesamt dreimal befragt«, antwortete Rosenthal. »Und ich kann weiß Gott nicht behaupten, dass er mir sympathisch gewesen ist. Aber …« Er zögerte. »Ich kann mir beim besten Willen nicht vorstellen, welchen Grund er gehabt haben sollte, ein derartiges Massaker anzurichten.«

»Vielleicht wollte er, dass Sonja Svensson ihre Familie verlässt, und sie hat sich geweigert«, mutmaßte Em. »Und dann ist alles eskaliert …«

Über Rosenthals schmale Lippen glitt ein Lächeln. »Sind Sie ihm schon begegnet?«

»Sie meinen Bormann? Nein, wieso?«

»Er ist nicht gerade der Typ, der sich zu irgendwelchen Kurzschlussreaktionen hinreißen lässt.«

Woher willst du das wissen?, hielt sie ihm in Gedanken entgegen. Menschen tun andauernd Dinge, die man ihnen niemals zugetraut hätte.

»Glauben Sie, dass Sonja und er eine Affäre hatten?«

Dieses Mal überlegte Rosenthal eine ganze Weile, bevor er den Kopf schüttelte. »Nein, eigentlich nicht.« Er klopfte eine neue Zigarette aus der Schachtel, die neben seiner Tasse lag, bevor er hinzusetzte: »Ich habe sie nie lebend gesehen. Weder Sonja noch Erik, noch eines der Kinder. Aber wir haben uns stundenlang diese Homevideos angesehen. Sie wissen schon: Grillen mit der Nachbarschaft. Die Hochzeit ihrer besten Freundin. Ein Familientag in Disneyland Paris … Ich persönlich glaube, dass man mit den Jahren einen ganz guten Blick für diese Dinge entwickelt, und ich …« Seine Stimme klang jetzt deutlich weniger fest. Zweifellos war er im Begriff, sich in den Bereich der Spekulation zu begeben. »Na ja, ich kann nur sagen, dass ich während der gesamten Sichtung des Materials keine Sekunde das Gefühl hatte, dass die Svenssons etwas anderes gewesen sein könnten als das, was man ihnen nachsagte. Sie waren keine besonders interessante Familie.« Er lachte freudlos. »Eigentlich seltsam, so etwas über Menschen zu sagen, die auf eine derart spektakuläre Weise ums Leben gekommen sind, nicht wahr? Aber genau so haben wir das damals empfunden.«

Em ließ sich diesen letzten Satz eine ganze Weile durch den Kopf gehen. »Wie sah ihr Alltag aus?«

»Absolut vorhersehbar.« Er zuckte beinahe entschuldigend die Achseln. »Erik fuhr jeden Morgen gegen sieben in sein Büro. Er arbeitete bei einer Investmentfirma und hatte den Ruf, auch mit unbequemen Kunden fertigzuwerden. Sonja war studierte Kunsthistorikerin und hatte nach den üblichen Elternzeiten wieder eine Vollzeitstelle in einer Galerie, hier ganz in der Nähe.«

Automatisch musste Em an den Kaufvertrag denken, den Zhou ihr gezeigt hatte. Zwei Gemälde für umgerechnet rund dreiundzwanzigtausend Euro, die Sonja Svensson in Zürich gekauft und noch am Abend ihrer Rückkehr bei ihrer Chefin vorbeigebracht hatte, weil sie Sorge hatte, dass die Werke Schaden nehmen könnten.

»Die Galerie öffnet vormittags erst um zehn, sodass Sonja die Kinder in aller Ruhe fertig machen und in den Kindergarten beziehungsweise in die Tagesstätte bringen konnte, bevor sie zur Arbeit ging«, setzte der pensionierte Kollege unterdessen seine Schilderung fort. »Abgeholt wurden Leon und Pippa übrigens grundsätzlich von ihrer Großmutter. Die wohnte ganz in der Nähe des Kindergartens und kümmerte sich um die beiden, bis ihre Schwiegertochter gegen sechs vorbeikam, um sie mitzunehmen.«

Zhou schob gedankenverloren ihren Kaffeelöffel auf der Tischplatte hin und her. »Klingt wirklich verdammt gut organisiert.«

»Das kann man so sagen.« Rosenthal blinzelte in den Rauch, der von seiner Zigarette aufstieg. »Sie waren eine von diesen Familien, nach denen Sie im wahrsten Sinne des Wortes die Uhr stellen können.«

»Hatte Sonja Svensson ein gutes Verhältnis zu ihrer Schwiegermutter?« Seltsamerweise schien Ems Frage Rosenthal ernsthaft ins Schleudern zu bringen.

»Hab nie was Gegenteiliges gehört«, antwortete er ausweichend. »Greta Svensson war am Boden zerstört, als sie erfuhr, was geschehen war.«

Klar, dachte Em. Immerhin hat sie an einem einzigen Tag ihre ganze Familie verloren. So was passiert einem höchstens im Krieg. »Und haben Sie sie auch nach der angeblichen Affäre ihrer Schwiegertochter gefragt?«

Sein Kopf ruckte hoch. »Nein.«

»Weil Sie das pietätlos gefunden hätten?«

»Nee!« Rosenthal lachte. »Weil ich überhaupt nur ein einziges Mal mit ihr gesprochen habe. Gleich nach der Tat war das, da hatten wir noch nicht mal einen Verdächtigen. Geschweige denn Kenntnis von einer angeblichen Affäre.«

»Aber die einzigen Indizien, die eine Affäre nahelegen, sind die Fotos, die Sie hinter dem Bilderrahmen gefunden haben, oder?«, kam Em noch einmal auf einen der Knackpunkte in diesem Fall zurück. Oder zumindest auf etwas, das sie für einen der Knackpunkte hielt.

Die Miene des pensionierten Kollegen verfinsterte sich. »Das ist alles nicht auf meinem Mist gewachsen, das können Sie mir glauben«, knurrte er. »Eigentlich waren das ganz harmlose Schnappschüsse. Wir hätten uns nicht das Geringste dabei gedacht, wenn Frau Svensson die Aufnahmen nicht so verdammt gut versteckt hätte.«

»Wer sagt eigentlich, dass sie es war, die die Aufnahmen versteckt hat?«, fragte Zhou interessiert.

»Ihre Fingerabdrücke.«

»Das heißt, es waren *nur* Sonjas Fingerabdrücke auf den Fotos?«

Rosenthal bejahte. »Genau wie auf dem Bilderrahmen.«

Frauen tun die unmöglichsten Dinge, wenn sie verliebt sind, dachte Em. Aber auch wenn es irrational wirkt, dass sie die Fotos versteckt hat, wird es einen plausiblen Grund gegeben haben. Zumindest einen, der Sonja plausibel erschien, setzte sie einschränkend hinzu. »War Erik Svensson ein eifersüchtiger Typ?«, wandte sie sich wieder an den Kollegen, der den Fall bearbeitet hatte.

»Dieselbe Frage habe ich Karel Schubert auch gestellt«, bemerkte Zhou mit einem zufriedenen Lächeln.

»Und was hat er geantwortet?«, fragte Em.

»Er sagt, in der Akte steht nichts dazu.«

»Weil wir's nicht wussten«, verteidigte sich Rosenthal. »Sie wissen doch selbst, wie das läuft: Im Laufe einer Mordermittlung kriegen Sie eine ganze Menge über die Opfer zu hören. Das meiste davon fällt in den Bereich der Legenden, weil die Leute eine Wahnsinnsscheu haben, einem Toten irgendwas Schlechtes nachzusagen. Und was übrig bleibt, zeigt meist nur die Seite, die von außen zu sehen war.« Er stöhnte. »Erik Svensson sei ein vorbildlicher Ehemann und Vater gewesen und das Verhältnis zu seiner Frau herzlich und vertrauensvoll. Aber ob das stimmt …« Er hob die Hände in einer Geste der Ratlosigkeit.

»Könnte das Motiv mit seiner Arbeit zu tun gehabt haben?« Zhou strich sich eine Haarsträhne aus der Stirn, die der auffrischende Wind aus dem Knoten gelöst hatte. »Immerhin ging er mit viel Geld um, das ihm nicht gehörte.«

»Auch da haben wir alle erdenklichen Möglichkeiten abgeklopft«, nickte Rosenthal. »Aber wir sind nicht fündig geworden. Was nichts heißen muss.«

Der Mann ist Realist, notierte Em in Gedanken. Und ich glaube nicht, dass er ein Problem damit hätte, einen Fehler zuzugeben. Eigentlich beste Voraussetzungen. »Inwieweit konnten Sie den Tattag rekonstruieren?«

»Im Fall von Erik Svensson nahezu lückenlos.« Der pensionierte Beamte drückte seine Zigarette aus. »Morgens nahm er an einem Meeting teil, am frühen Nachmittag fuhr er nach Wiesbaden und traf dort einen Kunden. Gegen halb sechs rief er seine Frau an und sagte ihr, dass es ein bisschen später werden würde. Zu diesem Zeitpunkt war Sonja gerade auf dem Weg zu ihrer Schwiegermutter, um die Kinder abzuholen.« Über sein markantes Gesicht glitt ein Schatten. »Leon hatte mit seiner Kindergartengruppe eine Laterne gebastelt, doch die war nicht ganz fertig geworden.«

Warum erwähnt er das?, überlegte Em, als er nicht weitersprach.

Und auch Zhous Augen hingen in gespannter Erwartung an Rosenthals Gesicht.

Er bemerkte es und senkte ertappt den Blick. »Greta Svensson hat ausgesagt, dass Sonja ihrem Sohn versprach, die Laterne fertig zu machen, sobald sie nach Hause kämen, damit er sie seinem Vater zeigen könnte.«

Em tauschte einen Blick mit ihrer Partnerin. »Und? War die Laterne fertig?«, fragte sie, wobei sie mit Mühe den Zusatz: *bevor sie ermordet wurden* unterdrückte.

Rosenthal nickte. »Eine Nachbarin sah Sonja und Leon gegen halb sieben auf dem Rasenstück vor der Terrasse. Sie lachten und alberten herum, und eine Viertelstunde später hat Sonja dieses Foto hier auf Facebook gepostet.« Er zückte sein Smartphone und scrollte durch Bilddateien. Dann hielt er den beiden Kolleginnen die entsprechende Aufnahme unter die Nase.

Er hat das Foto eines Mordopfers auf seinem Privathandy gespeichert, stellte Em mit leisem Befremden fest. Das wäre mir viel zu intim!

Das Display spiegelte, sodass sie ein Stück näher an Zhou heranrutschen musste, um richtig sehen zu können. Dabei fiel ihr das Parfüm ihrer Partnerin auf, ein ebenso angenehmer wie diskreter Duft. Em war bereits ein paarmal nahe dran gewesen, zu fragen, wie es hieß. Aber diesen Triumph, das musste sie ehrlich zugeben, hatte sie Zhou bislang nicht gegönnt. Ganz abgesehen davon, dass man mitunter böse Überraschungen erlebte, wenn man Düfte kaufte, die einem an anderen gefallen hatten.

Sie atmete tief durch und zwang sich, ihre Aufmerksamkeit auf das Bild zu richten, das Sonja Svensson so kurz vor ihrem gewaltsamen Tod gepostet hatte. Wieder war es ein typisches Selfie, das die junge Mutter gemeinsam mit ihrem Sohn im Garten ihres Hauses zeigte. Es war bereits dunkel, und beide steckten lachend die Köpfe zusammen. Leon hielt eine blaue Laterne mit Ornamenten aus Buntpapier in die Kamera. Sie wirkten unbeschwert, und ihr Lachen schien aus tiefstem Herzen zu kommen. Und nicht einmal eine Stunde später waren sie tot, dachte Em schaudernd. Eine Stunde später waren alle tot. Alle vier. Sie riss den Blick von dem Display los und sah in den wolkenverhangenen Himmel hinauf. Fotos spielten zweifellos eine wichtige Rolle in diesem Fall. Fotos, die angeblich eine Affäre belegten. Fotos, die von scheinbarer Unbeschwertheit zeugten. Fotos, die bewusst versteckt worden waren. Und andere, die man ebenso bewusst mit der ganzen Welt geteilt hatte.

Was davon ist echt?, überlegte sie, während Rosenthal sein Smartphone wieder in der Brusttasche seines Hemdes verschwinden ließ. Und was ist lediglich Fassade? Eine sorgfältig inszenierte Illusion?

»Dieser Post ist das letzte verbürgte Lebenszeichen von Sonja«, riss Rosenthals Stimme sie aus ihren Gedanken. »Gegen Viertel nach sieben sah ein Nachbar, wie Erik Svenssons BMW auf das Grundstück der Familie einbog. Svensson stieg aus, winkte dem Mann zu – und das war's.« Er seufzte. »Danach wurde keiner von ihnen mehr lebend gesehen.«

Gesehen vielleicht nicht, dachte Em. Aber die Frau in der Notrufzentrale hat noch mit einem von ihnen gesprochen. Und zu diesem Zeitpunkt war der Täter bereits im Haus …

8

Ehemaliges Truppenübungsgelände Mönchbruch, 8. Juli 2015, 15.09 Uhr

Die Kälte nagte unbarmherzig an ihren Fußgelenken, und Iris hatte immer größere Mühe, sich überhaupt auf den Beinen zu halten. Aber sie schonte sich nicht, sondern drehte tapfer ihre Runden. Einhundert Schritte rechtsherum. Und anschließend einhundert Schritte linksherum. Sie musste sich ihre Beweglichkeit erhalten. Ihre Gesundheit. Ihre Kraft. Sonst hatte sie keine Chance, wenn er zurückkam. Und er würde zurückkommen. Je länger sie darüber nachdachte, desto sicherer war sie, was das anging.

Er würde zurückkommen. Und sie würde ihn erwarten.

Überdies stellte das Patschen ihrer Füße im seichten Wasser zumindest eine akustische Abwechslung in dieser extrem reizarmen Umgebung dar. Auch wenn sie feststellte, dass das Geräusch sie zunehmend einlullte. Unwillkürlich musste sie an Mario Posa denken, einen ihrer Kommilitonen, der zur Finanzierung seines Studiums am Fließband eines großen Feinkostherstellers gearbeitet hatte.

»Ehrlich, das ist der ideale Job«, hatte er im Vorfeld geprahlt. »Er bringt gutes Geld, und ich kann in aller Ruhe über meine nächsten Hausarbeiten nachdenken, während ich Gläser von links nach rechts drehe.«

Doch schon ein paar Tage später hatte Mario den Job geschmissen und stattdessen für die restliche Dauer seines Studiums als Kurierfahrer malocht.

»Drei Stunden«, hörte Iris ihn noch heute schimpfen. »Drei Stunden an diesem verdammten Band, und du denkst an gar nichts mehr.«

Das darf mir nicht passieren, durchfuhr es sie, und in den Gedanken mischte sich ein Anflug von Panik. Ich kann es mir nicht leisten, an nichts mehr zu denken. Und ich kann es mir auch nicht leisten, mich einfach nur darüber zu freuen, dass ich am Leben bin. Ich muss aktiv werden!

Mittlerweile kannte sie jeden Millimeter Boden unter sich in- und auswendig. Der Grund des Schachts war uneben, aber ziemlich stabil, und im Weitergehen versuchte sie, sich ganz auf die Beschaffenheit zu konzentrieren. Die Konsistenz. Unmittelbar über der Erde fühlte sich das Wasser irgendwie dicker an. Dick und schleimig. Iris dachte an amerikanische Crime-Serien, in denen Tatortermittler und forensische Anthropologen selbst noch die verfaultesten Leichenteile sorgfältig wieder zusammensetzten, irgendwelchen Dreck nach DNA-Spuren durchsiebten und aus Knochenfragmenten Schädel und Gesichter rekonstruierten.

Eine Welle von Ekel durchfuhr sie. »Laubreste«, keuchte sie, und erst mit ein paar Sekunden Verzögerung wurde ihr klar, dass sie ihre Gedanken laut ausgesprochen hatte. »Das, was du fühlst, sind bloß irgendwelche beschissenen Laubreste und andere verwesende Pflanzenteile.«

Oder eine tote Ratte …

Na und?, rief sie sich stumm zur Ordnung. Du bist keine Frau, die sich vor Ratten fürchtet. Oder vor Spinnen oder anderem Getier. Also hör gefälligst auf, dich mit irgendwelchen Ekelvorstellungen verrückt zu machen, und konzentrier dich auf die Fakten!

Okay, also der Boden.

Laub.

Und jede Menge kleine Steinchen. Kiesähnlich.

Du trägst Schuhe! Damit gewinnst du bestenfalls einen vagen Eindruck …

Sie blieb stehen, aber es kostete sie trotz aller Vernunft enorme Überwindung, den Arm ins Wasser zu stecken. Normalerweise war sie nicht zimperlich, was solche Dinge anging. Aber der bloße Gedanke, dass dort unten etwas sein könnte, das ihre Beine hochkrabbelte, das plötzlich und unerwartet ihre Haut streifte oder sich gar an ihr festbiss, weckte sämtliche Urängste.

Reiß dich zusammen! Du willst doch raus hier, oder nicht?

Sie schluckte und ging in die Knie. Obwohl sie längst vollkommen durchnässt war, verstärkte der direkte Kontakt mit dem Wasser ihr Frösteln, und eine dicke Gänsehaut wanderte ihren Arm hinauf. Von dort breitete sie sich wie ein rasch wucherndes Ekzem über ihren Rücken bis zum Steißbein aus und gab Iris das beklemmende Gefühl, dass sie nie wieder warm werden würde.

»Gottverdammte Scheiße!«

Stell dir vor, du bist in der Wüste. Irgendwo im Jemen oder – noch besser – in Kuwait! Stell dir den Wind vor, der dir heiß und trocken ins Gesicht schlägt und der auch noch den letzten Tropfen Feuchtigkeit aus deinen Poren saugt. Stell dir vor, wie er riecht.

Na los doch, du kannst das!

Spüre die sengende Sonne auf deiner nackten Haut, die deine Lippen aufplatzen lässt und deine Haut verbrennt.

Iris schloss die Augen. *Heiß und trocken. Trocken und heiß.* Und tatsächlich ging ihr Atem allmählich ruhiger.

Gut so! Und jetzt greif wieder hinein! Das hier wurde von Menschen gebaut. Es hat irgendwann mal einen ganz bestimmten Zweck erfüllt. Und wenn du diesen Zweck erkennst, wirst du auch wissen, wo der Ausweg ist …

Suchend glitten ihre Finger über den mulchigen Grund. Streiften Steinchen und bald darauf etwas, das sich wie ein kaltes, nasses Stofftier anfühlte. Erschrocken zog sie die Hand zurück.

Was ist denn nun schon wieder?! Das ist doch nur Moos …

Unter Wasser wächst kein Moos, widersprach sie ihrer eigenen Deutung. Oder doch?

Mit angehaltenem Atem zwang sie sich, das seltsame Gebilde näher zu erkunden. Und tatsächlich: Es handelte sich um einen größeren Stein, der über und über mit Moos oder Algen bedeckt war.

Sie hob ihn heraus und stellte bedauernd fest, dass er viel zu leicht war, um wirklich etwas damit ausrichten zu können. Trotzdem fasste sie ihn, so fest sie konnte, und schlug damit gegen die Wand. Das Ergebnis war ein dumpfes Plopp, das typische Geräusch von Stein auf Stein. Aber … Augenblick mal! Ihre Hand tastete forschend über die Wand. Was sie bislang nicht bedacht hatte, war die Tatsache, dass die Innenauskleidung des Schachtes nicht aus Beton bestand, sondern aus einfachem Mauerwerk. Das half ihr fürs Klettern weniger als nichts, aber es bedeutete, dass es Fugen gab. Zwischenräume, die man freikratzen konnte. Um Halt zu finden. Vielleicht konnte sie sogar einen Ziegel herauslösen!

Aufgeregt langte sie wieder in das Wasser zu ihren Füßen und suchte nach einem geeigneten Werkzeug für diesen besonderen Zweck. Und nach einer ganzen Weile hielt sie tatsächlich einen länglichen Stein mit scharfen Kanten in den Händen. Sie probierte ihn aus und stellte fest, dass er schmal genug war, um die Zwischenräume im Mauerwerk freizulegen, auch wenn sie bei den ersten Versuchen immer wieder abrutschte.

Trotzdem hatte sie das Gefühl, etwas gewonnen zu haben, als sie sich aufrichtete und sich erschöpft die nassen Haare aus dem Gesicht strich.

Zumindest hatte sie ab sofort eine Aufgabe.

Ein Ziel …

9

`Landgericht Frankfurt, Saal 034, 8. Juli 2015, 15.38 Uhr`

Zhou verließ den Anhörungssaal mit gemischten Gefühlen.

Karel Schubert hatte noch einmal kurz die Fakten referiert und dann ohne viel Federlesens seine Zeugin präsentiert. Petra Heyen, eine ruhige junge Frau mit dunklem Haar und einer auffälligen Lücke zwischen den Schneidezähnen, hatte wiederholt, was sie bereits gewusst hatten. Und sie hatte noch einmal betont, dass Sonja Svensson unter starkem Heimweh gelitten und deshalb jede sich bietende Gelegenheit genutzt hatte, um alte Freunde zu treffen. Auch nach der Geburt ihrer Kinder habe sie das so gehalten, und sie hätten immer viel Spaß gehabt, auch wenn sich der Kontakt nach Sonjas Weggang auf ein paar freundlich-oberflächliche E-Mails pro Jahr beschränkt habe.

Auf die Frage der Richterin, ob sie sich vorstellen könne, dass ihre alte Schulfreundin eine Liaison mit einem anderen Mann eingegangen war, hatte Petra Heyen schließlich nach langem Zögern geantwortet: »Sonja war schon immer ein sehr kontaktfreudiger Mensch. Mehr kann ich dazu wirklich nicht sagen.«

Die Äußerung hatte für Raunen im Saal gesorgt, und dann hatte Karel Schubert sein letztes, sein alles entscheidendes Ass aus dem Ärmel gezogen.

Zhou trat an einen der Wasserspender und nahm sich einen Becher. Ich hätte damit rechnen müssen, dass er noch etwas in der Hinterhand hat, dachte sie verärgert. Er ist der Typ, der dir grundsätzlich alles nur scheibchenweise präsentiert, damit ihm auch bloß nicht sein heiliger Wissensvorsprung abhandenkommt.

Sie sah sich nach Capelli um, aber ihre Partnerin war noch immer im Saal und diskutierte mit der Richterin. Vermutlich hoffte sie, auf diese Weise der direkten Konfrontation mit ihrem Ex zu entgehen. Doch Benjamin von Treskow schien es ebenfalls nicht sonderlich eilig zu haben und unterhielt sich angeregt mit dem Vertreter der Nebenklage. Insgeheim hegte Zhou den Verdacht, dass er absichtlich trödelte. Es hatte sie gewundert, dass er bei aller Arbeit, die er zweifellos am Hals hatte, persönlich erschienen war, und sie fragte sich, ob er vorab von ihrer Hinzuziehung informiert worden war. Doch dann erinnerte sie sich an sein Gesicht, als Capelli und sie den Raum betreten hatten, und sie verwarf den Gedanken.

Aus den Augenwinkeln beobachtete sie, wie ein ziemlich siegessicherer Karel Schubert aus dem Saal geschlendert kam. Sofort stürzte sich Treskow wie ein wild gewordener Terrier auf ihn.

»Verraten Sie mir, was Sie sich dabei gedacht haben?«, fuhr er den jungen Strafverteidiger mit augenscheinlich nur mühsam gewahrter Beherrschung an.

Schubert bedachte Treskow mit einem geradezu aufreizend unschuldigen Blick. »Wobei?«

»Uns nicht darüber in Kenntnis zu setzen, dass Ihr Mandant an dem besagten Wochenende in Würzburg gewesen ist, um die Mitarbeiter irgendeines verdammten Versandunternehmens in irgendwelchen verdammten Sicherheitsfragen zu beraten.«

Seine unverhohlene Wut entlockte Schubert ein Schmunzeln. »Aber ich habe Sie doch gerade in Kenntnis gesetzt«, verteidigte er sich ohne jeden Anflug von Reue.

»Ja, im Rahmen einer offiziellen Anhörung!« Treskows Blick hätte problemlos eine Stahltür durchdrungen. »Verzeihen Sie, aber das ist nicht gerade, was ich unter kollegialem Verhalten verstehe.«

»Tut mir leid, aber ich habe allein in den vergangenen sieben Tagen mindestens zwei Dutzend Mal versucht, Ihr Büro dazu zu bewegen, mir gewisse Dokumente zur Einsichtnahme zukommen zu lassen«, gab Schubert zurück. »Allerdings hieß es jedes Mal, Sie seien leider noch nicht dazu gekommen, selbige zusammenzustellen. Da konnte ich ja wohl kaum damit rechnen, dass Sie Zeit fänden, sich vorab mit Material zu beschäftigen, über das man Sie im Rahmen dieser Anhörung ohnehin informieren würde.«

Treskow vielleicht nicht, versetzte Zhou in Gedanken, aber ich. *Ich* hätte mich damit beschäftigt, weil ich es hasse, überrascht zu werden. Und es gibt keinen vernünftigen Grund, warum du mich nicht eingeweiht hast, mein Freund!

Schubert schien zu spüren, dass ihre Aufmerksamkeit auf ihm ruhte, und drehte sich zu ihr um. Doch sie kamen nicht dazu, miteinander zu sprechen, denn Capelli hatte ihre Unterhaltung beendet und trat aus der Tür des Anhörungssaales.

»Na, dann mal los!«, rief sie, indem sie an Treskow vorbeistürmte, ohne ihn eines Blickes zu würdigen. »Verschwinden wir hier!«

Doch leider hatte sie die Rechnung ohne ihren Ex gemacht. Denn der ließ Karel Schubert kurzerhand stehen und kam mit langen Schritten hinter ihr her.

»Verzeihen Sie bitte«, wandte er sich an Zhou mit einem Lächeln, das nicht so recht gelang. »Könnte ich wohl einen kurzen Augenblick allein mit Ihrer Partnerin sprechen?«

Zhou wollte gerade »Selbstverständlich« sagen, als sich Capellis Finger auch schon in ihren Arm krallten.

»Nicht nötig«, sagte sie kühl. »Es gibt nichts zu besprechen.«

»Oh doch!« In Treskows Augen stritt verletzter Stolz mit offener Aggression. »Das gibt es sehr wohl. Und zwar beruflich.«

»Ich wollte mir sowieso gerade die Hände waschen«, startete Zhou eiligst einen neuen Versuch, der unschönen Situation zu entkommen, doch ihre Partnerin dachte überhaupt nicht daran, ihren Arm loszulassen.

»Wenn es was Berufliches ist, geht es erst recht uns beide an«, sagte sie, und ihr Ton war so herablassend, dass ein paar Umstehende interessiert die Köpfe nach ihr umwandten. »Also, schieß los, wir haben noch einen Termin.«

Treskows Teint wurde eine Nuance blasser. »Warum helft ihr diesem unbedachten jungen Schnösel, den Fall wieder aufzurollen?«, bezog er Zhou kurzerhand in seine Formulierung ein, und spätestens jetzt war ihr klar, dass sie sich aus dieser Nummer nicht mehr so einfach würde herauswinden können.

»Weil das unser Job ist«, funkelte Capelli.

»Falsch«, widersprach Treskow. »Der Fall ist Sache der Staatsanwaltschaft. Und zwar schon lange.«

Sie stieß ein spöttisches Lachen aus. »Nun, dann solltet ihr euren Krempel beim nächsten Mal vielleicht wasserdicht machen, bevor ihr Anklage erhebt.«

»Die Sache *ist* wasserdicht.«

»Ach ja?«, fuhr sie ihn an. »Das sehe ich anders. Und die Richterin übrigens auch, falls dir das entgangen sein sollte. Und ich habe nicht die geringste Lust ...«

Weiter kam sie nicht, denn Schubert war Treskow gefolgt und meldete sich nun ebenfalls zu Wort: »Ich möchte Ihnen keineswegs zu nahe treten«, erklärte er, an Treskow gewandt. »Aber im Sinne einer objektiven Beurteilung der Fakten halte ich es für unabdingbar, dass die weiteren Ermittlungen von der Polizei durchgeführt werden. Und nicht von der Staatsanwaltschaft.«

»Was, um Himmels willen, wollen Sie denn da noch groß ermitteln?«, schrie Treskow, und Zhou registrierte mit Besorgnis, dass die Situation allmählich zu eskalieren drohte.

»Zum Beispiel, wer sich an dem bewussten Wochenende tatsächlich mit Sonja Svensson getroffen hat«, entgegnete Schubert gewohnt ruhig.

»Wer sagt, dass sie überhaupt jemanden getroffen hat?«, mischte Zhou sich ein und erntete dafür ein zustimmendes Nicken von Treskow und einen vernichtenden Seitenblick ihrer Partnerin.

Schubert hingegen lächelte nur. »Zum Beispiel ihr Mailwechsel mit Petra Heyen.«

»Ach, kommen Sie!« Treskow verdrehte die Augen. »Sie wissen so gut wie ich, dass der E-Mail einer Toten, die rein theoretisch von jedem anderen erstellt und verschickt worden sein könnte, vor Gericht so gut wie keine Relevanz zukommt.«

»Der Nachricht vielleicht nicht«, räumte Schubert ein. »Aber dem, worauf sie hinweist, ja wohl allemal. Und deshalb sollte genau das schnellstmöglich ermittelt werden, oder sehen Sie das anders?«

Treskow antwortete nicht. Wütend starrte er den Gang hinunter, wo Petra Heyen unschlüssig vor einem der Kaffeeautomaten auf und ab ging.

»Und jetzt entschuldigen Sie mich«, verkündete Schubert, der seinem Blick gefolgt war. »Ich muss mich um meine Zeugin kümmern.«

»Idiot!«, murmelte Treskow, kaum dass der junge Strafverteidiger an ihm vorbei war.

Capelli gab ein missbilligendes Schnauben von sich, und tatsächlich drehte sich auch Karel Schubert noch einmal zu ihnen um.

»Übrigens sehe ich keinen Grund, warum mein Mandant weiterhin in Haft bleiben sollte«, rief er fröhlich. »Mein Antrag auf Haftprüfung liegt dem zuständigen Ausschuss bereits vor.«

»Das träumen Sie!«, fauchte Treskow.

Schubert grinste. »Wovon ich träume oder nicht, behalte ich besser für mich. Aber Sie wären überrascht!« Er zwinkerte Zhou verschwörerisch zu und ging dann mit federnden Schritten von dannen.

»Was sollte das denn?«, fragte Capelli, und der Vorwurf in ihrer Stimme war nicht zu überhören.

Zhou hob die Achseln. »Keine Ahnung.«

»Kennen Sie den Kerl schon länger?«

»Nein, wir haben uns erst gestern Abend kennengelernt«, antwortete Zhou wahrheitsgemäß, und im Stillen fügte sie flehend hinzu: Können wir jetzt bitte das Thema wechseln?

Ausnahmsweise schien ihre Partnerin, oh Wunder, Erbarmen mit ihren Nöten zu haben, denn sie sagte: »Tja, dann sollten wir uns wohl auch mal auf den Weg machen, was? ... War nett, mit dir zu plaudern!«

Doch Treskow dachte gar nicht daran, sich so einfach abspeisen zu lassen, und trat ihr in den Weg. »Bormann darf auf keinen Fall freikommen.«

»Wieso? Weil es dir nicht in den Kram passt?«

Von einer Sekunde zur anderen verschwand alle Wut aus seinem Blick. »Nein«, sagte er sehr ruhig. »Weil er schuldig ist. Wir hätten doch niemals Anklage erhoben, wenn wir uns nicht absolut sicher gewesen wären, dass ...«

»Leider habt ihr ein paar entscheidende Kleinigkeiten übersehen«, unterbrach Em ihn barsch. »Und mit denen dürfen wir uns jetzt herumschlagen. Ganz abgesehen davon, dass aufgrund der Nachlässigkeit deiner Behörde vielleicht bald ein Mann freikommt, der ein vierfacher Mörder sein könnte. ... Na, vielen Dank auch!«

Zhou warf ihr einen beschwörenden Seitenblick zu. *Machen Sie bloß nichts Persönliches daraus!*

Meine Sache, blitzte ihre Partnerin zurück.

Treskow atmete tief durch. »Armin Bormann hat vier Menschen getötet«, beharrte er. »Also sorg bitte dafür, dass er auch weiterhin an einem Ort bleibt, an dem er keinen Schaden anrichten kann.«

Capelli drehte sich um. »Wir halten euch auf dem Laufenden«, rief sie. Dann stieß sie die Tür zum Treppenhaus auf und eilte die Stufen hinunter.

»Wiedersehen«, stammelte Zhou, die sich am liebsten im nächsten Mauseloch verkrochen hätte.

Treskow starrte sie an, und auf einmal sah er entsetzlich müde aus. Seltsamerweise hatte Zhou das Gefühl, dass der Blick hinter die Maske, den er ihr so unerwartet gewährte, kalkuliert war. Ein Schachzug, dazu angetan, sie auf seine Seite zu ziehen. »Wir haben uns nicht geirrt«, wiederholte er fest. »Armin Bormann mag an dem besagten Wochenende in Würzburg gewesen sein. Und vielleicht war er auch tatsächlich nicht derjenige, mit dem Sonja Svensson verabredet war. Aber am 10. November vergangenen Jahres ist er mit einer Glock 17 im Gepäck und dem Vorsatz, vier Menschen zu töten, in sein Auto gestiegen. Und genau das hat er getan.« Als Zhou nicht sofort reagierte, wurde sein Blick herausfordernd, fast arrogant. »Sie glauben mir nicht?«

Sie sah ihn an. »Was ich glaube oder nicht, ist nicht wichtig.«

»Armin Bormann ist ein kaltblütiger Mörder«, insistierte er mit demselben wütenden Trotz, den sie von Capelli kannte. »An dieser Tatsache gibt es nicht das Geringste zu rütteln.«

Das, dachte Zhou, wird sich zeigen …

10

Seilerstraße, 8. Juli 2015, 16.59 Uhr

Zum Café Maingold waren es nur ein paar Gehminuten, aber die taten ihnen nach der abgestandenen Luft in dem kleinen Anhörungssaal richtig gut.

»Es wird ein Gewitter geben«, bemerkte Em mit einem Blick in den rabenschwarzen Himmel über der Zeil.

Zugleich fragte sie sich, warum Küng ausgerechnet das Maingold als Treffpunkt ausgesucht hatte. Das kleine, aber angesagte Café war im Stil einer Privatwohnung aus den Fünfzigern eingerichtet und hatte mit seiner verspielten Plüschigkeit nichts von einem Ort an sich, den man mit einem hochbrisanten Auftrag in Verbindung bringen würde. Aber vielleicht war es gerade das …

»Wenn wir Glück haben, schaffen wir's gerade noch rechtzeitig ins Trockene«, nickte Zhou, die auffällig still war, seit sie das Gericht verlassen hatten.

»Ach ja …« Em verlangsamte ihren Schritt. »Bevor wir uns mit Küng treffen …«

»Ja?«, fragte Zhou, die sich ihrem Tempo umgehend anpasste.

»Ich … Also, ich hätte da noch ein Anliegen.«

In ihren schwarzen Augen lag Neugier. »Ein Anliegen?«

»Ja, ich …« Em unterbrach sich, weil sie das unangenehme Gefühl hatte, etwas zu tun, das sie eigentlich gar nicht tun wollte. Das Dumme war, dass ihr die Alternative noch unangenehmer vorkam. Also musste sie wohl oder übel in den sauren Apfel beißen! »Ich fände es schön, wenn wir uns endlich duzen würden.«

»Duzen?«

Zhous offensichtliche Fassungslosigkeit erfüllte Em mit blanker Empörung. Als ob sie irgendeine Riesensauerei vorgeschlagen hätte!

»Ja, duzen«, wiederholte sie spitz. »Sie sagen Em und du, und ich sage Mai und du. Haben Sie ein Problem damit?«

Jetzt war es an Zhou, verunsichert zu sein. »Nein. Natürlich nicht. Es ist nur …«

»Was?«

»Ich habe bloß nicht damit gerechnet.«

»Und warum nicht?« Em reckte angriffslustig das Kinn vor. »Immerhin arbeiten wir jetzt schon fast ein Dreivierteljahr zusammen, was in der Praxis bedeutet, dass wir tagtäglich miteinander umgehen.«

Zhou machte ein Gesicht, als überlege sie allen Ernstes, die Ausnahmen aufzuzählen. *Nicht an jedem Tag. An diesem oder jenem Sonntag zum Beispiel nicht. Und Sie hatten auch schon mal Urlaub, als ich …*

»Und die anderen duzen Sie ja schließlich auch«, legte Em nach, bevor ihre Partnerin auf die Idee kam, irgendwelche Gegenargumente zu artikulieren.

Zhou runzelte die Stirn.

Also, das glaube ich jetzt nicht!, dachte Em entnervt. Als Decker sie gefragt hat, ob sie einander nicht duzen wollen, hat sie schließlich auch nicht so rumgezickt! Und das war schon in ihrer allerersten Woche!

Zhou stand noch immer in ihrer üblichen Entspannungspose, ein Bein durchgestreckt, das andere locker danebengestellt. »Sicher«, sagte sie nach einer fast schon unverschämt langen Bedenkzeit. »Warum nicht?«

WARUM NICHT?!

»Na prima, dann ist ja alles klar.« Mit einer heftigen Bewegung stieß Em die Tür zum Maingold auf und sah sich um.

Küng war schon da. Er saß an einem Ecktisch und blickte aus dem Fenster, wo erste Regentropfen auf den staubigen Asphalt fielen.

»Und?«, fragte Em, kaum dass sie Platz genommen hatten. »Womit können wir Ihnen diesmal dienen?«

Anstelle einer Antwort schob er ihr einen Stapel Papier hin.

»Was ist das?«

»Informationen.«

Sie griff nach den Blättern, und das Erste, was sie sah, war ein Kontoauszug. Ich möchte das nicht sehen, durchfuhr es sie, während sie bereits registrierte, dass Alexander Deckers Telefonrechnung ungefähr doppelt so hoch war wie ihre eigene und dass der Kollege jeden Monat vierhundert Euro auf ein spezielles Depot einzahlte. Eine nicht geringe Summe, wie sie fand. Eine Ansicht, die Küng zu teilen schien, denn die jeweiligen Überweisungen waren mit einem dicken roten Kringel markiert.

»Was sollen wir damit?«, fragte sie.

»Einen Teil dieser Daten haben wir bereits ausgewertet«, erklärte er. »Aber wir …«

»Das, was Sie Daten nennen, nenne ich eine Privatangelegenheit.« Sie konnte nicht anders. Sonst wäre ihr der Kragen geplatzt. »Und ganz ehrlich? Ich finde es ungeheuerlich, dass Sie uns zu derart unfairem Verhalten zwingen.«

»Ich verstehe Ihre Skrupel«, setzte Küng an.

Doch Em hatte keinen Bock auf neue Erklärungsversuche. »Den Teufel tun Sie!«, fuhr sie ihn an. »Also sagen

Sie uns einfach, was Sie von uns wollen, und dann lassen Sie uns gehen, okay?«

Er stieß einen tiefen Seufzer aus. »Ralf Decker legt seit etwa zweieinhalb Jahren regelmäßig Geld an, aber wir finden nicht heraus, wofür.«

»Ist das nicht seine Sache?«

»Das wäre es«, räumte Küng ein. »Wenn es nicht seinem Profil zuwiderliefe …«

»Welchem *Profil*?«, fragte Em entsetzt, und auch Zhou machte ein vollkommen entgeistertes Gesicht.

Doch der Mann von der Dienstaufsicht blickte geradewegs durch sie hindurch. »Insbesondere bei Mitgliedern von Sondereinheiten sind die Vorgesetzten selbstverständlich dazu angehalten, in der entsprechenden Personalakte …«

»Ach, so ist das. Ich verstehe!« Em sprach so laut, dass das Pärchen in der Ecke interessiert herübersah. »Mein Vorgesetzter vermerkt gewissenhaft meine Ausraster, und in meiner Akte ist hinterher zu lesen, dass ich aufbrausend bin, nur sehr schwer Geduld aufbringe und kitschige alte Filme mag?«

»In Ihrem Fall wären die kitschigen alten Filme das, was uns interessiert«, erwiderte Küng, ohne eine Miene zu verziehen.

»Wieso?«

»Weil das eine Information ist, die über offensichtliche Fakten und psychologische Gutachten hinausgeht.«

»Und was sind die offensichtlichen Fakten in Deckers Fall?« In Zhous Stimme schwang unüberhörbare Missbilligung mit.

Küng zuckte die Achseln. »Zum Beispiel ist er seit Langem Single und obendrein kinderlos.«

»Und daraus schließen Sie, dass er keinen Grund zum Sparen hat?« Em stieß ein wütendes Schnauben aus. »Das ist doch gequirlter Blödsinn!« Sie sah Küng an, doch der presste nur stumm die Lippen aufeinander. »Vielleicht will er mit vierzig aus dem Beruf aussteigen und die Welt umsegeln«, schlug sie vor. »Vielleicht träumt er von einem schicken Baumhaushotel im brasilianischen Urwald. Oder aber er will ins All und spart für eins von diesen Weltraum-Tickets.«

Die Bedienung, die hingebungsvoll ein paar Gläser polierte, blickte flüchtig herüber. Und obwohl sie noch immer kochte, brachte die Aufmerksamkeit der jungen Frau Em augenblicklich zum Schweigen. Wie viel von dem, was wir tagtäglich tun und sagen, überlegte sie, wird von höherer Stelle wahrgenommen, analysiert und vermerkt? Und sei es in Form einer Randnotiz? Und unwillkürlich musste sie wieder an die Fortbildung denken, an der sie vor ein paar Monaten teilgenommen hatten. Vordergründig war es dabei um Mikromimik gegangen. Doch dann war der Dozent plötzlich mit einer Partnerübung dahergekommen und hatte sie aufgefordert, einander von einem wichtigen Ereignis aus ihrer Vergangenheit zu berichten. Hatte am Ende auch das den tieferen Sinn gehabt, etwas über sie alle herauszufinden?

Auch Zhou schien gehörig ins Nachdenken geraten zu sein. Über ihrer Nasenwurzel hatte sich eine schmale Falte gebildet, bei ihr ein sicheres Anzeichen tiefer Beunruhigung.

»Wie kommt man eigentlich in diese Sonderermittlungsgruppen?«, fragte Em, als ihr die Stille zu unbequem wurde.

»Offiziell wird man berufen«, entgegnete Küng in gelangweiltem Ton.

»Und inoffiziell?«

»Signalisiert man einem Vorgesetzten, mit dem man gut kann, dass man gerne auch mal was anderes machen würde als das normale Tagesgeschäft.«

Em starrte ihn an. Sie selbst hatte noch nie etwas Derartiges in Erwägung gezogen. Gab es überhaupt einen Vorgesetzten, mit dem sie, wie er es ausdrückte, besonders gut konnte? »Ich dachte immer, in unserem Job profiliert man sich allein durch Leistung.«

Küng bedachte sie mit einem sparsamen Lächeln. »Natürlich ist Leistung ein wichtiges Kriterium.«

»Aber?«

War das Wohlwollen in seinem Blick? Oder doch eher Mitleid? »Nun, manche Ihrer Kollegen spielen vielleicht auch einfach mit den richtigen Leuten Squash.«

»Das klingt ja fast, als ob die Zugehörigkeit zu einer SEG irgend so ein bescheuertes Männerding wäre.«

»Wie viele Frauen sehen Sie auf dieser Liste?«, gab Küng zurück, und mit Bestürzung erkannte Em, dass in ihrer eigentlich als Provokation gemeinten Äußerung tatsächlich ein Körnchen Wahrheit steckte. Dabei hätte sie Stein und Bein geschworen, mit ihren Kollegen auf gleicher Höhe zu sein. Nie, wirklich niemals, hatte sie bislang das Gefühl gehabt, dass es eine Rolle spielte, welches Geschlecht sie hatte.

»Soll das etwa heißen, wir haben diesen Scheißauftrag, weil wir Frauen sind?«

Und wieder dieses fast mitleidige Lächeln. »*Diesen* Scheißauftrag haben Sie, weil Sie noch nie darum gebeten haben, in eine Sonderermittlungsgruppe aufgenommen zu werden.«

»Kunststück!«, rief sie. »Ich wusste ja bis heute nicht mal, dass man das kann!«

Eben, signalisierte sein Blick.

Em seufzte. »Irgendwas mache ich grundlegend falsch.«

»Nicht falsch«, korrigierte er sie, und es klang tatsächlich aufrichtig. »Nur anders.«

»Toll!«, brauste sie auf. »Von anders kann ich mir nichts kaufen.«

Küng bedachte sie mit einem langen Blick. »Wer weiß.«

Sie überlegte, was er damit meinte. Zugleich ertappte sie sich bei der Frage, ob die Äußerung nicht doch schon wieder Kalkül war. Ob er sie zu manipulieren versuchte, indem er sie bei ihrer Ehre packte. Vielleicht versuchte er, ihre Kooperationsbereitschaft zu erhöhen, indem er ihr das Gefühl vermittelte, von den Kollegen, die sie ausspionieren sollte, abgehängt worden zu sein. Etwas, von dem er wusste, dass sie es nur schwer ertrug. Immerhin war im psychologischen Profil ihrer Personalakte unter Garantie auch das Wort »ehrgeizig« zu lesen. Vermutlich sogar dreifach unterstrichen.

Und dasselbe traf auf Zhou zu …

»Wir sollen also rauskriegen, wofür Decker spart«, kam sie zum Ausgangspunkt ihres Gespräches zurück.

»Zum Beispiel.«

»Was noch?«

»Carsten Pell wohnt noch bei seinen Eltern.«

»Und?«

»Finden Sie heraus, warum.«

»Warum sollte er nicht?«, fragte Zhou. »Die Mieten in dieser Stadt sind horrend. Und soweit ich weiß, haben seine Eltern ein großes Haus.«

Küngs Sezierblick richtete sich auf sie. »Genau wie Ihre Eltern, nicht wahr?«

Em sah, wie ihre Partnerin schluckte. Doch alles, was sie schließlich sagte, war: »Ich verstehe.«

»Bei Hamid Candoglu gibt es zwar finanziell keine großen Auffälligkeiten«, entschied sich Küng klugerweise für eine Richtungsänderung. »Allerdings sind wir uns nicht ganz im Klaren über seine politische Einstellung.«

Em verzog das Gesicht. »Darf ich daraus schließen, dass sie von allen anderen Beteiligten wissen, wo sie ihr Kreuz bei der nächsten Bundestagswahl machen werden?«

»Candoglus Vater ist Kurde, seine Mutter stammt aus Persien«, erklärte Küng, ohne auch nur mit einer Silbe auf ihren Einwurf einzugehen. »Es wäre möglich, dass es da eine Verbindung zum syrischen Bürgerkrieg und zum Kampf gegen den IS gibt.«

Em hatte das beklemmende Gefühl, dass die Wände ringsum näher kamen. Zugleich schien es in dem kleinen Gastraum immer dunkler zu werden. Doch das lag vermutlich am Gewitter. Trotzdem wollte sie nur noch hier raus. Sie stand auf und griff nach dem Papierstapel auf dem Tisch. »Ich denke, wir haben sehr genau verstanden, worum es Ihnen geht«, sagte sie mit aller Würde, die sie unter diesen entwürdigenden Umständen aufbrachte. »Und jetzt entschuldigen Sie uns bitte. Immerhin haben wir eine Menge Arbeit vor uns. Und ich glaube, wir brauchen auch eine Dusche. Und zwar dringend!«

Er machte keinerlei Anstalten, sie aufzuhalten. Er saß einfach nur reglos da und blickte ihnen nach, als sie in den strömenden Regen hinaustraten.

II

Polizeipräsidium Frankfurt, Abteilung für Kapitaldelikte, Büro Em und Zhou, 8. Juli 2015, 18.39 Uhr

»Da war ein Anruf für dich!«, rief Sven Gehling, als Zhou wenig später an ihren Schreibtisch zurückkehrte.

Der abteilungseigene Spezialist für Datenanalyse und Internetrecherchen hockte auf einem ausgemusterten Bürostuhl in der Ecke, umringt von leeren Red-Bull-Dosen,

Hustenbonbons und Kaugummipapierchen, und hatte seinen Laptop auf den Knien. Er war bekannt dafür, sich praktisch nie an seinem sogenannten Arbeitsplatz aufzuhalten, den er als vollkommen überflüssig betrachtete, sondern sich immer wieder in neuen, unerwarteten Ecken und Winkeln des Präsidiums einzunisten, bis er die Nase voll hatte oder ihn jemand vertrieb.

»Einer der Vorteile des Laptop-Zeitalters ist, dass man überall arbeiten kann«, pflegte er breit grinsend zu entgegnen, wann immer Makarov ihn wegen seines zigeunerhaften Umherziehens tadelte. »Warum, um Himmels willen, sollte ich mich Tag für Tag an denselben Schreibtisch setzen?«

»Damit ich Sie finde!«

»Warum schreiben Sie mir nicht einfach eine E-Mail, dass ich mich bei Ihnen melden soll?«

Spätestens dann war Makarov auf hundertachtzig und sein Ton entsprechend harsch: »Weil ich meinen Mitarbeitern ins Gesicht sehen will, verdammt noch mal! Also bleiben Sie gefälligst in der Nähe, wenn Sie Dienst haben, klar?«

Das Ergebnis dieser Auseinandersetzungen war in der Regel, dass Gehling zumindest ein paar Tage lang darauf verzichtete, in den Hof, die Kantine oder auf die Dachterrasse zu flüchten, sich dafür jedoch innerhalb des Großraumbüros in ständig neue Winkel zurückzog. Mal saß er auf einem der Besucherstühle hinter der Trennwand, mal hockte er auf der Fensterbank oder gar auf dem Boden neben dem Drucker, womit er nicht nur Makarov, sondern auch den Rest seiner Kollegen regelmäßig an den Rand des Wahnsinns trieb.

»Ein Anruf?«, fragte Zhou. »Von wem?«

Gehling machte ein bedeutungsvolles Gesicht. »Von diesem Anwalt.«

»Du meinst Benjamin von Treskow?«

»Nein, nicht von …« Es dauerte ein paar Sekunden, bis auch der Subtext ihrer Rückfrage zu ihm durchgesickert war, doch dann riss er erstaunt die Augen auf. »Ach, du Schande, ist *der* etwa wieder aktuell?«

Zhou zog ertappt den Kopf ein. Ihre Partnerin wollte noch Kaffee besorgen, doch das war eine Sache von Minuten. Capelli konnte jeden Augenblick zur Tür hereinkommen. Besorgt blickte sie über ihre Schulter. »Ich weiß nicht, was du meinst«, stellte sie sich betont unwissend.

»Na, Treskow!« Gehling sah sie noch immer mit unverhohlener Neugier an. »Gibt's da so was wie ein Liebes-Comeback? Ich meine, immerhin waren Em und er eine ganze Weile zusammen. Also, für ihre Verhältnisse. Und angeblich soll er ja auch schon überlegt haben, wo er ihr den Antrag macht, bevor er …«

Zhou runzelte die Stirn. »Bevor er … was?«

»Bevor er sich diese Sache geleistet hat«, er senkte die Stimme, »du weißt schon.«

»Nein«, antwortete Zhou. »Weiß ich nicht.« Wer hatte eigentlich das Märchen in die Welt gesetzt, Frauen wären die größeren Klatschmäuler?

»Komm schon, Mai!«, flehte Gehling, während sein Blick keine Sekunde von ihr abließ. »Läuft da wieder was zwischen den beiden?«

»Herr von Treskow vertritt die Anklage in unserem Fall«, versetzte sie kühl. »Dürfte ich jetzt vielleicht erfahren, wer mich angerufen hat? Wer es *nicht* war, weiß ich ja nun.«

Sie zog die Brauen hoch, denn Gehlings Miene hatte von einer Sekunde auf die andere etwas derart Unschuldiges angenommen, dass selbst noch der letzte Idiot gemerkt hätte, dass etwas im Busch war. Und so brauchte Zhou sich auch gar nicht erst umzudrehen, um zu wissen, dass ihre Partnerin hinter ihr stand.

»Wer hat wen nicht angerufen?«, fragte Capelli, und das Misstrauen in ihrem Blick sprach Bände.

»Der … Also, nein … Der ja eben gerade *nicht*!«, stotterte Gehling. »Ich meine … Es war der andere, der angerufen hat.«

Capelli schob ihre Partnerin beiseite und trat mit beunruhigend zusammengekniffenen Augen auf ihn zu. »Welcher andere?«

»Na, dieser … Verdammt noch mal, wie heißt er denn gleich?« Gehlings Blicke wieselten nervös über die umliegenden Schreibtische. Vermutlich hatte er irgendwo einen Notizzettel mit dem Namen hinterlegt. Schon von Berufs wegen gehörte er zu den Menschen, die alles, womit sie zu tun hatten, was sie brauchten, erfuhren oder erledigen mussten, umgehend in irgendwelchen Clouds abspeicherten, weshalb sein Kurzzeitgedächtnis das eine oder andere Defizit aufwies. »Ich komm grad nicht auf den Namen, aber es war …«

»Karel Schubert«, griff Zhou, die es nicht länger mitansehen konnte, ihm unter die Arme.

Gehling schenkte ihr ein dankbares Lächeln. »Ja, genau. Schubert. Wie der Komponist.«

»Und was ist mit dem?«, fragte Capelli mit ungebrochenem Misstrauen.

»Er hat angerufen.«

»Aha.«

»Ja, genau. Und Zhou …« Gehling befeuchtete seine Lippen, die vor Aufregung trocken geworden waren. »Zhou soll ihn zurückrufen. Wenn das möglich wäre.«

»Aha.«

»Na, dann mache ich das doch einfach mal!«, entschied Zhou und zog sich eilig an ihren Schreibtisch zurück.

»Ich habe mich übrigens auch mit diesem Hotel in Zürich in Verbindung gesetzt«, rief Gehling ihr nach. Offenbar war es ihm in dieser Situation ganz und gar nicht recht, mit Capelli allein zu bleiben. »Die haben sich natürlich ziemlich geziert, aber schlussendlich haben sie mir dann doch ihre Gästeliste für das betreffende Wochenende gemailt.«

Capelli zog die Stirn kraus. »Wovon, zur Hölle, redest du eigentlich?«

»Von Sonja Svenssons Wochenendtrip nach Zürich«, erklärte Zhou, während die Melodie der Zahlen, die sie zuvor gewählt hatte, durch den Hörer an ihrem Ohr rauschte. »Es ging darum herauszufinden, wen sie eventuell dort getroffen haben könnte.«

»Und?« Capelli nahm wieder Gehling ins Visier. »Was hast du rausgekriegt?«

»Für Sonja war in der betreffenden Nacht dort ein Einzelzimmer reserviert«, antwortete er, augenscheinlich heilfroh, ein unverfänglicheres Thema anschneiden zu können. »Eine Kopie der Meldedaten liegt auf Zhous Schreibtisch. Das Rimbaud ist groß, und die Belegung war an dem bewussten Wochenende überdurchschnittlich gut.« Seine flinken Finger öffneten eine Datei auf seinem Laptop. »Außer Sonja Svensson hatten noch vierzehn weitere Personen aus Deutschland im entsprechenden Zeitraum dort eingecheckt. Und von denen kamen vier ebenfalls aus Frankfurt oder aus der näheren Umgebung.«

»Lass mal sehen!«

Er drehte den Laptop so, dass Em mit auf den Bildschirm gucken konnte. »Zum einen ein Geschäftsmann pakistanischer Herkunft namens Masood Bahdan. Er handelt mit Teppichen und war an diesem Wochenende mit seinem siebzehnjährigen Sohn unterwegs.«

Capelli betrachtete das Foto auf dem Bildschirm und schüttelte den Kopf. »Eher unwahrscheinlich«, konstatierte sie.

»Dann hätten wir noch eine Frau namens Erika Becker.« Gehlings Finger wischten geschäftig über das Touchpad. »Und außerdem einen Investmentberater namens Matteo Welsch.«

Zhou holte gerade Luft, um etwas zu sagen, als das enervierende Freizeichen an ihrem Ohr verstummte und Karel Schuberts warme Stimme erklang.

»Frau Zhou?«

»Ja. Sie wollten mich sprechen?«

Sie sah vor sich, wie er nickte. Kurze, heftige Kopfbewegungen, ohne je den Punkt aus den Augen zu lassen, auf den er sich gerade konzentrierte. »Ich wollte nur mal rasch nachhören, ob Ihnen schon die Daten aus Zürich vorliegen.«

Zhou sah auf die Uhr. Geduld, dachte sie, ist wahrhaftig nicht gerade seine starke Seite! »Wir haben sie just in diesem Moment erhalten«, antwortete sie, während sie noch überlegte, ob sie sein Tempo bewundern oder sich über seine Penetranz ärgern sollte. Eine Frage, die ihre Partnerin für sich ganz offenbar schon beantwortet hatte, denn sie verdrehte entnervt die Augen. Vermutlich erntet der arme Kerl oft solche Reaktionen, dachte Zhou mit einem Anflug von Mitleid. Doch erstaunlicherweise schien Karel Schubert das im Gegensatz zu ihr nicht viel auszumachen. Sie betrachtete einen staubigen Hefter und dachte daran, wie souverän der junge Strafverteidiger mit Treskows Attacke umgegangen war: Eine freundliche, ruhig vorgebrachte Entgegnung, garniert mit ein paar wohldosierten Spitzen – und schon hatte der erfahrene Treskow nicht mehr gewusst, wo rechts und links war …

Vermutlich ist es nicht die schlechteste Strategie, seine Gegner auf diese Weise schwindlig zu spielen, dachte Zhou und stellte das Gespräch laut. Dann griff sie nach den Meldedaten, die Gehling ihr hingelegt hatte. »Falls sich Sonja Svensson in Zürich tatsächlich mit jemandem getroffen hat, könnte dieser Jemand theoretisch von überallher gekommen sein«, schickte sie vorsichtshalber voraus.

»Ich würde mich trotzdem erst mal auf diejenigen konzentrieren, die hier aus der Gegend stammen oder zumindest irgendwann hier gewohnt haben«, schepperte Karel Schuberts verzerrte Stimme durch den Raum.

Ach nee!, formten Capellis Lippen. *Da wären wir nie draufgekommen!*

Zhou lächelte. »Genau das haben wir vor.«

»Großartig!« Schubert ließ ein vergnügtes Räuspern hören. »Geben Sie mir die Namen freiwillig oder muss ich einen Antrag stellen?«

Oh, Mann! Dieser Kerl war echt unverschämt! »Masood und Asim Bad… Badhan«, las sie die Namen von der Meldeliste des Hotels ab, während ihre Kollegen bereits die zugehörigen Passfotos vor Augen hatten. »Erika Becker und Matteo Welsch.«

»Warten Sie!«, knarrte Schubert. »Wie war der letzte Name?«

»Welsch. Matteo«, antwortete Zhou. »Ein Investmentbanker. Aus Niederrad.« Sie lauschte in die Stille, die ihrer Eröffnung folgte. »Sagt Ihnen das was?«

Wie schon im Gericht schien Schubert ernsthaft zu überlegen, ob er es sich leisten könne, sein Wissen zu teilen. Doch offenbar kam er zu dem Ergebnis, dass er es sich noch weniger leisten konnte, sie zu verprellen. Also sagte er: »Mit dem Vornamen kann ich nichts anfangen. Aber den Namen Welsch habe ich schon mal gehört.«

Capelli und Gehling hoben einhellig die Köpfe.

»In welchem Zusammenhang?«

»Mein Mandant war vor vielen Jahren mit einer Frau namens Melissa Posner verlobt.« Er zögerte kurz, bevor er hinzufügte: »Aber die Dame ist inzwischen anderweitig verheiratet, und ihr jetziger Name lautet Welsch.«

»Wirklich?« Zhou schob nachdenklich die Unterlippe vor. »Das ist interessant.«

»Ja, nicht wahr? Melissa Posner soll die Trennung von meinem Mandanten damals übrigens sehr schwer genommen haben. So schwer, dass sie … Aber bitte, diese Information ist noch nicht bestätigt …«

»Keine Sorge«, versicherte Zhou. »Damit wissen wir umzugehen.«

»Sie soll versucht haben, sich umzubringen.«

»Ja, na klar!«, schimpfte Capelli halblaut. »Und das alles wegen deiner müden Milchsemmel von einem Mandanten!«

Obwohl sie über ein ernstes Thema sprachen, konnte sich Zhou das Lachen kaum verbeißen. »Das heißt, Herr Bormann war derjenige, der die Beziehung beendet hat?«, hakte sie nach.

Karel Schubert wand sich hörbar. »Ach, Sie wissen doch selbst, wie das mit dem Hörensagen ist. Und bislang hatte ich leider noch keine Gelegenheit, mit meinem Mandanten persönlich über diese Sache zu sprechen.«

Keine Sorge, mein Lieber, dachte Zhou grimmig, das werden wir so schnell wie möglich nachholen. Verlass dich drauf! Laut sagte sie: »Heraus damit: Was war denn der Grund für die Trennung?«

Sie hatte das untrügliche Gefühl, dass Schubert es wusste. Und spätestens nach der Geschichte mit den Namen von der Meldeliste war sie auch der Meinung, dass er ihr eine Antwort schuldig war. Immerhin hatte sie ihm gerade eine ganze Menge Arbeit abgenommen.

Quid pro quo …

Schubert schien ähnlich zu denken und seufzte. »Nach allem, was mir erzählt wurde, hat sich mein Mandant damals einen … Nun ja, Fehltritt geleistet, woraufhin Melissa Posner die Verbindung löste.«

Beim Stichwort »Fehltritt« sah Gehling unwillkürlich in Ems Richtung und – als ihm bewusst wurde, auf welch vermintes Gelände er sich gerade begab – genauso schnell wieder weg.

Doch Capelli hatte die Reaktion sehr wohl registriert und blickte ärgerlich zu Boden.

»Das ist interessant, danke«, sagte Zhou rasch.

»Ich gehe davon aus, dass Sie mir umgehend Bescheid geben, sobald Sie Näheres über diesen Herrn Welsch und seinen Aufenthalt in der Schweiz wissen?«

Er hatte es zwar als Frage formuliert, doch Zhou verstand es genau so, wie es gemeint war: als Anweisung. »Selbstverständlich«, sagte sie. »Sie hören von uns.«

Schubert war Profi genug, sich noch in aller Form zu bedanken, doch sie spürte selbst auf die Entfernung, wie er mit den Hufen scharrte. Vermutlich war er schon halb aus der Tür, um eigene Nachforschungen anzustellen. Und das bedeutete, dass sie unter Druck standen. Druck von allen Seiten …

»Komischer Zufall, was?«, sie legte das Telefon beiseite und kehrte zu ihren Kollegen zurück.

»Und schon wieder etwas, das eine Verbindung zu Bormann schafft«, nickte Capelli.

Gehling hatte unterdessen bereits die Daten des Einwohnermeldeamts abgerufen. »Hier ist sie!«, rief er triumphierend. »Melissa Welsch, geborene Posner. Vierunddreißig Jahre alt. Verheiratet mit Matteo. Und zwar seit …« Er scrollte ein Stückchen tiefer. »Seit Januar 2009. Keine Kinder.«

»Hast du eine Telefonnummer für mich?«, fragte Capelli.

Gehling bejahte, und ein paar Klicks später hatte sie das Gewünschte auf ihrem Handy. Doch sie erreichte lediglich eine Mailbox. »Dann eben morgen«, sagte sie achselzuckend. »Und falls niemand was dagegen hat, würde ich mich jetzt auch vom Acker machen.«

Zhou warf ihr einen überraschten Blick zu.

»Soll ich dich mitnehmen?«, fragte Em, die ihren Ausdruck missdeutete.

Als sie Gehlings entsetztes Gesicht sah, musste Zhou laut lachen. »Nein, danke«, entgegnete sie. »Ich bin auch mit dem Auto da.«

Ihre Partnerin verzog das Gesicht. »Ich dachte, das ist in Reparatur.«

Hin und wieder hört sie mir tatsächlich zu, stellte Zhou mit einer Mischung aus Schreck und Verwunderung fest. »Ja, das war es. Aber ich hab's heute Morgen abgeholt.«

»Na, dann …« Capelli fischte ihren Kaffeebecher vom Schreibtisch und schlenderte ohne Eile zur Tür. »Schönen Abend, zusammen!«

»Seit wann duzt ihr beide euch denn?«, flüsterte Gehling, kaum, dass sie um die Ecke verschwunden war.

»Schon immer.«

»Ganz sicher?« So begabt er als Analyst und Computerfachmann war, so überfordert war er von Ironie und Sarkasmus. »Ich dachte eigentlich, dass ihr …«

»Vergiss es«, lachte Zhou. »Wir brauchen so schnell wie möglich alles an Informationen, was über Melissa Welsch und ihren Mann aufzutreiben ist«, sagte sie, während ihr Blick an der Meldeliste des Hotels Rimbaud hängen blieb. »Ist dieser Matteo tatsächlich Investmentbanker?«

»Nein. Immobilienmakler.«

Sie sah ihn an.

»Ich kann dir sogar seine Homepage zeigen. Hier!« Seine Finger tippten einen neuen Befehl, und gleich darauf hatte Zhou eine äußerst professionell gestaltete Website vor Augen, von deren Startseite ihr ein attraktiver, südländisch aussehender Mann Ende dreißig entgegenlachte.

»Warum sollte er sich in Zürich als Investmentbanker ausgegeben haben, wenn er in Wirklichkeit Makler ist?«, überlegte sie laut.

»Vielleicht fand er, dass das seriöser klingt.«

»Möglich.«

Ihr Kollege klickte die Rubrik AKTUELLES an und scrollte sich in atemberaubendem Tempo durch die Exposés der Wohnungen und Häuser, die Matteo Welsch augenblicklich im Angebot hatte. »Also, in der ersten Liga spielt er definitiv nicht«, murmelte Gehling, während immer neue Grundrisse und Gebäudedaten vor ihnen aufblitzten. »Aber der Markt ist ja auch heiß umkämpft. Wenn man da keine persönlichen Beziehungen hat …« Er ließ den Satz offen und blickte Zhou an.

»Ich will alles über ihn wissen«, wiederholte sie. »Und über seine Frau natürlich auch. Sieh zu, was du über die Zeit findest, in der sie mit Bormann verlobt war.«

Gehling kicherte. »Du meinst, ich soll rauskriegen, ob sie wirklich versucht hat, sich wegen einer müden Milchsemmel von einem Mandanten das Leben zu nehmen?«

»Genau.«

»Apropos Fehltritt …« Er beugte sich vor und senkte vertraulich die Stimme. »Was war denn nun mit Treskow?«

12

Ehemaliges Truppenübungsgelände Mönchbruch, 8. Juli 2015, 19.39 Uhr

Etwas krabbelte in ihrem Haar.

Eine Spinne vielleicht. Oder ein Käfer.

Oder gab es gar keine Käfer, die in völliger Finsternis leben konnten? Die es aushielten an einem Ort, an den sich nicht der kleinste Lichtstrahl verirrte? Gab es überhaupt jemanden, der so etwas aushielt?

Vielleicht werde ich allmählich irre, dachte Iris mit einem Anflug von Beklemmung. Vielleicht fange ich an, mir Dinge einzubilden …

Sie unterbrach ihre Arbeit an der Mauer und schüttelte angewidert ihr Haar aus. Einmal mehr dachte sie darüber nach, wie lange sie nun schon in diesem Loch stand und versuchte, steinalten Mörtel aus einer steinalten Fuge zu kratzen. Inzwischen nahm sie die Kälte kaum mehr wahr, was allerdings eher ein Alarmzeichen als ein Anlass zur Freude war. Und viel erreicht hatte sie leider auch noch nicht. Dafür war ihr Werkzeug einfach zu schlecht.

Sie grub den Zeigefinger in den Spalt, der sich ungefähr auf Höhe ihrer Taille befand, und betastete den Hohlraum, den sie inzwischen freigekratzt hatte. Das Ergebnis einer enervierend eintönigen und zugleich entsetzlich ermüdenden Arbeit.

Wie schnell das geht, dachte sie, indem sie sich aufs Neue ans Werk machte. Wie schnell sich unsere Vorstellung von Zeit und Raum verflüchtigt. Die einzige halbwegs zuverlässige Orientierung boten ihr Körper und seine Bedürfnisse.

Hatte sie Hunger?

Nicht wirklich.
Durst?
Schon eher.
Musste sie aufs Klo?
Ja.
Dringend?
Schon, aber noch war es gut auszuhalten.

Lass den Quatsch!, schalt sie sich stumm. Konzentrier dich auf das, was du zu tun hast. Deine Flucht. Den Ausweg, ohne den du verloren bist.

Sie atmete tief durch. Ließ sich dieses Mistding von einem Stein denn noch immer nicht bewegen?

Doch!

Leiser Triumph ließ ihr Herz schneller schlagen. Endlich tat sich was! Zwar war sie noch immer weit davon entfernt, den Stein aus der Mauer herauslösen zu können. Aber er knirschte jetzt, wenn sie mit aller Kraft daran zerrte.

Also los! Weiter!

So hoch in der Mauer wie möglich eine Trittmöglichkeit zu schaffen war eine Sache. Schließlich musste sie die Stelle auch noch erreichen und sich von dort aus weiter hochziehen können. Deshalb hatte sie sich für Taillenhöhe entschieden. Aber vielleicht war das doch ein wenig zu kurz gegriffen. Sie seufzte. Wie viel Raum war dort über ihr? Wie viele Meter Ziegelwand? Das war die Frage aller Fragen! Würde sie wie Sisyphos bis in alle Ewigkeit in diesem Schacht stehen und Trittlöcher freikratzen? Oder gewann sie mit ein oder zwei Steinen schon genug, um den Rand des Schachts zu erreichen?

Nun, das ließ sich doch bestimmt herausfinden!

Sie schob ihren Kratzstein in den Bund ihres Slips und ging wieder in die Hocke, um den mulchigen Grund nach einem zweiten Stein abzutasten. Von der ungewohnten Belastung taten ihr bereits jetzt sämtliche Arm- und Schultermuskeln weh. Aber das ignorierte sie. Nach einer Weile fischte sie einen etwa faustgroßen Klumpen aus dem Wasser. Die Oberfläche war rau und feinporig, und sie war nicht sicher, ob es sich überhaupt um einen Stein oder doch eher um einen Betonklumpen handelte. Zugleich fiel ihr auf, wie sehr sie schon jetzt auf die Reduktion von Raum und Bewegungsfreiheit reagierte. Sie fing an, geizig zu werden mit dem wenigen, das sie hatte. Ja, dachte sie verwundert, ich beginne allen Ernstes zu überlegen, ob ich dieses komische Ding in meiner Hand entbehren kann.

Aber es half nichts! Sie musste wissen, ob das, was sie hier tat, auch nur den Hauch einer Aussicht hatte. Oder ob sie einfach nur Kraft verschwendete.

Sie spürte, dass sie sich vor der Antwort auf diese Fragen fürchtete. Was, wenn sich herausstellte, dass ein Fluchtversuch zwecklos war? Wie sollte sie mit der Perspektivlosigkeit umgehen, die diese Erkenntnis mit sich bringen würde?

Du bist am Leben, rief sie sich einmal mehr in Erinnerung. Er hat dich nicht getötet, weil du für ihn noch irgendeinen Nutzen hast. Und solange das so ist, hast du Zeit. Zeit, dir eine Strategie zu überlegen. Zeit zu graben. Zeit, dir jeden Millimeter dieses elenden Schachts zu eigen zu machen.

Sie richtete sich auf und tastete einhändig nach der Schachtwand. Am besten würde es gehen, wenn sie möglichst genau in der Mitte stand. Also konzentrierte sie sich ganz auf ihre eisigen Füße, die inzwischen mit ihren Schuhen verschmolzen zu sein schienen. Ein guter, fester Stand war wichtig. Wie früher in der Schule. Sportunterricht. Leichtathletik.

Sie hatten einen sehr unkonventionellen Lehrer gehabt, und einmal hatte er ihnen vor dem Schlagballwurf die Augen verbunden. Iris war im Werfen eigentlich immer ganz gut gewesen, zumindest für ein Mädchen. Doch nachdem Herr Breuer ihr die Augenbinde umgelegt und sie zum Wurfpunkt geführt hatte, war sie genauso hilflos gewesen wie ihre Mitschüler.

»Du musst es fühlen«, hatte Herr Breuer ihr beinahe beschwörend zugeflüstert. »Werfen ist, wie fast alles im Leben, einzig und allein eine Frage des richtigen Timings. Versuch zu spüren, wann du loslassen musst!«

Doch keiner von ihnen hatte damals auch nur die Richtung getroffen, in der der Mitschüler mit dem Maßband gestanden hatte. Und genauso fühlte Iris sich auch jetzt. Dabei hatte der Klumpen in ihrer Hand ein perfektes Gewicht. Nicht zu leicht, nicht zu schwer.

Du musst es fühlen!

Sie atmete tief durch, nahm Schwung und warf ihren Stein senkrecht nach oben. Doch »senkrecht« erwies sich schnell als relativ, denn gleich darauf hörte sie, wie er schräg über ihr gegen die nackte Schachtwand prallte und anschließend mit einem satten Platscher wieder im Wasser landete.

Möglichst gerade …

Ha, ha!

Wütend ging sie abermals in die Knie, doch sie musste eine ganze Weile suchen, bis sie den Klumpen wieder in den Händen hielt.

Also noch einmal. Zweiter Versuch. Möglichst gerade nach oben.

Loslassen. Lauschen.

Kein Abpraller, dieses Mal. Dafür konnte sie den Luftzug spüren, als der Stein nur Zentimeter an ihrem Gesicht vorbeizischte und abermals in der Brühe zu ihren Füßen landete. Wie hoch war das gewesen? Sieben, acht Meter vielleicht? Wahrscheinlich gab es irgendeine simple Rechenmethode, mit deren Hilfe man so was rauskriegen konnte. Indem man die Sekunden zählte, bis der Stein zurück war oder so. Doch leider hatte Mathematik schon zu Schulzeiten nicht unbedingt zu ihren Steckenpferden gehört.

Sie reckte ihre kältestarren Glieder und unternahm einen dritten Versuch. Diesmal warf sie bewusst so, dass die Flugbahn des Steins nicht nur nach oben, sondern auch schräg verlief. Und tatsächlich: Nach einem Moment bangen Lauschens hörte sie ihren Stein irgendwo über sich auf einem festen Untergrund aufschlagen. Von dort aus schien er noch ein Stück weiterzuschlittern, bevor sich wieder die alte bedrückende Stille über ihr Gefängnis legte. Doch die machte ihr in diesem Moment weniger als gar nichts aus. Im Gegenteil: Iris hätte schreien können vor Glück. Schreien und zugleich den Kopf schütteln, darüber, dass sie nicht früher auf die Idee gekommen war, sich Gewissheit zu verschaffen: Es gab tatsächlich einen Raum, dort oben! Und er war gar nicht so weit von ihr entfernt.

Drei, vier Meter vielleicht.

Das war zwar nicht gerade ein Katzensprung, aber durchaus machbar!

Mit neuem Mut zog sie ihren Werkzeug-Stein aus dem Bund ihres Slips und machte sich wieder an die Arbeit. Sie musste einfach nur weitermachen. Löcher in das alte Mauerwerk graben. Halt schaffen. Stufen. Ihr Entführer würde zurückkommen, daran bestand nicht der geringste Zweifel.

Die Frage war nur, wo sie dann sein würde …

13

Polizeipräsidium Frankfurt, Büro Sebastian Koss, 8. Juli 2015, 19.46 Uhr

Zhou erwischte Sebastian Koss, als er gerade die Tür zu seinem Büro absperren wollte. Der junge Polizeipsychologe war leger gekleidet, in Bluejeans und Poloshirt, und aus seiner knallroten Schultertasche lugte eine schwarze Dokumentenmappe hervor.

»Na?«, begrüßte sie ihn. »Feierabend?«

Er schien überrascht, sie zu sehen. »Nein, noch nicht. Ich habe einen Termin außerhalb. Aber sind wir … Waren wir verabredet?«

»Nein, nein. Waren wir nicht.« Zhou ärgerte sich, dass sie nicht vorher angerufen hatte. »Ich habe mich ganz spontan entschlossen. Aber lass dich bitte nicht aufhalten.«

»Kein Problem«, entgegnete er mechanisch. Erst dann schien er die Tropfen in ihrem Haar zu bemerken. »Regnet's?«

Sie lächelte. »Nein, es schüttet.«

Er tat überrascht, aber es konnte genauso gut sein, dass er sie hochnahm. »Nun, das bedeutet vermutlich, dass du nicht gekommen bist, um Eis zu essen, oder?«

Touché!

»Nein, nicht direkt.« Sie biss sich auf die Lippen und suchte in seinem fein gezeichneten Gesicht nach Spuren von Enttäuschung. Doch sie wurde nicht fündig. »Hattest du schon Gelegenheit, dir die Akte anzusehen, die ich geschickt habe?«

»Die Svensson-Morde?« Er nickte. »Ja, allerdings bin ich noch nicht ganz durch.«

Klar, dachte sie. Immerhin ist das Material mehr als umfangreich. »Und? Was hältst du von der Sache?«

Er warf einen Blick auf seine Armbanduhr. Dann schloss er kurzerhand die Tür zu seinem Büro wieder auf. »Komm rein!«

»Ich denke, du musst weg.«

»Fünf Minuten für eine Freundin kann ich gerade noch erübrigen.«

Touché, die zweite!

Zhou seufzte.

Koss bot ihr einen Platz auf dem durchgesessenen, aber irrsinnig gemütlichen Cordsofa in seinem Vorzimmer an und setzte sich ihr gegenüber. »Die groben Fakten waren mir natürlich noch geläufig«, begann er. »Aber bislang wusste ich nicht viel mehr als das, was damals in den Zeitungen gestanden hat. Was genau interessiert dich an dem Fall?«

»Na ja«, entgegnete sie, »abgesehen davon, dass ich es nicht gerade beruhigend finde, dass unter Umständen bald ein vierfacher Mörder auf freien Fuß kommt, geht es mir in erster Linie um das Motiv …«

Koss streckte seine schlanken Beine von sich, während er überlegte. »Augenfällig ist, dass der Täter so erstaunlich kurzen Prozess gemacht hat«, sagte er schließlich, und nach einer wohlbedachten Pause fügte er hinzu: »Außer bei der Ehefrau …«

Bei Sonja …

Was wir auch tun, dachte Zhou, wir kommen immer und immer wieder auf Sonja zurück. Sonja und die E-Mails. Sonja und das Wochenende in Zürich. Sonja und die Fotos hinter dem Bilderrahmen.

»Er handelt kühl und zweckmäßig«, fuhr Koss indessen mit der Routine des erfahrenen Profilers fort. »Und wenn du meine ganz persönliche Meinung hören willst: Das gesamte Szenario wirkt irgendwie ...« Er suchte eine Weile nach dem passenden Wort. »... klinisch. Fast so, als ob es sich um einen Auftragsmord gehandelt hätte.«

Diese Einschätzung überraschte Zhou. Doch sie sagte nichts.

»Obwohl der Täter für so ziemlich alles freie Bahn gehabt hätte, gibt es keinerlei Anzeichen von Sadismus oder Overkill, also der Anwendung unnötiger Gewalt im Zuge der eigentlichen Tötungshandlung.« Seine Finger fuhren über die Kante seines Sessels, der genau wie das Sofa deutliche Gebrauchsspuren aufwies. »Außer der Tatsache, dass er Sonja Svensson offenbar dazu zwang, zuzusehen, wie er ihren Mann und ihre Kinder erschoss.«

Zhou sah ihn an. »War es Teil seines Plans, dass sie alle sterben?«

»Nicht unbedingt.« Auf seinem Schreibtisch begann das Telefon zu läuten. Doch er machte keine Anstalten, den Anruf entgegenzunehmen. »Der Tod der Kinder und eventuell auch der des Ehemannes könnte auch ein Mittel zum Zweck gewesen sein.«

Ein sehr drakonisches Mittel, dachte Zhou. »Aber du bist schon der Meinung, dass Sonja das eigentliche Ziel seines Angriffs war?«, hakte sie vorsichtshalber noch einmal nach.

Koss' Nicken fiel eher zurückhaltend aus. »Das würde ich nach allem, was wir augenblicklich wissen, wohl so sehen, ja.«

»Das klingt nicht gerade überzeugt.«

»Was mich stutzig macht, sind die Obduktionsbefunde«, antwortete er. »Wenn Sonja sein Ziel war und der Täter es in Kauf nahm, ihre gesamte Familie zu eliminieren: Warum hat er sie dann nicht vergewaltigt oder gefoltert, nachdem er die anderen ausgeschaltet hatte?«

»Hast du ihren Gesichtsausdruck nicht gesehen?«, widersprach Zhou, und ihre Stimme verriet mehr innere Beteiligung, als ihr lieb war. »Er muss in diesem Haus irgendetwas furchtbar Schreckliches mit ihr angestellt haben. Sonst stünde ihr kaum noch im Tod das blanke Entsetzen ins Gesicht geschrieben.«

Koss bedachte sie mit einem nachsichtigen Lächeln. »Der Gesichtsausdruck einer Toten ist leider kein Beweis, Mai.«

»Dieser Mensch hat sie über das Erschießen ihrer Angehörigen hinaus gequält«, beharrte sie. »Und ich möchte wissen, warum und vor allem womit.«

Er musterte sie lange und ausgiebig. Dann sagte er: »Glaubst du nicht, dass du dich da in irgendwas verrennst?«

»Nein«, versetzte sie. »Ich habe Augen im Kopf, das ist alles.«

Sie konnte ihm ansehen, dass ihm eine gepfefferte Entgegnung auf der Zunge lag, doch er überlegte es sich anders und wechselte das Thema: »Du siehst besorgt aus«, stellte er sachlich fest. »Ist alles klar zwischen dir und Capelli?«

Der plötzliche Schwenk erwischte sie kalt. Aber sie wusste auch, dass sie ihm nur schwer etwas vormachen konnte. »Klar«, sagte sie. »Alles bestens. Wir … Wir haben nur etwas zu tun, das uns nicht ganz leichtfällt.«

»Aber es betrifft nicht den Svensson-Fall, oder?«

»Nein.« Sie lehnte sich noch tiefer in die Polster zurück. »Tut es nicht.«

Erwartungsgemäß war Koss zu anständig, um weiter nachzubohren. Eine Eigenschaft, die Zhou sehr zu schätzen wusste und auf die sie, das musste sie zugeben, auch in diesem Fall gebaut hatte.

»Erzähl mir noch mehr über den Täter«, bat sie, um das Schweigen, das sich zwischen ihnen breitgemacht hatte, zu durchbrechen. »Was tut er, wenn er nicht gerade in eine Villa eindringt und vier Menschen ermordet?«

Ihre Formulierung entlockte ihm ein Schmunzeln, und sie brauchte kein Psychologiestudium, um zu wissen, was hinter seiner Stirn vorging: *Irgendwie färbt die Zusammenarbeit mit Capelli ja doch auf sie ab …*

»Ich würde davon ausgehen, dass du einen gut integrierten und zumindest nach außen hin angepassten Mann aus der oberen Mittelschicht suchst«, kam er ihrer Bitte nach. »Er ist intelligent, bemerkenswert gut organisiert, und seine soziale Kompetenz ist aller Wahrscheinlichkeit nach überdurchschnittlich.«

Zhou hob die Brauen. »Woraus schließt du das?«

»Weil die Svenssons keine Angst vor ihm hatten.« Er lehnte sich zurück. »Einer von ihnen hat ihn ins Haus gelassen, und er ist bis in die Küche gekommen, ohne dass sie in irgendeiner Weise alarmiert gewesen wären. Das bedeutet, dass er entweder extrem harmlos wirkt oder dass sie ihn kannten.«

Zhou dachte eine Weile über die beiden Alternativen nach. »Wenn er wirklich Sonjas heimlicher Liebhaber gewesen wäre und er sie, zum Beispiel, zur Rede stellen wollte …« Sie unterbrach sich, weil sie schon wieder das Gefühl hatte, sich zu verhaspeln. Doch Koss hörte ihr aufmerksam zu. »Wenn er also an jenem Abend vorbeikam, um eine Klärung herbeizuführen«, startete sie einen neuen Versuch. »Hätte Sonja ihn dann nicht gleich an der Haustür abgewimmelt?«

Der Polizeipsychologe nickte. »Sicher. Aber vielleicht war es ja auch Erik, der ihm öffnete. Oder eines der Kinder.«

»Die beiden waren drei und sechs«, widersprach Zhou. »Ich glaube kaum, dass ihre Eltern ihnen erlaubt hätten, allein an die Tür zu gehen. Noch dazu nach Einbruch der Dunkelheit.«

»Du würdest dich wundern, auf was für Ideen manche Leute kommen«, gab Koss zurück. »Ganz abgesehen davon, dass zumindest der kleine Leon ein ziemlich aufgewecktes Kerlchen war. Aufgeweckt genug, um heimlich ein Tablet zu benutzen und in einer kritischen Situation den Notruf zu wählen.« Er hob die Achseln. »Vielleicht hat er einfach getan, was er wollte.«

»Okay«, griff Zhou die Idee auf. »Angenommen, Leon ist zur Haustür gerannt, bevor Mama und Papa reagieren konnten … Dann gibt es zwei Möglichkeiten.«

»Die da wären?«

»Genau wie du gesagt hast«, antwortete sie. »Entweder der Mann vor der Tür war tatsächlich ein Bekannter. In diesem Fall wäre der Junge vermutlich zurück in die Küche gestürmt und hätte gerufen: Mama – oder Papa –, guck mal, Onkel Soundso ist da!«

Ihre kleine Schauspieleinlage schien ihm zu gefallen, denn er lachte laut und herzlich. »So oder so ähnlich, ja.«

»Oder aber es war ein Fremder.« Sie überlegte einen Moment und fügte dann einschränkend hinzu: »Oder wenigstens jemand, den Leon nicht kannte.«

Koss nickte. »Ja, das wäre die andere Möglichkeit.«

»Was tut ein sechsjähriges Kind in so einem Fall?«

»Das kommt ganz auf seine Persönlichkeit an«, antwortete er. »Aber vermutlich ruft es nach einem Elternteil.«

»In einem Punkt hast du jedenfalls recht«, resümierte Zhou. »Der Besucher, wer immer er war, hat es problemlos bis in den Raum geschafft, wo der Rest der Familie versammelt war.«

Koss schürzte die Lippen. »War der Esstisch eigentlich schon gedeckt, als sie starben?«

Die Frage irritierte sie. Sie rief sich die Aufnahmen vom Tatort ins Gedächtnis und schüttelte dann zögerlich den Kopf. »Nein, ich glaube nicht.«

»Schade.«

»Warum?«

»Weil wir daran hätten ablesen können, ob sie einen Gast erwartet haben.«

Stimmt, dachte Zhou, theoretisch könnte das Ganze ja auch eine Art Verabredung gewesen sein! Sie ließ sich diesen neuen Aspekt noch einmal durch den Kopf gehen und suchte in ihrer Erinnerung nach Fakten, die dieser Annahme widersprachen. Und sie wurde tatsächlich fündig: »Erik trug zum Zeitpunkt der Tat eine Jogginghose und ein ziemlich altes T-Shirt«, stellte sie fest, indem sie im Geiste die Fotos der Opfer durchging. »Und Sonja, glaube ich, Jeans und Sweatshirt.«

»Also der klassische Nach-der-Arbeit-gemütlich-Look?«

»Genau.«

Zu ihrer Überraschung begann Koss laut zu lachen. »*Du* würdest in einem solchen Aufzug nicht mal dem Notarzt öffnen, oder?«

Zhou kniff die Lippen zusammen. Diese Bemerkung hätte glatt von Capelli stammen können! Aber natürlich hatte er nicht ganz unrecht. Wenn sie ehrlich war, fühlte sie sich tatsächlich ausgesprochen unwohl, wenn sie mit anderen zu tun hatte, ohne geschminkt oder wenigstens vernünftig angezogen zu sein. Make-up war ganz einfach ihre Art von Selbstschutz, eine Art Arbeitskleidung, die ihr die Sicherheit gab …

»Ist was?«

Ach wo! Was soll schon sein? Ich werde irrsinnig gern durchschaut, das macht mir nicht das Geringste aus!

»Nein, nein.« Zhou schlug nervös die Beine übereinander. »Alles in Ordnung.«

Er glaubte ihr nicht. Aber er ging nicht weiter darauf ein. »Natürlich könnte es auch einfach der Pizzadienst gewesen sein, der geklingelt hat.«

Sie schüttelte den Kopf. »Auf der Arbeitstheke lagen Paprikastreifen und ein Blumenkohl, aber der war noch nicht mal klein geschnitten.«

»Also war ihr Besucher entweder erheblich zu früh dran oder sie waren tatsächlich nicht auf einen Gast eingestellt«, schlussfolgerte Koss.

»Eher Letzteres, würde ich sagen.«

Der Schein der Lampe spiegelte sich in den Tiefen seiner Pupillen. »Sonja Svensson und Bormann haben sich aber zweifelsfrei gekannt, oder?«

»Das schon«, nickte Zhou. »Allerdings behauptet Bormann, den übrigen Familienmitgliedern sei er nie begegnet.«

»Er hat auch behauptet, nie in ihrem Haus gewesen zu sein.«

»Entlarvt ihn das als notorischen Lügner?«

»Es entlarvt ihn als einen Mann, der ganz genau weiß, was er tut, und der auch einschätzen kann, wann es eng wird für ihn.«

»Sein Anwalt hat heute Nachmittag einen Antrag auf Haftprüfung gestellt.«

Das schien Koss nicht zu überraschen. »Klar. Er wäre ja blöd, wenn er's nicht täte.«

»Ja«, murrte Zhou. »Vermutlich.«

»Und jetzt? Wie wollt ihr in dieser Sache weiter vorgehen?«

»Wir haben morgen früh einen Termin mit Bormann, auf den ich wirklich gespannt bin. Und danach … Tja, keine Ahnung. Vermutlich noch mal mit den Beteiligten sprechen. Nachbarn, Freunde.«

»Was ist mit Erik Svenssons Mutter?«

Sie lachte. »Weißt du, dass du der Erste bist, der das so ausdrückt?«

»Wie?«, fragte er irritiert.

»Erik Svenssons Mutter«, wiederholte Zhou. »Sonst sprechen immer alle von Sonja Svenssons Schwiegermutter.« Sie schüttelte den Kopf. »Dabei ist es eigentlich viel naheliegender, sie Eriks Mutter zu nennen.«

Koss grinste. »Was sagt dir das?«

»Dass der Bezugspunkt einmal mehr Sonja ist«, antwortete sie ganz spontan. »Jeder, der über diesen Fall spricht, rückt sie automatisch in den Mittelpunkt. Es war Sonjas Abiturfeier. Sonjas Wochenende mit dem großen Unbekannten. Es waren Sonjas Fotos, die versteckt wurden. Und es ist Sonjas Schwiegermutter.«

»Bezeichnend, nicht wahr?«

»Ich weiß nicht.« Zhou schüttelte unwillig den Kopf. »Das ist tatsächlich so ein Punkt, bei dem *ich* Sorge habe, dass wir uns verrennen.«

»Es ist immer schwer, auf einem bereits eingeschlagenen Weg die Richtung zu ändern.«

Die Bemerkung ließ sie unvermittelt an ihren Trainer denken. Liu Yun brachte auch solche Sprüche, und leider Gottes lag darin oft weit mehr Wahrheit, als einem lieb und bequem sein konnte!

Es ist schwer, auf einem bereits eingeschlagenen Weg die Richtung zu ändern …

Aber vielleicht müssen wir genau das tun, dachte Zhou mit neuer Entschlossenheit. Vielleicht müssen wir die Richtung ändern. Sonst haben wir nie eine Chance, uns aus dieser Sackgasse, in der schon unsere Kollegen gesteckt haben, zu befreien.

»Du hast meine Frage noch nicht beantwortet«, riss Koss' sanfte Stimme sie aus ihren Gedanken.

»Was für eine Frage?«

»Was Erik Svenssons Mutter zu der ganzen Sache zu sagen hat.«

Zhou lächelte. »Greta Svensson hatte nach der Bluttat

einen schweren Zusammenbruch und befindet sich seither in einer Klinik«, gab sie weiter, was sie selbst erst bei der Anhörung erfahren hatte. »Das sind jetzt immerhin acht Monate. Und ich glaube kaum, dass wir so bald Gelegenheit haben werden, sie zu befragen.«

Koss angelte einen Kugelschreiber von seinem Schreibtisch und machte sich eine Notiz in das schwarze ledergebundene Büchlein, das er immer bei sich trug. »Ich sehe mal, was ich da tun kann.«

»Denkst du wirklich, es gibt noch irgendwas Neues, das sie uns erzählen könnte?«, fragte Zhou zweifelnd.

Er wandte ihr den Kopf zu. »Irgendjemand weiß etwas. Vielleicht nicht unbedingt über die Tat selbst. Die ist vermutlich wirklich hinlänglich analysiert. Aber über das Motiv. Über den Täter. Oder über die Vorgeschichte.«

Ja, dachte Zhou, die Vorgeschichte. Ein Verbrechen wie dieses muss eine Vorgeschichte haben. Und nach allem, was sie bislang gehört hatten, schien diese Vorgeschichte in allererster Linie Sonja Svensson zu betreffen. Sonja Svensson hatte ein Geheimnis gehabt.

Sonja Svensson hatte am längsten überlebt. Sonja Svensson hatte sich um einen Wochenendjob in Zürich bemüht, obwohl dergleichen nicht ihrer Gewohnheit entsprach. Zhou stöhnte leise auf. Immer und immer wieder Sonja!

»Und was empfiehlst du mir jetzt?«, wandte sie sich wieder an Koss.

Der Psychologe betrachtete eine vogelähnliche Plastik, die auf einem Sideboard in der Ecke stand und Zhou bislang noch nicht aufgefallen war. »Mein alter Professor pflegte in solchen Fällen immer denselben klugen Satz zu zitieren ...«

»Der da lautet?«

Koss' blaue Augen ließen von der Plastik ab. »Wann immer du partout keine Antwort findest, solltest du in Erwägung ziehen, dass du vielleicht die falschen Fragen stellst …«

14

Berger Straße, Wohnung von Emilia Capelli,
8. Juli 2015, 20.09 Uhr

»Post für dich!«

Em blieb erwartungsvoll auf der untersten Treppenstufe stehen, während Trudi, die im Erdgeschoss einen kleinen Feinkostladen betrieb, ihr strahlend entgegenkam. In der Hand hielt sie einen großen braunen Umschlag.

»Aus Tibet?«, rief Em erfreut, als sie die fröhlich bunte Marke sah.

»Jawohl, aus Tibet!« Trudi nickte eifrig. »Er hat ein Format, mit dem er nicht in den normalen Briefkasten passte. Und die Postbotin war so freundlich, mitzudenken!«

»Toll, danke.« Sie nahm den Umschlag entgegen, der aus starker Pappe war. Trotzdem glaubte Em, im Inneren ein paar verdächtige Unebenheiten auszumachen. Seit Kaylin, das kleine Mädchen, das sie bei ihrem letzten Fall kennengelernt hatten, wieder zurück in ihrer Heimat war, schickten sie einander regelmäßig Briefe. Und fast immer legte das Mädchen eine Kleinigkeit bei, die sie entdeckt oder sogar selbst gebastelt hatte. Auf diese Weise war Em bereits in den Besitz von tibetischen Gebetsfahnen, Hochgebirgs-Ginsengtee und getrocknetem Schneelotus gekommen. Und auch dieses Mal schien es ihrer kleinen Brieffreundin nicht genügt zu haben, ihr einfach nur ein paar Zeilen zu schreiben.

»Wie geht's denn der Kleinen?«, fragte Trudi, die Kaylin ebenfalls kennengelernt hatte.

»Ich glaube, sie ist glücklich, wo sie jetzt ist«, antwortete Em ehrlichen Herzens. »Ihre Leistungen in der Schule sind überdurchschnittlich. Und sie hat mit Kung Fu angefangen.«

»Das wundert mich nicht.« Trudis strahlend blaue Augen leuchteten. »Bestimmt wird sie irgendwann mal zur Präsidentin gewählt oder so was.«

»Ja sicher«, nickte Em. »Gleich nachdem sich in China die Demokraten durchgesetzt haben.«

Trudi, die unerschütterliche Optimistin, warf ihr einen vernichtenden Blick zu. »Wer weiß, was die Zukunft bringt! Vielleicht errichten sie ja doch diese Friedenszone, von der der Dalai Lama immer spricht.« Sie schüttelte sinnend den Kopf. »Hin und wieder ändern sich die Dinge, selbst dann, wenn sie schon lange sind, wie sie sind …«

Automatisch musste Em wieder an Tom denken. Was ist das?, überlegte sie mit einem Anflug von Panik. Warum bin ich so verwirrt? Und warum so traurig?

»Ach ja, und dann ist da auch noch was anderes für dich abgegeben worden …«

An der Färbung ihrer Stimme erkannte Em, dass Trudi diesen Umstand nicht als Anlass zur Freude wertete, und augenblicklich wurde sie hellhörig. »Abgegeben?«, fragte sie. »Was denn?«

Ihre Nachbarin verschwand um die Ecke hinter ihrer Ladentür. Kurz darauf kehrte sie mit einem dicken Blumenstrauß zurück. Rosen.

»Das kann er knicken!«, entfuhr es Em, kaum dass sie die Blumen sah.

»Herr von Treskow?«, erkundigte sich Trudi betont wertfrei.

»Wer sonst schickt mir fünfzig lachsfarbene Rosen?«

»Na ja, du könntest ja auch einen heimlichen Verehrer haben …«

»Das hätte mir gerade noch gefehlt!« Em fischte die Karte, die dem Bukett beigelegt war, aus der Plastikfolie. Immerhin war es ja rein theoretisch auch möglich, dass Tom … Aber nein! Sie schüttelte den Kopf. Lachsfarbene Rosen und Halstücher von Tiffanys passten so wenig zu Tom wie Ballett zu Manuel Neuer.

»Von Ben«, nickte Em mit einem resignierten Blick auf die schwungvolle Schrift auf der Vorderseite der Karte.

»Hat er's also immer noch nicht aufgegeben, ja?« So neutral sie sich sonst verhielt, so wenig Hehl hatte Trudi von Beginn an aus ihrer Aversion gegen Benjamin von Treskow gemacht. Und das, obwohl sich der smarte Staatsanwalt mächtig ins Zeug gelegt hatte, ihr Herz zu gewinnen. Schmunzelnd dachte Em an die Theaterkarten, die er für Trudi besorgt hatte. Das Martha-Argerich-Konzert, Trudis Lieblingspianistin, bei dem sie in der ersten Reihe gesessen hätte, wenn sie denn hingegangen wäre.

Aber das war sie nicht …

Eher hätte sie sich alle zehn Finger abhacken lassen, dachte Em und musterte das Mosaik zu ihren Füßen mit einem zufriedenen Lächeln. Tja, lieber Ben, es gibt eben Menschen, die sich nicht von Schmeicheleien und Geschenken, sondern einzig und allein von charakterlichen Vorzügen beeindrucken lassen!

Trudi zupfte unterdessen mit geringschätzigem Blick an der Folie, in die der Strauß eingeschlagen war. »Wie viel wird der gekostet haben?«

»Achtzig, neunzig Euro?«

»Angeber!«

»Wie wär's, wenn du das Monster in deinen Laden stellst?«, schlug Em lachend vor. »Auf der Theke neben den Teewürstchen sieht er bestimmt sehr hübsch aus.«

Die Freude über die Tatsache, dass Em den Strauß ganz offenbar nicht behalten wollte, schien ihre eigenen Aversionen zu überwiegen, denn Trudi griff beherzt nach den Blumen. »Und wenn er persönlich vorbeischaut und den Strauß dort sieht?«

»Dann versteht er hoffentlich ein für alle Mal, dass er mich nicht zurückgewinnt.«

Trudis Grinsen reichte buchstäblich von einem Ohr zum anderen. »In diesem Fall stelle ich ihn am besten gleich ins Schaufenster.«

»Hast du wirklich gedacht, ich werde wieder schwach?«

Ihre Reaktion bestand aus einer vagen Handbewegung, gepaart mit einem äußerst entwaffnenden Lächeln. »Wie wär's, wenn du Sonntagabend mit Julien und mir zu Abend essen würdest?«

Em zog die Brauen zusammen. »Ist was Besonderes?« Als sie keine Antwort erhielt, fügte sie an: »Also, ich muss sehen, wie ich Dienst habe.«

»Sicher, sag einfach Bescheid!« Sie winkte und kehrte in ihren Laden zurück, der offiziell zwar schon geschlossen, aber noch nicht aufgeräumt war. »Bis dann!«

»Ja«, sagte Em. »Bis dann.«

Oben in ihrer Wohnung konsultierte sie als Erstes den Anrufbeantworter, doch es schien niemand etwas von ihr gewollt zu haben. Erleichtert ließ Em sich aufs Sofa fallen und öffnete Kaylins Brief. Der wellenschlagende Gegenstand entpuppte sich als zweiteilig. Genauer gesagt waren es zwei selbst genähte Smartphone-Hüllen, auf die Kaylin einen großen blauen und einen etwas kleineren gelben Drachenkopf gestickt hatte. Der blaue Drache hatte eine Art getigerte Mähne.

Das ist Bi'an, erklärte Kaylin in ihrem wie immer eher knapp gehaltenen Begleitbrief. *Bi'an ist das klügste von den neun Drachenkindern, und er kann Gut und Böse unterscheiden.*

»Das ist schön, danke sehr!«, murmelte Em, während ihre Augen bereits die nächsten Zeilen überflogen. »Und warum bekomme ich zwei?«

Die andere Tasche ist für Zhou …

»Ach?! Sieh mal an!« Sie spürte, wie sich etwas wie Eifersucht in ihr regte. Bislang hatte Kaylin immer nur ihr etwas geschickt. Und jetzt bekam ihre Partnerin gleich eine Handarbeit, die unter Garantie viel Zeit und Mühe gekostet hatte!

Auf Zhous Tasche ist Qiu Niu.

Er kämpft nicht gern und liebt Musik!

Em seufzte. Sie hatte Kaylin nie erzählt, dass Zhou Klavier spielte, seit ihrer Kindheit Ballettunterricht nahm und obendrein eine Menge Ahnung von Opern und Konzerten und dergleichen hatte. Aber Kaylin war nun einmal ein Kind mit dem besonderen Blick, das ließ sich nicht leugnen …

Ich dachte, es wäre schön, wenn ihr etwas gemeinsam habt.

»Aber das haben wir doch!«, protestierte Em. »Immerhin duzen wir uns seit heute. Ist das nicht der Wahnsinn? … Ich finde, da hätte es wirklich nicht auch noch so eine coole Handy-Schutzhülle sein müssen!«

In der Schule geht es gut. Sonst auch. Und danke für das Zauberbuch! Ich habe es schon gelesen. Jetzt liegt es unter meinem Kissen. Damit es mich beruhigt, wenn ich nicht schlafen kann.

Em schmunzelte. Ihrem letzten Päckchen hatte sie neben der obligatorischen Schokolade und der italienischen Salami, die Kaylin so gern aß, auch einen Harry-Potter-Band beigelegt. Aber dass der eine beruhigende Wirkung haben sollte …

Ich schreibe bald wieder, schloss ihre kleine Brieffreundin, kaum mehr leserlich. *Du auch, bitte.*

»Mach ich!«, flüsterte Em, während sie Zhous Handyhülle nachdenklich zwischen ihren Fingern hin und her drehte. Die würde sie ihrer Partnerin dann ja wohl oder übel geben müssen …

Sie dachte an Gehlings Gesicht, als sie Zhou vorhin geduzt hatte. An seine offensichtliche Verwunderung, über die sie sich weit mehr ärgerte, als sie zugab. Seltsam eigentlich, dass sie sich nie darum geschert hatte, wie die anderen über sie dachten. Na ja, so ganz stimmte das auch wieder nicht. Sie war nur bislang immer davon ausgegangen, dass sie *wusste*, was ihre Kollegen dachten. Für sie war es eine Tatsache gewesen, dass sie genauso wahrgenommen wurde, wie sie sich fühlte. Und dass sie zumindest innerhalb ihrer Abteilung offen und ehrlich miteinander umgingen.

Aber stimmte das eigentlich?

Sie legte die Tasche zur Seite und blickte zum Fenster hinüber, durch das würzige Gewitterluft hereinströmte.

Carsten Pell, zum Beispiel, gehörte erst wenige Monate zur Abteilung. Und doch hatte er ganz offenbar bereits jetzt einen Vorgesetzten so von sich überzeugt, dass er in eine Sondereinheit berufen worden war. Genau wie Decker. Das Holz des Fensterrahmens verschwamm unter Ems Blick zu einer formlosen hellen Masse. Keiner der beiden Kollegen hatte ihr gegenüber je über Ambitionen gesprochen, die über die Grenzen der Abteilung hinausreichten. Oder verrannte sie sich hier gerade in etwas? Hatte Küng ganz bewusst einen Köder ausgeworfen, nach dem sie nun bereitwillig schnappte?

Sie wusste es nicht.

Die letzten beiden Tage hatten so viele Überraschungen und Erkenntnisse mit sich gebracht, dass sie sich komplett überfordert fühlte. Und als wäre die Unsicherheit im Beruflichen nicht schon genug, wurde mit einem Schlag auch noch ihr Privatleben so kompliziert wie lange nicht.

»Vielleicht sollte ich es auch mal mit Harry Potter unter meinem Kopfkissen versuchen«, murmelte sie, indem sie wieder nach der Handyhülle griff, die Kaylin für sie genäht und bestickt hatte.

Das ist Bi'an, hörte sie die Stimme ihrer kleinen Freundin flüstern. *Bi'an ist das klügste von den neun Drachenkindern, und er kann Gut und Böse unterscheiden …*

»Nun, was das angeht, hat er mir definitiv was voraus«, murrte Em. »Denn ich für meinen Teil weiß im Augenblick überhaupt nicht mehr, was ich denken soll. Von der Unterscheidung in Gut und Böse ganz zu schweigen …«

15

Frankfurt-Eschborn, Spenderstraße, 8. Juli 2015, 22.26 Uhr

Während sie langsam auf die finstere, in gespenstischer Ruhe daliegende Stadtvilla zuging, kamen Zhou unwillkürlich Märchen in den Sinn. Böse Hexen und gebannte Orte. Und Zeit, die plötzlich stillstand.

Ja, dachte sie, dieses Haus sieht tatsächlich aus, als ob es schliefe. Und das, obwohl der puristisch anmutende Kasten von einem Dornröschenschloss ungefähr so weit entfernt ist wie Niederrad vom Mars.

Was soll das bringen?, konnte sie Capellis Gemecker hören. Sie hatte ihrer Partnerin nicht erzählt, dass sie hier war. *Dieser Fall ist so kalt wie toter Fisch. Wozu Zeit darauf verschwenden, sich einen alten Blutfleck anzusehen?*

»Weil ich es so will«, hielt Zhou ihr halblaut entgegen. »Wir alle glauben, wir könnten uns ein Bild von dem machen, was hier geschehen ist. Aber ich möchte es sehen. Mit meinen eigenen Augen. Ich möchte ein Gefühl dafür bekommen, welche Menschen hier gelebt haben. Wie sie miteinander umgegangen sind. Und welche Hindernisse ihr Mörder überwinden oder nicht überwinden musste, um ihnen all das anzutun.«

Vor etwa einer halben Stunde hatte es zu regnen aufgehört, und die Luft duftete herrlich würzig nach frischer Erde und nassen Blättern. Zhou atmete noch einmal tief durch. Dann tastete sie nach dem Schlüssel, den sie der Einfachheit halber in ihre Hosentasche gesteckt hatte. Es hatte sie überrascht, dass sie in der Asservatenkammer tatsächlich fündig geworden war. Aber der zuständige Kollege hatte ihr erklärt, dass es sich dabei keineswegs um ein Beweismittel handele, sondern vielmehr um einen von insgesamt drei Schlüsseln, den die Erbin des Hauses (in Ermangelung anderer Verfügungsberechtigter: Greta Svensson) den ermittelnden Kollegen seinerzeit zur »freien Benutzung« zur Verfügung gestellt habe.

Zhou hatte sich erlaubt, diese Information so auszulegen, dass damit die Einwilligung zur Besichtigung durch die zuständigen Behörden bereits vorlag, womit sich jegliche weiteren Formalien erübrigten. Doch jetzt, an Ort und Stelle, war sie nicht mehr so sicher, ob sie sich nicht vielleicht doch ein bisschen arg weit aus dem Fenster gelehnt hatte.

Wenn's 'ne Regel für die Toilettenbenutzung gäbe, würden Sie sich auch daran noch halten!, hörte sie ihre Partnerin spotten.

»Du!«, korrigierte Zhou sie leise, aber bestimmt. »Wir sind jetzt beim Du. Und sei versichert: Es fühlt sich für mich genauso komisch an wie für dich.«

Der Schlüssel steckte in einem abgegriffenen roten Lederetui, an dem ein silberner Anhänger in Elefantenform baumelte. Er klimperte leise, als Zhou ihn ins Schloss steckte. Auf dem Türrahmen klebten noch immer Reste des polizeilichen Siegels. Aber der große Weidenkorb mit den Zierkürbissen und der – zumindest rückblickend entsetzlich zynisch anmutenden – Aufschrift »WILLKOMMEN«, der laut Polizeifotos am Tatabend neben der Haustür gestanden hatte, war verschwunden. Zhou wusste, dass Greta Svensson das Haus theoretisch jederzeit verkaufen konnte. Doch offenbar war sie noch nicht wieder in der Verfassung, über so profane Dinge auch nur nachdenken zu können.

Würde ich ein solches Haus kaufen?, überlegte Zhou, während sie die Tür hinter sich zuzog. Sie hielt einen Augenblick inne, um ihre Augen an die Dunkelheit im Inneren der Villa zu gewöhnen. Würde ich hier leben wollen? Würde ich?

Mit dem Wissen, das ich habe, vermutlich nicht, gab sie sich selbst zur Antwort. Und es würde sich wohl kaum vermeiden lassen, dass potenzielle Käufer von der grausigen Tat erfuhren, die sich hinter diesen Wänden zugetragen hatte. Oder? Würden dafür nicht schon die Nachbarn sorgen? Sie blinzelte in das Dunkel, das sie umgab. Diese Besichtigung hatte sie absichtlich auf den Abend geschoben. Der Eindruck, den sie gewann, sollte möglichst authentisch sein. Und damals, im November des vergangenen Jahres, war es nun einmal trotz der frühen Stunde schon stockfinster gewesen.

4° Celsius, bedeckter Himmel, kein Niederschlag, war gewissenhaft in der Akte vermerkt. Nicht brechend kalt, aber auch nicht gerade angenehm. Ein typischer Novembertag eben, trübe und kühl.

Zhou reckte den Hals, und allmählich kam Struktur in das düstere Grau, das sie umgab: Da war ein Garderobenständer aus gebürstetem Metall, an dem wirklich und wahrhaftig noch Jacken hingen. Kinderjacken. Daneben stand eine Truhenbank mit hellen Kissen, die schlichte Schleifen trugen. Jedes in einer anderen Farbe. Unmittelbar dahinter begann die Treppe. Zhous Augen folgten den Stufen ins Obergeschoss, und für den Bruchteil einer Sekunde hatte sie tatsächlich das Gefühl, dass sie Schritte hörte. Nackte Kinderfüße, die über die breiten Stufen nach oben huschten …

»Leon trug Socken, als er ermordet wurde«, flüsterte sie trotzig in die Dunkelheit hinter dem Treppengeländer. »Dunkelblaue Rutschsocken mit feinen roten Ringeln an den Bündchen.«

Du kennst die Fakten. Also fang gefälligst nicht an, hier rumzuspinnen!

Dennoch waren die Kinder der Svenssons diese Treppe vermutlich oft barfuß hinauf- und hinabgestiegen. Vor allem im Sommer. Wenn es so warm war wie jetzt …

Sie riss den Blick von der Treppe los und wandte sich der Schiebetür zu, die laut Grundriss in den Wohnbereich führte. Während sie darauf zuging, musste sie unwillkürlich an die chinesische Vorstellung von einer Zweiteilung der Seele denken. Nach altem Glauben existierten eine Körper- und eine Geistseele, die nach dem Tod ihres Trägers im wahrsten Sinne des Wortes getrennte Wege gingen: Die Geistseele stieg in den Himmel, um sich dort in einen Shen, einen Geist, zu verwandeln. Die Körperseele hingegen blieb als Gui, als Erdgeist, mit dem Diesseits verbunden und war durchaus in der Lage, sich dort auch bemerkbar zu machen. Und ähnlich wie die Europäer sagten die Chinesen gerade den Seelen von Mordopfern nach, dass sie den Lebenden zu erscheinen pflegten, um Vergeltung für das ihnen angetane Unrecht einzuklagen. Wieder und wieder, bis die Schuldigen zur Verantwortung gezogen waren.

Zhou stutzte. Ihre Sinne waren in Alarmbereitschaft. Und wieder glaubte sie, etwas wahrzunehmen. Keine Schritte, dieses Mal. Sondern … Sie lauschte. Luftzüge! Jemand, der atmete! Nicht gehetzt, angestrengt oder gar in Panik. Sondern ruhig und gleichmäßig. Als ob er einfach dastünde und ihr zusähe …

Das bildest du dir ein! Hier ist niemand!

Trotzdem blieb sie unwillkürlich stehen und warf einen Blick hinter sich.

Zur Treppe …

Das spärliche Licht, das von der Straße durch das Milchglas der Haustür drang, reichte nicht bis in alle Winkel. Zhou war bewusst, dass die Diele und die umliegenden Zimmer an jenem folgenschweren Novemberabend hell gewesen waren. Das Haus war bis in den letzten Winkel erleuchtet gewesen, als die Polizei am Tatort eingetroffen war. Doch das Licht hatte das Böse nicht aufhalten können. Es war hier eingedrungen, und keiner der Menschen, die in diesem Haus gelebt hatten, war ihm entkommen. Zhou schlang sich fröstelnd die Arme um den Körper. Dabei war es noch immer drückend schwül.

Hör endlich auf! Du bist kein Kind, das sich mit alten Märchen und Legenden verrückt macht, weil es in irgendeinen finsteren Keller geschickt wird, um ein Glas Marmelade zu holen. Du bist an einem Tatort!

Beherzt zog sie die Schiebetür zum Wohnbereich auf. Und augenblicklich roch sie das Blut. Das kann nicht sein, widersprach ihr Verstand. Seit damals sind über acht Monate vergangen. Sämtliche Räume sind bis in den letzten

Winkel untersucht, durchleuchtet, vermessen und anschließend gründlich gereinigt worden. Es KANN gar nicht nach Blut riechen!

Und doch roch sie es. Ein feiner, metallischer Geruch. Leicht süßlich und irgendwie dumpf. Das unverkennbare Aroma des Todes. Ihr Herzschlag beschleunigte sich, und sie entschied, sich nach einem Lichtschalter umzusehen. Aus den Tiefen ihres Gedächtnisses dämmerten Fragmente eines Rilke-Gedichtes herauf, das sie in der Oberstufe durchgenommen hatten. Es hieß »Das weiße Schloss«, und schon als Schülerin hatte die seltsame Atmosphäre sie mit einem Gefühl tiefster Beklemmung erfüllt:

Ein weißes Schloss in weißer Einsamkeit.
In blanken Sälen schleichen leise Schauer.
Todkrank krallt das Gerank sich an die Mauer,
und alle Wege weltwärts sind verschneit …

Zhou schluckte und versuchte das Pochen ihres Herzens zu ignorieren, das in ihren Ohren widerhallte wie die Hammerschläge eines Schmieds. An der Wand links neben der Tür entdeckte sie ein Display, über das sich Licht und Raumtemperatur regeln ließen. Zögernd streckte sie die Hand aus …

Und längs den weißen Wänden
hilft sich die Sehnsucht fort mit irren Händen …

Sekundenbruchteile später flammten überall im Raum die vollintegrierten Deckenspots auf, und Zhou war überrascht von der elementaren Erleichterung, die die plötzliche Helligkeit in ihr auslöste. Dabei war Licht tatsächlich nichts weiter als eine billige Illusion. Das uneingelöste Versprechen von Sicherheit, dem man keine Sekunde lang trauen durfte. Vielleicht war das das Schlimmste, dachte sie, und erst mit ein paar Sekunden Verzögerung wurde ihr bewusst, dass ihre Gedanken schon wieder bei Sonja Svensson waren. Erkennen zu müssen, dass man nicht einmal in den eigenen vier Wänden geschützt war. Dass es rein gar nichts nützte, eine Tür zu verschließen. Nachbarn zu haben. Oder Kinder, die viel zu jung waren, um sich schon die Finger schmutzig gemacht zu haben, und die trotzdem nicht davonkamen. Die mit ihrem Leben bezahlten. Genau wie die Erwachsenen. Für was auch immer …

Zhou durchquerte den Raum, um sich mit eigenen Augen zu überzeugen, dass tatsächlich kein Blut mehr zu sehen war. Weder vor der Küchentheke noch dahinter. Und doch war da noch immer dieser Geruch, den sie sich einbilden musste. Sie drehte sich um und versuchte sich vorzustellen, wie die Zimmer ausgesehen hatten, als die Svenssons noch am Leben gewesen waren. Das war nicht allzu schwer, denn an der Einrichtung, die sie von den Tatortfotos kannte, schien sich nichts verändert zu haben. Natürlich hatte man die verderblichen Lebensmittel fortgeräumt. Den Salat und die Paprikastreifen. Und auch den halben, noch ungeschnittenen Blumenkohl. Aber ansonsten war die Küche nach wie vor voll ausgestattet. Kochlöffel, Töpfe und andere Utensilien schienen nur darauf zu warten, wieder benutzt zu werden.

Ein modernes Dornröschenschloss, dachte Zhou kopfschüttelnd. Ein guter, lebendiger Ort, bis eine böse Macht gekommen war und einen Bann gesprochen hatte.

Und längs den weißen Wänden
hilft sich die Sehnsucht fort mit irren Händen.
Die Uhren stehn im Schloss: Es starb die Zeit …

»Es starb die Zeit«, wiederholte Zhou mit einem schaudernden Blick zu den bodentiefen Fenstern, in denen sich undeutlich ihre eigene Silhouette spiegelte.

Die Scheibe, die die Kollegen von der Streife eingeschlagen hatten, um ins Haus zu gelangen, war ausgetauscht worden. Vermutlich in erster Linie, um Schaulustige fernzuhalten. Leute, die in Gebäude wie dieses eindrangen und dort verwackelte Videos drehten, die sie später auf YouTube oder in den einschlägigen Kanälen hochluden. Dokumentationen des Grauens, zum Gruseln auf dem heimischen Sofa. Aber das heimische Sofa konnte ein ebenso gefährlicher Ort sein wie der düstere Park, den man durchquerte, um zu seinem Auto zu gelangen. Das hatte sich hier, in dieser gemütlichen Wohnküche, auf grausame Weise gezeigt.

Sie straffte die Schultern und nahm den Wohnbereich genauer unter die Lupe. Eine Couchgarnitur, teuer, aber erstaunlich wenig einladend. Dazu ein Riesen-Flatscreen-Fernseher. Beamer. Dolby-Surround-Anlage. An den Wänden Bilder, die eher Farbeindrücke als Motive vermittelten. Und an der Wand neben dem Fernseher – wie könnte es anders sein! – die fast schon obligatorische Zurschaustellung glücklichen Familienlebens: Babyfotos. Erste, krakelige Zeichnungen von Leon. Lustig bemalte und datierte Handabdrücke von Pippa. Ein schlichter Schriftzug, gedruckt auf einen blassrosa Keilrahmen: HAUSSEGEN.

Zhou ertappte sich dabei, wie sie stehen blieb und herauszufinden versuchte, ob das Bild nicht vielleicht doch ein kleines bisschen schief hing. Doch hier stimmte alles. Perfekt sozusagen.

Die perfekte Familie.

Aber war die Ehe der Svenssons wirklich so vorbildlich gewesen, wie allenthalben behauptet wurde? Hatte hier tatsächlich eine heile und glückliche Familie gelebt? Oder hing vielleicht doch so etwas wie ein Schatten über diesem

Haus? Etwas, das schon vorher da gewesen war und das erklärte, warum hier vier Menschen gestorben waren? Zhou blickte wieder hinauf zu den strahlend hellen Deckenspots und kam sich mit einem Mal fast wie auf einer Bühne vor. Inmitten von Kulissen und Pappmaché.

»Habt ihr Theater gespielt?«, fragte sie, und ihre Stimme klang erschreckend hohl zwischen den nackten Wänden. »Das uralte Märchen von Vater, Mutter und zwei wohlgeratenen Kindern?«

Aber falls es so war, für wen hatten die Svenssons ihre offenkundig erstaunlich stabile Fassade errichtet? Für die Nachbarn? Für Eltern, Freunde, Arbeitskollegen? Oder gar für sich selbst? War einer von ihnen irgendwann aus der Rolle gefallen, und der andere hatte die Nerven verloren?

Zhous Augen suchten wieder den blassrosa Keilrahmen. Den HAUSSEGEN, der fast schon unnatürlich gerade hing.

Aber sie sind alle vier gestorben, korrigierte sie sich. Es gab keine Überlebenden. Niemand hat etwas gehabt von diesem Spiel. Keiner ist als Sieger vom Platz gegangen. Was auch immer die Bewohner dieses Hauses miteinander verbunden oder auch nicht verbunden hatte: Am 10. November des vergangenen Jahres war es ein für alle Mal und unwiederbringlich zu Ende gewesen …

Mach weiter! Sieh dich um! Versuch zu verstehen, wie sie getickt haben. Nimm Kontakt auf zu ihren Geistern, und hör dir an, was sie zu sagen haben!

Die Selbstverständlichkeit, mit der ihr Bewusstsein das gedankliche Erbe ihrer chinesischen Heimat in ihre Überlegungen einbezog, überraschte Zhou. Aber irgendwie war sie auch stolz darauf. Ihre asiatische Herkunft hatte ihr schon oft im Weg gestanden, denn in aller Regel erschwerte sie die Kontaktaufnahme zu anderen Menschen und errichtete Mauern, mit denen ihre europäisch aussehenden

Kollegen nicht zu kämpfen hatten. Doch im Grunde ihres Herzens bewunderte sie die Kultur und Weisheit Asiens. Die selbstverständliche Durchdringung von Spiritualität und realer Welt.

Sieh dich um!

Ein Bild ist mehr als tausend Worte wert …

Sie löschte das Licht und nahm sich die restlichen Räume auf dieser Etage vor. Doch dort gab es nicht viel Bemerkenswertes zu entdecken. An die Küche schloss sich ein riesiger Hauswirtschaftsraum an. Darin befand sich auch die Heizungsanlage, eine ultramoderne Wärmepumpe mit Solarmodul zur Warmwassergewinnung. Zwei Waschmaschinen, Trockner, Bügelbrett sowie diverse Vorratsregale. Außerdem gab es eine Gästetoilette mit Dusche und ein mediterran gestaltetes Schlafzimmer mit Doppelbett, vermutlich ebenfalls für Gäste.

Dann war wohl jetzt das Obergeschoss an der Reihe.

Die Treppe …

Zögernd nahm Zhou die ersten Stufen in Angriff. Sie trug an diesem Abend sommerliche Sneakers mit besonders weicher Sohle, sodass sie nahezu lautlos in den ersten Stock gelangte. Doch als sie den oberen Treppenabsatz erreichte, glaubte sie mit einem Mal wieder, Schritte zu hören. Das Patschen nackter Füße. Sie stand ganz still und lauschte, auch wenn ihr klar war, dass sich das Geräusch allein in ihrer Fantasie abspielte. Und tatsächlich: Je länger sie hinhörte, desto leiser wurden die Schritte. Bis sie schließlich ganz verstummten. Kopfschüttelnd wandte Zhou sich nach links, wo sich laut Grundriss die beiden Kinderzimmer befinden mussten.

Pippas kleines Reich war in typischen Mädchenfarben gehalten, und überall an den Wänden hingen kleine, beleuchtete Plastikhasen. Dazu gab es einen Wiesenteppich mit Blumen und ein Kinderbett in Form eines Märchenschlosses. Doch trotz des vordergründigen Idylls registrierte Zhous geübter Blick allenthalben Spuren der kriminaltechnischen Untersuchung. Kein Zweifel, die Kollegen hatten auch hier alles genauestens unter die Lupe genommen. Nebenan, in Leons Zimmer, war die Stimmung noch bedrückender. Vermutlich lag es daran, dass der Junge tatsächlich hier gestorben war. Der Läufer neben dem Bett war verschwunden und mit ihm das Blut. Doch das Fehlen der Spuren von Gewalt taten der beklemmenden Atmosphäre keinen Abbruch. Im Gegenteil: Die Tatsache, dass das Zimmer so ordentlich und normal wirkte, machte es fast noch schlimmer.

Das gesamte Szenario wirkt irgendwie klinisch, flüsterte Sebastian Koss hinter Zhous Stirn. *Fast so, als ob es sich um einen Auftragsmord gehandelt hätte …*

»Aber wer, um Himmels willen, sollte diesen Auftrag erteilt haben?«, widersprach sie ihm halblaut. »Wer hätte einen Grund gehabt, den Svenssons das hier anzutun?«

Ein eifersüchtiger Liebhaber vielleicht?

Oder …

Zhou stutzte. Da war etwas, das ihr entging. Doch sosehr sie sich auch bemühte: Es ließ sich nicht greifen.

Seufzend wandte sie sich dem Raum zu, der sie von Anfang an am meisten interessiert hatte: das Schlafzimmer der Svenssons. Obwohl sie sich ein wenig albern vorkam, blieb sie zunächst eine ganze Weile im Türrahmen stehen und versuchte zu analysieren, was sie sah: Ein Bett. Ein riesiger Kleiderschrank. Und vor dem Durchgang zum Bad das viel beschworene Aquarium. Irgendjemand hatte sich der Fische erbarmt, doch das Becken war nach wie vor mit Wasser gefüllt. Allerdings lief weder die Pumpe, noch war das Licht eingeschaltet. Das Ergebnis waren algenverschmierte Scheiben und ein muffiger Gestank, der den gesamten Raum erfüllte wie der Atem der Verderbnis.

Am liebsten hätte Zhou sämtliche Fenster aufgerissen, doch sie nahm sich zusammen und öffnete nur die Türen des Kleiderschranks. Im Inneren des Monstrums herrschte eine Ordnung, die wie der Rest des Hauses nahelegte, dass zumindest einer der beiden Svenssons großen Wert auf Organisation und Übersichtlichkeit gelegt hatte. Eriks Anzüge hingen so akkurat nebeneinander, als befänden sie sich im Showroom irgendeines Edeldesigners. Und auch auf Sonjas Seite fanden sich nur wenige Ausreißer. Zwar entdeckte Zhou hier und da ein hastig herausgezogenes und nicht wieder ganz korrekt zusammengelegtes T-Shirt, und eines der zahlreichen Sommerkleider hing ein wenig schief auf seinem Bügel. Doch von echter Unordnung, wie sie sie aus ihren eigenen Schränken kannte, konnte hier wirklich keine Rede sein. Dennoch hatte sie das vage Gefühl, dass mit diesem Schrank etwas nicht stimmte.

Aber was?

Irritiert schob sie ein paar Bügel hin und her. Betrachtete ein Fach mit Pullovern. Eine Schublade voller Unterwäsche. Versteckt war hier nichts, das hatten die Kollegen von der Kriminaltechnik bereits vor acht Monaten akribisch untersucht. Und doch war da irgendetwas, das nicht ins Bild passte.

Sie ging in die Knie und inspizierte Sonja Svenssons Schuh-Arsenal, das über den Daumen gepeilt gut und gern den Wert eines Kleinwagens besaß. Unter ein Paar Tennisschuhe, das von rotem Sand verfärbt war, hatte die junge Mutter gewissenhaft eine Plastiktüte gelegt. Und auch ihre Winterstiefel standen auf altem Zeitungspapier, sodass sie den Schrankboden nicht verunreinigten.

Was sagt mir das?, überlegte Zhou. Die Svenssons waren ordentlich. Berechenbar. Verlässlich. Und auch – der Gedanke ließ sie zusammenzucken, aber genau so empfand sie es – ziemlich fantasielos.

Sie waren eine von diesen Familien, nach denen Sie im wahrsten Sinne des Wortes die Uhr stellen können, hörte sie wieder Hartmut Rosenthals Stimme. *Aber ich kann mir beim besten Willen nicht vorstellen, welchen Grund Armin Bormann gehabt haben sollte, ein derartiges Massaker anzurichten …*

Irgendwer *hat* dieses Massaker aber angerichtet, dachte Zhou trotzig. Irgendjemand ist an einem nasskalten Novemberabend in dieses Haus gekommen und hat all seine Bewohner getötet. Und auch wenn wir ihn noch nicht kennen: Es gibt einen Grund dafür. Einen Grund und eine Erklärung.

Ihr Blick kehrte zu dem algenverschmierten Aquarium zurück. In der Akte hatte sie gelesen, dass Sonja Svensson und Armin Bormann einander über die Fische kennengelernt hatten. Sonja hatte ein Problem mit ihrem Aquarium gehabt, und Bormann hatte ihr geholfen, weil er sich mit Fischen auskannte.

Ein harmloses Hobby.

Ein paar harmlose Schnappschüsse.

Und doch …

Warum hatte Sonja die verdammten Fotos versteckt, wenn rein gar nichts zwischen ihr und Bormann gewesen war? Was hatte die junge Mutter veranlasst, sie so gewissenhaft vor der Welt zu verbergen, obwohl sie offensichtlich völlig harmlos waren?

Ein leises Knarren ließ sie erschrocken zusammenfahren.

Es war von draußen gekommen. Von der Treppe …

Ich kann sie hören!

Mit einem einzigen Satz kam Zhou auf die Beine und zog ihre Dienstwaffe aus dem Hosenbund. Sie dort zu tragen entsprach keineswegs der Vorschrift, aber sie hatte auf Nummer sicher gehen wollen. Auch wenn dieses Haus vermutlich schon seit acht Monaten von keiner Menschenseele mehr betreten worden war. Mit wild klopfendem Herzen grätschte sie in den Flur vor dem Schlafzimmer … Nichts!

Also doch nur ein Streich ihrer Fantasie!

Ihre Nasenlöcher weiteten sich, als sie krampfhaft versuchte, ihren Atem zu beruhigen. Doch es gelang nicht. Ein klares Zeichen, dass sie unter massivem Stress stand. Aber weshalb? Was war hier, in diesem stillen, verlassenen Haus, das ihr eine derartige Angst einjagte? Oder war das, was sie empfand, gar keine Angst? War es etwas anderes?

Sie hielt inne und horchte in sich hinein.

Angst war bei ihr normalerweise ein Gefühl, das mit der Empfindung von Kälte und Ruhe einherging. Das alle Gefühle und Körperfunktionen einfror, so dass der Verstand sich auf das Wesentliche konzentrieren konnte. Also, was, um Himmels willen, ging hier vor?

Sie stand ganz still und wartete. Und allmählich entspannten sich ihre Muskeln wieder. Der albtraumhafte Augenblick war vorbei. Zhou steckte ihre Waffe wieder weg und wischte sich mit dem Ärmel den Schweiß von der Stirn. Was für eine absolut bescheuerte Idee, hierherzukommen und durch ein dunkles Haus zu tappen wie ein Geist! Was hatte sie sich bloß davon versprochen, sich einen blöden alten Blutfleck anzusehen, wie Capelli es ausdrücken würde? Was suchte sie hier?

»Antworten«, gab sie sich selbst leise zur Antwort. »Antworten …«

Aber hatte sie die gefunden? War sie auch nur einen einzigen Schritt weitergekommen auf diesem Weg, auf dem schon ihre Kollegen gescheitert waren? Sie schüttelte resigniert den Kopf. Rosenthal hatte wieder und wieder betont, dass ihm die Svenssons im Zuge seiner Recherchen als genau das erschienen waren, was man ihnen nachsagte: eine berechenbare, nette, normale Familie. Aber nette, berechenbare Familien werden nicht einfach ermordet, dachte Zhou grimmig. Schon gar nicht auf eine Art und Weise, dass ihnen noch im Tod das Entsetzen ins Gesicht geschrieben steht …

»Nein«, korrigierte sie sich, während ihr Blick zu den Tennisschuhen auf der Plastiktüte zurückkehrte. »Nicht ihnen …«

Nur einer von ihnen.

Nur Sonja.

DREI

Keine Familie kann das Schild heraushängen:
Hier ist alles in Ordnung.

Chinesisches Sprichwort

I

Friedensbrücke, 9. Juli 2015, 1.06 Uhr

Die Gegend um die Friedensbrücke gehörte nicht gerade zu Jonahs bevorzugten Schlafplätzen. Aber vor ein paar Tagen war er dort, wo er sonst nächtigte, mit zwei Junkies aneinandergeraten. Keine normalen Junkies, sondern solche, die selbst im großen Stil dealten und die ihre Sucht schon aus diesem Grund zumindest so weit im Griff hatten, dass sie einem immer und jederzeit gefährlich werden konnten. Und Ärger war wirklich das Letzte, was er im Augenblick gebrauchen konnte.

Schließlich hatte er seit Kurzem wieder eine Perspektive.

Keine Pseudoperspektive von irgendwelchen Sozialorganisationen, die im Gegenzug für ihre Unterstützung lebenslange Dankbarkeit und Konformität erwarteten, sondern eine echte Aussicht. Die Aussicht auf ein selbstbestimmtes Leben jenseits von Brückenpfeilern und U-Bahn-Schächten. Auf ein vernünftiges Einkommen. Eine eigene Wohnung.

Aber echte Chancen waren rar, das wusste Jonah schon lange. Und wenn man sie nicht nutzte, hatte man womöglich auf ewig verspielt.

Das durfte er auf gar keinen Fall riskieren!

Und deshalb ging er Ärger im Augenblick konsequent aus dem Weg. Auch wenn das vielleicht die eine oder andere Unbequemlichkeit nach sich zog. Er sah sich um und überquerte dann eilig die Gleise, die parallel zur Speicherstraße verliefen. Es war bereits weit nach Mitternacht, aber

Jonah hatte noch nie zu den Leuten gehört, die mit dem Einbruch der Dunkelheit automatisch ihre Handlungsfähigkeit einbüßten. Und in letzter Zeit hatte er seinen Alkoholkonsum kontinuierlich heruntergeschraubt, sodass er sich praktisch rund um die Uhr wach und aufnahmefähig fühlte. Er überlegte, wann er das letzte Mal im Schlaf bestohlen worden war, und kam zu dem Schluss, dass es lange her sein musste.

Ein fernes Grollen verriet, dass die kurze Regenpause, die er genutzt hatte, nicht mehr lange anhalten würde. Vom Main her schlug ihm der modrige Geruch abgestandenen Wassers entgegen, und irgendwo in weiter Ferne war das Tuckern eines Bootsmotors zu hören. Ansonsten war es bemerkenswert still, wenn man bedachte, dass er sich im Herzen einer der quirligsten Metropolen des Landes befand.

Die Brückenpfeiler zierten zahllose Graffiti. Seit Neuestem galten die schreiend bunten Werke hier ganz offiziell als Kunst und waren entsprechend autorisiert, doch dadurch schien der Ort – zumindest bei den Sprayern – viel von seinem Reiz eingebüßt zu haben. Jonah blieb stehen und betrachtete die großformatigen Schriftzüge an der Mauer neben den Rampen, die man für die Skater aufgestellt hatte. Ja, dachte er, das hier ist alles viel zu organisiert, um Kunst zu sein. Wahrscheinlich musste man sogar irgendeinen bescheuerten Antrag stellen, um diese Flächen gestalten zu dürfen …

Schriftzug »FUCK«, vier mal zwei Meter, abstrakt.

Kopfschüttelnd wuchtete er den Rucksack mit seiner Habe auf den sandigen Beton und sah sich nach einem geeigneten Schlafplatz um. Er schien der Einzige zu sein, der in dieser Nacht hier Quartier bezog. Doch das war eigentlich kein Wunder: Unter dieser verdammten Brücke zog es wie Hechtsuppe!

Er überlegte, ob er einfach wieder gehen sollte, aber alle anderen Orte, die ihm einfielen, hätten einen längeren Fußmarsch bedeutet. Und inzwischen hatte er wirklich keine Lust mehr, noch lange weiterzuziehen. Wenn man auf der Straße lebte, konnten sich die Tage ganz schön in die Länge ziehen, auch wenn der Sommer die mit Abstand angenehmste Zeit des Jahres war.

Was soll's, dachte er, den nächsten Winter verbringe ich vielleicht schon in meinen eigenen vier Wänden! Seine Finger tasteten nach der Visitenkarte, die der Fremde ihm vor etwas mehr als zwei Monaten zugesteckt hatte und die er seither wie seinen Augapfel hütete. Sie war aus schwerem, kostbarem Papier gefertigt. Cremeweiß mit dunkelgrauer Schrift: GALERIE MAX EBEL. An- und Verkauf.

Automatisch musste Jonah an die Bilder denken, die er gemalt hatte, als er noch zur Schule gegangen war. Und an den Brief, den seine Klassenlehrerin seiner Mutter geschrieben hatte. Frau Frey möge doch bitte bei Gelegenheit einmal zu ihr in die Sprechstunde kommen, ihr sei da etwas aufgefallen.

Als seine Mutter nach dem Gespräch nach Hause gekommen war, hatte sie geweint. »Seine Lehrerin vermutet eine psychische Erkrankung«, hatte sie ihrem damaligen Lebenspartner erzählt, an dessen Namen Jonah sich nicht mehr erinnern konnte. »Sie sagt, er male immer solche Sachen …«

Solche Sachen …

Jonah bedachte die genormten Graffiti an der Wand vor sich mit einem finsteren Blick. Die »Sachen« waren seine Art gewesen, sich auszudrücken. Und seine Welt war nun einmal nicht blau und gelb und pink gewesen. Seit sie seinen Vater abgeholt und in die Psychiatrie gebracht hatten, war sie ihm, im Gegenteil, hauptsächlich dunkelbraun vorgekommen. Mit ein paar deutlichen Akzenten in knallig aggressivem Lila. Und genau das drückte er in seinen Bildern aus. Bis heute.

Manche Menschen, die an seinen Kreidezeichnungen auf dem Asphalt vorbeischlenderten, nannten die Motive, die er malte, auch jetzt noch krank. Andere, die interessiert und freundlich guckten, bezeichneten sie als »kraftvoll« oder »außergewöhnlich« und warfen einen Fünfziger in den alten Kaffeebecher, den er immer und überall dabeihatte. Doch im Grunde hatte er sich nie groß darum geschert, was die Leute über seine Bilder dachten. Bis zu jenem sonnigen Morgen im April, als ein älterer Herr in einem eleganten grauen Anzug neben ihm und seinem Becher stehen geblieben war.

»Was glotzen Sie so?«, hatte Jonah gefragt, als der Unbekannte auch nach fünf Minuten noch keine Anstalten gemacht hatte, wenigstens ein paar Cent springen zu lassen.

Und der Fremde hatte ihn angelächelt, eine Visitenkarte aus dem Portemonnaie gezogen und sie mit den Worten: »Wenn es Ihnen gelingt, Ihr Leben in den Griff zu kriegen, rufen Sie mich bitte an« zu den Münzen in Jonahs Becher gesteckt.

»Wozu?«, hatte Jonah ihm nachgerufen.

Und der Alte hatte sich umgedreht und geantwortet: »Ich mag Ihre Bilder und würde sie gern ausstellen. Aber ich arbeite grundsätzlich nicht mit Junkies. Also melden Sie sich erst, wenn Sie wirklich clean sind. Falls Sie das jemals schaffen sollten …«

Dann war er in der Masse der Passanten verschwunden.

Seltsamerweise hatte diese flüchtige und streng genommen auch völlig unverbindliche Begegnung Jonahs Leben komplett auf den Kopf gestellt. Und inzwischen war er kurz davor, die Nummer auf der Karte guten Gewissens anrufen zu können, um herauszufinden, ob Max Ebel es ernst gemeint hatte mit seinem Angebot.

Er fürchtete sich vor diesem Anruf. Aber ihm war auch klar, dass er dem Herrn im grauen Anzug schon jetzt viel zu verdanken hatte, unabhängig davon, was letzten Endes dabei herauskam. Auf eine stille, geheimnisvolle Weise hatte Max Ebel ihn dazu gebracht, über sich selbst nachzudenken. Und dabei hatte Jonah ganz nebenbei herausgefunden, was für ihn wirklich zählte. Das war mehr, als er in seinem gesamten vorherigen Leben zustande gebracht hatte. Und vermutlich auch mehr, als die meisten anderen Menschen für sich in Anspruch nehmen konnten. Also hatte er in jedem Fall gewonnen. Selbst wenn die Nummer auf der Karte sich als nutzlos erwies.

Jonah seufzte und zerrte seinen Rucksack hinter eine der Rampen, die ihm hoffentlich ein wenig Schutz vor der pfeifenden Zugluft bieten würden. Dann zog er die Wodkaflasche, die er vor drei Tagen gekauft hatte, aus der Seitentasche seines Rucksacks und stellte zufrieden fest, dass sie noch immer halbvoll war. Kein Zweifel, er war auf einem guten Weg. Und seit er so viel weniger konsumierte, hatte er hin und wieder sogar Geld übrig. Letzte Woche war er im Waschsalon gewesen und hatte seinen Schlafsack gewaschen. Und seither freute er sich jeden Abend auf den frischen Duft, der dem zerschlissenen Stoff entströmte. Nach acht Jahren auf der Straße hatte er schon fast den Sinn für solche Dinge verloren gehabt. Aber auf einmal, so stellte er verwundert fest, war ihm dergleichen wieder wichtig.

Sauberkeit. Vorzeigbarkeit. Ordnung.

Er sah zum Fluss hinunter, der tiefschwarz und glänzend gegen die Brückenpfeiler schwappte. Vermutlich wimmelte es hier von Ratten!

In das gleichförmige Geräusch der Wellen mischte sich das Prasseln des just in diesem Moment wieder einsetzenden Regens. Eine wildromantische Sinfonie der Natur, der Jonah eine ganze Weile andächtig lauschte, bevor er seinen Schlafsack richtete. Doch das grelle Licht zweier Frontscheinwerfer ließ ihn mitten in der Bewegung innehalten.

Geblendet tauchte er in den Schatten der Rampe, während das Fahrzeug über den Bordstein vor den Gleisen holperte und in einer der wenigen Parktaschen in unmittelbarer Nähe der Brücke zum Stehen kam. Das Motorengeräusch verstummte, und von einer Sekunde zur anderen war es wieder dunkel.

Jonah lugte vorsichtig um die Ecke.

Aus irgendeinem Grund interessierte ihn, was da vor sich ging. Vielleicht war es jener Instinkt, der für das Überleben auf der Straße unabdingbar war. Oder schlicht Neugier. Jedenfalls entdeckte er den Wagen zwischen zwei Wohnmobilen, die offenbar jedoch schon längere Zeit nicht benutzt worden waren. Zumindest sahen sie so aus. Da er keine Autotür gehört hatte, musste der Fahrer noch im Wagen sitzen. Aber …

Er fuhr erschrocken zusammen, als das gedämpfte Geräusch eines Schusses an sein Ohr drang. Darauf folgte eine lange, atemlose Stille.

Jonah verharrte wie erstarrt. In was für eine elende Scheiße war er da bloß hineingeraten?

Er ging langsam und vorsichtig in die Knie und lauschte angestrengt in die Dunkelheit hinter der Rampe. Dort, wo die Brücke keinen Schutz bot, prasselte der Regen in stetig wachsender Intensität auf Asphalt und Rasenflächen. Doch Jonah wagte es nicht, noch einmal einen Blick um die Ecke zu riskieren. Stattdessen ließ er seinen Rücken am Holz der Rampe hinuntergleiten und wickelte sich fest in seinen Schlafsack.

Keine Sekunde zu früh, wie sich herausstellte, denn plötzlich war da ein neues Geräusch. Es manifestierte sich aus dem Plätschern des Wassers und hallte von den hohen Pfeilern wider. Jonahs erfahrene Sinne hatten es längst identifiziert. Es war der unverkennbare Klang von Schritten, die selbstbewusst und zielsicher auf seine Rampe zusteuerten.

Sein Puls schnellte hoch. So hoch, dass er kaum noch Luft bekam. Und er wusste auch, dass ihm nicht mehr viel Zeit blieb. Mit einer Hand riss er den Reißverschluss hoch. Mit der anderen schnappte er sich die Wodkaflasche und goss sich den restlichen Inhalt über das Gesicht und über seinen wunderbar sauberen Schlafsack.

Dann schloss er die Augen und fing an zu beten.

2

Polizeipräsidium Frankfurt, Abteilung für Kapitaldelikte, Büro Em und Zhou, 9. Juli 2015, 9.05 Uhr

»Oh ... Danke schön!« Gerührt betrachtete Zhou die liebevoll gearbeitete Handyhülle, die ihre Partnerin ihr mit verschwörerischem Ernst überreicht hatte.

»Das ist Qiu Niau«, erklärte sie, und Zhou konnte sich gerade noch zurückhalten, einmal mehr ihre Aussprache zu korrigieren. »Er ist gelb.«

»Ach, wirklich?«

»Quatsch!« Capelli schüttelte unwillig den Kopf. »Was ich sagen wollte, ist, dass dieser Qiu Niau ...«

Qui Niu!

»... als sehr friedfertig gilt. Und er erkennt jede Stimme auf der Welt allein an ihrem Klang. Ist das nicht toll? Aus diesem Grund gilt er auch als Schutzpatron der Instrumente und Musiker. Und bestimmt auch für Ballett oder so.«

Zhou nickte. Einen Grundkurs in chinesischer Mythologie hatte sie bislang noch von keinem ihrer europäischen Kollegen bekommen! Aber bitte, warum nicht?

Für Ballett oder so …

»Und du?«, fragte sie.

»Wen ich beschütze?«

»Nein, welchen Drachen du bekommen hast …«

»Ach so.« Ein ziemlich verlegenes Lachen. »Meiner ist Bi'an.«

»Der Unbestechliche, hm?« Zhou warf einen pflichtschuldigen Blick auf die Tasche, die ihre Partnerin ihr voller Stolz unter die Nase hielt. »Die Kleine hat ein gutes Auge.«

»Oh ja, das hat sie«, nickte Capelli. »Sie war übrigens der Meinung, dass wir etwas gemeinsam haben sollten.«

Zhou zog überrascht die Brauen hoch, hütete sich jedoch, irgendeinen Kommentar dazu abzugeben.

Doch leider waren nicht alle Menschen in ihrem Umfeld so diskret wie sie: »Scheiße, noch mal, habt ihr jetzt etwa auch noch die gleichen Handytaschen?«, entfuhr es Gehling, der gerade zur Tür hereinschneite. Sein Laptop klemmte unter seinem rechten Arm, und in der freien Hand balancierte er eine Literflasche Cola Zero, eine Großpackung Snickers sowie einen XXL-Eimer Popcorn. Offenbar sein Frühstück.

»Diese Taschen wurden zwar von derselben Künstlerin gefertigt«, entgegnete Capelli würdevoll, »aber von der Optik her sind sie ja wohl grundverschieden.«

Gehling blieb stehen und besah sich die strittigen Objekte genauer. »Sie sind beide schwarz mit 'nem Drachen drauf, oder nicht?«

»Und dein Auto hat genauso einen Motor und einen

Scheibenwischer wie meins«, fiel sie ihm ins Wort. »Haben sie deshalb was gemeinsam?«

Er hob abwehrend die Hände. »Ich finde alle beide schön, okay?«

Doch auch diese versöhnliche Feststellung konnte Capelli nicht besänftigen. »Aber was erwarte ich?«, fauchte sie. »Du bist halt ein Kerl! Da kann man keinen Sinn für Design und Ästhetik voraussetzen.«

»Ich ...«

»Und lass dir eins gesagt sein«, fiel sie dem bemitleidenswerten Kollegen mit Blick auf dessen Popcorn-Eimer umgehend wieder ins Wort. »Wenn du mit deinem Körper weiterhin so lieblos umgehst, erlebst du nicht mal deinen Dreißigsten!«

Gehling kannte sie lange genug, um zu wissen, wann sich Diskussionen lohnten und wann er besser still war. »Ich habe übrigens die Informationen, die ihr wolltet«, sagte er hastig. »Über Melissa Welsch und ihren Mann.«

Capelli setzte sich rittlings auf einen Stuhl und rollte hinter ihm her. Etwas, das ihn sichtlich nervös machte, sodass er sich für seine Verhältnisse überaus zügig für einen Platz in der Nähe der Fensterbank entschied.

»Und?«, fragte sie, als er endlich saß.

»Über Matteo gibt's nicht viel zu berichten«, antwortete Gehling und klappte Schutz suchend seinen Laptop auf. »Er hat BWL studiert, aber die Firma, bei der er angestellt war, ist pleitegegangen. Danach hat er sich in buchstäblich alle Richtungen beworben, aber nur Absagen kassiert. Also hat er sich entschlossen, erst mal in Immobilien zu machen.«

Capelli verzog das Gesicht. »Läuft das?«

Gehling nahm einen Schluck von seiner Cola. »Sagen wir, er hat sein Auskommen, aber sie können keine allzu großen Sprünge machen.«

»Und seine Frau? Arbeitet die auch?«

»Ja, sie ist Dekorateurin bei einer großen Modekette.«

»Ich dachte, sie hat studiert?«, bemerkte Zhou, die sich ebenfalls einen Stuhl herangezogen hatte.

»Innenarchitektur«, nickte Gehling. »Allerdings hat sie ihr Studium nicht zu Ende gebracht.«

»Warum nicht?«

Seine Finger flogen routiniert über die Tastatur. »Nach allem, was man über sie zu hören kriegt, scheint sie recht labil zu sein. Und zwar nicht erst seit dieser Sache mit Bormann«, kam er Zhous nächster Frage zuvor. »Der Vater ist an einer seltenen Form von Blutkrebs gestorben. Da war Melissa gerade mal elf. Und mit ihrer Mutter ist sie anscheinend noch nie besonders gut klargekommen.«

Zhou betrachtete ihre Fingernägel, die ausnahmsweise nicht lackiert waren. »Und hast du auch irgendwas über ihren angeblichen Zusammenbruch rauskriegen können?«

Der junge Kollege schüttelte bedauernd den Kopf. »Ich weiß nur, dass sie im fraglichen Zeitraum stationär behandelt wurde.«

»Du meinst in der Psychiatrie?«

»Ja, offenbar.« Gehlings Augen klebten an seinem Monitor. »Ihre Krankenakte kann ich natürlich nicht so ohne Weiteres einsehen, aber nach dem, was ich anhand der Medikamente ablesen kann, die über ihre Kasse abgerechnet wurden, scheint es sich eher um eine Form von Angstzuständen gehandelt zu haben.«

»Angstzustände«, wiederholte Zhou nachdenklich.

»Ich würde das an deiner Stelle nicht allzu ernst nehmen«, wandte ihr Kollege vorsichtig ein. »Nach allem, was ich in der Kürze der Zeit rausfinden konnte, ist Melissa schon in der Schule durch übermäßige Sensibilität aufgefallen. Sie gehörte zu den Mädchen, auf denen alle immer nur rumhacken. Und daran hat sich auch nichts geändert, als sie nach Freiburg an die Uni kam. Allerdings soll sie sich dort in einen Kommilitonen verliebt haben.« Er angelte sich seinen Eimer und mühte sich eine Weile mit dem Deckel ab. »Doch der wollte anscheinend nichts von ihr wissen. Und in dieser Situation traf sie Bormann wieder.«

Zhou nickte. »Die beiden sind in derselben Gegend aufgewachsen, oder?«

»Ja, sogar in derselben Straße. Und zufällig studierten sie beide in Freiburg.«

Wie viel davon tatsächlich Zufall ist, werden wir erst noch klären müssen, widersprach ihm Zhou in Gedanken.

»Bormann kriegte mit, dass es Melissa nicht besonders ging, und er begann, sich um sie zu kümmern«, fuhr Gehling fort, indem er ihnen seinen Popcorn-Eimer unter die Nase hielt. Doch sowohl Zhou als auch ihre Partnerin lehnten dankend ab. »Und so wurde aus den ehemaligen Nachbarskindern ein Liebespaar.«

»Also, ich finde, das klingt eher pragmatisch als romantisch«, resümierte Capelli.

Zhou zog den Saum ihrer Bluse glatt. »Aber es passt zu dem, was die Nachbarn über Bormann sagen.«

»Ach ja?« Sie schien überrascht. »Was sagen sie denn?«

»Dass er nett ist und Schaukeln repariert.«

Gehling schob sich genüsslich eine Handvoll Popcorn in den Mund. »Na und? Es gibt solche Leute.«

»Sicher«, gab Zhou zurück. »Aber normalerweise werden diese Leute nicht des vierfachen Mordes angeklagt.«

Ihre Partnerin zuckte die Achseln. »Wenn es stimmt, was Rosenthal sagt, brauchten sie vielleicht einfach jemanden, den sie vor sich hertreiben konnten.«

Zhou starrte auf das staubige Linoleum zu ihren Füßen hinunter. War es tatsächlich einzig und allein beruflicher

Ehrgeiz, der Benjamin von Treskow so schlafwandlerisch sicher agieren ließ? Der Umstand, dass für ihn nicht sein konnte, was nicht sein durfte? Oder handelte er doch aus tiefster innerer Überzeugung?

Armin Bormann ist ein kaltblütiger Mörder.

»Irgendwann haben sich Bormann und Melissa jedenfalls ganz offiziell verlobt«, fuhr Gehling Popcorn kauend fort. »Ihre Mutter freute sich ein Loch in den Bauch über die Verbindung, denn sie hatte schon befürchtet, dass ihre Tochter bis in alle Ewigkeit Single bleiben würde. Außerdem wünschte sie sich Enkelkinder.«

»Na, zumindest diesem Wunsch scheint sich Melissa ja bis heute erfolgreich verweigert zu haben«, lachte Zhou.

»Desto mehr musste sie sich vermutlich anhören«, bemerkte Capelli mit unüberhörbarem Ärger.

Zhou sah sie prüfend von der Seite an. Bislang kannte sie die Familie ihrer Partnerin nur vom Hörensagen, aber sie wusste, dass Capellis jüngerer Bruder bereits jetzt Vater von drei Kindern war. Ob sie sich seitens ihrer Familie ähnlichem Druck ausgesetzt sah?

»Übrigens ist Melissa sehr zurückhaltend, was private Informationen angeht«, schmatzte Gehling unterdessen munter weiter. »Und über ihren Mann habe ich auch nicht viel mehr gefunden, als dass er vor Kurzem einen Grillkurs bei einem Sterne-Koch gemacht hat und ziemlich gut Tennis spielt.«

Zhou hob den Kopf und starrte ihn an.

»Ist was?« Gehling wirkte verunsichert. Mit einer fahrigen Bewegung wischte er ein paar Krümel von seinem Shirt.

Doch Zhou war zu sehr mit ihren Gedanken beschäftigt, um ihn zu beruhigen. Seit sie gestern Abend im Haus der Svenssons gewesen war, quälte sie das Gefühl, dort etwas wirklich Wichtiges übersehen zu haben. Aber bisher hatte sie dieses Gefühl nicht einordnen können. Jetzt allerdings fiel es ihr wie Schuppen von den Augen: »Die Schuhe!«

In Capellis Bernsteinaugen lag blankes Unverständnis. »Was für Schuhe?«

»Da war ein Paar Tennisschuhe in Sonja Svenssons Schrank. Auf einer Plastiktüte, damit der rote Sand nicht alles dreckig macht.«

»Ja und?«

»Das Problem ist, dass ich nirgendwo Schläger oder Bälle gesehen habe.« Zhou schloss die Augen und ließ in Gedanken noch einmal jeden Raum der Villa Revue passieren. »Weder im Schlafzimmer noch im Hauswirtschaftsraum oder in der Diele.«

»Du warst in diesem Haus?«, fragte ihre Partnerin entgeistert.

Oh, oh …

»Nur ganz kurz«, räumte sie zähneknirschend ein. »Gestern Abend.«

»Ist ja echt nett, dass ich das auch mal erfahre!«

»Es war ein ganz spontaner Entschluss«, verteidigte sich Zhou und konnte sich gerade noch beherrschen, ihrer Partnerin deren eigene Alleingänge unter die Nase zu reiben. Die hatten sie insbesondere zu Beginn ihrer Partnerschaft fast in den Wahnsinn getrieben. »Ich wollte mir ein Bild davon machen, wie sie gelebt haben. Und dabei ist mir aufgefallen, dass sich unter Sonjas Sachen zwar Outdoor-Tennisschuhe befanden, aber eben keine entsprechende Kleidung und auch keine Schläger.«

»Und was sagt dir das?«

»Keine Ahnung. Vielleicht hat sie das Zeug woanders aufbewahrt. Im Gartenhaus zum Beispiel. Oder in einem Spind im Club.«

»Ich glaube, ich hab hier was!«, unterbrach Gehling, der

in der Zwischenzeit schon wieder munter vor sich hin getippt hatte.

Er drehte den Laptop so, dass seine Kolleginnen mitsehen konnten.

»Was ist das?«, fragte Zhou.

»Die Mitgliederliste des TC Gelb-Blau Frankfurt. Und eine weitere Verbindung zwischen unserem Hauptopfer und Matteo Welsch.«

Hauptopfer …

Der Begriff, den er gewählt hatte, ließ Zhou unwillkürlich stutzen. Auch wenn sich die Wahrnehmung, die sich in dieser Formulierung niederschlug, mit ihren eigenen Empfindungen deckte, regte sich tief in ihr augenblicklich Widerspruch. Wer bringt euch eigentlich dazu, euch so auf Sonja festzulegen?, fuhr es ihr durch den Kopf. Warum sind wir alle so sicher, dass sie der Schlüssel zu diesem mysteriösen Fall ist? Nur, weil sie als Letzte getötet wurde?

»Das ist ja krass!«, Capellis spontaner Ausruf riss Zhou aus ihren Gedanken, und sie registrierte, dass sie schon wieder eine neue Grafik vor sich hatten.

»Was ist das?«, fragte sie.

»Die Ergebnisse der letzten Clubmeisterschaft«, antwortete Gehling, und die Aufregung ließ seine Stimme ungewohnt heiser klingen.

»Ja, und?«

»Matteo Welsch und Sonja Svensson haben die Mixed-Konkurrenz gewonnen.« Gehling ließ den Cursor über einem Ergebnis am Ende des Baumdiagramms hin und her zucken. »Und zwar zusammen. Als Paar …«

3

JVA Frankfurt 1, Besucherraum, 9. Juli 2015, 10.01 Uhr

Armin Bormann sah aus, als ob er sich gerade auf den Weg zu einem wichtigen Termin mit seiner Hausbank machen wollte. Lediglich der oberste Knopf seines Hemdes war geöffnet, ein spärliches Zugeständnis an die drückende Schwüle, die auch an diesem Morgen wieder über der Mainmetropole hing. Doch Bormann schien nicht zu schwitzen. Sein ebenmäßiges Gesicht war vollkommen trocken. Obwohl sein dunkles Haar erste Spuren von Grau zeigte, wirkte er jung. Weit jünger, als Em erwartet hatte.

Das Büro der Richterin hatte sie davon in Kenntnis gesetzt, dass der Computerfachmann aller Voraussicht nach bereits in den nächsten Tagen freikommen würde.

»Die Indizien sind nicht so erdrückend, dass Herrn Bormanns weiterer Verbleib in U-Haft zu rechtfertigen wäre«, hatte ein motivierter Büroleiter ihr am Telefon erklärt. Außerdem bestehe nach Ansicht des Gerichts keine akute Fluchtgefahr.

Em hatte nicht gefragt, woran die Richterin das festmache. Sie wusste viel zu genau, dass es um weit mehr ging als darum, einen einmal gemachten Fehler nach Möglichkeit wiedergutzumachen.

Prestige, das ist es, was zählt …

»Das sieht ja alles ganz gut aus für Sie«, begann sie fröhlich, doch Bormann ließ sich nicht den Hauch eines Lächelns entlocken.

Schauen wir mal, besagte sein Blick.

»Dürfen wir Ihnen ein paar Fragen stellen?«

Einen Moment lang trafen sich ihre Blicke. Ein kurzes, aber gründliches Taxieren. Dann ließ er den Kopf wieder sinken. »Sie wären die Erste, die mich deswegen um Erlaubnis fragt.«

»Es geht um Ihre Exverlobte.«

Seine Pupillen weiteten sich. »Melissa?«

Em nickte. Immerhin erinnerte er sich an ihren Namen!

»Was ist mit ihr?«

»Trifft es zu, dass Ihre damalige Verlobte sich von Ihnen trennte, nachdem Sie sie mit einer anderen Frau betrogen hatten?«

Bormann seufzte mit der Intensität eines Mannes, der es bereits vor langer Zeit aufgegeben hatte, sich gegen die ewig gleichen Vorwürfe zur Wehr zu setzen. Die Folge war, dass seine Antwort seltsam glatt gebügelt ausfiel. Fast so, als habe er sie vor langer Zeit auswendig gelernt. »Ja, ich habe Melissa betrogen«, erklärte er müde. »Es war bloß ein Ausrutscher. Aber sie war sehr enttäuscht und zog die entsprechenden Konsequenzen.«

Seine Worte erinnerten so frappant an Benjamin von Treskows Auftritt in der Damentoilette des Präsidiums, dass Em automatisch zu Zhou hinüberschielte. Doch dieses Mal gab sich ihre Partnerin nicht die geringste Blöße.

Dafür war Bormanns sensiblen Sensoren nicht entgangen, dass da offenbar etwas Persönliches im Busch war, denn er zog interessiert die Stirn kraus.

Na, toll!

Warum verrätst du ihm nicht gleich alles über dich?

Für den Fall, dass er mal nach deiner Schwachstelle sucht …

Em biss sich auf die Lippen. »Waren Sie traurig über das Ende Ihrer Beziehung?«

»Ich musste mich wohl oder übel damit abfinden.«

Bei aller Routine schien ihm das Thema nicht sonderlich zu behagen. Em bemerkte einen Schatten auf seinem Gesicht. Wie eine Wolke, die sich plötzlich vor die Sonne schob. »Haben Sie irgendwelche Anstrengungen unternommen, um Melissa zurückzugewinnen?«

»Nein.« Es schien ihn zu überraschen, dass man überhaupt auf eine solche Idee kommen konnte. »Aber ich …« Sein Blick wurde unstet. »Ich verstehe nicht, was diese ollen Kamellen mit dem Svensson-Fall zu tun haben.«

Er spricht über die Morde wie ein Unbeteiligter, notierte Em in Gedanken.

Der Svensson-Fall …

Ihr war klar, dass sie es auch mit einer bewussten Irreführung zu tun haben konnte. Sie hielt Bormann für extrem intelligent und obendrein für einen brillanten Analytiker. »Oh, mit den Svenssons hat das gar nichts zu tun«, antwortete sie. »Zumindest nicht auf den ersten Blick.«

Ihre Formulierung gab ihm offenbar zu denken. Aber selbst das versuchte er zu überspielen.

»Warum haben Sie Melissa betrogen?«

Um Bormanns schmale Lippen spielte ein belustigtes Lächeln. »Fragen Sie mich das im Ernst?«

Sie nickte. »Sicher.«

»Bestimmt nicht.«

»Trotzdem ist es passiert.«

»So was passiert andauernd.«

Treffer!, dachte Em. Aber sie bemerkte auch die Vorsicht in seinen Augen, als er sich zurücklehnte und die Arme vor der Brust verschränkte.

»Sie haben es nicht vielleicht bewusst darauf angelegt, Melissa zu vergraulen?« Zhous Angriff kam völlig ansatzlos, und um dem Ganzen noch eine Extraportion Nachdruck zu verleihen, bohrte sich ihr Sezierblick punktgenau zwischen Bormanns Augen.

»Wieso sollte ich?«

»Nun, wir haben gehört, dass Sie so gar nicht begeistert waren von dem Tempo, das Melissas Mutter damals an den Tag legte.«

Bormann ließ die Arme sinken. »Ich war einundzwanzig«, er schien aufgebracht. »Da können sich vermutlich die meisten Männer noch nicht vorstellen, dass sie bald ...«

»Windeln wechseln und Bausparverträge abschließen?«

Zhous ungebremste Angriffslust schien ihn zu ärgern, doch er hatte sich umgehend wieder im Griff. »Ja«, knurrte er. »So ähnlich.«

»Ihre Verlobte hat die Sache aber nicht ganz so locker gesehen, oder?«

Und augenblicklich war sie wieder da, die finstere Wolke über seiner erstaunlich trockenen Stirn. »Sie hat sich sehr anständig verhalten.«

Zhou stand auf und beugte sich quer über den Tisch, bis ihr Gesprächspartner automatisch zurückwich. Es waren nur wenige Zentimeter, die Bormann nachgab, aber sie waren enorm bezeichnend. »Einen Suizidversuch zu unternehmen empfinden Sie also als sehr anständig?«

»Suizid?« Er schüttelte irritiert den Kopf. »Davon weiß ich nichts ...«

»Davon weiß sogar Ihre Nachbarin«, hielt Zhou ihm entgegen.

»Ach so ...« Jetzt lächelte er plötzlich. »Daher haben Sie das ...«

»Soll das heißen, es stimmt nicht?«

»Zumindest weiß ich nichts davon«, wiederholte Bormann trotzig. »Mehr kann ich Ihnen dazu nicht sagen.«

Keine Ahnung, warum, dachte Em, aber in diesem Punkt glaube ich ihm.

Zhou hingegen schien wild entschlossen, ihn noch weiter in die Enge zu treiben. »Haben Sie noch Kontakt zu Melissa?«

»Seit damals nicht, nein.«

»Und Sie sind Ihrer Exverlobten auch nie wieder … sagen wir: zufällig begegnet?«

»Nein, verdammt!« Allmählich hatte er genug. »Und überhaupt: Was soll das alles? Warum fragen Sie mich danach? Das ist doch lange vorbei.«

Doch Zhou ließ sich nicht aus dem Konzept bringen. »Ist Ihnen bekannt, dass Melissa inzwischen anderweitig verheiratet ist?«

Der Computerfachmann verzog keine Miene. »Ach, wirklich?«, sagte er nur. »Das freut mich für sie.«

»Melissas jetziger Mann ist Immobilienmakler«, warf Zhou umgehend den nächsten Köder aus, wobei sie ihre Formulierungen offenbar bewusst so wählte, dass sie die größtmögliche Reibefläche boten.

Melissas jetziger Mann …

»Schön für ihn.«

»Sein Name ist Matteo. Matteo Welsch. Kennen Sie ihn?«

»Nein.«

Zur Missbilligung des Wachmannes schlenderte Zhou langsam um den Tisch herum. Doch wieder zeigte Bormann keinerlei Reaktion. Kein verräterisches Zucken der Mundwinkel. Keine noch so kleine Verspannung. Nicht einmal ein Wimpernschlag verriet, was er wirklich empfand. Als sie direkt hinter ihm stand, fragte Zhou: »Hatten Sie eine Affäre mit Sonja Svensson?«

Bormanns Kopf ruckte herum, und ein paar atemlose Sekunden lang verkeilten sich ihre Blicke ineinander. Dann wandte er sich wieder ab. »Dazu möchte ich mich nicht äußern.«

»Leider wird Ihnen nicht viel anderes übrig bleiben, als sich zu äußern«, stellte Zhou sachlich fest, während sie an ihren Platz zurückkehrte. »Denn die Antwort auf diese

Frage wird eines der Kernthemen des anstehenden Prozesses sein.«

Em hätte eigentlich erwartet, dass Bormann sie spätestens jetzt darauf hinwies, wie fraglich es sei, ob der Prozess überhaupt stattfand. Doch er tat nichts dergleichen. Stattdessen sah er Zhou direkt in die Augen. »Wissen Sie, dass Sie mich an meinen Anwalt erinnern?«

»Tatsächlich?«

Er nickte. »Der ist auch einer von denen, die wider besseres Wissen daran glauben, dass allein die Tatsache, im Recht zu sein, etwas Gutes bewirke. Außerdem trägt er seinen Kugelschreiber grundsätzlich in der rechten Jackentasche, genau wie Sie.«

Er hat uns mindestens so gut analysiert wie wir ihn, schloss Em mit leisem Unbehagen.

Und auch Zhou hatte automatisch an die Tasche ihres Blazers gefasst. Der Ärger über diese unbewusste, aber verräterische Reaktion stand ihr noch ins Gesicht geschrieben, als sie betont lässig erwiderte: »Stimmt. Allerdings ist Herr Schubert im Gegensatz zu mir Linkshänder ... Verraten Sie mir jetzt, ob Sie eine Liebesbeziehung mit Sonja Svensson hatten?«

Em registrierte ein leises Flackern in den Augen ihres Gegenübers. »Sonja ist tot. Muss man ihr da wirklich unbedingt noch etwas Schlechtes nachsagen?«

Zhou sah ihn an. »Ist das ein Ja?«

»Machen Sie daraus, was Sie wollen«, gab er zurück. »Und bevor Sie mich jetzt darauf hinweisen, dass ich mich mit meiner Art in Teufels Küche bringe: Das hat mein geschätzter Herr Verteidiger auch schon versucht. Und zwar erfolglos.« Er verschränkte die Arme vor der Brust. »Ich beteilige mich nicht an der Demontage einer Frau, die sich nicht mehr wehren kann.«

»Diese Aufnahmen, die Sie mit Sonja zeigen«, Zhou

schien nicht im Mindesten beeindruckt, »wer hat die gemacht?«

Bormann verdrehte die Augen. »Das Selfie ist von Sonja. Sie fand so was lustig. Die anderen hatte ich noch nie gesehen, bis Ihre Kollegen sie mir gezeigt haben.« Er sah sich nach dem Wachmann um und machte ihm ein Zeichen. »Und jetzt würde ich gern zurück in meine Zelle.«

Zhous Blick suchte Em. *Nageln wir ihn fest?*

Em schüttelte kaum merklich den Kopf. *Das hätte keinen Zweck.*

Zugleich ging ihr ein Satz durch den Sinn, den Sebastian Koss ihr einmal in einem anderen Zusammenhang ans Herz gelegt hatte: *Um jemandem helfen zu können, muss dieser Jemand die Hilfe auch annehmen wollen.*

Armin Bormann wollte das offenbar nicht. Aber vielleicht musste er das auch gar nicht. So, wie die Dinge lagen, würde er vermutlich ohnehin freikommen. Auch wenn ein Schatten des ungeheuerlichen Verdachts, unter dem er gestanden hatte, wahrscheinlich bis in alle Ewigkeit an ihm haften bleiben würde. Es sei denn, es gelang ihnen, den wahren Täter zu finden.

»Vielen Dank, dass Sie zu diesem Gespräch bereit waren«, rief sie dem Mann nach, als er bereits halb aus der Tür war. »Und falls Sie es sich doch noch anders überlegen sollten … Lassen Sie's uns wissen!«

Bormann drehte sich um und blickte ihr unverwandt in die Augen. »Ich habe Sonja nicht getötet«, sagte er fest. »Ich hatte nicht den geringsten Grund, ihr etwas Schlechtes zu wünschen.«

4

JVA Frankfurt I, 9. Juli 2015, 10.47 Uhr

»Warum hast du Bormann gegenüber behauptet, du wärst Rechtshänderin?«

Zhou nahm ihre Handtasche entgegen, die die rundliche Justizvollzugsbeamtin ihr übergab. »Keine Ahnung. Ich habe nicht nachgedacht.«

»Nicht nachzudenken entspricht dir aber nicht.«

»Mag sein.« Sie lachte. »Aber in diesem Fall war's so.«

»Er ist ein verdammt guter Beobachter.«

»Oh ja, allerdings«, nickte Zhou, während sie ihr Smartphone aus der Tasche zog und ihre Nachrichten checkte.

Dass sie ihre Partnerin gerade angelogen hatte, gefiel ihr selbst nicht besonders, aber sie hatte auch nicht zugeben wollen, dass sie im Grunde aus Angst gehandelt hatte. Aus dem unguten Gefühl heraus, durchschaut worden zu sein, in eine Situation gebracht, die nur noch Schadensbegrenzung zuließ.

Ihre Anruferliste verriet, dass Gehling in der Zwischenzeit gleich dreimal versucht hatte, sie zu erreichen. Auf dem Weg zum Parkplatz rief sie ihn zurück.

»Ich weiß ja nicht, ob es wichtig ist«, sprudelte er los, kaum dass die Verbindung stand. »Aber ich habe mich mal mit diesem Tennisclub in Verbindung gesetzt. Und die sagen, dass es dort noch immer einen Spind auf Sonja Svenssons Namen gibt. Vermutlich sei da aber seit letztem November keiner mehr dran gewesen.« Er nannte ihr die Nummer des Schranks. »Soll ich jemanden hinschicken, der sich das Ding mal ansieht?«

»Nicht nötig«, entschied Zhou. »Das übernehmen wir selbst.«

»Was übernehmen wir?«, fragte Capelli.

Zhou erstattete Bericht, während sie die Adresse des TC Gelb-Blau ins Navi tippte.

Eine knappe Viertelstunde später hielten sie auf dem Clubparkplatz. Die Frau, mit der Gehling telefoniert hatte, erwartete sie bereits und führte sie in einen Nebenraum der Damen-Umkleide. Dort händigte sie den beiden Kommissarinnen einen rostigen Spindschlüssel aus und zog sich diskret zurück.

Capelli streifte sich ein Paar Einweghandschuhe über und schob den Schlüssel ins Schloss. »Wie konnte einem erfahrenen Ermittler wie Rosenthal so etwas entgehen?«

Zhou zuckte die Achseln. »Wahrscheinlich sind sie damals in Spuren förmlich erstickt.«

»Tja, vermutlich.«

Aus den angrenzenden Duschen wehte feuchtwarme Badezimmerluft zu ihnen herüber. Es duftete nach Kokos und entfernt auch nach Grapefruit. Die Tür des Spindes war verbeult und machte ein schleifendes Geräusch, als Capelli sie vorsichtig aufzog. Im Inneren befand sich ein großes Fach mit Kleiderstange. Darin stand, neben einer vollgepackten Racket-Tasche und zwei Dosen originalverpackter Bälle, ein weiteres Paar rot verfärbter Outdoor-Tennisschuhe. Darüber befand sich eine Ablage für Kosmetik und ähnliche Dinge.

Während ihre Partnerin die Racket-Tasche öffnete, zog Zhou sich einen Hocker heran und untersuchte die Ablage. Der Deoroller eines Markenparfüms. Duschgel. Shampoo. Außerdem zwei unbenutzte Gästehandtücher und ein Energieriegel. Und dahinter … Zhou hielt den Atem an. Ja! Dahinter steckte tatsächlich noch etwas!

»Was ist das?«, fragte Capelli, die bereits mit der Durchsuchung der Tasche fertig war.

»Fotos.«

»Was für Fotos?«

Anstatt zu antworten reichte Zhou ihr einen Stapel Fotografien, allesamt im Maß 13 x 18. Sie waren offenbar im Rahmen der bereits erwähnten Clubmeisterschaften aufgenommen worden und zeigten die ermordete Zweifach-Mama in inniger Umarmung mit Matteo Welsch.

Capelli sah die Aufnahmen mit gebannter Miene durch. »Was ist das hier?«, fragte sie und hielt ein Foto hoch, das Welsch in Badehose an einem Baggersee zeigte.

»Da sind noch zwei weitere, wo er allein drauf ist«, entgegnete Zhou. »Auf einem trägt er einen Anzug, und auf dem anderen sitzt er am Steuer irgendeines Cabrios.«

»Warum hat eine verheiratete Frau solche Fotos in ihrem Spind?«, bemerkte Capelli stirnrunzelnd.

»Warum hatte sie Fotos von Bormann in ihrem Schlafzimmer?«, gab Zhou zurück, und aus irgendeinem unerfindlichen Grund musste sie plötzlich an die Bilder denken, die Küng ihnen gezeigt hatte. Die Aufnahmen von dem Geld in Thorsten Mohrs Bankschließfach. »Und wenn ihr irgendwer die Bilder untergeschoben hat?«

»Wozu?«

»Keine Ahnung. Vielleicht, um sie bei ihrem Mann in Misskredit zu bringen?«

»In diesem Fall wäre es aber doch Quatsch, die Bilder zu verstecken, oder?«, widersprach Capelli.

»Stimmt.« Zhou blickte nachdenklich auf den gekachelten Boden hinunter. »Das macht keinen Sinn.«

Ihre Partnerin hatte derweil bereits ihr Handy am Ohr. »Ich rufe trotzdem bei der KTU an. Die sollen sich das hier mal vornehmen.«

Während sie telefonierte, warf Zhou einen Blick in die angrenzende Damengarderobe. Die beiden jungen Mädchen, die gerade beim Umziehen waren, wandten die Köpfe nach ihr und warfen ihr vorwurfsvolle Blicke zu.

Okay, okay, dachte Zhou, ich bin ja schon weg!

»Was mich stutzig macht, ist der Umstand, dass Sonja Svensson ansonsten sehr offen mit Privataufnahmen umgegangen ist«, bemerkte Capelli, die ihr Telefonat beendet hatte und inzwischen Sonja Svenssons Facebook-Chronik durchsah, die Gehling rekonstruiert hatte. »Sie hat munter alles und jedes gepostet: ihre Kinder, ihren Garten, ihre neue Bluse …«

Zhou trat neben sie. »Hat sie auch irgendwas zu dieser Clubmeisterschaft gepostet?«, folgte sie einer spontanen Eingebung.

»Augenblick.« Capelli scrollte weiter nach unten, bis sie das entsprechende Datum gefunden hatte. »Ja, hat sie.«

»Lass sehen!«

»Im Zusammenhang mit diesem Turnier gibt es insgesamt vier Posts. Der Erste ist ein Foto des Spielplans für das Damen-Einzel. Dazu schreibt Sonja: DAS WIRD NICHT LEICHT!!!« Sie scrollte wieder ein Stück zurück. »Als Nächstes postete sie diesen Screenshot eines Videospiels mit dem Schriftzug GAME OVER und dem Kommentar: WIE SCHADE, RAUS IN RUNDE DREI!«

Zhou betrachtete die drei weinenden Smileys, die hinter dem letzten Ausrufezeichen tanzten. Genau wie hinter der Absage für ihre verpasste Abiturfeier, dachte sie.

Hab jmd. kennengelernt. Ist alles ein bisschen kompliziert grade …

»Aber jetzt wird's erst richtig interessant!«, verkündete Capelli. »Einen Tag später schreibt sie: NEUE CHANCE, NEUES GLÜCK!«

»Wie doppelbödig«, bemerkte Zhou mit einem Anflug von Sarkasmus.

»Ja, nicht wahr?« Ihre Partnerin kicherte. »Und das Ganze hat sie auch noch mit einem Bild von zwei sehr nah beieinanderliegenden Tennisbällen unterlegt, siehst du?«

»Na, toll! … Und weiter?«

»Als Letztes hätten wir da noch ein Foto des Siegespokals.« Sie zog die Aufnahme mit den Fingern groß. »Kommentar: FINALLY: WE ARE THE CHAMPIONS!!!«

»Okay«, sagte Zhou. »Aber von den Bildern, die sie mit Welsch zeigen, war keines dabei, oder?«

Capelli schüttelte den Kopf. »Nein. Weder hier noch in der Galerie. Es gibt nur die Bälle, die Meldeliste und den Pokal.«

»Die Sache an sich ist ihr wichtig«, analysierte Zhou. »Aber sie vermeidet es offenbar bewusst, allzu persönlich zu werden. Obwohl es eine schiere Unzahl von Fotos gibt, die sie und Welsch beim Siegen zeigen.«

»Seltsam, nicht wahr?«, murmelte Capelli.

»Allerdings.«

5

Niederrad, Haus von Melissa und Matteo Welsch, 9. Juli 2015, 13.52 Uhr

»Meinen Mann?« Melissa Welsch trat vor die Haustür, als wollte sie um jeden Preis verhindern, dass ihr heiliges Zuhause mit etwas so Profanem wie zwei Kriminalbeamtinnen in Berührung kam.

»Ja, genau.« Capelli stemmte eine Hand gegen das Holz des Türrahmens, um klarzumachen, dass sie sich nicht so einfach abschütteln ließ. »Ist er da?«

»Nein, tut mir leid. Er ist bei einem Kunden.« Ihre Haare waren blond, die Haut blass, beinahe durchscheinend, und voller Sommersprossen. Wie ein Aquarell, dachte Zhou, die sich lebhaft vorstellen konnte, dass sich Melissa Welsch regelmäßig über ihre fehlenden Kontraste ärgerte. Dass sie sich farblos vorkam. Die einzige Ausnahme in dem ätherischen Gesamteindruck bildeten Melissa Welschs große, tiefbraune Augen.

Zhou hätte nicht sagen können, was sie erwartet hatte, aber sie war von Melissa Welschs Erscheinung überrascht. Eine interessante Frau, zweifelsohne. Aber so gar nicht das, was Männer gemeinhin attraktiv fanden.

»Können Sie ungefähr sagen, wann Ihr Mann zurückkommt?«, fragte sie, wobei sie sich verwundert dabei ertappte, besonders sanft zu sprechen.

»Nein, leider nicht.« Melissa Welsch zupfte die Träger ihres taubenblauen Stricktops zurecht. Dazu trug sie einen schmal geschnittenen, knielangen Jeansrock. Sie war auffallend schlank und nicht gerade klein. Trotzdem wirkte sie erschreckend zerbrechlich. »Das hängt immer sehr stark von dem jeweiligen Kunden ab.«

Capelli machte einen Schritt auf sie zu. »Dürfen wir trotzdem kurz hereinkommen?«

Zhou rechnete fest damit, dass sie ablehnen würde. Doch nach kurzem Zögern trat Melissa Welsch zur Seite.

»Selbstverständlich«, sagte sie. »Kommen Sie.«

Durch das moderne, geschmackvoll eingerichtete Wohnzimmer gelangten sie auf die Terrasse hinaus, wo im Schatten eines cremefarbenen Sonnenschirms eine Sitzgruppe aus dunklem Holz stand. Ganz ähnlich wie die Terrasse der Svenssons, dachte Zhou mit leisem Befremden. Zugleich fragte sie sich, wie sich die Welschs ein solches Haus leisten konnten. Immerhin waren sie im Gegensatz zu den Svenssons beide gezwungen, einen Job zu machen, der weder ihren ursprünglichen Zielen noch ihrer Qualifikation entsprach. Und der vermutlich auch nicht allzu gut bezahlt wurde.

»Möchten Sie etwas trinken?«, fragte die Hausherrin, und erst jetzt registrierte Zhou, dass es nach Essen roch. Nach irgendetwas Gebratenem. Immerhin war grob gerechnet noch immer Mittagszeit.

»Nein, danke«, antwortete ihre Partnerin, bevor Zhou reagieren konnte. »Wir haben nur ein paar kurze Fragen.«

»Dann setzen Sie sich doch bitte.«

Capelli nickte und wählte eine bequeme Dreier-Sitzbank, während Zhou auf einem der Stühle Platz nahm. Melissa Welsch blieb einen Moment unschlüssig stehen und entschied sich dann ebenfalls für einen Stuhl. Die dezent gemusterten Polster zeigten deutliche Gebrauchsspuren. Und auch der Rasenmäher, der unter einer der Hecken stand, hatte schon bessere Tage gesehen.

»Kennen Sie diese Frau?«, fragte Capelli und hielt Melissa Welsch ihr Tablet mit Sonja Svenssons Foto unter die Nase.

»Ist das nicht ...?« Sie unterbrach sich, und Zhou fiel auf, dass sie gehetzt wirkte. Wie ein Mensch, der seit Langem auf der Flucht war. »Das ist Sonja Svensson, oder?«

Ihre Partnerin bejahte. »Kannten Sie sie?«

»Nein, ich ... Ich habe sie nicht gekannt. Nicht persönlich, meine ich. Aber der Fall ging ja damals durch alle Medien«, fügte sie wie zur Entschuldigung hinzu.

»Und was ist mit Ihrem Mann?«, ging Capelli ohne zu Zögern in die Vollen. »Kannte er Frau Svensson?«

»Matteo?« Der Name kam ihr so holprig über die Lippen, als hörte sie ihn heute zum ersten Mal. »Nein. Ich meine, ich weiß nicht. ... Woher sollte er sie gekannt haben?«

Anstelle einer Antwort hielt Capelli ihr wieder das Tablet hin. Dieses Mal mit einem Foto der Clubmeisterschaften.

Ihr Teint schien noch eine Nuance heller zu werden, und ihr Blick verschleierte sich. Doch alles, was sie sagte, war: »Oh. ... Ja, natürlich.«

»Spielen Sie auch Tennis?«, erkundigte sich Zhou, um Melissa Welsch eine Gelegenheit zum Durchatmen zu geben.

Die braunen Rehaugen blickten sie an. »Nein, leider nicht. Ich bin nicht besonders sportlich.«

Capellis Blicke scannten wenig damenhaft ihren Körper ab, als müsste sie sich persönlich davon überzeugen, dass diese Aussage der Wahrheit entsprach. »Na schön«, sagte sie nach einer provozierend langen Zeit. »Und Ihr Mann hat damals, als der Fall durch die Medien ging, nicht zufällig so etwas gesagt wie: Hey, das ist doch Sonja Svensson, die Frau, mit der ich vor ein paar Wochen das Mixed-Endspiel unserer Clubmeisterschaften gewonnen habe?«

Melissa Welsch blickte an ihr vorbei über die saftig grüne Rasenfläche. »Wir waren sehr erschüttert, als wir hörten, was mit ihnen geschehen ist.«

Sie hat gerade eine Lüge zugegeben, notierte Zhou in Gedanken. Und sie ist die Erste, die ganz selbstverständlich den Plural benutzt, wenn es um die Svenssons geht. Und das, obwohl wir bislang explizit nur von Sonja gesprochen haben.

Wir waren sehr erschüttert, als wir hörten, was mit ihnen geschehen ist …

»Haben Ihr Mann und Frau Svensson schon lange zusammen Tennis gespielt?«, fragte Capelli, indem sie das Tablet auf dem schmiedeeisernen Gartentisch ablegte.

Doch es war nicht Melissa Welsch, die ihre Frage beantwortete, sondern eine angenehm dunkle Männerstimme in ihrem Rücken: »Nein. Wir hatten nie zuvor miteinander Mixed gespielt. Und danach übrigens auch nie wieder.«

»Schatz!« Melissa sprang wie von der Tarantel gestochen von ihrem Stuhl auf. »Ich habe dich gar nicht kommen hören.«

Ich auch nicht, dachte Zhou irritiert.

Und selbst Capelli schien überrumpelt.

Rein äußerlich verkörperte Matteo Welsch das genaue Gegenteil von Armin Bormann: Der studierte Betriebswirt war groß, breitschultrig und bis in die letzte Faser seines Körpers austrainiert. Er hatte die markanten Gesichtszüge des typischen Südländers.

»Wir ermitteln im Mordfall Svensson«, erklärte Zhou so geschmacksneutral wie irgend möglich. »Und in diesem Zusammenhang haben wir …«

»Was soll das heißen, Sie ermitteln?«, unterbrach Welsch sie wenig galant, und Zhou fand, dass er ziemlich dominant rüberkam. »Ich dachte, Sie haben den Scheißkerl geschnappt, der's getan hat.«

Bei dem Wort »Scheißkerl« zuckte Melissa sichtlich zusammen, sagte aber nichts. Sie stand einfach da wie das sprichwörtliche Kaninchen im Angesicht der Kobra.

»Es gab einen Verdächtigen, aber der Prozess steht noch aus«, entgegnete Zhou ruhig. »Und außerdem sind die Ermittlungen keineswegs abgeschlossen.«

Das gab ihm offenbar zu denken, denn er setzte sich wortlos auf einen Stuhl. Und auch Melissa nahm mit spürbarem Widerwillen wieder neben ihrem Mann Platz.

»Und warum kommen Sie zu uns?« Ihre Stimme flimmerte vor unterdrückter Aufregung. »Was haben wir damit zu tun?«

»Oh, das kann ich Ihnen erklären …« Capelli griff nach ihrem Tablet und rief die Rechnung des Rimbaud auf.

»Was ist das?«, schnappte Welsch ungehalten, doch als sein Blick auf den Eintrag in der zweiten Zeile fiel, malte sich grenzenloses Erstaunen auf sein Gesicht. »He, Augenblick!«, rief er aufgebracht. »Ich hab keinen Schimmer, was hier läuft, aber was auch immer das sein soll – es hat nichts mit mir zu tun.«

»Sie leugnen also, im September letzten Jahres in Zürich gewesen zu sein«, schlussfolgerte Capelli, und ihr Ton machte deutlich, dass sie ihn am liebsten gleich hier an Ort und Stelle auseinandergenommen hätte.

»Na, und ob ich das leugne!«, echauffierte er sich. »Ich war in meinem ganzen Leben erst ein einziges Mal in der Schweiz. Vor einem Vierteljahrhundert, im Rahmen einer Skifreizeit meiner Schule.«

»Und was ist damit?« Jetzt hatte sie den Foto-Ordner geöffnet, den sie im Club angelegt hatte. »Hier stehen Sie in Badehose am Baggersee.«

Welsch runzelte die Stirn. Dann sah er seine Frau an. »Hast du die gemacht?«

Sie schüttelte den Kopf wie ein ertapptes Kind.

»Aber du warst doch dabei, oder?«

»Kann sein. Ich …« Über ihre feinen Züge breitete sich eine flammende Röte. »Ich kann mich nicht erinnern.«

Ihr Mann warf ihr einen verächtlichen Blick zu. Dann sagte er: »Ich war ganz sicher nicht in diesem Hotel. Und ich habe auch keine Ahnung, woher Sie diese Fotos haben. Mehr gibt es dazu nicht zu sagen.«

Capelli lächelte. »Aber Sie wollen ja wohl kaum bestreiten, dass Sie letzten Sommer mit Sonja Svensson Doppel gespielt haben, oder?«

»Mixed«, korrigierte er mit einem Anflug von Arroganz. »Ja, das habe ich. Aber das war nur eine Notlösung.«

Sie blickte ihn fragend an. »Eine … was?«

»Daniela …« Er strich sich mit einer harschen Bewegung über die Stirn. »Meine eigentliche Partnerin hatte sich kurz vor dem Turnier am Fuß verletzt und konnte nicht antreten. Aber ich wollte unbedingt spielen.«

»Und da fragten Sie Sonja, ob sie einspringen könne?«

»Ja, genau.« Sein Blick wurde herausfordernd. »Wie Sie bereits erwähnten, haben wir gewonnen. Und das war's auch schon.«

»Warum haben Sie ausgerechnet Sonja gefragt, ob sie mit Ihnen spielt?«, erkundigte sich Zhou interessiert.

»Weil die meisten anderen Damen bereits vergeben waren und sie von den Verbliebenen am passabelsten spielte«, antwortete er achselzuckend.

Capelli griff wieder nach ihrem Tablet und rief die Vergrößerung eines Bildausschnitts auf: Sonja und er am Netz. »Dafür, dass Sie einander kaum gekannt haben, finde ich diese Umarmung ziemlich innig.«

Welschs Augen streiften das Bild. »Wo haben Sie das her?«

»Unwichtig.«

Er warf ihr einen wütenden Blick zu. »Haben Sie schon mal eine Clubmeisterschaft gewonnen?«

»Nein. Wissen Sie, wer diese Fotos gemacht hat?«

»Keine Ahnung.« Er war noch immer aufgebracht, aber sein Widerstand zeigte erste, hauchfeine Risse. Vielleicht fühlte er, dass ihm allmählich die Felle wegschwammen. »Aber das war das Finale. Da gucken immer jede Menge Leute zu. Und heutzutage wird doch bei jeder Gelegenheit wie wild durch die Gegend geknipst.«

Da hat er allerdings recht, dachte Zhou. »Sonja Svensson hatte diese Aufnahmen in ihrem Spind versteckt …«

Welsch begriff sofort. »Scheiße, was wollen Sie damit sagen?«

Doch sie ging mit keiner Silbe auf seinen Einwurf ein. »Haben Sie irgendeine Erklärung dafür, warum Sonja Fotos wie diese verstecken sollte?«

»Ich weiß es nicht, okay?«, blaffte er. »Vielleicht hatte sie 'n Rad ab, was solche Dinge anging. Oder sie hatte irgendwas damit vor. Was weiß denn ich?!«

Zhou überlegte, ob er von den Fotos aus Sonja Svenssons Schlafzimmer wusste. War dergleichen in der Presse erwähnt worden? Ihr Blick streifte Melissa. Was war das für ein Ausdruck in ihrem Gesicht? Angst? Trotz? Oder gar … Zhou stutzte. Verärgerung?

Ihre Partnerin schien derweil entschlossen, Matteo Welsch zu grillen. »Finden Sie es nicht befremdlich, mit einer Frau Tennis gespielt zu haben, mit deren mutmaßlichem Mörder Ihre Frau mal verlobt war?«, fragte sie übertrieben freundlich.

Welschs Blick suchte Melissa, die augenscheinlich am liebsten im nächsten Mauseloch verschwunden wäre. »Was ist los?«

»Der Mann, der wegen des Mordes an Sonja Svensson und ihrer Familie angeklagt wurde«, ihre Stimme war kaum mehr als ein Hauch.

»Was ist mit dem?«, schnappte ihr Mann.

»Ich kenne ihn von früher.«

Entweder sie sind alle beide äußerst begabte Schauspieler, konstatierte Zhou, oder wir haben gerade eine ernsthafte Ehekrise losgetreten.

»Wieso hast du mir das nicht erzählt?«, rief Welsch wütend.

Melissas Finger krallten sich ineinander, doch über ihre bleichen Lippen kam kein einziges Wort.

Zhou versuchte, den Blick der Frau festzuhalten. »Stimmt es, dass Sie die Verlobung mit Herrn Bormann gelöst haben, nachdem er Sie betrogen hatte?«

»Was soll das?«, ging Matteo dazwischen, und Zhou hatte tatsächlich das Gefühl, dass er seine Frau beschützen wollte. »Geht's um diese blöden Fotos oder um irgendwelche alten Geschichten?«

»Manchmal«, entgegnete Zhou mit einem vielsagenden Blick, »hat die Vergangenheit einen erstaunlich langen Atem.«

Melissa blickte auf. Vorwurfsvoll beinahe. So, als wollte sie sagen: *Was wissen denn Sie davon?*

Doch die beiden Kriminalbeamtinnen kamen nicht dazu, noch einmal nachzuhaken, denn Matteo Welsch hatte jetzt endgültig genug. »Ich weiß wirklich nicht, was das alles soll«, fauchte er. »Aber als ich Sonja gefragt habe, ob sie mit mir Mixed spielt, war sie quicklebendig und bester Dinge. Diese Fotos hier …«, seine Hand wedelte über Ems Tablet hin und her, »… besagen rein gar nichts, und die Hotelrechnung, die Sie da haben, ist eine Fälschung. Und solange Sie mir nicht das Gegenteil beweisen können, haben Sie in meinem Haus nichts mehr verloren, ist das klar?«

Capelli bedachte ihn mit einem amüsierten Blick. »Heißt das, Sie werfen uns raus?«

»Ja.« Trotz seiner Bräune wirkte Welsch jetzt aschfahl vor Wut. »Oder gibt es irgendein Gesetz, das mich dazu verpflichtet, mit Ihnen zu reden?«

»Warum die Dinge verkomplizieren?«, gab sie zurück. »Sie werden doch sowieso vorgeladen.«

»Ich kann's kaum erwarten!«

Sie machte Zhou ein Zeichen und erhob sich dann mit fast schon aufreizender Ruhe von ihrer Bank. »Machen Sie sich nichts vor«, sagte sie. »Sie werden uns Rede und Antwort stehen. Entweder hier und jetzt oder in sehr naher Zukunft. Dann allerdings in Anwesenheit eines Staatsanwalts. Und ich an Ihrer Stelle würde mir sehr genau überlegen, was mir lieber ist.«

Matteo Welsch stieß ein verächtliches Schnauben aus. »Da muss ich nicht groß überlegen. Sie haben nichts gegen mich in der Hand. Gar nichts.«

Seine Frau erhob sich, offenbar in der Absicht, die beiden Kommissarinnen zur Tür zu bringen.

Doch Capelli schob sie einfach beiseite. »Bemühen Sie sich nicht«, sagte sie ohne Freundlichkeit. »Wir finden allein raus.«

6

Polizeipräsidium Frankfurt, Abteilung für Kapitaldelikte, Büro Em und Zhou, 9. Juli 2015, 15.28 Uhr

»Zu mir ins Büro!« Makarov stürmte so dicht an ihren Schreibtischen vorbei, dass es ein paar Dokumente aus Zhous Ablagekorb wehte. »Alle beide!«

»Na, was sind wir heute wieder guter Laune«, brummte Em und erhob sich zähneknirschend von ihrem Stuhl. Der Ton ihres Vorgesetzten hatte unmissverständlich klargemacht, dass er keine Ausflüchte dulden würde. Und in solchen Situationen war es erfahrungsgemäß das Beste, wenn man einfach tat, was er sagte.

»Schließen Sie die Tür!« Makarov saß bereits wieder hinter seinem Schreibtisch, als sie eintraten. Und einmal mehr stellte Em verwundert fest, wie klein er hinter dem monströsen Möbel wirkte.

Sie machte die Tür zu und setzte sich auf den Stuhl neben Zhou. »Nun?«, fragte sie. »Was gibt's?«

Anstelle einer Antwort wedelte Makarovs Hand über einem Schriftstück hin und her, das ihn offenbar schon durch seine bloße Existenz in Rage brachte. »Sie müssen das nicht machen«, erklärte er ohne jede Vorrede, und bei aller Schroffheit hatte Em das Gefühl, dass er irgendwie kleinlaut war. »Man kann uns nicht dazu zwingen. Schon gar nicht jetzt, in der Ferienzeit, wo es personell sowieso mehr als eng zugeht.«

Em tauschte einen Blick mit ihrer Partnerin, doch die zuckte nur die Achseln.

Ihr Vorgesetzter indessen schien nicht zu bremsen zu sein: »Außerdem liefert uns dieser Bormann-Fall mitsamt seiner jüngsten Entwicklung einen ausgezeichneten Grund, um …«

»Warten Sie!«, unterbrach ihn Em.

»Was?«

»Warum machen wir es uns nicht allen ein bisschen leichter, und Sie sagen uns einfach, was los ist?«

Er warf ihr einen undefinierbaren Blick zu. »Na schön«, knurrte er. »Heute früh hat mich Norman Kusch angerufen. Es gibt ein Problem …«

Aus den Augenwinkeln bemerkte Em, wie sich Zhous Muskeln anspannten. Sie sah aus wie eine Gazelle, die einen Löwen entdeckt hatte und innehielt, um jeden Augenblick davonspringen zu können. »Sind wir aufgeflogen?«

Makarov schüttelte den Kopf. »Eher im Gegenteil.«

»Was heißt das?«

Er hob das Schriftstück hoch. »Die Kollegen von der Calibri haben offenbar schon vor einiger Zeit eine gewisse Sache eingefädelt. Ein fingierter Deal mit einer Antwerpener Terrorzelle, der schon diesen Freitag im Hotel Jumeirah stattfinden soll.«

Das Jumeirah gehörte zu den neuesten und edelsten Beherbergungsbetrieben, die die Stadt Frankfurt zu bieten hatte. Es lag in unmittelbarer Nähe zum Shoppingtempel MyZeil und befand sich im Besitz der Herrscherfamilie von Dubai, die die Nobelherberge erst 2011 nach aufwendigem Innenausbau eröffnet hatte.

»Über eine von der belgischen Polizei ins Spiel gebrachte Kontaktperson soll Dragan Petrovic dort ein USB-Stick mit einer Reihe von, nennen wir es mal: sensiblen Daten übergeben werden«, fuhr Makarov fort. »Im Gegenzug dafür liefert Petrovic eine bestimmte Menge des Kampfstoffs Sarin an die angeblichen Terroristen. Die Aktion ist bestens vorbereitet und die Kontaktperson sorgfältig eingeführt, was – wie Sie sich denken können – unter den gegebenen

Umständen nicht ganz einfach gewesen ist.« Seine Brille beschlug in der Schwüle des Raumes. Makarov nahm sie ab und hielt sie gegen das Licht der Neonröhren, die grundsätzlich brannten, sommers wie winters. »Aber die Kollegen versprechen sich davon endlich genügend Beweismaterial, um Petrovic festnageln zu können.«

Em spürte, wie sich ihr Herzschlag beschleunigte. Eine solche Operation war äußerst heikel, was bedeutete, dass gleich mehrere Menschen, die ihr am Herzen lagen, schon bald in akuter Gefahr schweben würden.

»Verzeihen Sie …« Zhous kohlrabenschwarze Augen funkelten. »Aber mir ist noch nicht ganz klar, was das mit uns zu tun hat.«

Em verzog das Gesicht. »Sie erwarten doch wohl hoffentlich nicht, dass wir uns ein neckisches Schürzchen umbinden und als Zimmermädchen verkleidet durch die Gänge des Jumeirah geistern, um unseren Kollegen auf die Finger zu gucken, während sie ihr Leben für die Sicherheit unseres Landes riskieren, oder?«

Ihr Vorgesetzter seufzte. »Ich wünschte, es wäre so.«

»Es geht folglich nicht um eine wie auch immer geartete Überwachung?«, stellte Zhou indessen sachlich fest.

»Nein.«

»Sondern?«

»Die komplette Vorbereitung der Transaktion hat über Mittelsmänner stattgefunden, was im Klartext bedeutet, dass Dragan Petrovic und die angekündigte Kontaktperson einander nie persönlich begegnet sind. Nur leider ist die besagte Kontaktperson …« Makarov unterbrach sich und sah wütend aus dem Fenster. »Nun ja, sie ist nicht da.«

Seine Formulierung hatte etwas derart Komisches, dass Em das Gefühl hatte, mitten in einem grotesken Sketch zu stecken. »Was soll das heißen, sie ist nicht da?«

»Sie ist irgendwo auf dem Weg vom Flughafen ins Hotel verschwunden.«

»Sie meinen hier bei uns?«

Ihr Vorgesetzter nickte nur.

»Und es ist ... eine Frau?«

Wieder Nicken. »Ja, Iris Molder. Eine Deutsche. Aber sie lebt schon seit Jahren in Belgien.« Er strich über seine Bartstoppeln, die im kühlen Neonlicht grau wirkten. »Die Überwachungsbänder des Flughafens belegen, dass sie gestern Vormittag plangemäß in Frankfurt gelandet ist und auch den Mietwagen, der für sie auf den Decknamen Noelle Somers reserviert war, in Empfang genommen hat. Doch bei den Kollegen von der SEG hat sie sich nicht gemeldet, und auch in der Pension, in der sie bis zu ihrem Einsatz absteigen sollte, hat sie nicht eingecheckt.«

»Das heißt, dass den Jungs von der Calibri schon wieder eine Panne unterlaufen ist«, schloss Em in wachsender Beunruhigung.

»Nicht nur das.« Makarov schielte wieder nach dem Schriftstück. »Mit Iris Molders Verschwinden droht der gesamte, sorgsam eingefädelte Deal zu platzen. Und spätestens das wird Petrovic endgültig abspringen lassen, falls er nicht sowieso schon gewarnt wurde.« Er verschränkte die Arme vor der Brust, als könne er sich auf diese Weise vor weiteren unbequemen Wahrheiten schützen. »Der Mann ist viel zu vorsichtig, als dass man danach noch mal auf eine neue Chance setzen könnte, was im günstigsten Fall bedeutet, dass die Kollegen von der SEG ihre Arbeit von knapp sechs Monaten mal eben in die Tonne kloppen können.«

Em zog die Brauen hoch. Darum ging es also! Ihre Kollegen hatten lange und hart für diese Chance gearbeitet. Mehr noch: Einer von ihnen hatte sein Leben gelassen, um Petrovic festnageln zu können. Und jetzt drohte der alles entscheidende Deal im letzten Moment zu platzen. Es sei denn … Sie hielt die Luft an.

»Sie schlagen also vor, dass eine von uns sich morgen an Iris Molders Stelle mit Dragan Petrovic trifft?«, fragte Zhou, die sich die Dinge einen Hauch schneller zusammengereimt hatte.

»Nicht eine von Ihnen«, korrigierte Makarov sie sanft, »sondern Capelli.« Zhou wollte protestieren, doch er ließ sie gar nicht erst zu Wort kommen. »Um eines gleich vorab klarzustellen«, fauchte er. »Das hier hat rein gar nichts mit Qualifikation zu tun, sondern vielmehr mit …« Als ihm bewusst wurde, wo er sich da gerade hineinredete, geriet er spürbar ins Schlingern. Und wie so oft in unbequemen Situationen suchte er sein Heil im Angriff: »… mit Optik!«

Zhou starrte ihn an. »Mit Optik?«

»Ja, mit Optik!« Die Röte seiner Wangen verriet, dass er bei aller Ruppigkeit ein schlechtes Gewissen hatte. »Oder sehen Sie hier vielleicht sonst noch jemanden, der als belgische Ultra-Rechte mit Kontakten zum islamistischen Untergrund durchgeht?«

»Nein.« Zhous Miene war wie versteinert. »Sehe ich nicht.«

»Na also!« Makarovs Wurstfinger wischten über die Kante seines Schreibtischs. »Norman Kuschs Antrag auf Abstellung einer weiblichen Beamtin liegt mir, wie gesagt, bereits vor. Allerdings habe ich nicht vor, ihm zu entsprechen …«

»Irgendjemand wird den Job aber machen müssen«, bemerkte Em.

»Ganz richtig«, blaffte er. »Aber dieser Jemand sind nicht Sie!«

»Aber vielleicht ist das die Chance, auf die wir gewartet haben.«

»Wen, zum Teufel, meinen Sie mit *wir*?«

»Wir anständigen Polizeibeamten, die wir unsere Arbeit tun wollen, ohne befürchten zu müssen, aufgrund eines einzigen schwarzen Schafes in Gefahr zu geraten.«

»Damit habe ich nichts zu tun!« An seinen Augen konnte sie ablesen, wie sehr ihn ihre Worte getroffen hatten, und mit einem Mal tat er ihr leid. Sie wusste ja, wie widerwillig er sie mit den Beamten von der Dienstaufsicht in Kontakt gebracht hatte. »Weder dieser Auftrag ist auf meinem Mist gewachsen. Noch die Begründung, mit der man versucht hat, Ihnen diese mehr als unappetitliche Schnüffelei schmackhaft zu machen. Also hören Sie gefälligst auf, mich mit etwas in Zusammenhang zu bringen, das ich nicht zu verantworten habe, klar?«

Sie senkte den Blick. »Tut mir leid. Aber …«

»Aber was?«

»Ich würde diese Sache morgen trotzdem gern übernehmen, wenn Sie nichts dagegen haben. Auf diese Weise wäre ich hautnah dabei und könnte mir ein eigenes Bild davon machen, wie sich die Kollegen unterein…«

»Vergessen Sie's!«, fiel Makarov ihr abermals ins Wort. Und um seine Worte zu unterstreichen, faltete er den Antrag zusammen und legte ihn demonstrativ in das oberste Fach seines Postkorbs. Erledigt. Schluss. Aus. »Diese Operation ist eine von vorn bis hinten unkalkulierbare Sache, in die ich keine meiner Beamtinnen verwickelt sehen möchte, und wenn Sie …«

Das Läuten seines Telefons unterbrach seine Rede.

Er meldete sich mit einem schlichten »Ja?« und hörte dann eine ganze Weile schweigend zu. Em konnte zusehen, wie sein Teint an Farbe verlor, auch wenn er nicht den leisesten Versuch unternahm, seinem Gesprächspartner ins Wort zu fallen. Irgendwann nahm er das Telefon vom Ohr und drückte auf den Knopf, der die Verbindung unterbrach.

»Das war Küng.«

Em sah ihn erwartungsvoll an, während sich die Luft in dem kleinen Büro von einem Augenblick auf den anderen in Eis verwandelte.

Makarov wich ihr aus und blickte stattdessen zum Fenster. »Verlassen Sie sich darauf, dass ich alles in meiner Macht Stehende tun werde, um diese Entscheidung an anderer Stelle wieder rückgängig zu machen. Aber bis auf Weiteres haben Sie den Job.« Er stieß einen resignierten Seufzer aus. »Die Kollegen von der SEG erwarten Sie in einer halben Stunde zu einer Besprechung.«

»Uns beide?«, fragte Em.

Ihr Vorgesetzter nickte. »Beide.«

Sie schloss erleichtert die Augen. *Wenigstens das!*

»Und, Capelli …«

»Ja?«

»Ganz egal, was Ihnen Kuschs Leute oder diese Pappnasen von der Dienstaufsicht erzählen, Ihre oberste Priorität ist es, heil da rauszukommen. Haben wir uns verstanden?«

»Na, klar«, entgegnete sie, bemüht, ihn ihre Anspannung nicht spüren zu lassen. »Ich tue mein Bestes.«

7

Friedensbrücke, 9. Juli 2015, 16.24 Uhr

Jonah konnte nicht anders. Er musste einfach sehen, was weiter geschah. Auch wenn es brandgefährlich war, sich noch einmal unter dieser verdammten Brücke sehen zu lassen.

Er hielt sich auf dem Fußweg, ein unauffälliger Mann mit Beanie-Mütze und Rucksack. Kein Tourist, aber auch kein Penner. Zumindest nicht auf den ersten Blick. Er war ganz einfach jemand, der zufällig des Weges kam und dem der ansehnliche Menschenauflauf unter der Brücke Rätsel aufgab. Der sich interessierte. So wie sich jeder normale Mensch interessieren würde.

»Was ist denn hier passiert?«, fragte er eine junge Frau, die ebenfalls stehen geblieben war und mit verkniffener Miene zu dem grau-weißen Leichenwagen hinüberspähte.

»Ein paar Skater haben eine Leiche gefunden«, antwortete die Angesprochene bereitwillig. »In einem von den Autos, die da vorn an der Straße stehen.«

»Ach, du Schande.«

Sie nickte. »Schlimm, nicht wahr?«

»Schrecklich.«

»Ich wette, das hat was mit Bandenkriminalität zu tun«, raunte seine Gesprächspartnerin vertraulich. »Ich habe erst neulich wieder gelesen, dass das Geschäft mit den Drogen immer härter wird.«

Ach nee! Jonah verzog das Gesicht.

»Oder ein Stricher hat ihn umgebracht.« Die junge Frau schien Gefallen am Spekulieren zu finden. »Sie wissen schon, aus Ekel oder so. Wie bei Rudolph Mooshammer.«

»Ihn?«, griff Jonah die einzige Information auf, die ihn an ihren Mutmaßungen wirklich interessierte. »Das heißt, der Tote ist ein Mann?«

»Ja, eindeutig.«

Er warf ihr einen Blick zu. Wie lange stand sie schon hier? Nach dem, was sie wusste, hatte sie wahrscheinlich auch schon den Abtransport der Leiche beobachtet. Er überlegte, ob er danach fragen sollte. Doch er entschied sich dagegen.

Sein Blick suchte die Polizisten, die bei dem Wagen zugange waren. Ein beträchtliches Aufgebot. Vier Kriminalbeamte und dazu ein Typ mit rotblondem Haar, der vor wenigen Minuten angekommen war und der unter Garantie eine Menge zu sagen hatte. Zumindest behandelten ihn die anderen entsprechend. Und wenn er …

Scheiße!

Jonah hielt die Luft an, als der Mann unvermittelt zu ihnen herübersah.

Bleib ruhig, rief er sich selbst zur Ordnung. Er sieht nicht dich an. Er ist nur aufmerksam. Etwas an dem, was hier geschehen ist, beunruhigt ihn zutiefst. Aber es hat nichts mit dir persönlich zu tun. Also bleib gefälligst einfach ganz ruhig hier stehen!

Tatsächlich hatte der Rothaarige bereits wieder den Blick abgewandt und redete auf einen seiner Kollegen ein.

Jonah entspannte sich etwas und rückte noch ein Stück näher an die junge Frau heran. Aus Erfahrung wusste er, wie viel es ausmachte, ob man allein stand oder so tat, als sei man in Gesellschaft. Gruppen, und insbesondere Paare, erregten weit weniger Aufmerksamkeit als Einzelpersonen. Die Folge war, dass sie von Außenstehenden leichter übersehen wurden, und dieses arglose Mädchen hier verkörperte so was wie das perfekte Alibi. Sie war viel zu jung und entschieden zu behütet aufgewachsen, um sich Gedanken zu machen, wenn ein Fremder sie von der Seite anquatschte. Ganz abgesehen davon, dass ihr dergleichen oft passierte, denn sie sah verdammt gut aus. Jonah schielte nach ihrem Profil. Ja, dachte er, das Interesse eines Unbekannten zu erregen ist für sie nichts Neues. Ein Umstand, auf den er bewusst spekuliert hatte.

Situationen und Menschen schnell und richtig einzuschätzen war eine der wichtigsten Überlebensgrundlagen auf der Straße. Die Alte da drüben, zum Beispiel, die mit dem schwarzen Mischlingsrüden, hätte ihn im Gegensatz zu seiner Studentin keines Blickes gewürdigt, wenn er sie angesprochen hätte. Trotzdem ließ sie ihn keine Sekunde aus den Augen. Ihre Erfahrung verriet ihr instinktiv, dass er kein gewöhnlicher Passant war. Und weil sie rein äußerlich nichts finden konnte, was diese Annahme bestätigt hätte, klammerte sie sich an das Offensichtliche: Ein junger Mann, der um diese Tageszeit hier unten am Mainufer rumlief, gehörte zweifellos zu denen, die beruflich nichts auf die Reihe brachten. Und falls er noch studierte, war er auch da nicht besonders ehrgeizig. Sonst säße er um diese Uhrzeit ja wohl in irgendeiner Vorlesung oder zumindest in der Bibliothek. Darüber hinaus war ihr unter Garantie nicht entgangen, dass seine Jeans zerschlissen und die Nähte seines T-Shirts von jahrelanger Beanspruchung spröde geworden waren. Alles gute Gründe, diesen seltsamen jungen Mann aus sicherer Entfernung im Auge zu behalten!

Ja, resümierte Jonah, vor der Alten muss ich auf der Hut sein. Genau wie vor dem Mann, der mir heute Nacht mit seiner Taschenlampe ins Gesicht geleuchtet hat.

Der Wodkagestank – gepaart mit Jonahs Schauspielkünsten – hatte ihn zwar davon überzeugt, einen rastalockigen Betrunkenen vor sich zu haben, der schon allein aufgrund seines Zustandes keinerlei Bedrohung darstellte. Und doch hatte er erstaunlich lange neben Jonahs Schlafsack ausgeharrt, verborgen in der Dunkelheit hinter dem Licht seiner Taschenlampe.

Jonah hatte den erschreckend ruhigen Atemzügen des Mannes gelauscht und darauf gewartet, dass der Fremde ihn treten würde. Aber der Mann hatte einfach nur dagestanden und ihn angesehen. Der Strahl seiner Lampe hatte auf Jonahs Haut gebrannt. Seine Wangen, die Stirn und sogar sein Brustkorb hatten zu kribbeln begonnen, als ob er mitten in einem Ameisenhaufen läge. Und vorsichtshalber hatte Jonah geblinzelt und dabei ein paar wirre, wütende Laute von sich gegeben. Als ob er sich von der plötzlichen Helligkeit, die er nur am Rande mitbekam, gestört fühle.

Daraufhin hatte der Lichtstrahl endlich von seinem Gesicht abgelassen und den Boden rings um seinen Lagerplatz akribisch abgesucht. Jonah nickte stumm vor sich hin. Oh ja, der Typ war verdammt gründlich gewesen! Viel gründlicher, als irgendein Bandenmitglied gewesen wäre, das daran gewöhnt war, auf Abschreckung und körperliche Stärke zu setzen. Doch irgendwann, nach einer halben Ewigkeit, hatte er den stinkenden jungen Mann im Schlafsack schließlich doch als »ungefährlich« abgehakt und war davon gegangen.

Zu Fuß, wie Jonah beobachtet hatte.

Auch so eine bodenlose Leichtsinnigkeit!

Er schüttelte den Kopf über seine eigene Dummheit. Statt einfach liegen zu bleiben, war er aufgesprungen, kaum dass die Schritte des Fremden unter den Pfeilern verklungen waren. Er hatte hinaus in den strömenden Regen geblickt und beobachtet, wie der Fremde zum Fluss hinuntergegangen war. Dort hatte er in seine Jackentasche gegriffen und einen nicht näher zu definierenden Gegenstand in die tiefschwarzen Fluten des Mains geworfen. Er hatte etwa die Größe einer Zigarettenschachtel gehabt, und aus irgendeinem unerfindlichen Grund tippte Jonah auf ein Mobiltelefon. Aber er war keineswegs sicher.

Im Weitergehen hatte sich der Unbekannte ein Paar Latexhandschuhe von den Händen gestreift und es routiniert in die Taschen seiner Jeans geschoben. Dann war er in der Dunkelheit der Nacht verschwunden.

Jonah hatte noch lange hinaus in den Regen gestarrt, wie paralysiert vor Angst und Erschütterung. Und erst, als die Morgendämmerung die dichten Wolken allmählich in ein helleres Grau getaucht hatte und die Stadt erwacht war, hatte er es gewagt, seine Sachen zu packen.

Er wusste, er hatte den Mann nie zuvor gesehen. Aber er würde ihn jederzeit und überall wiedererkennen. Er kannte seine Schuhe, seinen Geruch und sein Gesicht, das sich mit unauslöschlicher Gewalt in sein Gedächtnis gebrannt hatte. Jonah hätte einen Block nehmen und blind drauflos-zeichnen können. Aber ihm war auch klar, dass sein Wissen ihn in Gefahr brachte. Und deshalb musste er als Allererstes herausfinden, ob er es sich überhaupt leisten konnte, sich noch länger in dieser Stadt aufzuhalten …

8

Einsatzzentrale der SEG Calibri, 9. Juli 2015, 16.39 Uhr

Zhou betrachtete das ebenmäßige Gesicht, das der Beamer an die Wand hinter ihrer Partnerin projizierte. Auf den ersten Blick wirkte es erstaunlich unauffällig. Doch wenn man genauer hinsah, erkannte man die enorme Stärke, die in den etwas zu eng stehenden bleigrauen Augen lag. Stärke, aber auch ein alter Schmerz.

Pünktlich um halb fünf hatten Capelli und sie den fensterlosen, aber mit allem erdenklichen Schnickschnack ausgestatteten Raum betreten, der der SEG Calibri als Besprechungszimmer und zugleich als Kontrollzentrum diente.

Mit den Worten: »Willkommen im Team!«, hatte Norman Kusch sie in Empfang genommen und ihnen anschließend in aller Kürze erklärt, welche besonderen Umstände sie an diesem Nachmittag zusammenführten.

Doch schon nach wenigen Sätzen hatte Zhou herausgehört, dass auch die Kollegen noch nicht letztgültig klar sahen, was Iris Molders Verschwinden anging. Etwas, das nicht gerade zu ihrer Beruhigung beitrug. »Wer oder was ist diese Frau?«, fragte sie, während sie wieder das Foto an der Wand ansah.

»Gute Frage«, antwortete Kusch. »Sie hat sich schon als Achtzehnjährige beim Auswärtigen Amt beworben. Die haben sie zwar erst mal abgewiesen, aber aufgrund ihrer besonderen Eignung behielten sie sie ... Sagen wir: im Auge.«

Besondere Eignung wofür?, überlegte Zhou.

»Sie besitzt zweifellos das, was man ein Abenteurer-Gen nennen könnte«, fuhr Kusch in diesem Moment fort. »Und es zieht sie grundsätzlich dahin, wo es richtig brennt: Afghanistan. Nahost. Kolumbien. Wobei man dazu sagen muss, dass es sich bei diesen – nennen wir es mal: Missionen – durchaus nicht immer um offizielle Aufträge gehandelt hat.«

»Sondern?«

Er zuckte die Achseln. »Sie sammelt Informationen und bietet sie dem Meistbietenden zum Kauf an. Geheime Waffendepots. Stimmungen und sonstige Befindlichkeiten innerhalb bestimmter Organisationen. Solche Dinge.«

Damit ist sie geradezu prädestiniert für einen Deal mit einem Mann wie Petrovic, dachte Zhou mit einem Anflug von Sorge. Ganz im Gegensatz zu meiner Partnerin ...

Die blätterte noch immer in dem knappen Dossier, das Kusch ihnen gleich zu Beginn der Besprechung in die Hand gedrückt hatte. »Aufgewachsen ist sie hier in der Nähe?«

Kusch bejahte. »Ihr Vater ist Deutscher, die Mutter Armenierin.«

»Das bedeutet, sie kennt sich in der Gegend aus.«

»Das war einer der Gründe, warum wir uns erst mal nichts dabei gedacht haben, als wir nicht gleich von ihr hörten«, warf Tom Ahrens ein, der in der gegenüberliegenden Ecke saß. »Aber nach über vierundzwanzig Stunden ...«

Zhou nickte. »Wäre es möglich, dass sie untergetaucht ist?«

»Möglich ist alles«, knurrte Kusch, indem er das Passfoto an der Wand mit einem misstrauischen Blick streifte. »Das Einzige, was wir mit Sicherheit sagen können, ist, dass sie wie vom Erdboden verschluckt ist.«

»Was ist mit ihrem Mietwagen?«, fragte Capelli. »Anhand der GPS-Daten müsste sich doch leicht herausfinden lassen, ob sie ...«

Kusch hob mahnend die Hand. »Sie müssen bedenken, dass sich Frau Molder offiziell überhaupt nicht in diesem Land aufhält«, erinnerte er. »Da ist es nicht einfach, einen Richter davon zu überzeugen, dass wir Zugriff auf die entsprechenden Daten brauchen.«

Diese Antwort war Zhou entschieden zu schwammig. »Aber inzwischen haben Sie Zugriff?«, hakte sie nach.

»Die Auswertung läuft«, nickte Tom. »Leider haben wir durch dieses ganze Versteckspiel eine Menge wertvolle Zeit verloren.«

Zeit, die unseren Gegnern in die Hände spielt, ergänzte Zhou im Stillen. »Wie ist Iris Molder eigentlich nach Antwerpen gekommen?«

»Durch ihren damaligen Freund«, antwortete Kusch. »Er hatte irgendwas mit Diamanten zu tun. Sie folgte ihm nach Belgien und begann sehr bald, für die dortigen Behörden zu arbeiten.«

»Als was?«

»Als Informantin. Hin und wieder auch einfach als Kurier. Neben Deutsch und Flämisch spricht sie übrigens auch fließend Englisch, Französisch, Armenisch und Türkisch.«

Zhou nippte an dem Kaffee. »Aber Sie halten sie für vertrauenswürdig?«

»Ach, Gott! Wer ist schon vertrauenswürdig?«, gab er zurück, und automatisch hielten sämtliche Anwesende die Luft an.

Kusch bemerkte es und senkte ärgerlich den Kopf.

»Haben Sie Frau Molder eigentlich explizit angefordert, oder hat die belgische Dienststelle sie ausgewählt?«, fragte Zhou, um die Aufmerksamkeit so schnell wie möglich wieder von diesem heiklen Thema wegzulenken.

»Die ganze Vorbereitung, einschließlich der Wahl unserer Kontaktperson, oblag Jost Van Helder«, antwortete Kusch, sichtlich dankbar. »Ein Kollege, mit dem ich seit Jahren bestens vertraut bin. Unsere Abteilungen haben schon mehrfach erfolgreich zusammengearbeitet, und es hat noch nie Probleme gegeben.«

Er hat das Gefühl, sich verteidigen zu müssen, analysierte Zhou mit einem Anflug von Mitleid. »Ich nehme an, die belgischen Kollegen haben Iris Molders Umfeld im Vorfeld dieser Operation noch einmal sorgfältig abgeklopft?«

»Natürlich.« Der Teamleiter stieß ein freudloses Lachen aus. »Und es gibt keinen Hinweis darauf, dass sie etwas anderes vorhatte, als herzukommen und ihren Job zu tun, falls es das ist, was Sie wissen wollen.«

»Sie steckt demnach auch nicht in akuten Geldverlegenheiten?«, schaltete sich Capelli völlig überraschend wieder in das Gespräch ein, und obwohl sie betont beiläufig gefragt hatte, lag augenblicklich knisternde Anspannung im Raum.

Tom Ahrens' Blick gefror buchstäblich zu Eis, und erst jetzt fiel Zhou auf, dass er ein frisches Hämatom an der rechten Schläfe hatte. Vermutlich stammte es von der Handgreiflichkeit im Penny Lane, von der Capelli ihr erzählt hatte. Jener Auseinandersetzung, bei der ein Kollege Andeutungen über Thorsten Mohrs angebliche Bestechlichkeit gemacht hatte …

Sie steckt nicht zufällig in akuten Geldverlegenheiten?

Zhou überlegte fieberhaft, was ihre Partnerin zu dieser wenig diplomatischen Frage veranlasst hatte. Wollte Em jemanden aus der Reserve locken? Und wenn ja, wen?

Ihre Augen kehrten zu Tom Ahrens zurück, doch der schien sich inzwischen wieder entspannt zu haben. Genau wie Benjamin von Treskow war sie ihm vor der Trauerfeier für Thorsten Mohr erst ein einziges Mal begegnet. An ihrem allerersten Tag in der Abteilung. Damals war sie mit Makarov im Personalbüro gewesen, um ein paar Formalitäten zu erledigen, und als sie ins Büro zurückgekehrt waren, hatte Tom Ahrens vor Capellis Schreibtisch gestanden. Er selbst war Zhou dabei allerdings weit weniger im Gedächtnis geblieben, als der Blick, mit dem ihre frisch gebackene Partnerin auf ihr Erscheinen reagiert hatte. Diese tiefe, fassungslose Betroffenheit, die Zhou erst so viel später verstanden hatte, als die Kollegen ihr die Hintergründe erklärt hatten. Rückblickend hatte sie durchaus Verständnis für Capellis Reaktion, doch noch immer löste die Erinnerung an diesen unerfreulichen Moment einen starken Fluchtreflex in ihr aus. Den Wunsch, sich auf dem Absatz umzudrehen und einfach zu gehen.

Als sie bemerkte, dass Tom Ahrens sie ansah, wandte sie eilig den Blick ab.

»Oder sind Sie anderer Meinung?«, fragte Kusch, der die abrupte Bewegung missdeutet hatte.

»Nein, nein«, versicherte Zhou hastig. »Ganz und gar nicht.«

Er musterte sie einen Augenblick. »Wir wissen, dass Iris Molder kurz nach ihrer Landung einen Anruf erhalten hat, aber wir sind uns noch nicht ganz im Klaren, was es damit auf sich hatte«, fuhr er fort. »Die Nummer gehört zu einem Prepaid-Handy, das ein Mann namens Norbert Städler vor zwei Tagen hier in Frankfurt erworben hat. Der Ausweis, mit dem das Handy gekauft wurde, ist gefälscht. Und leider gibt es in diesem Zusammenhang auch noch ein anderes Problem …«

»Herrgott noch mal, ich kann das Wort Problem nicht mehr hören!«, entfuhr es Decker, während sich in den Gesichtern der Übrigen mehr oder minder deutliche Verständnislosigkeit spiegelte.

»Nun, ich hatte insgeheim gehofft, dass sich wenigstens *dieses* Problem von allein lösen würde«, bekannte Kusch. »Doch leider hat es das nicht.« Er atmete tief durch, während sich erneut gebannte Spannung über die Anwesenden legte. Man hätte eine Stecknadel fallen hören. »Seit heute Mittag wird ein weiteres Mitglied unseres Teams vermisst. Hamid Candoglu.«

»Wie bitte?!« Luca Niemeyer sprang wie von der Tarantel gestochen von seinem Stuhl auf.

Neben ihm riss Tom Ahrens fassungslos die Augen auf. »Was soll das heißen, Hamid wird vermisst? Ich denke, er hat frei …«

»Er hätte heute ab dreizehn Uhr Dienst gehabt«, widersprach Kusch, »aber leider ist er nicht erschienen. Und er geht auch nicht an sein Handy.«

Automatisch sahen alle Anwesenden auf ihre Armbanduhren. Niemeyer, Ahrens und Decker zogen ihre Smartphones aus der Tasche und checkten ihre Nachrichten.

»Nichts«, murrte Decker, und auch die anderen schüttelten stumm die Köpfe.

Carsten Pell, der sich bislang konsequent im Hintergrund gehalten hatte, knallte seinen leeren Kaffeebecher auf den Tisch. »Zum Teufel, was läuft hier eigentlich?«

Im selben Moment öffnete sich die Tür in Kuschs Rücken, und ein gut gekleideter Mann mittleren Alters bedeutete dem Teamleiter, zu ihm auf den Flur hinauszukommen. Während der Sekundenzeiger der Uhr über der Tür gleichgültig seine Runden drehte, versanken die Zurückgebliebenen in bleiernes Schweigen.

Als Kusch endlich zurückkehrte, hatten seine Bewegungen alle Elastizität eingebüßt. »Es tut mir leid, Ihnen mitteilen zu müssen, dass Hamid Candoglu tot ist«, sagte er, ohne Zeit auf irgendeine tröstende Vorrede zu verschwenden. »Ein paar Jungs haben seine Leiche auf einem Parkplatz unterhalb der Friedensbrücke gefunden. Hinter dem Steuer von Iris Molders Mietwagen …«

9

Einsatzzentrale der SEG Calibri, 9. Juli 2015, 17.27 Uhr

»Suizid?«, rief Decker, nachdem Kusch sich mit der Begründung, die Presseerklärung vorbereiten zu müssen, aus der Einsatzzentrale zurückgezogen hatte. »Das glaube ich im Leben nicht!«

»Auf keinen Fall!« Luca Niemeyer, der von allen Teammitgliedern am engsten mit Candoglu zusammengearbeitet hatte, hielt es nicht länger auf seinem Stuhl. »Hamids Schwester heiratet im September, und er war wahnsinnig stolz auf sie. Das hätte er seiner Familie nie und nimmer angetan.«

Vielleicht doch, hielt Em ihm in Gedanken entgegen. Wenn er einen guten Grund hatte …

»Und jetzt?«, fragte Pell. »Wie machen wir jetzt weiter?«

Tom wandte den Kopf. »Das mit morgen kannst du definitiv knicken. Mit Hamids Tod ist der Deal im Jumeirah endgültig geplatzt.«

»Aber die Sache hat euch eine Menge Vorbereitung gekostet«, wagte Em einen vorsichtigen Einwand. »Und wer weiß, ob ihr jemals wieder an Petrovic rankommt, wenn wir das hier nicht durchziehen.«

»*Du* ziehst hier schon mal gar nichts durch!« In seinem Blick stand Entschlossenheit. Aber auch flammende Sorge. »Deine Anforderung ist unter völlig anderen Bedingungen erfolgt. Jetzt ist ein weiteres Teammitglied tot, und das ist ja wohl mehr als Grund genug, die Sache abzublasen.«

»Die SEG Calibri ist am Ende«, pflichtete Decker ihm mit düsterer Miene bei. »Das war's.«

Em sah Tom fest in die Augen. »Aber ich möchte es machen.«

»Auf gar keinen Fall!« Sein Gesicht war kreidebleich. »Was, wenn Petrovic längst weiß, dass etwas faul ist?«

»Wie sollte er?« Zhou warf ihr mahnende Blicke zu, doch die ignorierte sie einfach. Dieser Küng wollte, dass sie Stimmungen auffingen und Untertöne registrierten? Bitte sehr! Und immerhin hatte sie die Gelegenheit, etwas Gutes zu tun. Für all die Kollegen, die viel Zeit und Herzblut in diese Ermittlungen gesteckt hatten und denen der wohlverdiente Lohn einmal mehr durch die Finger zu rinnen drohte. »Ihr habt das alles bis ins letzte Detail vorbereitet und …«

»Das schon«, fiel Decker ihr ins Wort. »Aber es hat keinen Sinn, sich noch länger etwas vorzumachen: Ein Mitglied dieses Teams hat Petrovic mit Informationen versorgt oder selbst Kontakt zu Iris Molder aufgenommen. Und zwar sofort nach ihrer Ankunft.«

Scheiße, dachte Em, darauf müssen wir reagieren! Eine solche Aussage dürfen wir auf gar keinen Fall unkommentiert lassen. Sonst machen wir uns verdächtig!

Ihr Blick suchte Zhou, doch die war ihr bereits wieder einen Schritt voraus: »Willst du damit sagen, dass es in diesem Team so etwas wie einen Maulwurf gibt?«, fragte sie, und Em konnte nicht umhin, die perfekte Mischung aus Überraschung und Unglauben zu bewundern, mit der ihre Partnerin das sagte.

Was für eine grandiose Schauspielerin!

»Sie haben doch selbst mitbekommen, dass es schon mehrfach Probleme gab«, antwortete Tom an Deckers Stelle. »Und seit Thorstens Tod halten sich hier hartnäckig gewisse Gerüchte.«

Zhou zog effektvoll die Brauen hoch. »Was für Gerüchte?«

»Na, Thorsten hätte sich schmieren lassen.« Pells sehnige Finger sahen aus, als wären sie verknotet. »Angeblich hatte er in der letzten Zeit 'ne Menge Bargeld zur Verfügung. Und sie sollen auch irgendwas in seinem Bankfach gefunden haben.«

»Na, das wirst *du* ja unter Garantie wissen!«, blaffte Luca Niemeyer.

»Was auch immer dahintersteckt«, ging Tom mit der für ihn typischen ruhigen Besonnenheit dazwischen, bevor sich die beiden an die Gurgel springen konnten. »Fest steht, dass Thorsten bereits tot war, als Iris Molder verschwand.«

»Vielleicht war es ja Molder, die Hamid eliminiert hat«, schlug Pell vor. »Nach allem, was wir über sie wissen, würde ich nicht unbedingt allzu viel auf ihre Integrität geben.«

Tom bedachte den Jüngsten im Team mit einem vorwurfsvollen Blick. »Die Kollegen in Belgien haben schon oft mit ihr gearbeitet. Und es hat noch nicht ein einziges Mal Probleme gegeben.«

Pell zuckte die Achseln. »Irgendwann ist immer das erste Mal.«

»Nein«, wiederholte Tom fest. »Das glaube ich nicht.«

»Und was glaubst du stattdessen?«, fragte Niemeyer in provokantem Ton.

Tom zögerte. »Ich glaube, dass auch Iris Molder in ernst zu nehmenden Schwierigkeiten steckt.«

Niemeyer warf ihm einen hasserfüllten Blick zu. »So, so ... Du bevorzugst also die Annahme, dass einer von uns das Schwein ist, ja?«

»Was heißt das Schwein?«

An seinem Hals pochte eine Ader. »Na, wenn's Thorsten nicht gewesen sein kann und Iris Molder selbst ein Opfer ist – was für Erklärungen bleiben dann noch groß übrig?«

Die Männer schienen ihre Anwesenheit für einen Augenblick komplett vergessen zu haben, und Em nutzte diesen Umstand für einen Blitzangriff: »Falls Iris Molder sich tatsächlich abgesetzt hat, taucht sie vielleicht morgen in diesem Hotel auf ...«

»Vergiss es!« Tom war aufgestanden und baute sich vor ihr auf wie ein Bodyguard. »Du wirst da morgen auf keinen Fall reingehen, klar?«

»Aber warum denn nicht?«

»Weil wir dich nicht schützen können.«

»Ich kann auf mich selbst aufpassen.«

»Nicht, wenn Petrovic auch nur den Hauch einer Ahnung hat, dass er einer Polizistin gegenübersitzt«, widersprach Tom.

Und ausgerechnet jetzt mischte sich natürlich auch Zhou wieder ein: »Er hat recht«, sagte sie mit besorgter Miene. »Solange wir nicht wissen, was wirklich mit Iris Molder passiert ist, sollten wir gar nichts tun.«

Tom war sichtlich überrascht, ausgerechnet in ihrer Partnerin eine Verbündete zu finden, doch er nahm den Einwurf dankbar an. »Genauso sehe ich das auch.«

»Ich auch«, nickte Decker.

Ja, ja!, dachte Em wütend. Fallt mir nur alle in den Rücken! »Das Ganze findet am helllichten Tag statt«, versuchte sie es noch einmal mit einem Sachargument. »Tür an Tür mit einem der belebtesten Einkaufszentren dieser Stadt …«

»Als Thorsten starb, schien die Sonne«, bemerkte Decker, ohne eine Miene zu verziehen.

»Wir schicken niemanden in einen Einsatz, der sich als Falle entpuppen könnte«, entschied Tom, und plötzlich erinnerte nichts mehr an den gutmütigen, immer leicht verpeilten Freund, den Em schon ihr halbes Leben lang kannte. »Und deshalb ist der Deal morgen gestorben. Oder ist hier irgendwer anderer Meinung?«

Decker schüttelte den Kopf, die übrigen Teammitglieder brummten mehr oder minder unverständliches Zeug vor sich hin, das wohl Zustimmung ausdrücken sollte. Aber Em registrierte auch Ungeduld, Frustration und erste Anflüge von Lagerbildung. Etwas, das in einem solchen Team immer mit großen Gefahren verbunden war.

»Na, schön«, sagte sie mit einem betont lässigen Blick auf ihre Armbanduhr. »Das Treffen mit Petrovic ist morgen um achtzehn Uhr, was bedeutet, dass uns ziemlich genau vierundzwanzig Stunden bleiben, um herauszufinden, was es mit Iris Molders Verschwinden auf sich hat.«

Tom wollte erneut intervenieren, doch auf den Rest der Truppe wirkte die Feststellung wie eine Initialzündung.

Pell sprang auf. »Ich kümmere mich um das Prepaid-Handy, von dem aus Molder nach ihrer Landung angerufen wurde«, rief er. »Vielleicht haben die Kollegen schon einen Hinweis auf seinen Verbleib.«

»Gut«, nickte Decker. »Dann übernehme ich die Spuren in ihrem Mietwagen.«

»Und ich höre mal bei den Kollegen nach, was aus Hamids Umfeld verlautet.« Luca Niemeyer steckte sein

Smartphone ein. »Vielleicht stoßen wir ja dort auf etwas, das uns weiterbringt.«

Em beobachtete, wie Zhou Hilfe suchend zu Tom hinübersah. Er schien der Einzige zu sein, von dem sie sich so etwas wie Rückendeckung erhoffte. Doch die geballte Entschlossenheit seiner Teamkollegen hatte seinen Widerstand gebrochen.

»In Gottes Namen«, stöhnte er. »Dann verschieben wir die endgültige Entscheidung über den Fortgang der Aktion auf morgen.«

»Ja«, sagte Em. »Morgen.«

10

Ehemaliges Truppenübungsgelände Mönchbruch, 10. Juli 2015, 2.16 Uhr

Iris Molder schreckte aus einem tiefen, unruhigen Schlaf hoch, als unmittelbar neben ihr etwas ins Wasser platschte.

Erschreckt riss sie die Augen auf. Doch auch dieses Mal kam die Ernüchterung. Es blieb stockfinster.

Dennoch hatte sie das Gefühl, dass da etwas war. Etwas, das zu ihr in die Tiefe hinabgekommen war. Oder gestiegen. Wie auch immer. Es befand sich links von ihr, so nah, dass sie eigentlich nur die Hand auszustrecken brauchte, um es zu berühren. Und es … Ja, es bewegte sich!

Scheiße, was ist das?!

Jähe Panik flammte in ihr auf. Eine Ratte? Irgendein anderes Ekeltier? Oder gar ein Mensch?

Oder …

War ER es?

Sie hielt die Luft an und lauschte in die Stille. Irrte sie sich? War am Ende doch alles nur Einbildung? Unwillkürlich musste sie an den Schauspielkurs denken, den sie als Schülerin besucht hatte. Die Sache hatte in irgendeinem düsteren Hinterhaus stattgefunden, aber der Dozent war wirklich kompetent gewesen. Eine seiner Übungen hatte darin bestanden, dass ein Schüler mit verbundenen Augen auf einem Stuhl in der Bühnenmitte saß, während sich seine Mitspieler im Abstand von fünf oder sechs Metern im Halbkreis aufstellten. Per Handzeichen hatte der Dozent anschließend einen von ihnen ausgewählt, der sich dem Sitzenden so leise wie möglich nähern sollte, während der blinde Proband nichts weiter zu tun brauchte, als möglichst frühzeitig und möglichst genau die Richtung zu identifizieren, aus der ihm Gefahr drohte. Iris lächelte unwillkürlich. Sie war in dieser Übung stets die Beste gewesen, auch wenn sich ihr der tiefere Sinn des Ganzen erst viel später erschlossen hatte. Und jetzt ... Ja, dachte sie, jetzt habe ich genauso ein Gefühl wie damals. Ich fühle, dass da etwas ist. Ganz in meiner Nähe. Etwas oder jemand ...

Okay. Konzentrier dich!

Es war im Grunde ähnlich wie mit den verbundenen Augen beim Werfen. Du brauchst nicht alles zu sehen. Du kannst es genauso gut er*fühlen*. Unter den Naturvölkern, zum Beispiel, gab es Jäger, die trafen ihre Beute mit verbundenen Augen. Zielsicherheit hing nicht von einem einzigen Sinn ab. Und mit den Augen allein gewann man keine Kriege. Es war das Gesamtpaket, das über Leben und Tod entschied. Die Summe aller Sinneseindrücke.

Iris stand ganz still und horchte auf ihre innere Stimme.

Habe ich das Gefühl, beobachtet zu werden?

Klares Ja.

Ist derjenige, der mich beobachtet, neben oder über mir?

Über mir. Aber da ist auch noch etwas in meiner unmittelbaren Nähe. Etwas Gegenständliches. Ich kann es fühlen. Links von mir.

Gut so. Finde heraus, was es ist. Nichts ist gefährlicher als Unwissenheit. Also nur Mut! Greif danach!

Sie holte tief Luft. Dann drehte sie sich blitzschnell und ansatzlos nach links und packte zu. Nur einen Wimpernschlag später hielt sie ein rundgeschmirgeltes Stück Holz in der Hand. Sie stutzte kurz, dann wusste sie Bescheid: eine Sprosse. Die Sprosse einer Strickleiter!

Aus der Finsternis über ihr erklang Klatschen. Er applaudierte ihr!

Vermutlich benutzte er ein Nachtsichtgerät.

Sie legte den Kopf in den Nacken und funkelte blind durch die Düsternis zu ihm hinauf. »Sehr witzig!«

Ihr war sofort klar, dass er sie getestet hatte. Ihr Reaktionsvermögen. Ihre Instinkte. Er wollte wissen, wie gut er auf sie aufpassen musste. Und nach dem, was sie ihm gerade verraten hatte, würde er sie vermutlich keine Sekunde mehr unfixiert irgendwo zurücklassen. Sie versuchte, den Ärger herunterzuschlucken, als über ihr ein Licht aufflammte. Es war nicht besonders hell, doch ihre entwöhnten Augen rebellierten wie verrückt, und ganze Tränenfluten schossen ihre Wangen hinab. Trotzdem versuchte Iris sich instinktiv so zu stellen, dass ihr Schatten das Loch in der Schachtwand verdeckte. Den Tritt, den sie in mühevoller Knochenarbeit geschaffen hatte. Warum, verdammt noch mal, hatte sie nicht daran gedacht, den Stein zurückzuschieben, bevor sie eingeschlafen war? Warum war sie zu faul gewesen, die Lücke wenigstens notdürftig zu kaschieren?

Jetzt würde er das Loch sehen, und alles wäre umsonst gewesen. Die Enttäuschung legte sich wie eine eisige Hand um ihre Kehle.

»Kommen Sie rauf!«

Nach wie vor konnte sie praktisch nichts sehen, aber anhand seiner Stimme schätzte sie den Abstand zum Schachtrand auf etwa vier Meter. Genau, wie sie erwartet hatte: eine ziemliche Nummer, aber zu schaffen.

Es wäre zu schaffen gewesen, korrigierte ihr Verstand. *Deine Chance bestand darin, hier raus zu sein*, bevor *er zurückkehrt. Aber jetzt ist er da, und du hockst immer noch in diesem gottverdammten Drecksloch!*

Und wenn schon, dachte sie trotzig. Noch bin ich nicht tot. Und er will, dass ich zu ihm hinaufsteige. Es wird eine neue Chance geben.

Eine neue Gelegenheit.

»Los doch!«

Sie blinzelte angestrengt in die Helligkeit, die ihn umgab, und allmählich nahm sie wieder so etwas wie Konturen wahr. Die Leiter, die er zu ihr heruntergelassen hatte, schien neu zu sein. Iris schlang ihre klammen Finger um die beiden Seile und setzte vorsichtig den Fuß auf die unterste Sprosse. Die Sohlen ihrer Schuhe quietschten vor Nässe, und von Trittsicherheit konnte keine Rede sein. Aber ihr war bewusst, dass sie ihm nicht das Gefühl geben durfte, sich zu widersetzen. Also tat sie ihr Bestes, um irgendwie Halt zu finden. Trotzdem brauchte sie ewig, bis sie so weit nach oben geklettert war, dass er ihren Arm zu fassen bekam und sie mit einem entschlossenen Ruck auf den Schachtrand zog.

»Und jetzt?«, fragte sie, als sie neben ihm stand. »Bringen Sie mich jetzt endlich in meine Pension? Ich könnte 'ne Dusche brauchen.«

Er lachte, und erst jetzt fiel ihr auf, dass er eine Maske trug. Was er damit bezweckte, war ihr nicht klar, immerhin hatte sie sein Gesicht längst gesehen. Und sie konnte diesem Gesicht sogar einen Namen zuordnen. Etwas, das ihm vermutlich nicht bewusst war. Aber sie war schon zu lange im Geschäft, um noch irgendetwas dem Zufall zu überlassen, wenn sie einen Job annahm. Also hatte sie ihren Kontaktmann bei der belgischen Polizei gebeten, ihr Informationen über alle Männer zu besorgen, die bei dieser Operation für ihre Sicherheit garantieren würden. Er hatte sich zunächst geweigert, doch Iris hatte ihm das Argument aller Argumente entgegengehalten: »Ich vertraue diesen Menschen mein Leben an – denken Sie nicht, dass ich unter diesen Umständen wenigstens ihre Namen kennen sollte?«

Das hatte ihn überzeugt, und sie hatte noch am selben Tag eine Mappe mit Exposés erhalten. Fotos, Namen, Altersangaben, berufliche Stationen und Dienstgrade. Nicht viel, aber immerhin ein Anfang. Und aufgrund ihrer Erfahrung war sie durchaus in der Lage, auch aus einem noch so spärlichen Informationsgerüst das eine oder andere rückzuschließen.

»Also, was ist nun mit der Dusche?«, fragte sie.

Wieder Lachen. »Später vielleicht. Zuerst machen wir einen kleinen Ausflug.«

»Super. Und wohin soll's gehen?«

»Warten Sie's ab!«

Obwohl er sehen musste, dass sie zumindest im Augenblick nicht zu nennenswerter Gegenwehr imstande war, ging er kein Risiko ein und ließ die Pistole in ihrem Rücken nicht eine einzige Sekunde sinken, als er den Lichtkegel auf die Wand gegenüber richtete. Dort stand zu ihrer größten Überraschung ihre Reisetasche.

»Ziehen Sie sich um!« Einen Moment lang glaubte Iris, sich verhört zu haben, doch bereits mit dem nächsten Satz zerstreute er alle Zweifel: »Die schwarze Chino mit dem roten T-Shirt. Und beeilen Sie sich!«

Dieser elende Scheißkerl ist an meinen Sachen gewesen, empörte sie sich innerlich, während sie in aller Eile versuchte, mehr von dem Raum zu erfassen, in dem sie sich befanden. Er war nicht gerade groß, vielleicht vier mal fünf Meter, und es schien tatsächlich eine Art Bunker zu sein. Das wiederum bedeutete vermutlich, dass sie sich noch immer irgendwo auf diesem ehemaligen Truppenübungsgelände befanden, an dessen Einfahrt sie sich getroffen hatten. Schemenhaft erkannte Iris ein rostiges Ventilationssystem an der niedrigen Decke. Daneben Versorgungsschächte mit armdicken isolierten Leitungen und Schläuchen. Altöl, Diesel, Strom. An der Wand neben ihrer Tasche hing ein Telefon aus den 70ern. Doch das Kabel, das einmal von dort zur nächsten Stromquelle geführt hatte, war zerschnitten und baumelte trostlos von dem grauen Kasten herunter. Kurzum: Die Möglichkeiten, die sich ihr boten, waren nicht gerade berauschend.

Also abwarten!

Aber was hatte er vor? Wozu sollte sie sich umziehen?

Sie streifte sich das bretthartе T-Shirt vom Körper und schlüpfte in die Chino. Allein die Tatsache, dass das Kleidungsstück trocken war, steigerte ihr Wohlbefinden deutlich. Außerdem spürte sie tief in ihren Fußsohlen ein leises Kribbeln. Ein erster Hinweis, dass die Taubheit, die das eisige Wasser in ihrem Körper hinterlassen hatte, allmählich schwand und sich die Erstarrung löste. Dass das Leben zurückkehrte. Und mit ihm die Kraft.

Du bist fit, rief sie sich in Erinnerung.

Und das stimmte. Bei allem, was sie sich in den letzten fünfzehn Jahren abverlangt hatte, war sie stets darauf bedacht gewesen, dass sie in Form blieb. Der schnelle Kick, die Drogen, das Adrenalin – nichts davon war ihr je so wichtig gewesen, als dass sie dafür ihre Fitness geopfert hätte. Ihre Gesundheit und Vitalität. Und im Grunde hatte sie auch gute Gene. Sie zuckte, als spotlightartig das Bild ihres Vaters vor ihr aufblitzte. Er hatte oft vom Krieg gesprochen. Von den Zeiten der Entbehrung, die er als kleiner Junge erlebt und die ihn stark und genügsam gemacht hatten. Und vielleicht war ja doch etwas dran, an der alten Weisheit, dass der Mensch erst in der Weißglut der Leiden zu jener Stärke fand, die ihn auszeichnete.

Iris rückte ihren BH zurecht und griff nach einem der beiden Handtücher, die sich ebenfalls in der Tasche befanden.

Ihr war klar, dass er jede noch so kleine Regung beobachtete, aber das hier war keine Situation, in der so was wie Intimsphäre noch eine Rolle spielte. Sie benutzte das Handtuch, ohne ihn um Erlaubnis zu fragen, und zog das rote T-Shirt an, dessen herrlich trockene Fasern den betörenden Duft von Weichspüler und Sauberkeit verströmten. Um noch ein wenig Zeit zu gewinnen, faltete sie ihr nasses Shirt zusammen und legte es neben die Tasche, immer darauf gefasst, dass er die Geduld verlor. Er verhielt sich so still, dass man seine Anwesenheit glatt vergessen konnte. Doch davon ließ sie sich nicht täuschen. Wenn sie auch nur eine einzige falsche Bewegung machte, würde er sie ohne Zögern erschießen.

Als sie fertig war, richtete sie sich auf. »Und was weiter?«

Er trat hinter sie. »Knien Sie sich hin!« Mit der freien Hand griff er in den Bund seiner Hose und zog eine Augenbinde heraus. »Hier! Legen Sie die um!«

Eine relativ harmlose Aufforderung, wenn man die Umstände bedachte. Und doch war Iris augenblicklich versucht, ihm zu widersprechen. *Wozu der Scheiß? Mach's dir selbst! Fick dich!*

Aber sie wusste auch, dass es unklug war, ihn zu provozieren, bevor sie durchschaut hatte, worauf das alles hinauslief. Also nahm sie ihm brav und folgsam den schwarzen Stoff aus der Hand und hob ihn an ihre Augen. Ihre Hände zitterten, als sie die Binde hinter ihrem Kopf zusammenknotete, aber sie konnte nichts dagegen tun. Dieses elende Drecksloch hatte sie mürbe gemacht. Das ließ sich leider nicht verhehlen. Während sie den Knoten überprüfte, hoffte sie inständig, dass er das verkrustete Blut unter ihren Nägeln nicht bemerkte. Die kleinen Risse und Wunden, die sie sich beim Graben zugezogen hatte. Was das Loch in der Schachtwand anging, hatte sie zweifellos noch mal Glück gehabt. Gottlob war dieser Brunnen, oder was immer es war, schattig und eng, sodass ihrem Entführer offenbar tatsächlich nichts aufgefallen war. Aber er schien zu spüren, dass ihr Zittern nicht allein auf Kälte und Erschöpfung beruhte.

»Ist was?«

»Was soll sein?«, gab sie zurück. Leicht aggressiv, ganz so, wie er es von einer Frau wie ihr erwartete.

»Sie zittern.«

»Das täuscht.« Ihr Lachen wurde von den meterdicken Mauern zurückgeworfen. »Ich hab gerade überlegt, ob ich meinen Bikini mitnehme.«

Stille. Dann: »Stehen Sie auf!«

Es wunderte sie, dass er sie noch immer siezte. Angesichts ihrer Situation empfand sie sein Festhalten an dieser Förmlichkeit fast schon als grotesk. Zugleich fragte sie sich, was das über ihn aussagte.

»Umdrehen!«

Einmal mehr musste sie sich arg zusammenreißen, um nicht zu rebellieren. Doch allein die Tatsache, dass er offenbar vorhatte, sie irgendwohin zu bringen, erhöhte ihre Chancen immens. Also ließ sie zu, dass er ihr die Hände hinter dem Rücken zusammenband. Er benutzte einen extrem schmalen Kabelbinder, dessen Ränder ihr tief in die Haut schnitten. Doch irgendwie schaffte sie es, zumindest ihre zerschundenen Daumen unter den Handflächen zu verbergen, bevor er zuzog.

Gleich darauf ertaubten ihre Hände aufs Neue.

»Sie gehen voraus!«

Iris verzog die Lippen zu einem ironischen Lächeln. »Würde ich gern, aber leider kann ich nichts sehen.«

»Keine Sorge.« Der Lauf seiner Waffe bohrte sich in ihren Rücken. »Gehen Sie einfach geradeaus. Ich zeige Ihnen schon, wo's langgeht!«

11

Berger Straße, Wohnung von Emilia Capelli, 10. Juli 2015, 2.49 Uhr

Ein leiser Duft von Jasmin schlich sich durch das sperrangelweit geöffnete Hinterhoffenster, als Em unsanft aus einem Albtraum hochschreckte. Schweißgebadet richtete sie sich auf und strich sich die zerzausten Locken aus der Stirn. Sie träumte nur selten. Und wenn, dann handelten diese Träume von dem Jungen im See, der ihrer Kindheit ein jähes Ende bereitet hatte. Von smaragdgrünem Wasser und sanften Wellen, die den kleinen Körper mit beinahe liebevoller Behutsamkeit hin und her wiegten, als wollten sie mit aller Macht wiedergutmachen, was ein Unbekannter, von dem bis heute jede Spur fehlte, wenige Stunden zuvor angerichtet hatte.

Doch meistens träumte sie gar nicht.

Sie schwang die Beine aus dem Bett und tappte, ohne Licht zu machen, in die Küche, wo sie sich ein Glas Wasser aus der Leitung nahm und es in einem Zug hinunterstürzte. Dann kehrte sie langsam, fast widerwillig ins Schlafzimmer zurück.

Ihr Traum-Ich war auf der Flucht vor einer nicht näher definierten Gefahr durch ein Maisfeld gestolpert. Hohe, knarrende Fruchtstände hatten sie umgeben wie riesige Zäune, die noch dazu beständig in Bewegung waren. Em hatte ihren eigenen, keuchenden Atem gehört, und der Geruch von Staub und ausgedörrter Erde war an ihre Nase gedrungen. Dazu ein seltsames Summen. Wie ein Schwarm Bienen, der sich irgendwo sammelte.

Sammelte, um anzugreifen.

Sie war immer weitergerannt, den unsichtbaren Verfolger im Nacken, ziellos und ohne Sinn und Plan. Und auf einmal hatte sie direkt vor sich ein Bündel zwischen den starren Halmen liegen sehen. Ein Rehkitz vielleicht. Als Kinder hatten sie oft erzählt bekommen, dass sich die Kitze in den ersten Wochen völlig reglos im Schutz eines Feldes oder einer Wiese verbargen, während ihre Mütter nach Nahrung suchten, und dass sie auf diese Weise oft Mähdreschern und anderen Erntemaschinen zum Opfer fielen. Also hatte sie sich dem Bündel genähert. Doch bevor sie es erreicht hatte, war ein Schatten auf ihren Weg gefallen.

Sie hatte nach oben geblickt, und da war ein Adler gewesen. Ein großer, majestätischer Adler, der ruhig und erhaben am Himmel über dem Feld kreiste.

»Ying dan fei yáng qún jí«, murmelte sie mit einem sarkastischen Lächeln.

Adler fliegen allein, Schafe gehen in Herden.

Jenes Sprichwort, das ihr noch vorgestern so völlig unpassend vorgekommen war. Und doch stellte sie – wie so oft bei Zhous Sprüchen – im Nachhinein fest, dass der kryptische Satz ihre augenblickliche Befindlichkeit und das Dilemma, in dem sie steckte, vortrefflich beschrieb: Sie hasste es, isoliert zu sein. Sie war nicht der Typ, der einsam und allein seine Kreise zog. Sie wollte nicht wachen, hoch über anderen, sie wollte sich nicht aufs Beobachten beschränken, aus der Distanz einer erhöhten Position die Schwächen ihrer Gegner ausloten, um dann irgendwann zuzustoßen. Kurzum: Sie wollte kein verdammter Adler sein!

Leider war die Alternative – zumindest nach Ansicht des chinesischen Volksmunds – offenbar ein Dasein als Schaf …

Das sang- und klanglose Untergehen in der Masse. Em seufzte. War es wirklich das, was sie wollte? Konformität?

Sie war schon immer ehrgeizig gewesen. Jemand, der gern möglichst weit vorn mitspielte. Bei Prüfungen genauso wie auf dem Sportplatz oder im Schießstand. Doch bislang hatte sie sich trotz allem als Teamplayer verstanden. Als einen Menschen, der sein Wissen bereitwillig teilte, der sich gern und regelmäßig mit anderen austauschte und sich anhörte, was sie zu sagen hatten. Sich an Kollegen vorbeizuschummeln, Intrigen und Ränke zu schmieden war ihre Sache nicht. Sie bevorzugte die direkte Auseinandersetzung. Aber wie sollte man sich auseinandersetzen, wenn man seinen Gegner nicht kannte? Und wieso stand mit einem Mal alles infrage, auf das sie sich bislang blind verlassen hatte? Warum konnten die Welt, der Job, das Leben nicht einfach so bleiben, wie sie waren?

Ihre Augen glitten über die stuckverzierte Decke. Tom war nicht mehr Tom.

Decker nicht mehr Decker.

Und selbst Zhou war nicht mehr »Zhou und Sie«, sondern plötzlich »Zhou und du«.

»Und das sogar auf meine eigene Veranlassung«, setzte sie kopfschüttelnd hinzu.

Ich wollte vor den Kollegen nicht dastehen, als ob ich noch immer nicht mit ihr klarkomme. Ich wollte diese verschworene Männergemeinschaft nicht wissen lassen, dass ich es nicht einmal über mich bringe, meine Partnerin beim

Vornamen zu nennen. Und … Ja, ich wollte uns auch schützen. Ich wollte nicht, dass sie glauben, einen Keil zwischen uns treiben zu können. Sie sollten spüren, dass es sich nicht lohnt, uns gegeneinander auszuspielen …

»Nein«, korrigierte sie sich. »Nicht SIE sollten es spüren, sondern TOM.«

Es ging mir darum, was Tom denkt. Oder nicht denkt. Das Zeichen, das ich setzen wollte, galt ihm allein. Damit er sich keine neuen Hoffnungen macht, auf die unweigerlich neue Enttäuschungen folgen.

Sie schloss die Augen und dachte wieder an seine sanften Berührungen. Und auch an die Vehemenz, mit der er sich gegen ihren Einsatz im Jumeirah ausgesprochen hatte. Was das betraf, hatten Zhou und er definitiv in dieselbe Kerbe geschlagen. Aber Tom bezahlte die Sorge um sie ungleich teurer. Sie wusste, er hatte weit mehr Fleiß und Sorgfalt in die Vorbereitung der Aktion heute Nachmittag gesteckt als jeder andere aus dem Team.

Die Erkenntnis versetzte ihr einen schmerzhaften Stich. Zumal es so aussah, als ob Tom sich wohl oder übel mit einer Niederlage abfinden musste. Mit der Tatsache, dass seine Arbeit umsonst gewesen war. Und es gab rein gar nichts, was er dagegen tun konnte. Denn Petrovic erwartete eine Frau …

Iris Molder …

Vor Ems innerem Auge erschien unvermittelt wieder die Liste, die Findloh ihnen bei ihrer ersten Begegnung überreicht hatte. Inzwischen war ein weiterer Name weggefallen. Was übrig blieb, waren vier Kollegen, die sie schätzte, mehr noch, die sie mochte.

~~Norman Kusch~~
Alexander Decker
Carsten Pell

Tom Ahrens
~~Thorsten Mohr~~
Luca Niemeyer
~~Hamid Candoglu~~

»Gehört Iris Molder auch auf diese Liste?«, flüsterte sie, während ein Duft von Jasmin, wie eine ferne Ahnung von Frieden durch das offene Fenster drang. »Und wenn ja, als was?«

Als mögliche Verräterin?

Als Opfer?

Oder war sie doch irgendetwas dazwischen?

Wofür sparte Decker Geld? Wer würde Hamid Candoglus Schwester zum Altar führen? Wie viele Rückschläge würde Tom noch wegstecken können, bevor er endgültig die Schnauze voll hatte von dem Job, von dem er genauso geträumt hatte wie sie? Und wenn es so weit war, was würde er tun? Wohin würde er gehen? Wie würde er leben? Und was täte sie selbst, wenn sie aus irgendeinem Grund aus ihrem Job aussteigen müsste? Gab es eigentlich so etwas wie einen Plan B in ihrem Leben?

Em fühlte, wie sich ihre Augen mit Tränen füllten. Fragen über Fragen, dachte sie. Und eine ist deprimierender als die andere.

Schon allein deshalb musste sie diesen Einsatz unbedingt durchziehen. Das war sie ihren Kollegen schuldig. Den Unschuldigen. Denen, die einfach nur ihren Job machten. Und auch Martina Mohr. Die junge Witwe war inzwischen mit ihren Kindern zu deren Großeltern nach Süddeutschland geflüchtet. Weit fort von den Gerüchten, die ihren Mann und seine Integrität infrage stellten. Würde sie jemals zurückkehren können, solange die Zweifel im Raum standen?

»Fragen!«, schnaubte Em. »Nichts als gottverdammte Fragen!«

Was bedeutete ihr Traum? Wovor musste sie auf der Hut sein? Auf wen konnte sie sich verlassen? Während sie den Adler über dem Maisfeld beobachtet hatte, war der unsichtbare Verfolger ihres Traum-Ichs unaufhaltsam näher gekommen. Em hatte seine Schritte gehört und seinen Atem in ihrem Nacken gespürt. Aber sie war nicht in der Lage gewesen, sich nach ihm umzudrehen und ihm ins Gesicht zu sehen. Stattdessen hatte ihr Blick wie festgefroren an den mächtigen Schwingen des Adlers geklebt, der sich buchstäblich unter ihren Augen in einen Drachen verwandelt hatte. Einen großen blauen Drachen mit einer Mähne aus schimmerndem Tigerfell.

Bi'an, das zweite der neun Drachenkinder. Dasjenige unter ihnen, das mit schlafwandlerischer Sicherheit Gut von Böse unterscheiden konnte. Das gerecht war und mutig und weise.

»Ach, Kay«, murmelte Em, schon halb im Einschlafen, »du bist zweifellos ein verdammt kluges Mädchen! Aber in diesem speziellen Fall hast du dich leider geirrt …«

12

Sparkassenfiliale Frankfurt-Fechenheim, 10. Juli 2015, 2.56 Uhr

Alles, was du hörst, und alles, was du siehst, kann dir etwas über deinen Gegner verraten, hatte ihr Ausbilder ihr Tag für Tag eingebläut. Und tatsächlich: Mit jeder Sekunde, die verstrich, wusste sie mehr.

Sie hatte die Schritte gezählt, die sie gebraucht hatten,

um aus dem Bunker, in dem er sie gefangen hielt, ins Freie zu gelangen. Die Schritte hatte sie in Meter umgerechnet und die daraus resultierenden Informationen in ihrem Kopf in einen Plan verwandelt. Einen Grundriss. Sie hatte auf jedes noch so kleine Geräusch geachtet, auf Stufen, Nässe, Unebenheiten und die Beschaffenheit des Bodens. Und jetzt wusste sie: Es waren drei Räume und zwei lange Gänge von ihrem Schacht bis an die frische Luft. Alles in allem rund zweihundert Meter.

Sie wusste auch, dass die Eingangstür des Bunkers mit einem Riegel verschlossen wurde, der sich von außen und innen gleichermaßen öffnen ließ. Und sie wusste, dass er sie in einem Bereich des Truppenübungsgeländes gefangen hielt, den man relativ bequem mit einem Auto erreichen konnte. Mehr noch: Man konnte bis auf wenige Meter an den Bunkereingang heranfahren. Er hatte sich einen extra Wagen besorgt, um sie zu transportieren. Einen VW-Bus, dem Klang der Schiebetür und des Motors nach zu urteilen, ein T4. Der Laderaum war komplett entkernt, die Scheiben mit blickdichten Folien verdunkelt. Die konnte sie zwar nicht sehen, aber alles andere machte keinen Sinn.

Iris konnte das Latex seiner Handschuhe auf dem Steuer quietschen hören, wenn er aus alter Gewohnheit versuchte, das Lenkrad nach einer Kurve elegant durch die Hände laufen zu lassen. Sein Fahrstil verriet ihr darüber hinaus, dass er gut und gerne Auto fuhr. Aber auch, dass er darauf achtete, nicht aufzufallen. Deshalb fuhr er zügig, ohne je den Rahmen des Zulässigen zu sprengen. Er war vorsichtig, ein Mann mit Erfahrung. Jemand, der nichts dem Zufall überließ.

Sie ließ den Kopf auf den gummierten Boden sinken, der genau wie die Vordersitze entfernt nach Zigarettenrauch roch, und versuchte, die Wärme in sich aufzusaugen, die der Wagen verströmte. Draußen war Nacht, auch das konnte sie sagen. Nicht nur, weil so wenig Verkehr herrschte, sondern auch, weil es nachts grundsätzlich ganz anders roch als tagsüber. Ganz besonders jetzt, im Sommer, wo die Nacht sich bescheiden musste auf die wenigen Stunden zwischen Sonnenuntergang und Dämmerung.

Einmal mehr schnupperte sie in den sanften Luftzug, der durch das spaltbreit geöffnete Seitenfenster auf der Fahrerseite hereinwehte.

Es war etwa drei Uhr in der Frühe.

Die Stunden rund um Mitternacht fühlten sich grundlegend anders an. Sie rochen anders. Schmeckten anders. Klangen anders. Sie waren geprägt vom Leben jener Gestalten, die nicht nach Hause fanden. Weil sie nicht nach Hause finden wollten. Weil sie dort nicht von dem Richtigen erwartet wurden. Oder weil sie gar kein Zuhause besaßen, in das sie zurückkehren konnten. Es waren die Stunden, in denen der Alkoholpegel am höchsten war, die Schläge am härtesten und die Worte so aufrichtig wie zu keiner anderen Zeit des Tages. Die Stunden, in denen die Emotionen Achterbahn fuhren und die Verlorenen sich mit vereinten Kräften dem nahenden Morgen entgegenstemmten.

Doch dann, in jeder Nacht aufs Neue, war er plötzlich da, jener magische Moment, in dem die Stimmung kippte. In dem der Lärm verklang und die Wut der Einsamkeit Platz machte.

Drei Uhr früh …

Leberzeit, wie ihr einmal ein Arzt erklärt hatte. Die Zeit der Entgiftung. Die Zeit, in der die Natur Atem holte und der Mensch gezwungen war, die eigenen Gefühle durch ein Brennglas zu betrachten, falls er nicht das Glück hatte, zu schlafen. Die Zeit der Konfrontation …

Konfrontation ist ein gutes Stichwort!, dachte Iris, als ihr Körper unsanft gegen die nackten Vordersitze geschleudert wurde.

Gleich darauf ging der Motor aus.

Die Handbremse rastete ein.

Dann war es totenstill.

Und jetzt? Was hat er vor?

Sie hörte, wie er den Gurt löste. Gleich darauf schlug die Fahrertür zu.

Dann Schritte.

Sie stoppten vor der Seitentür, und Iris machte sich innerlich bereit, ihm wieder gegenüberzutreten. Sie hatte keine Ahnung, was ihr blühte, wohin er sie gebracht hatte oder was nun geschehen würde, und ihr Körper vibrierte vor unterdrückten Emotionen. Flirrende Spannung. Adrenalin pur.

Doch erst einmal tat sich gar nichts.

Worauf wartet er?

Warum steht er da draußen rum?

Die Stille verdichtete sich immer mehr, und Iris musste an sich halten, nicht zu schreien. Was, zum Teufel, hatte dieser Mistkerl vor? Was bezweckte er mit all dem? Und waren sie wirklich mitten in der Stadt, so wie es ihr vorkam?

Sie wusste, sie waren etwa zwanzig Minuten gefahren. Einen großen Teil dieser Zeit waren sie auf einer Bundesstraße oder Autobahn unterwegs gewesen, was bedeutete, dass sie durchaus einige Kilometer zurückgelegt haben konnten. Aber warum tat sich nichts da draußen? Während immer neue Fragen durch ihren Kopf jagten, registrierten ihre ausgehungerten Sinne plötzlich eine Bewegung. Sie ging nicht von ihm aus, dazu war sie viel zu entfernt. Aber da war etwas!

Iris hielt den Atem an.

Auf der anderen Straßenseite geht jemand!

Und gleich darauf hörte sie auch eine Stimme.

Nein, nicht eine, sondern zwei. Ein Mann und eine Frau. Die Frau sagte etwas zu ihrem Begleiter, das sie nicht verstehen konnte. Aber es klang aufgebracht. Die Antwort hingegen fiel wesentlich ruhiger aus, und einen Moment lang überlegte Iris, ob es Sinn machte, zu schreien. Doch sie entschied sich dagegen. Sie wusste nur zu gut, wie sehr Menschen, die um diese Uhrzeit noch auf den Beinen waren, um sich selbst kreisten. Wie wenig sie interessierte, was um sie herum vorging. Ob jemand in Not war. Oder Gefahr drohte.

Nein, dachte sie, diese beiden sind nicht die Chance, auf die ich gewartet habe.

Ich muss Geduld haben.

Sie lauschte dem Pochen ihres Herzens. Versuchte ihren Atem unter Kontrolle zu bringen. Ihren Körper zu spüren. Sich zu wappnen.

Irgendwann waren die Schritte des Paares verklungen, und der Mann, der sie gefangen hielt, riss die Schiebetür auf.

Iris konnte das Licht seiner Taschenlampe fühlen, das sich wie eine sanfte Berührung auf ihre Haut legte. Auf den dichten schwarzen Stoff über ihren Augen. Doch nur Sekunden später war es schon wieder verschwunden.

Er war vorsichtig.

»Ich werde Ihnen jetzt die Augenbinde abnehmen und Ihre Hände losmachen«, erklärte er ruhig. »Sie werden mich unter keinen Umständen ansehen. Und Sie drehen sich auch nicht zu mir um, klar?«

Sie nickte, während sie einzuordnen versuchte, was seine Ankündigung zu bedeuten hatte.

Hieß das, dass er sie gehen lassen wollte?

Sie drehen sich auch nicht zu mir um …

Die leise Hoffnung, die seine Worte in ihr nährten, tat gut. Aber Iris war viel zu erfahren, um dem Frieden so ohne Weiteres zu trauen.

Sie rutschte ein Stück nach vorn und schwang die Beine

aus der geöffneten Schiebetür. Gleich darauf fühlte sie Asphalt unter ihren Sohlen. Die Klinge seines Messers ratschte durch den Kabelbinder an ihren Handgelenken. Sofort strömte das abgeklemmte Blut mit tausend Nadelstichen in ihre Finger zurück.

Iris verzog das Gesicht.

Sie hörte, wie er das Messer wegsteckte. Dann drückte er ihr irgendein Plastik in ihre noch immer nicht wieder voll funktionsfähige Hand. Eine Kreditkarte oder etwas in der Art, wie sie verwundert feststellte.

»Was ist das?«

»Wir müssen ein bisschen Geld abheben.«

Sie war nicht sicher, ob sie ihn richtig verstanden hatte.

»Die Geheimzahl lautet 4–1-2–1. Sie gehen an einen der Geldautomaten und heben vierhundert Euro ab. Danach drehen Sie sich unverzüglich um und kommen auf direktem Weg zurück.«

Er machte eine Pause, und vorsichtshalber nickte sie.

»Ich werde Sie die ganze Zeit über im Blick haben. Wenn Sie auch nur eine einzige falsche Bewegung machen, erschieße ich Sie.«

Während sie noch immer ungläubig die Bankkarte in ihrer Hand befühlte, trat er hinter sie und löste die Binde über ihren Augen.

Sie sah eine Straße, eng, vermutlich Einbahn. Die Häuser rechts und links waren zum Teil sehr alt. In die Lücken dazwischen hatte man unambitioniert ein paar neue Gebäude gesetzt. Eines hässlicher als das andere. Nicht die beste Gegend, schloss Iris, aber definitiv auch kein Slum. Die pulsierende Innenstadt mit ihren himmelhohen, ewig glitzernden Fassaden schien Lichtjahre entfernt. Vermutlich befanden sie sich in einem der weniger frequentierten Vororte.

Ihre Blicke glitten über die Häuserfronten. Ein Friseursalon. Die Volksbank. Fachgeschäfte. Ob in den Wohnungen darüber Menschen wohnten, konnte sie auf die Schnelle nicht sagen. Aber es war anzunehmen …

Schreien? Flüchten?

Oder einfach abwarten?

Er hatte den Bus in einer Parktasche unmittelbar vor dem Eingang einer Sparkassenfiliale geparkt. Links daneben befand sich ein türkisches Restaurant, das natürlich längst geschlossen hatte.

»Los!« Er hatte eine Schirmmütze aufgesetzt und verbarg seine Augen zusätzlich hinter einer dicken Sonnenbrille. »Öffnen Sie!«

Sie schob die EC-Karte in den Schlitz neben der Tür. Gleich darauf glitt das Glas mit dem Sparkassenlogo einladend zur Seite.

»Der da drüben!« Er stupste sie in Richtung eines Geldautomaten an der gegenüberliegenden Wand. »Sie haben genau vierzig Sekunden. Also beeilen Sie sich!«

Er selbst blieb an der Tür zurück, aber Iris hatte keinen Zweifel, dass er sie genau im Blick hatte.

Wenn Sie auch nur eine einzige falsche Bewegung machen, erschieße ich Sie …

Sie biss sich auf die Lippen. Sie wusste, wenn sie ihm entkommen wollte, hatte sie nur einen einzigen Versuch. Wenn der misslang, würde sie nicht überleben. Umso sorgfältiger hieß es haushalten mit den eigenen Ressourcen. Keine Fehler machen. Keine Kraft verschwenden. Nachdenken.

Wozu braucht er Geld?

Ihre zerschundenen Finger führten die Karte in den Automatenschlitz ein, während auf der imaginären Stoppuhr in ihrem Kopf gnadenlos die vierzig Sekunden zerrannen, die er ihr zugestanden hatte. Dabei streifte ihr Blick den Namen, der auf der Karte stand.

Iris erstarrte.

Das also ist der Plan!

Ihr Herzschlag beschleunigte sich, und die feinen Härchen auf ihrer Haut stellten sich auf.

Du musst etwas tun.

Das hier ist vielleicht die einzige Chance, die du noch hast.

Die einzige Gelegenheit.

Nutze sie!

VIER

Schau – und du wirst es finden.
Was nicht gesucht wird,
das wird unentdeckt bleiben.

Sophokles

I

`Niederrad, Haus von Daniela Levante, 10. Juli 2015, 8.46 Uhr`

»Vielen Dank, dass ich so früh schon vorbeikommen konnte«, sagte Zhou mit einem, wie sie hoffte, halbwegs entschuldigenden Lächeln.

»Kein Problem. Ich hab sowieso noch Urlaub.«

Daniela Levante war eine große, dunkelhaarige Frau mit ausgeprägten Wangenknochen und einer hohen, von einem nahezu perfekt geformten Haaransatz gekrönten Stirn. Sie bot Zhou einen Stuhl an und setzte sich ihr gegenüber auf eine ausladende Küchenbank, doch die Art, wie sie dasaß, wirkte unbequem. Fast so, als ob sie sich in ihren eigenen vier Wänden nicht recht zu Hause fühlte.

»Tja, das war wirklich Pech«, erklärte sie auf Zhous Frage nach ihrem Verzicht auf einen Start bei den letztjährigen Clubmeisterschaften. »Ich spiele nämlich sehr gern mit Matteo und hatte eigentlich auch im Einzel ganz gute Chancen. Aber ein paar Tage vor dem Turnier bin ich ziemlich übel ausgerutscht und habe mir das Fußgelenk gebrochen. Und damit war ich natürlich erst mal komplett ausgeknockt.«

Zhou hatte selbstverständlich längst überprüft, dass diese Angabe der Wahrheit entsprach. Und im Grunde hatte sie selbst keine Ahnung, was sie sich eigentlich von diesem Besuch versprach. Aber einfach nur tatenlos herumsitzen, während Capelli sich auf ihren hochbrisanten Einsatz im Jumeirah vorbereitete? Das ging gar nicht! Immerhin gab es mehr als genug zu tun. Zhou blickte sich in der großen Wohnküche um, die nahtlos in ein noch großzügigeres Esszimmer überging.

An einer der Wände standen ein paar Umzugskartons.

Die Hausherrin bemerkte ihren Blick und lächelte. »Mein Mann und ich lassen uns scheiden«, bekannte sie freimütig.

»Tut mir leid«, entgegnete Zhou mechanisch.

»Mir nicht«, gab Daniela Levante einen Hauch zu locker zurück. »Es lief schon lange nicht mehr gut. Und jetzt ziehen wir die Konsequenzen.«

Zweifellos ein super Zeitpunkt, um ihr intime Fragen zu stellen, dachte Zhou unbehaglich. Doch sie durfte sich auch nicht durch falsche Rücksichtnahme von ihren Zielen abbringen lassen. »Wie lange spielen Sie schon mit Herrn Welsch Tennis?«, tastete sie sich langsam an das Thema ihres Interesses heran.

»Schon eine ganze Weile.« Sie sah zur Decke hoch, während sie nachrechnete. »Vier Jahre, denke ich.« Nochmals überlegen. Dann ein entschiedenes Nicken. »Ja, das kommt ungefähr hin.«

»Und vorher?«

Daniela Levantes Augen füllten sich mit Unverständnis. »Was meinen Sie?«

»Hatten Sie vorher einen anderen Mixed-Partner?«

»Ach so! Nein. … Das heißt doch. Aber vorher habe ich in Paderborn gespielt.« Sie lächelte. »Wir sind erst vor vier Jahren hergezogen.«

»Spielt Ihr Nochehemann auch Tennis?« Zhou war nicht sicher, ob Daniela Levante ihr die Formulierung übel nehmen würde. Doch sie schien sich nichts dabei zu denken.

»Werner? Nein, überhaupt nicht«, antwortete sie im gleichen unbedarft-freundlichen Tonfall wie zuvor. »Er interessiert sich genauso wenig für Schläger und Grundlinienduelle wie Melissa.«

Na, wenn das keine Steilvorlage war! »Kennen Sie Frau Welsch gut?«

»Was heißt gut?« Daniela Levante blickte an ihr vorbei aus dem Fenster, wo die Morgensonne den Garten in traumschönes Sommerlicht tauchte. »Wir waren ein paarmal bei den beiden eingeladen. Zu Matteos Geburtstag, zum Beispiel. Und sie waren auch schon mal zusammen hier.«

Zhou nickte. »Hat Herr Welsch Ihnen irgendwann mal Avancen gemacht?«

Daniela Levantes Lachen war laut und echt. »Matteo? Um Himmels willen, nein. Nie.«

»Was ist mit anderen Frauen?«

»Auch nicht.« Von einem Augenblick auf den anderen war sie wieder ernst. »Er ist keiner von denen, die sich an alles ranschmeißen, was einen Rock trägt.«

»Aber er sieht ziemlich gut aus, nicht wahr?«

Ihr Kommentar erschöpfte sich in einem gleichgültigen Achselzucken.

»Wie würden Sie Matteos Ehe beurteilen?«, entschied sich Zhou für einen Themenwechsel.

»Glauben Sie im Ernst, dass man so was von außen auch nur halbwegs zuverlässig beurteilen kann?«, gab Daniela Levante mit einem vielsagenden Blick auf die Umzugskartons in ihrem Esszimmer zurück.

Nein, gab Zhou ihr stumm zur Antwort. Das beste Beispiel dafür waren vermutlich die Svenssons …

»Wenn Sie unsere Bekannten gefragt hätten, wie sie unsere Ehe beurteilen, würden sie vermutlich durch die Bank geantwortet haben, dass sie uns um unsere Nähe und unser verständnisvolles Miteinander beneiden.« In Daniela Levantes Stimme stahl sich ein Hauch von Spott. »Deshalb bin ich, was so was angeht, ausgesprochen vorsichtig mit meiner Einschätzung. Allerdings hatte ich von Anfang an den Eindruck, dass Matteo und Melissa sehr eng sind, falls Ihnen das irgendwie weiterhilft.«

»Ist Melissa denn nicht eifersüchtig, wenn ihr Mann mit anderen Frauen Tennis spielt?«

Daniela Levante runzelte die Stirn. »Eifersüchtig? Auf mich?«

»Auf Sie oder andere Frauen, mit denen Matteo zu tun hat.«

Sie dachte eine Weile nach. »Ich glaube nicht«, sagte sie dann, doch es klang nicht mehr ganz so überzeugt wie vorher. »Er kann zwar überaus charmant sein, aber ich habe ihn noch nie ernsthaft flirten sehen. Und außerdem ruft er Melissa regelmäßig an, damit sie weiß, wo er ist.«

Das überraschte Zhou. Ihrer Erfahrung nach taten Männer dergleichen nur, wenn sie ein schlechtes Gewissen hatten. Oder selbst ein gewisses Maß an Kontrolle ausüben wollten. Und das eine erschien ihr so wenig erstrebenswert wie das andere. »Mögen Sie sie?«

»Sie meinen Melissa?« Die Frage ging ihr sichtlich zu weit. Trotzdem rang sie sich zu einer Antwort durch: »Ja, ich mag sie sogar sehr.«

»Und was ist mit Sonja Svensson?«

Daniela Levante stand auf und nahm eine Flasche Mineralwasser aus dem Kühlschrank. »Die kannte ich nur vom Sehen.«

Exakt dieselben Worte hat Armin Bormann auch benutzt, dachte Zhou. Und zumindest bei ihm entsprach diese Behauptung nicht den Tatsachen. »Aber Sie haben von ihrer Ermordung gehört, oder?«

Sie nickte. »Sicher. Wer nicht?«

»Haben Sie mit Herrn Welsch darüber gesprochen?«

»Keine Ahnung, vermutlich ja.«

Vermutlich …

»Erinnern Sie sich noch an seinen Kommentar?«

»Nein.« Sie griff nach zwei Gläsern und kehrte an den Tisch zurück. »Ich nehme an, dass er genauso schockiert war wie wir alle.«

Zhou bedankte sich für das Wasser und nahm einen Schluck, auch wenn ihr klar war, dass Daniela Levante mit der Bewirtungsaktion nur Zeit gewinnen wollte. »Waren Sie bei diesen Clubmeisterschaften, die Sie nicht aktiv bestreiten konnten, wenigstens als Zuschauerin dabei?«

»Na klar. Ich war neugierig, wie sich die anderen schlagen. Und da ich meistens recht lange im Turnier bin, wenn ich antrete, habe ich sonst eher selten Gelegenheit, mal ein bisschen zu gucken.«

»Haben Sie sich auch das Mixed-Finale angesehen?«

Daniela Levante bejahte. »Es war ein gutes Match, mit zwei annähernd gleichstarken Teams. Aber Matteo kann sehr entschlossen sein, wenn er ein Ziel erreichen will.«

»Und deshalb haben sie gewonnen?«

»Ja«, nickte sie, »ich schätze, deshalb haben sie gewonnen. Es ist fast immer die Entschlossenheit, die über den Ausgang solcher Partien entscheidet«, setzte sie hinzu. »Die Fähigkeit, geduldig auf seine Chance zu warten, und den Sack dann blitzschnell zuzumachen.«

Was mache ich hier eigentlich?, überlegte Zhou, die das unangenehme Gefühl hatte, dass sie sich mehr und mehr festfuhren. Ich schieße eine Ladung Schrot in die Luft und hoffe, dass ich irgendwas treffe. Das ist nicht besonders professionell! Sie atmete tief durch. »Haben an diesem Nachmittag viele Leute zugesehen?«

»Für unsere Verhältnisse ja.«

»Was heißt das in Zahlen?«

»Schwer zu sagen, zumal bei solchen Spielen ein ständiges Kommen und Gehen herrscht.« Daniela Levantes Finger zeichneten ein Muster auf die Tischplatte, während sie ihre Erinnerung befragte. »Im Schnitt waren es etwa fünfzig oder sechzig Personen, würde ich sagen.«

Zhou zog ihr Tablet aus der Tasche und rief die Fotos auf, die Sonja Svensson und Matteo Welsch in inniger Umarmung am Netz zeigten. »Können Sie sich vorstellen, wer das hier fotografiert haben könnte?«, fragte sie geradeheraus.

Matteo Welschs Mixed-Partnerin betrachtete die Aufnahmen mit interessierter Aufmerksamkeit. Bei den Ausschnittvergrößerungen zog sie kurz die Augenbrauen zusammen. »Das sind ziemlich viele Bilder«, stellte sie fest, als sie durch waren.

Zhou nickte nur.

»Folglich müsste der Fotograf ja eigentlich jemand gewesen sein, dem an diesem Spiel besonders gelegen war, oder?«

An dem Spiel oder an einem der Beteiligten, dachte Zhou. »Ist es bei Ihnen im Club denn üblich, dass solche Endspiele ausführlich im Bild dokumentiert werden? Gibt es vielleicht sogar jemanden, der Videos der Partien erstellt? Für YouTube, zum Beispiel?«

Doch Daniela Levante schüttelte umgehend den Kopf. »Nein, solche Praktiken haben bei uns zum Glück noch keinen Einzug gehalten«, rief sie lachend. »Bei uns geht's um den Sport und nicht um Selbstdarstellung. Und ich hätte, ehrlich gesagt, auch keine Lust, dass alle Bälle, die ich versemmele, auf ewig durchs Internet geistern.«

»Und so etwas wie ein Siegerfoto gibt es nicht?«, beharrte Zhou.

»Sie meinen so eins, wo die Gewinner den Pokal präsentieren? Doch, das schon. Das wird meistens vor dem Clubhaus aufgenommen.«

Zhous sah noch einmal die Bilder durch. Ein Foto, wie es Daniela Levante gerade beschrieb, war nicht darunter.

»Melissa jedenfalls war damals nicht dabei«, stellte ihre Gesprächspartnerin unterdessen nachdenklich fest. Offenbar ließ sie die Frage nach dem unbekannten Fotografen nicht los. »Und Sonja Svenssons Mann habe ich auch nie bei uns auf der Anlage gesehen. Dass sie verheiratet war, habe ich überhaupt erst aus der Presse erfahren.«

Das ist interessant, dachte Zhou. Auch wenn sie längst abgeklärt hatte, dass Erik Svensson an dem bewussten Samstag gar nicht in Frankfurt gewesen war, sondern seine Mutter von einem Kuraufenthalt am Chiemsee abgeholt hatte.

»Leider habe ich an diesem Nachmittag selbst keine Fotos gemacht, aus denen irgendwas hervorgehen könnte«, murmelte Daniela Levante, ohne die Augen von Zhous Tablet zu nehmen. Doch dann stutzte sie plötzlich und zog die Stirn kraus.

»Was ist?«, fragte Zhou alarmiert.

»Etwas daran ist seltsam … Darf ich?« Sie nahm das Tablet und scrollte sich noch einmal sorgfältig durch die Bilder, die Sonja Svensson in ihrem Spind versteckt hatte. »Diese Perspektive …«

»Was ist damit?«

Anstatt zu antworten, sprang ihre Gesprächspartnerin auf und eilte zu einer schmalen Kommode, auf der ein älterer Drucker stand. Sie zog ein Blatt aus dem Papierfach und nahm einen Stift von der Ablage daneben. Dann kehrte sie zum Tisch zurück. »Wenn das der Platz ist«, erklärte sie, während sie ein großes schwarzes Rechteck zeichnete, »dann befindet sich hier eine kleine Tribüne. Und hier stehen normalerweise die Zuschauer.« Ihr Stift schraffierte rasch größere Flächen an der Längs- und der vorderen Schmalseite des Courts. »Aber auf den Fotos, die Sie da haben, ist im Hintergrund deutlich das Clubhaus zu erkennen. Und das heißt, dass derjenige, der sie aufgenommen hat, ungefähr …« Sie kniff die Augen zusammen und entschied sich dann für einen Punkt an der Ecke, die der Tribüne gegenüberlag. »…. ungefähr hier gestanden haben muss.«

»Und was ist da?«, fragte Zhou, die das Ganze trotz der bemerkenswert anschaulichen Zeichnung noch nicht überblickte.

Daniela Levante sah sie an. »Büsche.«

»Büsche?«

»Ja, genau. Büsche.«

»Sie meinen, derjenige, der diese Bilder aufgenommen hat, stand irgendwo im Grünen und wollte nicht bemerkt werden?«

Sie zuckte die Achseln. »Keine Ahnung. Vielleicht.« Dann hielt sie abermals inne. »Aber … Also ein bisschen unheimlich finde ich das jetzt schon.«

Zhou sah sie fragend an.

»Die Vorstellung, dass jemand dort war, der heimlich fotografiert hat.« Über ihr Gesicht legte sich ein Schatten. »Mein Mann hat mich damals für verrückt erklärt, aber ich hatte zu dieser Zeit tatsächlich öfter so ein komisches Gefühl.«

»Was für ein Gefühl?«

»Als ob jemand in meiner Nähe wäre. Jemand, der mich beobachtet.« Es fiel ihr sichtlich schwer, darüber zu sprechen. »Das ist natürlich Quatsch, das weiß ich ja. Aber es war so: Ich habe mich in dieser Zeit irgendwie überwacht gefühlt.«

Zhou hielt ihren Blick fest. »Haben Sie dieses Gefühl jetzt immer noch?«

Ihre Antwort kam ohne Zögern. »Nein.«

»Können Sie sagen, wann es aufgehört hat?«

Die Frage schien Daniela Levante zu überfordern. »Ach, Gott, solche Dinge verschieben sich so leicht im Rückblick«, murmelte sie, während ihre Augen ziellos über den gepflegten Fliesenboden wanderten. »Aber wenn Sie mich so fragen, würde ich sagen, kurz danach. Also nach dem Turnier. Das muss aber nicht unbedingt etwas heißen«, setzte sie schnell hinzu. »Es könnte genauso gut daran liegen, dass mich Ihre Fotos überhaupt erst wieder auf die Sache gebracht haben. Ich hatte das alles nämlich schon fast wieder vergessen, wissen Sie?«

Nein, dachte Zhou resigniert. Im Augenblick weiß ich gar nichts mehr …

2

Innenstadt, 10. Juli 2015, 9.14 Uhr

Em war gerade auf dem Weg ins Büro, als Decker anrief, um ihr mitzuteilen, dass Iris Molder nachweislich noch am Leben war. Mehr noch: Die Überwachungskamera eines Fechenheimer Geldautomaten hatte sie gefilmt, als sie in der vergangenen Nacht mit Hamid Candoglus Kreditkarte Geld abgehoben hatte.

»Vierhundert Euro«, schloss Decker.

Em runzelte die Stirn. »Warum geht sie wegen eines derart geringen Betrages ein solches Risiko ein?«

»Sooo riskant war das gar nicht«, widersprach er. »Um drei Uhr in der Frühe ist auf den Straßen dort natürlich nichts los. Und bis die Information über die Kontobewegung zu den betreffenden Kollegen durchgedrungen ist, wäre sie längst über alle Berge.«

Der Zeitrahmen rief unangenehme Erinnerungen an ihren Albtraum wach. Doch Em schob den Gedanken beiseite. »Trotzdem«, beharrte sie. »Könnte Iris Molder nicht auch gezwungen worden sein, die Karte zu benutzen?«

»Auf den Bändern ist nichts zu sehen, was auf die Anwesenheit einer zweiten Person hindeuten würde.« Die Funkverbindung war denkbar schlecht. Es rauschte und knackte in der Leitung. »Und sie wirkt auch nicht gerade eingeschüchtert.«

Das muss nichts heißen, dachte Em. Iris Molder ist ein Vollprofi. Darauf trainiert, sich Stress, Angst und Schmerzen nicht anmerken zu lassen. »Schickst du mir eine Kopie der Aufzeichnung?«

»Liegt schon in deinem Postfach.«

»Danke. Und sonst?«

Sie kannte ihn gut genug, um schon an seinem Schweigen zu erkennen, dass ihm das nächste Thema noch weniger behagte als die Sache mit der Kreditkarte.

»Die Spurensicherung hat in Hamids Wohnung eine SIM-Karte sichergestellt, die mit großer Wahrscheinlichkeit zu dem Handy gehört, von dem aus Iris Molder unmittelbar nach ihrer Landung angerufen wurde.«

Em stieß einen leisen Pfiff aus. »Das heißt, die beiden hatten Kontakt.«

»Oder es soll zumindest so aussehen.«

Richtig, dachte Em. Die Karte könnte auch gezielt in Candoglus Wohnung deponiert worden sein. Genau wie das Geld in Thorsten Mohrs Bankschließfach. »Und was sagt die Rechtsmedizin?«

»Im Augenblick wollen sie sich weder auf Selbstmord noch auf Fremdeinwirkung festlegen«, antwortete ihr Kollege resigniert. »An Hamids Fingern konnten Schmauchspuren nachgewiesen werden. Aber natürlich könnte sein

Mörder ihn auch gezwungen haben, die Waffe in der Hand zu halten, während er abdrückte.« Er räusperte sich. »Das hämatologische Gutachten steht noch aus. Genau wie der Bericht der Ballistik, aber da sind wohl kaum große Überraschungen zu erwarten.«

»Nein, vermutlich nicht.« Mit der freien Hand tastete Em in der Ablage der Seitentür nach einem Bonbon, doch alles, was sie fand, waren ein paar benutzte Taschentücher und ein abgelaufener Parkschein. »Und was bedeutet das alles für unseren Einsatz heute Nachmittag?«

Decker seufzte. »Da ist noch nichts entschieden.«

»Wieso nicht? Es war doch nur von Abbruch die Rede, solange Iris Molders Schicksal nicht geklärt war.«

»Ihr Schicksal *ist* nicht geklärt.«

»So kann man das nicht sagen«, widersprach Em, auch wenn sie natürlich wusste, dass er recht hatte. »Zumindest wissen wir jetzt, dass sie noch am Leben ist.«

»Und wenn sie dort auftaucht?«

»Im Jumeirah?«

»Im Jumeirah oder bei Petrovic oder an irgendeinem anderen Ort, wo sie uns gefährlich werden kann.«

»Warum sollte sie?«

»Warum sollte sie noch in der Stadt sein, wenn sie nicht irgendwas vorhat?«

Seine Gegenfrage nahm ihr den Wind aus den Segeln. »Trotzdem«, sagte sie. »Sag den anderen, dass ich das durchziehen will.«

»Nein, das mache ich nicht.«

Er hatte noch nie so entschlossen geklungen. Entsprechend groß war ihre Irritation. »Warum nicht?«

»Weil du nicht dein Leben riskieren darfst für ein Team, in dem einer falschspielt.«

Es lag ihr auf der Zunge zu sagen, dass auch er zu diesem Team gehörte. Dass sie alle in einem Boot saßen. Aber sie hatte das unbestimmte Gefühl, dass es klüger war, einfach abzuwarten.

Aus dem Lautsprecher war einen Augenblick nur das Knistern der Funkverbindung zu hören.

»Mohr und ich waren zusammen mittagessen an dem Tag, als er ...«

»Ja«, kam sie ihm zu Hilfe, als sie spürte, wie er um Fassung rang. »Davon hast du mir erzählt.«

»Und auch wenn das jetzt blöd klingt: Wir hatten beide so ein komisches Gefühl, was den bevorstehenden Einsatz betraf. Aber Thorsten meinte plötzlich, dass das alles bald ein Ende haben würde.«

»Was?«

»Na, die Ungewissheit. Dieses ständige gegenseitige Belauern.« Er atmete tief durch. »Es gab ja schon damals Gerede. Über eine undichte Stelle, meine ich.«

»Und wenn Mohr selbst diese undichte Stelle war?« Em wusste, dass sie sich mit dieser Aussage über einen Mann, den Decker als seinen Freund betrachtete, weit aus dem Fenster lehnte. Gut möglich, dass er ihr Gespräch sofort beendete. Aber sie musste ihn irgendwie aus der Reserve locken.

Das verzerrte Geräusch seines Atems verriet ihr, dass er zumindest in der Leitung blieb.

Nach einer Weile schien er einen Entschluss gefasst zu haben: »Hör mir jetzt gut zu, Em«, knarrte es aus dem Lautsprecher, »denn ich sage dir das nur ein einziges Mal: Thorsten Mohr war sauber. Und nicht nur das. Er hatte sogar den Auftrag, den wahren Schuldigen aufzuspüren.«

Em hätte beinahe das Steuer verrissen vor Schreck. Mindestens ein Mitglied der SEG hatte also schon vor Mohrs Tod gewusst, dass der junge Familienvater für die Dienstaufsicht spioniert hatte. Sie schluckte. Hatte Mohr deshalb sterben müssen? Weil seine Undercovermission aufgeflogen war? Und falls ja: Drohte ihr dasselbe?

Du darfst nicht dein Leben riskieren für ein Team, in dem einer falschspielt …

Sie wusste, wie riskant es war. Und doch wurde das Bedürfnis, sich jemandem anzuvertrauen, plötzlich übermächtig. Über ihre Gedanken zu sprechen. Über ihren Auftrag und die Probleme, die er ihr bereitete. Und hatten sie einander nicht immer vertraut, Decker und sie? Immerhin kannten sie sich, seit sie ihren Dienst in der Abteilung für Kapitaldelikte angetreten hatte …

Na und?, meldete sich augenblicklich wieder die hässliche Stimme des Zweifels in ihr zu Wort. *Was heißt das schon? Tom kennst du sogar noch länger. Und selbst der bringt es immer wieder fertig, dich zu überraschen …*

Em suchte sich eine Parklücke und fuhr rechts ran. Irgendwie war sie im Moment nicht in der Lage, sich auf den Verkehr zu konzentrieren. »Wer außer dir wusste davon?«

»Dass Thorsten den Auftrag hatte, nach dem Maulwurf zu suchen? … Niemand. Ich selbst habe es erst an diesem Mittag erfahren.«

»Ich weiß, die Frage klingt blöd, aber …« Em schluckte. »Warum hat Mohr ausgerechnet dir davon erzählt?«

In der Leitung knackte es, und einen kurzen Moment lang dachte sie, sie seien unterbrochen worden.

Aber gleich darauf war Decker wieder da: »Ich muss los.«

Em schielte nach dem Display, um anhand der Nummer zu sehen, von wo aus er anrief, und sie erkannte die ersten drei Ziffern von Kuschs Abteilung. »Ist jemand bei dir?«, fragte sie alarmiert.

Doch ihre Frage blieb unbeantwortet. Stattdessen wiederholte er betont leger: »Und denk bitte daran, was ich dir gesagt habe.«

»Ja«, flüsterte sie, während ein neuerliches Knacken, gefolgt von einem lang gezogenen Ton, verriet, dass die Verbindung jetzt tatsächlich unterbrochen war. »Das mache ich …«

3

Ehemaliges Truppenübungsgelände Mönchbruch, 10. Juli 2015, 10.52 Uhr

Raus. Raus. Raus.

Du musst um jeden Preis hier raus!

Sie arbeitete wie besessen. Woher sie die Kraft nahm? Keine Ahnung. Geschlafen hatte sie jedenfalls nicht eine Minute. Seltsamerweise war sie überhaupt nicht müde. Und schlafen konnte sie, wenn das alles vorbei war. Falls es jemals vorbei sein würde …

Nicht denken! Weiter!

Dass sie die Nacht überlebt hatte, war ihr selbst ein Rätsel. Und noch mehr beschäftigte sie die Frage, was der Mann, der sie gefangen hielt, über das Abheben des Geldes hinaus mit ihr vorhatte. Sie verkörperte seinen Sündenbock, so viel war klar, seit er sie gezwungen hatte, die Kreditkarte eines seiner Kollegen zu benutzen.

Hamid Candoglu.

An den Namen erinnerte sie sich gut. Genau wie an das dunkle, ebenmäßige Gesicht, das zu diesem Namen gehörte. Schon auf den ersten Blick, zu Hause in Belgien, beim Durchsehen der Fotos, hatte Candoglu sie an einen ihrer Exfreunde erinnert. Sharif. Er war ein netter Junge gewesen. Halbägypter. Gewissenhaft. Differenziert in seinen

Ansichten und in manchen Dingen geradezu erschreckend moralisch. Selbst nach wochenlangen Verhören in einem geheimen Straflager an der syrisch-jordanischen Grenze hatte er die Namen seiner Kameraden nicht preisgegeben, und die Erinnerung an seine klaren, unbestechlichen Züge versetzte ihr noch heute schmerzvolle Stiche.

Ob Candoglu auch tot war?

Vermutlich.

Und wahrscheinlich wurde sie schon jetzt wegen Mordes an ihm gesucht. Zweifellos war es das, was ihr Peiniger bezweckte. Ein Trick, den er schon einmal angewandt hatte. Als er Thorsten Mohr auf dem Dach dieses Kaufhauses erschossen und anschließend eine größere Summe Bargeld in dessen Bankschließfach deponiert hatte. Ihr Kontaktmann hatte ihr erzählt, dass Mohr einen schwerkranken Sohn hatte, dessen Therapien viel Geld verschlangen. Allein diese private Konstellation machte ihn zu einem ähnlich glaubhaften Sündenbock wie sie. Doch der Plan ihres Entführers war nicht aufgegangen, und Thorsten Mohrs Tod hatte eine Reihe von Fragen aufgeworfen, die vermutlich dazu geführt hatten, dass sich die Dienstaufsicht des Falls angenommen hatte. Iris nickte grimmig vor sich hin. Oh ja, das war unter den gegebenen Umständen mehr als wahrscheinlich!

Und deshalb brauchte dieses elende Arschloch ein neues Opfer.

»Mich«, flüsterte Iris.

Er musste von dem ablenken, was bei ihm selbst zu finden war. Und dass etwas zu finden war, ließ sich kaum vermeiden. Immerhin bezahlte ihn Petrovic unter Garantie für seine Dienste. Auf welche Weise auch immer. Petrovic zahlte, sie kontaktierten einander, telefonierten, schrieben E-Mails, blieben in Verbindung. Solange niemand hellhörig geworden war, ließ sich dergleichen gut verbergen. Aber wenn die Dienstaufsicht erst einmal genauer hinsah?

Iris schüttelte den Kopf. »Keine Chance.«

Bei all den Möglichkeiten, über die die internen Ermittler zweifellos verfügten, war es nur eine Frage der Zeit, bis sie fündig wurden. Und deshalb hatte ihr Entführer keine Zeit zu verlieren. Was er den anderen wohl gerade für eine abenteuerliche Geschichte über sie auftischte? Dass sie die Daten, die Petrovic so unbedingt haben wollte, auf eigene Faust zu verschachern versuchte? Nein, durchfuhr es sie, das wäre unlogisch! Immerhin müsste ich sie dafür erst mal haben …

Wann hört man auf, Fragen zu stellen?

»Wenn man glaubt, die Antwort gefunden zu haben«, flüsterte Iris.

Vielleicht war der Mann, der sie gefangen hielt, entschlossen, die Sache wie ein Komplott aussehen zu lassen: Candoglu und Molder machen gemeinsame Sache. Molder tötet Candoglu. Und dann hebt sie schnell ein bisschen Geld von seinem Konto ab, damit auch ja alle Welt mitkriegt, dass sie noch lebt. Ihre wunden Finger zerrten ein Stück Mörtel aus der Fuge vor sich. Und jetzt? Was war der nächste Schritt? Warum hatte er sie nicht längst erschossen?

»Weil man ihm das nicht glauben würde«, gab sie sich selbst zur Antwort.

Man konnte ihr alles Mögliche nachsagen, aber nicht, dass sie dumm war. Oder unerfahren. Sie würde keine Fingerabdrücke auf Waffen hinterlassen. Keine Datenspur oder Fasern oder sonst etwas. Und das bedeutete …

Er wird einen Weg wählen, der keinen Zweifel offenlässt!

Die Erkenntnis durchfuhr sie wie ein Stromschlag. *Er muss die Sache so wasserdicht machen, dass sich jedwede Fragen erübrigen.*

Es ist eine Inszenierung.

Und du bist seine Hauptdarstellerin.

Deshalb bist du noch am Leben.

Darum geht es!

Sie wischte sich über die Stirn und prüfte, ob sich der Ziegel, an dem sie arbeitete, schon lockern ließ. Sie musste diese verdammte Kante erreichen! Den Raum über dem Schacht!

Das allein konnte sie retten.

Raus aus diesem Loch. Raus aus der Defensive.

Dank ihrer Erfahrungen der vergangenen Nacht wusste sie, wo sich der Ausgang befand. Er konnte sie nicht mehr überraschen. Außerdem war *sie* diejenige, die daran gewöhnt war, unter den widrigsten Bedingungen zu überleben. Die sich durch die Tunnel der palästinensischen Schmuggler gekämpft hatte, Kilometer für Kilometer durch dieses Niemandsland unterhalb der Grenze, verfolgt von Spezialeinheiten der Israelis. Sie hatte junge Digger in die Moskauer Unterwelt begleitet und tagelang in irgendwelchen gottverlassenen Geschützstellungen ausgeharrt. Sie wusste, wie man überlebte. Und wenn sie erst hier raus war, würde er sie niemals finden!

Mit aller Kraft riss sie an dem Ziegel, und tatsächlich: Knirschend und widerwillig gab der Stein nach. Eine weitere Stufe!

Ein weiterer Schritt in Richtung Freiheit!

Sie schob den Stein, den sie zum Freikratzen benutzte, in den Bund ihrer Chino und zog sich entschlossen an der Schachtwand hoch. Die neue Lücke befand sich, vom Grund aus gerechnet, rund einen halben Meter über ihrem Kopf, sodass sie aller Wahrscheinlichkeit nach nur noch einen weiteren Tritt benötigte.

Eine letzte Stufe.

Die Bänder und Sehnen rund um ihre Fußgelenke brannten wie Feuer, als sie sich flach an die feuchte Wand drückte und nach einem geeigneten Ziegel tastete. Ihr war bewusst, dass jede noch so kleine Unachtsamkeit sie unverzüglich das Gleichgewicht kosten würde, und so eng, wie der Schacht war, konnte ein Absturz böse Folgen haben. Aber sie hatte keine Wahl. Eine weitere Begegnung mit dem Mann, der sie gefangen hielt, würde sie aller Wahrscheinlichkeit nach nicht überleben …

4

Einsatzzentrale der SEG Calibri, 10. Juli 2015, 14.02 Uhr

Der Plan war eigentlich ganz simpel: Eine junge Frau mit belgischem Pass checkt am späten Nachmittag im Hotel Jumeirah ein. Tanja DeVeen, so der Name der Frau, bezieht ein Zimmer und wartet darauf, dass Dragan Petrovic Kontakt zu ihr aufnimmt. Sie hat einen USB-Stick mit Daten bei sich, zum Tausch gegen einen Koffer. Dieser Koffer enthält eine kleine, aber ausreichende Menge des Kampfstoffs Sarin, mit dem die Terrorzelle, der Tanja DeVeen angehört, einen Anschlag auf eine belgische Behörde verüben möchte. Der Stoff fiel nicht nur unter das Kriegswaffenkontrollgesetz, sondern gehörte auch zum sogenannten »dreckigen Dutzend«, jener Liste von zwölf Substanzen, die die US-Gesundheitsbehörde CDC als besonders gefährlich eingestuft hatte. Petrovics Angaben zufolge stammte das Material aus alten, schlecht gesicherten Weltkriegsbeständen in Osteuropa. Doch ob dies tatsächlich der Wahrheit entsprach, war genauso ungewiss wie die Frage, wo und in welchem Rahmen die Abwicklung tatsächlich erfolgen würde.

Vielleicht hatten Petrovics Leute ein oder mehrere Zimmer gemietet.

Oder aber Tanja DeVeen würde beim Einchecken eine Nachricht erhalten.

Einen Treffpunkt. Eine Adresse. Oder auch nur eine Telefonnummer.

Aus Sicherheitsgründen hatten sie trotz aller Unwägbarkeiten beschlossen, auf jedwede Form von Verkabelung zu verzichten. Stattdessen würden sich zwei Kollegen, als Hotelgäste getarnt, im Jumeirah aufhalten und die Operation vor Ort koordinieren. Die übrigen Teammitglieder sicherten die Umgebung rund um das Luxushotel. Unterstützung erhielten sie von einem Spezialkommando, bestehend aus BKA-Leuten. Doch die würden bis auf Weiteres nur im Hintergrund agieren …

»Unser Hauptproblem ist die Unübersichtlichkeit«, erklärte Norman Kusch mit Blick auf die Monitore der Einsatzzentrale, über die Echtzeitbilder aus den Überwachungskameras rund um das Jumeirah flimmerten. Allein das angrenzende Einkaufszentrum MyZeil, das neben rund 52 000 Quadratmetern Verkaufsfläche auch Büros, Restaurants, ein Kinderparadies und einen angesagten Fitnessclub beherbergte, war überwachungstechnisch ein Fass ohne Boden. Von dem Betrieb, der am Spätnachmittag auf der Zeil und in den Nebenstraßen herrschte, ganz zu schweigen. »Deshalb weise ich noch einmal ausdrücklich darauf hin, dass die Sicherheit unserer Beamtin absolute Priorität hat, klar?«

Em spürte die Blicke ihrer Kollegen auf ihrem Gesicht. Die Anspannung, die so kurz vor dem entscheidenden Einsatz in der Luft lag, nahm allen Anwesenden den Atem.

»Keine Heldentaten, keine Alleingänge.« Kuschs mächtige Kiefer mahlten. »Und falls wir den Kontakt zu Cappeli verlieren sollten, brechen wir augenblicklich ab.«

»Was genau ist auf dem USB-Stick, den ich übergeben werde?«, fragte Em.

Kusch sah sie an. »Kompromittierendes Material.«

»Kompromittierend für wen?«

»Banker, Staatsanwälte und andere Personen, von denen sich Petrovic Unterstützung erhofft. Oder Stillschweigen, je nachdem.«

Ihm gegenüber rutschte Zhou vor bis auf die Stuhlkante. »Ist das Material echt?«

»Ja, ist es.« Kusch kratzte sein glatt rasiertes Kinn. »Es wurde von unseren belgischen Kollegen erst kürzlich im Zuge einer Razzia gegen einen überregional agierenden Kinderpornoring sichergestellt, und wie Sie sich denken können, waren erhebliche Anstrengungen nötig, um es überhaupt verwenden zu dürfen. Aber wir können es uns nicht leisten, Petrovic irgendeine Fälschung unterzujubeln. Er würde sofort erkennen, dass man ihn linken will, und dann wäre die betreffende Kontaktperson so gut wie tot.«

Die betreffende Kontaktperson ...

Er redet über mich, als ob ich eine Fremde wäre, dachte Em unbehaglich. »Das heißt also, ich übergebe hochsensible Daten?«

»Allerdings.« Er lachte, aber es klang nicht echt. »Also seien Sie vorsichtig damit, klar?«

»Sicher.« In diesem Moment hätte sie am liebsten abgebrochen. Aber es gab kein Zurück. »Inspiziere ich den Koffer, den Petrovic mir aushändigt?«

»Nein«, kam Carsten Pell der Antwort seines Vorgesetzten zuvor. Er hatte diesen Teil der Vorbereitung betreut und wollte sich offenbar nicht die Butter vom Brot nehmen lassen. »Du fungierst in dieser Angelegenheit lediglich als Kurier, und genau so bist du auch angekündigt.«

»Folglich könnte Petrovic mir alles Mögliche übergeben?«

Pell schüttelte den Kopf. »Er weiß, dass er es sich nicht leisten kann, deine Auftraggeber übers Ohr zu hauen. Du kannst getrost davon ausgehen, dass du bekommst, was er versprochen hat.«

Em nickte und suchte Deckers Blick. Seit ihr Telefonat unterbrochen worden war, hatten sie kein einziges Wort gewechselt. Doch auch er schien nichts riskieren zu wollen und verhielt sich ihr gegenüber extrem reserviert.

»Weiß die Hotelleitung Bescheid?«, fragte Zhou mit der ihr eigenen kühlen Undurchsichtigkeit. »Oder das Personal an der Rezeption?«

Pell verneinte. »Petrovic ist ein mächtiger Mann. Und man kann nie wissen, wer so alles auf seiner Lohnliste steht …«

Er rettete sich in ein ausgiebiges Räuspern, während Em aufmerksam die Gesichter der übrigen Teammitglieder musterte. Doch da war keine Reaktion, die sie stutzig gemacht hätte. Alles, was sie sah, war Sorge.

Um sie.

Um die Sache.

Um das Team. Ja, dachte sie, es geht um nicht weniger als die Zukunft jedes Einzelnen von ihnen. Nein, von uns. »Hat sich eigentlich Petrovic für das Jumeirah als Treffpunkt entschieden?«, wandte sie sich wieder an Kusch.

»Ja, das war seine Idee.«

»Haben Sie eine Ahnung, warum er sich ausgerechnet diesen Ort für die Durchführung der Transaktion ausgesucht hat?«

»Nein.« Er stieß einen unbefriedigten Seufzer aus. »Und das trägt nicht gerade zu unserer Beruhigung bei, wie Sie sich denken können.«

»Petrovic hat in der Vergangenheit schon öfter vergleichsweise belebte Treffpunkte ausgewählt«, bemerkte Tom, und es klang fast, als müsse er sich selbst Mut zusprechen. »Zuletzt dieses Kaufhaus, in dem …« Als ihm bewusst wurde, was er sagen wollte, senkte er betreten den Blick.

… in dem Thorsten Mohr starb, führte Em den Satz in Gedanken zu Ende, während sich trotz der Hitze eine feine Gänsehaut auf ihren nackten Unterarmen ausbreitete.

Zhous Adleraugen schienen es selbst auf die Entfernung zu registrieren, und sie zog alarmiert die Brauen hoch. Doch von den anderen sah niemand herüber.

Zum Glück!

»Sonst noch Fragen?«

Em schüttelte den Kopf. »Nein, ich denke, so weit ist alles klar.«

»Gut.« Kusch stieß sich von der Tischkante ab und sah auf seine Armbanduhr. »Dann fahren Sie jetzt nach Hause und bereiten sich vor. Wir treffen Sie pünktlich eine halbe Stunde vor Beginn der Operation in der mobilen Einsatzzentrale.«

»Geht klar.« Sie erhob sich, heilfroh über die Aussicht, erst mal eine Weile allein zu sein. »Bis dann.«

5

Polizeipräsidium Frankfurt, Abteilung für Kapitaldelikte, Büro Em und Zhou, 10. Juli 2015, 15.18 Uhr

»Wo ist deine Partnerin?«, fragte Gehling, als Zhou eine Stunde später noch einmal kurz im Büro vorbeischaute.

»Sie hat zu tun.«

Gehling war es nicht gewöhnt, dass sie ihn mit derart knappen Antworten abspeiste. Entsprechend groß war seine Irritation. »Ich habe Neuigkeiten für euch«, rettete er sich in Aktionismus. »Willst du sie hören, oder sollen wir warten, bis Em zurück ist?«

»Ich glaube nicht, dass sie heute noch mal reinschaut«, entgegnete Zhou ausweichend. »Also schieß los!« Ihr stand ganz und gar nicht der Sinn danach, sich ausgerechnet jetzt mit etwas anderem als dem bevorstehenden Einsatz und seinen möglichen Gefahren zu beschäftigen. Aber sie durften ihre Kollegen nicht in ihre Mission einweihen. Und ganz abgesehen davon war es vielleicht ganz gut, wenn sie nicht nur herumsaß und die Uhr anstarrte. Also setzte sie sich zu ihm in die Sitzgruppe, die eigentlich Besuchern vorbehalten war, und lächelte ihn an. »Ich bin ganz Ohr.«

»Matteo Welsch stand schon einmal wegen einer Tätlichkeit vor Gericht. Das war vor ...« Er klappte seinen Laptop auf und konsultierte seine Daten. »Vor ziemlich genau siebzehn Jahren. Damals war er einundzwanzig und gab an, dass er nur seine Freundin beschützen wollte, die im Anschluss an einen Kirmes-Besuch von einem anderen Kerl belästigt worden war.« Seine Milchbubi-Augen kehrten zu Zhou zurück. »Der angebliche Belästiger kam mit schweren Prellungen und einem gebrochenen Jochbein ins Krankenhaus. Außerdem stellte sich später heraus, dass der Junge erst siebzehn war. Hat 'ne Menge Ärger gegeben, wie du dir denken kannst. Aber irgendwie schaffte es Welsch schließlich doch, sich da rauszuwinden. Keine Ahnung, wie er das angestellt hat.«

»Matteo Welsch geht also einen Jungen an, weil der angeblich seine Freundin belästigt«, wiederholte Zhou nachdenklich.

»Die Freunde des Jungen haben übrigens Stein und Bein geschworen, dass alles nur ein harmloser Spaß gewesen sei«, ergänzte ihr Kollege.

»Gibt es noch andere Hinweise darauf, dass Welsch zu übertriebener Eifersucht neigt?« Eine Eigenschaft, die wir bislang allenfalls Erik Svensson unterstellt haben, setzte sie in Gedanken hinzu.

»So explizit wie in diesem Fall nicht«, antwortete Gehling. »Aber er hat zwei jüngere Schwestern, die er sehr sorgsam beschützt haben soll.«

»Was heißt sorgsam?«

»Er hat sie überall abgeholt und hingefahren, und wenn sie Ärger hatten, hat er das für sie geregelt.« Neben seinem Stuhl stand ein zerdrückter Kakaobecher. Doch obwohl er offenkundig leer war, hob Gehling ihn an die Lippen und trank. Eine klassische Übersprungshandlung, wie Zhou sie schon oft an ihm beobachtet hatte, wenn er gedanklich sehr angespannt war. »Die Eltern haben sich getrennt, als Matteo fünfzehn war, und nach dem Auszug seines Vaters nahm er die Position des Familienoberhauptes ein.«

Eifersucht und Kontrolle, resümierte Zhou. Das würde passen!

Sie dachte an den Ausdruck in Melissas Augen und an die Angststörung, wegen der die Dekorateurin während ihres Studiums behandelt worden war. *In der Schule gehörte sie zu den Mädchen, auf denen alle rumhackten. Und daran hat sich auch nichts geändert, als sie auf die Uni kam.* Ein Täter und ein Opfer, resümierte Zhou. Aggression und Rückzug. Aber war es tatsächlich so einfach?

»Hast du rauskriegen können, wo Matteo war, als die Svenssons ermordet wurden?«, wandte sie sich wieder an ihren Kollegen.

»Angeblich war er mit einem Klienten zu einer Hausbesichtigung verabredet. Aber der Kunde ist nicht erschienen.«

Zhou starrte ihn an. »Wie bitte?«

»Laut Terminkalender wollte er sich mit dem Klienten, einem Herrn Schmidt, um 19.45 Uhr vor dem Gartentor eines Einfamilienhauses in Sindlingen treffen, das damals zum Verkauf stand. Zeit und Ort stimmen mit dem Eintrag in seinem Fahrtenbuch überein.«

»Er hat einen Dienstwagen?«

Gehling nickte. »Klar. Er wäre ja blöd, wenn er keinen hätte, so viel, wie er unterwegs ist. Noch dazu als Selbstständiger.«

»Was für ein Auto ist das?«

Er konsultierte wieder die Daten auf seinem Monitor. »Ein Audi A 6.«

»Farbe?«

»Silber.«

Zhou schlug triumphierend auf die Lehne seines Stuhls. »Genau so ein Auto, wie es ein Nachbar der Svenssons zur Tatzeit in der Nähe der Villa gesehen haben will!«

Gehling warf ihr einen überraschten Seitenblick zu. »Jemand hat in der Tatnacht ein Auto beobachtet?«

»Ja«, bestätigte sie, was Cassandra Neuberts Privatdetektiv ausgegraben hatte. »Allerdings hat er angenommen, es handele sich um den Wagen eines Pizzadienstes.«

»Warte mal!« Jetzt kam Bewegung in Gehlings pummelige Gestalt. »Ich will kurz was versuchen.«

»Was denn?«

»Wart's ab!«

Gebannt verfolgte Zhou, wie er in atemberaubender Geschwindigkeit drei Adressen in eine Tabelle tippte. Sekunden später hatte sie einen Stadtplan vor Augen.

»Das hier ist das Haus von Matteo und Melissa Welsch«, erklärte er, während sein Cursor einen dicken roten Punkt an der entsprechenden Stelle platzierte. »Und das Objekt, das Welsch am Abend des Mordes mit seinem Kunden besichtigen wollte, befindet sich genau hier.«

Vor Zhou tauchte ein neuer roter Punkt auf, ein ganzes Stück rechts von der bezeichneten Adresse.

»Dann hätten wir da noch die Villa in der Spenderstraße«, fuhr Gehling fort, und auf dem Monitor erschien ein dritter Punkt. »Fällt dir was auf?«

O mein Gott!, durchfuhr es Zhou.

Ihr Kollege bemerkte ihre Reaktion und rieb sich triumphierend die Hände. »Die Entfernung zwischen Welschs Haus und der Villa der Svenssons stimmt bis auf 0,4 Kilometer mit der Entfernung zu dem Objekt überein, das Matteo mit seinem angeblichen Kunden besichtigen wollte.«

»Folglich könnte er, statt nach Sindlingen, auch zum Haus der Svenssons gefahren sein, ohne dass es in seinem Fahrtenbuch irgendwelche Unstimmigkeiten hinsichtlich der Entfernung gegeben hätte«, resümierte Zhou.

»Obendrein hätten die Svenssons gegen ihn nicht den geringsten Argwohn gehegt.« Gehlings blassblaue Augen leuchteten. »Immerhin war er der Mann, mit dem Mama das Endspiel im Mixed gewonnen hatte, nicht wahr?«

»Und das Motiv?«

Er überlegte. »Wenn Welsch und Sonja eine Affäre hatten, war er vielleicht eifersüchtig auf ihre Familie. Auf die hübschen Kinder und den hübschen Gartenzaun und all das.« Seine Miene verriet, dass ihm für eine solche Einstellung jegliches Verständnis fehlte. »Immerhin ist seine eigene Ehe kinderlos, trotz aller Anstrengungen, die sie in der jüngsten Vergangenheit unternommen haben.«

»Melissa Welsch versucht, schwanger zu werden?«, fragte Zhou erstaunt.

»Oh ja ...«

»Davon hast du mir ja gar nichts erzählt.«

»Ich wusste bis heute früh selbst nichts davon«, verteidigte sich Gehling. »Aber vor rund vierzehn Monaten hat

Melissa damit begonnen, sich in einschlägigen Fertilisationskliniken umzuhören.«

»Mit Erfolg?«, fragte Zhou.

Er zuckte die Achseln. »Also, in sie reingucken kann ich leider noch nicht …«

Sie lachte. »Kommen wir lieber noch mal zu Matteo und seinem möglichen Motiv zurück«, entschied sie. »Falls er tatsächlich eifersüchtig auf Sonjas Familie war und es mit dem eigenen Nachwuchs nicht geklappt hat … Warum sollte Sonja dann Fotos von sich und Bormann versteckt haben?«

Gehling stieß einen Schwall Luft durch seine etwas zu weit vorstehenden Zähne. »Vielleicht wollte Welsch zwei Fliegen mit einer Klappe schlagen und gleich auch noch dem Exverlobten seiner Frau eins auswischen.«

»Indem er ihm einen Vierfach-Mord anhängt?«

»Warum nicht? Es wäre doch möglich, dass Bormann ihm bei Sonja Svensson schon wieder in die Quere gekommen ist. Vielleicht hatte sie eine Affäre mit beiden Männern.«

»Wäre das nicht ein bisschen zu viel des Zufalls?«

»Solche Dinge passieren …«

Sie bedachte ihn mit einem zweifelnden Blick. »Und wo sollte Matteo die Bilder von Bormann und Sonja hergehabt haben?«

»Von Sonjas Handy?« Als versierter Hacker hatte er sofort eine Antwort parat. »So lax, wie Sonja mit ihren Daten umgegangen ist, könnte er sich leicht Zugang zu ihren Privatordnern verschafft haben. Zum Beispiel, wenn sie mal kurz unter der Dusche war.«

Zhou stutzte, als ihr unvermittelt etwas in den Sinn kam, das Daniela Levante gesagt hatte: *Mein Mann hat mich für verrückt erklärt, aber ich hatte zu dieser Zeit so ein komisches Gefühl. Als ob da jemand in meiner Nähe wäre. Jemand, der mich beobachtet …*

Zugleich fiel ihr ein, wie sehr sie erschrocken waren, als Welsch gestern so plötzlich auf der Terrasse seines Hauses erschienen war. Keiner von ihnen hatte ihn kommen hören. Und seine Frau war fast gestorben vor Schreck. Passte das nicht zusammen?

»Somit war es vielleicht gar nicht Sonja, die die Bormann-Fotos hinter dem Bilderrahmen im Schlafzimmer deponiert hat«, spann ihr Kollege seine Theorie weiter, »sondern Welsch!«

»Aber auf den Bildern waren ausschließlich Sonjas Fingerabdrücke«, wandte Zhou ein.

Doch ihr Kollege war nicht zu stoppen. »Na und? Welsch könnte sie doch gezwungen haben, die Fotos zu verstecken. Er war ja lange genug im Haus.«

Und schon war sie wieder da, die Unstimmigkeit, auf die sie immer wieder zurückkamen! Zhou schüttelte hilflos den Kopf. Wozu hatte der Mörder Sonja Svensson so lange am Leben gelassen? Was hatte er angestellt in diesen Minuten, bis die Polizei gekommen war?

»Falls du recht hast«, seufzte sie. »Warum, um Himmels willen, sollte Welsch dann Fotos von sich in Sonjas Spind versteckt haben?«

Gehling sah hoch. »Waren die Fotos denn überhaupt versteckt?«

Sie überlegte. »Nein. Eigentlich nicht«, sagte sie. »Sie lagen einfach da.«

»Siehst du!« Er warf ihr einen triumphierenden Blick zu. »Dann könnte Sonja sie also auch selbst dort deponiert haben.«

»Wozu?«

»Vielleicht war sie einfach stolz auf ihren Triumph.«

»Aber das ergibt doch keinen Sinn!«, stöhnte Zhou. »Wenn sie so stolz gewesen wäre, dann hätte sie doch eine dieser Aufnahmen auf Facebook gepostet, oder nicht?

Aber stattdessen hat sie zwei total unpersönliche Motive gewählt.«

Über Gehlings Milchbubi-Gesicht breitete sich ein zufriedenes Grinsen. »Ich glaube, das kann ich dir erklären.«

»Ach wirklich?«

»Ich habe mich vorhin noch mal mit Sonjas bester Freundin unterhalten. Und die sagt, dass Sonja immer ziemlich sorglos gewesen sei, was das Internet anging. Doch dann hat irgendwer sie darauf hingewiesen, was alles passieren kann, wenn man so viel preisgibt. Und daraufhin hat sie quasi von heute auf morgen alles gelöscht, was allzu intime Einblicke gewähren könnte.«

Das ist natürlich Quatsch, plapperte Daniela Levante in Zhous Kopf. *Aber ich habe mich damals irgendwie überwacht gefühlt …*

»Kannst du herausfinden, wann genau das mit der Vorsicht angefangen hat?«

»Klar.« Er sah hoch. »Soll ich unsere Erkenntnisse über Matteos Aktivitäten am Mordabend und die Entfernung zum Tatort an die Staatsanwaltschaft weitergeben?«

Zhous Augen blieben an dem letzten Foto auf seinem Bildschirm hängen. Der Aufnahme, die Sonja und ihren Sohn im Garten ihres Hauses zeigte. »Vor dem Hintergrund der Zeugenaussage über das silberne Auto in Tatortnähe können wir das wohl kaum für uns behalten«, seufzte sie. »Und ich fürchte, wir werden auch nicht darum herumkommen, Karel Schubert zu informieren.«

»Soll ich das für dich übernehmen?«

»Das wäre toll. Ich muss nämlich los.«

»Wohin?«

»Em und ich treffen uns in der Stadt«, antwortete sie ausweichend, doch wenigstens entsprach es der Wahrheit. »Wir haben was zu erledigen.«

Gehling nickte und prostete ihr mit seinem leeren Kakaobecher zu. »Viel Erfolg!«

Ja, dachte Zhou, den können wir brauchen!

6

McDonald's Filiale an der Hauptwache, 10. Juli 2015, 17.32 Uhr

»Swei Euro ackt-un-neunzig.« Die junge Frau hinter der Theke strahlte ihn an. Ein breites, bewusst aufgesetztes Lächeln. Doch auf dem Grund ihrer Augen sah Jonah die tiefe, ehrliche Freude, zu der sie fähig war, wenn sie nicht gerade hier hinter der Theke eines Burger-Restaurants stand und sich durch ihren ersten Tag kämpfte. Überwacht von einer Schichtleiterin, die so dicht an ihr dranklebte, dass Jonah sogar auf der anderen Seite des Tresens noch Beklemmungen verspürte.

»So versteht dich kein Mensch«, stellte ihre Aufseherin fest. »Du musst deutlicher sprechen.«

Das Lächeln der jungen Frau erstarrte und machte einem Ausdruck banger Unsicherheit Platz. Dergleichen hörte sie heute bestimmt nicht zum ersten Mal. Obwohl sie sich wirklich tapfer schlug. Während des Anstehens hatte Jonah beobachtet, wie sie selbst komplexe Bestellungen quengelnder Familien mit souveräner Ruhe abarbeitete, sich diverse Soßen in Relation zu unterschiedlichen Packungsgrößen merkte und selbst im hektischsten Trubel noch daran dachte, die Fritten in ihrer Schütte erst zu salzen, nachdem sie eine Portion für den Kunden mit Bluthochdruck zur Seite gelegt hatte.

»Noch mal!«, forderte unterdessen die Schichtleiterin, eine korpulente Frau mit mexikanisch anmutenden Zügen.

Die Untergebene schluckte. »Swei Euro und ackt-un-neunzich Cent, bitte.«

Jonah lächelte der jungen Frau aufmunternd zu und legte ihr sechs Fünfzigcentstücke in die Hand.

Die Aufseherin zog vielsagend die Augenbrauen hoch. Wer in so kleinen Münzen bezahlte, kam von ganz unten. Ein Ort, den sie selbst bereits seit geraumer Zeit hinter sich gelassen hatte. Doch bei ihr überwog nicht der Stolz auf das Erreichte, sondern die Abscheu gegen all jene, die noch immer dort waren, wohin sie nie mehr zurückwollte.

So werde ich nicht, beschloss Jonah. Egal, was passiert, und ganz egal, wo das Schicksal mich hinspült, ich werde keiner von diesen Menschen, die hochmütig auf alles zurückblicken, was hinter ihnen liegt!

»Danke schön.« Die Jüngere verstaute seine Münzen. Dann griff sie in die Kasse und nahm das Rückgeld heraus.

»Nimm die Einer!«, forderte ihre Vorgesetzte. »Zweier ham wa kaum noch.«

Die Angestellte nickte und tauschte eine Zweicentmünze gegen zwei Einer. »Guten Appetit!«

»Haben Sie vielen Dank«, antwortete Jonah übertrieben höflich, indem er ihr halb vergnügt, halb verschwörerisch zuzwinkerte.

Dann suchte er sich einen Tisch in der Ecke. Wenn ich mal Geld habe, dachte er, dann gebe ich Leuten wie diesem Mädchen eine Chance!

Er wickelte seinen Burger aus und biss hinein. Im Fernseher an der Wand lief n-tv. Die Schlagzeilen, die über den Ticker flimmerten, betrafen in erster Linie die Wirtschaft. Die Ukraine. Den Terror des IS. Doch all das interessierte Jonah allenfalls am Rande. Ihn beschäftigte, was er gelesen hatte, heute früh, auf der Titelseite fast aller regionalen Zeitungen: POLIZIST ERMORDET. ÖFFENTLICHER PARKPLATZ AN DER FRIEDENSBRÜCKE WIRD ZUR TODESFALLE.

Jonah war stehen geblieben und hatte den Leitartikel der Frankfurter Rundschau überflogen. Nach ein paar Minuten hatte der Besitzer des Kiosks ihn weggejagt. Aber das wenige, was er gelesen hatte, hatte genügt, um zu begreifen, dass er nicht einfach so weitermachen konnte. Noch war das meiste zwar pure Spekulation. Doch die Reporter dieser Stadt waren in aller Regel gut informiert. Es hieß, dass es sich bei dem ermordeten Beamten um einen Kollegen des Mannes handele, der in der vergangenen Woche auf dem Dach des Kaufhauses Küpfli-Barella zu Tode gekommen war. Die Sache war tagelang Thema gewesen, auch auf der Straße. Und nun war ein weiterer Polizist tot.

Nicht irgendein Streifenpolizist, sondern ein Mitglied einer Spezialeinheit.

Jonah wischte sich ein paar Spritzer Mayonnaise von den Händen. Kein Zweifel, irgendwer lief in dieser Stadt herum und tötete Kriminalbeamte. Und er war vielleicht der Einzige, der diesen Mann identifizieren konnte. Das war schon eine ganz schöne Nummer!

Etwas, das einen leicht das Leben kosten konnte, wenn man nicht aufpasste.

Er knüllte das Papier zusammen, in das sein Burger eingewickelt gewesen war. Wenn er doch nur jemanden hätte, den er um Rat fragen konnte! Jemand, der nicht voreingenommen war, Dreck am Stecken hatte oder dauerbenebelt vor sich hin vegetierte.

Du hattest doch einen Plan, als du herkamst, erinnerte ihn eine Stimme, die er am liebsten sofort wieder zum Schweigen gebracht hätte. *Warum setzt du ihn nicht um?*

»Aber das ist doch Wahnsinn«, widersprach er halblaut, bevor ihm einfiel, dass er nicht allein war.

Na und? War Vincent van Gogh nicht auch wahnsinnig? Und Dalí? Und all die anderen?

Ich bin nicht van Gogh, dachte Jonah und trug sein Tablett zu einer der übervollen Sammelstationen. Dann tastete er in der Tasche seiner Jacke nach dem Einwegrasierer und der Seife, die er gekauft hatte, früher an diesem Tag. Von der Theke her kam ihm die Schichtleiterin entgegengewatschelt. Ihr Blick streifte seine Jacke, glitt von dort zu seinen Schuhen hinunter und kehrte dann routiniert zu seinem Gesicht zurück.

Ich warne dich, mein Freund, las er in den stumpfen braunen Kulleraugen. *Ich weiß genau, was du für einer bist! Wenn einer bei solchem Wetter eine solche Jacke trägt, bedeutet das nichts anderes, als dass er keinen Ort hat, wo er sie lassen kann. Also mach mir hier bloß keinen Ärger, verstanden?*

Unter normalen Umständen hätte Jonah ihr jetzt signalisiert, dass sie sich besser in Acht nahm. Denn auch er beherrschte die Kunst der nonverbalen Kommunikation, die auf der Straße eine so viel größere Rolle spielte als im sogenannten wahren Leben. Dort lief fast alles über Gesten und Blicke. Man sah sich, erkannte sich, schätzte sich ein. Und je nachdem, wie diese Einschätzung ausfiel, wurde man sich einig oder sprach Warnungen aus. Dafür brauchte man sich noch nicht mal auf derselben Straßenseite zu befinden.

Heute allerdings verzichtete er auf ein adäquates Signal und sah einfach durch die Frau hindurch.

Sie kaufte ihm sein Desinteresse nicht ab, so viel war klar. Also wartete er vorsichtshalber, bis sie wieder hinter ihrer Theke verschwunden war, bevor er die Herrentoilette betrat. Sonst würde sie womöglich annehmen, dass er sich da drin einen Schuss setzte.

Er schloss sich in einer der beiden Kabinen ein, ging auf die Knie und packte seinen Rasierer, eine Schere und ein

Stück Seife aus, das für ein so billiges Produkt einen erstaunlich angenehmen Duft hatte. Was er tun musste, fiel ihm nicht leicht, denn er hing an seiner Frisur. Doch seine Haare waren das Erste, wonach der Mann, für den er so gefährlich werden konnte, fragen würde. Jonah sah ihn förmlich vor sich, wie er durch die Parks und Grünanlagen streifte, den aufmerksamen Blick über Bänke und Mauern wandern ließ …

Ich bin auf der Suche nach einem Jungen, vielleicht neunzehn oder zwanzig Jahre alt. Eins achtzig. Rastalocken …

Mit einem leisen Seufzer setzte Jonah die Schere an. Sie hatten viel gesehen, diese Locken. Und vermutlich hätte ein Wissenschaftler den Verlauf seiner kompletten Drogenkarriere an ihrer Beschaffenheit ablesen können. Ein Speicher der Vergangenheit.

Rastalocken? Ja, na klar. Das könnte der Jonah sein. Jonah, der Maler.

Er fuhr zusammen, als der erste lange Strang neben ihn auf den dreckigen Boden fiel. Als ob ich mich häute, dachte er mit einem Anflug von Schaudern. Als ob ich alles zurückließe, was mich ausmacht.

Weißt du, wo ich diesen Jonah finde?

Aber er dachte auch noch etwas anderes: Wie leicht sich ein Kopf anfühlen kann. Wie frei. Wie schutzlos …

Normalerweise hängt er um diese Zeit dahinten beim Einkaufszentrum ab.

Vor seiner Kabine wurden Stimmen laut. Offenbar gingen nicht nur Mädchen zusammen aufs Klo. Die Klinke seiner Kabinentür senkte sich.

»Besetzt!«, rief jemand.

»Geh doch nebenan!«

»Da ist auch wer drin.«

»Dann warte.«

Jonah raffte den stattlichen Haufen Haare zusammen und stopfte alles in die Plastiktüte, die er eigens zu diesem Zweck mitgebracht hatte. Dann tauchte er seine Seife und den Rasierer in die Kloschüssel. Für Pietät würde er Zeit haben, wenn er seine eigenen vier Wände hatte. Im Moment musste er erst mal sicherstellen, dass er am Leben blieb.

7

Große Eschenheimer Straße, Palais Thurn-und-Taxis, 10. Juli 2015, 17.57 Uhr

In der schmalen Gasse, die an dem rekonstruierten Barock-Palais Thurn und Taxis vorbei direkt auf den Eingang des Jumeirah zuführte, hätte man die Luft buchstäblich schneiden können. Es roch nach alten Abgasen und Staub. Und ein ganz kleines bisschen auch nach Fäkalien. Doch Letzteres war ohne Zweifel dem Wetter geschuldet. Em blickte in den tiefhängenden Himmel hinauf. Nicht lange, und es würde wieder gewittern.

Sie wischte sich flüchtig den Schweiß von der Stirn, um sich nur Sekunden später daran zu erinnern, dass sie entgegen ihrer sonstigen Gewohnheit stark geschminkt war.

Verdammt!

Sie ließ die Hand sinken und blickte an der schmucklosen Fassade hinauf, so wie jemand, der neu war in dieser Stadt, es vermutlich tun würde. Das Gebäude selbst wirkte wenig einladend: viel zu schmal, dafür umso höher – ein unproportioniertes Etwas aus Stahl, Beton und Glas. Doch Platz war rar in der Frankfurter Innenstadt, und so hatten die Architekten auf diesem als »Post-Areal« bekannten Gelände buchstäblich jeden Millimeter genutzt. Auf das Jumeirah bezogen hieß das, dass sich 168 Zimmer und 49 Suiten auf fünfundzwanzig Etagen stapelten. Ein paar verstreute Blumenkübel sollten wohl einen Hauch von Natur vermitteln, doch der Versuch ging gründlich in die Hose. Dabei warb das Hotel ausdrücklich damit, dass auf seiner Dachterrasse vierzigtausend Bienen lebten, die die Gäste des Hauses auf Wunsch täglich mit frischem »City-Honig« versorgten. Und unwillkürlich ertappte sich Em bei der Frage, wie die Insekten in einer derart urbanen Umgebung überhaupt genügend Blüten fanden. Vermutlich wurde mit irgendeiner Nährlösung zugefüttert.

Bleib bei der Sache! Bienen sind jetzt nicht das Thema!

Bevor sie weiterging, sah sie kurz über ihre Schulter zurück zur Straße, wo ein riesiges graues Schild neben dem Palais auf das Jumeirah hinwies. Viele Gäste taten sich trotzdem schwer, das Hotel zu finden. Gab man die offizielle Adresse ins Navi ein, verirrte man sich mit großer Wahrscheinlichkeit in einer der umliegenden Einbahnstraßen. Und die klaustrophobische Enge rund um dieses Vierer-Ensemble der Superlative, zu dem neben Palais und Hotel auch das neunundneunzig Stockwerke hohe Bürohaus Nextower und das Shoppingcenter MyZeil gehörten, machte die Sache nicht besser.

Warum hat Petrovic sich ausgerechnet diesen Treffpunkt für eine so wichtige Transaktion ausgesucht?, überlegte Em einmal mehr. Weil sich der schmale Zugang vergleichsweise gut überwachen ließ?

Das mulmige Gefühl in ihrem Magen verstärkte sich. Aber es half auch nichts, sich etwas vorzumachen. Petrovic war mächtig. Und dazu extrem gut organisiert. Wenn er einen seiner Männer im ersten Stock des Haushaltsspezialisten Lorey auf der gegenüberliegenden Straßenseite postiert hatte, sah derjenige jeden, der hier ein und aus ging. Das Gleiche galt für den Außenbereich des Buena Vista. Auch dort konnte sich ein möglicher Beobachter problemlos über einen längeren Zeitraum hinweg aufhalten, gemütlich zu Abend essen oder einen Drink nehmen, ohne dass irgendwer stutzig wurde. Sie selbst hatten dort ebenfalls einen Beamten in Zivil sitzen. Warum sollte ein gerissener Mann wie Petrovic nicht das Gleiche tun?

Wahrscheinlich wusste er längst Bescheid, dass sie im Anmarsch war.

Du darfst nicht dein Leben riskieren für ein Team, in dem einer falschspielt, hörte sie wieder Deckers Stimme.

Zögernd ging sie weiter. Immer tiefer hinein in den Hohlweg. Schritt für Schritt ins Ungewisse.

Linkerhand wirkte die Rückfront des Palais wie ein Fremdkörper. Als ob jemand ein überdimensionales Puzzle falsch zusammengesetzt hätte. Ein paar Meter neben dem Hotel führte ein Seiteneingang ins beliebte Shoppingcenter MyZeil, wo gleich mehrere ihrer Kollegen verteilt waren, weil sie dort weitaus unauffälliger agieren konnten als im Hotel selbst.

Aber auf wen kann ich mich eigentlich verlassen?, hämmerte es hinter Ems Stirn. Ist einer der Männer, denen ich hier gerade mein Leben anvertraue, tatsächlich ein Verräter? Und wenn ja, welcher?

Sie verdrängte den Gedanken, weil die Antwort auf ihre Fragen ihr jetzt ohnehin nichts mehr nützte, und trat mit einem leisen Seufzer durch die Eingangstür.

Im Inneren des Gebäudes empfing sie eine äußerst gewöhnungsbedürftige Mischung aus Marmor, exotisch gemustertem Teppichboden und großformatigen Bildern des Leipziger Künstlers Hartwig Ebersbach. In einer Sitzgruppe in der Nähe der Bar tobten ein paar Kinder. Zwei Mädchen und ein Junge. Em fing ein paar Satzfetzen auf, ausgelassene Stimmen, die arabisch klangen. Der dazugehörige Vater telefonierte. Doch sein rundes, leicht gerötetes Gesicht verriet, dass er jede Sekunde explodieren würde. Ob wegen seines Telefonats oder des Lärms, den seine Kinder veranstalteten, war nicht ganz klar. Dennoch gab Em die bloße Anwesenheit der drei Rabauken für ein paar flüchtige Augenblicke ein besseres Gefühl. Die Illusion von Sicherheit.

Die Svenssons haben sich auch sicher gefühlt, dachte sie unvermittelt. Sie haben sich nach getaner Arbeit in ihren Feierabend zurückgezogen, gelacht und gekocht, und dann ist jemand zur Tür hereingekommen und hat sie erschossen. Alle vier …

Schluss damit! Hör auf, dich abzulenken! Tu deinen Job!

Sie seufzte und warf einen letzten Blick auf die spielenden Kinder. Dann ging sie zielstrebig auf die Rezeption zu.

8

MyZeil Shoppingcenter, 10. Juli 2015, 18.00 Uhr

Zhou stand an der Glasfront des dritten Obergeschosses und blickte auf das hellgraue Pflaster der Zeil hinunter. Der Himmel über der Stadt hatte sich in den letzten Minuten immer mehr verfinstert.

Eine Stimmung wie im Advent, mitten im Hochsommer.

Zhou schüttelte unwillig den Kopf. In ihrem Rücken klapperte Besteck. Auf dieser Etage gab es viel Gastronomie. Mannigfache Stimmen schwirrten durch die schale Kaufhausluft. Lachen. Gespräche.

Zhou versuchte, den Lärm auszublenden, und konzentrierte sich wieder auf das, was sie sah. Sie hatte den Auftrag, sich hier oben bereitzuhalten und dabei nach verdächtigen Personen Ausschau zu halten, die den Gebäudekomplex von der Zeil aus betraten. Da sie leider Gottes keine Ahnung hatten, wie der geplante Deal ablaufen würde, ob Petrovic einen Vertrauten schickte oder selbst erschien, beschränkte sich die Rubrik »verdächtige Personen« in erster Linie auf Frauen, auf die Iris Molders Beschreibung passte. Doch besondere Kennzeichen waren von ihrem Platz aus nur sehr schwer auszumachen. Nicht mal Größe und Statur hätte sie genau bestimmen können. Und so musste Zhou sich notgedrungen mit Warten begnügen.

Die Straße im Auge behalten und auf den Funk in ihrem Ohr hören.

Auf Befehle warten und gegebenenfalls die Anweisungen ihres Einsatzleiters befolgen.

Gibt es hierfür nicht auch irgendeinen klugen Spruch?, hörte sie Capelli mit munter-flapsigem Tonfall fragen.

»Ja«, flüsterte Zhou mit einem leisen Lächeln. »Gibt es.«

Ein Augenblick der Geduld kann viel Unheil verhüten.

Konfuzius.

Ihr Vater hatte den Spruch früher bei jeder passenden und unpassenden Gelegenheit bemüht, und wenn sie so darüber nachdachte, erschien es ihr fast bedenklich, dass sie inzwischen ihrerseits ihre Partnerin mit derlei Weisheiten belästigte. Wie war das eigentlich entstanden?

Sie dachte nach, kam aber zu keinem Ergebnis, als das Handy in ihrer Hosentasche plötzlich zu vibrieren begann. Sie hatte es stumm gestellt, aber nicht gewagt, es ganz auszuschalten. Ein Blick auf das Display verriet ihr, dass die Rufnummer unterdrückt war.

»Ja?«

»Frau Zhou?«

»Ja.«

»Karel Schubert hier.«

Oh nein, mein Freund! Das passt jetzt aber so was von gar nicht!

»Ich kann im Moment nicht«, fauchte sie.

Er schien ernsthaft irritiert. »Oh … okay«, sagte er. »Dann melde ich mich in einer halben Stunde noch mal.«

»Nein«, entgegnete sie harsch. Der Kerl brachte es fertig, sie ab sofort alle fünf Minuten zu belästigen, wenn er etwas von ihr wollte. »Ich rufe *Sie* an.«

Dann drückte sie ohne seine Reaktion abzuwarten auf die Taste mit dem roten Hörer und sah wieder auf die Straße hinunter. Es kostete sie enorme Überwindung, durch die bodentiefen Fenster in die Tiefe zu sehen, auch wenn ihr klar war, dass ihr hier nicht viel passieren konnte. Das Glas war stabil. Und dort, wo sich die Fenster rein theoretisch öffnen ließen, waren zusätzliche Sperren eingebaut. Trotzdem flößte ihr der Abgrund, der sich vor ihr auftat, einen Heidenrespekt ein. Mehr noch: Er war wie ein Strudel, der sie in seine Tiefen herabziehen wollte. In sein Auge, das lauernd ruhte, während die Welt ringsum sich drehte. Ein Gefühl, das sie immer hatte, wenn sie aus großer Höhe in die Tiefe blicken musste. Normalerweise rettete sie sich, indem sie einfach über den Abgrund hinwegschaute. Sich am Horizont orientierte. An etwas, das weiter entfernt war. Auf einer Ebene.

Aber das konnte sie sich hier und heute nicht leisten.

Höhenangst ist ein natürlicher Schutzmechanismus, versuchte sie sich selbst zu beruhigen, während sie sich insgeheim fragte, ob derjenige, der die Einteilung für diesen Einsatz vorgenommen hatte, von ihren Schwierigkeiten gewusst haben konnte. Aber sie tat diese Möglichkeit als unwahrscheinlich ab. Sie war kein Typ, der offen über seine Schwächen redete. Und außer Capelli, mit der sie schon im einundzwanzigsten Stock des EZB-Rohbaus herumgeturnt war, hatte sie auch noch keiner ihrer Kollegen in luftiger Höhe agieren sehen. Andererseits konnte man nie wissen, was so alles in den Personalakten vermerkt wurde und wer auf diese Daten zugriff. Sie schluckte trocken. Während ihres Aufenthalts in den Vereinigten Staaten hatte es einen Vorfall gegeben, der – falls er tatsächlich vermerkt worden war – einen aufmerksamen Leser ihrer Akte hätte stutzig machen können.

Aber gingen solche Gedanken nicht ein bisschen zu weit?

Machte all dieses Gerede von Verrat und Misstrauen sie allmählich paranoid?

Sie wischte ihre schweißnassen Hände an ihrer Jeans ab und zwang sich, wieder in die Tiefe zu sehen. Aus dieser Höhe wirkten die Leute tatsächlich wie winzige Spielzeugmännchen. Ein Haufen menschlicher Ameisen ohne Gesicht und Persönlichkeit. Hektisch. Unübersichtlich. Gefährlich.

Als auf das Glas über ihrem Kopf erste Tropfen fielen, fuhr sie erschrocken zusammen.

Auch das noch!

Ein paar Meter unter ihr geriet wie auf ein geheimes Stichwort hin Bewegung in die Menge der Passanten. Viele flüchteten sich kurzerhand in die umliegenden Gebäude. Die, die weitergingen, weil sie keine Zeit oder Lust hatten, sich vom Wetter einen Strich durch die Rechnung machen zu lassen, klappten ihre Kapuzen hoch oder spannten Schirme auf, sodass die Möglichkeiten, von hier aus einen möglichen Verdächtigen auszumachen, immer geringer wurden.

Von hier oben habe ich keine Chance, dachte Zhou, während in den Etagen unter ihr der Lärmpegel durch den Zulauf merklich anschwoll.

Aber vielleicht hatte das ja irgendwer gezielt so eingefädelt …

Vielleicht sollte sie kaltgestellt werden.

An einem Ort, an dem sie rein gar nichts ausrichten konnte.

Der Gedanke erfüllte sie mit einem diffusen Gefühl von Bedrohung. Doch sie kam nicht dazu, ihn zu Ende zu denken, denn im selben Moment gab der Empfänger in ihrem Ohr ein leises Knirschen von sich.

»Sie kommt«, meldete gleich darauf eine Männerstimme, die einem Beamten des SEK gehörte. »Ich wiederhole: Kontaktperson ist auf dem Weg zum Hotel.«

Es geht los!

Ihr Puls verlangsamte sich spürbar. Der feine Schweißfilm auf ihrer Stirn war von einem Moment auf den anderen verschwunden. Für etwas so Banales wie Höhenangst war jetzt keine Zeit mehr. Als ob jemand einen unsichtbaren Schalter umgelegt hätte. Es ging los, und sie funktionierte. Und von einem Moment auf den anderen waren ihre Gedanken und Wahrnehmungen einzig und allein auf das fokussiert, auf das es jetzt wirklich ankam: das Wohlergehen ihrer Partnerin.

»Was ist?«, knarrte die Stimme des SEK-Beamten, der noch immer keine Antwort erhalten hatte, aus ihrem Empfänger. »Hast du Sichtkontakt?«

»Bestätigt«, antwortete sein Kollege, der sich in einem Raum im hinteren Teil des Palais postiert hatte. »Da kommt sie.«

Ich habe Angst um sie, durchfuhr es Zhou. Irgendetwas ist hier faul!

»Sie geht jetzt rein.«

»Jemand, der ihr folgt?«, fragte Kusch über Funk.

»Negativ. Keine verdächtigen Personen in Sichtweite. Ich wiederhole: Keinerlei verdächtige Personen.«

Das muss nichts heißen, dachte Zhou. Vielleicht sind sie einfach vorsichtig.

In ihrem Ohr knackte es erneut.

»Ich übernehme«, hörte sie Luca Niemeyers Stimme sagen.

Der Empfang war denkbar schlecht, der Regen prasselte auf das Glasdach über ihr, und Zhou konnte sich gerade noch zurückhalten, einen Finger gegen den latexbezogenen Knopf in ihrem Ohr zu pressen. Niemeyer hielt sich, wie sie wusste, als Gast getarnt in der Nähe des Empfangs auf. Die Lobby des Jumeirah stellte tatsächlich so etwas wie einen neuralgischen Punkt dar, denn anders als in vielen anderen Frankfurter Hotels dieser Preisklasse, wo die Gäste in den Bereichen rund um die Rezeption Kaffee tranken, Verhandlungen führten oder sogar Interviews gaben, boten sich einem Beobachter hier nur wenige Möglichkeiten, sich unauffällig unters Volk zu mischen. Wenn Petrovic eine Überwachung der Aktion durch die Behörden für möglich hielt, resümierte Zhou, war es absolut kein schlechter Schachzug von ihm, sich ausgerechnet das Jumeirah auszusuchen!

Sekunden später meldeten sich die Stimmen in ihrem Ohr erneut zu Wort: »Die Formalitäten sind erledigt«, berichtete Luca Niemeyer aus der Lobby. Und gleich darauf ergänzte er leise: »Sie kommt jetzt auf mich zu.«

Sie hatten verabredet, dass Em nach dem Einchecken an Niemeyer vorbeigehen und ihm ihre Zimmernummer nennen würde. Das war weit unauffälliger, als wenn sie, zum Beispiel, eine SMS schrieb, sobald sie im Lift stand. Oder gar telefonierte.

Komm schon, komm schon, komm schon! Rede mit mir!

Wie gebannt lauschte Zhou in die Stille.

Was passiert bei euch da unten? Warum ist es so still?

Und tatsächlich: Nur Augenblicke später wurde sie erlöst: »Zimmer 196«, raunte Niemeyers Stimme in ihrem Ohr. »Sie geht jetzt zum Lift.«

»Alles klar«, antwortete Carsten Pell, der sechs Etagen über seinem Teamkollegen auf seinen Einsatz wartete. »Ich übernehme.«

9

Hotel Jumeirah, 10. Juli 2015, 18.07 Uhr

Em drückte den Button: »6–25 Guest Rooms« auf dem Touch-Display des Lifts, während sie aus den Augenwinkeln registrierte, wie Niemeyer sich zurückzog.

Zumindest bislang schien alles nach Plan zu laufen.

Keine Auffälligkeiten. Kaum Betrieb.

Gott sei Dank!

Der dicke Araber telefonierte noch immer. Seine Kinder allerdings hatte er inzwischen diszipliniert. Alle drei hockten nebeneinander auf einem der Sessel und machten betretene Gesichter.

Routiniert streifte Ems Blick den Mann hinter der Bar.

Er sah ebenfalls kurz herüber. Dann wandte er sich wieder seinen Gläsern zu.

Von rechts näherte sich eine Angestellte mit einem Wäschewagen. Von der Frau selbst sah Em fast nichts. Dafür erregten laute Stimmen in ihrem Rücken ihre Aufmerksamkeit. Durch den Eingang traten drei Männer mittleren Alters. Sie hatten kein Gepäck bei sich, steuerten jedoch geradewegs die Rezeption an.

Okay. Durchatmen.

Keine unmittelbare Gefahr.

Ein leises Summen vor ihr verriet, dass sich einer der vier Aufzüge näherte. Der ganz rechts außen.

Endlich!

In diesem Moment trat eine Frau neben sie.

Südländerin. Dunkelhaarig. Elegant.

Ausgerechnet! Em verzog abschätzig das Gesicht. Hätte diese blöde Tussi nicht ein paar Minuten später aufkreuzen können?

Woher sie so schnell aufgetaucht war, konnte Em nicht sagen. Vermutlich war sie ebenfalls von der Straße hereingekommen, als sie selbst noch mit den Männern beschäftigt gewesen war. Mit der Gruppe, die jetzt am Empfang stand und mit der Angestellten am Check-in scherzte.

Gut so.

Und da war auch endlich der Lift!

Die Türen des Aufzugs machten kein Geräusch, als sie einladend zur Seite glitten, und der Innenraum wirkte genauso modern und neu wie der ganze Rest des Gebäudes.

Patina oder gar Abnutzungserscheinungen? Fehlanzeige.

Em ließ der Dunkelhaarigen den Vortritt, und die Frau quittierte ihre Höflichkeit mit einem distanzierten Lächeln. Auf ihrem eleganten Sommercape perlten Regentropfen. Sie schien sehr wohlhabend zu sein und leitete aus dieser Tatsache ganz offenbar ab, selbstverständlich überall und bei allem die Erste zu sein. Ihre sorgfältig manikürten Krallen hatten aus dem Menü auf dem Touchscreen bereits die elfte Etage ausgewählt, bevor Em auch nur Gelegenheit hatte, sich über die Aufteilung der Zimmernummern zu informieren. Als der Fremden endlich auffiel, dass Em streng genommen vor ihr an der Reihe gewesen wäre, verzog sie ihre vollen Lippen zu einem sehr anziehenden, aber keineswegs zerknirschten Lächeln.

»Which floor?« Ihre Stimme hatte den typischen gutturalen Klang der Südländer. Dazu sprach sie ziemlich herablassend. Ein Umstand, der Ems anfängliche Antipathie noch verstärkte.

»I don't know«, antwortete sie ohne Freundlichkeit. Und ihre Aussage schien ihr Gegenüber total aus dem Konzept zu bringen.

»Pardon?«

»I just arrived«, erklärte Em.

»Oh …« Sie nickte, während die Anzeige über der Tür verriet, dass sie sich bereits im achten Stock befanden. »What is your room number?«

»196.«

Die Frau im Cape nickte. »Fine.«

Aha, dachte Em, sehr schön! Und was heißt das? Dass wir in derselben Etage aussteigen, du und ich?

Bewahre!

Im selben Augenblick stoppte der Aufzug. Der Halt vollzog sich so sanft, dass Em tatsächlich erst sicher war, als die Tür aufging.

Zugleich fühlte sie plötzlich etwas Hartes in ihrer Taille.

Eine Waffe!

Die Augen der Fremden blickten absolut unbeteiligt. »Tippen Sie auf Parking.«

»Wie bitte?«

»Keine Tricks!«, zischte sie, und Em registrierte, dass ihr Deutsch nicht den leisesten Akzent aufwies.

»Ich habe keine Ahnung, was Sie von mir wollen«, versuchte sie sich trotzdem mit Unwissenheit zu retten. »Wer sind Sie?«

»Ihr Escortservice.« Sie grinste. »Und jetzt los! Unser gemeinsamer Freund hat es gar nicht gern, wenn man ihn warten lässt. … Also tippen Sie!«

Em starrte das Display neben der Tür an, wo sich direkt unter dem Button für »Reception« die Schaltfläche »– 2 Parking« befand. Zögerlich drückte sie auf den entsprechenden Knopf, und die Lifttüren schlossen sich so leise, wie sie sich nur Sekunden zuvor geöffnet hatten.

»Wählen Sie Ebene B.«

Em tat, wie ihr geheißen. »Ich habe keinen Schimmer, was das alles soll.«

»Haben Sie ein Handy bei sich?«

»Nein.«

»Sie erlauben, dass ich nachsehe?« Die Frau trat vor sie und tastete schnell und routiniert Ems Körper ab. Dabei stand sie so geschickt, dass ihr Rücken die Aktion und auch die Waffe in ihrer Hand vor der Kamera über dem Ausstieg verbarg.

Als die Türen des Aufzugs sich in Ebene »B« öffneten, flutete dumpfe, abgestandene Parkhausluft in die Kabine.

Em befeuchtete ihre trockenen Lippen.

»Sie werden erwartet!« Ihre Begleiterin schenkte ihr ein sparsames Lächeln. »Da rechts runter! Die Nummer haben Sie ja …«

Sie hob die Hand zu einem flüchtigen Gruß, eine Geste, die man aus der Ferne durchaus für freundlich halten konnte, und drehte sich weg.

Sekunden später war sie zwischen den parkenden Autos verschwunden.

Ems Blicke tasteten sich ratlos über die schmucklosen Wände. Sie befanden sich in Ebene B. Das zweite von insgesamt vier Parkdecks. Zur besseren Orientierung waren die einzelnen Decks in unterschiedlichen Farben gestaltet. Ebene »B« hatte Grün erwischt. Eigentlich eine Farbe, die sie mochte.

Parkplatz B 196 …

Ihre Augen folgten der breiten grünen Markierung, die dem riesigen Parkdeck Struktur verlieh. Die Kollegen würden aller Wahrscheinlichkeit nach eine Weile brauchen, bis sie verstanden, wo sie abgeblieben war. Und ohne Handy konnte sie sich nicht mit ihren Leuten in Verbindung setzen, um ihnen einen Tipp zu geben. Aber das wäre sowieso unklug, versuchte sie instinktiv, ihren Schrecken über diesen unerwarteten Schachzug ihrer Gegner in etwas Positives zu verwandeln. Die Frau mit dem Cape hatte ihren Auftraggeber unter Garantie längst davon in Kenntnis gesetzt, dass sie aus dem Aufzug raus waren. Und wenn sie sich auch nur eine Sekunde zu lange hier aufhielt, würde Petrovic zweifelsohne stutzig werden.

Unser gemeinsamer Freund hat es gar nicht gern, wenn man ihn warten lässt.

Also blieb nur …

Ja, dachte Em, ich muss es alleine machen!

Zumindest muss ich hingehen und sehen, was dahintersteckt.

Sie straffte die Schultern und wandte sich dann beherzt nach rechts, um den Parkplatz mit der Nummer B 196 zu suchen.

10

MyZeil Shoppingcenter, 10. Juli 2015, 18.09 Uhr

»Das kann nicht wahr sein!«

»Was?«, schrie Zhou, ohne noch länger auf ihre Umgebung Rücksicht zu nehmen. Der Stresspegel in der Stimme ihres Kollegen ließ keinen Raum für Zweifel: Etwas war passiert. Etwas, das sie nicht auf der Rechnung gehabt hatten …

»Das Zimmer«, erklärte Carsten Pell, und seine Stimme klang gepresst. Atemlos, als ob er rennen würde. »Es gibt in diesem gottverdammten Kasten kein Zimmer mit der Nummer 196. ... Wir haben sie verloren!«

Zhou drängelte sich unsanft an einer Gruppe junger Mädchen vorbei, die ihr den Zugang zur Rolltreppe versperrten.

Es lief schief!

Herrgott noch eins, sie hatte gewusst, dass es schieflaufen würde!

Warum, zur Hölle, waren sie nicht besser vorbereitet? Warum hatten sie nicht vorher gewusst, dass es gar kein Zimmer mit der Nummer 196 gab? Sie hatten Fluchtwege studiert. Notausgänge gecheckt. Sie hatten sich darüber informiert, wie man vom Restaurant in die Küche kam, vom Büro des Geschäftsführers zu den Toiletten, von der Sauna zum Aufzug. Und doch waren sie blind in die Falle getappt!

»Was jetzt?«, knarrte es aus dem Knopf in ihrem Ohr, während sie die Menschen vor sich auf der Rolltreppe einfach beiseiteschob.

Decker!

»Wie geht es jetzt weiter? Erbitte Instruktionen!«

»Wir haben den Kontakt zu Capelli verloren«, wiederholte Ahrens, was zuvor bereits Carsten Pell gemeldet hatte.

Und Norman Kusch antwortete: »Das bedeutet Abbruch.«

»Nein!«, schrie Ahrens. »Sie ist in Gefahr! Wir dürfen nicht einfach abbrechen!«

Ja, pflichtete Zhou ihm in Gedanken bei, während sie ein paar Stufen im Sprung überwand. Genauso sehe ich das auch!

»He!«, beschwerte sich eine Frau mittleren Alters, der sie versehentlich auf den Fuß getreten war. »Können Sie nicht aufpassen?«

Denk nach, denk nach, denk nach!

Also: Worum geht es hier?

Vordergründig um eine Übergabe.

Gut. Wie funktioniert eine Übergabe?

Der Kontaktmann bekommt einen Treffpunkt genannt, an den er sich begeben soll.

»Sie checken ganz normal ein, beziehen Ihr Zimmer und warten«, hatte Kusch bei der Einsatzbesprechung gesagt.

Warten, wiederholte Zhou stumm. Worauf warten?

Darauf, dass jemand an die Tür klopft, um die Transaktion gleich an Ort und Stelle abzuwickeln, gab sie sich selbst zur Antwort. Oder darauf, dass jemand anruft und einen Treffpunkt nennt. Einen Treffpunkt, den Petrovic aus Sicherheitsgründen bis zuletzt geheim gehalten hat.

Und wenn Em dazu gar nicht erst aufs Zimmer musste?, durchfuhr es sie, während sie sich ohne Rücksicht auf Verluste zur nächsten Rolltreppe durchkämpfte. Was, wenn Capelli die Kontaktdaten bereits vorher erhalten hatte?

Zum Beispiel im Aufzug …

Ihre Gedanken stolperten wild durcheinander: Es gab in diesem Hotel nachweislich kein Zimmer mit der Nummer 196. Folglich war die »196« in Wirklichkeit gar keine Zimmernummer, sondern eine Koordinate. Der Hinweis auf einen Treffpunkt. Auf den nächsten Schritt!

Sie nickte und sah nach unten. Das Erdgeschoss wimmelte von Menschen, die der Regen von der Zeil hereintrieb. Über die eigens zu diesem Zweck gebaute Dachkonstruktion aus Glas stürzten ganze Regenfluten herab, wurden aufgefangen und wiederverwertet. Alles gut durchdacht.

Im Gegensatz zu diesem Einsatz …

196, hämmerte es hinter ihren Schläfen. Was bedeutet die 196?

Eine Durchwahl?

Nein, unwahrscheinlich.

Was sonst? Was waren die Alternativen?

Ihre Augen glitten suchend über die Schaufenster der umliegenden Geschäfte und blieben dann unvermittelt an der Stahltür hängen: PARKHAUS MYZEIL.

Der Zugang zur Tiefgarage …

Im Laufen wich Zhou einem Mann aus, der sein Parkticket bereits in der Hand hielt, um es in den Schlitz des Kassenautomaten zu schieben. »Der Treffpunkt ist kein Zimmer, sondern ein Parkplatz!«, schrie sie in das Mikrofon, das zu ihrer Verkabelung gehörte, und sie konnte förmlich spüren, wie sämtliche Kollegen, die über Funk mit ihr verbunden waren, die Luft anhielten.

Überraschung und Unverständnis.

Doch Zhou war sicher, dass die allgemeine Schockstarre sich lösen würde. Und dann hatten sie vielleicht doch noch eine Chance! Immerhin waren sie viele. Und sie waren über das gesamte Areal verteilt.

Sie nahm die Treppe und warf einen Blick auf ihre Armbanduhr. Der Kontakt zu Capelli war vor exakt dreiundneunzig Sekunden abgerissen.

Das war nicht allzu lange her …

»Checken Sie, wo genau sich der Parkplatz mit der Nummer 196 befindet, und senden Sie mir die Koordinaten aufs Handy!«, rief sie. »Ich bin auf dem Weg!«

11

Parkhaus MyZeil, Ebene B, 10. Juli 2015, 18.10 Uhr

Em sah sich umgeben von einem Meer aus grünen »Bs« auf weiß gestrichenen Pfosten. Wo, verdammt noch mal, war Nummer 196?

Zu ihrem Pech war das Parkdeck bestens ausgelastet. In den komfortablen Parkbuchten reihte sich Blech an Blech. Spuren nasser Reifen auf dem Betonboden verrieten, dass es draußen inzwischen schütten musste. Alles, was neu hereinkam, brachte Nässe mit.

Im Gehen sah sie sich nach Unbeteiligten um. Potenziellen Opfern. Möglichen Kollateralschäden.

Doch die meisten Menschen schienen es angesichts des schlechten Wetters nicht eilig zu haben, nach Hause zu kommen. Ein Stück links von ihr machte sich eine junge Familie gerade ans Einladen. Kinderwagen. Einkäufe. Das Übliche. Weiter vorne, Richtung Auffahrt, schleppte eine Frau einen mannshohen Standspiegel. Doch der Mann an ihrer Seite machte keine Anstalten, ihr beim Tragen zu helfen. Ansonsten herrschte tote Hose. Das konnte Em nur recht sein. Ich darf niemanden gefährden, dachte sie. Was immer passiert, es muss ohne Aufsehen über die Bühne gehen. Unbemerkt.

Auf dem Boden vor den einzelnen Parkbuchten waren zur besseren Orientierung noch einmal Ebene und Platznummer vermerkt.

Anthrazitgraue Schrift. 186, 188 …

Daneben, allgegenwärtig: der aufgemalte grüne Pfad.

Unwillkürlich musste Em an den Fall denken, der Zhou und sie zusammengebracht hatte. Damals hatten sie einen psychopathischen Serienmörder gejagt. Eines seiner Opfer, eine Psychotherapeutin, hatten sie in einer verlassenen Lagerhalle gefunden. Die Tote hatte in einer ausrangierten Tiefkühltruhe gelegen. Und vor diese Truhe … Em schluckte. Vor diese Truhe hatte der Mörder eine Art Weg in den Staub der Halle gefegt. Eine Spur auf dem Boden, die jeden Neuankömmling geradewegs dorthin führte, wo der Täter ihn haben wollte.

Aber war das hier auch so?

Führte diese breite grüne Farbmarkierung zu ihren Füßen sie geradewegs in die Falle?

In Gedanken ließ sie die kurze Plänkelei mit der Frau im Cape noch einmal Revue passieren. Sie hatte die Gelegenheit, mich gleich in diesem Lift zu erledigen, den Datenstick an sich zu nehmen und zu verschwinden, dachte Em. Aber sie hat es nicht getan. Die Frage war, warum nicht? Hatte sie sich nicht vor der Linse einer laufenden Überwachungskamera die Finger schmutzig machen wollen?

In diesem Fall hätte sie mir auf mein Zimmer folgen können, widersprach sich Em. Dort wären wir unbeobachtet gewesen. Und wenn die Sache auffliegt, werden die Bänder aus dem Lift sowieso ausgewertet und zur Fahndung ausgeschrieben. Das muss ihr klar sein. Nein, das *ist* ihr klar. Aber … Sie stutzte. Moment mal!

Vielleicht war es Petrovic ja doch ernst mit diesem Deal.

Vielleicht war sie deshalb noch am Leben.

Weil sie eine Geschäftspartnerin war. Jemand, der vielleicht ebenfalls auf Nummer sicher gegangen war, was die Abwicklung betraf. Sie nickte kaum merklich vor sich hin. Ja, dachte sie, wer sagt denn, dass ich die Daten, hinter denen er angeblich so her ist, überhaupt bei mir habe? Vielleicht habe ich sie an einem sicheren Ort deponiert und rücke sie erst raus, wenn ich meinerseits weiß, dass niemand falschspielt. Vielleicht …

Weiter kam sie nicht, denn sie hatte den nächsten Betonpfeiler erreicht. Ihre Augen krallten sich in die Nummer auf dem Boden. Wanderten von dort hinauf zu einer Stoßstange. Ein Jeep Renegate. Das neueste Modell. Schwarz. Verspiegelte Scheiben.

Der Lack war trocken.

Also stand er schon länger hier.

Ihre Fingernägel bohrten sich in ihre Handflächen. Sie versuchte, cool zu wirken. Cool und vorsichtig. Wie jemand, der noch nicht durchschaute, worauf das hier hinauslief.

Direkt vor dem Fahrzeug blieb sie stehen.

Ein paar quälend lange Augenblicke passierte gar nichts. Dann öffnete sich die hintere Seitentür, und Em blickte in das hagere, etwas ausgemergelt wirkende Gesicht von Dragan Petrovic.

»Tanja DeVeen«, sagte er mit einer einladenden Geste. »Wie schön, dass Sie zu uns gefunden haben.«

12

Parkhaus MyZeil, Ebene B, 10. Juli 2015, 18.14 Uhr

Die Tiefgarage hatte tausend Winkel. Tausend potenzielle Verstecke. Tausend mögliche Hinterhalte. Zhous Atem rasselte. Sie war austrainiert und die körperliche Belastung eigentlich ein Witz. Aber ihre Emotionen machten ihr einen Strich durch die Rechnung. Das hier war definitiv kein Einsatz wie andere!

Ihre Blicke irrten zwischen den zahllosen Fahrzeugen hin und her.

Richtungspfeile. Schilder. Frauenparkplätze. Visuelle Spotlights, die ihr Verstand allenfalls am Rande zur Kenntnis nahm. Genau wie die flackernde Neonröhre links von ihr. Notausgänge. Feuerlöscher. Ölflecke.

Wo war die 196?

Wo war Em?

Die Tiefgarage war gut ausgeleuchtet, modern und somit vergleichsweise angenehm. Auf den vier Ebenen, die allesamt nach Frankfurter Partnerstädten benannt waren, fanden knapp tausendvierhundert Autos Platz. Rund neunhundert Parkplätze waren öffentlich, die übrigen gehörten den Firmen und Einrichtungen des Palais-Quartiers.

Ebene »B« war grün und nach Budapest benannt.

Zhou ging zügig weiter, aber sie rannte nicht.

Keine Aufmerksamkeit auf sich ziehen.

Keinen Verdacht erregen.

»Mai?«

Das war Decker!

»Ja?«

»Wo bist du?«

»In der Tiefgarage.«

»Okay. Wir haben deine G…« Die Verbindung riss ab. Doch gleich darauf war er zurück. »…auch eine Möglichkeit.«

»Ich kann dich kaum verstehen«, erwiderte Zhou mit gedämpfter Stimme. Nur ein paar Meter von ihr entfernt stand ein Ehepaar neben dem geöffneten Kofferraum eines Skoda. Die Frau mühte sich vergeblich mit einem riesigen Standspiegel ab, der partout nicht auf die umgelegte Rückbank passen wollte, während ihr Mann sauertöpfisch neben ihr ausharrte und sich ungeachtet des allgemeinen Rauchverbots eine Zigarette ansteckte.

»Gib mir deinen aktuellen Standort durch!« An seiner

Stimme hörte sie, dass Decker jetzt ebenfalls rannte. »Ich bin unterwegs.«

»Ebene B, Platz 116.«

Zhou wandte den Kopf. Aus einem der hinteren Bereiche näherte sich ein Auto. Ein schwarzer Jeep. In der Frontscheibe spiegelte sich das Licht der Neonröhren. Von dem Fahrer war nicht viel zu erkennen, und doch hatte Zhou augenblicklich ein komisches Gefühl. Sie schaute dem Wagen nach und wollte ihren Kollegen eben Typ und Kennzeichen durchgeben, als sie Capelli sah. Sie rannte, als sei der Teufel persönlich hinter ihr her. Aber sie hielt sich dicht an der Wand. Und sie kam eindeutig aus der Richtung, aus der auch der Jeep gekommen war!

»Em!«

Das hörte sie offenbar, denn sie blieb ruckartig stehen und sah herüber.

Mit einem elementaren Gefühl von Erleichterung rannte Zhou ihr entgegen. »Alles klar bei dir? Bist du verletzt?«

»Der Jeep!«, keuchte ihre Partnerin, die augenscheinlich kaum mehr Luft bekam.

Also doch!

»Sag bloß, das war Petrovic?«

Sie nickte.

»Okay«, sagte Zhou, »ich gebe den Kollegen Bescheid. Die sollen ihn aufhalten!«

Doch ihre Partnerin krallte sich in ihren Arm und schüttelte heftig den Kopf. Dann formten ihre Lippen stumm das Wort: »Mikro?«

Zhou nickte und deutete auf das Revers ihres Blazers.

Ihre Partnerin nickte auch und legte dann wie zufällig die Hand auf das Mikrofon, während sie so tat, als ob sie sich festhalten müsse. »Petrovic bekam einen Anruf«, japste sie, so leise ihr Zustand das zuließ. »Und er ... Er meinte, dass wir ... unser Geschäft wohl oder übel ... verschieben müssten.«

Zhou starrte sie an. »Und dann?«, flüsterte sie.

»Hat er ... mich ... an die Luft gesetzt.«

»Hat er die Daten?«

Ein triumphierendes Kopfschütteln. Und wie zum Beweis zog sie den USB-Stick aus ihrer Hosentasche und hielt ihn Zhou unter die Nase. »Ich hab ihm gesagt: Keine Daten, solange er seinen Teil der Abmachung nicht erfüllt hat.«

Zhou hielt ihren Blick fest. »Dieser Anruf, der ihn gewarnt hat ... Was denkst du, woher der kam?«

Capellis Miene verdüsterte sich, doch sie kam nicht dazu, etwas zu entgegnen, denn vom Aufzug her kamen ihnen Decker und Pell entgegen.

»Später«, sagte sie nur. Dann lehnte sie den Rücken gegen die nackte Mauer und rieb sich mit lautem Stöhnen die Seite.

13

`Parkhaus MyZeil, Ebene B, 10. Juli 2015, 18.17 Uhr`

»Scheiße, Em, was war das denn?«, sprudelte Decker, kaum dass er in Hörweite war. »Was ist passiert?«

»Es tut mir leid«, flüsterte Em, während in einiger Entfernung nun auch Niemeyer und Tom auftauchten. »Ich hab's versaut. Und jetzt sind sie weg.«

»Wer ist weg?«

»Petrovic.«

Carsten Pell blickte sich fassungslos zwischen den parkenden Autos um. »Das heißt, er war mit dem Wagen hier?«

Sie nickte.

»Hast du das Kennzeichen?«

»Ja, aber …« Obwohl sie mittlerweile wieder gut Luft bekam, tat sie alles, um ihre Stimme ausgepumpt klingen zu lassen. Das verschaffte ihr ein paar Sekunden, in denen sie nachdenken konnte. »Es bringt nichts, das Fahrzeug zur Fahndung auszuschreiben.«

»Wieso nicht?«, rief Tom, der die letzten Sätze aufgeschnappt hatte.

»Weil die Transaktion noch gar nicht stattgefunden hat.« Sie zuckte entschuldigend die Achseln. »Ich war noch nicht ganz an diesem Wagen dran, da gibt der Fahrer plötzlich Vollgas und rauscht davon.«

»Das heißt, wir können nicht sicher sein, dass es wirklich Petrovic war?«, hakte Pell nach.

Em wäre am liebsten im Erdboden versunken, so sehr widerstrebte es ihr, den Kollegen nicht die volle Wahrheit zu sagen. Andererseits war es eine unumstößliche Tatsache, dass Petrovic gewarnt worden war. »Ich gehe davon aus, dass er's war«, antwortete sie ausweichend.

»Fest steht zumindest, dass er nicht bekommen hat, was er haben wollte«, mischte sich nun auch Luca Niemeyer ein. »Vielleicht nimmt er ja tatsächlich noch mal Kontakt auf, und wir kriegen eine neue Chance, um …«

Niemeyer konnte gar nicht so schnell gucken, wie Tom ihn beim Kragen gepackt hatte und gegen die nackte Betonmauer drückte. »Hast du sie noch alle, du Arschloch?« Er sprach leise, aber seine Stimme zitterte vor unterdrückter Wut. »Ich werde unter Garantie nicht noch mal riskieren, dass ihr was passiert, klar? Ich hab die Schnauze voll davon, dass meine Kollegen in Lebensgefahr schweben.«

Em fasste nach seinem Arm. »Ich hatte die Sache im Griff, okay?«

»Den Teufel hattest du!«, schrie er. Doch dann ließ er überraschend von Niemeyer ab und drehte sich weg. »Aber was soll's!« Jetzt klang er fast, als ob er schluchzte. »Ihr macht ja doch alle, was ihr wollt. Aber ohne mich. Ich bin raus!«

Zu viert blickten sie ihm nach, wie er sich wütend durch die parkenden Autos Richtung Ausgang schlängelte. An der Tür wäre er beinahe mit Norman Kusch zusammengeprallt. Doch dieses Mal konnte ihn auch der erfahrene Teamleiter nicht zur Räson bringen: Nach einem kurzen verbalen Schlagabtausch ließ er Kusch einfach stehen und verschwand im Aufgang zur Ladenstraße.

»Er kriegt sich wieder ein«, sagte Em.

Pell warf ihr einen zweifelnden Blick zu. »Sicher?«

Nein, dachte sie. Bin ich nicht. Dass er so heftig reagierte, überraschte sie selbst. Aber was überraschte sie eigentlich nicht, in den letzten Tagen? Ihr Blick streifte Zhou. Ich bin froh, dass ich mit ihr arbeite, dachte sie. Ein Gedanke, auf den sie nicht vorbereitet war. Es war die richtige Entscheidung, uns beide zusammenzuspannen. Ich arbeite gern mit ihr. Und mit Tom wäre es nur unnötig kompliziert geworden.

»… nun weiter?«, riss Pells Frage sie aus ihren Gedanken.

Der junge Kollege sah sie direkt an, aber da sie den Anfang seines Satzes überhört hatte, zog sie es vor, einfach abzuwarten. Und sie hatte Glück: Norman Kusch setzte bereits zu einer Antwort an.

»Das hier ist nicht der richtige Zeitpunkt, um eine endgültige Entscheidung zu treffen«, sagte er fest. »Zuerst müssen wir diesen Einsatz sehr genau analysieren. Und erst dann sollten wir darüber nachdenken, ob es weitere Schritte geben kann.«

Em fühlte, dass Decker sie ansah, aber vorsichtshalber erwiderte sie den Blick nicht. »Der Kontakt zwischen Petrovic und Iris Molder ist über eine Mobilfunknummer in Belgien erfolgt, oder?«

Kusch nickte. »Auf die haben wir Zugriff.«

»Das heißt, Petrovic könnte problemlos einen neuen Treffpunkt vorschlagen?«

»Theoretisch ja. Allerdings haben *Sie* damit nichts mehr zu tun.«

»Wieso nicht?«

»Weil Ihr Vorgesetzter mir schon für diese Aktion die Hölle heißmachen wird«, antwortete er mit versteinerter Miene. »Und weil die vergangene halbe Stunde einmal mehr gezeigt hat, dass wir es trotz guter Vorbereitung offenbar nicht fertigbringen, die Sicherheit unserer Beamten zu gewährleisten. Daraus müssen und daraus werden wir unsere Konsequenzen ziehen.«

14

Polizeipräsidium Frankfurt, Abteilung für Kapitaldelikte, Büro Makarov, 10. Juli 2015, 19.29 Uhr

Peter Küng bedachte Em mit einem jener langen Blicke, die sie seit jeher an ihm gestört hatten. »Sie haben uns mit Ihrer Umsicht einen großen Dienst erwiesen.«

»Umsicht?«, fuhr sie ihn an. »Dieser verdammte Einsatz ist total in die Hose gegangen, falls Sie das noch nicht bemerkt haben sollten.«

Küng tauschte einen Blick mit Findloh, der ihn begleitet hatte. »Aber da ist noch etwas, das Sie wissen sollten ...«

Neben den beiden scharrte Makarov gereizt mit den Hufen. Es behagte ihm ganz und gar nicht, sich in der Rolle des stummen Zuhörers wiederzufinden. Schon gar nicht in seinem eigenen Büro. Und die Aussicht, vielleicht etwas zu erfahren, über das er im Vorfeld nicht informiert worden war, setzte dem Ganzen die Krone auf.

»Ach ja?«, fragte Em. »Und was?«

»Wollen Sie sich nicht setzen?«

»Nein danke, wir stehen lieber.«

»Wie Sie meinen.« Küng ging an ihnen vorbei und zog die Tür zu. Die mannigfachen Geräusche des Großraumbüros verstummten wie abgeschnitten. »Dass Sie den Stick mit den Daten nicht übergeben haben, ist ein großes Geschenk für uns«, wiederholte er. »Weil es eine weitere Chance eröffnet, mit der wir nach allem, was im Vorfeld gelaufen ist, wirklich nicht mehr rechnen konnten.«

»Ich verstehe kein Wort«, versetzte Em trotzig.

Er verzog seine schmalen Lippen zu einem nachsichtigen Lächeln. »Wie Sie vielleicht wissen, liegen uns seit Längerem Hinweise vor, dass Petrovic plant, seine Aktivitäten zumindest für eine Weile an einen anderen Ort zu verlegen. Das ist einer der Gründe, warum wir uns dazu entschieden haben, Sie in diese überaus prekäre Lage zu bringen.«

»Wir mussten versuchen, Petrovic ein letztes Mal aus der Reserve zu locken«, ergänzte Findloh. »Indem wir ihm etwas unter die Nase halten, das er unbedingt haben will.«

Küng holte tief Luft. »Ehrlich gesagt, war es Teil unserer Strategie, zu verheimlichen, dass Iris Molder die besagten Daten bei ihrer Ankunft noch gar nicht bei sich haben würde.«

Em starrte ihn an. »Sie haben sie als Köder benutzt? In der Hoffnung, dass irgendwer sich schon vor der offiziellen Übergabe an sie heranmacht, um ihr die Daten abzunehmen?«

»Das wäre in jedem Fall sicherer gewesen als eine wie auch immer geartete Übergabe.«

»Haben Sie Iris Molder darüber informiert, dass sie in Ihrem dreckigen kleinen Spiel den Köder mimen soll?«

»Nein«, antwortete er mit entwaffnender Ehrlichkeit. »Wir dachten, es sei sicherer, wenn sie sich völlig unverkrampft bewegt.«

»Und selbst vor dem Hintergrund von Mohrs Ermordung hielten Sie es nicht für nötig, sie wenigstens zu warnen?«, wiederholte Em drohend.

»Herrgott, diese Frau bewegt sich normalerweise in Kriegsgebieten«, verteidigte sich Findloh. »Eine wie sie brauchen Sie wohl kaum explizit darauf hinzuweisen, dass Gefahr drohen könnte.«

»Sie haben sie kaltblütig geopfert«, widersprach Em voller Abscheu. »Und mich haben Sie auch ins Messer laufen lassen, Sie verdammtes Arschloch!«

»Das ist nicht wahr«, ging Küng ruhig, aber bestimmt dazwischen.

Sie fuhr herum. »Ach nein?«

»Nein.« Er parierte ihren Blick souverän. »Bei der Operation heute Nachmittag hatten wir zu jeder Zeit die volle Kontrolle. Zumindest über diejenigen Ihrer Kollegen, die als mögliche Verräter infrage kommen«, setzte er zähneknirschend hinzu. »Von dem Moment an, als die Daten aus Belgien überspielt wurden, standen sämtliche Teammitglieder unter lückenloser Beobachtung.«

»Sie meinen ...?«

Das Rotblond seines Haares schimmerte im Neonlicht. »Unter den SEK-Leuten waren mehrere speziell ausgebildete Sonderermittler, die Ihre Kollegen keine Sekunde lang aus den Augen gelassen haben.«

Em registrierte die Bestürzung, die diese Eröffnung bei Zhou und Makarov auslöste. Und auch sie selbst hatte das Gefühl, mit einem Eimer kaltem Wasser überschüttet worden zu sein. So tief also ging das Misstrauen! So ernst war die Lage, dass die Dienstaufsicht es für nötig hielt, jeden Einzelnen ihrer Kollegen unter Dauerbeobachtung durch Spezialisten zu stellen! Decker, Pell, Niemeyer und Tom. Und am Ende sogar Kusch? Em schüttelte den Kopf. Sie alle standen unter Generalverdacht, bis der Schuldige gefunden und ausgeschaltet war. Und wenn es uns nicht gelingt, den Maulwurf zu identifizieren?, überlegte sie mit einem Anflug von Beklemmung. Die Hoffnung, über Iris Molder herauszufinden, wer aus diesem Team falschspielte, hatte sich spätestens mit dem rätselhaften Verschwinden der Ermittlerin zerschlagen. Die Operation im Jumeirah war gescheitert. Was, wenn es dabei blieb? Wenn sie keine neue Chance bekamen? Wenn Petrovic untertauchte?

Dann würde diese Sache an allen fünf Beteiligten hängen bleiben.

Keiner von ihnen würde je wieder eine reine Weste haben.

»Sie standen unter permanenter Beobachtung«, wiederholte Findloh in diesem Moment. »Kein Mitglied des Teams hätte sich Ihnen nähern können, ohne dass wir ihn am Kragen gehabt hätten. Und keiner von ihnen hatte die Möglichkeit, unbemerkt Kontakt zu seinem Auftraggeber aufzunehmen.«

»Aber Petrovic bekam einen Anruf«, konterte Em. »In meinem Beisein. Und den habe ich mir ganz bestimmt nicht eingebildet!«

Küng kniff die Lippen zusammen. »Ich weiß«, sagte er leise. »Leider haben wir bislang keine Erklärung dafür.«

Ems Augen glitten über das streifige Linoleum, während sie nachdachte. »Aber ich!«, rief sie aufgeregt.

Küngs Kopf ruckte herum. »Nämlich?«

»Diese Frau!«

»Sie meinen, die aus dem Aufzug?«

»Die Frau im Cape«, nickte sie. »Die Personenbeschreibung wurde erst durchgegeben, als Petrovic schon wieder weg war. Und vorher hat ihr vermutlich niemand besondere Beachtung geschenkt.«

»Trotzdem müsste ein Mitglied des Teams Kontakt zu ihr gehabt haben«, widersprach Findloh. »Und zwar direkt.«

»Aber dieser Kontakt könnte genauso gut aus der Ferne erfolgt sein.« Em blickte aufgeregt zwischen ihm und Zhou hin und her. »Vielleicht hatten sie für den Fall der Fälle einen speziellen Abbruchcode vereinbart. Wenn so etwas vorher abgesprochen ist, genügt eine alltägliche Geste.«

Küng wirkte plötzlich alles andere als unbeteiligt. Energisch wies er Findloh an: »Fragen Sie herum, ob einem der Überwacher etwas in dieser Richtung aufgefallen ist. Und Sie«, wandte er sich wieder an Em, »gehen bitte noch heute Abend zum Zeichner und lassen ein Phantombild von der Frau aus dem Lift erstellen.«

Sie sah ihn an. »Existiert denn kein Material aus den Überwachungskameras, das wir verwenden könnten?«

»Die Bilder aus dem Lift sind im Hinblick auf ihre Gesichtszüge praktisch unbrauchbar«, antwortete Küng mit einem bedauernden Kopfschütteln. »Und die Aufnahmen der anderen Kameras sind noch nicht ausgewertet.«

»Wie lange wird das dauern?«, fragte Zhou mit zweifelndem Blick.

»Drei, vier Tage.«

»Das ist zu lange«, knurrte Makarov.

»Ja.« In Küngs graublaue Augen stahl sich ein Hauch von Resignation. »Ich weiß.«

Em sah ihn an, und zum ersten Mal kam ihr der Gedanke, dass ihm das hier womöglich genauso schwerfiel wir ihr selbst. Dass er genauso ungern der Buhmann war. Der Spielverderber, der allen und jedem misstraute.

Sie atmete tief durch. »Worauf warten wir?«, fragte sie. »Es liegt jede Menge Arbeit vor uns. Legen wir los!«

15

Polizeipräsidium Frankfurt, Flur, 10. Juli 2015, 20.08 Uhr

»Sie haben mich nicht zurückgerufen.«

Zhou, die ihren Autoschlüssel bereits in der Hand hielt, blieb unmittelbar vor der Aufzugtür stehen. »Tut mir leid, ich hatte zu tun.«

Karel Schubert beeilte sich, zu ihr aufzuschließen. »Können wir reden?«

»Seien Sie mir nicht böse, aber es war ein verdammt langer Tag.«

Seine Blicke glitten prüfend über ihr Gesicht. »Tut mir leid«, sagte er dann, und Zhou nahm überrascht zur Kenntnis, dass er bei allem Ehrgeiz offenbar auch über ein gutes Einfühlungsvermögen verfügte. Und dass er tatsächlich hin und wieder Rücksicht nahm. »Ich rufe Sie morgen früh an.«

Sie seufzte und sah auf die Uhr. »Zehn Minuten, okay?«

»Okay.« Seine Miene spiegelte Anerkennung. »Wie wär's, wenn wir dabei eine Kleinigkeit essen würden? Ich weiß nicht, wie's Ihnen geht, aber ich habe seit dem Frühstück nichts als Kaffee zu mir genommen. Und das ist jetzt ziemlich genau vierzehn Stunden her.« Wie zur Bestätigung fasste er sich an seinen nicht vorhandenen Bauch. Dann grinste er wieder sein raffiniertes Jungengrinsen. »Drüben im Grünhof gibt es einen Bäcker, also … Lust auf eine Schokoschnecke?«

»Was soll das sein?«

»Wenn Ihnen der Sinn nicht nach Süß steht, können wir auch zum Thailänder gehen«, bot er an, ohne auf ihre Frage einzugehen. »Der ist gleich neben dem Bäcker.«

»Ich weiß.«

»Woher?«

»Ich arbeite hier.«

Er blickte sich auf dem langen Flur um, als müsse er selbst eine so banale Feststellung zuerst auf ihren Wahrheitsgehalt überprüfen. »Ist das ein Ja?«, fragte er dann.

»Von mir aus.«

»Fein. … Thai oder Schnecke?«

»Schnecke.« Zhou schob ihren Autoschlüssel wieder in die Hosentasche. »Und soweit ich weiß, nennt man es Schokocroissant.«

»Ich meine aber nicht Schokocroissant, sondern Schokoschnecke«, widersprach Schubert, während sie Seite an Seite die Eschersheimer Landstraße überquerten. Und als sie zwei Minuten später vor der deprimierend leer geräumten Auslage standen, sagte er allen Ernstes zu der rotwangigen jungen Verkäuferin: »Sie haben nicht zufällig noch irgendwo eine Schokoschnecke?«

Die Frau schaute ihn an, als habe er den Verstand verloren. »Sie meinen ein Nougatcroissant?«

»Nein, ich meine eine Schokoschnecke«, entgegnete Schubert todernst. »Das ist eine Rückübersetzung aus dem Indischen. Aber das ursprüngliche Rezept stammt aus Bayern. Waren Sie schon mal in Bayern?«

Zhou wandte den Kopf ab, um nicht laut loszuprusten, während die völlig überforderte Verkäuferin in wachsender Verzweiflung aufzählte, was noch übrig war: »Tut mir leid, aber ich hätte noch drei Rosinenbrötchen da. … Oder Sie nehmen ein Stück Himbeerschnitte. Und eigentlich müsste ich auch noch irgendwo …«

»Für mich bitte eine Himbeerschnitte«, kam Zhou ihr zu Hilfe, als sie das Elend nicht länger mitansehen konnte. »Und einen Milchkaffee.«

Die junge Frau schenkte ihr ein dankbares Lächeln. »Und Sie?«, wandte sie sich wieder an Schubert.

»Cappuccino«, antwortete dieser mit unverändert stoischer Miene. »Und dazu eine …«

»… Laugenstange«, ergänzte Zhou hastig, als sie sah, dass er schon wieder »Schokoschnecke« sagen wollte.

Die Verkäuferin nickte, brühte die Heißgetränke und packte alles auf zwei Tabletts.

»Ich hasse Laugengebäck«, beschwerte sich Schubert, nachdem sie an einem der Tische Platz genommen hatten.

»Ihr Pech, wenn Sie die arme Frau so zur Verzweiflung treiben.«

»Wieso? Wenn ich mit ihr fertig bin, verkauft sie nur noch Schokoschnecken …«

»Ja«, lachte Zhou. »Davon bin ich überzeugt.« Sie nippte an ihrem Milchkaffee. »Sie sind aber nicht gekommen, um mit mir nicht existierende Schokoschnecken zu essen, oder?«

»Nein.« Schlagartig war alle Heiterkeit aus seiner Miene verschwunden. »Bin ich nicht.«

»Sondern?«

»Hat sich die Staatsanwaltschaft schon bei Ihnen gemeldet?«

»Sie meinen wegen Welsch?«

Er nickte.

»Nein, hat sie nicht.«

»War doch klar, dass die die Sache verschleppen.« Schubert war sichtlich erbost. »Immerhin müssten sie sonst zugeben, dass sie einen Fehler gemacht haben. Und das geht natürlich gar nicht. Aber damit kommen sie nicht durch.«

Na ja, also verschleppen …

Zhou sah auf die Uhr. »Geben Sie den Kollegen ein paar Stunden Zeit, sich durch das Material zu arbeiten, okay? Nach der Erfahrung mit Bormann werden sie sich jedenfalls hüten, sich noch mal zu einer übereilten Aktion hinreißen zu lassen.«

Das Klingeln ihres Handys unterbrach das Gespräch.

Zhou erkannte die Nummer von Sebastian Koss auf dem Display und nahm den Anruf mit einer gemurmelten Entschuldigung entgegen.

»Ich habe vorhin kurz mit Greta Svensson telefoniert«, kam der Polizeipsychologe umgehend zur Sache. »Wenn du diesbezüglich noch Bedarf haben solltest, wäre sie bereit, mit dir zu reden.«

»Fantastisch!« Unwillkürlich suchte ihr Blick Schubert, doch Bormanns Verteidiger schaute völlig unbeteiligt in eine andere Richtung. »Wie schnell können wir einen Termin machen?«

»Ich wusste nicht, wie es um deinen Kalender bestellt ist, aber theoretisch kannst du gleich morgen hinfahren.« Er nannte ihr die Adresse einer Privatklinik im Taunus. »Wende dich am besten direkt an den Leiter, Dr. Meyfarth.«

»Du hast was gut bei mir«, lachte Zhou, und erst als der Satz heraus war, wurde ihr bewusst, dass er jetzt sagen konnte: *Dann geh doch einfach mit mir Eis essen!*

Doch Koss sagte nur: »Gern geschehen«, und beendete das Gespräch, bevor sie etwas erwidern konnte.

Kopfschüttelnd steckte Zhou ihr Handy ein.

»Wissen Sie, was mich an diesem Fall am meisten stört?«, fragte Schubert, als er sah, dass ihre Aufmerksamkeit wieder ihm galt.

»Nein. Was?«

»Dass es einem beständig so vorkommt, als würde man in einen Spiegel gucken.«

Zhou runzelte die Stirn. »Inwiefern?«

Ihr Unverständnis schien ihn verlegen zu machen. »Ich weiß, es klingt bescheuert. Aber für meinen Geschmack ist das alles ein bisschen zu ähnlich. Wie in einem von diesen Horrorfilmen, wo man es mit irgendwelchen bösen Zwillingen zu tun bekommt.«

Sie verstand noch immer nicht ganz, worauf er hinauswollte. Aber der letzte Satz hakte sich in ihrem Gedächtnis fest wie eine Dornenranke.

Wie böse Zwillinge …

»Im Fall meines Mandanten war von Anfang an klar, dass sich die Staatsanwaltschaft ausschließlich auf Indizien stützen würde«, fuhr Schubert indessen fort, seine Theorie zu erläutern. »Und die Hauptindizien, die gegen ihn vorgebracht wurden, sind eine Handvoll versteckte Fotos, sein – zugegebenermaßen nicht besonders geschicktes – Leugnen, Sonja Svensson gekannt zu haben, und der Umstand, dass er für den Tatabend kein vernünftiges Alibi vorweisen konnte.«

Aus der Akte wusste Zhou, dass Bormann nach eigenen Angaben allein gewesen war. Zu Hause. Bestätigt hatte das erwartungsgemäß niemand, aber es war auch nicht gelungen, ihm etwas Gegenteiliges zu beweisen.

»So weit, so gut«, schloss Schubert. »Aber jetzt haben wir auf einmal schon zwei Männer, gegen die fast exakt die gleichen Indizien vorgebracht werden könnten. Beide sind selbstständig. Beide fahren einen Firmenwagen. Von beiden existieren pseudointime Fotos mit Sonja Svensson, die obendrein auch noch versteckt wurden. Und erstaunlicherweise behaupten beide steif und fest, Sonja Svensson nur flüchtig gekannt zu haben. Der eine, weil er an ihrer Seite ein Tennisturnier gewonnen hat. Und der andere, weil sie bei ihm Rat wegen ihrer Fische suchte.« Er hielt inne und warf ihr einen triumphierenden Blick zu. »Was halten Sie davon?«

Vor Zhous innerem Auge tauchte plötzlich wieder das völlig veralgte Becken im Schlafzimmer der Svenssons auf. »Ich weiß nicht«, bekannte sie. »So habe ich das bislang noch nicht betrachtet.«

Schubert nickte, bevor er sich vertraulich nach vorn beugte. »Das bleibt bitte unter uns«, begann er vorsichtig, »aber ich war keineswegs sicher, was Bormanns Unschuld angeht. Und wäre ich anstelle der Richterin, hätte ich die Sache beim ersten Mal vielleicht auch gekauft. Aber zweimal?« Er schüttelte den Kopf. »Das ist mir entschieden zu viel des Zufalls!«

Ja, dachte Zhou, mir auch. Und je länger ich darüber nachdenke, desto seltsamer kommt es mir vor. »Und was wollen Sie jetzt unternehmen?«, fragte sie.

Seine feingliedrigen Finger zupften ein bisschen Teig aus seiner Laugenstange. »Mein Job ist es, die Richterin davon zu überzeugen, dass mein Mandant diese Morde nicht begangen hat.«

»Fein.« Sie versuchte, seinen Blick festzunageln. »Das scheint Ihnen ja, so wie es aussieht, auch zu gelingen. Und weiter?«

»Keine Ahnung. Nichts weiter.«

»Aber wollen Sie denn nicht wissen, wer der wahre Täter ist?«

»Ich bin kein Polizist.«

»Spielt das irgendeine Rolle?«

Er sah nicht weg, aber er antwortete auch nicht.

Na, toll! Sich selbst bequem zurücklehnen, aber in anderen immer schön die Zweifel nähren!

Als ob ich nicht schon genug Probleme hätte, dachte Zhou ärgerlich. »Mit dieser Einstellung wären Sie vielleicht doch besser in die Wirtschaft gegangen«, sagte sie kühl, auch wenn sie wusste, dass sie ihm im Grunde unrecht tat. So wie er hätten fünfundneunzig Prozent aller Strafverteidiger argumentiert. »Da würden Sie besser bezahlt und müssten sich auch nicht fortwährend mit so abstrakten Größen wie Schuld oder Gerechtigkeit auseinandersetzen.«

Schubert warf ihr einen nachdenklichen Blick zu, während sie ihren Kaffee austrank und die Tasse zu ihrem leeren Kuchenteller auf das Tablett stellte. Dann nahm sie ihre Handtasche von der Stuhllehne und stand auf.

»Wollen Sie schon gehen?«, fragte er irritiert.

»Wie gesagt, war es ein verdammt langer Tag«, gab sie zurück. »Vielen Dank für den Kaffee.«

»Es gibt übrigens noch eine weitere Gemeinsamkeit zwischen unseren Täter-Zwillingen«, hielt seine Stimme sie zurück.

Sie blieb stehen und wandte den Kopf. »Ach ja?«

Auf seinem fein geschnittenen Gesicht erschien wieder dieses jungenhafte Grinsen, das ihm vermutlich kaum jemand übel nehmen konnte. »Ja.«

»Nämlich?«

»Melissa ...«

16

Bockenheim, Wohnung von Alexander Decker,
10. Juli 2015, 21.29 Uhr

»Em?«

»Ja.«

»Augenblick!«

Die Gegensprechanlage knackte. Gleich darauf summte der Türöffner.

Em stieg die Treppen zu Deckers Wohnung im vierten Stock hinauf.

Ihr Kollege erwartete sie bereits im Türrahmen. »Komm rein.«

Sie folgte seiner Aufforderung und betrat einen langen, bemerkenswert aufgeräumten Flur, von dem mehrere Türen abzweigten.

»Willst du was trinken?«

»Gern. Hast du … Du hast nicht zufällig noch einen Kaffee da?«

Unwillkürlich sah er auf die Uhr. Und als er sich dessen bewusst wurde, sagte er eilig: »Nein, aber ich kann einen aufsetzen.«

»Mach dir keine Umstände.«

»Kein Problem. Setz dich doch schon mal … Das Wohnzimmer ist dahinten links!« Er verschwand in einem Raum auf der rechten Seite. Offenbar die Küche. »Ich bin gleich bei dir.«

»Danke!«, rief Em und betrat ein großes Zimmer, das letzte auf der linken Seite.

Obwohl sie nun schon seit Jahren eng zusammenarbeiteten, hatte sie Decker noch nie privat besucht. Entsprechend überrascht war sie von der Einrichtung. Anstelle der erwarteten Hightechspielereien empfing sie ein warmes, gemütlich eingerichtetes Wohnzimmer, das an eine amerikanische Kneipe aus den 20ern erinnerte.

Sie setzte sich in einen der Sessel und sah sich um. Dabei fiel ihr eine gerahmte Fotografie ins Auge, die auf einem kleinen Konsoltisch stand. Ein Mädchen von etwa acht Jahren mit großen dunklen Augen, die intelligent und zugleich skeptisch blickten.

»Das ist meine Nichte«, sagte Decker, der in diesem Moment mit einer Tasse Kaffee in der einen und einem alkoholfreien Bier in der anderen Hand zurückkehrte.

»Ich wusste nicht mal, dass du Geschwister hast«, bekannte Em.

Sein markantes Gesicht erstarrte. »Das ist eine lange Geschichte.«

Es war offensichtlich, dass sie einen wunden Punkt erwischt hatte. »Du bist mir keine Rechenschaft schuldig«, versicherte sie eilig.

Ihr Kollege hob abwehrend die Hand. »Als meine Schwester vergewaltigt wurde, war sie sechzehn.« Seine Stimme war leise, aber sie gehorchte ihm. Offenbar hatte er das Thema in der Vergangenheit oft genug beackert, um nicht mehr ins Schlingern zu geraten, wenn er davon sprach. Doch Em konnte an seinen Augen sehen, was es ihn kostete. »Sie hat nicht darüber gesprochen. Mit niemandem. Und als ihre Schwangerschaft endlich festgestellt wurde, war es für eine Abtreibung längst zu spät.«

An der Wand neben der Tür hing eine alte Pendeluhr. Ihr Ticken erfüllte die Stille mit Leben, während Decker sich eine kurze Atempause gönnte.

»Sie wollte das Kind natürlich nicht behalten. Also wurde die Kleine gleich nach der Geburt bei Pflegeeltern untergebracht.«

Ems Finger schlossen sich fester um die Tasse, die er ihr gebracht hatte. Am liebsten wäre sie einfach wieder gegangen. Aber das konnte und wollte sie sich nicht leisten.

»In der Folgezeit wurde meine Schwester immer … Sie verlor den Halt, weißt du. Irgendwann war es so schlimm, dass meine Eltern sich schweren Herzens entschieden, sie in eine Klinik einweisen zu lassen.« Sein Blick wurde hart. »An Heiligabend ist es sechs Jahre her, dass sie sich umgebracht hat.«

Em starrte auf das Laminat zu ihren Füßen. Es sah aus wie alte Eichenbohlen. Grauweiß lackiert.

Heiligabend …

Ein Tag, an dem alle Menschen feierten. An dem die Familien zusammenrückten. Und die Nacht von tausend Lichtern erhellt war. Em schloss die Augen. Was Decker ihr da erzählte, machte sie komplett hilflos. Aber sie war auch gerührt und dankbar, dass er ihr so großes Vertrauen entgegenbrachte.

»Als Carla drei war, stellten die Ärzte fest, dass etwas mit ihren Genen nicht stimmt«, erklärte er, indem er wieder zu dem Foto auf dem Konsoltisch sah. »Die Krankheit nennt sich progressive Muskeldystrophie, Typ Duchenne, und selbst die günstigste Prognose geht davon aus, dass Carla spätestens mit zwölf im Rollstuhl sitzt. Mit vierzehn wird sie aller Voraussicht nach ihre Arme nicht mehr allein heben können, und spätestens mit achtzehn ist sie dann vollständig pflegebedürftig.«

Em nickte. Hier war sie, die Lösung für Küngs ungelöstes Rätsel der monatlichen Überweisungen: Decker sparte für die Pflege seiner Nichte. Dafür, dass sie es trotz ihres Schicksals so gut wie möglich haben würde. Das Einzige, was er unter den gegebenen Umständen für sie tun konnte. Gleichzeitig konnte sie sich nun auch endlich erklären, warum Thorsten Mohr ausgerechnet Decker ins Vertrauen gezogen hatte. Die beiden haben einander vertraut, weil sie Leidensgenossen waren, dachte sie schaudernd. Geschlagen mit der Sorge um ein Kind, dessen Zukunft sich in Kliniken abspielen wird, in engen, unpersönlichen Zimmern inmitten von Schläuchen und Geräten.

»Hast du denn Kontakt zu deiner Nichte?«, fragte sie zaghaft.

»Sie weiß nicht, wer ich wirklich bin«, antwortete er. »Und das ist auch gut so. Aber ihre Adoptiveltern halten mich auf dem Laufenden. Und wir telefonieren.« Ein stolzes Lächeln ließ seine Züge erstrahlen. »Carla ist ein verdammt kluges Mädchen und irgendwie richtig … weise.« Seine Stimme klang, als sei ihm das Wort nicht so recht geheuer. Aber Em verstand genau, was er meinte.

»So sieht sie auch aus«, sagte sie mit einem Blick auf das Foto auf dem Konsoltisch.

»Apropos … Was macht eigentlich Kaylin? Waren sie da, wo sie jetzt lebt, auch von dem Erdbeben betroffen?« Nach der Anstrengung der vergangenen Minuten schien Decker dankbar, das Thema wechseln zu können. »Ich hab an sie gedacht, wollte aber auch nicht fragen …«

»Ihr Dorf war weit genug vom Epizentrum entfernt. Sie haben die Erschütterungen gespürt, aber es gab keine größeren Schäden.«

Er nickte und nahm einen Schluck von seinem Bier. »Aber du bist aus einem anderen Grund hier, oder?«

»Ja.«

»Geht's um unser Gespräch heute früh?«

»Du hast erwähnt, dass Mohr den Auftrag hatte, die undichte Stelle im Team aufzuspüren«, nickte sie, »und ich wollte dich fragen, ob er vielleicht einen bestimmten Verdacht hegte.«

»So hatte ich seine Bemerkung gedeutet, an diesem Mittag«, antwortete Decker. »Aber ich habe mich wohl geirrt.«

»Wieso?«

»Weil er seine Weste abgelegt hat. Thorsten hegte gegen seinen Mörder offenbar nicht den geringsten Argwohn. Und das kann nur bedeuten, dass ich ihn falsch verstanden habe. Oder dass er sich geirrt hatte.«

Em ließ sich beide Möglichkeiten eine Weile durch den Kopf gehen. »Und der Einsatz selbst?«, fragte sie, obwohl sie die Berichte natürlich gelesen hatte. »Kannst du rückblickend irgendwen ausschließen?«

Er stieß ein freudloses Lachen aus. »Mich.«

»Nur dich?«

»Die Situation war verdammt unübersichtlich.« Die Erinnerung an Mohrs Todestag grub eine tiefe Falte zwischen seine dichten Brauen. »Candoglu und ich haben uns die Nebenräume auf der rechten Seite vorgenommen. Und dann fielen plötzlich Schüsse. Wir sind ins Lager zurück, um Mohr beizustehen, aber wir haben ihn dort nicht mehr gesehen.«

Es führt kein Weg daran vorbei, dachte Em niedergeschlagen. Thorsten Mohrs Mörder war ein Mitglied aus dem Team. Einer von ihnen. Seltsamerweise musste sie ausgerechnet jetzt wieder an Iris Molder denken.

Sie hat sich als Achtzehnjährige beim Auswärtigen Amt beworben. Die haben sie dort natürlich erst mal abgewiesen, aber aufgrund ihrer besonderen Eignung behielten sie sie … Sagen wir: im Auge …

Sie stutzte, als ihr etwas auffiel, über das sie bislang noch nicht weiter nachgedacht hatte. Wenn jemand Agent werden wollte, dann wurde er das nicht, indem er sich bewarb, sondern indem er jemandem auffiel. Der Interessent signalisierte Bereitschaft und wurde im Auge behalten. Und irgendwann, wenn die entsprechende Stelle zu dem Schluss gekommen war, dass er sich für den Job eignete, wurde er angesprochen. Aber was war eigentlich das übliche Prozedere bei der Anwerbung von Verrätern? Wie kam man ins Team eines Dragan Petrovic? Auf seine Gehaltsliste? In den Kreis seiner Vertrauten?

»Wohl kaum, indem man mit ihm Squash spielt«, murmelte Em leise vor sich hin.

Decker warf ihr einen verständnislosen Blick zu. »Bitte?«

»Nichts …«

FÜNF

Wenn du mich einmal betrügst – deine Schande.
Wenn du mich zweimal betrügst – meine Schande.

Chinesisches Sprichwort

I

Private Fachklinik für psychologische Rehabilitation Weißkirchen im Taunus, 11. Juli 2015, 13.49 Uhr

Der Außenbereich der kleinen Privatklinik war unaufdringlich, aber mit spürbarer Liebe zum Detail gestaltet: Im Park, der das restaurierte ehemalige Gutshaus umgab, luden zahlreiche Lauben und Bänke zum Verweilen ein, es gab mehrere große Gewächshäuser und sogar ein Freiluftatelier, in dem die Patienten, geschützt durch eine gläserne Pergola, ungestort kreativ sein konnten.

Zhou nahm das Aroma von Blüten wahr, von trockenem Laub und ganz entfernt auch von Essen. Irgendetwas Mediterranes mit Tomaten und Knoblauch.

Greta Svensson blickte ihr mit einer Mischung aus Unsicherheit und aufrichtigem Interesse entgegen. Das helle, fein gezeichnete Gesicht war dem ihres Sohnes nicht unähnlich, soweit Zhou das anhand der Fotos beurteilen konnte. Allerdings hatte der Schock über den Verlust ihrer Familie tiefe Spuren in den ebenmäßigen Zügen hinterlassen.

»Ich sollte eigentlich gar nicht mehr hier sein«, war das Erste, was sie sagte, nachdem Zhou sich zu ihr auf die Holzbank gesetzt hatte, die am Ufer eines künstlich angelegten Teiches stand. »Aber ich fürchte mich davor, nach Hause zu gehen.«

Zhou war nicht sicher, ob die Frau eine Erwiderung erwartete. Also hielt sie sich zurück.

Irgendjemand weiß etwas, hatte Koss zu ihr gesagt, als sie das erste Mal über diesen Fall gesprochen hatten. *Vielleicht nicht gerade über die Tat selbst. Aber über das Motiv. Oder über die Vorgeschichte …*

Das war ihre heimliche Hoffnung. Dass Greta Svensson etwas wusste. Etwas, das sie bislang nicht bedacht hatten.

»Es ist die Stille«, holte die Stimme der pensionierten Buchhalterin sie unvermittelt ins Hier und Jetzt zurück. »Hier in der Klinik ist sie auszuhalten. Aber wenn ich an zu Hause denke … Allein der Küchentisch, an dem sie so oft gesessen haben.« Sie trug ein helles T-Shirt mit V-Ausschnitt, und Zhou konnte die Gänsehaut sehen, die sich bei diesen Worten über ihr Dekolleté und ihre nackten Arme breitete. »Leon mochte partout kein Gemüse«, setzte Greta Svensson rasch hinzu, als könnte allein die Erinnerung an eine Banalität wie diese helfen, die bösen Geister zu vertreiben. »Er wollte nur Fleisch und Nudeln. Und Sonja ließ ihm das leider auch immer durchgehen.« In ihre Augen stahl sich ein Hauch von Tadel. »Die Mütter heutzutage tun, als würden ihre Kinder sofort verhungern, wenn sie nicht pausenlos irgendwas Essbares in sie hineinschieben. Dabei sind sie alle viel zu dick und viel zu zappelig von all dem Zucker.«

Zhou betrachtete das Profil ihres Gegenübers. Sie hatte sich bereits ein Bild gemacht, und alles, was Greta Svensson sagte, unterstrich diesen Eindruck: eine starke Persönlichkeit mit Herzenswärme und einer gehörigen Portion gesundem Menschenverstand. Jemand, den man nicht so leicht für sich einnahm und der weit besser beobachtete, als man glaubte. So gesehen war Greta Svensson eine Traumzeugin. Doch sie saß nun schon seit mehr als einem Dreivierteljahr in der Psychiatrie, was ihre Glaubwürdigkeit deutlich relativierte. Zumindest aus Sicht der Staatsanwaltschaft.

Ich sollte eigentlich gar nicht mehr hier sein …

Mit den Augen folgte Zhou einem Erpel, der schnatternd hinter einem unscheinbaren Weibchen herschwamm. »Mochten Sie Ihre Schwiegertochter?«

Überraschenderweise antwortete Greta Svensson auf diese Frage nicht sofort. Etwas, das Zhou noch mehr für sie einnahm. Allein die Tatsache, dass jemand eines gewaltsamen Todes gestorben war, führte bei den meisten Menschen automatisch dazu, dass sie Schwächen und Haken einer Persönlichkeit glattbügelten, Brüche unterschlugen. Und dass sie logen, was ihre eigenen Empfindungen anging.

Nicht so Greta Svensson.

»Zu Anfang konnte ich sie überhaupt nicht leiden«, bekannte sie nach einem kurzen Moment des Nachdenkens. »Aber man sucht sich seine Schwiegertöchter ja leider nicht aus.«

Zhou lächelte.

»Ich gebe zu, Sonja war mir immer ein bisschen zu oberflächlich.« Greta Svensson winkte einer Mitpatientin, die am anderen Ufer des Teiches spazieren ging. »Und ja, ich war auch überrascht, als sie sich nach Pippas Geburt dazu entschloss, doch wieder arbeiten zu gehen. Denn ehrlich gesagt hatte ich angenommen, dass sie sehr schnell wieder schwanger würde, um es sich ein weiteres Mal in der sogenannten Elternzeit gemütlich zu machen.« Sie verzog das Gesicht. »Ich habe meinen Sohn allein großgezogen, ohne ein Heer von Großmüttern und Patentanten, die mir unter die Arme gegriffen hätten. Und ich bin die ganze Zeit über arbeiten gegangen. Vollzeit.«

Zhou nickte und überlegte einmal mehr, warum das Schicksal mit manchen Menschen so überaus ungnädig umging. Greta Svensson hatte ihr Leben lang kämpfen müssen. Und dann war auf einen Schlag alles fort gewesen, was ihr jemals etwas bedeutet hatte. Oder doch nicht? Zhou kniff geblendet die Augen zusammen, als ein plötzlicher Sonnenstrahl die Wasseroberfläche zum Funkeln brachte. Vielleicht hatte Greta Svensson ja doch so etwas wie Frieden gefunden, an diesem stillen Ort, unter Menschen, die gelitten hatten und einander trotzdem so fröhlich zuwinkten, wenn sie sich sahen.

Vielleicht war es gut, dass sie noch immer hier war.

»Meine Generation hatte keine Zeit, sich Gedanken zu machen, ob die Kinder durch die Doppelbelastung irgendeinen psychischen Schaden nehmen«, fuhr ihre Gesprächspartnerin eifrig fort. »Und wir hatten, verzeihen Sie, auch keine Zeit, Pausenbrote in Blümchenform zu schnippeln, damit es den jungen Herrschaften auch ja mundet. Bei uns wurde gegessen, was auf den Tisch kam. Und wem das nicht passte, der ging eben auch mal hungrig ins Bett. In einer Nacht ist noch keiner verhungert. Und wenn Kinder richtig Hunger haben, dann schmeckt ihnen plötzlich auch Gemüse.«

»Davon bin ich überzeugt«, lachte Zhou, indem sie an ihre eigene Kindheit dachte. An die Hühnerbrühe, die sie hatte trinken müssen, Tag für Tag. Weil sie angeblich die Knochen stärkte und den Geist widerstandsfähig machte. Und an ihren Vater, der niemals auch nur einen winzigen Kanten Brot oder ein Stück Käse fortwarf, weil er in seiner Jugend bitteren Hunger gelitten hatte. An seinen tiefen Respekt gegenüber allem, was man heutzutage viel zu leicht für selbstverständlich hielt.

»Leider sah meine Schwiegertochter das ein wenig anders.« Greta Svensson seufzte, aber es klang trotzdem entspannt, wie sie das sagte. Es schien ihr gutzutun, einfach zu reden. »Bei Sonja bekam Leon sofort einen Schokoriegel oder ein Würstchen, wenn er kein Gemüse wollte. Oder sie haben Pizza bestellt, zur Not auch fünfmal die

Woche.« Ihrem Kopfschütteln fehlte selbst im Rückblick jedes Quäntchen Nachsicht. »Mein Sohn hat ordentlich zugelegt, seit sie verheiratet waren. Aber leider war meiner Schwiegertochter immer alles zu viel. Und Erik hatte nach dem Dienst natürlich auch keine Lust mehr, sich noch an den Herd zu stellen, obwohl er bei mir schon früh gelernt hat, wie man Bratkartoffeln und Rührei macht!«

Zhou beobachtete ein paar Luftbläschen, die langsam und träge aus den Tiefen des Teichs hinauf zur Wasseroberfläche stiegen. Was sagte das alles über die Opfer aus? Den Fall? Diese ganze verzwickte Geschichte?

Sonja Svensson hatte es sich gern einfach gemacht. Sie hatte den Wünschen ihrer Kinder nachgegeben. Essen beim Lieferservice bestellt. Und die Verantwortung für zwei wertvolle Bilder abgelehnt, die sie übers Wochenende mit zu sich nach Hause nehmen sollte. Hatte eine solche Frau tatsächlich Zeit und Energie für eine Affäre? Immerhin kostete es verdammt viel Kraft, eine ganze Familie zu belügen …

»Können Sie sich vorstellen, wer einen Grund gehabt haben könnte, Ihre Schwiegertochter zu hassen?«, fragte sie geradeheraus, weil sie das Gefühl hatte, dass man bei Greta Svensson am weitesten kam, wenn man nicht lange um den heißen Brei herumredete.

»Dieselbe Frage haben mir Ihre Kollegen damals auch gestellt. Und ich …« Von jetzt auf gleich war ihr Ton bitter. »Wissen Sie, ich habe nie verstanden, warum sie immer nur nach Sonja gefragt haben.«

»Weil der Mörder Ihre Schwiegertochter im Gegensatz zu den anderen vergleichsweise lange am Leben ließ«, entschied sich Zhou abermals für die Wahrheit. »Und weil wir davon ausgehen, dass das, was er ihr in dieser Zeit antat, sehr schlimm war.«

Greta Svensson fragte nicht, woraus sie diese Schlüsse zogen. Vermutlich konnte sie sich die Antwort denken. Alles, was sie sagte, war: »Ach so. Deshalb.«

Zhou entschied sich dafür, ihr einen Augenblick Zeit zu lassen. Damit sie verdauen konnte, was sie gerade gehört hatte.

»Ich wüsste beim besten Willen nicht, wer Sonja etwas Böses gewollt haben könnte. Denn eigentlich war sie ... Entschuldigen Sie, wenn ich das so sage, aber sie war eigentlich ziemlich langweilig. Niemand, um dessentwillen jemand etwas so Brutales tun würde.«

Dieser Eindruck muss trügen, dachte Zhou mit einem Anflug von Trotz. Warum sollte der Täter sie sonst so gequält haben?

»Halten Sie es für möglich, dass Ihre Schwiegertochter Ihren Sohn betrogen hat?«, wandte sie sich wieder an Greta Svensson.

»Sie meinen mit diesem Bormann?«

»Ich meine generell.«

Dieses Mal musste sie nicht überlegen. »Nein, das glaube ich keine Sekunde.«

»Darf ich fragen, warum?«

Greta Svensson lächelte. »Lebenserfahrung?«

Zhou nickte und sah wieder zum Wasser. Direkt vor ihnen stand eine Libelle in der Luft. Ihr Panzer leuchtete in schillerndstem Türkis, und trotz der atemberaubend schnellen Schläge ihrer Flügel bewegte sie sich keinen Millimeter von der Stelle. Genau wie wir, dachte Zhou. Wir ackern und ackern und kommen doch nicht das winzigste Stückchen voran ...

»Ich wünschte, ich könnte Ihnen etwas erzählen, das ein wenig Licht in dieses entsetzliche Dunkel bringt«, setzte Greta Svenssons warme Stimme ihren pessimistischen Gedanken ein Ende. »Aber ich habe nach wie vor keine

Erklärung.« Im Grün ihrer Augen spiegelte sich das Sonnenlicht. »Sonja war vielleicht nicht das, was ich mir für meinen Sohn gewünscht hatte. Aber was auch immer Sie über sie hören mögen: Sie war Erik eine treue Ehefrau und ihren beiden Kindern eine gute Mutter. Darauf würde ich mein Seelenheil verwetten.«

2

Ehemaliges Truppenübungsgelände Mönchbruch, 11. Juli 2015, 14.12 Uhr

Seit geraumer Zeit hatte sie das Gefühl, als grübe sie mit blanken Knochen.

Dabei war es nur noch ein verdammter Ziegel, den sie aus dieser Mauer herauslösen musste!

Doch jetzt, so kurz vorm Ziel, schien sich alles gegen sie verschworen zu haben.

Vielleicht lag es daran, dass die Schachtwand hier oben trockener war. Vielleicht war der Mörtel deshalb so fest. Oder aber ihre Kräfte ließen nach.

Es ließ sich nicht leugnen, dass sie nun schon tagelang ohne feste Nahrung hier unten ausharrte. Und wann immer sie innehielt, konnte sie das Blut spüren, das aus den Wunden an ihren Händen trat. Es war nicht übermäßig viel, aber es bedeutete einen konstanten Verlust von Lebenskraft.

Notgedrungen gönnte sie sich hin und wieder eine kleine Auszeit.

Dann stieg sie ihre provisorischen Tritte hinab und hielt ihre pochenden Finger in das kühle Wasser. Die Vorstellung, von einer Flüssigkeit zu trinken, in der man zugleich seine Wunden kühlte und in die man auch urinieren musste, war widerlich. Aber sie konnte es sich schlicht und einfach nicht leisten, in diesem Punkt empfindlich zu sein.

Und, wie gesagt, angeblich war Eigenurin ja sogar eine Art Heilmittel …

Ha, ha!

Sie presste ihren Körper gegen die nasse Mauer und wechselte den Stein, mit dem sie grub, in die andere Hand. Sich Gedanken über Dinge wie Links- oder Rechtshändigkeit zu machen hatte sie sich längst abgewöhnt. Und tatsächlich war sie mit links mittlerweile fast genauso geschickt wie mit rechts.

Die Entzündung strahlte bis weit in ihre Arme aus, und sie hatte nicht die geringste Ahnung, wie lange sie noch durchhalten würde.

Wenn sich dieser blöde Ziegel doch nur endlich lockern ließe!

Iris klemmte ihr Werkzeug zwischen die Lippen und zerrte mit beiden Händen an dem Stein, so fest sie konnte. Der Schmerz ließ sie laut aufschreien, doch der Ziegel rührte sich keinen einzigen Millimeter vom Fleck. Oder doch? … Ein heftiger Hustenanfall raubte ihr die Luft zum Atmen. Als er vorbei war, zerrte sie erneut an dem Stein. Und als das nichts half, krallte sie die Finger in die Ritzen und lehnte sich mit ihrem gesamten Körpergewicht dagegen.

Nicht nachlassen!

Stein knirschte auf Stein und feine Mörtelreste prasselten in die finstere Brühe unter ihr hinab.

Gib dem verdammten Ding endlich Saures!

Ein letzter, entschlossener Ruck, dann riss der Stein aus der Mauer heraus.

Ihre durchweichten Füße verloren den Halt, rutschten

ab und die enorme Kraft, die sie aufgewendet hatte, warf ihren Körper nach hinten.

Iris knallte mit Kopf und Rücken gegen die gegenüberliegende Schachtwand. Sie hörte ein dumpfes Geräusch. Jäher Schmerz durchfuhr sie, als ihr geschundener Körper von der harten Mauer abprallte und haltlos nach unten sackte.

Dann füllte sich ihr Kopf mit Watte.

3

A 5, Richtung Frankfurt, 11. Juli 2015, 14.36 Uhr

»Vorläufig festgenommen?«, rief Zhou entsetzt.

»Ja«, bestätigte Gehling über Funk. »Vor einer halben Stunde.«

Sie sah flüchtig in den Rückspiegel, wo die sanften Hügel des Taunus eben aus ihrem Blickfeld verschwanden. Der Verkehr wurde wieder spürbar dichter. »Auf welcher Grundlage?«

»Offenbar hat der Richterin unsere Spielerei mit dem Fahrtenbuch genügt, um eine Durchsuchung von Welschs Haus anzuordnen«, antwortete ihr Kollege. »Und dabei wurden belastende Indizien gefunden.«

Indizien, hämmerte es hinter Zhous Stirn. *Jetzt haben wir auf einmal schon zwei Männer, gegen die nahezu exakt die gleichen Indizien vorgebracht werden könnten …*

»Es soll sich dabei um Teile des Smartphones handeln, das damals aus dem Haus der Svenssons verschwunden ist«, ratterte Gehlings Stimme aus dem Lautsprecher.

Zhou schüttelte den Kopf. »Was für ein Smartphone?«

»Tja, das war mir durchgerutscht«, bekannte ihr Kollege schuldbewusst. »Aber in der Akte war vermerkt, dass der Täter eines der Handys mitgenommen hat.«

»Wessen Handy?«, fragte Zhou.

»Sonjas.«

»Verdammt, warum erfahre ich das erst jetzt?«, entfuhr es ihr, obwohl sie wusste, dass Gehling nicht die geringste Schuld traf. Im Gegenteil: Er arbeitete ihr zu, so gut er konnte. Nein, dachte sie, diesen Schuh habe ich mir allein anzuziehen. *Ich* bin diejenige, die nicht gründlich genug gewesen ist. Die es versäumt hat, Inventarlisten durchzuarbeiten und die richtigen Fragen zu stellen. Ich ganz allein.

»Das Problem war, dass der Verlust damals zunächst niemandem aufgefallen ist.« Gehlings Ton war ziemlich kleinlaut. »Am Tatort herrschte das blanke Chaos. Ich meine, vier Tote, verteilt auf drei Zimmer. Da wusste die Spurensicherung vermutlich nicht, wo sie anfangen sollte. Und deshalb erging die Anweisung, nach Sonja Svenssons Smartphone zu suchen, leider erst am nächsten Tag.«

»Haben die Kollegen versucht, es zu orten?«

»Klar. Allerdings ohne Erfolg.«

Natürlich, dachte Zhou. Immerhin hatte der Mörder lange genug Zeit, Akku und SIM-Karte zu entfernen. »Und jetzt sind Teile davon in Matteo Welschs Haus aufgetaucht?«

»Ja, genau.«

»Warum sollte er derart belastende Gegenstände aufheben?«

»Als Trophäe?«, schlug Gehling vor.

Doch diese Erklärung erschien Zhou nicht besonders plausibel. Sie bedankte sich für die Informationen und nahm die Ausfahrt Richtung Eschborn. Nur ein paar Minuten später stand sie am Rand des Tenniscourts, auf dem

Sonja Svensson und Matteo Welsch vor einem knappen Jahr das Endspiel der Mixed-Konkurrenz gewonnen hatten. Ein Abstecher, für den sie eigentlich gar keine Zeit hatte. Aber sie brauchte einen Augenblick der Ruhe, um ihre Gedanken zu ordnen. In ihrem Kopf stolperte buchstäblich alles durcheinander. Fetzen zurückliegender Gespräche mischten sich mit Bildern, Stimmen überlagerten sich, rissen ab und meldeten sich aufs Neue zu Wort. *Wir waren sehr erschüttert zu hören, was mit ihnen geschehen ist.*

War der Esstisch eigentlich schon gedeckt, als sie starben?

In einer Nacht ist noch keiner verhungert …

Zhou suchte mit den Augen das Gebüsch auf der anderen Seite des Platzes. Dort hatte er gestanden, der mysteriöse Fotograf, der Matteo Welsch und seine Zufallspartnerin Sonja Svensson bei ihrem Sieg in der Mixed-Konkurrenz so ausführlich im Bild festgehalten hatte. Matteo Welsch behauptete steif und fest, noch nicht einmal von der Existenz dieser Fotos gewusst zu haben. Genau wie Bormann behauptete, nichts über die Bilder in Sonja Svenssons Schlafzimmer zu wissen.

Als ob man in einen Spiegel blickt …

Angenommen, die Beweise gegen Bormann waren manipuliert, dachte Zhou. Angenommen, jemand hat die Fotos absichtlich hinter dem Bild im Schlafzimmer platziert, um den Verdacht auf Bormann zu lenken. Jemand, der mit dem Computerfachmann noch eine Rechnung offen hat. *Ich habe Sonja nicht getötet. Ich hatte nicht den geringsten Grund, ihr etwas Schlechtes zu wünschen.* Zhous Blicke folgten einer Amsel, die schimpfend über den roten Sand hüpfte. Trotz aller Unschuldsbeteuerungen war Bormann verhaftet worden. Und wenn dergleichen einmal funktioniert hatte – warum sollte es dann nicht auch ein zweites Mal funktionieren? *Die Rechnung, die Sie da haben, ist eine Fälschung. Ich war in meinem ganzen Leben erst ein einzi-*

ges Mal in der Schweiz. Falls ich richtigliege, spann Zhou den Faden weiter, dann muss der Täter jemand sein, der beide Männer kennt. Er weiß genug, um ihre Schwachstellen zu kennen. Er weiß, wann sie allein sind. Und wie man sie gezielt an einen ganz bestimmten Ort locken kann …

Es gibt noch eine weitere Gemeinsamkeit zwischen unseren Täter-Zwillingen.

Melissa.

Melissa, der Sport seit der Schule verhasst war. Melissa, die ihren Mann niemals begleitete, wenn er zum Tennis ging. Und die trotzdem erwartete, dass Matteo sie regelmäßig anrief. Melissa, die mit Bormann verlobt gewesen war und die ihn hatte heiraten wollen. Doch Bormann hatte keine Lust auf Familie und Kinder gehabt und war fremdgegangen. Zhou kaute nachdenklich auf ihrer Lippe. Was, wenn sich diese Geschichte mit ihrem jetzigen Mann wiederholt hatte? Oder wenn sie zumindest geglaubt hatte, dass Matteo sie betrog?

Der rote Sand verschwamm vor ihren Augen zu einem diffusen Farbeindruck, aus dem heraus ihr das ebenmäßige, fast durchscheinende Gesicht Melissa Welschs entgegenblitzte. Eine Frau wie ein Geist. Eine Frau, die ihr Studium nicht zu Ende geführt hatte, weil sie an psychischen Problemen litt. Eine Frau, deren vitaler Mann seinen Ehrgeiz in den Sport legte, während sie selbst zu Hause saß und verzweifelt versuchte, eine Familie zu gründen. Zhou schlug nach einer Fliege, die um ihren Kopf surrte. Hatte Melissa Sonja Svensson gehasst, weil sie Mutter zweier gesunder Kinder gewesen war? Weil sie Tennis spielte? Das Leben genoss? Hatte Sonja Svensson am Ende all das verkörpert, wovon Melissa Welsch schon immer geträumt hatte?

Zhou sah wieder zu den Büschen hinüber. *Ich hatte so ein komisches Gefühl, damals.*

Als ob da jemand wäre, der mich beobachtet …

Sie runzelte die Stirn. Eine falsche Tennispartnerin, weil die richtige sich kurz vor dem Turnier am Fuß verletzt hat. *Es ist meist die Entschlossenheit, die über solche Partien entscheidet. Die Fähigkeit, geduldig auf seine Chance zu warten.* Eine junge Familie, die ihren wohlverdienten Feierabend genießt. *Erik hatte nach dem Dienst natürlich auch keine Lust mehr, sich noch an den Herd zu stellen.* Die Kinder im Schlafanzug, die Eltern in Räuberzivil. Geborgen im Schutz der eigenen vier Wände. *Natürlich könnte es auch einfach der Pizzadienst gewesen sein, der geklingelt hat.* Zhou schloss die Augen. Paprikastreifen und ein halber Blumenkohl. *Bei Sonja bekam Leon einen Schokoriegel, wenn er kein Gemüse wollte. Oder sie haben Pizza bestellt. Zur Not auch fünfmal die Woche …*

Sie riss die Augen wieder auf.

Roter Sand.

Rot verfärbte Schuh auf einer Plastiktüte.

Ein algenverschmiertes Aquarium. Ein Kleiderschrank mit Tennisschuhen. Aber in diesem Schrank befand sich kein einziger Schläger. Weil Sonja Svensson die Tasche mit ihren Rackets hier im Club gelassen hatte. In ihrem Spind. Zusammen mit einer Reihe von Fotos. *Eigentlich waren das wirklich ganz harmlose Schnappschüsse. Wir hätten uns nicht das Geringste dabei gedacht, wenn sie die Aufnahmen nicht so verdammt gut versteckt hätte.* Zhou nickte stumm vor sich hin. Genau das war der springende Punkt, nicht wahr? Harmlose Schnappschüsse, die erst in einem ganz bestimmten Kontext überhaupt eine Bedeutung bekamen.

»Aber warum sollte Matteo Fotos von sich und Sonja in ihren Spind schmuggeln?«, murmelte sie, als sich aus dem Chaos in ihrem Kopf auf einmal die Stimme ihrer Partnerin manifestierte: *Sie haben nicht zufällig einen Lippenstift da, oder?*

Zhou öffnete den Mund.

Ihre Kehle war von einer Sekunde auf die andere staubtrocken.

Rote Schuhe. Rote Lippen.

Ist das etwa Pink?

Ein Schrank, in dem penible Ordnung herrschte.

Doch etwas fehlte.

Etwas, das hätte dort sein müssen …

»Verdammte Scheiße!«, entfuhr es ihr so laut, dass der Platzwart, der auf der angrenzenden Wiese zugange war, verwundert herübersah. »Es waren gar nicht die fehlenden Schläger, die mich so irritiert haben. Es war ihr Pullover!«

Mit zitternden Fingern zerrte sie ihr Tablet aus der Handtasche und rief ihr Postfach auf. Den Ordner mit den Fotos zum Svensson-Fall. Jene Aufnahmen, die die ermordete Zweifach-Mama mit Bormann zeigten. *Das Selfie ist von Sonja. Sie fand so was lustig.* Ja, dachte Zhou, normalerweise vielleicht. Aber nicht bei dieser Aufnahme! Sie zog das Bild mit den Fingern größer. Die Sonne spiegelte und die Auflösung war nicht gerade berauschend, aber es reichte, um festzustellen, dass die Haut um Sonjas Augen feine Spuren zerlaufener Wimperntusche zeigte. Als ob die junge Mutter kurz zuvor geweint und das verschmierte Make-up anschließend notdürftig in Ordnung gebracht hatte. Und erst dieser Lippenstift!

Zhou schüttelte triumphierend den Kopf.

In den vergangenen Tagen hatte sie so viele Fotos von Sonja Svensson gesehen, dass sie sich, was das betraf, ganz sicher war.

Du würdest in einem solchen Aufzug nicht mal dem Notarzt öffnen, oder?, stichelte ein imaginärer Sebastian Koss in ihrem Kopf.

»Nein«, flüsterte Zhou. »Würde ich nicht. Und genauso wenig hätte Sonja Svensson einen korallenroten Lippenstift zu einem pinkfarbenen Pulli getragen!«

4

Polizeipräsidium Frankfurt, Abteilung für Kapitaldelikte, Büro Em und Zhou, 11. Juli 2015, 15.09 Uhr

Ems Augen brannten wie Feuer. Seit Stunden sichtete sie nun Material, quälte sich durch Berichte, Zeugenaussagen und medizinische Gutachten. Doch sie kam nicht den winzigsten Schritt von der Stelle. Zwischendurch hatte Zhou angerufen. Offenbar hatte sie neue Spuren im Bormann-Fall. Sie müsse noch ein paar Kleinigkeiten überprüfen und fahre dann zur Staatsanwaltschaft. Ob Em sie begleiten wolle? Falls nicht, sei das nicht weiter schlimm. Die ganze Sache sei ohnehin noch völlig unausgegoren, was vermutlich bedeute, dass Treskow sie wutentbrannt aus seinem Büro jagen würde …

Em lächelte. Die Rücksicht, die ihre Partnerin in diesem Punkt an den Tag legte, rührte sie. Und sie konnte auch sicher sein, dass Zhou meinte, was sie sagte. Also hatte sie dankend und guten Gewissens abgelehnt.

»Du kriegst das schon hin«, hatte sie gesagt. »Und ich bin froh, wenn ich mich noch ein bisschen mit Petrovics Geschäften auseinandersetzen kann.«

Und Zhou hatte geantwortet: »Dachte ich mir. Viel Erfolg!«

Nun, was das betraf, bestand zumindest noch Ausbaubedarf! Em seufzte. Vor einer halben Stunde hatte Küng angerufen und erklärt, dass das Phantombild der Frau im Cape trotz seiner Qualität leider kein Ergebnis gebracht habe. Keiner der verdächtigen Kollegen war mit ihr gesehen worden. Und auch auf den Bändern der zahllosen Überwachungskameras war nichts Auffälliges festzustellen. Klar, dachte Em, immerhin wussten Petrovic und seine Leute im Gegensatz zu uns ganz genau, wie die Sache ablaufen würde. Da war es ein Leichtes, sich im Vorfeld mit den Gegebenheiten vor Ort vertraut zu machen. Mit der Position und Ausrichtung der Kameras genauso wie mit möglichen Fluchtwegen.

Gerade sah sie sich zum wiederholten Mal die Aufzeichnung aus der Fechenheimer Sparkassenfiliale an. Jene sechsundvierzig Sekunden, die Iris Molder beim Geldabheben zeigten. Irgendetwas daran war seltsam!

Em stoppte die Wiedergabe und begann wieder von vorne. Starrte den leeren Raum vor dem Automaten an. In der rechten oberen Ecke lief die Zeit. Bei 00:34:40 Sekunden kam Iris Molder ins Bild. Sie trat an den Automaten. Zumindest äußerlich ruhig und zielsicher.

Em blinzelte die Müdigkeit aus ihren Augen, während Iris Molder die rechte Hand unter den Sichtschutz über dem Tastenfeld schob. Dann wählte sie über die Seitentasten den Betrag aus. Vierhundert Euro.

Molder hat sich nicht über den Kontostand informiert, bevor sie den Betrag wählte. Das bedeutet, sie war entweder sicher, dass das Konto gedeckt ist, resümierte Em. Oder aber es hat sie nicht interessiert. Aber was mache ich aus dieser Erkenntnis? Hilft sie uns weiter? Oder führt sie nur noch weiter in die Irre?

Candoglus Konto war selbst jetzt, nach Auszahlung der vierhundert Euro, noch mit rund dreieinhalbtausend Euro im Plus. Darüber hinaus hatte er ein zugehöriges Tagesgeldkonto besessen, auf dem noch einmal knapp siebentausend Euro lagen. Keine großen Summen. Aber auch kein Hinweis auf Bestechung oder finanzielle Probleme, die einen Selbstmord rechtfertigen würden. Natürlich nicht, dachte Em. Hamid Candoglu hat sich nicht umgebracht. Er wurde ermordet. Genau wie Thorsten Mohr.

Und was war mit Iris Molder?

Ems Blick kehrte zu der Bandaufzeichnung auf ihrem Bildschirm zurück. Der Kamerabereich umfasste nur einen sehr begrenzten Raum. Zwischen Eingang und Automat gab es eine Grauzone, in der sich rein theoretisch ein oder mehrere Begleiter verstecken konnten. Aber war das der Fall gewesen? Und falls ja, was bedeutete es? Dass Iris Molder tatsächlich ein Opfer war, dass sie sich in der Gewalt des Verräters befand? Oder hatte sie den Spieß einfach umgedreht? Hatte sie die Rolle als Köder, die man ihr zugedacht hatte, nicht akzeptiert und ihr eigenes Ding gemacht?

Em drückte abermals auf Stopp und zoomte die Tastatur des Geldautomaten heran. Zwar verhinderte der graue Sichtschutz, dass die Kamera Iris Molders Hand einfing, doch die Deutsch-Belgierin hatte Hamid Candoglus Legitimation zweifellos gekannt. Bei der Eingabe des vierstelligen Codes hatte sie keine Sekunde gezögert.

Em ging wieder ein Stückchen zurück und stellte auf langsamen Vorlauf.

Iris Molders rechte Hand fuhr unter den Sichtschutz. Gleichzeitig blickte sie zum ersten und einzigen Mal im Verlauf der Aufzeichnung nach oben. Dorthin, wo die Kamera war ...

Halt! Stopp!

Das Schwarzweißbild erstarrte vor ihren Augen, und Em betrachtete prüfend den Ausdruck in dem körnigen Gesicht. Ja, resümierte sie, Iris Molder weiß genau, dass sie gefilmt wird.

Na klar! Jeder, der einen Geldautomat benutzt, weiß das!

Allerdings reagierten manche, vor allem diejenigen, die etwas zu verbergen hatten, auf die allgegenwärtige Überwachung, indem sie, zum Beispiel, ein Basecap trugen.

Oder offene Haare, die so weit ins Gesicht fielen, dass von schräg oben kaum etwas zu erkennen war. Doch Iris Molder hatte offenbar bewusst in Kauf genommen, dass man sie erkannte. Mehr noch: Ihr kurzer Blick in die Linse der Kamera wirkte gezielt, fast so, als ob sie sagen wollte: »Seht her, hier bin ich!«

Em ließ die Aufnahme weiterlaufen und kniff die Augen zusammen, als ihr schlagartig etwas bewusst wurde, das ihr zwar aufgefallen war, dem sie jedoch bislang keine größere Bedeutung zugemessen hatte.

»Wonach suchst du?«, fragte Gehling, der sich unbemerkt von hinten an sie herangeschlichen hatte.

»Tu mir den Gefallen und sieh dir das hier mal an!«, forderte Em ihn auf, ohne auf die Frage einzugehen. »Achte auf den Zeigefinger ihrer linken Hand!«

Gehling beugte sich so dicht zu ihr, dass Em seinen Kaugummi riechen konnte. »Sie scheint ziemlich nervös zu sein«, konstatierte er, nachdem sie sich die sechsundvierzig Sekunden ein weiteres Mal angesehen hatten.

»Warum sollte sie nervös sein?«

»Vielleicht hatte sie doch Sorge, erwischt zu werden.« Er zuckte die Achseln. »Die Weiterleitung der Daten aus den Überwachungskameras erfolgt in Echtzeit. Und da Candoglus EC-Karte zu diesem Zeitpunkt bereits auf dem Index stand …« Er ließ den Satz offen und blickte sie vielsagend an.

»Aber sieh doch mal«, widersprach Em. »Sie bewegt sich zu keiner Zeit übertrieben schnell oder gar hektisch. Im Gegenteil: Sie weiß ganz genau, was sie tut. Einmal schaut sie sogar ganz gezielt in die Kamera.«

»Das ist mir auch aufgefallen«, nickte ihr Kollege. »Aber … Das passt doch irgendwie alles nicht zusammen.« Er griff über ihre Schulter und startete die Wiedergabe erneut, wobei er sich, wie ihm geheißen, ganz auf Iris Molders Zeigefinger konzentrierte. »Weißt du, wie das aussieht?«

»Wie?«

»Als ob da im Hintergrund Musik liefe, und sie klopft den Takt dazu.«

Ems Finger krallten sich in seine Schulter. »Was hast du gesagt?«

»Dass es aussieht, als ob sie …«

»Verdammt, nein!«, fiel sie ihm aufgeregt ins Wort. »Sie klopft keinen Takt.«

»Sondern?«

»Sie ruft um Hilfe.«

Sie riss den Stick mit der Aufzeichnung aus dem Rechner, sprang auf und stürmte ohne anzuklopfen in Makarovs Büro.

»Morsezeichen?«, fragte ihr Vorgesetzter, nachdem Em ihm die Aufnahme vorgespielt hatte.

Sie nickte. »Sehen Sie genau hin! Iris Molders Zeigefinger bewegt sich in einem ganz bestimmten Rhythmus!«

»Während sie mit der anderen Hand eine Geheimzahl eintippt?«

»Wir Frauen sind eben multitaskingfähig.«

Makarov warf ihr einen finsteren Blick zu. Dann starrte er wieder auf den Monitor.

»Sehen Sie!«, triumphierte Em, während sie die Aufzeichnung erneut abspielte. »Sie schaut kurz in die Kamera. Als ob sie uns aufmerksam machen will auf das, was jetzt folgt. Und sie hält ihre linke Hand ganz bewusst so, dass eine Person, die hinter ihr steht, von der Aktion nichts mitbekommt.«

Ihr Vorgesetzter gab ein unverständliches Knurren von sich. »Und können Sie aus diesen … Morsezeichen irgendwas ablesen?«

»Leider nein. Deshalb würde ich das Material gern so

schnell wie möglich an einen Spezialisten weiterleiten. Das einzige Problem ist, dass das inoffiziell geschehen müsste.« Sie warf ihm einen flehentlichen Blick zu. »Denn leider habe ich nicht den geringsten Schimmer, wem wir in dieser ganzen Angelegenheit überhaupt noch trauen können.«

Makarov grunzte. Offenbar wertete er die Tatsache, dass sie in seinem Büro stand, als Beweis dafür, dass sie ihn – was das anging – ausnahm.

»Okay«, sagte er. »Ich kümmere mich darum.«

5

Staatsanwaltschaft Frankfurt, Büro Benjamin von Treskow, 11. Juli 2015, 17.42 Uhr

»Sonja Svenssons Lippenstift?« Benjamin von Treskow sah sie an, als hätte sie den Verstand verloren.

»Es ist nicht allein die Tatsache, dass er farblich nicht zu ihrem Pullover passt …« Zhou gab sich alle Mühe, sich von den Zweifeln in seinen Augen nicht verunsichern zu lassen. Doch das war gar nicht so einfach. Immerhin existierte die schöne Theorie bislang nur in ihrem Kopf. Andererseits war Treskow als Einziger bis zuletzt von Bormanns Schuld überzeugt gewesen. Und deshalb hatte sie beschlossen, zunächst ihn auf ihre Seite zu bringen. Doch die Uhr tickte unerbittlich gegen sie. »Der Pulli, den Sie auf diesem Foto sehen, ist spurlos verschwunden«, unternahm sie einen neuen Anlauf, ihm die – zugegebenermaßen mehr als komplizierten – Zusammenhänge zu erläutern. »Genau wie die Bluse, die Sonja Svensson auf diesem Foto hier trägt.« Sie pickte eine der Aufnahmen heraus, die sie auf seinem Schreibtisch verteilt hatte, und reichte sie ihm. Es war das Bild, das die junge Mutter mit Bormann am Küchentisch zeigte.

Benjamin von Treskow musterte die Aufnahme mit kritischem Blick. »Bisher war ich der Meinung, in diesem Haus hätte nur ein Handy gefehlt.«

»Stimmt«, nickte Zhou. »Und selbst das ist uns in dem ganzen Chaos erst mit einer gewissen Verzögerung aufgefallen. Da ist es kaum verwunderlich, dass sich niemand die Mühe gemacht hat, das Inventar von Sonja Svenssons Kleiderschrank zu kontrollieren. Aber wenn man sich erst mal darüber im Klaren ist, wonach man Ausschau halten muss, fällt es einem wie Schuppen von den Augen.«

»Okay, lassen Sie mich das noch mal kurz zusammenfassen.« Er ließ das Foto sinken. »Sie haben also herausgefunden, dass aus Sonja Svenssons Kleiderschrank ein pinkfarbener Pullover, eine weiße Bluse und ein hellblaues T-Shirt fehlen?«

Sie strahlte ihn an. »Genau.«

»Aber warum sollte Bormann ihre Kleider mitnehmen?«

»Nur die, die sie auf den Bildern mit ihm trägt«, korrigierte Zhou.

»Wollte er die als Andenken?«

»Oh nein, kein Stück. Er *musste* die Sachen mitnehmen.«

»Wieso?«

»Weil Sonja Svensson zu dem Zeitpunkt, als diese Aufnahmen entstanden sind, verletzt war.« Sie zog ihr Tablet mit den Obduktionsbefunden heraus und hielt ihm die Seite hin. »Hier steht, dass sie eine Stichverletzung auf Höhe des rechten Rippenbogens hatte, die vermutlich daher rührte, dass sie auf den Täter losging, als er ihre Familie angriff. Ich nehme an, Bormann hat nach einem Messer gegriffen, weil er noch etwas mit ihr vorhatte. Er wollte sie nicht erschießen.«

Treskow runzelte die Stirn, aber er machte keine Anstalten, sie zu unterbrechen.

»Laut Befund war die Wunde weder tief noch gefährlich«, fuhr Zhou ermutigt fort. »Aber sie blutete stark genug, dass sie Spuren auf Sonja Svenssons Kleidung hinterlassen musste.«

Treskows Hand kreiste unentschlossen über den Aufnahmen. »Wollen Sie damit sagen, dass Armin Bormann in dieses Haus ging, Erik und die Kinder erschoss, Sonja verletzte und sie anschließend dazu zwang, sich dreimal umzuziehen und mit ihm für diese Fotos zu posieren?«

Zhou beschloss, ihre Chance zu nutzen. »Wie Sie sehen, trägt Sonja auf allen Bildern denselben Lippenstift«, bemerkte sie. »Abgesehen davon, dass das per se sehr unwahrscheinlich ist, war Sonja unbestritten eine überaus modebewusste Frau. Und als solche hätte sie niemals einen warmen Korallenton zu einem pinkfarbenen Pullover gewählt.« Sie hob entschuldigend die Achseln. »So ein Fehler konnte tatsächlich nur einem Mann unterlaufen.«

Er ist halt ein Kerl!, stimmte eine imaginäre Capelli ihr zu. *Da kann man keinen Sinn für Design und Ästhetik voraussetzen ...*

»Bormann hat Sonja Svensson also dazu gezwungen, mit ihm zu posieren, während ihre Familie nur ein paar Meter entfernt in ihrem Blute lag?« In Treskows Stimme mischte sich echte Betroffenheit.

»Ich fürchte ja.«

»Aber wozu brauchte er diese Fotos?«

»Tja, darüber habe ich auch lange nachgedacht«, gab sie zu. »Aber wenn man erst mal dahintergestiegen ist, war es ein verdammt cleverer Schachzug.«

Treskow sah sie an. »Möchten Sie sich nicht setzen?« Offenbar wurde ihm erst jetzt bewusst, dass er ihr noch nicht einmal einen Stuhl angeboten hatte.

Zhou schüttelte dankend den Kopf. »Es war ein wahnsinnig perfider Plan: Zuerst bringt sich Bormann mit einer Reihe von Indizien selbst als Verdächtigen ins Spiel. Dafür braucht er ein paar Fotos von sich und Sonja, die – zumindest wenn man sie mit der nötigen Fantasie betrachtet – eine Affäre zwischen ihnen beiden suggerieren. Er inszeniert also ein paar kleine Szenen, die Vertrautheit ausstrahlen. Und weil das allein viel zu harmlos wäre, zwingt er Sonja, die Fotos in ihrem Schlafzimmer zu verstecken.«

»Das ist allerdings richtig«, brummte Treskow. »Hätten die Aufnahmen nicht hinter diesem Bild gesteckt, hätte man sie vermutlich nicht weiter beachtet.«

»Genau das ist der Punkt!« Zhous Zeigefinger trommelte auf die Schreibtischkante. »Bormann wollte unbedingt, dass wir an eine heimliche Affäre zwischen ihm und Sonja glauben, damit wir uns zu gegebener Zeit auch davon überzeugen lassen, dass Sonja etwas mit Matteo Welsch hatte.« Ihr Blick heftete sich an das attraktive, blond umrahmte Gesicht der Ermordeten. »Dabei war sie in Wahrheit genau das, was man ihr nachsagte: eine treusorgende, unbescholtene Ehefrau und Mutter. Ein bisschen langweilig, ein bisschen bequem und entschieden berechenbar.« Treskow bedachte die Frau auf dem Foto mit einem mitleidigen Blick, während Zhou die Ausschnittvergrößerung zur Hand nahm, die Matteo Welschs Mixed-Sieg zeigte. »Und jetzt sehen Sie sich dieses Bild an«, forderte sie den Staatsanwalt auf. »Es entstand unmittelbar nach dem Endspiel der Mixed-Konkurrenz, und im Grunde ist darauf nichts weiter zu sehen als ein Mann und eine Frau, die sich über ihren Sieg freuen. Aber vor dem Hintergrund der Bormann-Fotos und gepaart mit den getürkten Indizien, die Bormann platziert hat, bekommt so eine harmlose Szene sofort einen seltsamen Beigeschmack.«

»Aber was ist mit diesen Mails, die Sonja an ihre Freundin geschrieben hat?«, widersprach Treskow, ohne einen Blick von den Fotos zu nehmen. »Die strotzen doch nur so vor Andeutungen über eine Affäre.«

»Natürlich, und damit kommen wir zu den beiden anderen Punkten, die Armin Bormann für mich so verdächtig gemacht haben.«

»Nämlich?«

»Der Umstand, dass der Täter Sonjas Handy mitgenommen hat. Und Bormanns Aussage, er und Sonja hätten einander über ihre Fische kennengelernt.«

»Haben sie nicht?«

»Ich bin eben noch mal den Bericht zu Armin Bormanns Verhaftung durchgegangen«, entgegnete Zhou. »Darin ist von drei großen Aquarien in seinem Haus die Rede. Allerdings bin ich mir ziemlich sicher, dass die mittlerweile komplett verwahrlost und ausgestorben sind, denn obwohl Bormann sich den Kollegen gegenüber als großer Fischfreund präsentiert hat, erteilte er niemandem den Auftrag, sich um die Tiere zu kümmern ...«

Treskow verstand sofort, was sie damit sagen wollte.

»Die Fische waren für ihn nur ein Mittel zum Zweck«, schloss sie. »Und wenn wir weiter nachforschen, kommt unter Garantie heraus, dass Bormann alle drei Aquarien erst angeschafft hat, nachdem er Sonja Svensson zu seinem Opfer erkoren hatte.«

»Das ist ja alles gut und schön.« Ihr Gesprächspartner schüttelte irritiert den Kopf. »Aber wozu der Aufwand?«

»Um von dem wahren Berührungspunkt abzulenken«, entgegnete Zhou lapidar.

»Der da wäre?«

»Computer und insbesondere Computersicherheit.« Sie bedachte die Fotos auf dem Tisch mit einem zufriedenen Blick. »Uns ist aufgefallen, dass Sonja in ihrem Facebook-Profil gerade in der Zeit rund um die Clubmeisterschaft ausschließlich unpersönliche Dinge gepostet hat. Einen Tennisball zum Beispiel. Oder ein Foto des Spielplans.«

Er fuhr sich durch die Haare. »Ja und?«

»Diese übertriebene Vorsicht entsprach ganz und gar nicht ihrer Gewohnheit. Doch inzwischen wissen wir, dass Sonja auf ihren laxen Umgang mit persönlichen Informationen angesprochen und gewarnt wurde.« Mittlerweile kam Zhou sich ein bisschen vor wie Hercule Poirot, der am Ende eines Falles dem staunenden Publikum seine Lösung präsentierte. »Bormann musste einen Kontakt zu ihr aufbauen. Und er brauchte gewisse Voraussetzungen zur Durchführung seines Plans«, fuhr sie fort. »Vielleicht hat er ein paarmal bei ihr in der Galerie vorbeigeschaut und das Gespräch ganz nebenbei auf Computer und Datensicherheit gelenkt.« Sie überlegte kurz. »Sie wissen schon, so nach dem Motto: Also, ich an Ihrer Stelle wäre da verdammt vorsichtig, gerade wenn ich Kinder hätte. Aber wenn Sie wollen, kann ich mir Ihr Handy gern mal ansehen und gucken, ob man da vielleicht was optimieren kann …«

Die Anschaulichkeit ihrer Darstellung machte Treskow sichtlich Spaß. »Und dann hat er ihr Smartphone manipuliert?«

Zhou nickte. »Irgendwie hat er dafür gesorgt, dass Mails, die sie schrieb, fortan nicht sofort an den jeweiligen Empfänger verschickt wurden, sondern zuerst bei ihm landeten. Und als Sonja ihre Teilnahme an der jährlichen Abiturfeier absagte, nutzte er die Gelegenheit, um weitere kompromittierende Andeutungen zu platzieren.«

Treskow begann, im Zimmer auf und ab zu gehen. »Woher wusste er, dass sie Fische mochte?«

»Weil er die Svenssons beobachtet hat. Er hat sich in ihren Profilen umgesehen, ihre Kontakte gecheckt und auf diese Weise immer mehr über sie erfahren. Genauso, wie er es zuvor schon mit Daniela Levante gemacht hatte.«

»Daniela Levante?« Der fremde Name ließ Treskow stutzen. Abrupt blieb er stehen. »Wer ist das?«

»Die Frau, mit der Matteo Welsch ursprünglich dieses Mixed bestreiten sollte. Aber sie verletzte sich kurz vor dem Turnier am Fuß und entging auf diese Weise dem Schicksal, das schließlich Sonja Svensson und ihre Familie ereilt hat.«

Treskow zog die Brauen zusammen.

»Ich weiß, das ist alles furchtbar kompliziert«, seufzte Zhou. »Aber die Svenssons waren für Bormann tatsächlich nur ein Mittel zum Zweck.« Sie zuckte die Achseln. »Es hätte jeden anderen treffen können. Das Einzige, was Bormann erreichen wollte, war, Matteo Welsch eine Affäre zu unterstellen, um ihm anschließend den Mord an seiner angeblichen Geliebten anzuhängen. Und dazu bot sich im Grunde nur der Tennisclub an, denn Tennisspielen war das Einzige, was Matteo ohne seine Frau tat.«

»Was hat er gegen den Mann?«

»Gegen den Mann hat er eigentlich gar nichts ...« Sie wusste selbst, wie krude das alles klang. Aber das war eben nicht zu ändern. »Er wollte Melissa treffen.«

»Seine Exverlobte?«

»Genau.«

»Aber ich dachte, Bormann wäre derjenige gewesen, der sie verlassen hat«, bemerkte Treskow, indem er seine Runden fortsetzte.

»Das war, was er allen erzählt hat«, widersprach Zhou. »Aber es entspricht nicht der Wahrheit. In Wirklichkeit hat Melissa die Verlobung gelöst. Und zwar aus Angst.«

»Angst?«

»Ja, Angst.« Sie warf einen bangen Blick auf die Uhr. »Ich habe auf dem Weg hierher noch mal mit ihr telefoniert, und sie hat mir erzählt, dass Bormann überaus besitzergreifend war. Das ging so weit, dass er ihr verbot, alleine an die Uni zu fahren. Jeden normalen Umgang mit Freunden und Bekannten …« Sie hob hilflos die Achseln. »Melissa war zutiefst beschämt, in eine solche Abhängigkeit geraten zu sein. Und deshalb hielt sie Bormanns Verhalten eine ganze Weile aus, bis sie eines Tages zusammenklappte.«

Treskow machte nicht den Eindruck, als ob er für derlei Schwächen sonderlich viel Verständnis aufbrächte.

»Sie kam zur Erholung in eine Klinik, wo Bormann sie besuchte und drohte, sie zu töten, sollte sie jemals über den wahren Grund ihrer Trennung sprechen.«

»Aber sie hat sich nicht daran gehalten?«

»Doch«, antwortete Zhou. »Das hat sie. Und zwar die ganzen Jahre über.«

»Warum wollte Bormann sich dann an ihr rächen?«

»Er war besessen von ihr und behielt sie die ganze Zeit über im Auge«, spekulierte Zhou mit einem Anflug von Unbehagen. »Ihre Heirat mit Matteo hat ihm unter Garantie nicht geschmeckt, aber als dann auch noch ihr Kinderwunsch dazukam …« Sie schüttelte den Kopf. »Die Tatsache, dass sie mit Matteo ein Leben führen wollte, das sie ihm damals verwehrt hat, muss das Fass zum Überlaufen gebracht haben. Und deshalb beschloss er, ihr Leben zu zerstören. Sie sollte glauben, dass ihr Mann sie betrügt. Aber das war Bormann nicht genug: Sie sollte hilflos mitansehen, wie Matteo zu einer lebenslangen Freiheitsstrafe verurteilt wird.« Ein leiser Schauder rann ihr über den Rücken. »Bormann wollte, dass sie an sich zweifelt. An ihrem Urteilsvermögen, ihren Instinkten.«

Treskow schien zu spüren, wie sehr ihr das alles zusetzte, und lächelte ihr beruhigend zu. »Okay, und in der Praxis?«

»Gab er sich als Hausinteressent aus und lockte Matteo zu einem Objekt in der Nähe des Tatortes«, fing Zhou den

Ball, den er ihr zuspielte, dankbar auf. »Und weil er wusste, dass die Svenssons regelmäßig bei einem Pizzadienst bestellten, besorgte er sich einen von diesen Warmhaltekartons. Darin ließen sich problemlos eine Waffe und ein Drucker für die Fotos transportieren. Tja, und falls einer der Nachbarn zur falschen Zeit aus dem Fenster geschaut hätte, dann wäre da nur ein Lieferant mit Käppi zu sehen gewesen, der einer jungen Familie – wie so oft – eine Pizza bringt.«

Treskow griff sich mit der Hand an die Schulter und massierte seinen Nacken. »Können Sie das alles beweisen?«

»Noch nicht.«

Er nickte und blickte an ihr vorbei zur Wand, wo neben einem stilvollen Aquarell eine kleine, unauffällig platzierte Statuette stand. Justizia mit der Waage.

Spätestens jetzt muss er mich rausschmeißen, dachte Zhou fatalistisch. Immerhin ist er mit Bormann schon einmal auf die Nase gefallen. Da hat er bestimmt keine Lust, sich noch ein weiteres Mal zum Affen zu machen.

Doch sie irrte sich, denn er griff zum Hörer. »Ich rede mit der zuständigen Richterin und stoppe Bormanns Freilassung«, verkündete er mit einem Blick, der wilde Entschlossenheit spiegelte. »Und Sie tragen zusammen, was Sie zusammentragen können. Und zwar so schnell wie möglich.«

Sie hätte ihn am liebsten umarmt, aber sie beherrschte sich.

»Lassen Sie jeden Pixel dieser verdammten Fotos analysieren. Setzen Sie Spezialisten auf den gesamten E-Mail-Verkehr der Svenssons an. Fragen Sie nach Quittungen für Fische und Zubehör, überprüfen Sie die einschlägigen Onlineshops und so weiter und so fort.«

»Alles klar.«

»Ich sorge dafür, dass Sie einen Durchsuchungsbefehl

für Bormanns Haus bekommen«, rief er ihr nach, als sie schon fast aus der Tür war. »Jetzt, wo wir wissen, wonach wir suchen, werden wir ja vielleicht fündig.«

»Ja«, sagte sie. »Ganz bestimmt.«

»Na, dann los!« Seine Finger tippten die Nummer des Landgerichts ins Telefon. »Und übrigens … Gute Arbeit!«

6

Braubachstraße, Galerie Ebel, 11. Juli 2015, 17.55 Uhr

Jonah stand nun schon fast zwanzig Minuten vor dem kleinen Buchladen, der der Galerie gegenüberlag, und ihm war klar, dass es nur eine Frage der Zeit war, bis er Aufsehen erregte. Trotzdem brachte er es einfach nicht über sich, die Straße zu überqueren und durch die geschwungene alte Eingangstür zu treten.

Die Visitenkarte, die er nun schon so lange mit sich herumtrug, schien in den letzten Minuten eine Art Eigenleben entwickelt zu haben. Es war total verrückt, aber er konnte sie spüren. Als würde sie Wärme abstrahlen. Und manchmal hatte er sogar das Gefühl, dass sie sich bewegte, entnervt von seiner Unentschlossenheit.

Aber er hatte Angst. Und diese Angst betraf längst nicht nur den Kerl an der Brücke, dessen Gesichtszüge sich unwiderruflich in sein Gedächtnis gebrannt hatten. Sie betraf vielmehr den Mann, dessen flüchtige Silhouette er nun schon seit zwanzig Minuten hinter den beiden großen Schaufenstern auf und ab wandern sah.

Ich mag Ihre Bilder und würde sie gern ausstellen …

Was, wenn er das einfach so dahergesagt hat?, klopfte es hinter Jonahs Schläfen. Was, wenn er nur nett sein wollte? Wenn dieser Max Ebel gar nicht ernst gemeint hat, was du bereits als gegeben hingenommen hast? Seltsamerweise war ihm erst jetzt, nach all diesen Monaten, bewusst geworden, wie viel Hoffnung er in die cremeweiße Visitenkarte in seiner Tasche setzte. Und was er zu verlieren hatte, wenn sich diese Hoffnung als Seifenblase entpuppte. Was, wenn Max Ebel sich nicht einmal mehr an ihn erinnerte?

Die Galerie sah zumindest verdammt vornehm aus.

Eine teure Lage. Blank geputzte Marmorstufen. Edelste Beleuchtung.

Jonah blickte zweifelnd an dem neuen schwarzen T-Shirt herunter, das er sich vom Rest seines Geldes geleistet hatte. Seit er hier stand, waren schon sieben Kunden durch die alte Eingangstür getreten, und das, obwohl es bereits kurz vor Ladenschluss war. Zwei Paare und drei Frauen ohne Begleitung. Alle stilvoll und teuer gekleidet und perfekt frisiert. Kein Zweifel, hierher kam, wer Geld hatte. Leute, für die Kunst eine Form von Genuss war. Wie das Glas Wein am Abend. Oder die Reise nach Südafrika. Jonah stellte sich die Häuser vor, in denen diese Menschen lebten. Große Gärten, lange Auffahrten. Eigentlich nicht die Sorte Mensch, von der er sich vorstellen konnte, dass sie sich für seine Bilder begeisterte. Andererseits schien Max Ebel bei aller Gediegenheit seiner Räumlichkeiten durchaus auf das Außergewöhnliche zu setzen. Davon zeugten die Bilder, die in den beiden riesigen Schaufenstern ausgestellt waren. Wer Rheinromantik, Burgen und Schlösser liebte, war hier definitiv an der falschen Adresse: Hinter dem Glas dominierte Abstraktes, Grelles, Unerwartetes.

Wenn es Ihnen gelingt, Ihr Leben in den Griff zu kriegen, rufen Sie mich bitte an.

»Das habe ich«, flüsterte Jonah, während der Wind, der die angekündigten kühleren Luftmassen begleitete, über sein raspelkurz geschnittenes Haar strich. »Ich habe mein Leben wieder im Griff.«

Worauf wartest du dann noch?

Die beiden Paare und zwei der drei Frauen waren bereits wieder herausgekommen. Die dritte Dame stand an dem ausladenden Verkaufstisch gegenüber der Eingangstür. Jonah konnte ihre Schultern und ihren Hinterkopf erkennen. An der Art, wie sich ihr Oberkörper bewegte, sah er, dass sie lachte. Nicken. Kurz darauf öffnete sich die alte Tür erneut.

Das Lachen lag der Frau, einer eleganten Mittfünfzigerin mit Blondhaar und Nackenknoten, noch auf den Lippen, als sie die Straße überquerte. Offenbar hatte Max Ebel es verstanden, sie zufriedenzustellen.

Ihr Blick streifte Jonah. Ein kurzes, unbeteiligtes Taxieren.

Dann sah sie wieder weg.

Etwas, das ihn wunderte, denn normalerweise reagierten Frauen wie sie anders auf ihn. Manche wechselten die Straßenseite, einigen stand das blanke Missfallen im Gesicht, auch wenn sie schon aufgrund seiner Größe nicht wagten, ihm allzu offensichtlich dumm zu kommen. Hin und wieder war auch mal eine Mitleidige darunter, die ihm betont freundlich »einen schönen Tag« wünschte, nachdem sie ihm einen Fünfeuroschein zugesteckt hatte. Aber diese Form von kühlem Desinteresse, mit der Max Ebels Kundin ihn soeben abgehakt hatte, war Jonah schon seit acht Jahren nicht mehr begegnet.

Du hast es geschafft, jubilierte etwas tief in ihm. *Du gehörst wieder dazu!*

Tja, dachte Jonah, wer hätte gedacht, was so ein Haarschnitt und ein frisches T-Shirt alles bewirken können?

Oder war es gar nicht der Haarschnitt? War es seine Ausstrahlung? Die veränderte Körperhaltung, die eigenartigerweise mit der neuen Sauberkeit und dem neuen Shirt einherging?

Zögernd trat er auf die altehrwürdige Eingangstür zu.

In der Glasscheibe über der Klinke spiegelte sich sein Gesicht.

Er wird sich nicht an dich erinnern! Und leider hast du auch nichts dabei, was ihm auf die Sprünge helfen könnte …

Der letzte Zeichenblock, den er besessen hatte, war im Altpapier gelandet, nachdem seine Mutter das Gespräch mit seiner Lehrerin gehabt hatte. Und alles, was seither seiner Fantasie entsprungen war, hatte der Regen fortgewaschen. Auch das Bild, das Max Ebel so sehr fasziniert hatte, dass er stehen geblieben war.

Du hast keine Referenzen.

Alles, was du bis zu diesem Augenblick geschaffen hast, ist dahin …

Er wollte sich gerade umdrehen und kehrtmachen, als ein Gesicht auf der anderen Seite des Glases auftauchte. Die Reflexion war zu stark, um wirklich etwas zu erkennen. Doch als wenig später die Tür aufging, wusste Jonah, dass sein Gefühl ihn nicht getrogen hatte.

»Ich war schon fast sicher, ich hätte mich geirrt«, empfing ihn eine fröhliche Altherrenstimme, deren Klang genau so war, wie Jonah ihn in Erinnerung hatte. »Auch wenn ich das an und für sich selten tue. Aber nun sind Sie ja da!«

Jonah war viel zu perplex, um irgendetwas zu entgegnen. Also stand er einfach nur da.

»Und? Sind Sie clean?«

Er nickte.

»Sicher?«

»Ja.«

»Fein.« Der Alte rieb sich die Hände. »Dann können wir ja loslegen.«

»Loslegen?« Jonah sah ihn an. Zum ersten Mal direkt in die Augen, die von einem sehr außergewöhnlichen Blau waren. Fast so, als habe irgendwer die Farbe eigens für diesen Mann erfunden. »Womit?«

»Ich selbst kann weder malen noch bildhauern, noch mich sonst wie künstlerisch ausdrücken«, erklärte Max Ebel gut gelaunt. »Aber ich habe einen Blick für das Talent anderer Leute. Und damit in gewisser Weise auch für Menschen. Wie ein Trüffelschwein.« Er kicherte und hob im selben Atemzug abwehrend die Hände: »Ich weiß, ich weiß, das klingt nach Schmarotzen, und ich will ehrlich sein: Ich habe nicht vor, Ihnen auch nur einen einzigen Cent zu schenken. Im Gegenteil: Ich möchte sogar kräftig an Ihnen verdienen. Was ich übrigens auch für legitim halte, immerhin habe ich fünfzig Jahre verdammt hart dafür gearbeitet, dass mir meine Kunden heute genau das abkaufen, was ich ihnen empfehle.«

Davon, dachte Jonah, bin ich überzeugt.

»Und deshalb werden wir uns für den Anfang auch erst mal auf dreißig-siebzig einigen, einverstanden?«

Jonahs Blick suchte das Schaufenster, wo winzige Holzschildchen neben den einzelnen Exponaten Auskunft über die Preise gaben. Es waren längst nicht alle Bilder auf diese Weise ausgezeichnet, und Jonah wählte ganz bewusst den kleinsten Betrag aus, aber selbst der raubte ihm noch den Atem. »Sie bieten mir dreißig Prozent von ... zweitausendfünfhundert Euro?«

Für ein einziges Bild?, ergänzte er in Gedanken.

Max Ebel brach in schallendes Gelächter aus. »Dreißig Prozent? Na, Sie sind ja vielleicht gut, mein Junge!«

Jonah senkte verunsichert den Blick. »Verzeihen Sie, aber ich hatte Sie eben so verstanden, dass ...«

»Lektion eins«, unterbrach ihn Ebel. »Wenn du mit deiner Kunst Geld verdienen willst, dann such dir einen Galeristen und keinen Halsabschneider.«

»Ich fürchte, ich verstehe nicht …«

»*Sie* sind derjenige, der die siebzig Prozent bekommt.« Ebel schüttelte mit beinahe väterlicher Nachsicht den Kopf. »Und ich rate Ihnen: Tun Sie's niemals für weniger, ganz egal, was das Leben noch so alles mit Ihnen vorhat.« Seine Augen blitzten vergnügt, als er hinzufügte: »Natürlich ziehe ich Ihnen von Ihren siebzig einstweilen noch das Material ab, denn ich gehe nicht davon aus, dass Sie bereits über ein eigenes Atelier verfügen?«

Jonah schüttelte den Kopf. Dieser Mann hatte ein Tempo …

»Sehen Sie!« Seine knochige Hand wedelte durch die sonnenwarme Luft. »Macht nichts, das kriegen wir alles hin. Aber warum kommen Sie nicht erst mal rein?«

Von einem Augenblick zum anderen schienen Jonahs Füße mit dem Marmor verwachsen zu sein.

Über Max Ebels Asketengesicht glitt ein Schatten. »Gibt es irgendein Problem?«

»Ich fürchte ja.«

»Ist es eins, bei dessen Lösung ich helfen kann?«

»Ich weiß nicht«, antwortete Jonah ehrlich.

»Lassen Sie's drauf ankommen, und erzählen Sie mir davon.«

»Ich …« Er räusperte sich. »Ich bin nicht sicher, ob das klug wäre.«

Ebel musterte ihn einige Augenblicke schweigend. Dann trat er einen Schritt zur Seite und deutete einladend in das Innere seiner Galerie. Von dort wehte Jonah ein verlockender Duft nach Lösungsmitteln und Zigarrenrauch entgegen. »Wie wär's, wenn wir einen Kaffee trinken, während Sie sich darüber klar werden, was klug ist und was nicht?«

7

Polizeipräsidium Frankfurt, Abteilung für Kapitaldelikte, Büro Em und Zhou, 11. Juli 2015, 19.52 Uhr

»Capelli?«

»Ja, am Apparat.«

»Hier ist Marvin Leber von der Abteilung für Spracherkennung und Tonträgerauswertung.«

»Hallo!«, rief Em erfreut. »Geht es um das Material, das wir Ihnen vor ein paar Stunden geschickt haben?«

»Genau.« Zögern. »Verzeihen Sie, aber … Könnten Sie mir freundlicherweise Ihre Dienstnummer nennen?« Darum zu bitten war dem Kollegen megapeinlich, das war nicht zu überhören. Aber offenbar hatte Makarov auf Nummer sicher gehen wollen und entsprechend Druck gemacht.

»Selbstverständlich, gar kein Problem.« Sie nannte ihre Dienstnummer. »Man kann nie vorsichtig genug sein, was?«

»Richtig.« Er räusperte sich. »Also, bei dem Code, den Sie uns geschickt haben, handelt es sich tatsächlich um Morsezeichen.«

»Konnten Sie sie entschlüsseln?«

»Das war nicht einfach«, murrte er. »Abgesehen davon, dass optische Morsezeichen mithilfe von Lichtquellen natürlich weitaus präziser sind, lässt die starke Körnung Ihres Bildmaterials die Fingerbewegungen der Senderin leider entsprechend ungenau wirken.«

Em nickte. Wie sie befürchtet hatte!

»Aber ich glaube, ich hab's raus.«

»Wirklich?«

»Haben Sie was zu schreiben da?«

Sie fischte einen Kugelschreiber aus ihrer Ablage. »Schießen Sie los!«

»Die Botschaft Ihrer Zielperson beginnt mit CQD«, erklärte er. »Einem international gebräuchlichen Code zur Einleitung von Notrufen.«

»Sie meinen vergleichbar mit S-O-S?«, fragte Em, die sich auf diesem Gebiet nicht besonders gut auskannte.

»Genau. Während Letzteres von der deutschen Kriegsmarine entwickelt wurde, stammt das CQD ursprünglich von der Firma Marconi und bedeutet so viel wie: Come quick, danger! Oder – analog dazu – auf Französisch: Sécurité detresse.« Er raschelte mit etwas, das wie Papier klang. »Danach folgt noch ein weiteres Wort, bei dem ich mir nicht hundertprozentig sicher bin. Aber nach allem, was ich erkennen kann, würde ich sagen, dass es sich um das Wort BUNKER handelt.«

»Bunker?«

»Ja, genau. Bunker.«

»Und das ist alles?«

Leber lachte. »Das ist verdammt viel, wenn Sie bedenken, dass die Frau auf dem Band eine sehr geringe ... nennen wir es mal: Sendefrequenz wählen musste, damit der Empfänger ihrer Botschaft überhaupt die Chance hat, etwas zu verstehen.«

»Natürlich«, sagte Em rasch. »Haben Sie vielen Dank.«

»Keine Ursache.«

Sie steckte ihr Handy weg und sah auf die Uhr. Dann wählte sie Gehlings Nummer. Der junge Computerspezialist hatte zwar schon seit fast zwei Stunden Feierabend, aber das hieß ja nicht zwangsläufig, dass er nicht an sein Handy ging!

Zu ihrer Überraschung ertönte nur Sekunden später in ihrem Rücken die Titelmelodie von Biene Maja.

In einem unbekannten Land …

»Sven?«

Aus der Ecke hinter den Paravents war ein Rascheln zu hören. Gleich darauf tauchte Gehlings Jungengesicht hinter dem Sichtschutz auf. »Ja?«

»Mach das verdammte Handy aus«, rief Em, während sie freudig auf ihn zustürmte. »Wir haben Sicht- und Hörkontakt. Und überhaupt: Warum bist du nicht zu Hause?«

Er grinste. »Zu Hause ist ein Ort, der maßlos überschätzt wird.«

Sie grinste auch. »Ich könnte deine Hilfe brauchen.«

»Klar doch, worum geht's?«

»Ich benötige eine Aufstellung aller stillgelegten Militäranlagen, Kasernen und Truppenübungsplätze hier in der Gegend. Kurzum, wir suchen nach einem Bunker oder einem bunkerähnlichen Gebäude.«

»Was ist mit begehbaren Tresoren?«, hakte er nach. »Unterirdischen Lagerstätten? Panic-Rooms und dergleichen?«

Sie überlegte einen Moment. Dann schüttelte sie entschieden den Kopf. Iris Molder war eine Frau, die viel gesehen hatte. Sie war militärisch und nachrichtendienstlich ausgebildet, und wenn eine Frau wie sie von einem Bunker sprach, dann meinte sie auch einen Bunker! »Wir konzentrieren uns auf die Bunker«, entschied sie.

»Gut«, sagte er und fing an zu tippen.

Doch Em hatte bereits eine andere Idee. »Warte mal!«, rief sie und rannte zu ihrem Rechner zurück.

Dort rief sie die vorläufigen Berichte zu Hamid Candoglus Ermordung auf.

»Was suchst du?«, fragte Gehling, der ihr gefolgt war.

»Den Kilometerstand von Iris Molders Mietwagen.«

»Damit habe ich mich vorhin auch beschäftigt«, erklärte er. »Deshalb habe ich die Daten noch präsent: Der Wagen ist nach seiner Abholung genau zweiunddreißig Kilometer gefahren.«

»Das ist nicht gerade viel«, konstatierte Em.

»Vom Flughafen bis zum Auffindort an der Friedensbrücke sind es ziemlich genau fünfzehn Kilometer, was bedeutet, dass wir ein Fenster von siebzehn Kilometern haben, die Iris Molder oder wer immer sonst am Steuer saß anderweitig zurückgelegt hat.«

»Kannst du die Liste unserer ehemaligen Bunker- und Militäranlagen auf den entsprechenden Radius eingrenzen?«

»Klar, aber ...« Er sah sie an. »Wer sagt denn, dass Iris Molder nicht zwischendurch in einen anderen Wagen umgestiegen ist?«

Stimmt, dachte Em. Vielleicht hat ihr Entführer sie gezwungen, den Seat stehen zu lassen. In diesem Fall könnte er sie sonst wohin gefahren haben.

Trotzdem entschied sie sich dafür, bei dem eingeschlagenen Kurs zu bleiben. »Ich wüsste nicht, wo wir sonst ansetzen sollen«, stellte sie nüchtern fest.

»Okay.« Gehling war bereits mit seinem Laptop zugange. »Wenn ich die ungeklärten siebzehn Kilometer als Grundlage nehme und einen gewissen Spielraum für einen etwaigen Rückweg einkalkuliere, dann finde ich nur zwei Objekte, die infrage kommen.«

»Nämlich?« Em trat hinter ihn und betrachtete die Karte auf seinem Bildschirm.

»Dieses Kasernengelände der Bundeswehr in der Nähe von Sprendlingen«, Gehlings Cursor markierte den entsprechenden Bereich. »Und die ehemalige US-Liegenschaft Logistics Support Activity Mönchbruch. Auf dem Bundeswehrgelände gibt es einen alten Schutzbunker aus dem zweiten Weltkrieg.«

»Und bei den Amis?«

»Da es sich um militärische Sicherheitsbereiche gehandelt hat, sind zu den ehemaligen US-Liegenschaften nur sehr spärliche Informationen verfügbar, auch wenn sie schon lange nicht mehr genutzt werden«, murmelte Gehling, ohne den Blick von seinem Monitor zu nehmen. »Aber … Ja, warte! … Das hier könnte etwas sein!«

Sie trat näher. »Nämlich?«

»Ich habe hier einen Umnutzungsantrag der deutschen Militärverwaltung, aus dem hervorgeht, dass es auf dem Gelände im Mönchbruch ausgedehnte unterirdische Schutz- und Versorgungsanlagen gibt.«

»Ich weiß nicht, wieso«, murmelte Em, »aber ich habe das Gefühl, dass das unser Terrain ist!«

»Soll ich irgendwas veranlassen?«, fragte Gehling.

Sie winkte ab. »Im Augenblick ist das alles noch viel zu vage.« Ganz abgesehen davon, dass es vermutlich gesünder ist, wenn wir erst mal keinen Staub aufwirbeln, setzte sie in Gedanken hinzu.

»Und was willst du jetzt machen?«

»Mal schauen«, antwortete sie fröhlich. »Ich denk mir was aus.« Gehling beobachtete voller Misstrauen, wie sie nach ihren Autoschlüsseln griff. »Sag Zhou, dass ich Feierabend mache, falls sie noch mal reinschneit, ja?«

»Du machst doch aber keinen Quatsch oder so?«, rief er ihr nach, und auf seinem Kindergesicht lag Sorge.

»Ich?« Em hatte sich noch einmal umgedreht und zwinkerte dem jungen Kollegen zu. »Ach, i wo! So was wie Quatsch würde ich doch niemals machen! Ich meine, du kennst mich …«

»Ja«, seufzte Gehling, als sie um die Ecke gebogen war. »Genau das ist der Punkt …«

8

Ehemaliges Truppenübungsgelände Mönchbruch,
11. Juli 2015, 20.41 Uhr

Als Iris aus ihrer Ohnmacht erwachte, hatte sie den Mund voller Wasser. Schleimiges, erdiges Wasser voller Blut und Schweiß und Urin.

Sie riss den Kopf in den Nacken und hustete und spuckte, bis ihre Lungen brannten.

Wie lange war sie bewusstlos gewesen?

Wie lange lag sie schon bis zum Kinn im Wasser?

Ihrem Körpergefühl nach zu urteilen, eine Ewigkeit. In ihrem Kopf war Leere, alles fühlte sich seltsam verdreht an. Und zugleich auch fedrig leicht.

Das war's jetzt!, dachte sie. Schluss. Fertig. Ende der Geschichte. Und einen Atemzug lang war ihr das vollkommen gleichgültig. Doch dann meldeten sich auch schon wieder ihre Selbsterhaltungskräfte zurück.

Hoch mit dir! Na, los! So schnell gibst du doch nicht auf! Das wäre ja gelacht! Immerhin hast du schon ganz anderes überstanden. Und hier drin schießt wenigstens niemand auf dich. Und es fallen auch keine Bomben. Oder Granaten. Oder dergleichen.

Iris stöhnte leise. Bomben vielleicht nicht. Aber dafür drohte ihr Kopf zu explodieren. Und je mehr das Bewusstsein zurückkehrte, desto größer wurde die Qual. Noch halb benommen hob sie eine ihrer zerschundenen Hände an die Stirn. Tastete sich von dort weiter bis zum Hinterkopf. Zuckte jäh zurück vor dem glühenden Schmerz, der von dort durch ihren Körper jagte. Fühlte Blut. Wärme.

Eine Platzwunde vermutlich.

Nicht weiter schlimm.

Aber du musst raus aus dieser eisigen Brühe!

Deine Tritte sind fertig, meldete sich ihr Verstand zu Wort, mitten im Inferno des Schmerzes. *Und der Raum dort oben ist trocken. Du kannst ihn erreichen. Du musst nur noch ein letztes Mal deine Kräfte mobilisieren!*

Ein allerletztes Mal …

Ächzend bekam sie die Mauer zu fassen. Schob sich hoch. Richtete den Rücken auf.

Ihre Beine waren nach wie vor nur vage Eindrücke. Nichts gehorchte. Nichts war wirklich spürbar.

Und doch …

Mach schon! Ein letztes Mal!

Die Ziellinie ist in Sichtweite. Die Leiter in die Freiheit gebaut. Benutze sie! Iris hörte ihre eigenen Füße durchs Wasser schlurfen. Fühlte das Loch, das sie der Mauer abgetrotzt hatte. Die erste Stufe auf dem Weg in die Freiheit.

Vor ihrem inneren Auge erschien der Plan, den sie gemacht hatte. In der Nacht, in der er sie in die Stadt gefahren hatte. Wie lange war das her? Ein paar Tage? Monate? Jahre?

Den Fuß in die Lücke. Sie fühlte Schwindel. Warten. Atmen. Die Anstrengung ließ ihr Herz so gewaltig pochen, dass sie das Gefühl hatte, es würde jeden Augenblick zerspringen. Wie eine alte Frau.

ABER ICH WILL!

Ich will hier raus. Unbedingt.

Ihre Finger krallten sich in die Mauer. Hielten ihren rebellierenden Körper im Gleichgewicht. Suchten nach dem nächsten Tritt. Nummer zwei. Sie hörte, wie sich Mörtelreste aus der Mauer lösten und in das kalte Wasser prasselten.

Stand sie fest? Hatte sie Halt?

Ja, alles bestens.

Obwohl sie ziemlich sicher war, dass er sie nicht überwachte, versuchte sie instinktiv, leise zu sein. *Zieh dich hoch! Es ist gleich geschafft!* Ihre Muskeln schienen mit Säure gefüllt zu sein. Jeder Zentimeter Haut brannte wie Feuer. Die Wunde am Kopf pochte, und der Schwindel wurde stärker, je länger sie sich an diese verdammte Mauer presste wie eine Flunder. Nicht das Gleichgewicht verlieren!

Ihr war klar, dass dieser Versuch ihr letzter sein würde. Wenn sie jetzt abrutschte, war die Sache gegessen. Dann konnte sie nur noch warten, dass er zurückkehrte und allem ein Ende machte. Oder dass das elende Dreckswasser da unten ihr den Rest gab. Dass sie elendiglich ersoff in dieser blut- und urinverseuchten Brühe, die wie ein Parasit von allen Seiten in ihren Körper einzudringen suchte.

Willst du das?

Sie schüttelte den Kopf. Nein, will ich nicht!

Fein! Super! Dann krall gefälligst deine Fingerstümpfe in diese gottverdammte Mauer und zieh!

Es war idiotisch, aber ausgerechnet jetzt musste sie an ihre Geschlechtsgenossinnen denken, die Woche für Woche geduldig im Nagelstudio saßen und ein kleines Vermögen dafür ausgaben, dass irgendeine Barbiepuppe ihnen hingebungsvoll die Krallen feilte. Nicht, dass sie tatsächlich etwas von solchen Dingen verstand. Nagelstudios und Sonnenbänke hatten noch nie zu ihrem Kosmos gehört. Und doch hatte die Vorstellung von starken, widerstandsfähigen Fingernägeln in einer wohlriechenden und trockenen Umgebung für eine Frau in ihrer Lage etwas geradezu Magisches.

»Vielleicht mache ich das mal, wenn ich hier raus bin«, murmelte sie, während sie ihre Kräfte für den letzten, entscheidenden Zug mobilisierte. »Sauna, Haare, Nägel. Und gleich danach frisch gestärkt in den Irak. Das wär's doch, oder?«

Komm!

Sie hielt sich ganz still. Atmete zwei-, dreimal tief durch. Dann schloss sie die Augen und stieß sich mit aller Kraft vom obersten Tritt ab. Ihre rechte Hand griff ins Leere, doch dann, ein paar endlos scheinende Sekundenbruchteile später, fühlte sie Stein an ihren Fingern. Eine andere Art von Stein. Horizontal.

Die Kante!

Ihr Triumphschrei hallte von den feuchten Wänden wider. Unter Aufbietung aller Willensstärke wuchtete sie ihren erschöpften Körper nach oben, versuchte den Schwung auszunutzen, das elende bisschen Schwung. Ihre Knie schrammten über das klamme Mauerwerk, die vom Wasser aufgequollene Haut platzte und riss. Als würde ich mich häuten, dachte Iris schaudernd. Aber sie kniete!

Kniete in dem Raum über dem Schacht, dem Land ihrer Träume.

Dort, wo irgendwo ihre Tasche sein musste. Trockene Sachen. Ein kaputtes Telefon.

Und der Weg in die Freiheit …

9

Polizeipräsidium Frankfurt, Abteilung für Kapitaldelikte, Büro Em und Zhou, 11. Juli 2015, 20.46 Uhr

»Sind Sie Frau Zhou?«

»Ja.« Sie war erst vor wenigen Minuten ins Präsidium zurückgekehrt und hatte bereits den Hörer in der Hand, um Capelli wenigstens telefonisch über die neueste Entwicklung im Svensson-Fall zu informieren. Da passte ihr eine

Störung wirklich so gar nicht in den Kram! Doch in den bemerkenswert blauen Augen des älteren Herrn lag etwas wild Entschlossenes.

»Was kann ich für Sie tun?«

Statt zu antworten, zog der Mann eine Visitenkarte aus der Tasche seines Jacketts. »Mein Name ist Max Ebel und ich glaube, ich habe das Vergnügen, Ihren Herrn Vater zu kennen.«

Zhou warf einen Blick auf die Anschrift der Galerie, die unter seinem Namen auf der Karte vermerkt war. »Gut möglich«, räumte sie ein. »Stammt nicht der Gerhard Richter, den der Bankvorstand meinem Vater zum fünfundzwanzigsten Dienstjubiläum geschenkt hat, aus Ihrem Hause?«

Er nickte eifrig. »Eine kluge Wahl, nicht nur, was den Aspekt der Wertsteigerung betrifft.«

»Das Bild macht meinen Eltern viel Freude«. Zhou lächelte den Galeristen an, obwohl sie ihn am liebsten auf der Stelle hinauskomplimentiert hätte. Aber sie war auch neugierig, was er von ihr wollte. Sie betrachtete den jungen Mann, den Ebel im Schlepptau hatte. Er trug ein ordentliches schwarzes T-Shirt zu sauberen Jeans. Doch der zähe Bronzeton seines Teints verriet, dass er in den letzten Jahren viel Zeit an der frischen Luft verbracht hatte, und im Stillen tippte Zhou auf einen Exjunkie.

»Nun?«, wandte sie sich wieder an Ebel. »Wie kann ich Ihnen helfen?«

»Es geht um den Mord an Ihrem Kollegen.«

»Sie meinen den Polizisten, der unter der Friedensbrücke gefunden wurde?«

Der Galerist bejahte.

»Es könnte sein, dass dieser junge Mann hier den Täter gesehen hat.«

Der Junge an seiner Seite zuckte sichtlich zusammen.

»Wirklich?« Zhou blickte sich nach Kollegen um, die möglicherweise in Hörweite waren. Aber sie hatte Glück: Bis auf Gehling, dessen Füße hinter einem der Paravents hervorlugten, konnte sie niemanden entdecken. Klar, immerhin hatten die meisten bereits Feierabend. Ihr Herzschlag beruhigte sich ein wenig. »Haben Sie außer mit mir schon mit irgendjemand anderem über Ihre Beobachtung gesprochen?«, wandte sie sich dieses Mal direkt an den Mann, der Ebel begleitete.

Er schüttelte den Kopf. Und in seinen Augen las Zhou ein leicht abfälliges: *Für wie blöd halten Sie mich?!*

»Gut«, sagte sie. »Dann folgen Sie mir bitte.«

»Wohin?«

Sein Argwohn verriet, dass er bislang nicht die besten Erfahrungen mit Polizisten gemacht hatte. Und vermutlich hatte sie es einzig und allein der Überredungskunst Max Ebels zu verdanken, dass er überhaupt hier war.

Ein potenzieller Augenzeuge …

Freu dich bloß nicht zu früh! Hör dir erst mal an, was er zu sagen hat!, ermahnte sie sich selbst.

Die beiden Männer folgten ihr auf den Gang hinaus, wo sich Zhou ganz bewusst gegen einen der üblichen Vernehmungsräume entschied. Stattdessen wählte sie ein Verwaltungsbüro am Ende des Korridors, das seit Monaten leer stand. Die Luft in dem quadratischen kleinen Raum war entsprechend abgestanden, aber sie hatten ja schließlich nicht vor, hier einzuziehen! Und so waren sie wenigstens vor ungebetenen Zuhörern geschützt. Unter den gegebenen Umständen vielleicht nicht das Schlechteste.

Zhou kippte das Fenster, stellte den beiden Männern Stühle zurecht und bot ihnen Kaffee an, den jedoch beide ablehnten. Dann schilderte Jonah Frey in aller Ausführlichkeit, was er in der Nacht zum Donnerstag unter der Friedensbrücke beobachtet hatte.

Als er fertig war, konnte Zhou ihre Beine kaum mehr spüren. Doch das lag an der Aufregung.

»Angenommen, ich würde Ihnen ein paar Fotos zeigen«, sagte sie, wobei sie alle Mühe hatte, ihre Stimme ruhig klingen zu lassen. »Glauben Sie, dass Sie den Mann wiedererkennen?«

Der Junge nickte, ohne zu zögern.

»Okay«, sagte Zhou. »Dann entschuldigen Sie mich bitte einen Augenblick.«

Sie schloss die Tür hinter sich und stürmte zurück ins Büro.

»Sven?«, rief sie, während sie geradewegs auf die Füße hinter dem Paravent zusteuerte.

»Hi«, begrüßte sie Gehling. »Em ist gerade weg, und ich soll dir ausrichten, dass sie heute auch nicht mehr reinkommt. Aber vielleicht solltest du sie doch noch mal anrufen. Ich bin nämlich nicht sicher, ob sie ...«

»Das ist im Augenblick nicht wichtig«, Zhou warf einen bangen Blick über ihre Schulter. Es behagte ihr ganz und gar nicht, den einzigen Augenzeugen in einer so wichtigen polizeiinternen Angelegenheit ausgerechnet hier allein zu lassen, auch wenn sie alles Menschenmögliche unternommen hatte, um ihn zu schützen. Und wenn sie ehrlich war, behagte es ihr auch nicht, den jungen Kollegen so spontan und unreflektiert ins Vertrauen zu ziehen, obwohl sie ihm durchaus vertraute. Aber sie brauchte ihn und seine Hackerqualitäten. »Kannst du mir unauffällig Zugriff auf die interne Personaldatenbank verschaffen?«

Gehling starrte sie an, als wäre sie von allen guten Geistern verlassen. »Wozu?«

»Frag nicht, aber ich brauche Fotos aller verbliebenen Mitglieder der SEG Calibri.« Sie bedachte ihn mit einem flehentlichen Blick. »Und es ist wirklich eilig.«

Er zögerte. Dann nickte er. »Gib mir fünf Minuten.«

Als Zhou wenig später mit einer Handvoll Ausdrucken in das Verwaltungsbüro zurückkehrte, las Ebel in einer Broschüre. Jonah Frey stand beim Fenster und blickte über die Dächer der Häuser hinweg in den Himmel, wo das Tageslicht allmählich abendlicher Dunkelheit wich.

»Ich habe hier Aufnahmen von fünf Männern«, verkündete sie, während sie ihre Ausbeute auf dem verwaisten Schreibtisch ausbreitete. Zuerst hatte sie gezögert, sich auch Norman Kuschs Foto geben zu lassen. Andererseits hatte es ihr immer widerstrebt, einen der Beteiligten von vornherein auszuschließen. »Bitte sehen Sie sich diese Fotos genau an und sagen Sie mir, ob sie einen der Männer wiedererkennen.«

Jonah Frey kam langsam durch den Raum auf sie zu. Seine Bewegungen zeugten von Vorsicht und der Müdigkeit einer langen und harten Zeit auf der Straße. Aber Zhou sah auch die Intelligenz in seinen Augen. Seinen Scharfblick und seine Entschlossenheit. Er blieb vor dem Schreibtisch stehen und beugte sich mit konzentrierter Miene über die Bilder.

Max Ebel beobachtete seinen Schützling interessiert.

»Und?«, fragte Zhou, als sie sah, dass der Junge den Blick abwandte. »Ist der Mann, den Sie unter der Brücke gesehen haben, dabei?«

Er nickte.

Zhou fühlte Schweiß, der langsam ihren Rücken hinunterrann. Dabei hatte sie vor wenigen Sekunden noch gefroren. »Welcher ist es?«

Anstelle einer Antwort hob Jonah eines der Fotos hoch und hielt es ihr entgegen.

Zhou hatte das Gefühl, dass sich der Boden unter ihren Füßen in Treibsand verwandelte. Alles schwankte. »Und Sie sind wirklich ganz sicher?«, hakte sie vorsichtshalber noch einmal nach.

Jonah Frey verzog keine Miene. »Das ist der Mann, den ich in der Nacht zu Donnerstag unter der Friedensbrücke gesehen habe«, sagte er fest. »Er ist auf mich zugekommen und hat sich versichert, dass von mir keine Gefahr ausgeht, und dann ist er runter an den Main und hat etwas ins Wasser geworfen.«

10

Ehemaliges Truppenübungsgelände Mönchbruch, Wirtschaftsweg, 11. Juli 2015, 20.57 Uhr

Em parkte unter einer mächtigen Kiefer und stieg aus dem Wagen. Sofort umfing sie abendliche Waldluft. Eigentlich ein schönes Aroma. Aber sie war nicht zum Genießen gekommen. Und sie hatte keine Zeit zu verlieren!

Durch die hohen Baumwipfel sah sie in den Himmel. Das Tageslicht nahm kontinuierlich ab. Zwar würde es noch rund anderthalb Stunden dauern, bis es richtig dunkel war. Aber hier im Wald waren die Lichtverhältnisse noch einmal anders, und das Dickicht hinter ihr wirkte jetzt schon ziemlich finster.

Sie hatte die E 35 Richtung Rüsselsheim genommen. Die offizielle Zufahrt zu dem ehemaligen Militärgelände war durch ein stabiles Rolltor verschlossen und zusätzlich mit Stacheldraht gesichert. Das Schloss am Tor sah neu aus, was dafür sprach, dass das Areal von irgendwem genutzt wurde. Vielleicht trainierten hier Hundestaffeln oder das Technische Hilfswerk. Doch ein paar hundert Meter weiter hatte Em einen Wirtschaftsweg entdeckt, der parallel zur östlichen Begrenzung des Geländes verlief. Zwar gab es auch dort einen Zaun, doch der war gleich an mehreren Stellen kaputt, sodass es nicht schwer war, sich Zugang zu verschaffen.

Em wandte sich nach links, wo ein schmaler Trampelpfad mitten durch das Dickicht den Hang hinaufführte. Vielleicht stammte das Schloss am Eingang auch von der Bundeswehr!

In diesem Fall war es allerdings ziemlich unwahrscheinlich, dass Iris Molder in einem der verlassenen Bunker gefangen gehalten wurde. Die Gefahr einer Entdeckung wäre viel zu groß, es sei denn … Em biss sich auf die Lippen. Ja, dachte sie, eine Leiche würde hier vermutlich Jahre liegen, bis man sie fände.

Eine Vorstellung, die ihr Wohlbehagen nicht gerade steigerte.

Über ihrem Kopf donnerte ein Flugzeug vorbei. Landeanflug. Und einer der Gründe, warum sich dieses Gebiet nur bedingt zur Naherholung eignete.

Em sah sich aufmerksam um und entdeckte hier und da verbarrikadierte Eingänge im Dunkel des Unterholzes. Offenbar gehörten sie zu mehreren im Dickicht verborgenen Baracken. Oder waren das alles bereits Bunker? Sie seufzte. Hier einen Menschen aufzuspüren kam der Suche nach der sprichwörtlichen Nadel im Heuhaufen gleich, denn Iris Molder konnte buchstäblich überall sein. Falls sie überhaupt hier war …

Während Em ihre Blicke schweifen ließ, entdeckte sie ein Stück vor sich auf einmal etwas, das ihre Aufmerksamkeit erregte.

Asphalt!

Sie hielt die Luft an. Da war eine Straße, so gut wie nicht zu erkennen im Dunkel der Bäume. Ein vager, dunkelgrauer Strich in der Landschaft. Rechts und links davon befanden sich die charakteristischen Erdwälle. Getarnte Eingänge. Hohe Gräser über meterdickem Beton. Aus der Luft praktisch nicht auszumachen. Aber vorhanden …

BUNKER.

Die sechs Buchstaben blinkten vor ihrem inneren Auge auf wie die Leuchtreklame eines Burger-Restaurants.

Come in and find out!

Zögernd ging Em auf den grauen Strich unter den Bäumen zu. Sie hatte auf den Tacho gesehen, bevor sie ausgestiegen war. Knappe sieben Kilometer von hier bis zum Flughafen. Ein Katzensprung. Sieben mal zwei machte vierzehn. Hin- und Rückweg. Plus fünfzehn Kilometer bis zur Friedensbrücke. Sie klatschte sich eine Mücke aus der Stirn und blickte wieder in den Himmel, wo die letzten Reste des Tageslichts hinter den Wipfeln verglommen. Sollte sie Verstärkung rufen? Ein Team von Spezialisten, das das Areal systematisch durchkämmte?

Noch nicht, dachte sie. Wenn ich mich irre, haben wir eine Riesenwelle gemacht. Für nichts!

Na, also! Worauf wartest du dann noch?

Verschaff dir Gewissheit!

Langsam ging sie auf den Eingang des ersten Bunkers zu. Ein finsteres Loch in der Dämmerung. Ein bloßer Schatten. Doch beim Näherkommen entdeckte Em, dass die hohe Tür mit Brettern vernagelt war. Die Bohlen waren bemoost und brüchig, definitiv nichts, was man vor Kurzem bewegt hatte.

Also weiter …

Im Schutz der hohen Wälle roch es muffig. Erde, Schlick und Fäulnis. Dazu der Nachtgesang des Waldes. Rascheln. Vogelrufe. Unheimlich irgendwie, und für den Bruchteil einer Sekunde fühlte sich Em wie ein Kind, das allein in einen finsteren Keller sollte. Doch sie kämpfte die irrationale Angst nieder und ging mit festen Schritten auf den nächsten Bunker zu. Der lag ein Stück versetzt hinter dem ersten. Offenbar bildete seine Zufahrt eine Art Windschneise, denn unmittelbar vor dem Eingang verschwand der Asphalt nahezu vollständig unter Sand und Blättern. Aufmerksam ließ Em ihre Blicke über den Boden wandern. Und tatsächlich: Da waren frische Reifenspuren!

Ihr Puls beschleunigte sich, und instinktiv griff sie nach ihrer Waffe.

Die Bunkertür war verschlossen, doch der Riegel sah aus, als ob er sich öffnen ließe. Also entschied sie sich, ihr Glück zu versuchen. Sie zerrte die Taschenlampe, die sie eigens zu diesem Zweck mitgebracht hatte, aus dem Bund ihrer Jeans und schob den Riegel zurück. Dann legte sie eine Hand gegen den schweren Stahl und stellte erstaunt fest, dass die Tür augenblicklich nachgab …

II

Ehemaliges Truppenübungsgelände Mönchbruch, Bunker, 11. Juli 2015, 21.34 Uhr

Iris' Herz raste. Trotzdem presste sie sich lautlos hinter einen Vorsprung und lauschte Richtung Ausgang. Da kam jemand!

Aller Wahrscheinlichkeit nach ihr Entführer …

Sie atmete tief durch und versuchte sich zu wappnen. Für die Begegnung. Für den Kampf, der ihr bevorstand. Denn dass er sie einfach übersah, war in diesen schmalen Gängen mehr als unwahrscheinlich.

Wie viel Kraft habe ich?

Mehr als genug.

Was ist die beste Strategie?

Überraschungsangriff.

Das Adrenalin machte sie wach und dämpfte die Schmerzen. Trotzdem musste sie sorgfältig mit ihren Kräften haushalten. Nicht zu früh. Nicht zu spät. Mit Überraschungseffekten war es so eine Sache. Einmal vergeigt, würde es schwierig werden.

Also abwarten.

Lauschen.

Wie in der Nacht, in der er sie aus dem Schacht geholt hatte, benutzte er eine Taschenlampe. Das Licht geisterte über die feuchten Wände und verschob die Proportionen. Doch Iris hatte ein klares Bild von ihrer Umgebung. Zwei Räume und einen der beiden langen Gänge hatte sie bereits hinter sich gelassen. Und nun war der Ausgang fast schon in Sichtweite.

Das Licht an der Wand kam unaufhaltsam näher. Aber … Was war das? Warum ging er so vorsichtig?

Also doch eine Kamera!

Der Gedanke, dass er sie tatsächlich die ganze Zeit über beobachtet hatte, erschreckte sie mehr, als ihr lieb war. Aber es konnte nicht anders sein. Er hatte ein Licht bei sich, er kannte sich aus hier. Er wusste, was ihn erwartete. Warum, zur Hölle, sollte er langsam gehen? Leise und unauffällig? Die kühle Wand im Rücken und das Toben ihres Pulses im Ohr, versuchte sie, sich ganz auf das Geräusch seiner Schritte zu konzentrieren.

Mit verbundenen Augen werfen …

Zielsicher. Punktgenau.

Ihre Muskeln wurden hart vor Anspannung. Wie man einen männlichen Gegner schnell und effektiv überwältigte, wusste sie schon lange. Und auch, worauf sie achten musste, wenn derjenige eine militärische Ausbildung genossen hatte. Rein körperlich war er ihr natürlich weit überlegen. Und wenn er ihre Flucht tatsächlich über irgendeinen Monitor verfolgt hatte, dann fiel auch die Sache mit dem Überraschungseffekt flach. Aber was blieb ihr dann noch übrig? Flucht?

Aber wohin?

Der feine Staub knirschte unter seinen Sohlen. Dazu nahmen ihre ausgehungerten Sinne einen feinen Geruch wahr. Nein, keinen Geruch. Einen Duft! Blumig und frisch. Sie stutzte. War das etwa Parfüm?

Das Licht ließ ihr keine Zeit, zu deuten, was sie wahrnahm. Die Wand, die ihrer Nische gegenüberlag, schwoll förmlich an unter der Helligkeit, die von der Gestalt ausging. Und dann stoppten auch die Schritte. Und zwar direkt neben der Mauer, hinter der sie sich verbarg. Wenn ich jetzt um die Ecke greife, dachte sie, bekomme ich seinen Arm zu fassen. War das die Chance, auf die sie gewartet hatte?

Im selben Augenblick ließ der grelle Lichtschein von der Wand ab und glitt über den Boden, den Iris nun zum ersten Mal sehen konnte. Feine Risse durchzogen den alten Beton, darüber lag eine feine Schicht aus Staub und Moos. In den Ecken und an den Wänden gedieh der Schimmel.

Die Lampe glitt weiter. Hielt inne. Kehrte an ihren Ausgangspunkt zurück.

Wer immer das ist, durchfuhr es Iris, er sieht diesen Ort zum ersten Mal!

Während sie noch überlegte, wie sie sich jetzt verhalten sollte, machte die Person hinter dem Licht einen plötzlichen Schritt in ihre Richtung. Iris sah, wie sich die Winkel der Schatten vor ihr öffneten. Den Widerschein, der sich an die Mauer neben ihrem Vorsprung heftete und zögernd auf sie zukam.

»Iris Molder?«, rief eine Stimme neben ihr. Und zu ihrer größten Überraschung war es eine weibliche. »Polizei!«

12

Ehemaliges Truppenübungsgelände Mönchbruch, Schießanlage, 11. Juli 2015, 21.39 Uhr

»Machen Sie schnell!«

Em hatte ein entschieden ungutes Gefühl bei der Sache. Es war fast dunkel, und sie hatten noch ein ganzes Stück Weg vor sich.

Iris Molder sah furchtbar aus. Sie trug noch dieselben Sachen wie in der Bank, eine schwarze Hose und ein rotes T-Shirt, doch ihre Arme und Beine waren übersät von Schürfwunden. Am Hinterkopf war das Haar blutverklebt, ein rotes Rinnsal lief ihren Nacken hinunter. Die Platzwunde musste frisch sein. »Sind Sie allein hier?«

Em bejahte.

»Na, dann nichts wie weg, was?«

»Sie sagen es.« Em nahm die Reisetasche, die Iris Molder bei sich gehabt hatte, auf die andere Schulter und tastete nach ihrem Handy, während vor ihnen auch endlich der Ausgang auftauchte. »Ich gebe nur rasch meinem Vorgesetzten Bescheid, dass Sie in Sicherheit sind und …«

Eine plötzliche Geste Iris Molders brachte sie abrupt zum Schweigen. Und jetzt sah sie es auch: Da war ein Licht hinter der Biegung zum nächsten Bunker. Dem mit den Holzbohlen vor dem Eingang. Autoschweinwerfer!

»Scheiße!«, rief Em. »Weg hier!«

Sie rannten los, doch die hohen Wälle zwischen den Bunkern boten so gut wie kein Versteck. Dafür kamen die beiden Lichtkegel in ihrem Rücken unaufhaltsam näher. Em hörte das Knirschen von Rädern auf dem brüchigen Untergrund. Nur Sekundenbruchteile später bog der Wagen um die Ecke.

Die Scheinwerfer erfassten Iris Molder und sie sofort, und der Fahrer gab augenblicklich Vollgas.

»Da rüber!«, schrie Em und deutete auf ein Gebäude zu ihrer Linken.

Gemeinsam spurteten sie los, während das Licht der Scheinwerfer mit gierigen Zungen an ihren Fersen leckte. Der Motor heulte auf, und als sie den Eingang des Gebäudes erreichten, hatte sich der Abstand zu ihrem Verfolger bis auf wenige Meter verringert.

Wenn es hier keinen zweiten Ausgang gibt, sitzen wir in der Falle!, dachte Em, als sie durch den türlosen Eingang stolperten.

In ihrem Rücken sprang die Fahrertür des Wagens auf. Welches Fabrikat das Fahrzeug hatte, war im Gegenlicht nicht zu erkennen. Em hatte lediglich registriert, dass es sich um eine normale Limousine handelte.

»Das ist eine Schießanlage«, konstatierte ihre Begleiterin atemlos.

»Und jetzt?«

Iris Molder sah sich um. »Da lang!«

Mitten auf die Schießbahnen? Hatte diese Frau den Verstand verloren?

»Das ist unsere einzige Chance!«, flüsterte Molders keuchende Stimme dicht an Ems Ohr.

Ems Gedanken überschlugen sich.

Das hier war eine offene Anlage, was bedeutete, dass mindestens zwei Meter hohe, fugenlose Schutzwände zur Begrenzung vorgesehen waren. Der Rückweg war abgeschnitten, also blieb einzig und allein die Flucht nach vorn. Dorthin, wo früher die Ziele gestanden hatten.

Die Bahnen waren Ems vorsichtiger Schätzung nach etwa zweihundertfünfzig Meter lang und damit eindeutig für Distanzschüsse ausgelegt. Eigenartigerweise gab es auch hier Nischen und Deckungen, von denen sie nicht hätte sagen könnten, welchem Zweck sie dienten. Aber da ihr Verfolger vermutlich ebenfalls nur eine Taschenlampe hatte …

Das Pfeifen eines Projektils unmittelbar an ihrem linken Ohr bereitete ihren Überlegungen ein jähes Ende.

Dieser Scheißkerl schoss auf sie!

Was erwartest du? Er hat Thorsten Mohr erschossen, weil er ihm bei seinen Ermittlungen gefährlich nahe gekommen war. Und er hat auch Hamid Candoglu eine Kugel in den Kopf gejagt.

Ein paar Meter vor ihr stolperte Iris Molder über ihre zerschundenen Füße und stürzte. Ohne nachzudenken, riss Em ihren Arm hoch und schlang ihn sich um die Schultern. Wo war die nächste Deckung?

»Lassen Sie mich los, verdammt! Hauen Sie ab!«

»Ich denke gar nicht daran!«

»Ohne Scheiß, machen Sie endlich, dass Sie verschwinden!«

»Halten Sie die Klappe!« Sie stieß Iris Molder gegen die hohe, erschreckend glatte Wand, während bereits die nächsten Schüsse durch die schmale Schießbahn fegten. Dieser morsche Bretterverschlag dort bot vielleicht einen Hauch von Schutz! Immerhin sah er aus, als sei er für eine Häuserkampf-Simulation gebaut worden …

»Sind Sie getroffen?«

»Nein.«

»Gut.« Ihr gehetzter Atem mischte sich mit Iris Molders leisem Stöhnen. Sie musste irrsinnige Schmerzen haben.

»Was macht er jetzt?«

»Keine Ahnung.« Sie lugte um die Ecke des Verschlages, doch sie konnte nichts sehen.

»Kommt er?«

»Ich weiß nicht. Aber …«

Ein neues Zischen schnitt ihr das Wort ab. Die Kugel

bohrte sich in Holz, das krachend wegsplitterte. Erst dann folgte mit fast schon gespenstischer Verzögerung der Knall des Schusses. Aber kaum war er verhallt, vernahm Em etwas anderes.

»Sind das Stimmen?«, keuchte Iris Molder neben ihr.

»Ich glaube.«

Hinter dem überdachten Schützenstand schien der Himmel plötzlich aufzuhellen. Und erst mit Verzögerung wurde Em klar, dass es Lichter waren, die sie sah. Andere Autos. Andere Scheinwerfer.

»Lass die Waffe fallen!«, forderte eine verzerrte Männerstimme über ein entferntes Megafon. »Sofort!«

Em und Iris lauschten gebannt in die Stille, die dieser Aufforderung folgte. Doch eine ganze Weile passierte gar nichts.

»Sind das Ihre Leute?«, flüsterte Iris Molder.

Em nickte. »Ja, ich denke schon.«

Minute um Minute verstrich. Die beiden Frauen glaubten, aus dem Schutz ihrer Deckung heraus entfernte Hektik wahrzunehmen. Ein Handgemenge vielleicht. Oder eine neuerliche Verfolgungsjagd.

Dann meldete sich das Megafon erneut zu Wort, und dieses Mal erkannte Em Deckers Stimme. »Em? Bist du da? ... Ihr könnt jetzt rauskommen! Die Gefahr ist vorbei!« Und im Stile eines Range-Officers, der für die Sicherheit einer Schießanlage verantwortlich zeichnet, fügte er hinzu: »Ich wiederhole: Range is clear! ... Keine Gefahr mehr!«

Iris Molders Finger krallten sich in Ems Arm. »Können wir dem Mann vertrauen?«

Em nickte. »Ja«, sagte sie. »Können wir.«

Dann trat sie aus dem Schatten des schützenden Verschlags und ging zielsicher auf das Licht zu, das ihr vom Schützenstand aus entgegenleuchtete ...

13

Ehemaliges Truppenübungsgelände Mönchbruch, Schießanlage, 11. Juli 2015, 22.12 Uhr

Tom trat und schlug um sich wie ein Wahnsinniger. Die beiden SEK-Beamten hielten ihn mit eisernem Griff. Trotzdem gab er keinen Millimeter nach. Er kämpfte wie ein Stier. Schrie. Fluchte. In dem vorausgegangenen Gerangel war sein Hemd hochgerutscht. Unter dem Bund seiner Jeans lugte der Rand einer karierten Shorts hervor. Ein Anblick, der gegen ihren Willen Ems Mitleid erregte.

Er hat versucht, dich umzubringen!

Wie kannst du da Mitleid haben?!

Als er sie kommen sah, machte er eine Bewegung auf sie zu. »Em!«, schrie er. »Em, hilf mir! Sag ihnen, dass sie mich loslassen sollen!«

Luca Niemeyers Ellenbogen, der mit voller Wucht in seine Magengrube krachte, brachte ihn abrupt zum Schweigen. Tom krümmte sich und begann zu würgen, während die umstehenden SEK-Beamten untätig zusahen.

Unangemessene Gewalt oder nachvollziehbare Rache an einem Verräter? Em schloss die Augen. Warum konnte sie nicht reagieren? Wo war ihre Stimme? Ihr Verstand? Wo waren die Regeln, die sie gelernt hatte? Wo war ihre Moral?

Aus dem Schatten des Schützenhauses trat ihr Zhou entgegen. »Schluss damit!«, herrschte sie den Kollegen der Sonderermittlungsgruppe an. »Ihr behandelt ihn mit allem Respekt, verstanden?«

»Aber dieses Arschloch ist ein feiger Verräter!« Niemeyers Augen traten beinahe aus den Höhlen vor Zorn. »Er hat Hamid in den Kopf geschossen und …«

»Er wird mit dem gleichen Respekt behandelt wie jeder andere Gefangene auch«, wiederholte Zhou, und sie strahlte jetzt eine enorme Stärke aus. »Und wenn ich auch nur den leisesten Verdacht habe, dass irgendjemand hier …«

Bevor sie weitersprechen konnte, hob Tom den Kopf. Seine Gesicht war tiefrot vor Schmerz und Anstrengung, doch aus seinen Augen sprach blanker Hass. »Halt endlich die Fresse!«, spuckte er Zhou voller Abscheu entgegen. »Ich brauche kein verdammtes Schlitzauge, das mich vor meinen Kollegen beschützt, kapiert? Denn das hier sind *meine* Kollegen, und wenn sie mich totschlagen wollen, dann sollen sie mich totschlagen. Also fick dich!«

Em fühlte, wie ihr die Tränen in die Augen schossen. Nicht einmal in dieser Situation hatte er seinen Hass und seine Enttäuschung unter Kontrolle. Und nie zuvor hatte sie eine solche blinde Wut gesehen. Sie fühlte, wie ihre Arme zu zittern begannen und ihre Knie weich wurden.

»Bring Herrn Ahrens zum Wagen und sorg dafür, dass er dem Haftrichter vorgeführt wird«, wandte Zhou sich seelenruhig wieder an Niemeyer, und ihr Ton ließ keinen Zweifel daran, dass sie diese Aufforderung nicht als Empfehlung verstanden wissen wollte.

Niemeyer sah ihr einige Sekunden lang stumm in die Augen. Dann nickte er. Ab sofort würde er sich zusammenreißen.

Auch Tom schien zu spüren, dass dieser Punkt an Zhou ging.

»Em!«, rief er, und jetzt klang er fast wie ein flehendes Kind. »Sag ihnen, dass ich nie …« Er unterbrach sich, als Decker und Niemeyer unter seine Achseln fassten und ihn unbarmherzig mit sich fortzogen. »Em! Ich hatte meine Gründe!« Seine Schreie hallten von den meterdicken Mauern wider. So grell und dissonant, dass Em sich am liebsten die Ohren zugehalten hätte. »Hilf mir, Em! … Du kennst mich! Du weißt, wie ich bin! Du weißt, dass ich nie … Em!«

Sie blickte ihm nach, bis das Dunkel des Schützenstandes seine schmale Gestalt verschluckt hatte. Um sie herum geriet die Welt in Bewegung. SEK-Leute entledigten sich ihrer Helme. Waffen wurden entsichert. Lampen verloschen. Jemand half Iris Molder in einen Krankenwagen.

Kein Zweifel, es war vorbei.

Doch obwohl es längst nicht mehr so hell war wie noch vor wenigen Minuten, hob Em sich schützend die Hände vors Gesicht. Ihre Schultern zuckten. Und jetzt konnte sie auch die Tränen nicht länger zurückhalten.

Nein, gab sie ihrem alten Freund stumm zur Antwort, *du hast dich geirrt! Ich kenne dich nicht. Und ich habe dich auch nie gekannt. Alles, was ich je in dir gesehen habe, war ein Irrtum. Ein einziger schrecklicher Irrtum!*

Vor ihrem inneren Auge blitzten die Bilder der alten Vertrautheit auf. Wie ein Reflex, gegen den sie sich einfach nicht wehren konnte. Es waren Bilder, die in den vergangenen Stunden unwiderruflich ihre Unschuld verloren hatten und die sie vermutlich trotzdem niemals ganz aus ihrem Kopf würde verbannen können. Weil sie zu ihr gehörten. Zu ihrer Vergangenheit. Zu ihrer ureigensten Geschichte: die enge, billig möblierte Studentenbude, in der es nach billigem Deo, Staub und Mirácoli roch. Auf dem Tisch ein leerer Pizzakarton. Ein zerfleddertes Kartenspiel. Und ein Stapel Prüfungsfragen. Klausur Strafrecht.

Ihr eigenes Schluchzen schreckte sie auf.

Reiß dich zusammen! Was sollen die anderen denken?

»Ich bin dann mal weg«, hörte sie wie durch eine dicke Schicht Watte hindurch Carsten Pells Stimme sagen. »Guter Job!«

Dann war es still.

Bin ich allein? Sind sie weg? Sie alle?

Von einer der Mauern tropfte Wasser. Die Luft war weich wie Watte. Em schluckte. Ich schäme mich, dachte sie. Ich schäme mich dafür, dass ich nicht wahrhaben wollte, was ich längst geahnt habe. Und auch dafür, dass ich immer auf die falschen Pferde setze. Dabei ist es ausgerechnet die Wahrheit, auf die es mir am meisten ankommt im Leben. Das hat Kaylin ganz richtig erkannt. Ich möchte nicht belogen werden. Ich möchte mich auf die Menschen verlassen können, mit denen ich lebe und arbeite. Ich möchte mich nicht fragen müssen, ob mein Partner bei einer anderen Frau ist, wenn er sich mal verspätet.

Ich will einfach nur, dass man ehrlich mit mir ist …

»Ich will nicht stören, aber wir haben morgen früh schon um neun den Termin mit dem Haftrichter.«

Zhou!

Em wischte sich hastig die Tränen aus dem Gesicht und drehte sich um.

»Leider ist das Material noch ziemlich ungeordnet, und ich fürchte, ich schaffe das in der Kürze der Zeit nicht allein.«

»Du sagst das nur, um mich abzulenken, oder?«

»Ja.«

Ich will einfach nur, dass man ehrlich mit mir ist …

»Okay.« Sie schniefte. »Einverstanden. Wie lange denkst du, brauchen wir?«

»Zwei, drei Stunden. Vielleicht auch mehr.«

»Das ist lange.«

»Ja.«

»Können wir vorher bei McDonald's vorbei?«

»Ja.«

»Gut. Dann los.«

Vor den Toren der Schießanlage empfing sie die anbrechende Nacht mit sommerlicher Milde, und voller Schreck stellte Em fest, dass der Wagen, der Tom ins Untersuchungsgefängnis überstellen sollte, noch immer nicht abgefahren war. Ein SEK-Beamter lehnte an der geöffneten Seitentür und gab dem Fahrer Anweisungen. Wie in einem Albtraum, der einfach nicht enden wollte.

In diesem Augenblick legte ihr Zhou beruhigend den Arm um die Schultern. Und zu ihrer größten Verwunderung stellte Em fest, dass sie sich tatsächlich beschützt fühlte.

Der SEK-Mann schlug die Tür zu, und der Wagen setzte sich in Bewegung …

14

Einsatzwagen der Polizei, 11. Juli 2015, 22.35 Uhr

Komm schon! Sieh mir nach!

Schau dir an, was sie mit mir machen!

»He!« Die Finger des Beamten graben sich grob und unbarmherzig in seine Schulter. »Nicht umdrehen!«

Doch er denkt nicht daran, der Anweisung Folge zu leisten. Er hat lange genug anderer Leute Befehle ausgeführt. Und im Moment gilt sein einziges Interesse der Heckscheibe. Jenem finsteren Rechteck, in dem Ems Silhouette zusehends kleiner wird. Kleiner und verschwommener.

»Guck nach vorn, hab ich gesagt!«

Er schenkt der Stimme neben sich kaum Beachtung, obwohl er sehr wohl registriert, dass der Ton immer rauer wird.

Nun mach schon! Schau mir hinterher!

Wenigstens das …

Seltsamerweise muss er plötzlich an einen Film denken. *In the line of fire.* Die Szene, in der Clint Eastwood im Sonnenuntergang auf einer Treppe sitzt und darauf wartet, dass Renee Russo sich zu ihm umdreht. Wenn sie's tut, bedeutet das, sie liebt ihn. Und wenn nicht … Tja, Pech gehabt! Er schluckt. Gut möglich übrigens, dass sie den Film zusammen gesehen haben, Em und er. Sie steht auf alte Filme.

»Genug jetzt! Hör endlich auf, zurückzuschauen!«

Ich? Er stutzt. Stimmt, denkt er verwundert. Ich bin derjenige, der sich umblickt. Nach ihr. Nein, nach ihnen. Denn sie stehen dort allen Ernstes Seite an Seite. Als ob sie befreundet wären!

»Was gibt's zu lachen, Arschloch?«

Oho, jetzt sind wir also schon beim Arschloch! Tja, so was geht schnell, wenn man nicht mehr im selben Team spielt. Doch das ist ihm schon immer klar gewesen. Vielleicht hat er die kurze Zeit der Macht auch deshalb so sehr genossen. Trotz der unangenehmen Dinge, die es mit sich gebracht hat. Er blinzelt, als unvermittelt wieder das Dach des Kaufhauses vor ihm aufblitzt. Bröckliger Beton und darüber ein erschreckend blauer Himmel.

Der Blick, den Thorsten Mohr ihm zuwirft, spricht Bände. »Das wagst du nicht …«

Doch, denkt er. Und: Du wirst dich wundern.

Mohr scheint seine Entschlossenheit zu spüren. Zumindest verändert sich etwas in seinem Gesicht. Seine Hand tastet nach den Verschlüssen seiner Schutzweste.

»Was machst du?«

Keine Antwort. Ob er darauf spekuliert, dass sein Kollege nicht fähig ist, zu schießen, sobald er ungeschützt ist?

Nun, in diesem Fall liegt er daneben. »Geh da rüber!«

Mohr tut, wie ihm geheißen.

»Umdrehen!«

Ein letztes Zerren, dann gleitet die Weste zu Boden. Und in diesem Augenblick wird ihm auch klar, was Mohr damit bezweckt: Er sendet eine letzte Botschaft. An seine Kollegen. An diejenigen, die seinen Tod untersuchen werden. Wie hat es Iris Molder noch so treffend formuliert: *Kein Polizist, der auch nur halbwegs bei Verstand ist, würde während eines laufenden Einsatzes seine Weste ablegen …*

»Zieh sie wieder an!«

Mohr schüttelt den Kopf und lächelt. Eine seltsame Mischung aus Fatalismus und Triumph.

Auf der Treppe hinter der Stahltür werden die Schritte der anderen Teammitglieder laut. Offenbar ist die Situation im Lager inzwischen unter Kontrolle. Von der Straße her kündet Sirenengeheul an, dass Verstärkung im Anmarsch ist.

Eine Sache von Sekunden.

Sein Blick streift die Weste auf dem staubigen Beton, dann den Kollegen, und er weiß, dass er Mohr unter keinen Umständen dazu kriegen wird, sie wieder anzulegen. Selbst wenn die Zeit reichen würde. Also drückt er ab.

Die Wucht des Schusses wirft Mohrs Körper zurück, bis er fast an der Brüstung liegt. Er kann seine geöffneten Augen sehen, als er die Weste aufhebt und in die Tiefe schleudert. Vielleicht hat er Glück, und sie wird nicht gleich gefunden. Vielleicht auch nicht …

Dann geht er neben dem Toten in die Knie.

Und genauso finden ihn die anderen: ein zutiefst erschütterter Kollege, der den Kopf seines erschossenen Kameraden hält. Er wird die Trauerkarte aussuchen und zum Unterschreiben herumreichen. Der verlässliche Tom. Der gute Freund. Der Kumpel. Immer gern in Anspruch genommen in Fällen von Liebeskummer und Geldverlegenheit. Immer fleißig. Immer höflich. Stets bereit zu Überstunden und Nachtarbeit. Ein Kollege ist Vater geworden?

Na klar springe ich ein. Der Dienstplan für Weihnachten? Kein Problem, ich habe ja keine Familie. Hier ein knappes »Dank dir, Tom!«. Dort ein »Gut gemacht, Ahrens!«. Doch befördert werden immer nur die anderen.

… bedauern wir, Ihnen mitteilen zu müssen, dass Ihre Bewerbung um eine Versetzung in die Abteilung für Kapitaldelikte trotz hervorragender Leistungen …

Bis Roger Kusch Mitleid hat. »Ich brauche noch einen fähigen Mann für meine Sonderermittlungsgruppe.«

Dass der ursprünglich vorgesehene Kollege wegen einer weitaus lukrativeren Versetzung zum BKA abgelehnt hat, wird ihm erst später untergejubelt. In einem Nebensatz.

»Tja, Ahrens, Glück gehabt, was?«

In seinem Nacken knackt ein Wirbel, als der Wagen durch ein Schlagloch holpert. Nein, denkt er bitter. Glück ist irgendwas anderes.

Ein letztes Mal dreht er sich um. Doch die beiden Frauen sind kaum mehr zu erkennen. Zwei vage Silhouetten vor der Düsternis der Bunkeranlagen …

15

Ehemaliges Truppenübungsgelände Mönchbruch, Bunkereingang, 11. Juli 2015, 22.36 Uhr

»Na los«, sagte Zhou sanft. »Fahren wir.«

Em nickte. Über den Baumwipfeln leuchteten matt die Sterne, und völlig irrational musste sie auf einmal daran denken, dass in wenigen Wochen wieder der Meteoritenschwarm der Perseiden erwartet wurde. So wie jedes Jahr im August.

Eigenartigerweise hatte sie noch nie eine Sternschnuppe gesehen. Obwohl sie, besonders als Kind, oft danach Ausschau gehalten hatte.

Ein paar Meter vor ihr schnappten die Schlösser von Zhous Mercedes auf. »Möchtest du vorausfahren?«

Em schüttelte den Kopf. »Ich folge dir.«

»Alles klar.« Sie wollte in den Wagen steigen, doch Em hielt sie zurück.

»Zhou?«

»Ja?«

»Hast du schon mal eine Sternschnuppe gesehen?«

In den tiefschwarzen Augen lag Irritation, und für einen flüchtigen Moment musste Em an Mr Spock denken. *Captain?*

Dann nickte sie plötzlich. »Ja, in Israel.«

»Und?«

»Was und?«

»Wie war das so?«

Die Irritation in ihrem Blick verstärkte sich. »Eine Sternschnuppe zu sehen?«

»Genau.«

»Nun, die Wüste … Die Wüste ist ziemlich schön, so mitten in der Nacht, wenn alles Atem holt. Sehr … kühl und … klar.« Sie sprach ein bisschen zu schnell, was darauf hindeutete, dass ihr das Thema nicht gerade behagte. Vermutlich fragte sie sich, wie man an einem solchen Abend überhaupt auf etwas so Banales wie Sternschnuppen verfallen konnte. Aber manchmal lag die Rettung gerade in solchen banalen Gedanken. »Ich wollte immer mal ans Meer fahren und eine Nacht in den Dünen verbringen, um zu sehen, wie das ist«, bekannte sie nach einem Moment des Nachdenkens. »Du weißt schon, mit dem Rauschen der Wellen im Hintergrund und all diesem Himmel über dir.«

Ernsthaft jetzt?

Em warf ihr einen zweifelnden Seitenblick zu. »Und warum machst du's nicht?«

»Du meinst ans Meer fahren, um in die Sterne zu gucken?«

»Ja.«

»Keine Ahnung. Zu wenig Zeit ...«

»Tja, das ist das Hauptproblem, nicht wahr?«

Zhous Finger spielten mit ihrem Autoschlüssel. »Außerdem heißt es, nur wer auf offener See fährt, richtet sich nach den Sternen.«

»Wer sagt das? Konfuzius?«

»Nein«, sie grinste. »Wilhelm Busch.«

Epilog

Angst klopfte an.
Vertrauen öffnete.
Keiner war draußen.

Chinesisches Sprichwort

Zhou stand auf dem Flur und starrte fassungslos auf den himmelschreiend pinken Geschenkkarton in ihrer Hand hinunter. Darin steckte ein völlig undefinierbares, aber verdammt gut riechendes Gebilde aus Kakaoglasur und Mandeln.

»Was ist das?«

»Na, was schon?«

Sie lächelte. »Eine Schokoschnecke?«

Karel Schubert nickte wie ein kleines Kind, dem die ersten drei Schritte auf eigenen Beinen geglückt sind. »Ich habe sie selbst gebacken«, berichtete er stolz. »Ist ein Prototyp.«

»Aha.«

Selbst gebacken?, formten Capellis Lippen, die hinter ihm stand und gar nicht daran dachte, sich diskret zurückzuziehen. *Wie süß ist das denn?!*

»Sie können ruhig probieren«, Schuberts Hand wedelte aufmunternd über dem Karton hin und her.

»Haben *Sie* sie probiert?«

Er machte eine vage Geste. »Meine Oma hat immer gesagt, dass beim Backen gar nichts schiefgehen kann, solange man ausschließlich gute Zutaten verwendet.«

»Klingt logisch«, räumte Zhou mit einem zweifelnden Blick auf das unförmige Gebilde in ihrer Schachtel ein. Er hatte sogar eins von diesen weißen Papierdingern untergelegt, die aussahen wie Häkeldeckchen …

»Die Form ist natürlich noch verbesserungswürdig.«

»Ach, wirklich?«

Karel Schubert senkte zerknirscht den Kopf.

»Also, ich will ehrlich sein …« Zhou blickte ihn an, so streng sie konnte. »Das hier ist die mit Abstand erbärmlichste Schokoschnecke, die ich jemals zu Gesicht gekriegt habe. Aber sie ist auch …«

»Was?«

Als sie sein entsetztes Gesicht sah, konnte sie sich das Lachen nicht länger verkneifen.

Capelli artikulierte hinter seinem Rücken derweil stumm die Worte: *Scheiß auf Tiffany, der Typ ist süß!*

»Sie ist definitiv eines der perfektesten Geschenke, die mir je gemacht wurden.«

»Ernsthaft?«

»Ernsthaft.«

Seine wachen Augen blitzten. »Nur *eines* der perfektesten Geschenke oder *das perfekteste* Geschenk?«

»Sie sollten nicht unverschämt werden«, entgegnete Zhou kühl.

»Was heißt unverschämt?«, gab er zurück. »Es ist nur fair, wenn ich weiß, wogegen ich im Zweifelsfall konkurrieren muss.«

Hinter ihm wurden Capellis Wangen immer röter, weil sie sich so zusammennehmen musste, nicht laut loszuprusten.

»Sie sind eine überaus attraktive, gebildete und kultivierte Frau«, erklärte Karel Schubert unterdessen mit todernster Miene. »Und ich kann mir sehr gut vorstellen, dass meine Geschlechtsgenossen schon mit Diamanthalsbändern,

Pferden, romantischen Kutschfahrten oder Wochenendtrips nach New York um die Ecke gekommen sind, um Sie zu beeindrucken.«

Kutschfahrten? Capelli, bislang voll auf Linie, verzog das Gesicht. *Aus welcher Frauenzeitschrift hat er das denn?*

Zhou bemühte sich derweil vergeblich, annähernd so ernst zu bleiben wie ihr Gesprächspartner. »Das würde nicht viel nützen.«

»Wieso nicht?«

»Ich bin allergisch gegen Pferde.«

»Na, passt doch!«, grinste Schubert. »Ich fürchte nämlich, dass sich mein Budget gegenwärtig noch eher im Bereich einer Reitbeteiligung bewegt.«

»Wie wäre es, wenn Sie in die Wirtschaft gingen?« Sie konnte sich diese kleine Stichelei nicht verkneifen. Auch wenn dieser verunglückte Haufen Schokolade in der Geschenkschachtel sie wirklich rührte. »Dann wäre bestimmt bald auch ein eigenes Pferd drin.«

Er hob in gespielter Verzweiflung die Hände. »Tja, das empfehlen Sie mir immer wieder. Aber ich fürchte, ich gehöre zu den Typen, die von Haus aus ganz gern mit abstrakten Größen wie Schuld oder Gerechtigkeit zu tun haben.«

Zhou lächelte. »Und ich gehöre zu den Typen, denen es völlig genügt, Pferde und andere Großtiere von Weitem zu sehen.«

»Fein. Was ist mit New York?«

»Da war ich schon.«

»Allein?«

Sie zog empört die Brauen zusammen. »Das geht Sie gar nichts an!«

Doch ihr Protest beeindruckte ihn null. »Na schön. Aber da Sie mir wichtige Auskünfte zu Ihrer privaten Situation verweigern, dürfen Sie es auch nicht unverschämt finden, wenn ich Sie frage, ob Sie mit mir essen gehen?«

Hinter seinem Rücken hob Capelli aufmunternd beide Daumen. *Wehe, du sagst Nein!*

Zhou seufzte. »Okay.«

»Jetzt gleich?«

»Nein! Ich meine, ich muss noch … Ich bin nicht der Typ für so was.«

»Sie meinen fürs Essengehen?«

»Nein. Ich …«

»Sie ist absolut begeistert!«, mischte sich Capelli ein, der das Ganze nun endgültig zu bunt wurde. »Sie kann das nur nicht so zeigen, wissen Sie? Aber mit der Zeit gewöhnt man sich an ihre Art, das kann ich Ihnen aus Erfahrung sagen. Und wenn man außerdem bereit ist, hier und da ein paar Abstriche zu …«

Zhou schenkte ihr ein strahlendes Lächeln. *Wenn du noch weiter ins Detail gehst, drehe ich dir den Hals um!*

»Wie auch immer, sie ist schon in Ordnung«, beeilte sich ihre Partnerin hinzuzufügen. »Und jetzt nehmen Sie sie gefälligst endlich mit, damit ich in Ruhe unseren Bericht schreiben kann.«

Es war einer der seltenen Augenblicke, in denen Karel Schubert sprachlos war. Das Einzige, was er über die Lippen brachte, war ein reichlich verwirrtes: »Ja, dann …«

Viel Spaß, las Zhou von Capellis Lippen ab, als sie sich kurz vor dem Aufzug noch einmal zu ihr umdrehte.

Dann war ihre Partnerin hinter der Tür zu ihrem gemeinsamen Büro verschwunden.

Lieneke Dijkzeul im dtv

»Lieneke Dijkzeul ist derzeit die beste niederländische Thrillerautorin überhaupt.«
www.spannings.blogspot.nl

Schweigende Sünde
Kriminalroman
Übersetzt von Christiane Burkhardt
ISBN 978-3-423-**21356**-1 Auch als eBook!

Bei einem Klassentreffen wird der Lehrer Eric Janson auf der Schultoilette erschlagen. Ist einer seiner ehemaligen Schüler der Täter? Nicht wenige hatten sehr unter Janson zu leiden. Kommissar Paul Vegter deckt ein Geflecht schmutziger Geheimnisse aus der Vergangenheit auf.

Vor dem Regen kommt der Tod
Thriller
Übersetzt von Christiane Burkhardt
ISBN 978-3-423-**21411**-7 Auch als eBook!

Eine junge Polizistin wird an ihrer Wohnungstür brutal niedergestochen, das nächste Opfer ist eine Studentin. Beide Frauen sind rothaarig. Die Galeristin Vivienne hat ihren Mann im Verdacht. Und auch sie selbst hat rote Haare … Kommissar Paul Vegter ahnt, dass nicht mehr viel Zeit bleibt.

In der Stille der Tod
Kriminalroman
Übersetzt von Christiane Burkhardt
ISBN 978-3-423-**21541**-1 Auch als eBook!

Eine Frau entsorgt die Leiche eines Mannes. Sie geht besonnen vor und eiskalt. Wer ist sie? Zur gleichen Zeit meldet Asli Verkallen ihren Mann Richard bei der Polizei als vermisst. Sie ahnt Schreckliches … Kommissar Paul Vegter ermittelt im Fall eines grausamen Verbrechens.

Bitte besuchen Sie uns im Internet: www.dtv.de